Knaus

Walter Kempowski

Wenn das man gut geht!

Aufzeichnungen 1956–1970

Herausgegeben von
Dirk Hempel

Knaus

MIX
Papier aus verantwortungsvollen Quellen
FSC® C014496

Verlagsgruppe Random House FSC-DEU-0100
Das für dieses Buch verwendete FSC®-zertifizierte Papier *EOS*
liefert Salzer Papier, St. Pölten, Austria.

1. Auflage

Umschlaggestaltung: bürosüd unter Verwendung
einer Aufnahme von Walter Kempowski aus dem Jahr 1967
Gesetzt aus der Stempel Garamond
von Buch-Werkstatt GmbH, Bad Aibling
Druck und Bindung: GGP Media GmbH, Pößneck
Printed in Germany
ISBN 978-3-8135-0367-8

www.knaus-verlag.de

Für

Beck, Klaus, Maler, Bautzen

Erler, Fritz, der erzgebirglerische Kantor, der mir auf Saal 3 die Harmonielehre beibrachte

Hafner, Jochen, dem »Opitz« meines »Blocks«

Haustein, Hans (Eckstein!)

Görlitz, Walter

Frau Koschate

Märtin, Hans

Gosselck, Johannes

die Eheleute Wittig

Rüther, Hanne

Kortüm, Helmut

Lahl, Fritz

Gennerich, Dr. (Brausefabrikant)

Walter Kempowski
Nartum, 1. September 2005

Inhalt

Klaus Beck, »Sitzender«, 1957

»ICH BIN FREI«

Göttingen 1956–1960

1956

Telegramm an Margarethe Kempowski

Wittenberge, 7. März 1956

ICH BIN FREI

An Hans Siegfried

[nicht abgeschickt]

Hamburg, 8. März 1956

Gestern morgen öffnete sich das Tor, und ein ehemaliger Strafgefangener, zu 25 Jahren Zwangsarbeit verurteilt, amnestiert, wird dem Leben gegeben. Einem unbegreiflichen Leben. Er alleine geht, und tausend bleiben. Hungern, werden schikaniert, entwürdigt, entmenscht. Einer bekommt Kleidung, wie sie zivilisierte Menschen tragen. Darf rauchen, so viel er will, wird in einen Zug gesetzt – nach Hamburg. Tausend verkommen in wahnsinniger Sklavenarbeit, entnervt in dauernder Angst um ihr Leben.

Dieser eine, ich, wurde gestern um halb sechs der Freiheit gegeben.

Am 8. März vor acht Jahren wurde ich unter dem Verdacht der Spionage in das NKWD-Gefängnis Rostock, John-Brinckman-Str. eingeliefert. Von acht Mann hoch um halb sechs aus dem Bett geholt. 18 Jahre alt. Nach kurzem Verhör weitertransportiert nach Schwerin. Zelle. Einzeln. Wochen, Monate. Am Tage unter dauernder Kontrolle gehalten (nicht liegen, nicht sprechen, nicht ans Fenster gehen, keine Bücher, kein Papier, nicht mal Toilettenpapier, kalt), nachts verhört von Untermenschen unter den entwürdigendsten Methoden. Hunger: 400 Gramm

Brot, ein Viertelliter Kaffee, zweimal drei Viertelliter Wassersuppe. Nach einem halben Jahr wog ich 44 Kilo. Schließlich verurteilt (20. August 1948) mit meinem Bruder und einem dritten Mann zu 25 Jahren Zwangsarbeit, ohne Verteidigung, ohne Möglichkeit der Rechtfertigung. Am 6. September 48 mit etwa 30 andern in einem Viehwagen (liegend, hinter Gittern, so eng, daß wir uns nicht bewegen konnten) nach Bautzen transportiert, vier Tage ohne jegliche Verpflegung.

In Bautzen kamen wir an. Äußerlich ein sauberer, fast freundlicher Bau, hinter hohen Bäumen verborgen. Sauber gekleidete Häftlinge gingen friedlicher Arbeit nach. Wir atmeten erleichtert auf. Es stellte sich jedoch nach kurzer Zeit heraus, daß diese Häftlinge, die so einen sauberen Eindruck machten, begünstigte Häftlinge waren, die auf Kosten von all den andern (8000) ein beschauliches Leben führten, internierte Nazis, die die Schlüsselpositionen innehatten. Uns ging es anders. Mein Bruder und ich wurden mit einem Fallschirmjäger (Ritterkreuz) in eine Zelle gesperrt, nach stundenlangem Warten und gründlicher Leibesvisitation. Fünf Monate. Dann in einen Saal verlegt, 33 Meter lang, 10 Meter breit, in dem 400 Mann bereits seit Jahren lebten. Ohne jede Beschäftigung, alles verboten, nicht schreiben, nicht lesen, überall von eignen »Kameraden« bespitzelt, erpreßt und um Zigarettenkippen verraten.

Wer Gespräche über Religion, Politik, Geschichte, Fremdsprachen usw. führte und dabei erwischt wurde, bekam Karzer. Karzer: 21 Tage in heizungslosem Raum, ohne Decke, ohne Pritsche, ohne Wasser, ohne Rasieren, jeden dritten Tag Verpflegung. Wenn die russischen Wachtposten Lust hatten, nahmen sie sich einen zu dritt vor und verprügelten ihn in widerlicher Weise, daß die Schreie durch das ganze Haus gellten. Karzer bedeutete in den meisten Fällen Rippenfellentzündung, danach Tbc usw.

Die Anstalt war ursprünglich für 1200 Häftlinge gedacht. Die Männer vertrieben sich ihre Zeit mit Schachspielen, Stricken (aus irgendwelchen Wollfetzen strickten sie sich Pullover, um es wärmer zu haben) und Gesprächen über Schweinezucht

Walter Kempowski, 1956

oder Speiserezepte. Der Verpflegungssatz: 400 Gramm Brot, 30 Gramm Marmelade, 10 Gramm Zucker, 10 Gramm Fett und ein dreiviertel Liter Suppe.
Diese Verpflegung gab es aber nur theoretisch. Die russischen Dolmetscher waren gekauft und dolmetschten nur so, wie es eine Handvoll Ganoven (ehemalige Kapos aus Nazi-KZs oder Berufsverbrecher) wollten. Die gingen dann meist zu alten Häftlingen und erpreßten sie, indem sie drohten, den Wachtposten etwas anzuzeigen, wofür jene in den Karzer kämen, und zwangen sie, die Hälfte der Verpflegung ihnen zu geben. Der Erfolg: Es gab ein paar Tote mehr in der Woche (bis zu 40 Mann pro Tag).
1949 durften wir zum ersten Mal schreiben. 1949 im September bekam ich hohes Fieber, Appetitlosigkeit (bei 45 Kilo Gewicht) und kam ins Lazarett. Dieses war nur möglich, weil die Russen das ganze Lager deutscher Polizei übergeben wollten und die Sterbeziffer drosselten. Hier bekam ich (es waren zu viele gestorben) Wunschkost! Wie im Paradies. Ich nahm mächtig zu, nur diesem Umstand habe ich es zu verdanken, daß ich das Jahr 1950 überlebt habe.
Das ganze Lager wurde übergeben (Februar 1950). Deutsche Polizei trat an die Stelle der Russen. Die Gelegenheit nahmen

die Häftlinge wahr (es ging alles drunter und drüber) und verprügelten und entmachteten die Ganoven und setzten überall ehrliche Männer ein. Mir gelang es in dem Durcheinander, wieder mit meinem Bruder zusammenzukommen.
Die erste Handlung der Deutschen war, daß sie uns die Verpflegung – kürzten! 100 Gramm Brot weniger, 100 Gramm Kartoffeln weniger. Die 1500 Tbc-Kranken, die am Schluß vom Russen eine Sonderverpflegung bekamen, wurden uns gleichgestellt – Hunderte starben. Nun fingen wir an zu meutern, machten Hungerstreik. Nichts geschah, es war ihnen offensichtlich völlig gleichgültig, was geschah. Die Säle (acht Säle à 400 Mann) erregten sich, rissen schließlich an einem Mittag alle Fenster auf und schrien. Hans, ich werde diese Bilder in meinem Leben nie vergessen. Sprechchöre: Hunger, Hunger, Tbc; wir rufen das Rote Kreuz; wir verrecken, Hilfe. Später erfuhren wir, daß man das kilometerweit gehört hat. Die Volkspolizei rückte im Marschblock an, mit Gummiknüppeln, und knüppelte die Säle nieder. Hunderte von Verletzten. Ich habe Glück gehabt, auch Robert[1], uns ist nichts passiert.

Hamburg Mo 19. März 1956

Ein neues Leben beginnt, das die Fortsetzung des alten sein sollte. Acht schwere Jahre liegen hinter mir, Ungewißheit vor mir. Doch heute! Heute bin ich glücklich, noch. In mir ist alles ruhig. Ich habe mich neu eingekleidet und warte auf eine Urlaubsreise nach Dänemark.
Wenn ich doch nur etwas empfände! Mir ist alles fast gleichgültig. Auch mein Beruf. Irgend etwas wird schon aus mir werden.

---

1 Walter Kempowskis Bruder Robert (1923–2011).

Margarethe Kempowski, Hamburg 1956

Lindau So 25. März 1956

Glückliche Tage! Leben dürfen.
Diese Stadt ist wie ein großes Museum. Ich war am Abend noch auf der Brücke des Hafens von Lindau. Schwäne! Die »See«-Luft, ganz in der Ferne die Lichter der Schweiz.
14 glückliche Tage. Hoffentlich reicht mein Geld, solange ich Geld habe, darf ich Mensch sein.
Nach dem Kino Massen-Mensch-Gefühle gehabt. Gehört das nicht zum Menschsein dazu? Ich empfand es widerlich. Wie auch die Ansicht über dieses augenblickliche Glück nicht konstant ist. Dieses »Graf-Spielen« ist angenehm. Den Sinnen angenehm. Ich bin ein sinnlicher Mensch, vielleicht überwiegt sogar das Sinnliche.
Was ist nun mit Theologie? Mein Mitleid mit sozial Schlechtge-

stellten ist echt. Glaube ich an Gott? Häufig. Mein Glaube ist aber nicht fest genug, ich kann nicht bekennen.
Jedesmal, wenn ich eine Kirche oder eine Nonne oder einen Geistlichen sehe, auch wenn ich einen religiösen Artikel lese, habe ich Angst vor dieser »Kirche«. Ist es die Engstirnigkeit, die ich fürchte? Unerbittlich sind sie. Christus war anders. Das Puritanische im Protestantismus empfinde ich unangenehm. – Werde ich durchhalten? Ich verstehe manchmal nicht, daß ich so auf mein gestecktes Ziel zurenne, von dem ich annehme, daß es mein Verderben werden kann: »Man kann sein Leben nicht auf einem Selbstbetrug aufbauen« (aus irgendeinem sozialistischen Zeitungsroman). Aber betrüge ich mich denn selbst?
Oder: Ist es der Sinn meines Lebens, daß ich dauernd Fehlentscheidungen treffen soll? Um mich durch das dauernde Mißlingen oder Zusammenbrechen endlich zur Reue bekennen zu können? Das kann ja heiter werden.
Mein Verhältnis zu Gott ist mystisch. Ich kann beten. Und bete gerne! (Am 24.3. im Zug! Das war ein Gebet!)
Warum Theologie? Warum gerade Theologie? Ist die eitle oder reale Basis, von der ich ausgehe, nicht vielleicht stärker, als ich selbst annehme? Aber ich bekämpfe sie doch.
Warum Theologie? Sozialistisch dürfen wir nicht werden, es müssen sich genügend Menschen bereit erklären, das westliche Wirtschaftssystem mit Liebe zu durchdringen, das ist das Ideal! Und was spricht dagegen? Mein Hang zur realistischen Betrachtung meines wirtschaftlichen Lebenswegs. 2. Sinnlichkeit.

208,42 DM.

Lindau Mo 26. März 1956

Heute war ich in Bregenz (Österreich) mit Tagesschein. Habe die Unterkunft gewechselt, das Hotel Helvetia war zu teuer

(sechs Mark das Bett, 2,50 Frühstück, 2,70 Bad usw.). Wohne jetzt privat bei einem Malermeister, drei Mark die Nacht.
Bregenz liegt 10 km von Lindau entfernt. Bin den Pfänder (1090 m) mit der Drahtseilbahn hinaufgefahren. Kirchen nichts Besonderes. Publikum schien etwas besser als in Lindau zu sein. Als ich zurückkam, sah ich in Lindau vor der evangelischen Kirche zwei Jungen. Einer kam mir bekannt vor. Rostock? Ich rief: »Thomas!« Und siehe da, es waren die Jungen von Rita Seidl. Sie führten mich zu ihrer Mutter. Hat sich zu ihrem Nachteil verändert. Auch der Mann (sah mich mit westdeutschem Blick an). Auch hier Lebensstandard wichtiger als Tuchfühlung. Vorher gab's Wein, die benutzten Gläser standen noch auf dem Tisch, es war irgendein Direktor zu Besuch bei ihnen gewesen, und Kuchen. Ich, der »Spätheimkehrer« und gute Freund ihrer Familie, bekam, was übrigblieb. Erniedrigend, so was! Mit knapper Not haben sie mich zum Abendessen gebeten, in den nächsten Tagen, irgendwann. Ich werde wohl nicht hingehen.

185,02 DM (Helvetia-Zimmer, Zigaretten, Fahrt nach Bregenz).

Lindau Di 27. März 1956

Angeschissen! Der Reiseonkel hat mir heute geraten, nach Wasserburg zu fahren (mit Schiff). Ich tat's. Nun weiß ich, daß Wasserburg aus drei Häusern besteht. Zu allem Unglück fing's auch noch an zu regnen. Morgen geht's in die Schweiz, nach St. Gallen, wenn's nicht regnet.
Heute früh war Platzkonzert der Bayrischen Polizei. Altvertraute Militärmärsche. Der Dirigent salutierte als Applausdank. Für sie ist das etwas Großes, ein Erlebnis. Was ist schon ein Platzkonzert? Was ist schon Lindau? – Dann traf ich die beiden Jungen, Matthes und Thomas (11 und 15 Jahre), habe mich gut mit ihnen unterhalten. Fast zehn Jahre ist es her, daß ich sie in Rostock sah, und doch habe ich sie sofort wiedererkannt.

Kinder! – Habe erste pädagogische Versuche gemacht. Es ging eigentlich ganz gut.
Bekam eine Postkarte von Konrad Schmidt aus Wangen. Kirchenchor. Die erhoffte Einladung für Ostern. Oster-Sonnabend fahre ich hin.
Mittags habe ich die Pension zum zweiten Mal gewechselt, wohnte gestern bei einem Malermeister, etwas schmuddelig, heute in der Pension Thomann, auch nicht ideal, aber wärmer und unpersönlicher. Heute abend nach der mißglückten »Wasserburg-Fahrt« in einer Buchhandlung zum ersten Mal um ein antiquarisches Buch gehandelt! Fünf Mark sollte es kosten, für vier hab ich's gekriegt. »Der Idiot« von Dostojewski. Nun kann's meinetwegen morgen regnen, ich hab genug mit mir zu tun.

Dieses Anstaunen der Landschaft ist mir widerlich. Es gibt keine schöne oder weniger schöne Natur. Natur ist Natur. Daß es einem in Lindau oder Bregenz besser gefällt als in Wasserburg, liegt an unserer Armseligkeit. Wir lassen unser Auge beklingeln mit möglichst verworrenen Eindrücken. Letzten Endes ist Pommern, platt und kahl, auch ein Thema. Die Natur ist eine Idee des Geistes, die nie in die Sinne fällt, sie liegt unter der Decke der Erscheinungen (Schiller). So sind mir bei den Gebirgen eher geologische Gedanken als romantische gekommen, aus Trotz gegen dieses Anhimmeln.

169,50 DM – 1,05 DM = 168,45 DM.

1950 – So ein sonderbares Jahr. Ich war »geweckt« worden von Hafner, einem Studienrat aus Magdeburg, weitergebildet dann von Wolfgang Natonek[2] und Hans Haustein. Die russische Un-

---

2 Wolfgang Natonek (1919–1994), Sohn des Publizisten Hans Natonek, 1947/48 an der Universität Leipzig Vorsitzender der LDPD-Studentengruppe und des Studentenrats, 1948 bis 1956 im Zuchthaus Bautzen inhaftiert. Nach dem anschließenden Studium in Göttingen dort Gymnasiallehrer, 1962 Mitverfasser von »Ihr aber steht im Licht. Eine Dokumentation aus sowjetischem und sowjetzonalem Gewahrsam«.

tersuchungshaft löschte in mir fast alle Erinnerungen an meine Freiheit aus. Hans Siegfried – verschwunden. Alle Ideen – zusammengeschmolzen. Wenn ich die Dezemberereignisse von 1946 rekonstruieren wollte und die Gründe, die zu seinem Selbstmordversuch führten, suchte, fand ich keine mehr! Alles ausgelöscht (vielleicht war das aber auch ein Zeichen dessen, daß meine wirklichen Erlebnisse im Grunde ganz unwesentlich gewesen waren!). Dazu trat eine völlige Gleichgültigkeit meiner Zukunft gegenüber. Ich hatte mich nicht abgeschrieben, sondern verharrte im äußeren und inneren »Totstellreflex«.
Die veränderte Umgebung und die Erlebnisse in Bautzen brachten mich auf andere Gedanken. Ich lernte viele Menschen kennen und darunter solche, die im Leben etwas dargestellt hatten, und mußte feststellen, wie klein sie alle waren. Hier herrschten der Hunger und der Selbsterhaltungstrieb. Ein Pfarrer verlangte Zuckerportionen für Morgenandachten, ein doppelter Doktor wurde zum Verräter an seinen Kameraden, ein Professor wurde zum Harlekin usw. Kuhlwilm, der Offizier und Ritterkreuzträger, mit dem ich 1948/49 auf einer Zelle saß, den ich sehr schätzte, wurde später zum Dieb! Kartoffeln seinen Kameraden gestohlen! Das alles enttäuschte mich zwar nicht sehr, aber es führte zur höheren Selbsteinschätzung.
Auf dem Saal nahm sich Hafner meiner an. Er gab mir quantitativ fast nichts. Aber das wenige war entscheidend: Er erzählte aus seinem Leben, der Krieg in Griechenland, den er als Funker mitmachte, interpretierte mit uns Gedichte. Goethe, verglich »Prometheus« und »Besen, Besen, seid's gewesen«, den »Zauberlehrling« also. Wahrscheinlich war das eine Musterstunde, die er irgendwann einmal als Lehrer gehalten hat und die er nun hervorkramte. Mir war das neu, ein Gespräch mit einem älteren Herrn (er war 33 Jahre alt). Für voll genommen zu werden. Große Mode war Lao-tse. Ich las die Sprüche, die sich in Abschriften auf dem Saal fanden, und verarbeitete sie, ohne zum Buddhisten zu werden.
Überhaupt, die »älteren Herren«. Gespräche mit dem Zeichenlehrer Kurt Voigt. Er hatte mich als Christian-Morgenstern-

Spezialist entdeckt. (Vorher im Lazarett der Pfleger Bernhard Chritz, der mir selbstverfaßte Novellen zusteckte, ein Vertrauensbeweis: wieso mir und nicht den anderen?).
Dann kam ich zu Natonek, der als Studentenführer in Leipzig verhaftet worden war. Er dichtete, und ich erkannte, daß er schlecht dichtete! Selbstgefühl wuchs (war es ein Wunder, daß ich mich in dieser Zeit nicht mit Robert verstand? Ich hatte genug mit mir selbst zu tun).
Dann Detlef, der Gleichaltrige und Ebenbürtige. Gleichaltrig, Rostocker, Vater Arzt. Verständnis. Es band uns ein altes Erlebnis, das ich schon fast vergessen hatte.[3] Wir bauten uns, an der Religion vorbei, eine geistige Welt, alles theoretisierend, die nicht so sehr real als vielmehr lyrisch zu verstehen war. Schließlich kamen Noten auf den Saal, und wir sangen. »Wie sie so sanft ruhn, alle die Seligen …«
Eine unserer Hauptideen war, man müsse Menschen gleichen Wesens suchen und mit ihnen eine Bruderschaft gründen. Versuche: Heyder, Knaußt, Walther, scheiterten. Wir machten den Fehler, in den andern Menschen uns zu suchen. Und da diese Grundhaltung zwar gemeinnützig gemeint, aber in Wirklichkeit egoistisch war, schlug alles fehl. Später, viel später erkannte ich, daß es sehr wohl viele Brüder gibt, daß aber jeder Bruder nur unter Aufgabe der eignen Wünsche zu gewinnen war, wie auch diese Bruderschaft nicht an gleiches Alter gebunden ist.
So war mir die Meuterei im Jahre 1950 nicht nur eine einmalige Gemeinschaftsaktion, sondern als persönliches Erlebnis eine Befreiung. Gerade das Schreien, dieses körperliche Handeln, das schöner ist und kräftiger als vielleicht Ausbruchsversuch oder Hungerstreik. Mir war diese Geschichte direkt symbolisch für die Wende in meinem Leben. Gleichzeitig allerdings wuchsen meine Sorgen um die Zukunft. Gerade mit der wachsenden Selbsterkenntnis kamen die Gedanken an einen Zweck im Leben, einen Daseinszweck, den man erfüllen

---

3 Gemeint ist das in »Tadellöser & Wolff« geschilderte überfallartige Abschneiden der langen Haare durch eine Gruppe Hitlerjungen.

muß, um nicht sein eigenes Leben zu vernichten. So meine ich heute, daß meine Bindung an das Christentum mir die Möglichkeit gibt, in einer Bruderschaft zu leben, der ich mich geben will, und neue Brüder zu gewinnen!

Lindau Mi 28. März 1956

Na ja, ein erfreulicher Tag. Ich war heute in St. Gallen. Die Stiftskirche hat auf mich keinen besonderen Eindruck gemacht. Die Bibliothek hingegen ja. Der Barocksaal ist sehr schön. Schwyzerdütsch konnte ich knapp verstehen, sie mich überhaupt nicht (in einem Lokal). Ich bin auch auf die Falkenburg gegangen, ein schöner Ausblick. Nun ist diese Stadt auch nicht so ein Museum. Sie lebt, auch ohne Fremdenverkehr. Einem Mönch begegnete ich auf der Straße.
Habe in einer Kunsthandlung eine Menge Kruzifixe angeschaut. Vielleicht kaufe ich eines (67,–).
Es fiel mir auf, daß auf dem Bahnhof keine Sperren waren. Diese Fahrt hat mich bereichert, ich weiß nicht, warum, ich spüre das. Allerdings hat sie mich auch ärmer gemacht, Kontostand:

151,– DM.

Lindau Do 29. März 1956

Heute bin ich mit dem Zug nach Friedrichshafen, mit Bus nach Meersburg und mit dem Schiff nach Konstanz gefahren. Die Reise hat sich gelohnt. Ich beginne zu verstehen, was Süddeutschland bedeutet.
Die Stadtmauer. In einer Kirche übte ein Organist, er spielte eine Orgelsonate von Heiller.

132,– DM.

Lindau Karfreitag, 30. März 1956

Kirchgang. Die Kirche war voll, Gemeindegesang mäßig. Predigt gut. Anschließend habe ich das Abendmahl genommen und zum ersten Mal das Gefühl der Freiheit gehabt. Es ist eigenartig, daß man sich aber selbst bei dieser heiligen Handlung nicht frei von Eitelkeit machen kann. Ich merkte das, als ich zum Altar ging. Ein neues Leben beginnen dürfen, ist das überhaupt möglich? Kann sich ein Mensch von heute auf morgen ändern? Ich fühle, daß sich in mir einiges verändert, aber diese Umwandlung vollzieht sich ganz langsam. Gewiß, ich kann heute sündigen und mich morgen davon befreien, aber die Anlagen zu dem Sündigen kann ich nicht wegtun.

Ich kann mich vielleicht, langsam, von der Sünde, die mich heimsucht, abwenden und dadurch in eine neue Lebensweise überwechseln (es gibt aber auch Menschen, die in diesem Zustand verharren). Ich erwarte diesen großen Augenblick, in dem mich mein Charakter anekelt und in dem ich von innen ein neues Leben so dringend benötige, daß es auf mich zutritt – endlich. Aber es scheint, als ob wir diese Sünden und das Denken daran brauchen, um rein zu werden. Nur der, der wirklich sehr schlecht war, kann seine Befreiung ersehnen. Denn, wer schlecht ist, dem geht es auch schlecht. Und wer gut ist, dem ist das Leben keine Last. Gut zu sein ist aber vielleicht bei uns Menschen nur der Zustand, die Bereitwilligkeit zur Umkehr. Die Fähigkeit des Mitleids. Die Fähigkeit, gut sein zu wollen.

Es gibt zwei Möglichkeiten, Gottes Hilfe herbeizurufen und zu erhalten. Einmal durch ständiges Bitten, immer dasselbe und immer mit derselben Stetigkeit. Zum andern, wenn man Gott anrührt, sein Mitleid erweckt, ein: Ich kann nicht mehr, ein: Zuviel rührt ihn vielleicht an, er hilft. – Allerdings hilft er wohl nur insofern, als er die Lebensumstände ändert.

Der Gefangene wird entlassen. Damit ist wohl geholfen, aber die Prüfung ist noch nicht beendet, die Prüfungen enden niemals. Der Mensch, dem geholfen wurde, wird in eine andere

Lebensumgebung geführt, und in dieser liegen bereits wieder die neuen Fußangeln, an denen sich der Freigelassene fängt und schließlich wieder schuldig wird.
Der Heilige Geist tröstet uns, er kann uns verändern, aber neue Kraft (im Sinne von Energie) gibt er nicht in die Welt. Wir können nur dann glücklich werden, wenn wir die Unannehmlichkeiten bewußt suchen. Wenn es uns »gut« geht, müssen wird uns schon aufs »Schlechtgehen« einstellen, nur so können wir glücklich leben. Das heißt ohne eine Auflehnung sich in den Willen Gottes fügen und nicht an den Fesseln zerren, sie schneiden nur tiefer ins Fleisch. Aber es kommt die Veränderung, die eine Erleichterung ist, schließlich der Tod, unsere große Freude.
Wir sollten in Augenblicken der Langeweile überlegen, wie kann ich meinen Kindern helfen, wie kann ich im Beruf wirklich etwas schaffen, was ist mit meinen Freunden und Mitmenschen, kann ich ihnen nützen? Oder: Was habe ich für Fehler, was hindert mich, dies oder das zu tun – bin ich gut?
Langeweile ist ein Schatz, der ungehoben bleibt in den meisten Fällen. Kino, Radio usw. sind Rauschmittel, schlimmer als Kaffee und Tabak, weil sie ablenken und nicht neutral, sondern parteiisch anregen, meist zum Schlechten. Ins Kino sollte ein ernsthafter Mensch überhaupt nicht gehen. Und wenn er es tut, nicht, um sich ablenken zu lassen, sondern um zu erproben, inwieweit er immun ist gegen diesen Unsinn.

Heute nachmittag schönen Spaziergang mit Seidls gemacht. Sie sind etwas vernünftiger geworden, seitdem ich mich für ihre Jungen interessiere.

Wangen Sa 31. März 1956

Vormittags Kahnpartie mit den Jungens gemacht, hat sich gelohnt.

Nachmittags nach Wangen. Bei Konrad Schmidt in der Paracelsusstraße nett aufgenommen. Abends bis 3 Uhr früh über alte Kirchenchorgeschichten gesprochen. Abends Ostermesse in einer katholischen Kirche. Ich war enttäuscht, es ist doch viel Brimborium dabei.

Wangen/Lindau Di 3. April 1956

Am 2. April (in der Nacht vom 1. zum 2.4.) mit Konrad zunächst über göttliche Energie und Beten-Betteln, dann über seine Vergangenheit 1950–52 gesprochen.
Nächste Nacht Gespräch über die Bruderschaft. Er ist im Prinzip so weit, intellektuell und charakterlich, leider ist er nicht weich genug. Er hat mich nicht enttäuscht. Entwicklung fortgeschritten. Einsicht, Dankbarkeit und Lebensklugheit.
Er meint, er habe doch unter Bautzen einen Strich gezogen, und warum ich wieder davon anfange. Warum habe ich wieder davon angefangen? Kann man denn unter diese Zeit einen Strich ziehen? Was ist damit gemeint?

Jochen Reincke hält mich für ehrgeizig.

Nun lebe ich schon 26 Jahre und habe noch nie etwas getan, wodurch ich mein Leben hätte fristen können! Wer hat mein Leben bezahlt? Wann muß ich das zurückzahlen?

100,– DM.

22. Februar 1952 – Der Kirchenchor der Anstalt Bautzen, der aus zwei Chören aus zwei verschiedenen Sälen bestand, wird zusammengelegt in eine große Zelle West 5. 50 Männer in einem Raum: schlafen, essen, Klo, alles in einem Raum. Eine Gemeinschaft, aus allen möglichen Gegenden und Ständen zusammengewürfelt. Zwei Chorleiter: Albert Kiele, ein etwas arroganter, militaristischer Ignorant, und Detlef. Zwei ehrgeizige Leute also, die sich gegenseitig das Leben schwermachten. Die erste Zeit stand unter der Diktatur des Organisten Rinck, der uns Chorwerke aus dem schwülstigen 19. Jahrhundert singen ließ. Ich ließ alles auf mich wirken und freute mich lediglich an den Harmonien.

Im Chor war ich dann mit Charly[4] zusammen, wir lagen nebeneinander, ein an sich ganz netter Kerl, Sohn eines Gastwirts aus Bad Freienwalde, kriegte wunderbare Pakete, die er mit mir teilte. Unsere Freundschaft sah nun so aus: Wenn ich mich von meinem Platz neben ihm entfernte und in der Zelle umherging und mit diesem oder jenem sprach, spionierte er hinter mir her, was ich da herumzulaufen habe. Wenn ich also mit Detlef redete, wurde er eifersüchtig und behauptete, daß ich mich wohl offensichtlich besser mit Detlef verstünde als mit ihm und so weiter. Das war dann natürlich auch bald der Fall. Es wurde langsam unerträglich. Jedes Wort, das ich sagte, wurde ausgedeutet und umgewendet, Eifersuchtsszenen, Vorwürfe usw. Ich konnte schließlich kaum mehr etwas tun. Ich lag also den ganzen Tag auf der Pritsche neben ihm und guckte an die Decke, von endlosen Litaneien über die Schlechtigkeit meines Charakters gelangweilt. Ich nahm das alles hin, von einem Tag zum andern, und widersprach nicht. – Schließlich meinte er, in einem Anfall von Selbstkritik, er selbst habe in seinem Leben nur Pech gehabt (Blödsinn, er hatte ja überhaupt noch nicht gelebt), und alle Menschen hätten ihn gemieden, denn jede Annäherung von andern habe er immer mit Launen und Diktatur beantwortet. Das verstand ich nun allerdings sehr gut und merkte es mir, war dann auch gezwungen, es ihm gelegentlich in Erinnerung zu rufen. Schließlich wurde es unerträglich mit ihm (ich schlug ihn einmal!).

Nach einem Jahr, im Februar 1953, meldete er sich endlich in Arbeit, und ich war frei, kam nicht wieder mit ihm zusammen. Er hatte übrigens auch seine guten Seiten, so hatte er mich zu-

4 In »Ein Kapitel für sich« heißt er Johnny.

vor im Saal in seine Crew aufgenommen und mich vor Rohlingen in Schutz genommen, und die Gaben aus seinen Paketen waren auch nicht selbstverständlich. (Ich selbst kriegte ja nichts zu diesem Zeitpunkt, da ich draußen keine Angehörigen hatte. Ich war auf die Wassersuppe angewiesen.) Neben diesem sehr unerquicklichen Verhältnis hatte ich aber doch Freude an unserer Arbeit, das Singen, die Vorträge, die man organisierte, und das Beisammensein mit meist intelligenten Leuten, die viel zu erzählen hatten, ganz originelle Menschen darunter.
Im April 1952 kam ein weiterer Rostocker auf die Zelle, ein Musikstudent namens Ulli Haase, sehr begabt, so daß die Partei Detlefs nunmehr so stark war, daß sie alle kommenden Angriffe des andern Lagers gut überstand. Meist ging es bei diesen Auseinandersetzungen um Fragen der Qualität; unsere Fraktion plädierte für Bachsche Chorwerke, Schütz, Frank – und die andere hatte es mehr mit »Jesu Blut«.
Im September 1952 wurde Rinck, der diktatorische Organist, der die andere Partei unterstützte, verhaftet, er hatte über einen Polizisten Nachrichten nach draußen geschmuggelt. Der Polizist bekam acht Jahre, Rinck Einzelhaft und Karzer. An den Folgen dieser Geschichten ist der Mann dann auch 1955 im Herbst gestorben.
Nun war der Weg frei. Wir begannen ein modernes Kyrie (Carrière) und Sätze von Johann Walter einzustudieren. In dieser Zeit, da wir erwachten, wurde ein junger Kamerad mit Namen Dieter Schneider zu uns verlegt, er wollte Pfarrer werden und hatte sich draußen schon mit Kirchenmusik beschäftigt. Er hatte das Ohr des Anstaltspfarrers. Schneider verstand es, durch den Pfarrer unterstützt, Zwietracht zu säen. Plädierte für deutsche Gregorianik, die, ehrlich gesagt, ein Brechmittel ist. In einer Ecke psalmodierten also irgendwelche Leute »Tuba mirum…«, von morgens bis abends, und zwar in einer von ihnen selbst fabrizierten deutschen Übersetzung. Es war unerträglich, dazu das schlechte Wetter, die Dunkelheit in unserer Zelle, nie ein Sonnenstrahl. Man fühlte sich wie aufgebahrt in einer Leichenhalle. Dazu kam, daß die Verpflegung zu dieser Zeit sehr

schlecht war. Ich meldete mich beim Pfarrer und blies ihm das alles ins Ohr. Er war ganz verstört und beeindruckt, und allmählich besserte sich die Stimmung. Zu Weihnachten waren wir dann auch von Herzen fröhlich. »Psallite, unigenito, redemptori domino ...« Das waren dann schöne Stunden, vor allem auch in der Kirche, die Orgel, die vielen dankbaren Häftlinge.

Frankfurt am Main — Mi 4. April 1956

Seit gestern bin ich bei Ulli und seiner Frau Hanne in Frankfurt. Ich habe heute früh Onkel Walter[5] besucht. Es war sehr nett. Merkwürdigerweise stellten sich der Vetter und die Kusinen nicht ein, obwohl sie »da« waren. Das hat wohl mit Mutter zu tun. Für sie bin ich natürlich ein Schwein.
Abends mit dem Wagen bis zur Hauptwache (Paulskirche), tolle Lichtreklamen. Dann ein fruchtbares Gespräch mit Ulli. Zunächst über Chorwerke (Isaak, Senfl, Forster, Aichinger, Finck übereinstimmend abgelehnt). Tempo- und Dynamikfragen. Dann über Kirche (katholische und evangelische). Schließlich über die Kirchenchorzeiten nach 1954, in der ich den Chor leitete, etwas, das die alten Kameraden nicht kapieren konnten: Es war doch weitergegangen nach ihrer Entlassung!

Frankfurt am Main — Fr 6. April 1956

Es, es, es und es, es ist ein harter Schluß,
weil, weil, weil und weil, weil ich aus Frankfurt muß!

Vor acht Jahren habe ich dieses Lied schon einmal gesungen. Im März 1948.

---

5 Kempowski 2005: Collasius, Bruder meiner Mutter.

Wenn ich damals gewußt hätte, was mir alles bevorstand! Und heute, bin ich es leid? Ja und nein. Ja, weil damit sich das Schicksal meiner Mutter und Roberts erfüllte. Nein, weil ich mir eine andere Lebensentwicklung gar nicht vorstellen könnte. Wenn ich bedenke, wie mein Leben ausgesehen hätte! Ich wäre jetzt sicherlich Supervisor einer Indianersiedlung in Kanada, wie Hans. Und Bautzen? Das Schlechte ist längst verblaßt, die Werte überwiegen es. Schon die Menschen, die jetzt mit mir verbunden sind, Detlef, Ulli usw. Oder mein »erweiterter Horizont«, Musik, Menschenkenntnis.
Damals war Frankfurt ein Trümmerhaufen. Heute ist alles wieder aufgebaut. Ich war erschlagen, als ich die aufgebaute Innenstadt sah. Wenn mich schon der erste Eindruck von Hamburg überwältigte, an jenem 7. März in der Nacht um halb zwölf, die Lichtreklamen und Autos, so bietet Frankfurt noch ein Vielfaches davon. Die Innenstadt ist ein einziges Schmuckkästchen. Der alte Rathausplatz, Altes neben Neuem – versöhnt. Überall spürt man die Hände guter Architekten. Mosaiken an den Häuserfronten: Blumen, Vögel und Fische, wenn man sich umdreht, plötzlich ein Durchblick: an modernsten Bauten gleitet der Blick vorbei zu alten Türmen, die allerdings wiederum von Hochhäusern überragt werden. Die größten Bauten selbst, die Hochhäuser, machen keinen klotzigen Eindruck, eher wirken sie zierlich und schlank. Der Kaufhof, ein modernes Warenhaus, das Bayer-Hochhaus, das Fernmeldeamt – wundervoll. Außerhalb sind Siedlungen entstanden, ganze Städte, neu, modern, mit allem Komfort. Zwischen den Blocks Anlagen, Kinderspielplätze, moderne Kirchen. Die Kirchen! Schon in Wangen war ich über eine moderne Kirche erstaunt, aber hier, es ist kaum vorstellbar, wie das alles in so kurzer Zeit erstehen konnte.

Von Hans-Joachim Mund[6] Berlin, 8. April 1956

Lieber Walter,
sicher werden Sie schon mächtig auf mich schimpfen oder sehr enttäuscht gewesen sein über mein langes Schweigen. Aber, mein Lieber, Sie haben auch die nachlässige Angewohnheit vieler Menschen, ihren Absender nur auf dem Briefumschlag anzugeben. Wer viel Post erhält, pflegt meist die Umschläge gleich in den Papierkorb zu tun, und das führt dann oft zu häßlichen Verzögerungen der Post. – Auch in unserem Fall war es so, nur daß es noch andere Gründe hatte. Die Umschläge blieben beim ursprünglichen Empfänger, und als ich feststellen mußte, daß der Absender fehlte, da war es schon zu spät. Ich hoffte immer noch auf den dritten Brief, der schon angekündigt war. Doch er blieb aus! So habe ich mir, und auch das war schwierig, die alte Anschrift beschafft, in der Hoffnung, die Post möchte nachgesandt werden. Ihre Post erreicht mich auch immer erst nach großer Verzögerung. Sie werden die etwas schwierige Situation sich nicht so ganz vorstellen können.
So, nach dieser langweiligen Einleitung, herzlichen Dank, mein Lieber, für Deine beiden Briefe und für die Zeilen Deiner Mutter, sie waren mir eine große Freude. Jetzt ist mir das »Du« unterlaufen, aber es wird Dich sicher nicht bekümmern, es ist mir ein Bedürfnis. Wenn ich diese Zeilen schreibe, dann sehe ich Dein besorgt fragendes Gesicht vor mir und höre Dein gedämpftes Lachen. Ob es jetzt wohl anders klingt? Ich war sehr traurig, daß wir so förmlich Abschied nehmen mußten. Du glaubst gar nicht, wie schwierig es war, Jul nochmals zu sprechen, man wollte es mir durchaus nicht gestatten und dann nur unter Zeugen. Aber vielleicht war es gut so, es bewahrte vor *sentiments.* Hoffentlich hältst Du mit Deinem Entschluß, Theologe zu werden, durch!

---

6 Hans-Joachim Mund (1914–1986), evangelischer Theologe; zur Zeit von Kempowskis Haft in Bautzen Gefängnispfarrer für die Strafanstalten für politische Gefangene in der DDR, die er 1959 verließ, ehe er eine Pfarrstelle in Wasserburg/Inn einnahm.

Laß Dich nicht durch augenblickliche Widerstände entmutigen. Ich brauche sehr bald Deine jetzige Anschrift. Mit Oberkirchenrat Behm[7] habe ich über Deine Pläne gesprochen, und er hat mir zugesagt, sich für Dich bei dem derzeitigen Dekan der theologischen Fakultät, mit dem er befreundet ist, zu verwenden. Natürlich, das Abitur kann er Dir auch nicht ersparen, aber Dir doch vielleicht Wege zeigen, die Dir die Dinge erleichtern. An das Hilfswerk in Hamburg hatte ich auch für Dich schreiben lassen, haben sie sich bei Dir gemeldet?
Was Du mir über Detlef geschrieben hast, hat mich sehr erfreut, grüße ihn bitte herzlich von mir. Wie weit ist er denn beruflich? Du schreibst etwas von einem Zeugnis, das Du von mir haben möchtest, das will ich Dir gern schicken, nur mußt Du mir schreiben, unter welchem Gesichtspunkt es abgefaßt sein soll. Herzlichen Dank für die Noten! Fiebig[8] würde auch ich gern mal kennenlernen. Wenn er sich telefonisch bei mir anmelden sollte, dann genügt es ja, seinen Namen ohne Ortsangabe zu nennen.
In B. bin ich noch nicht wieder gewesen. Aus »organisatorischen« Gründen darf ich nicht fahren! Ich bin sehr unglücklich darüber. Im Karfreitagsgottesdienst habe ich viel nach dorthin denken müssen. In der Karwoche wohnte Dieter bei uns, und wir haben in St. Marien zusammen die Karfreitagsliturgie und die Feier der Osternacht gehalten. Auf diesen nächtlichen Gottesdienst freue ich mich schon das ganze Jahr hindurch. Sonst stecke ich gräßlich in Arbeit und hätte Dir eigentlich diesen Brief nicht schreiben dürfen.
Sei also jetzt nicht böse, wenn ich ihn schon beschließe, obwohl das Papier noch nach Tinte ruft.
Dir die Hand drückend und Deine liebe Mutter herzlichst grüßend, verbleibe ich in der Verbundenheit des Glaubens
H. J. Mund.

---

7 Kempowski 2005: Pastor Behm, Berlin, Sohn meines Rostocker Gemeindepfarrers, jetzt irgendwie Super …

8 Vermutlich Kurt Fiebig (1908–1988), Komponist und Kirchenmusiker in Hamburg.

Hamburg Mo 16. April 1956

Am Sonnabend war ich eingeladen bei Christel Zimmermann (Bibliothekarin aus Halle) mit Detlef. Ein Fräulein namens Jutta war auch da. Es war ziemlich langweilig. Wir saßen und quatschten ziemlich herum, man hielt mich wohl für eine Art Spaßmacher. Spät tanzten wir, zum erstenmal seit meiner Entlassung. Es ging ganz gut. Die Scheu den Frauen gegenüber habe ich längst überwunden. Am Sonntag dann gingen wir gemeinsam ins Kino und anschließend Kartoffelpuffer essen. Einige Tage vorher waren Mutter und ich bei Onkel Harald. Er hat zwei nette Töchter. Die ältere (22 Jahre) wäre so mein Ideal. Gebildet, fleißig und christlich. Körperlich hat sie leider nichts Anziehendes. Mittwoch werde ich sie besuchen, da die Eltern nach Lugano fahren.

Hamburg Sa 21. April 1956

Einer denkt dies am Abend

Die Brille ruht von ihrem Tagewerk,
denn zum Erträumen wird sie nicht benötigt,
und was zum unumgänglichen Bemerk
des Tags gehört, das ward schon längst erledigt.

Ich lege mir das Kissen auf den angestrengten Bauch
und halte eine Hand bereit am Radioknopf,
denn wie ein Kissen nötig ist, so ist auch
leichte Schallung brauchbar für den Kopf.

So liege ich, sanft eingewiegt
in süße eingeweichte Träume.
Dies ist es, wenn die Seele siegt
bei der Durchdringung geist'ger Räume.

Mitteilung

Lockt dich ein unbeschriebenes Blatt?
Schreibe nicht.
Buchstaben können sie nicht lesen ...

Möchtest du singen?
Denk dir ein Lied.
Man wird dein Gesicht erhören.

Bergauf – bergab.
Du gehst bergauf, das ist beschwerlich
Ich hab es leichter –
ich – bergab.

Das Zuhause

Immer wenn ich wahllos Worte schreibe,
drängt sich ein zarter Sinn hinein.
So bin ich auch, wenn ich zu Hause bleibe,
sehr selten, oder besser: nie allein.

Göttingen Di 24. April 1956

Am Sonntag (22.4.) mit Detlef einer Einladung eines Studenten Gründel gefolgt, eine Exkursion mit drei Idioten, 15 km über Land (ich bin bald eingegangen), danach bei Salzstangen das Es-Dur Klavierkonzert von Beethoven! Ich meckerte erheblich. Und Detlef sagt dann: »Du beschwerst dich, daß sich keiner um dich kümmert, aber wenn man es tut, ist es dir auch nicht recht.«
Nun also das Abitur machen.
Göttingen hat mich gut empfangen. Ich kam um 11 Uhr hier an, ging gleich in die Wagnerstraße, wegen eines Zimmers, dann zum Arbeitsamt, wegen des Aufenthaltsstatus. Der Kamerad

Walter Kempowski, Ankunft in
Göttingen, April 1956

Karl Heinz[9] begleitete mich, netter Mensch, besitzt einen Motorroller.
Am Nachmittag im Max-Planck-Gymnasium die ersten Unterrichtsstunden, man war freundlich zu mir. Ein Zimmer habe ich noch nicht, Karl Heinz brachte mich auf eigne Kappe im Historischen Colloquium unter, wo er selbst wohnt. Das ist nicht ganz unproblematisch, da ich ja kein Student bin. Außerdem wird das Colloquium vom SDS beherrscht, Sozialisten, die Leute wie uns, die wir aus Bautzen kommen, nicht gern sehen. Ich bewohne ein Doppelzimmer, das ich mit jemandem teilen muß, der sich allerdings bis jetzt noch nicht sehen ließ. Mit Karl Heinz

9 Kempowski 2005: Kamerad aus Bautzen, der mir in Göttingen sehr half. In »Herzlich willkommen« als »Seppel Fröhlich«.

noch bis um 1 Uhr in der Nacht unterhalten. Das war ein Tag! Heute, am 24. 4., die ersten Mathematikstunden. Ganz so doof, wie ich immer dachte, bin ich nun ja auch nicht, wie ich festgestellt habe. Schleuder machte mir das Angebot, ich könne in die pädagogische Hochschule immatrikuliert werden, ohne Abitur: Volksschullehrer, überlegen, überlegen!

Am 23. April 1956 war der Tag meiner Ankunft in Göttingen.

Göttingen So 29. April 1956

Geburtstag, 27 Jahre alt. Karl Heinz schlug mir vor, eine katholische Messe zu besuchen. Danach lud ich ihn in die Taberna zum Mittagessen ein. Dann fuhren wir auf seinem Motorroller nach Friedland, wir hatten gehört, daß aus Bautzen welche entlassen worden waren. Hier traf ich Patrik von Glasenapp, dessen Fallkamerad Fritz Beyer im Kirchenchor mit ihm Kassiber geschoben hatte. Patrik erzählte mir, daß der Kirchenchor vier Tage nach meiner Entlassung, wegen dieser Kassiber, aufgeflogen sei, Einzelhaft, Transport nach Torgau. Außerdem sei die Rede gewesen, ich hätte im Westen schwer auf die Pauke gehauen, Berichte über die Lage der Kriegsgefangenen abgegeben usw. Das stimmt natürlich alles nicht, das wäre ja viel zu gefährlich gewesen für Robert. Durch Patrik lernte ich Hitlers Adjutanten kennen, Günsche, von Reportern umlagert. (Ein Hüne, gottgläubig, gegen Demokratie usw.)
Von Robert nichts gehört. Dann fuhren wir nach Kassel, sahen hier die »berühmten« Wasserspiele im Kino »Kaskade«. In der Nacht um halb 2 Uhr todmüde ins Bett.

Rilke-Sonette.

Göttingen Do 3. Mai 1956

Heute abend habe ich mit Karl Heinz einen Vortrag von Bischof Lilje besucht. Es mußte umgezogen werden, so viele Studenten waren gekommen.
Toller Mann! Ich war begeistert. Er selbst, klein und dick, ist ein großer Rhetoriker, der mit einem ironischen Unterton über das Thema »Gebet und Meditation in der christlichen Kirche« sprach, und zwar in einer plaudernden, ruhigen, ganz unsensationellen, von jeder Klotzdogmatik freien Art. »Wer nicht mehr regelmäßig betet, wird auch bald nicht mehr unregelmäßig beten.« »Ein gemeinsames Gebet in einer Kirche kann mehr sein, als was einer, höchst individualiter in sämtlichen deutschen Wäldern zusammengeschwärmt hat.«
Gestern ein Händel-Konzert des Hannoverschen Rundfunkorchesters besucht. Ein prächtiger Klangkörper, Genuß! Oboensolo. Sopran. Der Oboist ein Virtuose.

Wieder zwei ehemalige Bautzener kennengelernt, Walter Kluge und Pomper. Ich wohne immer noch bei Karl Heinz im Historischen Colloquium. Muß geheim bleiben, da die SDS-Leute dagegen sind. Essen tue ich in der Mensa, obwohl gar kein Student, Karl Heinz besorgte mir einen Schein.
Zahnarzt gut.

Göttingen Fr 4. Mai 1956

Ich möchte heute meine Entlassungseindrücke niederschreiben. Schöne Tage in Göttingen! Ich sitze hier bei einer Tasse Bohnenkaffee und einer North-State-Zigarette – habe ich das alles verdient?

Am 26. Februar 1956 ging ich zum Kommandoleiter Bitterlich, um ihm meine Pläne über die Zukunft des Chores nach meinem

Weggang mitzuteilen. Dabei erfuhr er, wie mir schien, überraschend, daß meine Strafzeit am 7.3. beendet ist. Es war allerdings merkwürdig, daß ich zu ihm gebracht wurde, er war für unsern Abschnitt gar nicht zuständig. In seinem Abschnitt aber lagen die Entlassungszellen. Sobald ich ihm erklärt hatte, daß in neun Tagen meine Entlassung anstehe, stutzte er, ging zur Tür, ohne auf meine weiteren Worte zu achten, rief den Abschnittsältesten: »Der Mann hier wird in neun Tagen entlassen und läuft immer noch frei herum! Der kommt sofort in die Entlassungszelle!« Womit sich das Kapitel »Bautzen« für mich im eigentlichen Sinne erledigt hatte.
Ich wurde auf West II in eine sehr ungepflegte Zelle gesperrt. Das einzige, was besonders auffiel, war das weiß bezogene Bett, d.h. die Bettwäsche, ich mußte es selbst beziehen, und die Tischdecke. An der Tür war innen ein Schild angebracht: Rauchzeiten: 8.00, 10.00, 13.00, 16.00, 18.00 Uhr. Da saß ich nun. Es war halb 11 Uhr. Gottlob konnte ich die Uhr sehen. Ich hatte natürlich nichts bei mir, alles war in der Kirchenchorzelle verblieben. Um 12.00 Uhr wurde die Türklappe aufgeschlossen, Essen. Kurz danach wurde ich herausgeholt in die Verwaltung. Ich nahm immer noch an, daß es sich vielleicht noch um einen Irrtum hätte handeln können, gewiß, mir war am 24. Juli 1955 die Reduzierung meiner Strafe bekanntgegeben worden, danach hatte sich aber nichts mehr gerührt. Allerdings war ich am 14. 2. im Lazarett noch zum dortigen Kommandoleiter »Priembacke« gerufen und über mein Entlassungsziel befragt worden. Dies hätte ja aber auch durch mich hervorgerufen sein können, denn ich war von demselben Priembacke einige Tage vorher geholt worden, einer meiner Briefe war beanstandet worden und wurde nur weggeschickt, weil ich darauf hinwies, ich könne den Inhalt dieses Briefes ja ohnedies in drei Wochen meiner Mutter mündlich mitteilen. Was Bitterlich und meine Verlegung auf die Entlassungszelle anging, so meinte ich, ich hätte ja die Angabe selbst gemacht, und Bitterlich habe mich vielleicht nur auf meine eigne Angabe hin in diese Zelle gesteckt. Alles an sich unsinnig, aber durch die vielen schlechten Erfahrungen gewitzt,

stellte ich mich auf einen Irrtum ein. – Nun wurde ich also nach Tisch zur Verwaltung gerufen. Ich nahm an, es handele sich um ein Verhör. Nichts davon. Ich wurde in den Keller geführt. Hier mußte ich mir ein Zivilhemd und ein Jackett anziehen und wurde fotografiert!

Walter Kempowski,
Ende Februar 1956 in Bautzen

Der Polizist unterhielt sich noch leutselig mit mir und machte mich auf die Vorzüge der DDR aufmerksam. Dann konnte ich ganz allein wieder zurückgehen auf meine Zelle, lief durch den ganzen Bau. Leider begegnete mir niemand. Auf West II lief mir der Abschnittsälteste in die Quere, ich haute ihn um Zigaretten an. Er gab mir eine, und gleichzeitig händigte er mir meine Sachen aus, die inzwischen geholt worden waren. – Am späten Nachmittag, ich wanderte unruhig hin und her, öffnete sich die Tür, und ein anderer Entlassungskandidat wurde zu mir in die Zelle gesperrt. Ein »Rotkehlchen«, d.h. ein Krimineller, vermutlich Sittlichkeitsverbrecher, der zunächst sehr schweigsam war, aber nach einem Tag auftaute und mich zum Sozialismus bekehren wollte. Er tat dies ziemlich geschickt, und aus Mitleid zu ihm verwandelte ich mich für anderthalb Tage in einen Freund der Arbeiterklasse, worüber ich mir später Vorwürfe machte, aber safety first! – Am nächsten Morgen ging die Zellenklappe auf, Paepke stand draußen, brachte mir einige Zigaretten und ein Schriftstück über die Zukunft des Kirchenchores zur Unterschrift. Das war das letzte Mal, daß ich ihn sah. Ich fand es sehr anständig von ihm, daß er auf diese Weise sich noch einmal zeigte, leicht ist es für ihn nicht gewesen, er mußte ja dableiben. – Auch Rolf Heyder schickte mir einige Zigaretten und kam am letzten Tage noch einmal persönlich an die Klappe. Robert schickte mir noch zehn Zigaretten und der Sittlichkeitsmensch, als er ging, noch zwölf. Danach war ich einen Tag allein, es kam ein anderes Rotkehlchen, halbes Jahr wegen Erregung öffentlichen Ärgernisses. Er hatte nach einer Sauferei nachts auf der Straße uriniert, eine Frau hatte ihn und den petit frère gesehen, ihn angezeigt. Zur Sitte reichte es nicht. Er war Opernsänger und hatte eine zwar quetschige, aber sehr kräftige Baßstimme, was mir zunächst sehr gefiel, dann aber sehr störend wurde, weil er den ganzen Tag sang, und wie! Ich schüttelte den Kopf, pfiff durch die Zähne, er nahm das für Beifall und schmetterte weiter. Einmal so laut, plötzlich, daß ich erschrocken zusammenfuhr, die Scheiben klirrten! Schließlich wurde auch er entlassen. Gottlob! für ihn und mich. In diesen Tagen gingen wir auch mal spazieren, und dabei stellte ich fest, daß Jochen Reincke ebenfalls auf einer Entlassungszelle saß. Übrigens habe ich die Zelle noch einmal gewechselt und bezog eine frisch gemalte und lackierte. Leider wurde mir dann für die letzten beiden Tage noch ein junger Mensch (Jahrgang 36) beigegeben. Artikel 6. Oberschüler, etwas verwöhnt und unerträglich reinlich (etwas eitel). Er redete viel dummes Zeug und machte sich größte Sorgen darum, ob ihm seine Klamotten auch paßten, er würde, so sagte er mir,

von seinen Eltern abgeholt. Er war, wie er sagte, Goldschmied und, nebenbei, ein hübscher Junge.
Dann war es schließlich soweit! Am 6. März, schon nachmittags um halb 3 Uhr, wurde ich plötzlich vom Etagenältesten, einem üblen Idioten, herausgeholt und zum Baden gebracht. Ich duschte mich ausgiebig und war froh, ein weiteres sicheres Anzeichen für meine Entlassung zu haben. Nach dem Baden ging's wieder in die Zelle. Dann Warten. Um 15 Uhr wurde die Tür aufgeschlossen, ich wurde aufgerufen, raus, zum Glaskasten (Zentrale). Hier saß der Entlassungswachtmeister (Menjoubart). Er verhörte mich auf meine Personalien hin. Wie meine Großmutter mit Vornamen heißt, wollte er wissen. Ich hatte noch einmal große Angst, daß das alles ein Irrtum sei. Aber alles ging gut. Ich wurde über den Hof geführt, mir kam ein Teil des Kirchenchors entgegen. Ich war etwas aufgeregt und verwirrt, die alten Knaben! Ich winkte ihnen noch. Ich wurde ins Lazarett gebracht, durchleuchtet – O. B. Dann untersucht. Alles in Ordnung. Dann mußte ich mich in der Effektenkammer nackt ausziehen und wurde eingekleidet. Ich bekam Unterwäsche, Oberhemd, Strümpfe und Halter, einen Zweireiher (Hosenträger), Mantel, Schal, Handschuhe und – Ballonmütze. Dann meine Effekten: Bilder, Schuhe. Ich wollte eigentlich meinen Pelzmantel noch mithaben, den gab man mir aber nicht. Aber die Schuhe, aus Wiesbaden noch.
Dann ging's zur Verwaltung. Hier mußte ich lange warten. Der Kontokassenunterkommissar händigte mir zehn Mark aus und teilte mir mit, daß mein restliches Geld auf die Bautzener Stadtkasse eingezahlt worden sei. Ich bat ihn noch, mir davon 40 Zigaretten zu kaufen, was er versprach. Dann warten. Schließlich kam der Kommissar Zosel und machte mein Entlassungsverhör. Er wußte offensichtlich nicht, was er mit mir anfangen sollte. Er sagte dauernd »na ja« und »hm«, und »bleiben Sie standhaft« und »setzen Sie sich für den Frieden ein« usw. Schließlich war auch das durchgestanden. Ich wurde in eine andere Zelle geführt, eine ehemalige Krankenzelle. Hier hatte ich Muße, mir meine Kleidung genau zu beäugen. Die Hose war mir etwas zu

lang, der Etagenälteste mußte sie in die Textilkammer tragen, in einer Viertelstunde war sie, gekürzt, wieder da! Prompte Bedienung, das muß man schon sagen.
Ein paar Tage zuvor hatte ich noch verschiedenen Ärger gehabt. Man hatte mich eine Woche nicht rasiert. Als Winnetou durchging, fragte er, ob ich noch irgendwas brauchte, ich sagte ihm, daß ich nichts zu lesen hätte und schon so lange nicht mehr rasiert worden sei. Er machte einen Heidenspektakel, der Friseur spritzte (ein übler Zinker). Der Büchereileiter brachte mir »Verklungene Tage« von Stefan Zweig.
Am Tag darauf, es war sehr kalt, man heizte nicht, legte ich mich mit allen Sachen ins Bett. Die Tür wurde aufgeschlossen, ein mir fremder Kommissar stand in der Tür. Ich rührte mich überhaupt nicht. Er ärgerte sich darüber und fragte, ob ich das zu Hause auch so mache, im Bett liegen mit allen Sachen. Ich sagte: nein, und dachte bei mir: Zu Hause heizen wir!
Am Vorabend meines Entlassungstages nun, in der »Krankenzelle« am Abend, öffnete sich die Tür, und der Kommissar stand wieder da. Kurz zuvor hatte man mir die 40 Zigaretten gebracht. Ich nahm eine Zigarette und steuerte auf ihn zu, mir Feuer geben zu lassen. Da wurde er mißmutig und fragte, ob ich nicht melden könne! Schließlich zwang er mich, unter dem Fenster stehend, die Meldung zu machen. Ich wollte mich nicht erniedrigen und verzichtete auf Feuer für die Zigarette. Idiot! Damit wurde es Nacht. Nach der Wachablösung, ich hatte mich schon hingelegt und versuchte zu schlafen, holte mich der Abschnittsälteste noch mal raus, wohl um mich auszuhorchen. Wir gingen durch den schlafenden Zellenflügel in seine Zelle und rauchten und unterhielten uns. Ich gab ihm noch Zigaretten für meinen Bruder und durfte mich dann schlafen legen, und schlief wirklich! Dann klingelte es. Ich wusch mich, kleidete mich an, und kurz darauf wurde ich geholt.

Im Zug Göttingen–Hamburg Di 8. Mai 1956

Da wir mittwochs und sonnabends freihaben und Donnerstag Himmelfahrt ist, ergibt sich die fröhliche Gelegenheit, nach Hause zu fahren! Ich habe fünf Tage Zeit in Hamburg, ohne hier etwas zu versäumen, und dabei noch die erfreuliche Aussicht auf einen Hausball anläßlich des Geburtstages von Margrit Collasius[10] am 12. Mai!
Heute abend um 22.30 Uhr bin ich in Hamburg. Walter Kluge hatte mich zur Bahn gebracht, und auf dem Bahnsteig erwartete mich der gute Karl Heinz ganz unerwartet. Er machte eine Aufnahme von mir, aus dem Zuge sehend. Das Historische Colloquium mußte ich verlassen, konnte mich nicht dauernd verstecken.
Ein Zimmer habe ich ja nun auch in Göttingen, bei einem Zollrat, sehr nette Leute, Thüringer. Im Krieg waren sie in Österreich, 1945 ausgewiesen. – Das Zimmer ist recht groß, ich bin mein eigner Herr! Am weißen Stein 4.

Dieselben Gefühle, die ich bei meiner Entlassung hatte, möchte ich haben, wenn ich sterbe. Daß die Sorgen der andern mich nicht mehr betreffen, ganz frei, in eine glückliche Zukunft!

Heute dachte ich an 1947, als ich nach Hamburg fuhr, um »alles zu regeln«. Ich wußte damals nicht, wie ich zu Onkel Herbert kommen konnte, stieg wahllos in irgendeine Straßenbahn, fuhr ein Stück und stieg dann wiederum gänzlich wahllos wieder aus, mit der Überzeugung, ein Stück weitergekommen zu sein. So das Abitur jetzt, so meine Verhaftung.

10 Eine Kusine.

Hamburg So 13. Mai 1956

Bis heute morgen bei Margrit getanzt. Die phantastische Wohnung ist ja wundervoll für diese Zwecke geeignet. Etwa 20 Personen. Ich hatte das Glück, Tanzpartner (selbst gewählt) einer guten Tänzerin zu sein. Wir tanzten recht gut zusammen. Ich bin jetzt noch kreuzlahm. Es entwickelte sich auch mit ihr ein gewisser Kontakt. Wir schieden, ohne daß wir ein Wiedersehen verabredeten. Es lohnte nicht. – Lampions, Bowle. Ein Idiot war auch da, wie konnte es anders sein, ein Betriebswirt! Alles in allem ein erfreulicher Abend.

Im Zug nach Hamburg Do 17. Mai 1956

[...] Heute morgen Ämtermist, dann Frau Schöhl[11] besucht, die gleich um die Ecke wohnt, ich traf sie zufällig auf der Straße und erkannte sie sofort. Sie hat sich fast gar nicht verändert, natürlich weißhaarig. Rostock! Sie erzählte mir bei Kaffee und Kuchen viel von Vater und vom Förster-Kreis, den Hausmusiken. Ich schrieb mit. Er sei immer so förmlich gewesen: »Meine Gnädigste«, das habe doch gar nicht zu ihm gepaßt.

Göttingen So 27. Mai 1956

Karl Heinz holte mich um halb 11 Uhr mit dem Roller ab. Wir fuhren in ein winziges Dorf (Name: Eherode). Dort wohnt eine Freundin von ihm, Marianne. Jetzt über die Pfingstferien wohnt sie dort bei ihrer Mutter, sonst ist sie in Göttingen, medizinisch-technische Assistentin. Hübsch. Wir aßen zu Mittag beim Pfarrer, einem Mitglied der Pfingstgemeinde, komischer

11 Kempowski 2005: In »Tadellöser & Wolff« heißt sie »Kröhl«.

Kauz, baut Karussells für Kinder in seinem Garten (Jarten, wie er sagt, er ist Ostpreuße) und sang uns auf einer selbstkonstruierten Tastenzither pietistisch-frömmlerische Kitschlieder vor. Nach Tisch gingen Karl Heinz, Marianne und ich in die Kirche, ich spielte Orgel dort. Dann wurde Kaffee getrunken im Garten. Zunächst sangen die ganze Familie, Pastor, Großtante, Mutter, Tochter, ein fremder Gast und Karl Heinz ein pietistisches Lied. Der Hahn, wir tranken im Freien Kaffee, wurde ganz aufgeregt und krähte. Ich saß neben der Großtante, 90 Jahre, die mich in einem fort zum Essen nötigte, »essen Sie«, »nehmen Sie«, »trinken Sie« usw. Es war rasend komisch. Dann wurde spazierengegangen. Leider fuhren Karl Heinz und Marianne »zum Bahnhof, um den Koffer aufzugeben«, wie sie sich ausdrückten. In einer halben Stunde seien sie wieder zurück. Daraus wurden schließlich zweieinhalb Stunden, und ich saß dauernd mit der Gesellschaft alleine. Nach dem Abendbrot holte der Pastor wieder seine Zither hervor, und alle sangen aus Leibeskräften. Während des Abendbrotes saß die Großtante neben dem fremden Gast, der dauernd ein Gesicht machte wie ein Klarinettenspieler, und forderte auch ihn laufend auf, »nehmen Sie noch«, »essen Sie« – schließlich »essen Sie schneller«. Allgemeines Gelächter. Dann verabschiedeten wir uns, währenddem im Gemeindesaal eine Gesellschaft von Pietisten eine Bibelstunde abhielt, alle sangen aus vollem Halse.

Göttingen Di 29. Mai 1956

Schönes Göttingen! Heute abend nach dem Kino (Kriminalfilm) wunderbarer Spaziergang durch die Anlagen. Vergiß diese Tage nicht, sie sind ein Geschenk, die dich nicht begieriger, sondern zufrieden machen sollen. Denk zurück!
Vor mir auf dem Tisch steht ein Maiglöckchenstrauß, den mir die Wirtin hingestellt hat, links die kleine Lampe, vor mir der Teewagen, Liegecouch, durchs offne Fenster dringen die

Nachtgeräusche. Jetzt esse ich noch ein wenig, dann ins Bett und »Zauberberg« gelesen!

Wer einsam ist, der ist frei!

Göttingen Sa 2. Juni 1956

Fortsetzung der Entlassungseindrücke – Die Tür wurde aufgeschlossen, Kommissar Brux und Polizeimeister »Karacho« standen davor. Ich in Zivil. Name, raus. Auf den Zellengängen brannten die trüben 15-Watt-Lampen. Am Glaskasten vorbei, hinter den großen Glasscheiben, die den Saalflügel und Treppenhaus abgrenzten, standen viele Häftlinge, vermutlich eine Frühschicht, und rauchten. Ich wurde durch den Verwaltungsgang geführt, meine Marschverpflegung und die Ballonmütze unter dem Arm. Dann ging's über den nachtdunklen Hof (6 Uhr früh) ins Torhaus. Gittergeklapper, Schlüsselklirren, Wachstube. Hier saßen eine Wachtmeisterin und zwei Wachtmeister und musterten mich neugierig. Brux ging mit mir in einen Raum, der bereits nicht mehr vergittert war. Dann ließ er mich allein. Ich zog den Mantel aus, betrachtete die Bilder, Stalin und irgendwelche Losungen, öffnete schließlich das Fenster, der Raum war überheizt. Draußen bellte ein Wachhund, dann kam ein Trupp Wachtmeister in Reih und Glied, Kommandos, die Ablösung. Fern sah man eine Fabrik und einen Stacheldrahtzaun. Trübe Lampen. Ich war bereit, alles zu genießen, und war vollkommen ruhig.
Um sieben Uhr endlich kam Brux wieder, gab mir meinen Entlassungsschein, 10 DM und einen Gutschein über eine Fahrkarte nach Hamburg und erklärte mir, ich hätte mich auf dem schnellsten Wege aus der Zone zu entfernen. Dann ging er wieder. Nach 20 Minuten kam ein BMW, hielt vor dem Torhaus, Türengeklappe, los! Ich stieg in den Wagen mit Brux. Der VP-Fahrer musterte mich, ich kannte ihn von früher. Es war einer

der Anständigen. Der Wagen fuhr an, ich sah zum ersten Mal die Anstalt bewußt von draußen. Bei der Einlieferung im September 1948 war es heller Tag gewesen.
Durch die Stadt zum Bahnhof. Brux ging mit mir in die Halle. Hier wurde ich unsicher, weil viele Menschen, vor allem viele Frauen, die ich ja so lange nicht gesehen hatte, hier hin und her liefen. Brux löste die Fahrkarte, einige Passanten sahen mich neugierig an. Sie kannten ja die Anstalt und wußten, was darin vorging. Durch die Sperre, ich war allein, Brux verschwand, der Fahrer des Pkw sah mich an und reichte mir die Hand. Ich zögerte und drückte sie schließlich. »Machen Sie's gut.«
Auf dem Bahnsteig einige Nonnen und die üblichen Reisenden. Schließlich kam der Zug. Ich fuhr bis Dresden, hatte gleich Anschluß nach Leipzig und Wittenberge. Alles war wie ein Traum. Im Zug war Musik, Zugfunk. »Blick dich nicht um nach fremden Schatten!« Ich hatte genug zu tun, die Leute anzusehen, wie ein Neger aus dem Urwald, der zum erstenmal einen weißen Mann sieht, aber dunkel kamen mir Erinnerungen, das alles schon gesehen zu haben. Doch war es ja 1948 gewesen, zum letztenmal, damals waren die Zeiten nicht gut gewesen.
Der Zug fuhr und fuhr. Ich sah einen jüngeren Mann mit einem Abzeichen am Rockaufschlag. Ich fragte ihn kurzentschlossen, was das bedeute, er sagte verwundert: »Junge Gemeinde.« Da er eine griechische Sprachlehre studierte, fragte ich ihn, ob er Theologe sei. »Ja.« Da kamen wir ins Gespräch, und ich erzählte ihm, daß ich gerade entlassen worden sei. Bis Leipzig habe ich mich mit ihm gut unterhalten. Dann stieg er aus. Bei unserm Gespräch, das wohl auf ihn etwas absonderlich wirkte, wurden die Abteilsleute aufmerksam, worauf ich das Gespräch etwas dämpfte.
In Wittenberge hatte ich etwas Aufenthalt. Ich telegraphierte nach Hause: »Bin frei!«. Der Schalterbeamte sah mich an und fragte: »Entschuldigen Sie, wieso frei?« Ich gab ihm Auskunft, da sah er mich mit einem sonderbaren Blick an, Mitgefühl und Verständnis bei einem fremden Menschen. Ein Blick, ohne ein Wort.

Ich kaufte mir noch eine Schachtel Zigaretten, ließ mich rasieren, Haare schneiden. Typisch Ostzone, unhöflich, unpersönlich und schlecht. Schließlich setzte ich mich in ein Lokal und kaufte für den Rest des Geldes ein Mittagessen. Es war etwa vier Uhr. Etwa um sechs Uhr ging der Zug, der Interzonenzug. Als ich auf den Bahnsteig ging, trat mir eine Aufsichtsperson (eine Frau) entgegen und verlangte, meinen Interzonenpaß zu sehen. Ich zeigte ihr meinen Entlassungswisch, prüfender Blick, in Ordnung. Da sprach mich ein Mann an, ich käme wohl aus Bautzen? Ja. Ob ich Leute aus dem Kirchenchor kenne? Ja, ich sei selbst darin gewesen. Sein Neffe Ditmar Müller sei dort gewesen. – So hatte ich also Reiseunterhaltung, die mir allerdings bald auf den Wecker ging, bis Hamburg. Die Reisenden dieses Zuges unterschieden sich schon merklich von den eigentlichen Ostzonenleuten. Bessere Kleidung, ein anderer Blick, der etwa besagte: Wir wissen ja, erst muß die Zonengrenze passiert sein, haben Sie auch noch Westgeld bei sich? Hoffentlich keine allzu scharfen Kontrollen. In meinem Abteil saß außerdem noch ein jüngerer Fletz aus Berlin, der auch nach Hamburg wollte. Er klärte mich über den »schlimmen« Westen auf. Die Lichtreklamen? Das Geld sollten sie lieber den Ärmsten der Armen geben. Dann die Zonengrenze. Paßkontrolle. Der VP-Beamte sah mich an: »Moment mal?« Er verschwand mit meinem Entlassungsschein. Ich wurde unruhig. Draußen wurden durch den Lautsprecher irgendwelche kommunistischen Parolen durchgegeben. Leute gingen hin und her, eine Unmenge Volkspolizei. Reisende mit Koffern, zur Visitation.

Dann kam der VP-Mann wieder und händigte mir mein Papier aus. Ich atmete auf.

Der Zug setzte sich nach einer Stunde wieder in Bewegung, der Freiheit entgegen. Als der Zug die eigentliche Grenze passiert hatte, stieß ich einen langen Fluch aus. Alle sahen mich erstaunt an, wieso? So und so. Aha, na das ist ... Sofort wurden Bier und Zigaretten gespendet. Der Fletz: Na ja, Sie sind ein armes Schwein ...

Als wir in der Bundesrepublik ankamen, am Grenzort, war ich

der Meinung, ich müsse mich irgendwo melden, und ging in das Bahnhofsgebäude. Es war gar keine Polizei dort. Ein Zollbeamter wußte nichts mit mir anzufangen und meinte schließlich, was ich eigentlich von ihm wolle. Ob ich mich nicht melden müßte, als ehemaliger Häftling? Wo wollen Sie denn hin? Nach Hamburg. Na, dann fahren Sie doch hin!? Ich fuhr also. In Hamburg angekommen. Hauptbahnhof, 22.30 Uhr. Ganz planmäßig. Haufen von Menschen, hin und her, schließlich verlaufen sie sich, der Bahnsteig ist leer, ich – allein. Ich ging zur Sperre. So und so. »Da gehen Sie am besten zur Bahnhofsmission, aus dem Bahnhof raus, links im Gebäude.« Ich ging auf den Ausgang zu und – ein unbeschreiblicher Anblick bot sich mir, Lichtreklamen, Taxis, blitzend und modern, mir stockte der Atem. In der Mission interessierte man sich für mich überhaupt nicht, ich wußte ja nicht, wie ich in die Heinrichstraße finden sollte. Schließlich fiel mir ein, Onkel Herbert anzurufen. Edith meldete sich, große Freude, nimm ein Taxi, wir bezahlen es. Eine alte Frau gab mir das Geld fürs Telefon.

Göttingen Fr 8. Juni 1956

Karl Heinz hat mir einen Freitisch besorgt bei einer ehemaligen Missionarin, Fräulein Krause. Gallwitz, Mayer, Pomper dort. Einmal die Woche. Heute dort großes Streitgespräch. Ausgehend von »Wissen ist Macht« stellte ich fest, daß das Bildungsstreben hinsichtlich des Lebenserfolges zwecklos sei, die Leutchen ohne Bildung fahren heute im Auto, und die Professoren gehen zu Fuß, auch bringe uns Bildung dem lieben Gott nicht näher, sondern mache uns stolz und entfremde die Menschen voneinander, weil sie nicht mehr jeder einzeln die Bindung zum absoluten Punkt, Gott, haben. Mystik, Reformation, Humanismus, Aufklärung usw. bis heute. [...]

[...]

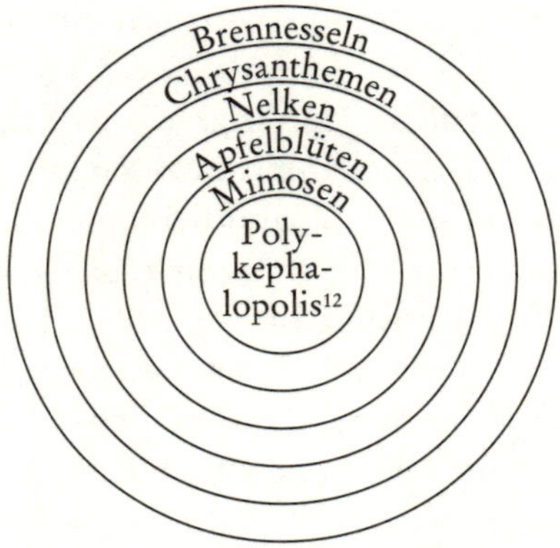

Mimosen: Der Flötenspieler, der Ritter, die Schöpfkelle, der Psychiater, Sam
Apfelblüten: Das Reh, Breslaus Segelflieger, Mochan
Nelken: Hafis, Hafner, der Konvertit, der Schwarze, das Kirchenlicht
Chrysanthemen: Page, Greif, Walderdbeere, Jörn, Magdeburg, Andrea Marone, Somnia, der Artist, Karen
Brennesseln: die vielen der vielen.

23. September 1943	30. Oktober 1950	16. August 1950

Polykephalopolis = die vielhäuptige Stadt, mit den Tempeln der einsetzbaren Gottheiten, den Tempeln der Charaktere, baumlos.

Christus als Kupferstecher, Buchtraum, Das Atelier, Wiesenschaum, Paulus-Briefe, Judas-Briefe, Aquarium, griechisches Alphabet als Zeit-Wandlungs-Maß, Pyramide, Hyazinthenfest.

---

12 Die vielhäuptige Stadt, die zu errichten Kempowski sich bereits in Bautzen vorgenommen hatte, eine Metapher für das spätere Werk, hier mehr Ahnung als konkrete Vorstellung.

Mimosen
Sie blühen nicht in den Gassen
und nicht an des Weges Rand,
sie wollen sich suchen lassen
von gleichempfindender Hand.

Polykephalopolis
Nächtlich durch die großen
Hallen sinnend schreiten.
Kühlen Marmor an den bloßen
Füßen und befreiten
Atem auszustoßen.
Und empfinden Dankbarkeiten,
daß in dieser urteilslosen
Welt dich immer noch begleiten
zart empfindende Mimosen …

Es war viel Mist dabei, aber einiges war gut, ewig gut. Eine letzte Blüte der Bautzener Welt waren die Monate Dezember 1953 und Januar 1954. […]

Einflüsse und Eindrücke
1929 Geburt
Alexandrinenstraße 81
Taufe zu Hause. »Mit Rotwein«. Pastor Isenberg. »Weil ich Jesu Schäflein bin.«
Walter Görlitz[13] der Schriftsteller, der Zinnfiguren sammelte.
Nähmaschine, die Schneiderin, die mir Geschichten erzählte und mich wegen der Lakritze nicht verpetzte.
Frau Harder, die von ihrem Mann schlecht behandelt wurde und mich »Walting« nannte.
Herr Schomann, der Kasperletheater spielte und mich zur Gesellschaft seines Sohnes in seinem Auto mitnahm und lange Geschichten erzählte.

---

13 Walter Görlitz (1913–1991), Schriftsteller und Journalist, lebte Anfang der 1930er Jahre als Untermieter in der Wohnung von Kempowskis Eltern.

Der christliche Verein der Frauen in der Ferdinandstraße, frömmelnd und nach Mottenkugeln riechend.
St.-Nikolai-Kirche, Backsteinbau.
Missionsneger, wenn man Geld reinwirft, wackelt er mit dem Kopf.
Vikar Niemann, Kindergottesdienst, »von der silbernen Stadt, aus der Gott der Vater seinen Sohn auf die Welt schickte«.
Wenn wir rodeln, klopft Mutter mit ihrem Ring an die Scheibe, damit wir zum Kaffeetrinken kommen.
Kakao mit Schmalzbrötchen.
»Flachskopp«, Dicki, Horsti, die Spielkameraden, mit denen im Winter gerodelt wurde. Einmal hatte ich Hunger, und einer von ihnen aß eine Schmalzstulle. Bei dem Vater von Dicki roch es nach Terpentin, er war Maler. Horstis Vater war Bäcker, Backstube, Kuchengeruch und zu Weihnachten Pfeffernüsse backen.
Robert und Ulla[14], wesentlich älter als ich, erziehen mich viel und spielen nicht mit mir, aber mit andern in den Gaswiesen.
Malzbier.
Fritjof Koch verspricht mir einen Zeppelin und gibt ihn mir nicht.
Lehrer Märtin unterrichtet unsere 60-Jungens-Klasse in weißem Mantel und liest schöne Bücher vor, fotografiert mich dabei, ohne daß ich es merke.
St.-Georg-Volksschule, überfüllt.
Lehrer Neumann schlägt mich mit dem Stock, ohne daß ich weiß, warum. Er ist der Rechenlehrer.
»Ibach-Transponierflügel«.
Der Geburstagsmarsch, »Damm Klavierschule«.
Vater spielt Klavier, abends lasse ich die Tür auf und höre bis in die Nacht hinein. Mutter singt mir Lieder vor »vom Müller, der seine Frau verlor'n« und macht das Essen dabei.
Das Dienstmädchen Wilma hat gestohlen und muß weg. 50 Pfennig und Briefmarken. Im großen Eßzimmer steht eine Palme.

---

14 Walter Kempowskis Schwester Ursula (1922–2001).

Vater steckt sich die Serviette in den Kragen und ißt sehr viel, aber Erdbeeren und Schmalz kann er nicht vertragen, Käse auch nicht.
Ich esse auch keinen Käse. Robert auch nicht.
Mutter ißt immer nur ein Brötchen morgens und mittags nur sehr wenig.
Mutter hat in der Nacht mit Vater geschimpft. »Ja, ja, ich weiß, ich bin eine dumme Pute!« Was ist eine dumme Pute?
[...]
Dicker Lahl ist ein Mitschüler von mir. Sein Vater hat eine Firma für Fleischereibedarfsartikel. Sie haben ein Haus in der Adolf-Wilbrandt-Straße und sind alle sehr dick. Dicker Lahl ist der Dickste in unserer Klasse.
Körling Klüßendorffs Vater ist bankrott gegangen. Er kann aber weiterhin die höhere Schule besuchen.
Dicker Lahl hat eine elektrische Eisenbahn. Der Transformator hat 75 Mark gekostet.
Er hat ein Spiel erfunden. Er hat sich eine große Tischplatte auf seinen Tisch aufsetzen lassen. Die Tischplatte hat er mit Kreide in Straßen und Grundstücke aufgeteilt. Wir wollen »Stadt« spielen.
Theo Ackermann ist schon 16 Jahre alt. Er ist der Bürgermeister und Polizeichef. Jeder von den Mitspielern darf unter verschiedenen Namen mehrere Firmen aufmachen. Dicker Lahl ist der Bankier. Jedes Geschäft, das aufgemacht wird, bekommt ein Konto mit 300000 Mark. Das Geld hat dicker Lahl gedruckt und mit Stempel und Unterschrift versehen.
Ich habe eine Firma für Baumaterial, ein Kino und einen Fahrstuhl zum Fußboden hinunter aufgemacht.
Dicker Lahl hat eine Autoreparaturwerkstatt, einen Garagenbetrieb und ein Autogeschäft aufgemacht.
Karl Klüßendorff hat eine Tankstelle, die Post (Telefon) und Omnibusverkehr aufgemacht.
Mein Geschäft floriert sehr. Alle müssen sich Häuser bauen und kaufen von mir Steinbauklötze und Metallteile aus dem Stabilbaukasten. Die Steuern für meine Grundstücke sind aber

hoch. Das Kino wird erst gebaut, Baumaterial bekomme ich ja billiger, zu Vorzugspreisen, der Fahrstuhl wird auch erst gebaut.
Dicker Lahl verdient gut, er verkauft uns die Autos. Wir haben ihm unsere Autos gegeben, damit er seine Firma aufmachen kann. Märklin-Autos. Der Geldverkehr geht meist unbar vor sich. Wir bekommen über die Post unsere Kontoauszüge. Dicker Lahl weiß mit der Prozentrechnung Bescheid. »Durch zehn mal sechs.«
Theo Ackermann bringt die Sache in Schwung, er verlangt hohe Steuern. Seine Polizeiautos patrouillieren durch die Straßen.
Mein Kino ist fertig, es geht aber keiner hin. Ich will sehen, daß ich den Auftrag für die Lieferung von Baumaterial für das Rathaus und das Gefängnis bekomme.
Theo Ackermann hat mir den Auftrag übertragen. Ich fahre die Sachen auf meinen neuen Fernlastern an.
Dicker Lahl hat jetzt auch ein Baugeschäft aufgemacht, er baut die Häuser, muß aber von mir das Material kaufen.
Frau Lahl bringt uns um 5 Uhr Kaffee und Kuchen.
Die Stadt braucht nicht abgeräumt zu werden, sie kann wochenlang stehenbleiben. Theo Ackermann hat das Rathaus eingeweiht.
Klüßendorff ist in seiner Eigenschaft als Omnibusbesitzer ins Gefängnis gekommen, er hat eine Hausecke mitgenommen.
Mein Fahrstuhl ist fertig. Eigene Konstruktion. Mit diesem Fahrstuhl werden die Autos und Personen auf den Fußboden und wieder hinaufbefördert. Pro Wagen nehme ich 5 Mark.
Klüßendorff als Postmensch hat Sonderbriefmarken rausgebracht. Zum Bau des Rathauses. Das Rathaus hat einen Turm mit Uhr.
Ich habe jetzt eine Zeitung herausgegeben. Sie erscheint wöchentlich. Die Stadt ist soweit fertig gebaut, und ich berichte über die Tagesereignisse. Ich will jetzt die Stadt, den Bürgermeister für den Bau einer Kirche interessieren. Die Kasse meines Baugeschäfts erfährt nämlich keinen Zuwachs mehr, seitdem alles fertiggebaut ist. Ich bin aber so ziemlich der reichste

Mann in der Stadt. Mein Konto beträgt 500 000 Mark. Ich muß aber dauernd Steuern zahlen.
Klüßendorff hat sich beim Bürgermeister beschwert, alle fahren mit Autos, aber keiner tankt bei ihm.
Ackermann hat in meiner Zeitung bekanntgegeben, daß alle Autos Benzinkarten bekommen, alle Autos, die fahren. Diese Karten müssen abgekauft werden. Ich habe mir als Besitzer des Baugeschäfts einen Mercedes gekauft. Außerdem habe ich drei Fernlaster mit Anhänger laufen. Mein Kino kann ich schließen. Alle Reklame nützt nichts. Der Bau hat 80 000 Mark gekostet, Grundsteuern 5000 Mark, Vermögenssteuer 2000 Mark! Es geht bergab!
Theo Ackermann hat den Bau einer Kirche abgelehnt. Stattdessen will er ein Museum bauen. Ich hab darüber in meiner Zeitung geschimpft. Die Zeitung übrigens verdient ganz gut. Alle Firmen müssen sie, laut Amtsbeschluß, auf dem ich bestand, weil wir ja auch Benzin kaufen müssen, halten. Durch den Bau der Kirche hätte ich mehr verdient, ich habe schon mit dem dicken Lahl gesprochen, er soll sich dafür einsetzen, er baut sie ja schließlich.
Theo Ackermann hat die ganze Stadt abstimmen lassen. Dicker Lahl und ich haben zusammen acht Stimmen (für jeden Betrieb eine), die für die Kirche stimmen, Klüßendorff stimmte dagegen mit seinen vier Betrieben (er hat noch eine Taxivermietung eingerichtet). Er stimmte aber nur deshalb dagegen, um sich bei dem Bürgermeister lieb Kind zu machen, sein Omnibusladen und die Taxigeschichte gehen nämlich bald pleite. So werden wir uns also wohl durchsetzen.
Ich habe mein Kino zum Verkauf annonciert, ich habe keine Lust, pleite zu gehen.
Theo Ackermann hat eine Bürgerversammlung einberufen. Wir kamen alle mit unseren Privatautos, der ganze Marktplatz war voll, die Polizei sperrte ab. Er erklärte uns, daß er doch ein Museum bauen wolle.
Ich wies darauf hin, daß die Seelsorge wichtig sei. Außerdem könne er schließlich nicht über das Abstimmungsergebnis hinweggehen.

Ackermann lachte und meinte, was die Kirche betrifft, wüßte er schon eine Lösung, die Stadt kaufe eben einfach das Kino und baut es um! Und mit der Demokratie sollten wir uns man nicht so haben, wenn er wollte, könnte er uns alle verhaften lassen.
Ich habe dann mit ihm noch privat verhandelt, bekomme für mein Kino 70000 Mark. Ist mir auch recht, so mache ich denn mit dem Rest des Kinobesitzerkontos eine Autoversicherung auf. Ich bestehe darauf, daß alle Autos versichert sein müssen, und berufe mich wieder auf die Benzinmarken.
Theo Ackermann, als Polizeichef, hat den Omnibusbesitzer amnestiert. Weil Klüßendorff so gut abgestimmt hat.
Dicker Lahl baut das Museum. Er verdient so gut, daß er als Baugeschäftsinhaber sich jetzt noch einen Horch kaufen kann. Er hat also zwei Autos. Theo Ackermann hat alle Bürger zusammengerufen. Es ist Krieg ausgebrochen. Alle männlichen Einwohner, es sind etwa 300, werden gemustert.
Ich habe auf die Gefahr eines Luftangriffs hingewiesen und bekam den Auftrag, das Material für einen Hochbunker zu besorgen. Dicker Lahl wird ihn aus Gips gießen. Wir machen fifty-fifty. Da ist also mein Verdienstausfall, der durch die nicht gebaute Kirche entstand, wieder ausgeglichen.
Theo Ackermann hat bekanntgegeben, daß alle Autos freigegeben werden müssen. Einige Wagen werden entschädigungslos enteignet für militärische Zwecke. Die Privatwagen werden aufgebockt und dürfen nicht mehr gefahren werden.
Dicker Lahl hat einen roten Kopf gekriegt und protestiert.
Theo Ackermann hat ihm mit Verhaftung gedroht. Dicker Lahl hat einen Wutanfall gekriegt und mit dem Fuß unter die Tischplatte gehauen, daß der Rathausturm eingestürzt ist. Dann hat's ne Prügelei gegeben. Frau Lahl hat gesagt: Ne, dat is nu woll doch tau doll! Mit der Stadt ist es aus.

Göttingen Di 3. Juli 1956

Inzwischen bin ich in den Kirchenchor der St.-Albani-Gemeinde eingetreten. Die Vorarbeiten für das von mir geplante Doppelquartett sind so weit gediehen, daß wir bald anfangen können. Meinen Paß habe ich immer noch nicht. Nachdem Ulla mich zunächst nach Oslo eingeladen hatte, fahre ich nun doch nach Aalborg, weil sie noch nicht umgezogen sind.
Am 1.7. war ich in Friedland, am 2.7., also gestern, wieder. Mit Monsignore Grahe interessante Unterhaltung gehabt. Auch wurde ich in Friedland mit ganz neuen Sachen von Kopf bis Fuß eingekleidet. Hose paßt mir leider nicht.
Unser Kantor Dr. Dürr[15] hat mir verschiedene musikwissenschaftliche Bücher geliehen. Blume: »Die evangelische Kirchenmusik«. Er lud mich zum Mittagessen ein.
Schule: Mathematik weiterhin gut. Ich wurde von (Direktor) Brettschneider zu Tisch eingeladen. In neun Tagen beginnen die großen Ferien. Obwohl es unausgesetzt regnet, freue ich mich sehr darauf.
Heute mit Sam im Kino gewesen. »Das Wunder von Mailand«. Vielleicht der beste Film, den ich je sah. Bei knapper Schilderung, straffes Konzept und folgerichtig. Und: sehr komisch!

Im Zug nach Hamburg Di 10. Juli 1956

19.20 Uhr
Es ist soweit! Auf geht's nach Hamburg. Habe Dispens geholt von Brettschneider, bei der Gelegenheit noch ein Lob eingesteckt. In vier Stunden bin ich zu Haus, und morgen werde ich zum erstenmal eine der Nichten sehen! Geschenke habe ich schon in Göttingen gekauft, ein Buch über Tiere und ein Büch-

---

15 Alfred Dürr (1918–2011), Musikwissenschaftler, Mitherausgeber der Neuen Bach-Ausgabe.

lein mit chinesischen Malereien. Na, eine Reihe von glücklichen Tagen liegt vor mir. Hoffentlich keine Enttäuschungen. Geld hab ich vor ein paar Tagen bekommen, die rückständige Ausbildungsbeihilfe für vier Monate, also 720 Mark! Folglich kann ich einen Großteil meiner Schulden abtragen. Gestern mit dem rührenden Bredow noch einige nette Stunden gehabt. Er ist ein prächtiger Kerl. Er will mir Mädchenbekanntschaften vermitteln.

Lektüre: »Galgenlieder«.
[...]

Hamburg Fr 13. Juli 1956

Nomen est omen
Das ist also der Dies ater gewesen, den ich schon so lange erwartet hatte. So hatte ich mich auf die Ferien gefreut. Im Biberhaus wurde mir eröffnet, daß ich nicht mit einer Anerkennung als politischer Häftling zu rechnen habe. Ich hätte ja wirklich was gemacht. Auch als Flüchtling könne ich nicht anerkannt werden ... So wird es immer bleiben. Das erwartet mich in dem Leben hier draußen. – Am Mittwoch Mette[16] zum ersten Mal gesehen. Niedliches Ding! Donnerstag früh Hagenbeck mit ihr allein. Dann Mittagessen bei uns. Abends Alsterpavillon mit ihr und Mutter, danach Gang durch die Lichtreklamen des nächtlichen Hamburg. Heute morgen habe ich sie im Bette bewirtet, danach Michaeliskirche angesehn. Turm bestiegen. Dann Karstadt, Spielwarenabteilung.
Wir haben guten Kontakt miteinander.
Ach, warum kann nicht alles anders sein! Es ist so verfahren, nichts Eindeutiges, Klares, alles verzwickt und undurchsichtig, unerquicklich. Oder bin ich selbst so unbeständig? Fast glaub

16 Eine Nichte, Tochter der Schwester Ulla.

ich's! Herrgott, wie soll das weitergehn? Viel mehr kann ich nicht tragen. Einmal ist Schluß! Diesen kleinen Fußangeln bin ich nicht gewachsen! Wenn man eins mit der Keule kriegt, gut, dann weiß man, woran man ist – Eindeutigkeit, aber diese »kleinen Freuden« zermürben so!

Radio: Orchester-Suite Nr. 3 D-Dur, Bach! Paßt ganz gut.

Im Zug Hamburg–Aalborg Sa 14. Juli 1956

[...] Heute früh 8.30 Uhr abgefahren mit Mette. Usw., usw. Wetter herrlich. Guter Laune.
Junge Dänin suchte Anschluß, wir standen eine Stunde nebeneinander. Dann fragte ich: »Taler de tysk?« »Nej«, war die Antwort.

Aalborg Mo 16. Juli 1956

Ein wahnsinniger Abend. Während ich dies schreibe, bin ich duhn. Ankunft in Aalborg. Ulla und Kinder. Worte erübrigen sich. Abend eingeladen von Kapitänleutnant Flent und Frau zum Geburtstag. Ich sprach ein unmögliches Kauderwelsch, Englisch, Deutsch und Dänisch, habe mich aber gut verständigen können. Es wurde viel und falsch gesungen, eine wohl typisch dänische Eigenart. Dann ging's nach einem phänomenalen Abendessen in eine Bar, mit Taxe. Gute kleine Kapelle, getanzt mit Sex, danach vollendetes Besäufnis. Nun liege ich und lausche den Eisenbahnen, die vorbeifahren. Gute Nacht! Die Kinder sind süß.

Aalborg Mo 23. Juli 1956

Eine Woche vergangen wie nichts. Ich liege fast ausschließlich im Garten in der Sonne, schmuse mit den Kindern oder treibe »Akrobatik« mit ihnen. Vorgestern Restaurant »Kilden«, mäßige Jazzkapelle, alles sehr teuer. Getanzt mit Ulla. Heute abend englischer Film, komische Militärparodie.
Im Schaufenster Kriegsspielzeug, das gibt es also nicht nur bei Preußens.
Auch sah ich Spielflugzeuge mit Hakenkreuz! Hier in Dänemark! Auch fahren hier ostdeutsche Autos herum. Sehr interessant.
Dänemark sauber und ordentlich. Ich verstehe die Sprache allmählich schon besser. Die Gespräche mit den Kindern. »Ti stille! – Lok Dören!«
Ich bin Ulla doch ähnlicher, als ich dachte. Ich freue mich über sie. Mir ist dieses Einverständnis fast unbegreiflich. Es scheint ein Idealfall zu sein.
Leider bin ich innerlich sehr unruhig wegen der üblen Nachrichten aus Hamburg. Es scheint, als ob ich die Entschädigung und die Anerkennung als politischer Flüchtling nicht bekomme. In allem liegt auch noch ein »Knüppel aus dem Sack«, kleine Unterschrift, große Folgen. Ich bin neugierig, wo das hinsteuert, soll ich denn immer noch nicht zur Ruhe kommen? Diese Traumwelt betrifft mich nicht. Ich gehöre nicht hierher, es wäre besser, ich lebte in ganz anderen Verhältnissen.
Alles steuert auf ein gewaltsames Ende zu. Doch selbst das ist mir verwehrt. Wenn doch Robert schon da wäre, dann wäre ich frei! Erstaunlich ist, daß ich mich fast vom allerersten Moment an mit Ulla gut verstehe. Die vielen Fotos, die sie gerettet hat. Auch anderes aus Rostock, Vaters Feldtintenfaß von 14/18.

Lektüre: Fritz Reuter, »Ut mine Festungstid«. [...]

Aalborg Di 24. Juli 1956

Ib[17] kam aus Oslo, er gab mir kaum die Hand. Seine 14 Tage bei der Gestapo seien schlimmer gewesen als meine Zeit in Bautzen ... So in dieser Tonart. Außerdem scheint er eifersüchtig zu sein, daß ich in seinem Haus wohnte, bei Ulla, in seiner Abwesenheit. [...]

Aalborg Mi 25. Juli 1956

Durch eine Anregung von außen (Ibs Brief) bin ich gezwungen zu rekapitulieren, wie schlimm es mir zeitweilig in Bautzen ergangen ist. Ib schrieb, daß ich meine Lage keineswegs mit der Lage der Widerstandskämpfer in den nationalsozialistischen KZ vergleichen kann. Vielleicht hätte ich auf allen vieren nach Hause kommen müssen oder mich mehr gehen lassen sollen, dann hätte ich diesen Vergleich aushalten können. Eigentlich liegt mir nichts daran festzustellen, daß es mir in Bautzen auch sehr dreckig gegangen ist. Es scheint mir aber, als ob man den Widerstand der Deutschen und die Leiden, die aus dem politischen Durcheinander resultierten, im Ausland und auch in Westdeutschland nicht richtig einschätzt. Zur Ehrenrettung der 24 000 Toten von Bautzen muß aber mal einiges gesagt werden. Diese Toten können nicht mehr erzählen, und sie sind nicht an der Langeweile gestorben.

Untersuchungshaft – März bis Mai 1948: Einzelhaft. Kein Spaziergang, alle 14 Tage rasieren, kein Buch, kein Papier, kein Stuhl, kein Tisch. Schlafen verboten, Liegen verboten, Anlehnen verboten. Von morgens 7 Uhr bis Mitternacht wach sein und auf die Mahlzeiten warten, die so bemessen waren, daß man langsam, aber sicher dem Tode entgegenging. Nach Mit-

17 Walter Kempowskis Schwager.

ternacht, wenn man annahm, schlafen zu dürfen, gingen die Verhöre los.
Kein Arzt, kein Rechtsbeistand, kein Pfarrer. Schikanen und Schläge der Wachtmeister. Wegen kleinster Vergehen (Nadel besitzen, Klopfen usw.) Karzer (Fenster auf, nackend ausziehen, mit Wasser übergossen werden und stehen müssen, stundenlang, kein Essen). Karzer in dieser Situation bedeutete Krankheit (Lungenentzündung usw.) und damit der sichere Tod. Glatze.

Mai bis September. Zusammen mit zwei bis drei andern Häftlingen, den ganzen Tag unbeschäftigt die Wände angucken müssen, Spitzel in der Zelle haben, nur flüstern dürfen. Kübel in der Zelle, ohne Deckel. Gerichtsverhandlung unter Ausschluß der Öffentlichkeit, ohne Verteidiger.

September. Transport. In einem Viehwagen mit 30 anderen, auch Frauen, ganz eng liegen müssen, Aufstehen verboten, so eng, daß man die Knie nicht anziehen konnte. Auch die Frauen mußten ihre Bedürfnisse sichtbar verrichten. Vier Tage Bahnfahrt ohne Verpflegung. Ich wog 44 Kilo!

Bautzen – September 1948 bis März 1950.
Vier-Mann-Zelle. Monatelange Ungewißheit über das Schicksal, Prügel durch die Posten. Betrügereien und Schikanen durch die Kapos. Nicht schreiben, keine Bücher, sehr schlechte sanitäre Betreuung. 60 Tote am Tag bei einer Belegschaft von 8000 Mann. 1500 TBC-Kranke, 450-Mann-Saal. ½ Quadratmeter Raum für jeden, zweiter Teil ohne Strohsack. Die Fenster auch im Sommer nicht öffnen dürfen. Dauernde Bespitzelung. Karzer und Einzelhaft-Drohung. Kein Beschwerdeweg. Wegen kleinster Vergehen stundenlang stehen müssen. Wer umfiel, wurde mit Wasser begossen und geschlagen. Völlig unzureichende Verpflegung. Ungeziefer (30 Flöhe in einer Nacht, Wanzen). Kein Pfarrer. Kein Rechtsweg.

März 1950 bis Dezember 1952. 450-Mann-Saal. Übernahme durch die Deutschen. Verpflegungskürzung (die Hälfte der Brot- und der Kartoffelration). Sprunghafter Anstieg der Sterbeziffer. Arbeitsbevorzugung als Druckmittel. Bruder nicht sprechen dürfen. Kesseltreiben gegen Intelligenz. Bolschewistische Infiltration. Bespitzelung. Schikanen der deutschen Wachtmeister. Stehkarzer. Häftlingskleidung mit bunten Streifen. Weiterhin Glatze.

1952 bis 1956. Wahllose Entlassungen, die an die seelische Verfassung ungeheure Anforderungen stellten. Aussichtslose Zukunft. Arbeitszwang. Brutale Ausnutzung der Arbeitskraft in raffiniertem Kontrollsystem. Nachtschichten ohne Verpflegungszulage. Arbeitszwang auch in Betrieben, die Kriegsmaterial herstellten. Mischung mit den übelsten Kriminellen. Einführung der Isolierung, in der unliebsame Häftlinge kaltgestellt wurden. 1955 Wegfall der Pakete bei gleichzeitiger Kürzung der Verpflegung. Entwürdigende Grußpflicht, militärische Anordnungen (Melden, Haltung annehmen, Bezeichnung des eigenen Namens mit »Strafgefangener«).

Aalborg — Do 26. Juli 1956

»Wenn buten de Sünn schient, un de Veegel singen, und de Blaumen bläuhn, wenn alle Welt sick freut, un de Harten lustiger slagen, denn ist för ein Gefangen de slimmste Tid; sine beste Tid is, wenn de Regen gütt, und de Stormwind rast un de Snei in willen Warbel tausamen jöggt.«
Fritz Reuter, »Ut mine Festungstid«.

Heute war ich in der Stadt beim Friseur, ausgezeichnet! Vergaß meine Brieftasche zu Hause und mußte mit der Taxe schnell Geld holen, das kostete mehr als das Haareschneiden. Der Friseur meinte, das sei nicht nötig, sofort Geld zu holen, ich könnte es ja später vorbeibringen.
Im Aushang einer Zeitung Fotos von der Lynchung eines deutschen Flaksoldaten. Dann sah ich mir die Budolfikirche noch einmal an. Eine wirklich schöne Kirche, die Kanzel wunderbar. Diesmal störte mich kein Fremdenführer. Danach sah ich mir eine restaurierte Romanikkirche an. Die Restauration abscheulich neu. Aber die Kirche enthält einige sehr schöne alte Epitaphe, Kanzel, Taufbecken und einen doppelarmigen Leuchter aus Kupfer. Ein Organist traktierte die romantische Orgel, schwellende Akkorde mit Septakkorden etc., es war nicht sehr erbaulich. Ich hätte gern etwas gespielt auf dem Instrument, aber der Organist stellte sich taub.
Kehrte dann deprimiert nach Hause zurück, setzte mich ans Klavier und stand erst nach Stunden wieder auf. Das Orgelbüchlein macht viel Freude. Ich setzte gestern auch den Bach-Choral »Herzlich tut mich verlangen« um, damit ich ihn auf dem Klavier spielen kann.
Gestern hatte ich auch noch mal ein Gespräch mit Ulla. Erinnerte mich noch einmal an all die kleinen Schikanen in Bautzen, die mir in den letzten beiden Jahren das Leben unerträglich machten. Sie erzählte mir von kleinen (großen) Nöten in der Anfangszeit, die ich alle recht gut verstehen kann. »Kein Wort Deutsch sprechen«, nicht auf der Straße sehen lassen.

Hamburg Sa 11. August 1956

Wieder in Deutschland.
Mutters 50. Geburtstag. Ich brachte ihr aus Dänemark, als Geschenk von Ulla, ein schwarz-gelbes Kaffeegeschirr mit, das ich leider unvorhergesehenerweise an der Grenze verzollen mußte. Es kamen die Kusinen aus Wandsbek, ich saß weitgehend stumm daneben. »Du bist schuld!« denken sie, und sie verhalten sich auch so. Bedrückend auch, so gar keine »Bescheinigung« vorweisen zu können. Mein Status als politischer Häftling hängt ja von dem Papier ab. Am Abend zur Vesper in die Andreaskirche. Stöckl gut.

Hamburg Mo 13. August 1956

[...] Max Schmeling und Anni Ondra im Café gesehen.
Zeppelin gesehen.
Zwei Stunden Orgel in der St.-Andreas-Kirche gespielt.
Kein Geld!
Balzac, »Eugénie Grandet«.

Hamburg Do 16. August 1956

Händel höre ich. Selterswasser und Zigarette.
Und ein unangenehmes Gefühl in der Magengegend wegen der Sorgen um meine Entschädigung. Wie hat es dazu kommen können? [...]

Hamburg Sa 18. August 1956

Gestern deprimiert nach Hause gekommen. Die drohende Ablehnung der Entschädigung drückt mich. Nicht weil ich die 5000 DM nicht bekäme (natürlich auch deswegen), sondern weil davon meine Anerkennung als Häftling und Flüchtling und somit meine Ausbildungsbeihilfe abhängt.
Nachmittags hatte ich zum letztenmal Orgel gespielt »Wer nur den lieben Gott läßt walten« von Walter, danach mit einer Gemeindehelferin von St. Andreas unterhalten, dann Gang durch die Stadt, Aktualitätenkino (Stummfilm).
Zu Hause fand ich zu meiner Überraschung Herbert Michel vor, gerade entlassen! Svend Keller kam in der späten Nacht noch, wir haben uns gut unterhalten.
Heute Hafenrundfahrt mit Herbert, der bei uns schläft, ich muß unterbrechen, eben kommt er nach Hause. – Eine Rostockerin saß neben mir, eben aus der Ostzone gekommen.

Göttingen Fr 24. August 1956

Göttingen! Mein schönes Zimmer.
Was so eine veränderte Umgebung für eine Wirkung ausübt. Ich bin zufrieden und guter Stimmung (allerdings hängt das wohl auch damit zusammen, daß ich meine Ausbildungsbeihilfe, 180 Mark, sofort bekam). Mit Sam gestern gutes Gespräch über Filmdrehbuchpläne (mein Plan: »Einer aus dem lebendigen Strom«). Dänemark erzählt usw. Sehr reiche und ergiebige und dabei persönlich befriedigende Unterhaltung. Heute ein Paar Schuhe gekauft, 19,50 Mark. Dann Abend Sam getroffen, Kino, »23 Schritte vom Abgrund«. Danach riesiger Spaziergang, heiter, gelöst bei gutem Kontakt wirklich das Gefühl, jede Minute des Beisammenseins zu genießen. Er sprach von seinem Studium.

Göttingen Sa 25. August 1956

2 Uhr nachts. Sam ist bei mir, er schläft hier. Nachmittag ½5 Uhr kam er, zunächst ziemlich laues Gespräch, danach Spaziergang und auf einer Bank meinen Filmplan »Nebenan« diskutiert. Sehr angeregt und lebhaft.
21 Uhr zu Haus, Kaffee getrunken. Gott, was rauchen wir in diesen Tagen! [...]

Göttingen So 26. August 1956

[...]
»Nebenan«
1. Teil
A wird nach langer Haft entlassen.
1. Naives Staunen (Stummfilm)
2. Verblüffte Lebensfreude (Großstadt, Jazzmusik)
3. Enttäuschungen
   a) da er religiös ist, Pfarrer enttäuscht
   b) Arbeit
   c) Bürokraten

2. Teil
B wird entlassen.
1. Wiedersehen
2. Gemeinsames Leben in Dachkammer
3. Enttäuschungen nun auch bei B, A kann nicht helfen.
4. Winter, kalt, Depression

3. Teil
Katastrophe und Heilung
1. A nimmt Schlafmittel.
2. B sieht das am nächsten Tag, erschießt sich.

3. A wacht wieder auf und sieht.
4. »Nebenan«

Grundgedanke: in der Haft isoliertes Leben, unklare und falsche Vorstellung von dem Leben draußen. Schwierigkeiten, seinen Platz im Leben zu finden. Fähigkeiten können nicht ausgenutzt werden. Durch den Schock des zweiten Selbstmordes, der durch den Überlebenden verschuldet war, wird dieser geheilt und sieht, daß er B hätte helfen müssen. Niemand ist schuld, nicht der Pfarrer, nicht die Umgebung, nicht sie selbst. Die Hoffnung auf das Morgen mit seinen Idealen ist vage. Heute! Nebenan, Nächstenliebe.

Göttingen Di 28. August 1956

Gestern abend schon habe ich meinen in Hamburg gefaßten Beschluß wahrgemacht und angefangen, wieder intensiver zu arbeiten. Heute nun habe ich den ganzen Vormittag Mathematik gemacht und nebenher, als Erholung, an dem Film »Nebenan« etwas gearbeitet.
Nachmittag, Schule verlief sehr angenehm. Eben war ich bei Sam (von 19.00 bis 24.00) und habe Radio gehört. Gute Jazzmusik und ein Kriminalhörspiel, »Der Fall Curzon«.
Alles in Ordnung. Geldverhältnisse auch, wenngleich ich etwas sparsamer hätte sein können. Aber es gibt eben auch gewisse Verpflichtungen, nicht zuletzt gegen sich selbst. Ich muß schließlich, wenn ich kann, gut essen, und was heißt das schon, »gut essen«, wie man eben so ißt: normal eben. Am besten ist tatsächlich, man gibt sein Geld gleich bis zu einem geringen Teil aus für Anschaffungen, die Anschaffungen bleiben dann nach und nach aus, und man befindet sich auf einem »höheren Lebensstandard«.
Ich brauche noch

1 Regenschirm	vordringlich ✓
1 Paar Winterhandschuhe	vordringlich ✓
1 Wintermantel	nicht so wichtig
1 Übergangsmantel	vordringlich

Und später?

1 Radio
1 Fahrrad
1 billigen Fotoapparat ✓

Ist das zuviel?
[…]

Göttingen So 2. September 1956

Heute kein Mittag gegessen. Ich komme sonst mit dem Geld nicht aus. […]

Göttingen Di 4. September 1956

Heute nachmittag um ½7 Uhr, wir hatten gerade »große Pause« im Gymnasium, steht plötzlich Bernhard Weißmann vor mir! Der erste aus dem Kirchenchor, den ich nach meiner Entlassung spreche. Ich nahm mir frei. Er berichtete als Wichtigstes, daß Robert in etwa 14 Tagen (höchstwahrscheinlich) entlassen wird! Ich unterhielt mich noch mit ihm eine Weile, dann brachte ich ihn zur Bahn.
Am Abend bei Sam gewesen. Hunger! Irgendwo ein Stück Brot gekauft (nachts). Gestern spazierengegangen (22.00), traf einen Kameraden (Teuber), der lud mich ein, wir tranken sehr viel, so daß ich betrunken nach Hause kam.

Göttingen So 9. September 1956

Nachdem ich vor einigen Tagen Geld bekam, habe ich mir einen Regenschirm und eine Kollegtasche gekauft. Außerdem endlich mal wieder ordentlich gegessen. In den letzten Tagen war Schmalhans Küchenmeister. Nun habe ich das Geld zur Postsparkasse gebracht und werde jeden zweiten Tag 10 Mark abheben, dann komme ich aus.
Filme: »Testpiloten« (der von Ib so gerühmte, leider nur Durchschnitt) mit einem wundervollen Vorfilm über einen amerikanischen Flugzeugträger. »Der Hofnarr« mit Kaye, ein grotesker Film, recht amüsant. »Der Hauptmann von Köpenick« mit Rühmann, recht gut.

Lektüre: den schuddeligen »Spiegel«.
[...]

Göttingen Di 11. September 1956

20.15 Uhr. Eben kommt ein Telegramm von Robert: »Frei, frei, frei!«

Göttingen Do 13. September 1956

Mein lieber Robert!
Nun hast Du es auch geschafft. Wer hätte im März gedacht, daß Du mir schon ein halbes Jahr später folgen würdest? »Schon« sage ich, weil unser Zeitbegriff etwas merkwürdig ist. Ich weiß, daß dieses letzte Halbjahr für Dich besonders schwer war. Doch nun ist alles vorbei, und es wird nicht mehr lange dauern: Die Zeit wird Dir wie ein Traum vorkommen (und nicht durchweg als ein »böser«). Ich glaube, man sollte auch zu die-

ser Zeit »ja« sagen, zumal man nach einiger Zeit feststellt, daß sich die Welt hier »draußen« gar nicht so wesentlich von dem »Drinnen« unterscheidet. Freilich, es gibt hier mehr »Vergünstigungen«, aber Ärger? Ärgern kannst Du Dich hier genauso wie dort. Es kommt doch darauf an, alle Wege des Lebens, die man nun einmal durchmessen hat, sinnvoll in das »Ich« einzugliedern (das ist das Geheimnis der Zufriedenheit), und wenn Du hier draußen nichts forderst, wirst Du Dich weniger ärgern. Ich habe zuviel gefordert und habe dafür ganz schön büßen müssen. Jetzt erst, nach einem halben Jahr, habe ich mich an das Leben gewöhnt und bin vielleicht so etwas wie ein Alltagsmensch geworden. Wir machen alle den Fehler, in uns etwas Besonderes zu sehen, und vergessen dabei, daß es überall in der Welt Glück und Unglück gibt und daß viele Menschen gar nicht erst eingesperrt zu werden brauchen, um ein Übermaß an Leid zu erfahren. Die Schwierigkeit, den Anschluß an das Leben zu gewinnen, ist am besten durch … Arbeit zu überwinden. Ich hatte zunächst geglaubt, daß ich ein Recht hätte, mich »auszuruhen« und Umschau zu halten, ich bin nach Süden und nach Norden gefahren, aber das Rezept für meine Zufriedenheit habe ich nicht auf meinen Reisen gefunden. Erst jetzt, da ich anfange, wirklich zu arbeiten, bin ich so etwas glücklich und bin nicht mehr neidisch, wenn ich jüngere Menschen sehe, die schon viel weiter sind als wir. Ich habe, um es offen zu sagen, keine Zeit mehr, neidisch zu sein. Ich habe ein Ziel, das heißt Abitur, und dann werden wir weitersehen. Sorgen wirtschaftlicher Art brauchst Du Dir, wenn Du klug bist, in den ersten Jahren nicht zu machen. Du mußt ganz ruhig in Erkenntnis Deines menschlichen Wertes sein und nicht stolz auf eine Leidenszeit. Wenn Du Dich etwas besonnen hast, wirst Du feststellen, daß Du ein Kapital hast, freilich in einer hier nicht gültigen Währung, das Dich reich macht. Wir bilden jetzt die kleine Familie, von der wir immer geträumt haben, und werden nicht den Fehler machen, sie durch Stimmungen oder Leidenschaften zu zerstören. Freilich gehört dazu, daß wir ganz frei und selbstverständlich beieinander und füreinander leben. Und eines Ta-

ges, es wird eine Weile dauern, findest Du eine Frau und wirst ein ruhiges, bescheidenes Leben führen. Was willst Du mehr? Mir ist es bis heute noch nicht gelungen, eine Bindung zum andern Geschlecht zu finden. Zunächst habe ich hektisch (wie Du immer sagst) gesucht. Heute bin ich soweit, daß ich warte, in dem Bewußtsein, daß irgendwo ein Mensch lebt, der für mich geschaffen ist, vielleicht nebenan. Und daß, ganz ohne mein Zutun, eines Tages das Schöne Wirklichkeit wird: eine eigene Familie. Aber bis dahin haben wir noch etwas Zeit. Ja, Robert, heute abend wirst Du kommen. Wir werden uns wiedersehen, als ob wir nie getrennt gewesen wären. Ich wünsche Dir von ganzem Herzen alles Gute, Du weißt, daß wir nicht nur Brüder sind, und das soll Dich froh und frei machen.
W.

Göttingen So 16. September 1956

Am 13.9. traf Robert hier ein, um 19.45 Uhr. Ich hatte einen Empfang auf dem Bahnhof arrangiert, und noch bevor Robert da war, traf ich Bert Schüssler, der auch vor einigen Tagen entlassen wurde, zufällig auf dem Bahnhof. So waren wir nun: Schüssler, Bredow, Meyer, Gallwitz, Sam, Karl Heinz und ich und mit Blitzlichtern usw. auf den Bahnhof gezogen. Der Empfang war würdig. Die Leute haben sich nicht wenig gewundert. Eskortiert von drei Motorrollern fuhren Robert, Schüssler und ich per Taxe in die Stadt. Zu Hause wartete schon diverser Wein und, um das Maß voll zu machen, kamen um 10 Uhr noch Walter Kluge und Eddi Brandel. Das war eine tolle Nacht. Um 3 Uhr früh trennten wir uns, um die gequälten Nachbarn zu erlösen.
Am Freitagnachmittag kam Großalmerode auf Besuch nach Göttingen, d.h. nur die beiden Heidekraut-Mädchen. Karl Heinz und ich gingen spazieren mit ihnen. Am Abend ging ich zum Chor, Robert mit Sam ins Kino. Es gab dann noch eine

wilde Jagd mit Karl Heinz auf dem Roller durch die nächtliche Stadt. Am Sonnabend mit Robert bei Fräulein Krause gegessen, spazieren, Kino, Plaudertasche, Kupferkanne.
Heute im Kaiser-Wilhelm-Park gegessen (Hühnchen), Kino: »Das Haus in Montevideo« von Curt Götz, ganz gut. Wir erinnerten uns an unsere Theatervorstellung in Bautzen: »Die tote Tante«. Wie sagt man: »Das waren noch Zeiten.«
Was ist das Langweiligste von der Welt? Ein dänischer Kulturfilm über England. Ich sah ihn auf der Fahrt von Aalborg nach Kopenhagen.
»Nylon«-Licht.

Göttingen Di 18. September 1956

Heute mußte ich nach Hildesheim fahren, um mich wegen meiner Rente vom Versorgungsamt ärztlich untersuchen zu lassen. Nun, die Untersuchung war, wie ich sie erwartet hatte, ich rangierte unter Rentenschleicher und wurde wie ein Stück Vieh behandelt. Nachdem ein, übrigens sehr ordentlicher, Spezialist festgestellt hatte, daß ich einen anständigen Polypen im Kehlkopf habe, mußte ich mich noch einmal röntgen lassen. Mit dem Röntgenarzt gab es dann einen Schlag mit dem Holzhammer. Er wurde grob, da habe ich ihm kurz und trocken gesagt, in Bautzen seien sie freundlicher mit uns umgegangen. Danach wurde er auffallend höflich.
Ich bin überzeugt davon, daß ich auch eine Rente nicht bekomme. Und da ich dessen auch schon in Hildesheim gewiß war, habe ich mir, um überhaupt etwas zu profitieren, die Stadt angesehen. Und ich muß sagen, ich war erschüttert. Als ich vor den Trümmern der ehemals so herrlichen Kirchen stand, wurde mir klar, wie sinnlos eine solche Zerstörung war. [...]

Göttingen Sa 22. September 1956

Heute früh die Mitteilung, daß die Entschädigung abgelehnt wurde.
Ja, das war eine ganz schöne Überraschung.
Am Abend mit dem Kurs bei einem Jesuiten.
Gestern, am Freitag, war ich mit Bredow in Hannoversch-Münden mit dem Roller. Es war herrliches Wetter. Wir saßen lange auf dem Aussichtsturm. Wenn Fulda sich und Werra küssen, diese alte Sache.

Dankbarer sein!

Göttingen Mi 26. September 1956

Einige Tage mit Thomas Mann.
Montag abend spazieren, Dienstag abend auch.
Am Sonntag eingeladen gewesen bei einer stinklangweiligen Geburtstagsfeier. Ich war mit den allerschlimmsten Erwartungen hingegangen, aber durch ein zwar brillentragendes, aber sehr nettes, naiv-frisches Mädchen angenehm enttäuscht. Sie lud mich ein, Cembalospielen bei ihr zu Hause – nun, mal sehn. Vorläufig bin ich ausgelastet.
Mathematik eine 2 und eine 5 geschrieben. Latein 3.
Donnerstag, d. h. morgen, gibt es Ferien. 14 Tage, gottlob.

Hamburg Do 4. Oktober 1956

Beim Rechtsanwalt Teuscher gewesen: Erfolg! Er ist überzeugt davon, daß wir durchkommen, er meinte zum Schluß, er ginge mit meinem Fall bis zum Verfassungsgericht! [...]

Antrag auf Kuraufenthalt abgeschickt an das Versorgungsamt. Habe gebeten, mit meiner Mutter zu einem Freund fahren zu dürfen.

An den Bärenreiter-Verlag Kassel.[18]
Ich kehrte vor einiger Zeit nach langjähriger Haft aus einem Zuchthaus der Ostzone zurück. In diesem Zuchthaus hatte ich ein für mich einschneidendes Erlebnis: die Begegnung mit der Kirchenmusik. Die Umstände waren so seltsam, daß es mich drängt, sie zu veröffentlichen. Ich erlebte in sechs Jahren die Entwicklung der evangelischen Kirchenmusik im kleinen. Von den ersten Versuchen an Sätzen Liedertafel-ähnlichen Charakters bis zu vollendet dargebotenen Motetten von Schütz oder Lechner durchschritten wir den ganzen Weg, den unsere evangelische Kirchenmusik in Jahrzehnten zurückgelegt hat. Und nicht wenig leidenschaftlich waren die Auseinandersetzungen mit den in konventionellen Vorstellungen verhafteten Sängern und Zuhörern. Durch die Gunst der Stunde konnten wir unsere Arbeit ungestört entwickeln und wurden nicht abgelenkt durch Arbeit in irgendeinem Produktionsbetrieb. Wir 50 Männer lebten alle in einer geschlossenen Zelle, in der wir wohnten und sangen. Unser ganzes Tagewerk stand jahrelang im Dienste des Gotteslobs. In klösterlicher Abgeschiedenheit bildeten wir, aus allen Ständen kommend, eine christliche Gemeinschaft, die durch ihr Wirken den anderen Häftlingen Mut und Vertrauen vermittelte.
Ich meine, daß das gnadenreiche Wirken einer Gruppe von Männern an dem Brennpunkt der Seelsorge unserer Tage durchaus erwähnenswert ist. Es geht mir auch nicht darum, diesen Beitrag zu einer politischen Demonstration gegen die materialistische Lebensauffassung, die ja in dieser Umgebung auf unsere christliche Gemeinschaft prallte, zu machen, sondern

18 Angebot eines Manuskripts an den Bärenreiter-Verlag.

die segensreiche, fruchtbare musikalische Erziehungsarbeit sensationslos zu schildern.

Göttingen Mo 22. Oktober 1956

Einen schönen Film gesehen: »Don Camillo und Peppone«.
Bredows Abschied von Göttingen gefeiert. Total duhn.
Er geht nach München.
Aufsatz über drei Stunden geschrieben, »Film und Theater« oder so ähnlich. Rechne mit einer 3(–).
Morgen Mathematikarbeit. Ich bin gespannt, was dabei herauskommt. [...]

Göttingen Di 23. Oktober 1956

Film »Der Apfel ist ab«.
Heute große Mathematikarbeit. Ich glaube, ich hab ne 2. Ursel hat noch nicht geschrieben, ich bin gespannt. Weil ich die Arbeit so gut geschrieben habe, genehmigte ich mir 1 x Kino und ¼ Pfund Schinken (gekocht). Übermorgen fahre ich nach Hamburg! Hoffentlich ist die Kamera schon da.
Wenn du das so wieder liest, dann sind diese Hoffnungen und Wünsche für dich längst kalter Kaffee. Entweder, weil sie erfüllt wurden oder weil sie dich nicht mehr interessieren.

Hamburg So 28. Oktober 1956

Mit der Kamera gestern und heute die ersten Aufnahmen gemacht. Gestern Orgel gespielt. Befriedigend. Dann kam Paepke gestern noch aus der Ostzone. Wir gingen mit ihm in die Jung-

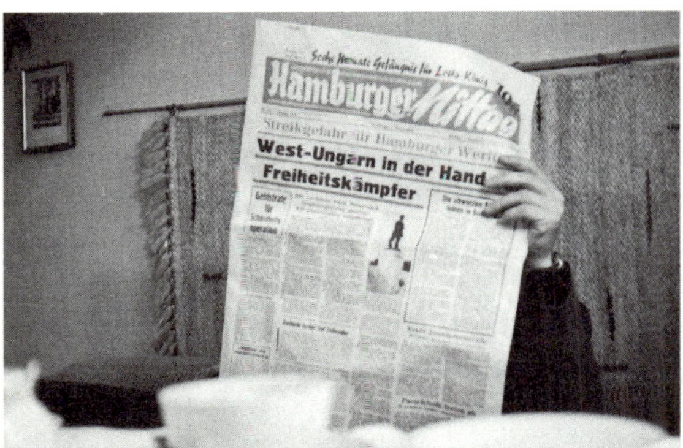

Margarethe und Robert Kempowski in Hamburg,
Ende Oktober 1956

mühle.[19] Nackttänze (nicht einmal ganz ...). »Sittenfilme«, blöde alles und abstoßend. Wenn es doch wenigstens noch wirkliche Orgien gewesen wären.
Wesentlich erfreulicher war heute im Rundfunk »Israel in Ägypten«. Dieselbe Aufnahme, die ich im Original in Göttingen hörte, Leitung Ludwig Doormann.

Hamburg — Di 30. Oktober 1956

Ich bin wie gelähmt. Dies Behördentheater bedrückt mich. Am 7.11. fällt die Entscheidung. Ich bin zum Einspruchsverfahren geladen. Na, hoffentlich klappt alles. Kein Geld!
Die Fotos sind sehr gut (für den Anfang) geworden. Mehr konnte ich nicht erwarten.
Bei Onkel Harald gewesen, gute Unterhaltung. Kamera.

Lektüre: »Verklungene Tage« (Zweig) zur Erinnerung an die Entlassungszelle. Galsworthy: »Der silberne Löffel«.

Göttingen — Mo 5. November 1956

Heute wurde die Göttinger Studentenschaft aufgefordert, um 20 Uhr einen Schweigemarsch als Protest gegen die Haltung Rußlands in bezug auf Ungarn und England, Frankreichs in bez. auf Ägypten zu veranstalten. Es war sehr eindrucksvoll. Zum Schluß kam es noch zu Tumulten, weil einige Studenten Schilder mit der Aufschrift: »Gott schütze uns vor Engländern, Franzosen, Israelis und Russen« mit sich führten. Es handelte sich wohl um sozialistische Gruppen, die von Rußland ablenken wollten.

---

19 Vergnügungslokal auf St. Pauli.

Sprach mit Wolfgang Natonek, der die Haltung der Engländer mit Zurückhaltung billigte. Danach bei Mausi, sehr nett, Tee und gute Unterhaltung.
Auf dem Heimweg englisches Auto, man fragte mich nach dem Weg. Fuhr mit, leider leitete ich sie anstatt zu den Kasernen zur Feuerwehr.
Morgen nach Hamburg.
Bittgottesdienste für Ungarn.

Göttingen Do 8. November 1956

Halb 3 Uhr früh. Eben von der Bahn gekommen. Heute war Verhandlung in Hamburg. Ich glaube, ich habe meine Sache ganz gut gemacht. Kann aber nicht beurteilen, wie's ausgeht. Das ist eine teuflische Marter. Klaus Beck war da, mit Paepke und Robert gefeiert. Duhn zur Bahn, nun nüchtern. »Die tanzenden Kriegsknechte«, »die gekreuzigte Maria«. – Hardegen und Paepke hatten mich noch zum Grindelblock (Verhandlung) begleitet, die von mir eingesammelten Zeugenaussagen wurden nicht benötigt. Na, wir werden sehn.
Die Hinfahrt war ganz interessant. Lernte einen jungen Menschen kennen, den ich zunächst für einen Studenten hielt. Dann stellte sich heraus, Professor für Kernphysik in Hamburg. Außerdem, und das ist viel wichtiger, Rostocker, Jahrgang 1924, mit Robert zur Vorschule gegangen: Harry Lehmann.[20] Er kannte einen Großteil meiner Bekannten, vor allem natürlich Roberts Freunde.
Diese Verhandlung war eigentlich eine Unverschämtheit. Ich hatte mir das in Westdeutschland anders vorgestellt.
Das Göttinger Wasser schmeckt gut.

20 Harry Lehmann (1924–1998), 1952 bis 1956 am Max-Planck-Institut Göttingen, dann als Professor in Hamburg am Aufbau des Deutschen Elektronen-Synchrotrons (DESY) beteiligt.

Göttingen So 11. November 1956

Heute hat's ganz geklappt. Heute früh traf unser Doppelquartett zum ersten Mal zusammen, vollzählig. Wir sangen Palestrina »Tenebrae factae«, Victoria »Vere languores«. Die beiden Waldvögelchen waren sehr nett, meinten zunächst, sie könnten nicht wiederkommen. Als wir gesungen hatten, sah es aber dann nicht mehr so aus. Sie meinten, na ja, es würde vielleicht doch noch was.

Wenn nicht bald ein Wunder geschieht, gibt es ein Unglück. Ich bin am Rande dessen, was ich ertragen kann. Seit Tagen läßt mich die Behördengeschichte nicht mehr in Ruhe. Ich träume nachts davon, habe immerwährend einen dumpfen Druck in der Magengegend. Und ich gehe allen Menschen mit meiner Leidensgeschichte auf den Wecker. – Hab ich irgendwas falsch gemacht? Was die Russen nicht geschafft haben, die Westdeutschen bringen's fertig. Den ganzen Tag zermartere ich mir den Kopf, was ich wohl falsch gemacht habe.

Göttingen Mi 21. November 1956

[...] Galsworthy: »Die Ersten und die Letzten«.

Bautzen: Fortsetzung – Charly verbrachte seine Tage damit, Pullover aufzureppeln und unter Verwendung eines hochkünstlerischen Musters (zwei Löwen plus Krone und Kreuz) neu zu stricken. Wenn Paketempfang war, hatte Charly seinen großen Tag. Er war ein, wie man damals die Häftlinge, die mit Nahrungsmitteln spielten, nannte, Krümelkacker. Sein Paket zu ordnen dauerte Tage. Büchsen wurden gefüllt, aus Butter, Hering und Bouillonwürfeln schmackhafte Pasten hergestellt, Buttercreme aus Margarine, Zucker und Vanille oder Kakao hergestellt. Der Zucker wurde zur Herstellung der Creme in eine Schüssel geschüttet und quietschend zu Staub zerrieben. Das Geräusch war nicht sehr angenehm für die Ohren, aber er war sehr eigensinnig. Charly strickte. Auch hatte er ein Heiligtum, einen Beutel mit einigen Briefen, Gedichten, vertrockneten Blumen und aus Zahnbürsten geschnitzten Hunden. Diesen Beutel holte er an großen Festtagen hervor und schnupperte in den Briefen, die wohl noch einen Hauch von Parfüm enthielten.

Göttingen Do 22. November 1956

Nun ja, ein guter Tag. Endlich mal wieder. Viel Arbeit, die Donnerstage sind ja immer vollgeknallt und deshalb gut. Abends Heimkehrertanzstunde, von milden Leuten der Studentengemeinde arrangiert, um den verbiesterten Männern zu helfen. Vorigen Donnerstag hatte ich ein Fräulein Janssen kennengelernt. Pastorentochter aus Friesland, nett, mit blanken Augen, irgendwie sehr sympathisch (ich verwende hier zum erstenmal dieses Wort, es scheint hier wirklich zu passen). Vor einer Woche hatte ich sie nach Hause gebracht und, als ich um einen Treff bat, einen Korb erhalten. Nun kundschaftete ich aus, ob sie Sonntag zum Kirchenkonzert geht, und als ich das erfahren hatte, schlug ich vor, mit mir zusammen zu gehen, ja! Das ist sehr erfreulich und gibt mir wieder etwas Auftrieb.
Es ist traurig anzusehn, wie die Kameraden des Kursus, auch alle Heimkehrer, zehn Jahre Sibirien!, sich so täppisch anstellen. Die armen Kerle. Im Grunde genommen sind es alles anständige Menschen, nur völlig gehemmt, was ja auch ganz erklärlich ist. Na, Sonntag, wir werden sehn.

Heute früh kam ein Päckchen von Mutter. Ich freute mich sehr.

An einen Zuchthauskameraden Göttingen, 23. November 1956

Lieber Harald!

Weihnachten naht. Und mit dem Fest die Zuchthaus-Jahreszeit. Wenn man sich im Sommer bei schönem Wetter, eingesperrt, äußerst unwohl fühlte, so war es doch direkt gemütlich, wenn es draußen stürmte oder regnete. Ich denke sehr gerne an diese Jahreszeit zurück, damals, in den Jahren unserer Klosterzeit.

Ich glaubte damals, das Wesentliche des Lebens erkannt zu haben. Das stimmte ja auch, denn sobald man davon überzeugt ist, hat man eine gültige Beziehung zu allem. Und doch war ich in den Jahren nicht Realist genug, ganz klar zu sehen. Und darin liegt das Leiden, das nicht aufhört, solange es nicht gelungen ist, allen überflüssigen Ballast zu entfernen. Das ist schmerzhaft.

Ich habe mich nun dazu durchgerungen, eine Pädagogische Hochschule zu besuchen. Das bedeutet, daß ich Volksschullehrer werde. Im Nebenfach Orgel und Religion. Ich habe lange gezaudert, und noch ist diese Entscheidung nicht endgültig. Am besten wäre es, man stürzte sich gleich in die Arbeit, der Appetit kommt beim Essen, wie man sagt. Robert ist nun auch zurückgekehrt. Er ist im Augenblick in Oslo bei meiner Schwester.

Natonek habe ich hier in Göttingen getroffen. Du kennst ihn doch noch? Mit Detlef komme ich nur noch selten zusammen. Wir sind, wie er meint, sehr verschieden geworden. So löst sich ein Band nach dem andern. Mißverständnisse, Ungeschicklichkeiten und Gedankenlosigkeit zerstören, was nicht wiederaufgebaut werden kann.

Wenn ich abends in meinem Stübchen sitze, im Schneidersitz, Zigarette, dann überlege ich dies und das. Entscheidend ist aber wohl, daß wir leben, und zwar richtig. Ich wünschte sehr, vieles anders gemacht zu haben. Was habe ich für Fehler gemacht. Ich betrachte mich manchmal selbst wie einen Verbrecher. Und nicht, daß man durch die Klosterzeit besser geworden wäre! Dieselben Fehler. Noch immer strebt man nach außen, anstatt

nach innen. So könnte ich täglich über Einsamkeit, Lebensüberdruß oder gar Langeweile klagen. Alles Krankheiten, die man längst überwunden haben sollte. – Aber manchmal, wenn meine Stimmung auf dem Höhepunkt ist und alle Dinge für Stunden angenehm erscheinen, dann erfüllt mich diese unbändige Freude, frei, selbständig und – allein zu sein. Ein gutes Buch, eine Flasche Wein, ein Flirt; Herrlichkeiten, die nicht leicht wiegen. Du weißt sie sicher auch zu schätzen. Doch ich bin sicher, daß Du auch die Krypta nicht vergaßt.
Ich freute mich, gelegentlich mal wieder etwas von Dir zu hören.
Viele Grüße von Deinem Freund Walter, der Dich sehr hochachtet, weil er Dich kennt.

Göttingen Sa 24. November 1956

Es ist halb 11 Uhr, ich liege noch im Bett. Ich bin gestern sehr spät schlafen gegangen, habe, das ist ein Ereignis, zum erstenmal eine Darstellung meiner Verhaftung niedergeschrieben. Nun hab ich mich richtig ausgeschlafen. […]

Göttingen So 25. November 1956

Dieser Tag war ein voller Erfolg! Du weißt, was heute abend geschehen ist. Es wird für dich gesorgt, mein Lieber, du vergißt es nur von Zeit zu Zeit. Dieser Tag heute, der Totensonntag, hat vieles wiedergutgemacht. Was soll ich schreiben, so sonderbar war alles. Zunächst Kirchenkonzert, nicht alleine! Dann schneite es, langer Spaziergang, nicht alleine! Dann um 23 Uhr bei mir, nicht alleine. Hätte ich doch schon einen Beruf und könnte über mich verfügen, ich wüßte, was ich täte! Fast restloses Verstehen. Ich will nichts hoffen und nichts glauben. […]

Göttingen Do 29. November 1956

Tanzstunde. Fräulein Janssen nach Hause gebracht. Bin für Sonnabend nachmittag 16.30 Uhr verabredet. Heute nacht noch bei Karl Heinz gewesen. Wie bin ich froh. Wieder einmal ist mir geholfen worden. Wie wird es weitergehen? Mitleid – Heimkehrer – Opfer? Nein! Ich bin ein normaler Mensch geworden, ohne daß ich es gemerkt habe.

Göttingen Fr 30. November 1956

Heute kam der schlimme Brief mit der Ablehnung des Einspruchs. – Nun ergebe ich mich, nun bin ich wieder frei – hoffentlich, wenn sich nicht etwas noch Schlimmeres anbahnt. Die Ausbildungsbeihilfe hängt ja auch daran! Wovon soll ich leben? Erstaunlicherweise habe ich es schnell verwunden. Gewiß, es nagt noch etwas, aber – das habe ich, glaube ich, überstanden.

Morgen ist der große Tag!

Göttingen Sa 1. Dezember 1956

Nachts, 3 Uhr. Jetzt ist also schon der erste Advent. Ich habe einen herrlichen Tag hinter mir! Hildegard, so darf ich »sie« nun nennen, holte ich um 16.30 Uhr ab, nachdem ich den ganzen Tag gewartet hatte. Wir gingen zu mir und unterhielten uns gut. Dazu Kaffee getrunken. Dann um 10 Uhr etwas spazieren. Um 1 Uhr etwa vor ihrem Haus, nachdem es zwischen uns schon in der Luft lag – fragte sie plötzlich, wer wem eigentlich das »Du« anbieten dürfe? Dann sind wir noch bis halb 3 Uhr kreuz und quer durch die Straßen gegangen. Es schneite, es war wundervoll. Ich kann nicht schreiben, was ich empfinde. Daß ich einmal das finden würde – ich hätte es nicht geglaubt! Ich müßte ein Buch schreiben, wenn ich alles aussagen wollte. Montag, 18 Uhr, sehe ich sie wieder.

Göttingen Sa 15. Dezember 1956

Hatte heute Post von Mutter und Reincke. Jochen will vom 27.12. bis 2.1.1957 in Hamburg sein. Das wird ein schönes Sylvesterfest. Ich habe Hildegard gebeten, schon in diesem Jahr nach Hamburg zu kommen, damit ich mit ihr und meinen Freunden Sylvester feiern kann. Erich bemüht sich phantastisch um mich. Er war sogar bei der SPD, damit die sich für mich verwenden. Aber als die hörten, daß mein Vater Reeder gewesen ist, war der Ofen aus.
Bald ist Weihnachten, von mir herbeigesehnt. Im neuen Jahr werde ich dann nach Rotenburg fahren und mich vorstellen.[21]
Kino: »Die schwarze Akte« (französischer Film) mit Hildegard. Danach Spaziergang bis 0.30 Uhr. Herrlich. Wir gingen noch mal durch die Straßen von unserm Großen Sonnabend. [...]

Göttingen Di 18. Dezember 1956

Robert kam gestern nachmittag durch Göttingen. Hildegard und Karl Heinz und ich waren am Bahnhof, tranken etwas Apfelsaft, gingen dann zu Natonek, der war nicht da. Karl Heinz trennte sich von uns, wir gingen zu Hildegard. Tee getrunken. Robert 19.30 Uhr wieder ab. Dann Mathematik gemacht bis 3 Uhr früh.
Heute früh Mathematik, Orgel. Nachmittags Mathematikar-

21 Bei Hildegard Janssens Eltern.

beit. Habe leider einen Fehler. Latein fiel aus. Hildegard war bei mir, als ich nach Hause kam. Sie zeigte mir Brief vom Vater. Gut. Hannover fällt aus. Dafür fahre ich nach Rotenburg. Alle Träume werden wahr. Ich möchte mich so gerne erholen. Dann war Heimkehrerkursus-Weihnachtsfeier. [...]

Hamburg Mo 24. Dezember 1956

Ouvertüre zu »Iphigenie in Aulis« von Gluck.
Brief an H., Willibald Sontag, Winkler, Eltern von H., Prüter, Heyder[22], Ulla.
Voll zwiespältiger Gefühle feiere ich dies Fest. Zwischen Jazzmusik und Gluck, Simon Arzt und Wurststullen. Es ist ein Weihnachtsfest. Um 24 Uhr gehen Mutter und ich zur St.-Andreas-Kirche.
Die Heirat mit H. wird eine endgültige Wendung zur Collasius-Familie[23] sein. Familie Janssen ist sozusagen eine Fortsetzung der Collasius. Eine Fortsetzung nicht in gleicher Richtung, aber parallel.
Meine Gedanken irren zwischen Bautzen, Rotenburg und Rostock hin und her. Kindheitserinnerungen und Sehnsüchte mischen sich seltsam mit unangenehmen, gemischten Gefühlen, die Hamburg immer in mir wachruft.
Bautzen ist beendet. Die neuen Eindrücke sind, nicht zuletzt durch H., so stark, daß B. verblaßt oder glorifiziert wird. Es wird aber in meiner Person immer vorhanden sein, in Urteil und Gemüt. Können wir zu einer Vergangenheit »nein« sagen? Aber wenn ich mir überlege, was ich täte, wenn mich die Russen nochmals verhaften, irgendwann? Würde ich mich in mein Schicksal ergeben können? Ich fürchte nicht. Es würde meine Kräfte übersteigen. [...]

---

22 Kempowski 2005: Ehemalige Mithäftlinge.
23 Walter Kempowskis Vorfahren mütterlicherseits.

Eben komme ich mit Mutter aus der Kirche.
Der Gottesdienst in St. Andreas war sauber durchdacht und durchgeführt, im letzten jedoch schlecht. Ein Haufen von Gaffern und Ästheten ließ mich kaum zur Andacht kommen. Schließlich wurde mein Unwille so stark, daß ich mich, um nicht die Beherrschung zu verlieren, entschloß aufzustehen und mich an die Tür zu stellen. Wenn direkt neben meinem Sitzplatz, so daß sie mir die Sicht versperrten, zwei aufgetakelte Weiber am Arme ihrer Galane gestanden hatten, neugierig die Betenden und Singenden anstarrend, so stand ich nun an der Tür neben einem betont gut singenden jungen Mann. Er sang so widerlich gut, daß es mich anekelte. Bei dem Choral »Lobt Gott ihr Christen alle gleich« konnte er sich vor lauter Kenntnis nicht beherrschen, er sang eine in einem Satz von Schröter vorkommende Verzierung. Beide Erscheinungen in unseren Gottesdiensten sind gleichermaßen ein Zeichen von Verfall. Selig ist, wer sich nicht an mir ärgert. Ich will mir vornehmen, nie wieder einen Weihnachtsgottesdienst zu besuchen. In dem augenblicklichen Stadium des Experimentierens wird jeder Gottesdienst zu einer Pein und nicht, wie eigentlich vorgesehen, zum gemeinsamen Bekenntnis und zur eignen Andacht und inneren Reinigung.

1957

Ein Mann ohne Tagebuch
ist, was ein Weib ohne Spiegel.
Gottfried Keller

Hamburg Mi 2. Januar 1957

Arbeiten!

Am 1. Januar war ich mit Hildegard in der Christuskirche, mäßige Predigt. »Nun laßt uns gehn und treten« (Gemeinde langsam, Orgel schnell). Nach Tisch kam Edith noch kurz, dann mit H. allein. Kaffee, Erich kam. Nach dem Kaffeetrinken gingen beziehungsweise fuhren H. und ich in die Stadt, um uns die Innenstadt bei Nacht anzusehen. Weg: Dammtor-Bahnhof, Lombardsbrücke (die neue), Hauptbahnhof, Mönckebergstraße, Rathausmarkt, Jungfernstieg, Kolonnaden, Dammtor.

Heute früh, um 11 Uhr, bin ich mit H. nach Othmarschen gefahren. Von dort aus zu Fuß durch die verschneiten, diesigen Straßen bis zur Övelgönne. Nachdem wir die Övelgönne ein Stück hinaufgegangen waren, sind wir wieder zurück und immer an der Elbe entlang bis nach Teufelsbrück. Ein schöner Weg. H. war dann ziemlich erschöpft, es war doch wohl etwas viel. Heute nachmittag, nachdem H. und ich zwei Stunden Einsamkeit oder besser: Alleinsein genossen hatten, saßen Mutter, H. und ich gemütlich beim Kaffee. Die Kerzen brannten vor dem Kruzifix und auf dem Kaffeetisch, und Mutter las einige Psalmen vor. Es war eine besinnliche Stunde, wenngleich ich nicht wenig mit meinem »religiösen Schamgefühl« zu kämpfen hatte. Dann war es soweit. Ich mußte H. zur Bahn nach Altona bringen. Dort entschloß ich mich, noch bis zum Hauptbahnhof mitzufahren. Dann schieden wir, merklich einsilbiger geworden.

Hamburg Fr 4. Januar 1957

Heute morgen war ich mit Erich beim Heimkehrerverband. Wieder das Übliche. Nach Vorwürfen wurde gequatscht. Ich bin gezwungen, den ganzen Papiermist abzuschreiben. Widerlich.
Heute nachmittag kam zunächst Detlef, dann Ulli Friedeberg aus Rostock. Schließlich erschien Kurt Kunze. Ein ordentlicher, gebildeter Mann. Er tat mir leid. Dann um 18.30 Uhr ging ich mit Erich ins Kino: »Der blaue Engel«. Der Film hat auf uns beide einen außerordentlichen Eindruck gemacht Der Verfall der Filmkunst wird an diesem wunderbaren Werk von 1930 deutlich. So etwas gibt es heute nicht mehr.

Im Zug Di 8. Januar 1957

[...] Abends dann Koffer gepackt, vorher noch mit Robert in den Rock-and-Roll-Film »Außer Rand und Band«. Der Film war eine Mischung von Hollywood-Kitsch und Kolchosenfilm. Eine Zeiterscheinung wie der besagte Tanz ist, ihn so tierisch ernst zu nehmen ... Mir ist meine Zeit zu schade dazu. Es sind doch immer dieselben Probleme.

Göttingen Di 15. Januar 1957

Ich kann mich eigentlich jetzt beschränken, nur noch hin und wieder etwas einzutragen. Kein meine Ruhe erschütterndes

Ereignis tritt ein, Haferbrei und Wurststullen dazu. Milch mit Sahne tut das Übrige. Hildegard, hinter diesem Namen ohne Klang, ist die Erfüllung aller meiner Wünsche.

1936 Das erste bewußte Jahr. Reich an Erlebnissen.
1942 Das erste Katastrophenjahr. Jahr meiner ersten Wandlung.
1946 Dieses Jahr heißt: Hans Siegfried und ist deshalb schön, weil wir gelitten haben.
Zweite Wandlung
1948 Wiesbaden und der Tod. Das zweite Katastrophenjahr.
1950 »Detlef« heißt es und bedeutet die wichtige dritte Wandlung.
Es hätte keinen Tag weniger haben dürfen.
1953 Die 3 ist das Symbol dieses Jahres. Saal, Einzelhaft und Vorbereitung.
1954 Vierte Wandlung. Es hätte gut und gerne noch 100 Tage mehr haben dürfen und besteht wie 1950 aus einem einzigen Guß von seltenem Ebenmaß.
1956 Ein Katastrophenjahr, das zum Glücksjahr oder noch besser, zum Gottesjahr wurde.

Kampf
Arbeit
Kastanien
Blumen
Gitter
Wein
Jazz
Bilder
Kindheit
1936 1942 1946 1948 1950 1953 1954 1956.

Die Menschen, die in mir leben.

Kindheit
Frau Klauß, die Näherin
Herr Schomann, Märchen
Tante Lisbeth, Frau Sorge
Mutter, Musik und Liebe, Stil
Vater, Musik, Arbeit und Lachen, Stil
Märtin, der Lehrer
Tunn, der Kleinbürger, Translateur
Niemann, der Vikar
Görlitz, Zinnsoldaten
v. Malbrandt, Gnomen
Großvater Kempowski, Hafen und Tradition, Geld und Humor, Stil

Später Jenss, der Rechtsanwalt, Stil
Lademann, das Ehepaar in Scheidung, Stil
Robert, Jazz, Stil
Gronow, das geistreiche Skelett und Warnemünde, Stil
Ruth, das Mädchen, das ein Junge war
Gennerich, der Fabrikbesitzer und Offizier
Troitzsch, der Märchen erzählende Professor
Lahl, der dicke Junge mit den guten Ideen
Hintz, der Konsul, den ich nie zu sehen bekam
Kortüm, ein nachdenklicher Freund, mit dem man sich gut balgen konnte
Fischer, in Brasilien gibt es auch Kleinbürger
Hellmers, drei Zimmer für einen Jungen, Stil
Best, Pilze sammeln und Pusterohr konstruieren, Hund und Wald
Gosselck, der Lehrer mit dem Uhu-Gesicht, Natur, Honig und Bauernhäuser
Ulla, Yachtclub und Jungmädchenzimmer, Stil
Horst Gilfert, Pimpfenerlebnisse

Später Hansi Ditten, Kult im Dunkeln, Totenkopf und Spitzbogen, Stil
Marianne Saß, Gesundheit und Schönheit, Stil
Burmesters, Schloß, See und Wald, Liebe und Sonne, Korn und Pferde
Collasius, der Großvater-Aristokrat, Stil
RSBB[24], »Als ich noch ein Tangojüngling war«[25], Hausfeste und Jazz
Erika Düwel, meine erste Liebe, die ich nie kennenlernte
Isenberg, der greise Pastor
Rüther, der Träumer, der so früh starb
Steinbeck, »Scheiße« kann man auch sagen, wenn man vornehm ist
Ib, Politik in der Familie
Jahn, der blinde Organist
Kollwitzens, warum stinken arme Leute?
Schura, Rußland

Später Hans Siegfried, die Hyazinthe, Nächte, Aufbruch und Schlafmittel, ein Hauptdarsteller, Stil
Boness
Ehlers, von den letzten 3 Mark eine Flasche Parfüm

Göttingen Do 17. Januar 1957

War gestern abend bei Professor Wolf, der mir überraschenderweise als ein mir unbekannter Mensch einen Kuraufenthalt von vier Wochen höchstwahrscheinlich in der Schweiz in Aussicht stellte. Das besonders Erfreuliche an diesem Vorschlag ist, daß auch Mutti diese Kur ermöglicht wird. Daneben will er dafür sorgen, daß mir meine Schulden bezahlt werden. Eine uner-

---

24 RSBB = Rostocker Swing Band Boys, der Jazzclub des Bruders Robert.
25 Kempowski 2005: Roman von Rudolf Lorenzen.

wartete Überraschung, so recht bezeichnend für dies neue Jahr. Mund steckt dahinter.
Heute Mathematikarbeit, besser, als zu erwarten war. Es ist die letzte vor dem Abitur. Ich rechne mit einer 3+. Heute abend Wintermantel angesehen, nicht 100% mein Fall. Farbe zu auffällig, aber immerhin gute Qualität. Auch ganz schön teuer. Dann bei Hildegard. Wir unterhielten uns, das heißt, ich erzählte ihr von meiner Heimat. Das war schon längst einmal fällig, sie muß ja auch mal die Atmosphäre kennenlernen, der ich entstamme.

Göttingen Fr 18. Januar 1957

Als ich heute abend von Hildegard schied, hatte ich die Absicht, ins Bett zu gehen. Und doch tat ich es nicht, sondern ging ins Kino. »Richard III.«, eine Verfilmung des Dramas von Shakespeare. Gemütsverfassung und tiefes Erlebnis bereiteten mir einen festlichen Abend. Angesichts der Größe dieses Dramas kann man nur Ekel und Mitleid mit dem allgemeinen Filmschaffen haben. Nun, nichts weiter: Es war herrlich. Allerdings ist es mir im Augenblick gleichgültig, ob es auf der Bühne echter gewirkt hätte oder nicht. Es hat mich ergriffen, das ist, denke ich, genug. […]
Die Last meiner Schuld macht mich unfroh und unfrei. Vielleicht, weil mein Reuegefühl, so lange herbeigebetet, sich langsam und verstärkt einstellt. Meine Vergangenheit empfinde ich, wie auch meine Gegenwart, als so ungewöhnlich, daß es eben nicht zu einer Reue kam. Eine nicht glaubhafte Wirklichkeit, nun liebe ich meine Mutter sehr viel mehr, als es früher möglich war, und wenn ich schon das Vergangene nicht glauben kann, so steht mir doch ihr Bild vor Augen, daß ich bereuen muß. Ich glaube, ich ertrüge nicht, eine Fotografie von ihr auf meinem Tisch stehen zu haben. Jesus Christus, gestern und heute, Jesus Christus in Ewigkeit, Amen.

Göttingen Sa 19. Januar 1957

Kino = Magische Kunst.
Kino = Kirche der Jetztzeit (Kinoorgel, amerikanische Sekten: Kinovorführung im Gottesdienst).
Bespiegelung des Ichs: der neue Gott.
Flucht vor der »Langeweile« = Flucht vor dem Übersinnlichen.

Göttingen Mi 23. Januar 1957

Lieber Robert!
Das Abi rückt langsam näher und meine Nervosität wächst. Einerseits ist's ja egal, ob ich bestehe oder nicht, andererseits möchte ich es ja gerne hinter mir haben. Über Sonntag fahre ich in den Harz, höchstwahrscheinlich nach Braunlage. Das ist ja nicht weit von hier, kostet hin und zurück vier Mark. Kann man machen. – Ich möchte Dir zwei Filme empfehlen: »Richard III.« und »Die Luftballons von Paris«. Beide ausgezeichnet. Neulich war ich im Marionettentheater. Im ganzen war es schlecht, aber: die letzte Nummer war ein Tanz, nach Musik von den Goons: Jinglou! Ich hab mich totgelacht, sag ich Dir! Ich dachte zunächst, ich traue meinen Ohren nicht.
Hast Du schon Rentenantrag gestellt? Das dauert ungefähr ein Jahr, bis der durch ist. Ich empfehle Dir trotz Deiner privaten Beziehungen, doch mal zum Arbeitsamt zu gehen, damit Du vielleicht eine Übergangsbeschäftigung bekommst. Ich wünsche Dir von ganzem Herzen, daß Du bald was findest. Hamburg ist ja so groß, man geht unter in der Stadt, an wen soll man sich wenden? – Geh auch ruhig ins Kino. Das lenkt ab, Du hast das nötig. Ich würde aber auch ruhig mal ins Theater (Schauspiel) gehen und mir was Modernes oder Shakespeare oder so ansehen. Es lohnt sich.
Viele Grüße in alter Freundschaft,
Dein Walter

Göttingen Sa 26. Januar 1957

Mund hat auf einen langen Brief prompt geantwortet. Er schreibt etwas vom Westberliner Senat. – Ich schrieb ihm heute wieder, desgleichen Hermann Janssen.

Kino: »Die Luftballons von Paris«, ein hübscher französischer Farbfilm
»Stresemann«, ein guter historischer Film.

Lektüre: Gottfried Keller, Realismus. Geschichtsstudien 19. Jahrhundert.

Göttingen Di 29. Januar 1957

Lebenslauf für die Pädagogische Hochschule geschrieben. – In Mathematik etwas verwirrt. – War heute in der Albanikirche zum Orgelspiel. Plötzlich stand H. neben mir. Eine der Überraschungen, die ich sehr liebe. Ich spielte noch etwas, dann gingen wir gemeinsam in die Mensa der Pädagogischen Hochschule, um dort zu essen. Ich befinde mich seit einigen Tagen in einer Art Krise, wie sie in der letzten Zeit selten sind. Selbst der strahlend blaue Himmel und das Zusammensein mit Hildegard vermochten die dunklen Wolken in meinem Inneren nicht zu zerteilen. Die »Atmosphäre« in der P. H. ist etwas seltsam. Man spricht von Praktikum, Colloquium, Didaktikum, Mensa, Seminar und von Fakultas, die Dozenten sind Professoren, und trotzdem bleibt die P. H. ein Institut, das mit einer Hochschule oder Universität fast nichts gemein hat. Der Wunsch, für voll genommen zu werden, ist so ausgeprägt, daß erst dadurch der Abstand zu einer Akademie sichtbar wird. Diese Halbbildung im Selbstbewußtsein beginnt mir auf die Nerven zu fallen.
Nun, Hildegard und ich gingen dann spazieren. Im Hainberg war es wie im Frühling, und als wir uns, von der Sonne warm beschie-

nen, in den Armen hielten, wurde ich wieder ganz froh. Wenn das nämlich so weiterginge, würde am Ende ein ganz trockener Pessimist aus mir. Da ist es ein wahrer Segen, daß ich Hildegard gefunden habe, so ist das Leben überhaupt erst lebenswert.

Bredenfeld[26] sagt von sich: Ich habe einen seltsamen Rechtsdrall, wenn ich auf der Straße gehe, z. B. nachts kann ich nur auf der rechten Seite schlafen, auch wächst mein Bart rechts stärker als links. – Sein Vater habe eine eigene Vorstellung von Gott gehabt, er sei hin und wieder in den Wald gegangen, um zu beten, eine Kirche habe er selten betreten. Heinrich selbst wurde von seinen Eltern auf eine Napola geschickt. Er hatte schon als Kind eine Liebe zu Pferden und wollte Veterinärmedizin studieren. – An ihm fällt auf, daß er im Gespräch mit jemandem dessen Worte bruchstückartig mitspricht, sie gewissermaßen gedanklich mitbildet. Er ist unmusikalisch und liebt Heimatfilme. Er trägt den Kopf stets etwas erhoben, was wohl mit seinem Hals zusammenhängt, mit dem irgend etwas nicht in Ordnung ist, auch spricht er etwas kloßig. Er hat eine Vorliebe für Geschichte und natürlich für Biologie. Sein Vater war Offizier (Stabsarzt). Er ist freigebig und gutmütig, allerdings versteht er auch zu wirtschaften. Er ist in der Lage, Biertischverse von bemerkenswertem Witz anzufertigen. Um seinen Hut ist eine grün-weiße Kordel, das Heimkehrerabzeichen am Revers, auf dem ungefütterten Mantel ein Pelzkragen.

Göttingen Fr 8. Februar 1957

Keller: »Wie es Leute gibt, deren Körperliches, wenn man es zufällig berührt oder anstößt, sich durch die Kleidung hindurch fest und sympathisch anfühlt, so gibt es wieder andere, deren Geist einem durch die Umhüllung der Stimme im ersten Hören

---

26 Kempowski 2005: Aus Bautzen, mit mir im Abiturkursus. Später Tierarzt an der Mosel, vor einigen Jahren gestorben. Hübscher Junge.

schon vertraut wird und uns brüderlich anspricht, und wo gar beides zusammentrifft, ist eine gute Freundschaft nicht mehr weit außer Weg.« (Sinngedicht)

Hildegard hat ihr »Didaktikum« bestanden. Gottlob. Nun wird es Zeit, daß ich das Abitur hinter mich bringe. Hoffentlich schaffe ich es. Durch verwickelte Gefühle gab es gestern, nach dem »Didaktikum«, einen zunächst trüben Abend. Ich meldete mich wegen einiger Formalitäten nochmals im Sekretariat der P. H. Als wir auf mein polizeiliches Führungszeugnis zu sprechen kamen, meinte die Sekretärin, es genüge, daß ich eine eidesstattliche Erklärung abgäbe, daß ich nicht vorbestraft sei. Es sei ja nicht nötig, daß ich meine Haft anführe, da sie ja wohl nicht als Vorstrafe anzusehen sei. Dies verdroß mich. Daß sie überhaupt auf die Idee kam, beim Thema Vorstrafen auf meine Haft zu sprechen zu kommen, bewies, wie wenig sie diese Haft einzuschätzen in der Lage ist. Die Tatsache, daß ich lange Zeit hinter Gittern zubringen mußte, hat doch nur äußerlich mit einer rechtlichen Gefängnisstrafe zu tun. Es besteht doch kein innerer Zusammenhang mit den »Vorstrafen« und Bautzen. Ich erzählte dies H. Sie meinte ganz freimütig, sie verstehe mich nicht. Als ich ihr das dann erklärte, wurde sie still und stiller, auch meine, allerdings zu späten Ausweichmanöver hinderten nicht den reichen Tränenfluß. H. tat mir leid, und ich war über mich selbst ärgerlich, daß ich so großes, für einen normalen Menschen kaum erträgliches Schwergepäck mit mir herumzuschleppen gezwungen bin. Wir müssen aber hindurch, da hilft nun alles nichts. Da wir in allem zusammengehören, fanden wir bald wieder den richtigen Kontakt, Verständnis füreinander usw. Es wurde eine lange, lange Nacht.

Ich fühlte mich gesundheitlich gar nicht auf der Höhe. Kopfschmerz von nicht gekanntem Ausmaß, Schwäche und fiebrige Haut. Selbst das Rauchen schmeckte nicht, ein verdächtiges Zeichen. Heute geht es mir schon bedeutend besser.

Nachdem ich soeben, gut gelaunt, eine Widmung in eines meiner Bücher (»Die Leiden eines Knaben«) schrieb, strecke ich mich nun etwas auf meiner Couch aus. Hinter der Tür übt mein Wirt mit seiner Enkelin das Sprechen. Es sagt ihr vor: »Arm, Kopf, Haare, Augen, Ohren« usw. Die Kleine aber antwortet stets: »Mammam« oder »au-au«. Das geht nun schon eine Viertelstunde. Ich werde erinnert an Wilhelm Busch: »Heimwärts reitet Silen und spielt auf der lieblichen Flöte, freilich verschiedenerlei, doch meistens nur düdellütt.« Auch der Papagei »Lore« von Morgenstern, der vieles sprechen konnte, es jedoch nie tat, und schließlich, um besinnlich zu werden, erinnere ich mich an den eigenen Platz, auf dem ich stehe, welchen Genuß empfinde ich bei meinem »mammam«, einem unerschöpflichen, reichen Gebiet menschlichen Wissens gegenüber.
Wenn ich nichts in Göttingen gewonnen hatte, bis ich Hildegard kennenlernte, so dies: Lust am Stoff, Anregung und Überblick. Ich möchte sehr gerne hineinsteigen, vielleicht ist doch der Weg für ein Studium frei? –
[...]

Heimke[27]: Gott hat den Kommunismus damit gestraft, daß er ihm lauter Schafsköpfe in die Führung gegeben hat.

Göttingen Di 12. Februar 1957

[...] Heute gelangen mir noch zu später Stunde zwei Fassungen des schon in Bautzen 1950 geplanten Gedichtes. Es soll zu dem Aquarium-Zyklus gehören.

27 Kempowski 2005: Theologiestudent aus der DDR, bei Fräulein Krauses Mittagstisch.

Judas

Ernsten Gesichtes ziehen
die Apostel durch die Uhr,
zweimal den Tag in St. Marien,
sobald es zwölfe schlägt. Nur
Judas muß, obwohl er kühn
es täglich wagt, zurück.
Kleine Figur!

Göttingen — Mi 20. Februar 1957

Walt-Disney-Hundefilm. Nur an einigen wenigen Stellen erreicht er seine alte Qualität wieder. Auch hier Schablone. Ein unbefriedigender, unfruchtbarer Tag,.

Göttingen — Sa 23. Februar 1957

Die Stadt

Viele Zimmer, Wand an Wand.
Und Straßen. Wieder Zimmer.
Fenster. Hinter allen: Unbekannt.

Mein Denken geht. Vielleicht
sind einsame Empfänger,
die meine Sendung ungefähr erreicht.

[...]

Ölbild

Herbstliches Meer.
Dunstiger Hafen: Kräne
Hallen, Werften. Fern

ein Schiff und Fischerkähne
braun. Ich wüßte
gern, woher sie kamen.

Und nun umfängt sie schwer
ein breiter goldener Rahmen.

[…]

Göttingen So 24. Februar 1957

Ernst Pepping: Passionsbericht des Matthäus. Doormann-Chor. Ausgezeichnet.
Das Werk selbst stark, aber nicht frei von Schwächen (Tonmalerei!?).

Göttingen Mo 25. Februar 1957

Deutschaufsatz. Damit der Beginn der schriftlichen Prüfung. Ich weiß weder, ob ich gut oder ob ich schlecht geschrieben habe. Sagen wir Durchschnitt. Das Thema: Verarmt das menschliche Leben im anhaltenden Fortschritt der Technik? Der Reigen ist eröffnet. Einen Monat noch, dann hab ich das Abitur, oder auch nicht. Beides hat gleich viel Wahrscheinlichkeit für sich. Müde. Aus. […]

Göttingen Fr 1. März 1957

Heute habe ich Latein hinter mich gebracht. Damit ist das schriftliche Abitur erledigt. Ich habe in Latein bestimmt eine 2 geschrieben. Ich kann sie gebrauchen. Nun geht's aufs Mündliche zu. Mathematik, Latein und Geschichte sind die Schwerpunkte.

Obgleich ich mich nicht sehr anzustrengen brauchte, war ich doch recht abgespannt hinterher. Es ist mehr der ganze Umstand, der mich angreift. Ich konnte heute nicht so fröhlich und ausgeglichen sein wie sonst, Hildegard hat das sicher gemerkt. Nachts Kino: »In den Armen des Teufels«, gar nicht so sehr schlecht.

Göttingen Do 7. März 1957

Ein Jahr frei! Großes Jubiläum. – Habe heute viel getan. Je näher der Tag der Prüfung rückt, um so unruhiger werde ich. Wenn das man gut geht! Hildegard schrieb nett. Habe gestern einen langen Brief an sie geschrieben.

Göttingen Di 12. März 1957

Ich weiß nicht, was das ist. Ich habe schon seit einiger Zeit jede Nacht die widerlichsten Alpträume. Einmal, daß ich meine Mutter ermorden will, zum andern, daß ich bei einem ehemaligen Chormitglied (Füchel) eingebrochen habe. Heute nacht nun allerlei Unangenehmes von Robert. – Morgens wache ich immer ganz zerschlagen auf. Herzschmerzen, Kopfweh ...

Göttingen So 17. März 1957

Ich habe Lust am Leben. Es sind herrliche Tage. Und warum? Weil ich arbeite. Daß du es nicht merkst, Freund, daß dich nur Arbeit ausgeglichen und ruhig macht. Germanistik und Geschichte? Das wäre schön. Ob ich mir das zutrauen darf? Nun, wir werden sehn. Briefe geschrieben an: Hildegard, Evangelisches Hilfswerk (Hannover), Ulla, Mund, Weißbach, Heyder und Hafner.

Je mehr ich arbeite, desto mehr kann ich leisten. Es ist merkwürdig. Ich fühle mich so kräftig wie in den besten Tagen des Kirchenchors.

In Locarno werde ich meine Klostereindrücke umschreiben. Ich werde zunächst Einzeldarstellungen beginnen. Fürs erste den »Krümelkacker«.

Einteilung in Untere Geschichten und Obere Geschichten

Untere Geschichten

1.) Menschliche Einrichtungen
  a.) Einzelhaft
  b.) Wasserkarzer berichtend, kurz
  c.) Wirkungen daraus

Walter Kempowski in Göttingen, Frühjahr 1957

2.) Menschliches Zusammenleben
    a.) Der Saal
    b.) Der Krümelkacker   etwas ausführlicher
    c.) Die Schönen

Obere Geschichten
1.) Menschlicher Witz   ausführlich
    a.) Euphorion
    b.) Kulturprogramm

2.) Menschliche Größe   daraus erwachsend
    a.) Kirchenchor   breit
    b.) Gemeinschaft
    c.) Entlassung

Göttingen Do 21. März 1957

[…] Für Klostererlebnisse: Traumplan. Westdeutschland wird von Bolschewisten überschwemmt. Ich lebe geduckt als Schulmeister in einem kleinen Dorf. Nachts drängen mich Freunde, christliche, verbotene Versammlungen abzuhalten. Dadurch Zwiespalt: Glaube – Furcht. Aus Furcht vor Verachtung stimme ich zu und werde vor den Kommunisten wiederum straffällig und verhaftet. Kinder und Frau bleiben für immer zurück.

Göttingen So 24. März 1957

Überschrift über das Kapitel der Schreierei: »Märzrevolution«.[28]

Göttingen Di 26. März 1957

Ich werde nie vergessen, wie Robert »I've got a guy« gesungen hat. Sein Schicksal lohnte es zu gestalten.
1. Familiengeschichten der Kempowski-Ziegler[29]
2. Der Weg zur Sonderbarkeit
3. Sonderbarkeit als Panzer
4. Die Vergangenheit kann nicht ausradiert werden
5. Die Tränen müssen raus!

Göttingen Sa 30. März 1957

Bestanden!
Nachdem ich gestern durch das Durchfallen der drei Kameraden einigermaßen schockiert war, ging ich heute klopfenden

28 Gemeint ist ein Ereignis im Zuchthaus Bautzen im März 1950.
29 Gemeint sind die Familien des Vaters Karl Georg Kempowski und dessen Schwester Elisabeth Ziegler.

Herzens, aber doch einigermaßen ruhig und gefaßt, in die Wagnerstraße. Kurz nach 8.00 Uhr wurden Krantz, v. Heinitz, Bredenfeld und K. aber wieder rausgeschickt. Reformation. Und Karl V., ausgezeichnet. Gresky war aber ironisch und scharf. Schulrat Schröter unterbrach schließlich und redete selbst etwa 10 Minuten. Schließlich war die Zeit um.
Biologie kurz danach wieder Krantz, v. Heinitz und ich. Ich kam als erster über Viren dran. Ich habe nur so geschnurrt. Protokoll. Möckel. Frage, Antwort, das ging Schlag auf Schlag, schließlich ratterte ich selig dahin, alles bestens.
Deutsch. Schröter war wieder mit drin. Ein Gedicht von Hebbel: »Gepriesen werde der Herbst« und eins von Rilke: Herbstgedicht (»Diese Hand da fällt«) zum Vergleich. Gelang mir auf Anhieb, und zwar bis ins kleinste genau. Dann Keller: »Frau Regel Amrain und ihr Jüngster«, Problem, künstlerische Gestaltung. Das war eine der Novellen, die ich von Keller nicht vorbereitete. Ich brachte aber trotzdem alles, was ich über sie wußte, nämlich das Wesentliche. Dann bei der Besprechung des Kunstwerks als solches stopfte ich alles rein, was ich nur konnte. Dabei bemühte ich mich, ganz fein zu reagieren und sauber und klar zu sprechen. Schließlich fragte mich Schröter nach weiblichen Dichtern (eine saublöde Frage), ich nannte zunächst Ina Seidel, Ricarda Huch, Agnes Miegel. Er fragte nach Seidel, ich konnte wieder parieren. Alles wundervoll glatt.
Dann eine Stunde Pause. Mathematik. Ich war eigentlich noch gar nicht dran, drängelte mich aber schnell vor, um es hinter mir zu haben. Bredenfeld war vor mir drin. Während ich mich vorbereitete, konnte ich verfolgen, wie er stotterte. Auch hier bemühte ich mich, klar und sauber zu antworten (Parabel). Keine Frage unbeantwortet.
Erdkunde nachmittags 15.00 Uhr. Bevölkerung Südamerikas. Alles ausführlich beantwortet.
Schließlich, nachdem Poltier auch noch durchgefallen war, wurden wir gegen 16.30 Uhr zusammengerufen. Sechs Namen wurden verlesen, die Besten, der zweite war ich!
Mensa abends. Dann Fräulein Krause. – 13.00 Uhr Telefonat

mit Hildegard, 17.00 Uhr Telefonat mit Mutter. In der Nacht hatte ich noch Löffelholz und Kluge, die beiden Durchgefallenen, bei mir. Habe mich bis 2 Uhr mit ihnen unterhalten.

Rotenburg Sa 6. April 1957

Schöne Tage, ausgeglichen und wohltuend. Um das schöne, strahlende Sommerwetter auszunutzen, machten H. und ich Radtouren in die nähere Umgebung. Da ich diese Tage wohl nicht vergessen werde, verzichte ich hier auf pedantische Eintragungen. Gestern in Fischerhude.

Hildegard Janssen bei Rotenburg, Frühjahr 1957

Hamburg Do 18. April 1957

Geld vom Arbeitsamt bekommen (Arbeitslosenunterstützung). [...]

Hamburg Mi 24. April 1957

Hickele fuhr heute früh ab. Wir hatten eine sehr schöne Zeit zusammen. Hagenbeck, Außenalster, zweimal Blankenese, Krieg und Frieden, Johannes-Passion und Staatsoper. Gestern bekam ich die Nachricht, daß mein Prozeß am 10.5.1957 verhandelt wird. Am 8.5. beginnt aber meine Erholung in der Schweiz. Nicht ärgern ...

Göttingen Mo 29. April 1957

Gegen 20.00 Uhr wurde ich damals geboren. [...]

Göttingen Mo 6. Mai 1957

Heute hab ich meine erste Vorlesung gehört. Professor Schramm[30]: Ausgewählte Probleme des frühen Mittelalters. Dann Zahnarzt. Nachmittag zu Fräulein Krause gegangen mit Mutter. Zwischendurch bei Professor Wolf, der sehr freundlich war. Er suchte mir sogar aus dem Kursbuch die Züge heraus, die ich benutzen solle. Dann gab er mir 50 Mark und

30 Percy Ernst Schramm (1894–1970). Historiker, während des Zweiten Weltkriegs 1943 bis 1945 im Oberkommando der Wehrmacht verantwortlich für die Führung des Kriegstagebuchs.

schickte mich zum Dekan der theologischen Fakultät, der mir 80 Mark gab. Auch dieser war sehr höflich und verbindlich. Professor Wolf befahl mir, in Locarno nicht an Göttingen zu denken.
Mit der Fleißprüfung würde das schon funktionieren. Außerdem kenne er Professor Schramm sehr gut, der im Augenblick den Dekan der philosophischen Fakultät vertritt, und dieser sei für Probleme, wie sie mich beträfen, sehr aufgeschlossen. Mir fällt ein Stein vom Herzen! Irgendwie wird es schon gehen, denn es muß ja. Heute abend bei Hickele gewesen. Bis 21.00 Uhr. Zwei Tage noch, da muß jede Stunde ausgenutzt werden.

Schramm: Immanuel Kant!
Idee: im Knastrologium H. schon erscheinen zu lassen.
Idee: »Püppi«, süß ausgemalt in Stunden, auf der Fotografie ausgesprochen häßlich. Im Knast schon Formulare für Häftlingsentschädigung ausfüllen!

Hamburg Fr 10. Mai 1957

Nach der heutigen Verhandlung, die mit einem vorläufigen Vergleich endete, kam mir eine neue Idee: Die Häftlinge des Zuchthauses sind Tag für Tag damit beschäftigt, ihre Schuld zu beweisen. Die Anstalt tut alles, um sie für unschuldig zu erklären, und das einzige Sinnen und Trachten aller Häftlinge ist darauf gerichtet, nur ja nicht »unschuldig« gesprochen zu werden. Unter diesem Aspekt wird die gleiche Unruhe und Unsicherheit erzeugt, wie sie mir hier draußen begegnete.

Sonntag früh, ½ 9 Uhr. Wie soll ich's schreiben? Es ist märchenhaft. Schon die Fahrt ab Basel war ein einmaliges Erlebnis. Ein Schweizer war so freundlich, mich auf der Fahrt auf verschiedenes aufmerksam zu machen, so sah ich bewußt den Pilatus, Rigi und das St.-Gotthard-Massiv. Am 10. war ich gegen 22.00 Uhr losgefahren, am 11. gegen 17.30 Uhr kam ich hier an.
Es gab einige peinliche Momente, da ich gerade in das Abendbrotessen hineinplatzte. Der »Hausvater« setzte mich ausgerechnet zwischen einen Holländer und einen Franzosen. Auch die anderen Personen waren Ausländer. Nach dem Essen wurde ein Choral geheult in mindestens drei verschiedenen Sprachen. Dann stand ich etwas blöde herum. Schließlich brachte mich die Leiterin der Pension mit einer französischen Diakonisse (in hellblauer Tracht) zusammen in meine Unterkunft. Schließlich lag ich, betäubt von so viel Erleben in der kleinen Mansarde. Durch die offenen Fenster tönte das Zirpen von Zikaden. Ganz tief unter und vor mir ein Lichterteppich: Locarno. Ich wohne in Locarno-Monti, also auf dem Berge.
Heute früh erwachte ich durch das Glockengeläut, das ganz anders ist als bei uns. Ich versuchte eine Melodie herauszuhören, weil ich meinte, es sei ein Glockenspiel, doch vergebens. Nun werde ich aufstehen.
Am Abend, es regnete den ganzen Tag, war ein »gemütliches Beisammensein«. Gesellschaftsspiele usw. Dabei lernte ich den dänischen Bischof kennen, ein gebildeter und einsichtiger Mann (»der Bischof ißt die ganze Schokolade«). Mißglückte Unterhaltung mit der Diakonisse.
Drei polnische, ein holländischer, ein französischer, ein englischer, ein österreichischer, ein finnischer Pastor, drei deutsche Pastoren, davon ein Spätheimkehrer, ein deutscher Professor. Essen gut, aber sehr wenig.

Walter Kempowski in Locarno, 1957

Locarno Mi 15. Mai 1957

Nun ist schon einige Tage das herrlichste Wetter. Ich habe mich schon eingelebt. Die Stadt macht einen ganz italienischen Eindruck.

Am See eine wundervolle Promenade. Gestern »bestieg« ich den Monte Brè (1010 m). 2 ½ Stunden dauerte der Marsch hinauf, immer hin und her, in endlosen Serpentinen. Mit der Drahtseilbahn kostet es vier Mark. Das ist für mich unerschwinglich. Heute lag ich im Liegestuhl, den ganzen Tag. Die Bischöfe sind abgefahren. Der englische Pfarrer hat sich ein knallrotes Jackett mit Wappen und goldenen Knöpfen angezogen. Dazu eine Krawatte in derselben Farbe und auch Strümpfe in Rot. Seine Frau hat ebenso einen Hut, ganz knallrot, ein urkomischer Anblick. Sie spielt Klavier: Sinding und Grieg. Heute kam ein dänischer Pfarrer Nissen aus Fredericia.

Locarno Sa 18. Mai 1957

Ein ereignisreicher Tag. Ich fuhr zusammen mit dem finnischen Ehepaar und dem österreichischen Superintendenten (+ Frau) und dem inzwischen liebgewonnenen englischen Ehepaar sowie mit der Amerikanerin und dem Dänen nach Lugano. Bitteren Herzens bezahlte ich die 7,10 Mark für die Fahrt. Es hat sich aber doch gelohnt. Die andern fuhren alle weiter mit dem Schiff, und ich durchstreifte die Stadt. Schließlich fand im Rathaushof eine Art Sportlerweihe statt, viele Fahnen, Kinder in Weiß, alte Männer in Dreispitzen, Ehrenjungfrauen und Fackelläufer. Ich machte einige Aufnahmen. Dann erwischte ich gerade noch einen Haufen katholischer Geistlicher und mitten unter ihnen ein Kardinal und ein Bischof. Ich nahm auch hier zwei Aufnahmen, hoffentlich sind sie etwas geworden. Dann ging ich noch nach Paradiso raus, es war wirklich wundervoll. Ich fütterte die Spatzen und sonnte mich. Lugano macht einen ganz anderen Eindruck als Locarno: mondäner und eleganter.
Von Fräulein Lehmann bekam ich noch ein Paar schwarze Halbschuhe. Nun habe ich vom Schweizer Hilfswerk bisher: zwei Anzüge, zwei Paar Schuhe, drei Oberhemden, dreimal Unterwäsche, drei Paar Strümpfe, einen Pullover, Taschentücher, Handtücher und einen Koffer bekommen. Ich finde das fabelhaft. Ich vergaß, noch einen modernen ärmellosen Pullover zu erwähnen. Good night!

Traum: Abendmahlsgremium, die Jünger sitzen mit Christus zu Tische. Ich trete vor sie, Christus hält ein Messer in der Hand, ich muß mich vor ihn auf den Tisch legen. Petrus hält meinen

Körper gepackt, Johannes meinen Kopf, Christus schneidet mir das Herz heraus und hält es hoch. Dann taucht er es in Wein und Öl und setzt es wieder ein.

Locarno Di 21. Mai 1957

Heute war ich mit dem Schiff in Brissago.
Ich werde von Angst gequält, ob das mit meiner Fallgeschichte in Ordnung geht. Ich bin ganz bedrückt und kann gar nicht genießen. Widerlich.

Locarno Mi 22. Mai 1957

Bin heute in die Stadt gegangen. Habe den Kindern zugesehn, auf dem Spielplatz. Vorgestern waren wir alle in dem Van-Gogh-Film. Gut. Seltsames Publikum. Männer mit Bärten, Frauen in Hosen (aber wie!). Bin heute etwas ruhiger. Die Disziplin des Bibellesens macht sich bemerkbar. Man muß sich einfach zwingen!
Ich spielte gestern auf der Hammond-Orgel. Ein seltsames Instrument. Eigentlich kann man nur Jazz darauf spielen. Das Dienstmädchen ist in mich verliebt. Ein deutscher Physikprofessor ist angekommen, ein widerlicher Kerl.

Locarno Do 23. Mai 1957

Der Bus fuhr heute früh gegen 6.30 Uhr in Monti ab. Er nahm die Strecke über Brissago, Stresa. Gegen 10.00 Uhr waren wir in Mailand. Zunächst besichtigten wir einen vollkommen überladenen Friedhof. Dann das Abendmahl von Leonardo und die dazugehörige Kirche. Ein Mönch klatschte in die Hände und jagte uns hinaus (später). Dann durch die Stadt an schönen modernen Hochhäusern und widerlichen Gründerburgen vorbei, das alte Sforza-Schloß passierend, zum Domplatz. Dom besichtigt. Essen. Ich wurde zum Reiseführer gemacht durch den Ober (hab' ich meiner Brille und der Aktentasche zu verdanken) und brauchte nichts zu bezahlen. Zwei Franken gespart. Ich ging dann zum Sforza-Schloß, das wirklich wunderbar ist. Um 4.00 Uhr kam ich gerade wieder zum abfahrtbereiten Bus. Rückfahrt über Como, wo wir ausstiegen. Ich sah mir schnell den Dom an. Schöne Gobelins – Chiasso, Lugano und wieder zu Haus. Das alles für elf Franken. Dies Geld ist gut ausgegeben. Mir ist zwar jetzt etwas wirr im Kopfe, aber – es hat sich gelohnt.

Locarno Fr 24. Mai 1957

Oder doch Familienchronik?

Großvater: spricht im Kino
Wie kann man Bulsky heißen?
Humorvoll, gutmütig, sonderbar.

Vater: putzt sich die Zähne nach jedem Essen
Wie kann man Bulsky heißen?
Ungeschickt, musikalisch, sonderbar.

Mittelfigur (Sohn): spricht im Kino
Putzt sich die Zähne
Ungeschickt, musikalisch.

Das »wie kann man Bulsky heißen?« (Beziehung zu »strambulstrig«) wird für den Sohn zum Grund, sich Bulsky zu nennen.

Großmutter: Magengeschwür
Geschickt, musikalisch.
[…]

Großvaters Haus
Ankersteinbaukasten
Knast als Zuchthaus
Stadtspiel
Arche Noah
Kloster
Himmel als Stadt
Kopf (Gehirn) = Stadt
Somnia (das erleuchtete Fenster von gegenüber)
Aquarium

Als ich heute nach Tisch im Bett lag, mußte ich an zwei Weiber denken, die in meinem Abteil saßen, auf der Fahrt von Freiburg bis Basel. Die beiden sahen dermaßen gewöhnlich und dirnenhaft aus, daß mir ihre Vorstellung als »Gouvernanten« lächerlich erschien. Was für eine Art von Gouvernante damit wohl gemeint war!
Als ich mich eben daran erinnerte, mußte ich laut lachen. Da das Nebenzimmer nur durch eine dünne Holzwand von meinem getrennt ist, hörten das die beiden Holländer. Dies erschien ihnen wiederum lachhaft, und beide erheiterten sich darüber. Über diese ungewollt komische Situation geriet ich in einen richtigen Heiterkeitsanfall, der den ihren noch verstärkte. Wohl gegen drei Minuten lachten wir also gegenseitig.
Etwas später betrat das Mädchen unaufgefordert, ohne anzuklopfen, mein Zimmer. Sie wollte die Steppdecke wechseln. Ob dies Hereinkommen ungewollt oder provoziert war, kann ich nicht sagen, auf alle Fälle seltsam.

Locarno So 26. Mai 1957

Heute hat es wieder, wie schon seit Tagen, ununterbrochen geregnet. Abends war dann ein geselliges Beisammensein. Ich liebe diese Art von Vergnügungen nicht, alberne Witze werden gemacht, keiner gibt sich so, wie er ist. Als ich den Holländer darauf aufmerksam machte, daß Mistress White eine ganz weiße Nase habe, meinte er, er sähe sie nie an. Der deutsche Physiker aus Berlin »studierte« zwei Kanons ein, in militärischer Haltung. Es ist ein merkwürdiger, ja unangenehmer Mensch. Der westfälische Pastor zog mit einem blauen Leitzordner durch den Raum und bat jeden, sich einzutragen und dabei ja nicht die Nationalität zu vergessen: sich selbst zur Erinnerung und seinen Kindern zur Belehrung, wie er sagte. Gestern abend hatte es ja noch ein Gespräch mit dem Professor und Ochsenbein und Nissen, dem Dänen, gegeben (»sie meinen immer, wir wären ihnen etwas schuldig«).

Der Däne Nissen ist ganz in Ordnung, auch der Holländer ist aufgetaut, nachdem er seine Deutschfeindlichkeit aufgegeben hat. Der Finne mit den Basedow-Augen und dem beim Lachen weit aufgerissenen Mund fährt morgen ab. Er hat mir seine Adresse gegeben. Der Physiker – was soll ich nur über ihn sagen? Dieses Lachen! Einfach widerlich. Bei jeder »witzigen« Bemerkung, besonders natürlich bei seiner eigenen, schaltet er die Lachmaschine ein, die hart und trocken sofort in höchste Höhen steigt, um dann langsam abzuflauen, nochmals aufzuflackern und zu ersterben. Danach sieht er sich dann um, was es nun noch zu lachen gäbe ... Beim Choral »Lobe den Herren« straffte sich seine Gestalt, und er blickte deutsch um sich. Er legt großen Wert darauf, daß irgendein Verwandter von ihm Kommunist sei, daß sein Sohn bei Stier gesungen habe und jetzt im Johannesstift Kirchenmusik studiere, obwohl er bereits fertiger Theologe sei.

Das neu angekommene russische Ehepaar hingegen ist von besonderer Art. Sie hat ihre Haare zum Kranz aufgesteckt. Ihre eng beieinanderliegenden Augen verleihen ihrem Gesicht eine Mischung von Dummheit, wogegen ihr Mund bereit ist, stets zu lachen. Laokoon-Braue! Er hat ein ganz faltiges Gesicht und spricht schlecht Deutsch.

Der Westfale, rothaarig, mit fleischigem Gesicht, ist sehr fett, seine Hose geht ihm bis unter die Brustwarzen. Er trägt einen schwarzen Anzug aus einem glänzenden Stoff und ein offenes Hemd ohne Krawatte. Sein Gesicht ist stets undurchdringlich, lachen kann er nicht, sicher aber ist er jähzornig. Er spricht von seinen »zahlreichen« Gründungen, von einem Empfang bei Theodor Heuss, zu dem er geschniegelt und gebügelt angetreten sei, wogegen Heuss, »Papa« Heuss, ganz salopp mit Zigarre erschienen sei. Wenn er mit einem spricht, gleiten seine Augen an einem vorbei. Bezeichnenderweise war die einzige Frage, die er bezüglich meiner Haftzeit an mich richtete, die, ob ich denn was gemacht habe. Nach meiner Antwort sprach er nicht weiter, sondern beteiligte sich an einem Gespräch, das rechts von uns geführt wurde.

Tolstoi, »Anna Karenina«: Konstantin Ljewin sprach nicht gern von der Schönheit der Natur, noch hörte er gern davon reden. Worte raubten ihm die Schönheit von dem, was er sah.

Locarno Mo 27. Mai 1957

Es ist nicht so sehr die schlechte Nachricht, die ich fürchte, als vielmehr den Augenblick des Eintreffens. Diese eine Sekunde, die ich zum Aufmachen des Briefes benötige. In ihr werden sich alle Hoffnungen und Zweifel zusammendrängen. Das wird sich zum körperlichen Schmerz steigern.

Locarno Di 4. Juni 1957

Gestern schrieb ich an Onkel Walter, Ulli Haase und Hickele.
Was tut man gegen Haß? Ich stelle mir die Menschen, die ich

hasse, in ihrer Hilflosigkeit vor, derentwegen sie schlecht sind, dann ist der Haß wie fortgeblasen.
Ein bayrischer »Dekan«, d. h. Superintendent, mit seiner Frau ist angekommen. Sie reißt die Augen auf, wenn jemand mit ihr spricht, so als ob alles, was dieser zu ihr sagt, die größte Neuigkeit für sie und gleichzeitig fast unglaublich in der Schicksalsschwere ist. Er ist von seinem Wort durchaus überzeugt. Wenn er sich in den Salon setzt, erwartet er nichts anderes, als daß alle sich um ihn scharen und seinen Worten lauschen. Erstaunlicherweise ist dies auch der Fall, obgleich das, was er zu sagen hat, sehr allgemein und mittelmäßig ist. Seine Haare sind stets sorgfältig gekämmt, und um seinen Mund hat er einen Zug, der eine Mischung von geringschätziger Überheblichkeit und Mißtrauen ist. Er meinte, als er von seiner Arbeit in einem großen Flüchtlingslager sprach, die Qualität der Flüchtlinge sei schlechter geworden. Er selbst habe in einem Gremium dafür zu sorgen, daß man bei den aus dem Osten geflüchteten Pastoren zwischen »unechten« und »echten« Flüchtlingen unterscheide.
Eine Belgierin mit bedeutendem, sehr mütterlichem und gutem Gesicht, die ihren Mann in einem deutschen KZ verloren hat, fragte mich, ob ich die Russen hasse. Als ich verneinte mit der Einschränkung, daß mich die russische Sprache körperlich reize, zeigte sie sich sehr befriedigt. Wir machten eine kleine Wanderung, bei der ich gezwungen war, französisch zu sprechen. Es war sehr schwierig. [...]

Locarno Fr 7. Juni 1957

Jetzt geht's zu Ende. Gestern noch bin ich auf den S. Bernardo gestiegen (1030 m).

Göttingen Mi 26. Juni 1957

Rückreise mit zwei überschweren Koffern und großer Aktentasche über Luzern. Dort drei Stunden ausgestiegen. In einer modernen Kirche wesentlichen Eindruck gehabt, zweite Orgelsonate von Heiller.
Frankfurt, Ulli Haase holte mich zu mitternächtlicher Stunde vom Bahnhof ab. Hatte zu wenig Geld mit, so daß wir in der Straßenbahn Schwierigkeiten bekamen. Onkel Walter sehr nervös. Kein Mensch sonst weiter vorhanden. Onkel Heinrich und Tante Emmi mit Ruth und Kindern waren zwar in Frankfurt, hielten es aber nicht für nötig, sich zu melden. Mit Igor auf dem Flugplatz. Göttingen eingetroffen am 14.6. Hickele am selben Tag. Am nächsten Tag in der P. H. angemeldet, Laufereien usw. Gestern kam Bescheid: 50 Prozent Kriegsbeschädigtenrente! Nachzahlung wird einbehalten. Müde, todmüde ...

Göttingen So 7. Juli 1957

Es ist der heißeste Sommer, den ich erlebt habe. Die Straßen glühen, es ist kein Gedanke an Arbeit. Man sucht immer nur Erfrischung. Durchschnittstemperatur 30 Grad im Schatten seit Wochen!
Vor drei Tagen erhielt ich vom Arbeitsamt die große Nachzahlung für das Sommersemester, d.h. 520 Mark auf einen Schlag. Ich kaufte noch am selben Tag ein neues Fahrrad (231 Mark) und ein Paar Schuhe sowie einen Füllfederhalter. Ich fühle mich sauwohl, da ich nun auch noch erfuhr, daß der Auszahlung meiner Rentennachzahlung nichts im Wege steht. In der nächsten Woche rechne ich auch mit dem Geld (700 Mark). Wenn ich das erhalte, kann ich erst einmal aufatmen. Mein »Prozeß« schwebt immer noch, mache mir im Augenblick noch keine Gedanken darüber, die Sorgen kommen noch zeitig genug.
Körperlich geht es mir gut, ich gehe häufig ins Schwimmbad,

wiege bestimmt noch 57 kg, und das ist für mich immer noch viel.
Gestern war aus Anlaß des 200. Geburtstags des Freiherrn vom Stein in Göttingen ein Fackelzug der Studenten. Hickele und ich begleiteten den Zug durch die ganze Stadt. Karl Heinz konnte es natürlich wieder nicht lassen und kroch auf die Rednertribüne, plötzlich sahen wir ihn.
Neulich hatte er eine Nachzahlung bekommen und lud Hicke und mich zum Eisessen ein. Er bestellte für jeden von uns einen Mordsfruchtbecher und danach noch einen Dolomitenbecher. Wir sind nun wieder etwas häufiger zusammen.
Heute am Sonntag waren Hicke und ich im Theater, »Macbeth«. Es war eine grauenhafte Hitze, trotzdem aber waren wir voller Spannung.

In der P. H. geht alles gut. Das erste Semester ist nun ja bald vorüber. Ich habe mich so etwas hineingetastet. Die Anforderungen sind erfüllbar. Mit der Orgel will es noch nicht so recht, da ich zu wenig Übungsstunden habe. Ich lerne bei Jendis[31], in dessen zuchtlosem Chor ich nun auch mitsinge. Sie singen große Sachen (»Jesu, meine Freude« und andere doppelchörige Werke), die aber viehisch eingepaukt werden. Man ist nach den Proben (die häufiger als tragbar abgehalten werden) wie erschossen. Eigentlich soll Singen ja befreien, hier wird man zur malträtierten Singemaschine.
Zwischen Hickele und mir gab es jetzt einige kleine Spannungen, die gottlob nie in den andern Tag hinüberdauerten. Vielleicht stelle ich zu hohe Anforderungen an äußerliche Dinge, ich hoffe, daß wir, ohne es zu merken, in das gemeinsame Leben hineinwachsen.

---

31 Hans Jendis (1913–1985), Kirchenmusiker, Kantor an der St.-Jacobi-Kirche in Göttingen.

Göttingen Mo 8. Juli 1957

Heute ging ein Unwetter über Göttingen nieder. Auf einige Blitze erfolgte ganz plötzlich ein gewaltiger Wind mit Hagel und Regen. Hicke hatte mächtige Angst vor Blitzen, verteidigte sich mit dem »Magischen« in sich und schloß Türen und Fenster, »das zieht den Blitz an«. Was ist das für ein seltsames Leben! Um die Wahrheit zu sagen: Ich habe Angst vor mir selber. Es ist so eine Gleichgültigkeit in mir, eine Sucht nach Wohlleben und daneben ein Ausgebranntsein, eine Stumpfheit neuen Eindrücken gegenüber.

Noch immer stehe ich auf der Schwelle vom Jungen zum Mann. Ich bin weit entfernt davon, meiner Vergangenheit nachzutrauern, mein Jungsein war rauh eingebettet: Krieg, Hunger und schließlich die Gitter.

Es scheint so, als wäre meine geistige Entwicklung stehengeblieben, in mir wächst nichts Neues mehr. Dies erfrischende Gefühl, eine Neuigkeit zu begreifen, habe ich so lange nicht mehr gehabt, ich zehre von Dingen, die sich in mir aufspeicherten. Nehme ich denn jetzt etwas in mich hinein? Oder passe ich nicht vielmehr die Außen-Dinge in meine Innen-Schablone?

Ich möchte so gerne sein, was ich nicht werden kann: der »Idiot«. Wenn ich bescheiden bin, ist es Scheu, wenn ich laut bin, so nur schreihälsig, kindisch.

Film: »1984«. Schaurig-wahr.
Radio: »Quatsch in schöner Gestalt«.

Rotenburg So 21. Juli 1957

Gestern sind Hickele und ich hier angekommen (gegen 13.00 Uhr). Ich ließ mich noch am selben Tage (15.30 Uhr) am Kehlkopf operieren. Die ganze Geschichte hat etwa eine Stunde gedauert, der Arzt war sehr ruhig und geschickt. Eine Spritze er-

zeugte in mir das Gefühl einer bleiernen Schwere, wundervolle Gedanken wechselten bunt durcheinander.
Den Rest des Tages verschlief ich sanft und selig auf Station 2, auf der Ute arbeitet. Nun bin ich das Dings los, hoffentlich wird es nun besser mit der Stimme.
Vater Janssen war ganz rührend um mich besorgt. Ich hatte nicht die Spur Angst. – Nun bin ich hier im Krankenhaus und hoffe sehr, daß man mich heute noch rausschmeißt.

Rotenburg Do 25. Juli 1957

Nun schon drei Tage wieder auf, aber immer noch schweigsam. Heute hab ich schon etwas probiert, aber doll ist das noch nicht. Die Stimme klingt flach und zu hoch und ermüdet schon nach Sekunden.
Hicke und ich machten gestern und heute Radtouren kleinen Umfangs. Die alten bekannten Wege ging's entlang, viel Wind und Wolken, Getreide, Kiefern und sandige Wege.
Sonntag kommt Robert. Mutti ist schon in Wolfshagen. Bin gespannt, wie es ihr gefällt. Ich möchte so gerne eine Zigarette rauchen.

Lektüre: »Königliche Hoheit« (Mann)
»Deutsche Geschichte der Reformation« (v. Ranke)

Rotenburg Fr 26. Juli 1957

Regenwetter. Konsultation des Arztes. Weiterhin Redeverbot. Rauchverbot »für Wochen«. Nach 16.00 Uhr mit Hicke Stadtspaziergang. Durch die Hauptstraße brausen ununterbrochen mächtige Fernlaster. Ich war ganz nervös und gereizt. War dann froh, wieder zu Haus im Stuhl sitzen zu können und »Königliche Hoheit« lesen zu dürfen. Parallelgedanke: Mann, »Königliche Hoheit«, der Tod Albrechts II., und Tolstoi, »Krieg und Frieden«, der Tod des Grafen Besuchow. Hatte noch andere gute Gedanken, die ich leider vergaß. Die Figur des Dr. Überbein interessant, schwer zu verstehen. – Ich lese jedenfalls mit großem Genuß.

22.20 Uhr. Modern-Jazz-Abend. Wie ist diese Musik doch eigenartig. Mir ist sie unmittelbar verständlich. Dauernd überlege ich, ist sie nun sentimental und effekthaschend oder nicht? Meine bald: überwiegend nein. Sie ist sensibel, manchmal etwas gereizt und zuweilen naiv-altklug. War Genuß.

Evangelisches Erholungsheim
Wolfshagen Di 30. Juli 1957

Heute hier angekommen. Einem geschenkten Gaul ... Aber es muß doch festgestellt werden, es ist alles etwas seltsam hier. Natürlich wohnten auf dem gleichen Flur auch ein Bautzener und ein Theologiestudent aus Leipzig, der mit Sinkwitz und Wille zusammen studiert. Es ist hier alles sehr dürftig und ärmlich, ja eklig. Finstere Gesellen (vielleicht kommen sie mir nur so vor) sitzen in evangelischer Gemütlichkeit beieinander.

Bad Lauterberg Do 15. August 1957

Im Kneipp-Bad. Heimkehrerbevölkerung. Ich unterhielt mich mit einigen Arbeitern aus dem Ruhrgebiet. Die erzählten folgendes: Die 40-Stunden-Woche sei in einigen Betrieben eingeführt. Wenn nun aber am Schwarzen Brett angeschlagen würde, sonnabends: »Acht Mann werden für Arbeit gebraucht am Sonnabend und Sonntag!«, dann melden sich 30, und das nicht

etwa, weil sie arbeitslos sind oder zu wenig verdienen, sondern weil sie mehr Geld verdienen wollen.
Ich war heut in einem ganz blödsinnigen, kitschigen Film des »Gloria«-Film-Verleihs. »Sterne über Colombo«. Kristina Söderbaum spielt darin eine jugendliche Zirkusreiterin, die eine anonyme schwedische Prinzessin ist und in Indien einen Maharadscha heiratet. Früher war die Söderbaum ja mal ganz nett. In »Immensee« z.B. spielte sie recht gut, jedenfalls war ich damals begeistert. Aber ihre damalige kindliche Naivität wurde nur als Naivität von denen wiedererkannt, die ihre Zeichensprache von damals her noch kennen. Indische Verse werden träumerisch zitiert, dazwischen »skol« gesagt, auf gut schwedisch; die Reiterin schwebt auf einem Halbmond vom Himmel herab, von platzenden Feuerwerkskörpern umgeben, ein Lied mit unverständlichem Text, schreiend gesungen, Tiger schreien, Clowns philosophieren, all die alten Klamotten. Es kotzt einen wirklich an. Vorher ein guter Trickfilm, ein Reklamefilm für B.V. Aral. Autos werden vermenschlicht, eines wird »krank«, der Kran greift schon nach ihm, der Arzt (als Kolbenkopf) verschreibt B.V. Aral.

Ich bin müde!

Bad Lauterberg August 1957

Literaturplan: Hemingway, Hausmann.
»Prof. Kalauers ausgewählte musikalische Schriften«, Heimeran-Verlag München (4,80)
»Königliche Hoheit«, Mann
»Alle Galgenlieder«, Insel-Verlag (9,80)
»Der Großtyrann«, Werner Bergengruen, Bücher der 19.

Wahlparole »Diesmal SPD«, rührend … […]

Ich sprach gestern mit Schultheiß über den Grund unseres jugendlichen Aussehens, denn auch er sieht höchstens wie 23 Jahre aus, und ich werde allgemein für 21 gehalten. Er meinte, der Grund sei darin zu suchen, daß wir während unserer Haftzeit nur mit halber Kraft gelebt hätten, die Haftzeit konserviere eher.
Es ist eigentlich lächerlich und gar nicht zu verantworten, daß man uns nun in Erholung schickt. Aber der Knast hat uns eben in anderer Hinsicht beansprucht. Ich fühle mich nicht leistungsfähig genug, um mich als normal bezeichnen zu können.

Bad Lauterberg Di 20. August 1957

Ich habe seit zwei Tagen Angstzustände. Als braute sich etwas zusammen. – Regen, Regen … Einzige Tätigkeiten: essen, schlafen, kneippen.
Geldsparprogramm, seitdem gestern Karl Heinz hier urplötzlich mit einem Vertreter von Schreibmaschinen aus Göttingen mit dem Wagen hier war und über den Kauf einer Torpedo mit mir verhandelt hat.
Ich habe einen hübschen Radioapparat gesehen, 309 Mark, ein Löwe-Opta-Gerät. Heute Fernsehen: Tommy Dorsey.
Lektüre: Mauriac, »Natterngezücht«.
Jazz: »Picnic«.

Bad Lauterberg Do 22. August 1957

Heute war der Schreibmaschinenfritze noch mal da. Perlschrift – Normalschrift. Ich bin für Perl. Es ereignet sich nichts. Gar nichts. Das ist gut so, ich spare enorm Geld. Heute gab ich keinen Pfennig aus.
Nachmittags ging ich einen Berg hinauf. Ganz oben saß ich auf

einem Baumstumpf. Der Regen hatte etwas aufgehört, Wind, Sonne, blauer Himmel.

Bad Lauterberg Fr 23. August 1957

Im Fernsehen war »Don Quixote«, eine Verfilmung des Stoffes aus dem Jahre 1932 von Pabst. Warum können die Leute heutzutage keine Filme mehr machen? Titelrolle gespielt von dem großen russischen Opernsänger Schaljapin. Es war mir dauernd, als müsste ich weinen oder laut lachen.
Stimme etwas besser. Beim Arzt gewesen, mit gesundem Gesicht lachte er mich an und strahlte, es werde schon noch besser mit mir, ich solle nur abwarten. Gewichtszunahme sei bei der Kur nicht zu erwarten. – Ja, was soll ich dann hier? Zunehmen will ich doch gerade! Affengesichter. Dieser ganze Wasserblödsinn hängt mir zum Halse raus.

Bad Lauterberg August 1957

Oder halten sie mich doch für schuldig? Anna-Ruth, Tante Elisabeth? Und ich Idiot gehe auch noch von mir aus dorthin, meinen »Besuch« zu machen. Das ist dies evangelische Christentum. Mutter: Wenn einer es wagen sollte, schlecht über meine Söhne zu reden … – Also muß sie es befürchtet haben, also meinen welche, Grund dafür zu haben. Ich, der Verräter, der Verbrecher. Man sieht's ja, nicht mal seine Entschädigung bekommt er. Beweis genug.
»Lebersprütze«
»Banktresor 713« und »Die Letzten werden die Ersten sein«, neues Heimkehrerkapitel. Der Spätheimkehrer als Verbrecher?

Goggomobil Coupé

Bad Lauterberg Mo 26. August 1957

Hicke war gestern da. Nach kurzem Spaziergang (an den Dahlien vorbei) zur Kirche. Hier passierte nun, was ich schon so lange befürchtet hatte. Irgend etwas ergriff mich, während noch die Liturgie gesungen wurde. Dann bei »Von Gott will ich nicht lassen« brach's über oder in mir zusammen. Erst jetzt scheinen sich die Schocks der Gefangenschaft zu lösen. [...]

Bad Lauterberg Di 27. August 1957

Eine wesentliche Voraussetzung für meinen Beruf habe ich erreicht. Ich vermag die Liebe der Kinder zu gewinnen, und zwar ganz leicht und fast ohne mein Zutun. Wie aber kann ich Autorität halten, ohne von ihnen gehaßt zu werden?
Sonnabend, Sonntag und Montag fahr ich nach Göttingen. Es zieht mich dorthin.
Die französischen Damen-Wintermoden fußen ganz auf den zwanziger Jahren.

Bad Lauterberg August 1957

Robert:
»Das verweise ich in das Reich der Fabel.«
»Das entzieht sich meiner Kenntnis.«
»Als ich noch ein Bub war«, »innert«.
[...]

Der Grund meiner Depression ist immer noch dieser: die enorme Enttäuschung. Komprimierte Sehnsucht, Jahre hindurch aufgespeichert und künstlich verfeinert. Entlassung und Fall ins Nichts. Weil ich so ehrgeizig und geltungsbedürftig bin, ist

es für mich unerträglich, anstelle eines Helden Wohlfahrtsempfänger zu sein. Durch außergewöhnliche Erlebnisse meinte ich, ein Recht auf Beachtung und Geltung zu haben. Wenn ich jetzt darüber nachdenke, wird mir heute noch übel, und all die Demütigungen werden deutlicher, je länger es her ist. Ich werde fast rasend vor Wut, diese Beleidigung der Nichtachtung durch Tante Emmi in Frankfurt, durch die unverschämte Äußerung Onkel Walters von der Dummheit 1948. –
Mir gegenüber zwei Idioten sprechen über Haftentschädigung.
[…]

Ich erinnere mich gerade, wie süß-bitter es für mich als Kind war, nachts bei Fliegeralarm aus dem tiefsten Schlaf heraus aufstehen zu müssen. Und das Schlafenlegen wieder! Auch die Hoffnung spielte eine große Rolle, daß am nächsten Tage etliches ausfallen möge vom Unterricht.
Streit im Zuchthaus: Was süßer sei, Zucker aus Rüben oder aus Zuckerrohr, oder warum ein Kaffee, mit der gleichen Zuckermenge gesüßt, süßer schmecke, kalt oder warm?

Bad Lauterberg Mi 4. September 1957

Beim Haarschneider gewesen. Dann bei herrlichem Wetter im »Kurpark« gesessen, gelesen und geschrieben. Habe heute keine Angst gehabt, war ganz ruhig. Hans hatte seit langem wieder einmal geschrieben.

Galsworthy, »Forsyte-Saga I«
Briefwahl.

Am Sonntag dann war ich in Hamburg. Da ich mein Blitzgerät mithatte, machte ich eine Unmasse von Aufnahmen. Ich knipse sozusagen einen »Film«, dessen Inhalt eben das Leben der Heinrichstraße 27a war. Ich bin gespannt, wie die Aufnahmen geworden sind. Robert will sie mir schicken. Um einiger Effekte willen holte ich mit Mutti eine Trittleiter von nebenan und knipste Robert von draußen durchs Fenster. Nun, wir werden sehen. Am Montag langte ich dann wieder wie ein Toter hier in Bad Lauterberg an. Ich schlief eisern. Bin immer noch müde.

Gewicht: 59 Kilo – sehr schön. [...]

Robert, Margarethe und Walter Kempowski in Hamburg, 11. September 1957

Die erste unruhige Nacht. Im Zimmer Tisch, Stuhl, Schrank, Bett, und dabei ist es sehr groß, daß es hallt, wenn ich huste. Die Anstalt umfaßt drei große Gebäude. Im mittleren sind die Verwaltung und Gemeinschaftsräume, in den beiden andern wohnen die in Gruppen oder Familien aufgeteilten Kinder. Als ich über den Hof ging, lief einer auf mich zu (10 Jahre), sagte seinen Namen, gab die Hand und meinte, ich käme zu ihm in die Gruppe. Tatsächlich stimmte das auch. – Die Vertreterin der Heimleiterin, eine etwa 45jährige Dame, sehr nett, führte mich und Fräulein Wedel überall herum und wies mich schließlich der Gruppe 3 zu. Jede Gruppe hat eine eigne Küche (in der allerdings nicht gekocht wird), Aufenthaltsraum mit Veranda. Die Gruppe 3 war gerade beim Abendessen, etwa 14 Jungens: Rollmops. Nach dem Essen, an dem ich auch teilnahm, gab es dann meinetwegen ein großes Hallo! Alle umstanden mich und redeten wild durcheinander. Schließlich wurden sie albern und fingen an zu kaspern. Da entzog ich mich ihnen. Etwas später war es dann günstiger, da traf ich einen allein, mit dem ich mich anfreunden konnte.
Großen Eindruck schien ein Lehrer auf sie zu machen, der Kriegserlebnisse erzählte. Dann sprach ich mit Fräulein Köhler, der Leiterin unserer Gruppe, und habe den Eindruck, daß wir uns gut verstehen werden. Gestern in Göttingen kamen noch die Hamburger Bilder. Ich hab mich bald totgelacht.

21.00 Uhr. Das war die Hölle heute. Ich bin wie durchgewrungen. Den ganzen Tag Geschrei und Gebrüll ohne Ende. Tobsucht, Jähzorn, Trotz und kein Mittel dagegen. Wie soll das nur werden?

Fürstenhagen Sa 21. September 1957

[...] Ein rothaariger Berliner Junge, der auf den schönen Vornamen »Egbert« hört, genießerisch beim Essen, etwas eitel, voller seltsamer Ideen (zeigte mir eine Zeichnung: So sieht Gott aus), sehr akkurat beim Schreiben, etwas feig, zeigt bereits ausgeprägte Züge (neun Jahre). Gesteppte rote Lederpantoffeln. – Allgemein auffällig bei allen Jungen der Wunsch, Krieg zu spielen, etwas über den Krieg zu hören. Ich war direkt verblüfft über die Verbreitung dieses Themas hier. Ein anderer Junge, Wolfgang, elf Jahre, wird als schwererziehbar geführt, hat schon mehrere Anstalten durchlaufen. Blond, mit frischem offenem Gesicht, für meine Begriffe sehr brav und sauber. Ein verkrüppelter Junge, neun Jahre, mit fast magischem Gesicht, riesigen Augen, Mund und Nase, von großer Schläue, durchtrieben, fast diabolisch. Dabei von großem Schauspielertalent, schüchtert andere mit Redensarten gerne ein, beleckt Würfel beim Spiel, ißt sehr unappetitlich, hat oft Popel an der Nase. Dabei weiß man nie genau, wann schauspielert er, wann empfindet er echt. Oberkörper gut entwickelt. Einzeln sind sie alle genießbar, aber in der Menge einfach unerträglich. Hatte heute den ersten Fall von »Nichtachtung meiner Person«, und zwar gleich zweimal. Einer durfte aus Strafe nicht essen. Der verkrüppelte Junge brachte ihm trotzdem etwas, obwohl ich ihn fragte, was er vorhabe, gab er keine Antwort. Ich ließ ihn fortgehen, damit ich ihn auf frischer Tat ertappe, ging hinter ihm her und brüllte ihn unvermutet ganz wahnsinnig an. Ich tat das nicht, weil er dem anderen das Brot bringen wollte, sondern weil er mir keine Auskunft auf meine Frage gab. – Ein anderer (Manfred) deckte sich nicht zu, obwohl ich ihn dreimal dazu aufforderte. Auch hier half nichts als wahnsinniges und plötzliches Anschreien. Erfolg nicht sonderlich befriedigend. – Spaziergang mit zweien, Balgerei.

Fürstenhagen So 22. September 1957

Im Herbst

Zwischen den Blättern eines Folianten
liegt ein Weinblatt eingepreßt.
Ein Junge hat es dort hineingelegt,
um später säuberlich mit einer Bürste,
das Skelett herauszuklopfen.

Im Garten nebenan sitzt ein Mädchen,
hält ein Weinblatt sacht, träumt darüberhin,
schämt sich vielleicht, daß man es sähe –
reicht es dem Wind, der's gerne nimmt
und weit hinaufträgt in den klaren Raum.

Fürstenhagen Mo 23. September 1957

Der rothaarige Egbert ist nun auch krank. Er spielt nicht wie die anderen, sondern liegt ruhig im Bett und liest. Ein Teil (der geringere) der Jungen wurde den Eltern (sie sind meist unehelich) fortgenommen, weil diese nicht richtig für sie sorgen. Ein anderer Teil wurde von den Eltern freiwillig hierhergebracht, weil sie in der Schule nicht mehr mitkamen oder auch sonst anomale Züge aufwiesen. Fast alle Kinder sind auf dem Hilfsschulniveau. Hier hat jede Erzieherin ihre eigne, ganz persönliche Methode. Es scheint so etwas wie eine persönliche Methode zu geben. Müde, müde, todmüde. An Orgelspiel ist gar nicht zu denken.

Fürstenhagen Di 24. September 1957

Ablehnung gekommen. Mir ist die HHG-Bescheinigung[32] abgenommen worden. Was nun? Heute mittag bekam ich leichtes Fieber, heute abend ist es schon stärker. So hat mich also die Grippewelle doch erfaßt. Schade, schade, das schöne Jahr. Alles im Eimer.

Fürstenhagen Mi 25. September 1957

Ich habe eine furchtbare Nacht hinter mir. Zwischen Schlafen und Wachen, bei Kopf- und Gliederschmerzen ging es mir dauernd im Kopfe herum: Hättest du, wenn doch … Das ist doch ein ganz schöner Torpedotreffer. Alle Verwandten werden sagen: Da sieht man's mal wieder, natürlich ist er schuld an dem Schicksal seiner Familie, wenn man das sogar bei Gericht feststellt! – Diese Spießer. Ich will von keinem mehr was wissen. Alle können mir gestohlen bleiben. Ja, ich schäme mich. Die Abnahme der Bescheinigung ist für mich wie die Aberkennung einer verdienstvollen Leistung. Ich fühle mich ungerecht behandelt. Zu meinem Trost meine ich auch darin eine Gesetzmäßigkeit zu sehen. Das ist ja aber eine Konstruktion. Im Augenblick fühle ich mich außerstande zu widerstehen. Was soll bloß werden? Wie gut, daß ich nicht mehr rauche!

Fürstenhagen Do 26. September 1957

Der vorgestrige Schock ist überwunden, nun breitet die Resignation ihren grauen Schleier über mich. Aber trotzdem ist es eine Art Heiterkeit, die über mich gekommen ist. Heute früh

32 HHG = Häftlingshilfegesetz.

zeigte sich zum ersten Mal die Krankenschwester. Sie gab mir ein Schlafmittel für die Nacht. Dann tauchte Fräulein Ischreit, eine etwa 40jährige Baltin auf, die unsere Erzieherin vertritt, und schlug die Hände über dem Kopf zusammen, als sie mein Zimmer sah. Es sei so leer, wie eine Zelle. Dann kam nach einer Weile eine Karawane von Frauenzimmern und brachte einen kleinen Tisch mit Deckchen, Blumen, einen bequemen Stuhl, ein Bild, Nachtschrank mit Deckchen und schließlich auf mein Bitten hin ein zweites Kissen und einen Malkasten mit Papier. So hab ich denn den ganzen Tag gemalt. »Schönheitskonkurrenz 1957« und »Aquarium«. Nebenbei hat mich der blonde Heinz Schötter noch etwas unterstützt, ich zeigte ihm, wie man malt (wo ich es doch eigentlich selbst nicht kann!), und dann unterhielt er mich. Dann endete unsere Unterhaltung in einer Balgerei. Am Spätnachmittag brachte mir Fräulein Ischreit einen Einschreibbrief vom Versorgungsamt, in dem mir die Bewilligung von DM 1500,– als Nachzahlung mitgeteilt wurde. Ach, wär das schön gewesen. Alles dahin … das hätte einen Anzug, Regenschirm, Radio und Bücher gegeben. Nun nur ein wehmütiges Lächeln.

»Herr, unser Gott, Du hast die Erde gegründet,
und die Himmel sind Deiner Hände Werk.«

Bautzen, Dezember 1953: Der alte Chor, schon stark dezimiert, sang es mir, dem nun wieder Neuhinzugekommenen, vor. Ich hatte so etwas noch nie gehört: Pepping! Ich war damals sprachlos und fassungslos, wie es so etwas gäbe. Ich sehe noch die Bässe vor mir: »… gegründet«. Mir schossen die Tränen in die Augen. »Du aber bleibest ewig wie Du bist.« »Wir werden verwandelt wie ein Kleid, veralten wie ein Gewand … Du aber bleibest ewig, wie Du bist.«

Das Zärtlichkeitsbedürfnis der Kinder ist enorm. Der Heinz versucht, nun auch mich ganz für sich zu haben. Er begreift natürlich nicht, daß man als Gruppenerzieher allen gehört. Ich aber dachte mir, schenkst du ihm deine Zuneigung, dann hat er jedenfalls für heute etwas Freude. Das Morgen sorgt für sich.

Fürstenhagen Fr 27. September 1957

Gestern hatte ich einen schönen Tag, so eigenartig wie das klingt, so kurz nach der Katastrophe. Ich malte sehr eifrig und befriedigt, so daß ich erst spät am Abend aufhörte. Ich malte gestern abend den Mittelteil einer dreiteiligen Kreuzigungsgruppe. Wenn alles fertig ist, schenke ich die ganze Mappe Hickele. Es war so beruhigend und gemütlich, hier zu sitzen und sichtbar etwas zu schaffen, was (das weiß ich genau) einem anderen Freude machen wird. Mir fällt bei der Gelegenheit ein Wort von Morgenstern ein, das dem Inhalt nach etwa soviel bedeutet wie: Kunstwerke müssen immer an eine Geliebte gerichtet sein. Nun, da ich seit der »Eisblume« genau weiß, meine Sachen »kommen an«, bin ich produktiv wie noch nie. Ich werde auch heute weitermachen, obwohl ich befürchten muß, das Papier reicht nicht, und neues kann ich mir nicht kaufen.

Als besonders störend empfand ich in meiner Haftzeit immer das plötzliche Hereinplatzen der Kalfaktoren in die Zelle, »um zu sehen, ob alle drinnen sind« oder so. Auch das Licht ausmachen von draußen, ohne Rücksicht darauf, ob man nun gerade eine Scheibe Brot strich oder ein Buch las, erinnerte immer wieder so stark an die Tatsache der Unfreiheit. All das andere, abends in Unterhosen sitzen müssen, im Gleichschritt marschieren müssen, der Herdenbetrieb, Entbehrungen usw., sind demgegenüber geringfügiger zu veranschlagen. An all das kann man sich nämlich gewöhnen.

Fürstenhagen Mi 2. Oktober 1957

In der Pädagogik gibt es kein Rezept. Jeder Tag stellt einen vor neue Aufgaben, die man selbst lösen muß, kein Mensch kann einem dabei helfen. Mich wundert nur, was man so lange zu studieren hat. Nun gut, eine Methode, wie das Wissen weiterzugeben ist. Aber wo gibt es ein System, den Kindern beizukommen?
Hier sind einige: Neumann, Penner, G. Euler, K.-H. Euler, Schötter und Wagner, aus denen bei intensiver Bemühung allerhand zu machen wäre. Das sind sechs von 14. Die anderen sind hoffnungslose Fälle in einer Gruppe von der Größe hier. Oder so: Natürlich würde man auch sie einen bestimmten Weg führen, aber die anderen, die Aussichtsreichen würden entbehren und – verdorben.

Freitag treff ich mich mit Hicke in Kassel. Ich bin müde zum Umfallen.

Fürstenhagen Sa 5. Oktober 1957

23.30 Uhr. War in Göttingen, hatte mich im letzten Augenblick entschieden, mich nicht in Kassel zu treffen, sondern nach Göttingen zu fahren, dadurch war ich Donnerstagabend, Freitag und Sonnabend mit Hicke zusammen. Am Donnerstag hörten wir noch eine Sendung des Jazzclub Frankfurt bei Fräulein Hinkel, Jazz und Religion, äußerst blöde und uninteressant gemacht. Am Freitag früh bei Lipfert und nachmittags bei Hicke. Abends Film: »Die Junggesellenparty«, gar nicht einmal schlecht, nur der Schluß verheerend primitiv.

Beim Nachhausegehen Karl Heinz getroffen. Gegen 24.00 Uhr Schluß.
Am Sonnabend, also heute, früh Marktbummel und Bücher-

tausch: die sehr schlechte und gekürzte Ausgabe Bertelsmann »Krieg und Frieden« gegen »Raskolnikoff«, Piper-Verlag. Da der Sozialamtwechsel eingegangen war, kaufte ich am Vortage auch aus dem Piper-Verlag »Die Dämonen«. Ein längst ersehnter Wunsch ist damit erfüllt und die Dostojewski-Reihe bis auf die »Brüder« geschlossen. Mittag Mensa, Rollbraten. Nachmittag spazieren, dann Platzkonzert mit Präsentiermarsch vom »Stahlhelm«, Ölsardinen zum Abendbrot und Abschied gegen 20.00 Uhr.
Herbst in Göttingen und Hicke und noch Geld – was will man mehr. Müde. Müde.

Fürstenhagen Di 8. Oktober 1957

Das war eine entsetzliche Nacht. Wachte fast alle halbe Stunde auf, im Kopf ging mir der Banana Boat Song und die Stimme Fräulein Ischreits herum. Dann träumte ich wüst, schreckte ein ums andere Mal hoch und schrie schließlich: »Absichtlich!« Ich träumte, Onkel Heinrich und Tante Emmi machten mir Vorwürfe über einen Schmähbrief von meiner Hand, der ihnen von einem Unbekannten zugesandt worden war. – Dann kippte auf meinem Gang noch irgendein Schrank um, es war höllisch. Der Morgen war auch zunächst teuflisch. Gottlob hatte ich schon um 9.00 Uhr Freistunde. Ich schrieb zwei Briefe, an Mutti und Hicke. Dann brachte ich sie zur Post und spielte anschließend bis zum Mittag Orgel. Dann brach wieder die Hölle los. Die Kinder schrien und tobten, die Erzieherin war ihrer nicht mächtig. Ich selbst hüte mich nun einzugreifen, ich gerate zu leicht in Jähzorn, und der schadet mir. Ich spreche kaum einen Ton und lasse allem seinen Lauf.
Am Nachmittag machten wir dann, die ganze Gruppe mit Fräulein Köhler, einen Riesenspaziergang. Es war ganz wundervoll. Ich sonderte mich mit drei Kindern ab und ging, erzählend, voraus. Die Wälder sind einzig schön, und ich genoß den wun-

dervollen Tag aus ganzem Herzen. Herbst! Wie ist das schön, mein Gemüt ist voller Harmonie angesichts der vollen Farben und vergißt allen Schmerz. Kann es nicht immer so sein? Wenn ich jetzt Zeit und Ruhe hätte, ich schriebe ohne Unterlaß.

Fürstenhagen Mi 9. Oktober 1957

Erster Erdsatellit seit einer Woche, heute erst erfahren. Natürlich die Russen, ich ärgerte mich sehr. [...]

Fürstenhagen Fr 11. Oktober 1957

Toni Käsemann heute examiniert. Käsemann neun Jahre, aber zurückgeblieben wie sechs, Kobold, wandelndes Ausrufezeichen, sehr lebendig, italienischer Einschlag. Stellte ihm die Aufgabe (gedanklich), eine Gefängnismauer (drei Meter) zu überwinden. Nach anfänglichem Kohl dann die Überlegung: rüber. Keine Leiter, kein Seil, geht nicht. »Durchhauen«, zu dick, geht nicht. Und dann die richtige Lösung: unten durchbuddeln!
Heute am Vormittag den großen Garten gerecht, war gut, gesund, angenehm (drei Stunden). Nachmittag: im Gelände mit drei Jungen. Rehe bei der Brunft beobachtet, ganz nahe.

Mein abendliches Rauchen ist eigentlich bloß Eigensinn.

Der neue Baustil tritt nun in das gefährliche Gebiet der Verfeinerung ein. Hier auf dem Lande sieht man deutlich, wie auch der Kitsch sich darin merklich ausbreitet. Es ist so eine Renaissance des vorigen Jahrhunderts darin.

Fürstenhagen Oktober 1957

Bei Beendigung einer Lektüre lege ich mir die Fragen vor: Hättest du das schreiben können? Hättest du das schreiben wollen?

Fürstenhagen Sa 19. Oktober 1957

Hohensteiner Kasperpuppen angeschaut. Besonders haben mir der gutartige Wassermann, der Geist, der Minister und ein Teufel gefallen.

Fürstenhagen Di 22. Oktober 1957

Titel: »Angefangene Geschichten«.
Gottlob, es geht zu Ende! Noch fünf Tage höchstens, wahrscheinlich aber nur noch drei Tage.
Straßenbahn 1947 im November in Hamburg: Ich stieg in irgendeine ...
Der Schneider, bei dem ich die zwei Hosen kürzen ließ, hatte einen Buckel und bemerkte sogleich, triumphierend, meine schiefe Schulter. Er erzählte eine weinerliche Geschichte von einer Bürgschaft, die er geleistet habe und die er unbedacht geleistet habe. 5000 Mark habe ihn der Spaß gekostet.

Erinnerungen
»Och, England, dies kleine pi-pi-Land!«
»Erkennst du mich noch, wo ich doch so dreckig bin?«
Es waren zwei Königskinder – zu traurig.
Dr. Gennerich ist erschüttert: Wir sind ja nicht schuld, wir müssen ausbaden, was ihr versiebt habt!
»Meine Mutter würd fluchen ...« (irgend jemand).
»Isch kann das nisch behalten.«

Fürstenhagen Mi 23. Oktober 1957

[...] Morgen ist nun Schluß. Die körperliche Arbeit hat mir gutgetan, ja, sie hat mich mit Wohlbehagen erfüllt. Eigentlich unangenehm ist mir hier das ganze Drum und Dran. Die Blechnäpfe und schlosserfarbenen Schürzen der Kinder, der Geruch nach Schuhcreme und Knetgummi und Lysol. Dann erst an zweiter Stelle wäre das Geschrei der Kinder zu nennen. Vor dem wäre noch der Ekel zu nennen, der mich vor dem Essen hier packt. Ein Kind wie der Landahn z. B., der so widerlich unappetitlich ißt und auf alle Speisen draufhustet, die Messer und das Geschirr schlecht gespült usw. Dann der Mangel, der völlige Mangel seelischer Schönheit. Bei den Kindern nicht vorhanden, bei den Erwachsenen nicht. Einzig Fräulein Ischreit, die hat Format. [...]

Hamburg Mo 28. Oktober 1957

Konzert im Radio: Hindemith, ausgezeichnet. Heute früh machte ich einen riesigen Spaziergang. Von Blankenese nach Altona bei stürmischem Novemberwetter. Es war aber schön. Ich war auch noch in der Stadt und strich um das Chile-Haus herum. Dort sind besonders viele Bauten aus der Weimar-Zeit. Diese Zeit erregt mich immer ganz besonders.

Die Kinder: »Wenn Heuss nun tot ist, werden dann die Marken wertvoller?«
»Die Sowieso-Marken sollen sehr wertvoll werden ...«

»Alles Unfug. Von den SA/SS-Marken hieß es auch damals, die werden noch sehr wertvoll, heute bekommt man sie für 2 Mark.«
»Na ja, aber damals haben sie vielleicht nur 10 Pfennig gekostet.«

»Nee, da hat man sie überhaupt nicht bekommen.«

»Ich pflege das ›sp‹ und ›st‹ in den Worten ›Schauspieler‹ und ›Frühstück‹ auszusprechen, sonst ›sch‹.«

Göttingen November 1957

Buchidee
Jonas flieht Gott. Klaus Peter sieht sich als Jonas, nachdem er alles hinter sich hat. Wieder Erlöserfimmel, dadurch neue Schuld. [...]

Traum: Brief vom Versorgungsamt, ich denke, mir wird Geld angekündigt. Statt dessen aber teilt man mir mit, daß ich 94 Mark bezahlen soll, weil ich krank war. Ich suche, ob das nicht vielleicht falsch ist, aber es stimmt. Dann mußte ich lange anstehen. Die Russen kamen, ich wanderte.

Göttingen Mi 4. Dezember 1957

Traum: Mit Mutter in einem Lokal einer großen Stadt. Ärger mit dem Kellner. Vorübergehend gehen wir raus. Als wir wieder reinkommen, meint der Gast, der an unserem Tisch gesessen hatte, zu dem Kellner: Ein großer stattlicher Mann war es. Damit meinte er mich, ich wunderte mich darüber. Dann verwandelte sich das Gastzimmer in die Kirchenchorzelle. Studenten, männlich und weiblich, saßen auf den Pritschen. Dann sangen sie etwas Dissonierendes.
Ein Student forderte mich auf mitzusingen. Ich tat das und erregte mich dabei, daß ich schließlich wie ein Wahnsinniger alleine sang, so ähnlich wie Rock 'n' Roll. Alle hörten mir zu. Dann hatte ich eine Trompete in der Hand und blies ge-

waltig. Plötzlich befanden wir uns in der Bautzener Kirche. Ich erklärte den Mädchen, unter denen auch Fräulein Kühner war, daß dies eine Zuchthauskirche sei. Einige Häftlinge wurden eingewiesen. Dies machte keinen Eindruck auf die Mädchen.
Die Brust Fräulein Kühners wuchs gewaltig. Es war schließlich, als wären die Brüste die Finger einer Kasperlepuppe. – Mir wuchs ein ganz langes Haar an der Oberlippe, es störte mich, da es mir beim Sprechen immer in den Mund geriet, es hing mir bis auf die Brust herab, ein Haar. Dann suchte ich es auszureißen – vergeblich.
– Nachmittags hatte ich Hickele und Fräulein Wedel bei mir zum Kaffee. Am Abend eine wundervolle Sendung gehört. Hindemith mit dem amüsanten Yorkschen Marsch. Dann lasen Binding, Benn und Carossa eigne Werke, Gedichte. Bindings pathetisches Lesen eindrucksvoll, Benn kühl und sachlich. Dann dirigierte Strawinsky ein Musikstück von ihm selbst nach Art Pergolesis. Einfach wundervoll.

Ideen!

Göttingen Do 5. Dezember 1957

Im Seminar pikante Situation. Eine Kommilitonin setzte sich neben mich. Äußerlich sehr hübsch und zart, begann sie ihre Reize verschwenderisch auf mich abzuschießen. Mir wurde warm im Kopf. Ich begann ein Gespräch und brachte sie ein Stück. Wie ist das merkwürdig.
Sozialbericht fertiggeschrieben (Kladde). Am Abend wundervolle Ideen, geschrieben am »Restaurator«[33]. Ich gerate in Kafkas Fahrwasser. Trotzdem mache ich erst mal weiter.

---

33 Romanfragment, unveröffentlicht (Walter-Kempowski-Archiv im Archiv der Akademie der Künste Berlin).

Göttingen Sa 7. Dezember 1957

Rentennachzahlung angewiesen! 1777,10 DM! Große Freude. Ich machte einige Einkäufe. Mit Hicke in die Kantate der Marienkirche.

Göttingen So 8. Dezember 1957

Zweiter Advent. Ein langer Sonntag! Früh mit Hicke in die Jakobikirche, Mittag im Theaterkeller, Hirschbraten und Hühnerfrikassee. Nachmittag Schirm gekauft (41 Mark). Fräulein Wedel abgeholt und zu Karl Heinz, wo Marianne und Hicke schon etwas vorbereitet hatten. Im ganzen war der Anfang mißglückt. Auf dem Tisch war noch nicht einmal ein Tischtuch, Singer stand herum, ohne daß man ihm den Radioapparat gezeigt hätte. Als ich dann kam, hab ich erst mal Dampf gemacht. Gegen 5 Uhr konnte es dann losgehen. Singer führte ein vortragähnliches Gespräch über Jazz. Karl Heinz störte laufend mit blöden Bemerkungen, auch Marianne machte sich am Anfang nicht gut, sie war albern. Dann trat zu uns in unseren Kreis ein Franzose, Michel Gaibal. Ich lud ihn sofort ein, da uns ohnehin ein Herr fehlte. Dies schien großen Eindruck auf ihn gemacht zu haben, denn er war erst kurz in Deutschland. Nach den wirklich guten Jazzplatten aßen wir gemeinsam Abendbrot. Singer verschwand ins Weihnachtsoratorium. Dann Wein, Karl Heinz störte das Gespräch durch blöde Einfälle, als Hans Christian vom Mittelmeer erzählte, stellte er den Yorkschen Marsch ganz laut ein. Dann verschwand er und holte sich irgendein Mädchen. Stimmung kam nicht in Gang, weil Karl Heinz fortwährend ungeeignete Platten auflegte. Dann habe ich mich eingeschaltet, eine Flasche Kräuterlikör aufgezogen und Platten gemischt, immer eine nach der anderen und nur wilde Sachen. Die Stimmung fing sich und stieg. Auf dem Höhepunkt, gegen 22.00 Uhr, kam Singer wieder. Nun ging's erst richtig los. Er hatte die diversen Langspielplatten. Ich tanzte pausenlos. Um ½12 Uhr wurde Hickele müde, der Franzose hatte sie müde gemacht beim Tanz. Ich riet ihnen, den Frauen, abzuwaschen. Als sie das getan hatten, hatten sie sich wieder erholt. Es wurde weitergetanzt. Um ½ 1 Uhr machten wir Schluß, saßen noch ein Weilchen. Ich verabredete mich mit dem Franzosen auf Dienstag, 13.30 Uhr, in der unteren Mensa. Ein gelungener Abend, trotz aller Querschüsse von Karl Heinz. Alter Stil.

Göttingen Mi 11. Dezember 1957

Gestern war der Franzose bei mir. Der Idiot gab vor, sich für meine Haftzeit zu interessieren. Alles Blödsinn. Ein widerlicher Affe.
Ich schreibe wie doll und verrückt. Gestern abend hab ich Hickele den Anfang, die ersten sieben Kapitel des »Restaurators« vorgelesen. Wir sprachen noch lange davon. Heute wieder ein Kapitel mit Genuß geschrieben. Mayer aß heute mit in der Mensa.

Göttingen Do 12. Dezember 1957

Im NDR nach 22.00 Uhr »Leise Musik mit wenig Instrumenten«, ein Stück für Oboe, Flöte und Gitarre (das dritte Stück).

Göttingen Fr 13. Dezember 1957

Plattenpicknick, 22.00 Uhr: ein Stück von Stan Kenton (das letzte), eine Art Mambo. Ganz großartig. II. Programm des Hessischen Rundfunks.

Göttingen Sa 14. Dezember 1957

Ein ruhiger Vormittag. Ich habe jetzt im Keller schön Heizungsmaterial, infolgedessen, wenn ich es wünsche, eine warme Stube. Seit einigen Wochen, genau seit dem 5.12., arbeite ich täglich am »Restaurator«. Das ist voll prickelnden Reizes. Ganz neue Aussichten eröffnen sich, die Stadt, Malchus und der Restaurator werden kombiniert. – Das Geld wurde überwiesen. Luft. Ich werde einige Einkäufe machen, Anzug, Decke, Ringe und Bücher für Hicke zu Weihnachten.

Göttingen So 15. Dezember 1957

Gestern schneite es den ganzen Tag. Ich kann mich nicht erinnern, jemals so ein schönes Winterwetter erlebt zu haben. Ich kaufte die Ringe und nach langem Hin und Her unter Assistenz von Hicke auch den Anzug (+ Hemd, Schlips und Strümpfe). Auch eine Decke habe ich mir gekauft. Die erste Nacht ohne zu frieren.

Der Schnee blieb liegen. Das ideale Sonntagswetter, klarer Sonnenhimmel und Schnee auf allen Bäumen und Dächern. Johanneskirche, Pallon verhedderte sich in der Predigt (es ist die Stimme eines Predigers: In der Wüste bereitet dem Herrn einen Weg ...). Lahme Familiengeschichten, bis wir uns losgeeist hatten. Hicke und ich machten Spaziergang, in weitem Bogen über die Kehr zu mir. Ofen angebullert, daß das Rohr glühte, Weihnachtsoratorium im Radio. Kaffee, Liebe und Modern Jazz Quartet: All The Things You Are. Dann Sturmschritt: Distler in der Johanneskirche, Weihnachtsgeschichte. Ich konnte mich einfach nicht auf die Musik konzentrieren, weil vor mir eine hysterische Studentin saß. Ihr Busen hob und senkte sich, als wollte ihr schlecht werden, so daß ihr Begleiter schon unruhig wurde. Dann begann ihr Kopf zu zittern und sich ruckartig seitlich zu bewegen. Auch setzte sie sich gebückt nach vorne, als wollte sie schlafen, und ähnliches dummes Zeug. Man ist ja schon allerhand gewohnt hier an Überspanntheit, aber dies übertraf doch alles bisher Geschaute. Ich konnte einfach nicht ernst bleiben und wäre bald herausgeplatzt mit Lachen. 23.30 Uhr im Bett. Die letzte Woche ist angebrochen.

Göttingen Di 17. Dezember 1957

Träume: Ich gehe mit Hindenburg spazieren. Zunächst saß ich in der Schule und mußte Latein übersetzen. Der Lehrer, der dem Dicken Bösch ähnlich war, interessierte sich für mich. Dann verwandelte er sich unmerklich in Hindenburg. Ich ging mit ihm durch einen Park, fuhr auch im Zug, entfernte mich einige Male von ihm, er ruhte nicht eher, bis ich wieder bei ihm saß. Im Park verlor ich ihn dann wieder. Ihn suchend, um das Gespräch über Cool Jazz fortzusetzen, gehe ich an einer Schlange wartender Häftlinge vorbei, die sich an einem Freibad zum Baden angestellt haben. Ich entdecke Niki und Rolf, tue, als ob ich sie nicht gesehen hätte, bekomme einen roten Kopf. Als ich wieder zurückgehe, muß ich sie begrüßen und tue so, als sähe ich sie zum ersten Mal. Heyder ist ganz wütend darüber. – Später gehe ich mit meiner Mutter und Hickele spazieren. Ich sage zu Hickele, sie muß einen andern Weg gehen, weiß aber genau, daß dieser eine Sackgasse ist. Sie kommt dann hinter uns her und weint. Als ich ihr sage, das sei nur ein Scherz gewesen, sagt sie, ich wolle sie ja bloß los sein.

Zahn gezogen. Ich bin noch immer ganz benommen. Ging nach Hause und legte mich auf die Couch. Gegen Abend wurde es besser, ich trank einen achtel Liter Sahne und aß ein Ei, da war mir wohler. Na, und gegen 19.00 Uhr kam Hicke noch, die unglücklich über mein »Im Zirkus«-Gedicht war. Sie weinte, ich wollte mich nicht äußern. Spät hörten wir Jazz-Workshops. Am 19.12. um 20.15 Uhr ist die nächste Sendung. Zwei Saxophone

im Cool. Einfach wundervoll. Aber Modern Jazz Quartet gefällt mir besser.
Hoffentlich hab ich morgen keine Schmerzen. Da ist allerhand los. Anzug abholen, vorher anprobieren, Asta-Sitzung, an der ich als neugewählter Wahlfachsprecher teilnehmen muß. Am Nachmittag noch Ski-Kursus-Besprechung. Das kostet mich ein Vermögen. Hose, Anorak und die Fahrt.

Göttingen Mi 18. Dezember 1957

Anzug abgeholt. Ohne Zahnschmerz. Gut gelaunt. Abends erste Asta-Sitzung, an der ich stimmberechtigt teilnahm. Am Schluß stimmte ich als einziger gegen einen Antrag, eine Antiatomdemonstration auszuhängen. Ich bin der Ansicht, daß so eine Demonstration die östliche Propaganda unterstützt.

Hamburg Di 24. Dezember 1957

Zwei Tage in Rotenburg »Vorweihnacht« gefeiert. Ich war noch mitgenommen von dem beständigen Wundschmerz. Waren auch in Bremen. Böttchergasse recht interessant. Platten gekauft: »Jesu, meine Freude«.
Nun Weihnachten. Vormittag Stadt, einige Spiegel-Exemplare gekauft. Die Publikumsturbulenz der letzten Tage hatte schon nachgelassen, Autofahrer stoppten ihre Wagen und reichten den Polizisten kleine Geschenke hinaus. Ein Mann mit Akkordeon und einem Affen auf der Schulter begegnete mir. In der Mönckebergstraße wird immer noch gewühlt. Haarschneider angemeldet, Fr 11.00 Uhr.
Robert verpaßt (ich wollte ihn abholen), Mittag: Kalbssteak. Geschlafen.
Kaffee, Bescherung. Bekam Kafkas »Schloß« von Mutti, Pa-

pier die Menge. Von Vater Janssen Dostojewski, »Karamasow«. Und von Hickele »Jazzvariationen«. Großes Geschenkeverteilen, verwickelte Stimmungen aufgefangen, Papiere und Schnüre in Haufen. Appetitsild und Lachs, an Hickele geschrieben, Bilder aus dem Elternhaus von Ulla bekommen und Topflappen von Lone[34]. Stundenlang Telefonanmeldung nach Berlin, Robert wollte das. Gestern abend lange Unterhaltung mit Robert über dessen Schwierigkeiten. Da ist wieder allerhand los.

Traum: Vati wohnt unerkannt im Nebenhaus. Er weiß nichts von mir oder will nichts wissen. Er ist gar nicht gefallen, sondern nur schwer verwundet (Kopf oder Bein). Ich erfahre von ihm, als er stirbt. Sehe ihn nicht mehr, lerne nur seine Wirtin kennen, eine Übriggebliebene mit merkwürdigem Verkehr. Sie sagt: Er war Kunstmaler. Bilder sind keine mehr da. – Als einziges eine umstickte Serviettentasche, rührend ungeschickt gemacht. Ich weine im Traum darüber und bin verzweifelt, daß ich ihn nie gesehen habe. Er war bestimmt einsam, oder wollte er mich nicht sehen? [...]

Hamburg Sa 28. Dezember 1957

Das Fest ist gottlob vorüber. Zwischen Spannung und Fröhlichkeit ein fortwährendes Schwanken. Auch die Wohnverhältnisse sind nicht angenehm. Ich schlafe lieber alleine im Zimmer. Die gute Mutti zersorgt sich.
Ein ausgewogenes Jahr geht zu Ende. Es ist schwer zu sagen, ob es schwer oder leicht war. Es hat ja ganz schön geknallt. Aber es waren so viele Annehmlichkeiten daneben, daß sich das sehr schön ausgeglichen hat. Locarno, Harz, gelungene Operation usw. Hickele und ich sind zusammengerückt. Der Durchbruch

34 Tochter der Schwester Ulla.

(der erste) zum Schreiben erfolgte in Fürstenhagen. Zwei Gedichte. Nun, ich denke, das ist allerhand. Abitur, Kellerbegegnung, P. H. – Universität, Mutti in Göttingen, Nachzahlungen. Kinderbegegnungen, Silberhochzeit, 59 kg, die Hohensteiner-Begegnung, Goslar.

Aber: Ablehnung und Depressionen.

1958

Nicht aus der Ruhe bringen lassen!

Hamburg Fr 3. Januar 1958

Heute fand die »ökumenische Begegnung« statt. Ich hatte den Gedanken, Pastor Schowalter von der Mennonitengemeinde zu besuchen. Er öffnete mir und meinte routinemäßig: »Oh, Sie waren schon einmal bei mir.« Ich gab mich zu erkennen. »Locarno, Sie wissen doch ...« Aha, er erinnerte sich. Nun fand eine seltsame Unterhaltung statt. Er hatte sichtlich nur den einen Wunsch, mich möglichst bald wieder loszuwerden, ohne mich aber zu verletzen. Hexenschuß, Kamera will er verkaufen, Kirche 1914/15 (Anno Domini) gebaut, Schreibtischtür geht selbsttätig zu, als er sie offen haben will, deshalb stellt er einen Stuhl davor, Gemeindehelferin, tüddeliges Weib, wird angefahren, weil sie einen Scheck eingerissen hat. Nun muß er das Dings noch einmal ausfüllen! sagt er klagend-stöhnend. Kirche kostet viel Geld, Kanalisation funktioniert nicht, Bilder aus Locarno gezeigt, Abzüge angeboten, nach Namen gesucht, ach, mein Gedächtnis. Nun will ich auch nicht mehr länger stören – »Aber es war nett, daß Sie mal eingeguckt haben, wo wohnen Sie noch? Aha, No. 27, gut also, ein frohes neues Jahr!«
Dies war der ökumenische Same des Verständnisses. In Locarno ausgesät in vielerlei Zungen. Wundervoll!
Robert meinte gestern, er müsse mir nun doch sagen, daß ich wohl wenig Aussicht hätte, meine Schriften zu veröffentlichen. Es interessiere sich wohl leider niemand dafür. Ich dachte bei mir, wenn mein eigner Bruder, der sich oftmals als Mäzen auf-

spielt, noch nicht einmal zuhört, wenn ich ihm eine Skizze vorlese, dann ist es allerdings kaum zu erwarten, daß sich jemand anders darum kümmert. Oder vielleicht gerade?

Hamburg So 5. Januar 1958

Gestern Film, »Sensationsprozeß Casilla« mit Heinrich George, abgesehen von kleinen Schwächen ganz ausgezeichnet. Heute, am Sonnabend, nach Tisch mit Robert in die Stadt und einige Aufnahmen vom Gesundheitsamt in Hamburg gemacht. Danach Film, Fernandel in »Der Herr im Regenmantel«, mäßig. Idee: Ich bin ins Wasser gefallen und schreie um Hilfe. Da versammelt sich ein großer Chor um den See und singt wundervolle Sachen zu meiner Erbarmung. Ich entdecke, daß ich auf einer Bühne ertrinke. Schließlich gehe ich unter und finde mich im Maschinenraum des Theaters wieder. Auch im Orchester unter einem Notenpult. Der Musiker sagt, ich soll nicht stören. Ein Mann aus dem Publikum meint, ich sei hervorragend gestorben.

Mutter: Sie sei von Senoussi ganz abgekommen, man finde immer wieder zu Players zurück.

Göttingen Fr 10. Januar 1958

Herrlicher Tag, absolute Ruhe und gemächlicher Verlauf. Es war ein richtiger Ausruhetag. Ausgeschlafen, ausgiebig gefrühstückt, in aller Ruhe in die Stadt gegangen, gut zu Mittag gegessen (Franziskaner), vorher noch einige Geschäfte erledigt, gemütlich nach Hause gegangen, in der warmen Stube ein Schläfchen bis 17 Uhr gemacht, Briefe geschrieben, Kaffee getrunken, wieder geschrieben (Kartei), Abendbrot gegessen (21 Uhr), hervorragende Jazzmusik gehört, einen Handstand

gemacht und ins Bett gegangen. Also alles in Ordnung? Ja und nein. In der Tiefe grummelt die Angst.
St. Andreasberg war schön.[35] Tief verschneit, von Stürmen durchpeitscht, neblig. Der erste Tag noch ohne Skier und Stiefel – ein Ausrufezeichen der schlechten Laune. Ich machte Rabbatz, zwischen den munteren Skiläufern sich als Spaziergänger zu betätigen? Schließlich war ich ja verdonnert worden zu diesem Kurs. Abends zum Überfluß ein Streit mit der Herbergsmutter in dem an Bautzen gemahnenden Schlafsaal, weil sie mich duzte. Am nächsten Tag die Feststellung, daß Skifahren mein Sport ist, herrlich, herrlich. Ganz Körper. Ein Wunder, daß die Stimmung sich besserte? Daß ich mit den Mädchen schneller und tiefer in Verbindung kam, als ich es eigentlich beabsichtigte? Am dritten Tag ein Retter, stumm und bescheiden alleine durch den knietiefen Schnee gestapft, zurück zu dem Haufen, der sich neugierig über den Unfall unterhielt. Am Abend dann beim bunten Zusammensein von den schönsten Mädchen umringt, Tränen gelacht über eine männlich-weibliche Modenschau, getanzt zuerst mit den Schönen, dann mit den Mauerblümchen. Köstliches Haar gerochen, blondes und schwarzes, schweißige Hände und plumpe Busen gedrückt.
Die Mütterliche schmunzelnd zu beobachten war die andere angenehme Seite der drei Tage. Das Bewußtsein, kein körperlicher Blindgänger zu sein und von Frauen umworben zu werden – Triumph. Drei Körpertage. Ohne Angst, ganz frei. An-

---

35 Kempowski 2005: In St. Andreasberg erfuhr ich eine Art innere Befreiung. Ich war plötzlich nicht mehr »gehemmt«, obwohl mich die Jugendherbergs-Atmosphäre sehr an Bautzen erinnerte. Die Mädchen, der Sport. Das Skilaufen war der erste Sport, den ich in meinem Leben mit Vergnügen betrieben habe. Ich konnte das auf Anhieb, ganz ohne Stoffbremse. Der Kurs war obligatorisch, aber man hatte mir als einzigem vergessen, Skier zu besorgen! Stapfte da also herum, wurde wütend. Am letzten Tag ließ man mich mit einer »Verunglückten« allein, die ich dann tatsächlich hinkend/halb schleppend retten mußte. Am Abschlußabend tanzte sie dann wieder, aber nicht mit mir. Die »Professoren« kungelten nazihaft miteinander: Am Morgen wurden die Mädchen angebrüllt: Man habe im Klo obszöne Zeichnungen gefunden: »Ich verlange, daß sich die Betreffende sofort meldet!« Meldete sich natürlich nicht. Schöne Tage, kam ganz verändert zurück nach Göttingen.

genehmer Nebeneffekt der Sache: Das Sozialamt zahlte mir die Windjacke und die Skihose.
Und wieder muß ein Loblied von Göttingen gesungen werden. Es ist wundervoll hier.
Und dann die Aussicht, daß das Hickele Sonntag kommt. Ich werde den Kaffeetisch bei mir decken, sie vom Bahnhof abholen und gleich mit zu mir nehmen. [...]

Göttingen Mo 13. Januar 1958

Schneedreck und Ungeschicklichkeiten. Der Himmel konnte sich nicht dazu entschließen, es regnen zu lassen, und doch nieselte es und matschte. Ich war fahrig und tappich.
Idee: Musiker proben wochenlang an komplizierten Schlaginstrumenten. Am Tag der Aufführung werden technische Geräte aufgebaut, der Verkehr an der Straße wird umgeleitet, damit er nicht stört. Dirigent mit bedeutsamem Gesicht. Musiker nervös und konzentriert. Dann surren die Tonbänder, das schwierige Werk verlautet. Danach geht alles auseinander im Bewußtsein, etwas Großes geleistet und erlebt zu haben. Die Tonbänder werden versiegelt und kommen ins Archiv. –
Was soll das alles werden? Ich werde mehr und mehr »modern«, nicht nur in der Wahl meiner Interessen, sondern auch in der Art zu denken. [...]

An Hildegard Janssen Schloß Schwöbber bei Hameln, 19. Januar 1958

Liebe Hildegard!
Es ist nicht zu sagen! Stell Dir ein wundervolles Renaissanceschloß inmitten eines großen, von einer Mauer umgebenen Parks vor, abgeschieden, gar nicht zu erreichen, mit prachtvoller Inneneinrichtung, aus Stein gehauenen Kaminen mit Inschrif-

ten, die von dem alten Besitzer des Schlosses zeugen: Münchhausen, wundervollen alten Möbeln usw.
Unterkunftsverhältnisse sind erfreulich, zu dritt schlafen wir in einem großen Zimmer zusammen. Der Musikdirektor Professor Oberborbeck holte uns höchstpersönlich mit dem Auto ab. Ich habe schon viel gelernt, obwohl die ganze Geschichte ja noch nicht einmal einen Tag läuft.
Es fällt mir schwer, mich auf diesen Brief zu konzentrieren, weil ich so voller Eindrücke bin. Das Publikum ist natürlich übel. Aber es geht immer noch. Das Essen gut gekocht, aber viel zu wenig (dies ist immer wieder seltsam in Deutschland, daß man das eigentlich Animalisch-Selbstverständliche, die Kost, so unterbewertet).
Ich sitze hier in der Diele (es ist gerade Mittagsruhe), in einem mit Handschnitzereien verzierten Lehnstuhl (wohl über 300 Jahre alt) und denke an alte, längst vergangene Zeiten, in denen ich wirklicher Gast in einer wirklichen Umgebung sein durfte, Wendhof oder Albertsdorf. Hier hat sich der eigentliche Besitzer, aus was weiß ich für Gründen, auf einen Flügel des Bauwerks beschränkt, die Anstalt wohnt in den zwei Drittel alten, ehrwürdigen Gebäuden. So ist die Umgebung nur filmische Kulisse, die romantisch- sensationell empfunden wird. Die Zeit ist so anders geworden, neuer Wein in alten Schläuchen, so kann man wohl sagen.
In der Nacht schlief ich schlecht. Bedrückend-ängstliche Gedanken peinigten mich, Trauer und Weltschmerz, Ärger und wollüstige Phantasien.
Laß mich den Brief hier jetzt beenden. Ich weiß nicht, wann ich wieder schreibe. Es ist soviel Anregung hier. –
Viele Grüße, mein Herz, und Küsse von Deinem Walter.

Walter Kempowski in Schwöbber, Januar 1958

Schloß Schwöbber Di 21. Januar 1958

Bin ich sentimental? Oder woher kommt meine Schwermut? Unten sind sie lustig beisammen, ihr Gelächter dringt bis zu mir. Ich sitze vor dem wunderbaren Steinway-Flügel und spinne. Und Bilder auf Bilder kommen von damals. Es war doch zu stark.

Göttingen Sa 25. Januar 1958

Nun habe ich den Kursus in Schloß Schwöbber bei Hameln auch hinter mir. Oberborbeck ist ein eigensinniger, starrköpfiger und von sich selbst unauffällig überzeugter Alter. »Oder wie es mir neulich passierte, da sagt mein guter Freund Karl Marx zu mir«, »ich sage dem berühmten Kapellmeister X, also hören Sie mal ...« usw. Dabei seltsame Ansichten über die Na-

zizeit (»es ist nicht alles so gewesen …«). Also, wenn man sich alle seine bedenklichen, zum Teil kleinbürgerlichen Seiten auch nicht vorenthält, trotzdem ist es erstaunlich, was dieser Mensch leistet. Synthese voriges Jahrhundert und neue objektive Linie. Starke Förderung der Jazzmusik, vor allem Empfehlung an die Volksschullehrer. Wichtige Unterrichtserkenntnisse: vokaler Typ, motorischer und geistiger Typ.
Er meinte, als er von meinem Schicksal hörte: »Davon müssen Sie mir erzählen, ich interessiere mich so für das Seelische …« Dieses Interesse hielt er offenbar für seinem Beruf entsprechend. Nur leider verlangte es ihn niemals nach einer Aussprache. Was hätte ich ihm auch erzählen sollen zwischen Jagdwurst und Kamillentee. […]

Göttingen Di 4. Februar 1958

Heute zwei Stunden gehalten[36]: Rechnen und Musik. Vor Musik hatte ich große Angst, aber es ging über alles Erwarten gut. Ich vergaß fast, daß ich Kinder vor mir hatte. Meine alte Chorenergie kam sofort zum Durchbruch!
Ich führte das Klatschen ein, zuerst versuchten die Kinder zu stören, das wurde sofort unterbunden. Glücklich! Schwöbber kann ich gut verwerten.
Das Praktikum strengt aber sehr an. Es wird Zeit, daß bald Ferien kommen. Die werde ich in Rotenburg genießen. –
Hans Christian war heute nachmittag bei mir, wir unterhielten uns gut über meine Kafka-Lektüre. Abends arbeite ich die Stunde des nächsten Tages aus.

36 Kempowski 2005: Stadtschulpraktikum, Kant-Schule.

Göttingen Mi 5. Februar 1958

Nach der heutigen Rechenstunde, die ganz prächtig verlief, meinte die Mentorin, sie habe nichts daran auszusetzen! Vorbereitung ist alles.
Der Hexenkopf kam.[37] Nun hab ich etwas, was ich Hickele zum Examen schenken kann.

Göttingen Sa 8. Februar 1958

Heute war ich sehr zerstreut. Ich stieß gegen alle Stühle, vergaß alles, machte alles falsch. Um 22.45 Uhr gingen Hicke und ich ins Kino, »Amphitryon«. Ich war sehr enttäuscht. Ich hätte so gerne gelacht! Albern. Im Radio: »Ich sing ein Lied über gar nichts«. Unvorstellbar leer. Wie armselig sind wir! Ich möchte einfach weglaufen.

Göttingen So 9. Februar 1958

[....] Ich bin beim Nervenarzt Habermann in Behandlung. Meine Berichte hörte er sich wohlwollend und, wie es schien, auch interessiert an. Dann hielt ich ein Döschen Tabletten in der Hand und bekam die tröstliche Zusage für drei Spritzen Glukose in der Woche. Es ist ein Hohn. Mit einer Handvoll Tabletten wollen sie mich abspeisen. Als ich danach ins Wartezimmer trat, war ich doch etwas erschüttert. Da saßen Menschen, die den Arzt doch nötiger haben als ich.
Traum: Ich gehe mit einem Menschen, der gerade versucht hatte, an meinem Fahrrad etwas abzumontieren, über einen Damm. Ich befinde mich in Göttingen, obwohl es mehr nach unserm

37 Kempowski 2005: Hohensteiner Puppenkopf.

Bild von Cuxhaven[38] aussieht. Der Damm führt über das Wasser in den anderen Stadtteil. Es ist Nacht. Der Mann erklärt mir, es sei gerade ein Erdbeben gewesen. Da sehe ich auch schon einen Teil des Steindammes ins Wasser gesackt. Das Wasser ist ganz klar, daß ich bis auf den Grund sehen kann. Auf der anderen Seite des Dammes, von uns durch den geborstenen Damm getrennt, steht der Unfallwagen. Unter Wasser nämlich liegt der Bruder von Hindenburg, nackt, ein Bein eingeklemmt. Er ist schon tot, man wartet nur noch auf den Krankenwagen, um ihn abzutransportieren.

Göttingen Mi 12. Februar 1958

[...] Luigi Nono hörte ich vor kurzem. Eine Gesangstimme und Schlagzeug. Interessant, ja gut.
Vortrag über Vokalmusik. Alfred Wolfsohn. Die drei Jahrhunderte der Einzelstimme sind vorüber. Richard Strauss letzter Vertreter. Dann Sprechgesang bei Schönberg und Alban Berg. Letzte Möglichkeit (im Schlager) Flüstergesang oder gellender Gesang.
Wolfsohn, grenzenlos, schrankenlos. Es wurde eine Kadenz gesungen, erstaunlich, über sechseinhalb Oktaven!! Darin ist die endlose Einsamkeit unserer Zeit enthalten. Erschütternd.
Rudolf hörte heute wieder zu: Heimatkunde. Es ging alles glatt. Morgen Bergwerk. Ich sitze mit meinem Beruf »auf dem richtigen Dampfer«.

---

38 Ein Ölgemälde in Familienbesitz: »Die Alte Liebe bei Cuxhaven«.

Göttingen Fr 14. Februar 1958

[...] Meyer meinte neulich (im Gespräch ganz beiläufig), ich sei ja nun im Begriff, gesellschaftlich eine ganze Stufe hinunterzusteigen. Das ist es eben! Mir selbst macht das nichts aus. Wird nicht vielleicht die Einschätzung der anderen mich stören?

Göttingen So 16. Februar 1958

Traum: Ich fahre mit jemandem (Mutter?) nach Rostock. Werde dort von dem Bürgermeister als Westdeutscher gut und zuvorkommend empfangen. Ein Polizist bietet uns Zigaretten und Bücher zu lesen an. Dann finde ich mich in unserer alten Wohnung. Dort steht noch alles so unordentlich wie nach der Haussuchung. Ich krame zwischen den Büchern, suche ein zweibändiges Werk, das sehr alt ist, finde nur einen Band, leider! Dann suche ich Fotos. In dem Fotokasten liegen lauter Bilder aus der Weltkriegszeit Vatis, braun und vergilbt. Mutti ist darauf nicht zu sehen. Innerer Widerstand gegen Mutter in dem Traum. – Dann finde ich noch einen Koffer. Ich öffne ihn, darin liegen ein Hase und ein Reh mit abgeschnittenem Kopf. –

Fortwährende Gedanken an meine politischen Angelegenheiten. Widerlich ist das. Es läßt einen nicht los, wie eine Geißel. Kirche, Pallon predigte schwierig. Neben mir saß Superintendent Wiesenfeld und sang so greulich eitel und gurrend, daß ich mir das Ohr zuhalten mußte und selbst am Gesang nicht teilnehmen konnte. – [...]
Gegen 16 Uhr folgten wir einer Einladung von Frau Schöhl. Ungeschickterweise hatte ich ihre Einladung nicht bestätigt. So kam es, daß sie verblüfft war, uns zu sehen, sie hatte, weil sie uns nicht mehr erwartete, nichts vorbereitet. Sie sparte denn auch nicht mit Vorwürfen. In der Unterhaltung gelang es dann aber, sie zu besänftigen. Im Laufe des Nachmittags erhielt ich

dann noch wertvolle Auskünfte über Vati, die ich abends noch schnell niederschrieb.[39]
Der Abend ward dann noch ganz gemütlich, aber kurz, weil Hickele ins Bett wollte. Draußen war es ungemütlich und kalt, ganz im Gegensatz zu den letzten Tagen. Ich bin etwas überarbeitet, habe Gewicht verloren und fühle mich gar nicht wohl. – 13 Tage noch, dann ist das Praktikum vorüber.

Göttingen Di 18. Februar 1958

Stilblüten: »Die Sonne geht unter, die Liebe geht auf!«
»Der Schnee ist leicht, das Leben schwer …«
»Der kleine Laden, der sich große Mühe gibt.«

Die Jazz-Workshop-Sendungen sind eine Wohltat. Seit einigen Monaten werden sie regelmäßig über die deutschen Stationen gesendet.
Heute Film »Das Wirtshaus im Spessart«. Es ist unvorstellbar, was man uns für einen Mist vorsetzt. In aller Munde wird dieser Film rühmend erwähnt, manche sehen ihn sich dreimal an. Es ist weiter nichts als eine billige Operette. Ein widerlicher Zwitter zwischen Märchen und Abenteuerparodie. Albernheit für Komik, billigstes Possenspiel für Darstellung. Es lohnt nicht, viel Worte zu machen.[40] Dafür höre ich jetzt im Radio Chet Baker. Wesentlich erfreulicher.
Nun das Wichtigste. Hickele hat heute den wichtigsten Teil des Examens hinter sich gebracht, und einigermaßen glücklich! Sie war ordentlich erleichtert. Und ich auch. Nun kommen noch Religion und Kunst.
Donnerstag 21.45 Uhr Jazz-Workshop!

---

39 Kempowski 2005: Ein Notizzettel muß noch vorhanden sein: daß er immer »meine Gnädigste« sagte.
40 Kempowski 2005: Professor Heise machte dafür in seiner Vorlesung Reklame!

Walter Kempowski in seinem Zimmer, Göttingen 1958

Proust: Wenn die Wirklichkeit aus einem beleuchteten Restaurant, aus einem Mietwagenstand, aus einigen Bäumen bestehe, dann wäre das eine Art von Kinematographie ... Der Dichter muß ein Interpret sein ... »Auf der Suche nach der verlorenen Zeit«, Band 7.

Göttingen Do 27. Februar 1958

[...] Es ist mir unvorstellbar, daß ich es acht Jahre in einem Zuchthaus ausgehalten habe. Wenn ich einmal einen Maskenball mitmache, dann werde ich als Häftling gehen.

Göttingen Mo 3. März 1958

Kino: »Der Fall Cicero« (Spionage in der Türkei)
»Dr. Crippen lebt« (mäßiger Kriminalfilm)

Heute war Hickeles letzter Tag in Göttingen. Vormittag Koffer packen. Pakete zur Bahn und Post, Zimmer saubermachen, mit der Wirtin verhandeln. Mensa essen, dann zu mir. Gegen halb 4 Uhr kamen zwei Schülerinnen, Erika und Sylvia, um mich zu besuchen. Hickele machte Besuche, ich Besorgungen und Nervenarzt. Gegen 7 Uhr aßen wir Abendbrot. Dann noch ein gurrendes Plauderstündchen mit Likör. Schluß. [...]

Hamburg Di 11. März 1958

[...] Was ist nur mit mir los!? Es ist schon weit über Mitternacht. Ich kann nicht schlafen, meine Gedanken kreisen um die unglückselige Zeit 1944–48. Ulla hatte mir heute Briefe geschickt, die ich ihr 1946 und 1948 nach Dänemark geschrieben hatte. [...]

Hamburg Mi 12. März 1958

Ich müßte eine Biographie Palmströms schreiben. Morgen will ich mir die Gedichte einmal daraufhin ansehen.[41] Ein Haufen Bücher kam für mich. Das ist für längere Zeit erstmal das letzte, was ich mir genehmige.[42]

Hamburg Sa 15. März 1958

6.30 Uhr. Mir fiel heute nacht ein: In diesem Sommer werden Radtouren gemacht. Ganz bestimmt. Ich wäre ja blöde, wenn ich es nicht täte. Ich habe das gute Fahrrad und lebe in einer günstigen Gegend, was will ich mehr?

Traum: Ich träumte, ich sei wiederum eingesperrt mit vielen anderen. Aber die Verhältnisse waren anders. Es handelte sich um irgendein geringfügiges Delikt. Es war Bautzen und doch wiederum nicht Bautzen. Ich war in einem Bahnhofslokus eingesperrt. Die Kabinen nach oben offen und von außen zu erreichen, ich dahinter, so daß ich zwar Türen auf- und zugehen sah, aber nicht hinauskonnte, dafür durfte ich aber den Gestank der anderen ertragen, die in meinen Raum hinein abluden.[43] Mit den

---

41 Kempowski 2005: Ich plante auch eine Arbeit über das Poetische bei Christian Morgenstern. Kommilitone Gallwitz: »Das gibt es ja nun bei Morgenstern überhaupt nicht.«

42 Kempowski 2005: Es gibt ein Foto von meinem Bücherbord: Kafka, Gottfried Keller, Galsworthy.

43 Kempowski 2005: Siehe Sowtschick in »Letzte Grüße« = Columbia University.

Polizisten unterhielt ich mich auch, es war ein Kommen und Gehen bei den Häftlingen, alles geringfügige Delikte (Paepcke war auch da). Bei mir verzögerte sich das aber, die Akten waren unklar. Schließlich entdeckte ich aber zu meiner großen Verwunderung, daß eine Tür, die ich bisher nicht beachtet hatte, offen stand, ich konnte hinausgehen.

Idee: Kirche und Unterkirche. Oben wird Messe gelesen, unten ist man eingesperrt und wird von den Geistlichen schikaniert und bewacht. –

Habe jetzt Dostojewski, »Karamasow«, angefangen. Großartig!

Hamburg So 16. März 1958

[…] Traum: Auf einer Straße begegnete mir ausgerechnet Jochen Hafner als SA-Mann. Er zwang mich vom Bürgersteig hinunter, als ich an ihm vorbeiging, und sagte irgend etwas Abfälliges. Da sagte ich zu meinem Begleiter, denn plötzlich hatte ich einen Begleiter: »Das ist doch merkwürdig, schon in Bautzen hat er das immer gesagt, und ich dachte, er macht Spaß.« (Ich glaube, er sagte: »Ihr benehmt euch ja wie Generale …«) […]

Bach[44]: 3. Suite D-Dur für Orchester (Bautzen)
Tschaikowski: 5. Sinfonie, e-moll. […]

Wie eine verlorene Welt, Tolstoi und die glänzende russische Gesellschaft tauchen auf, ergreifend! Diese Sinfonie sang mir der Friseur immer in Bautzen vor, d. h. die Themen. Er fuchtelte dazu mit dem Rasiermesser in der Luft herum, und ich war ge-

44 Kempowski 2005: Ich hatte von irgendeiner Nachzahlung ein Fahrrad mit Gangschaltung gekauft und einen Radioapparat Telefunken, Andante.

langweilt und erheitert zugleich. Nun erkannte ich die Themen sogleich wieder und muß sagen, er hat seine Sache damals ganz gut gemacht. Latwig sang sie mir übrigens auch immer vor. Ein Satz ist in 5/4-Takt geschrieben. Wunderlich.

Das war ein selten schöner Tag. Gute Nacht!

Hamburg Mo 17. März 1958

[…] Anschaffungen April/Mai

1 Schlafrock (Bademantel)	60 – 70 DM
Pantoffeln	25 DM
2 Krawatten	15 DM
1 Oberhemd	20 DM
	130 DM

[…] Mir fiel heute noch ein: Es ist ein seltsames Gefühl, wenn eine verdiente Strafe ausbleibt. Es ist, als würde man größer, als wäre warme Luft um einen. So war es im Knast, wenn man etwas Verbotenes getan hatte und vom Wachtmeister beobachtet worden war, ohne daß dieser einen bestrafte.

Hamburg Mi 19. März 1958

[…] Heute kam vom Versorgungsamt die Mitteilung, daß mir als einmalige Beihilfe 110 Mark gewährt seien.

	320,– DM
+	110,– DM
	430,– DM

–	50,– DM	Miete
	380,– DM	
–	130,– DM	Anschaffungen: Bademantel, Pantoffeln, Krawatten, Oberhemd
	250,– DM	
	– 50,– DM	Koffer?
	200,– DM	

Das sieht sehr günstig aus. Ich kann mir also die Platte von Modern Jazz Quartet kaufen.

210,– DM	
+ 40,– DM	
250,– DM	
– 200,– DM	Anzug
50,– DM	

Heute Brief an Teuscher mit der Widerspruchsbegründung.
Hartwig[45] kam vormittags ganz unvermutet und besuchte mich. Er sieht gut aus in seiner Uniform. Er ist prächtig in Form. Schade, daß Hickele ihn nicht mehr gesehen hat.[46]
Nach Tisch hatte ich Depressionen. Ich betete, es ging schließlich vorüber. Ich will nicht unglücklich sein! Ich will neu anfangen![47]

45 Kempowski 2005: Hartwig Collasius, Vetter, Sohn von Walter Collasius, Bruder meiner Mutter.

46 Kempowski 2005: Ich saß am Frückstückstisch. Mitten in der Unterhaltung fragte er, ob ich das nicht mal abdecken will. Das wird ja ganz staubig. Starfighter-Offizier oder so was.

47 Kempowski 2005: Immer wegen des Prozesses. In diesen Tagen war ich auch bei dem »Anwalt«, bedrückend alles. »Wie konnten Sie so was auch tun …« So redete er mit mir. Und bei meiner Mutter, daß ich als Versager …

Hamburg Do 20. März 1958

[...] Immer wieder mache ich die gleiche Dummheit. Zuerst schreibe ich in wahnsinniger Erregung eine Geschichte (heute: »Die Begegnung«). Dann lese ich sie durch, bin begeistert und gebe sie dann Mutter oder Robert zum Lesen. Heute Mutter. Sie sagte gut, gleich! Nahm sich ein Buch, zündete eine Kerze an und begann zu lesen – in dem Buch natürlich. Mein Manuskript lag verlassen auf dem Tisch. Schließlich pustete sie gutgelaunt die Kerze aus und ging in die Küche, um Wäsche zu waschen. – Sie hatte das ganz vergessen.[48]

Hamburg Fr 21. März 1958

[...] Im Radio Bundestagsdebatte über die Atomaufrüstung. Es ging heiß her. Die warfen sich allerhand an den Kopf. Besonders gegen Adenauer ging's. Ich kann mir kein rechtes Urteil erlauben. Die SPD scheint jedenfalls mit ihren Argumenten nicht ganz unrecht zu haben. FDP unmöglich. CDU habe ich nicht gehört. Der Döring von der FDP hielt eine anmaßend-freche Rede, voll von persönlichen Angriffen. [...]

Rotenburg Mo 31. März 1958

[...] Ich werde allmählich älter, das ist nicht zu verheimlichen. Die Haare sind dünn geworden, ich bürste sie jeden Abend und besprenge sie morgens mit Haarwasser (wohlriechendes Pan-

---

48 Kempowski 2005: Meine kläglichen dichterischen Versuche wurden natürlich abgeschmettert, zu Recht. Aber ich fühlte mich gedrängt, etwas aufzuschreiben. Alles nichts wert, was damals entstand. Erst mit den später erwähnten Zettelkästen begann es.

tene), das hilft aber alles nicht viel. Ich bin neugierig, wie das mal weitergehen soll.
Früher habe ich häufig, um zu erfahren, ob ich gut oder schlecht aussähe, meinen Freunden (Hanne Rüther, Hansi Ditten) so im Gespräch durchblicken lassen, daß es mir selbstverständlich sei, daß sich bei meinem schlechten Aussehen, bei meinem häßlichen Aussehen kein Mädchen in mich verlieben könne. – Die Freunde schwiegen dazu »betreten«, woraus ich in der Folge entnahm, daß ich wohl häßlich sein müsse. In dem Spiegel entdeckte ich kurz darauf, daß ich einen halbmondförmigen Gurkenkopf habe, eine Kopfform, die ich sonst lächerlich und grotesk fand. [...]
Dieses »Altern« (ich möchte es vorläufig noch in Anführungsstriche setzen) kam mir übrigens erst in dem letzten Jahr meiner Haft zum Bewußtsein. Ich glaube, daß ich auch erst in meiner Kirchenchorzeit die Falten, die ersten Falten bekommen habe.
Der Andrang in den Geschäften in Bremen war heute einfach unbeschreiblich. Am Nachmittag wälzten sich Käufermassen durch die Treppen und Gänge der Kaufhäuser. Man schob sich nur so. Da kam mir plötzlich der Gedanke: Wenn alle Käufer gleichzeitig anfingen zu plündern! Die Verkäufer wären machtlos. Ganz ähnliche Gedanken kamen mir im Knast beim Spaziergang zuweilen. Wenn alle Häftlinge auf einmal ausbrächen: Keiner könnte sie halten. Aber: Ein geheimes Gesetz bindet sie alle. [...]

Rotenburg Di 1. April 1958

Traum: Ich bin mit dem Interzonenzug nach Rostock gefahren. Gehe auf dem Blücherplatz, abends, spazieren, da schiebt ein blondes junges Mädchen ihren Arm in meinen. Ich kenne sie nicht, lasse es aber geschehen, weil ich alleine in Rostock bin. Sie nimmt mich zu sich nach Hause. Als wir die Wohnung betreten, begrüßt uns die Mutter kurz, nimmt eine Zigarettenpackung, zählt uns einige Zigaretten vor. Dann reicht sie mir ein Stück Präservativ. Ich sage, das will ich nicht, ihrer Tochter geschieht ja gar nichts! Ich verspreche ihr das und gebe mein Ehrenwort. Darüber wundert sich dann das Mädchen. Als ich ihr Zimmer betrete, sitzt sie nackend auf dem Bett und faßt mich an. Ich gebe ihr einen Kuß und setze mich auf einen Korbstuhl, der neben dem Bett steht. Nun sprechen wir von allen möglichen Dingen. Ich gehe auf ihren »Stand« nicht weiter ein, sondern gebe nur zu verstehen, daß ich sie sehr ehre. Die Nacht lege ich mich zu ihr, es geschieht aber nichts, obwohl ich es sehr gerne gehabt hätte – ich beherrsche mich. Der ganze nächste Tag vergeht, ich sitze bei ihr, und wir erzählen. Sie liebt mich. Ich ehre sie trotz ihres »Standes«, das macht sie rasend. Andere Männer, die aufkreuzen, verschmäht sie. Dann gehe ich kurz weg. Kann, als ich wiederkomme, das Haus schlecht wiederfinden, und als ich es wiedergefunden habe, wird nicht geöffnet. Der ganze Flur steht voller Menschen, alle wollen eingelassen werden. Niemand öffnet. Ist sie tot? Ist sie traurig? Mir fällt ein: Meine Mutter sitzt ja die ganze Zeit zu Hause und wartet auf mich. Aber ich kann jetzt nicht fort hier. Ich will nur eine halbe Stunde bleiben, dann gehe ich wieder fort. Nur eine halbe Stunde … So warte ich. – (Das Mädchen glich etwa dem Dienstmädchen der Familie Gut-Müller in Locarno.) […]

Rotenburg — So 6. April 1958

Ostersonntag. Gestern kamen Mutter und Robert gegen Abend hier an. Wir aßen mächtig: Rührei und Pilze. Danach umziehen und in die Kirche gehen. Kurze Predigt von Isermeyer. Um 9½ Uhr steckten Hicke und ich uns die Ringe an.
Dann saßen wir alle noch lange zusammen bei Wein.
Natürlich war das Gespräch noch etwas frostig. Man kennt sich eben noch nicht. Heute war das schon anders. Nach dem reichhaltigen Mittagessen (Lendenbraten) und dem dazugehörigen

Mittagsschlaf saßen wir beim Kaffee schon fröhlicher beisammen. Beim Spaziergang freundete man sich noch mehr an, was alle Teile begrüßten. Am Abend wieder Wein und einige Kurzvorstellungen von Hermann und Fi-Wi.

Hildegard Janssen und Walter Kempowski, Verlobung in Rotenburg, 6. April 1958

Es ist ein unangenehmer Gedanke zu wissen, daß Mutter und Bruder als Fremde in ein Haus als Besuch kommen, dem man schon angehört. Mir ist dabei etwas komisch zumute. Wie sehr ich mich von Hamburg lösen möchte, sosehr ist mir doch der Gedanke unangenehm, das Schiff, auf dem sie sitzen, verlassen zu haben. Aber so ist das wohl immer. Aus diesem Grunde wäre es wirklich schön, wenn Mutti doch noch nach Göttingen käme. Janssen – Kempowski: zwei völlig verschiedene Welten. Und doch in einigen Beziehungen einander verwandt. Wie glücklich bin ich, daß mir die Synthese gelang.

Kirchenraumgestaltung? Schäfer hat die Kirche hier »kitschig« ausgemalt, geht aber zur Kirche, jeden Sonntag. Akademiker können vielleicht künstlerisch einwandfreie Leistungen erzeugen, aber haben mitunter keine Beziehung zur Gemeinde.[49]

Rotenburg Sa 12. April 1958

Gestern war Hickeles erster Schultag. Mir ließ es keine Ruhe, ich mußte wissen, wie er ausgegangen war. Deshalb setzte ich mich aufs Fahrrad und fuhr los. Zuerst wollte ich nur mal sehen, wie weit ich so komme, da ich überhaupt keine Vorstellung davon hatte, ob 20 Kilometer für das Fahrrad viel oder wenig

49 Kempowski 2005: War gar nicht so kitschig, etwas frömmlerisch, aber im ganzen »stimmig«. Leider wurde die Kirche dann in den 60er Jahren, als die Kirche zu viel Geld hatte, neu gestaltet, also völlig ruiniert. Auch die farbigen Fenster der Kirche und des Mutterhauses flogen bei der Gelegenheit raus. Und das Geläut elektrifiziert. Ich moserte herum, was bei Vater Janssen nicht gerade auf Gegenliebe stieß, denn er hatte das alles mit zu verantworten. Nun hängt bei uns in der Bibliothek das Schäferbild von Simeon.

sind. Dann aber merkte ich bald, daß das gar nicht so schlimm ist, und fuhr die 20 Kilometer nach Fintel. [...]

Göttingen Di 15. April 1958

Herrliches Gefühl, wieder in Göttingen zu sein. Nach übler, langweiliger Bahnfahrt traf ich gegen Mitternacht hier ein. Gerade als ich die Etagentür öffnete, schlug mir die große Standuhr heimatlich. Mein guter Wirt hat mir für meine nun schon ansehnlich angewachsene kleine Bibliothek neue Regale gefertigt, so daß das Zimmer nun noch gemütlicher geworden ist. Wenn mich nicht alles täuscht, so wird diese Woche wundervoll werden. Alles in mir ist ausgeglichen und ruhig (vielleicht wird das nun andauern). [...]

Ein Haufen Post lag auf meinem Schreibtisch. Ich werde ihn nun, unter Radiomusik, im Bett rauchend, lesen.[50]

Göttingen Fr 18. April 1958

[...] Nach Tisch lag ich etwas auf dem Sofa und las Ceram, »Götter, Gräber und Gelehrte«, um mich zu zerstreuen – ein höchst mittelmäßiges, plattes Buch –, und faßte plötzlich den Entschluß, eine Radtour zu machen. Ich fuhr also gegen 15 Uhr los. Geismar, Klein Lengden, Benniehausen, Gelliehausen, Bischhausen, Weißenborn. Dort ging ich bis auf einige Meter an die Zonengrenze. Hatte mächtige Angst. Sah nur einige Stücke

50 Kempowski 2005: Darunter »Ahnenpost«, Antworten auf Nachforschungen, die dann in die Vorchronik eingingen. Das ganze Jahr über habe ich mich um »Zeitzeugen« bemüht. Alle möglichen Leute um Auskunft gebeten über meine Eltern, Rostock usw.

Stacheldraht und einen Wachtturm. Ein vollgefressener Grenzschützer warnte mich, ich solle nicht zu nahe herangehen. Da das Gelände sehr unübersichtlich war, tat ich das auch nicht, sondern stand mit klopfendem Herzen lauschend da. Dann fuhr ich über Bischhausen, Bremke, Reinhausen und die Reinhäuser Landstraße wieder zurück. Um 19 Uhr war ich wieder zu Hause. Das waren sicher mehr als 40 km. Ich spürte keine Anstrengung. Die Dörfer lagen wie ausgestorben da. Aber auf den Feldern wurde gepflügt und gesät. Die Felder lagen glattgefegt und gekämmt da, wie vor einem Feiertag. Auch an der Zonengrenze war ein Unterschied nicht zu bemerken.

Göttingen Sa 26. April 1958

Mutter ist seit sechs Tagen hier. Wir haben in der Woche einige Spaziergänge gemacht und maßlos gefaulenzt. Ich bin nicht imstande, ernsthaft zu lesen, sitze so herum und fühle mich ganz wohl. Leider will es immer noch nicht recht Frühling werden, noch blühen gerade erst die Forsythien, sonst steht alles noch in der Knospe. Aber die Luft ist mild.
Mutti liest viel und handarbeitet. Ihr tun diese Tage recht gut. Wir sahen zusammen die Filme »Don Quixote« und »Mary Lou und ihre Herren« (russisch und französisch). Der russische Film war, abgesehen von einigen Tendenzen und ausgedehnten Stellen, recht originell. Solche Typen verstehen nur die Russen auf die Beine zu stellen. Titelheld selbst ergreifend. Der französische Film ein etwas überdurchschnittlicher Unterhaltungsstoff, nichts Welterschütterndes.
Ich kaufte Gottfried Kellers Werke antiquarisch für 30 Mark (die Maync-Ausgabe). Hatte eine kleine Idee, die ich auch rasch fixierte. Es geht um einen Polizisten, der in einem Zuchthaus Dienst tut. Wie er die Menschen durch das Guckloch ansieht. Nebenbei lese ich noch allerhand über Kitsch und habe den Dostojewski einstweilen weggelegt. Ich habe mich wohl etwas zu

sehr überfüttert. Für fünf Jahre habe ich erst mal genug. Dafür krame ich meinen Kafka wieder aus, er wird mir nun wieder Freude machen. Damals hatte ich ihn weggelegt, weil ich fürchtete, von seinem Stil zu sehr beeinflußt zu werden.
War mit Mutter bei Fräulein von Woedke, die uns einen wahnsinnig schlechten Wein vorsetzte. Es war langweilig. Die üblichen Knastgespräche, von denen ich die Schnauze voll habe. Auch Frau Schöhl war einen Abend mit uns zusammen. Ich war froh, als sie endlich aufbrach. Es sind immer die alten Geschichten. Ich will endlich neu anfangen. Das Alte ist tot.

Göttingen So 27. April 1958

Regnerisch und windig. Wir saßen den ganzen Tag zu Hause. Ich schrieb ein paar Skizzen unter dem Titel »Vor dem Gewitter«. Die Stoffe entnahm ich meinen Träumen. […]

Göttingen Di 29. April 1958

Gestern nacht hörten wir »Das musikalische Opfer«. Selten schön! Man kann sich so etwas Wunderbares gar nicht vorstellen. Heute früh klingelte uns der Briefträger aus dem Schlaf. Er brachte ein Paket von Hickele. Zwei Bücher (Benn und Kirchenfenster), Farbkasten, Kaffee, Wurst, Butter, Zigaretten, Backobst. Mutter schenkte Trakl-Gedichte, ein Buch über Rostock, einen Aschenbecher, ein Obstmesserchen und einen alten Teelöffel. Ich malte etwas. Nun hören wir gemeinsam Tschaikowskis 5. Sinfonie.[51]

---

51 Kempowski 2005: In diesen Tagen begann ich auch damit, meine Mutter auszufragen und ihre Lebensgeschichte aufzuschreiben. Auch ein erstes Gespräch über ihre Haft in Hoheneck. Bitter!

Göttingen Mi 30. April 1958

Drei Stunden bei Frau Schöhl ausgehalten. Wahnsinnig! Sie hat am 15. Mai Geburtstag. An restlichen Vermögenswerten der Firma Otto Wiggers sind noch 179 927 Reichsmark vorhanden. Drei Fünftel davon gehören nach Vereinbarung uns.

Göttingen Fr 2. Mai 1958

Gestern, am 1. Mai, war wundervolles Wetter. Mutter und ich gingen gleich nach Tisch nach Nikolausberg. Wir sahen die Kirche an und tranken anschließend ausgedehnt Kaffee in dem dortigen Ausflugslokal. Es herrschte eine mächtige Fülle, schwere Omnibusse keuchten den Berg hoch und spien ganze Fuhren von schwitzenden Ausflüglern aus.[52] [...]

Göttingen Fr 30. Mai 1958

Von Montag, 19.5., bis Mittwoch, 21.5., war ich als ein Vertreter des Asta in Dassel (Solling). Dort in dem CVJM-Heim wurde ich höchst feudal in einem Einzelzimmer untergebracht und konnte, nachdem es mir gelungen war, ein Referat abzuwimmeln, den ganzen Tag damit zubringen, meinen Gedanken nachzuhängen. Dies tat ich am Montag etwas zu ausführlich, so daß ich alsbald schlechtester Stimmung war. Am Dienstag, nach irgendeiner Vorlesung, kam ich auf die seltsame Idee, irgendeines der zahlreichen Mädchen aufzufordern, mit mir spazierenzugehen. Sie sagte sofort zu, vielleicht weil sie selber

52 Kempowski 2005: Die Kirche dort: im Chor die Graffiti der Pilger, z.T. unter Tünche freigelegt, inspirierte mich zum »Restaurator«.

Langeweile empfand oder weil ich als älteres Semester ihr würdig genug dafür erschien. Nun, ich hatte viel Spaß. Sie ist sehr lebhaft, ungewöhnlich temperamentvoll und ein richtiger Teenager. Es kam, wie es kommen mußte, sie verliebte sich in mich (daran bin ich wirklich ganz unschuldig!). Aber es war hübsch, mit ihr zu plaudern, sich zu necken und »jung« spielen. Am letzten Tag wurde ein großes Feuer abgebrannt, dabei regnete es leicht. Das war eine schöne Stunde.
Diese Einführung des ersten Semesters in unsere Hochschulgemeinschaft war natürlich begleitet von den üblichen kitschigen Wandervogel-Liedern. Besonders abends wurde die ganze Skala, angefangen mit »Kein schöner Land...« bis zu »O du schöner Westerwald«, im Garten, sinnigerweise vor einem gegen Regen zugedeckten Springbrunnen, heruntergeleiert. Worauf natürlich von einer Seite (dort saßen besonders frisch-forsche Mädchen) das Tempo als zu langsam empfunden und ein schnelleres Kontrathema dagegen angeschlagen wurde.
Mein Lieber, deine Jugend kannst du nicht mehr nachholen. Aber etwas nippen, ein klein wenig heraufbeschwören, einen Schimmer all dessen, was ich versäumte.
Ergebnis: eine Eisverabredung mit der kleinen Teenagerin für Göttingen.
Danach fuhr ich nach Hamburg (für eine Nacht) und eilte nach Rotenburg. Das Haus sieht nun schon recht manierlich aus. Es ist verputzt. Leider wurde Hickele krank und lag vom zweiten bis zum letzten Tag im Bett. Ich leistete ihr Gesellschaft, schlug Papierschlachten, unterhielt, las vor und stritt mit ihr. Es war trotz der Krankheit doch recht nett.
Nun bin ich seit gestern wieder hier. In der Politik ist allerhand los. In Algerien haben die Paraschutisten geputscht, De Gaulle kommt wohl an die Macht. Es sind spannende Ereignisse. Gleichzeitig findet der SPD-Parteitag statt, entsprechende Kommentare gehen durch alle Zeitungen.
Auf der Rückfahrt von Rotenburg machte ich noch in Hannover einen kleinen Ausflug. Ich hatte eine Stunde Aufenthalt und

sah mir die Umgebung des Bahnhofs an. Ich war heiterer Stimmung und genoß die frische, neu aufgebaute Stadt.[53]

Göttingen Do 5. Juni 1958

Frau Wittig kam heute abend von einer Reise zurück, erzählte, sie habe einen Rostocker getroffen, der uns von Rostock kannte, und meinte, wir seien eine der besten Familien gewesen. Das ging mir aber glatt »runter«. [...]

Göttingen Fr 6. Juni 1958

Wenn ich schon nicht gut bin, so will ich doch wenigstens nett sein.

Göttingen Di 10. Juni 1958

Traum: Ich gehe in Rostock die Richard-Wagner-Straße entlang, dem Steintor zu. Da ich aus Westdeutschland komme, lege ich Wert darauf, daß alle Menschen sehen: Der hat teure Stoffe an. Ich öffne deshalb meinen Mantel. Leider ist das Steintor eingestürzt, obwohl es doch eben gerade restauriert worden war. Ich wage kaum, mich danach zu erkundigen, eine Frau sagt: Da lief ja auch immer soviel Wasser vom Dach herunter. In der Marienkirche ist Gottesdienst. Die Scheiben sind von innen her erleuchtet. Eine Frau sagt (sie kommt mir entgegen): »Diese olle Orgelmusik, nutzloses Zeug. Überhaupt die-

---

53 Kempowski 2005: 1945 hatte ich sie völlig zerstört gesehen, noch rauchend sozusagen.

ser Kasten!« Endlich kann ich mal wieder St. Marien besuchen. Schon stehe ich neben dem Organisten. Der spielt virtuos. Er steht auf der Orgelbank mit einem Fuß, den anderen Fuß hat er auf einem Manual, und spielen tut er so, als ob es Nebensache wäre. Um ihn herum steht ein großer Chor. Ein wundervoller Chor. Schließlich setzt auch der Kinder-(Knaben-)Chor ein. Ganz vorn singt ein Knabe einfach nicht mit, wohl, weil er über die Pracht der Kirche staunt. Der Organist, der ein lustiger Mensch ist, tippt ihm auf den Kopf, und gleich hebt das Kind an zu singen, ganz lustig und munter und sehr laut. Das gefällt der Gemeinde so sehr, daß sie in die Hände klatscht und ganz außer sich ist vor Freude.

Heute abend hielt ich mein Referat. Es klappte alles wie am Schnürchen. Meine Stimme trug über Erwarten gut. [...]
Nachher ging mein Kopf wie eine Maschine. Ich fuhr noch etwas in der Stadt herum, um mich abzureagieren. Da traf ich Fräulein Wedel, mit der ich dann bei mir Abendbrot aß. Gegen Mitternacht trennten wir uns denn. Fräulein Peters traf ich am Nachmittag noch. Das war mir eine willkommene Abwechslung für meine schweren Gedanken (an das Referat). Wir gingen etwas in den Merckel-Park und waren guter Dinge.

Göttingen Mi 11. Juni 1958

Heute in der Musikvorlesung (ich wollte erst gar nicht hingehen) sprach mich Kramolisch plötzlich als Experten an. Ich mußte vor dem ganzen Semester meine Schwöbber-Kenntnisse vortragen, ohne jede Vorbereitung! Es funktionierte aber gut. Durch mein Referat und diese heutige Sache stärkt sich mein Ansehen im Semester (besonders bei den Männern). Leider verpaßte ich heute abend die V. Sinfonie von Beethoven. Habe mich sehr geärgert. Dafür hörte ich aber Radio: Rolf Liebermann, Konzert für Jazzband und Orchester, und war begeistert! Das Publikum klatschte begeistert, es gab aber auch unüberhörbare Pfui- und Buh!-Rufe. Das Stück wurde zum Teil wiederholt! Hätte ich doch mein Tonbandgerät, das hätte das Hickele hören müssen.

Göttingen Sa 21. Juni 1958

Gestern war ich im Jazzclub. Einige Studenten haben eine halb verfallene Kegelbahn ausgebaut zu einem wildromantischen Lokal. Sieben Mann hoch vollführen einen ohrenbetäubenden Dixie-Jazz, und das Publikum – sprich: die Clubmitglieder, alles »ordentliche Studierende«, tanzten wie die Wahnsinnigen nach der neuen Manier oder saßen mit weltabgewandten Mienen an den von der Decke herabhängenden Tischen. Ich war, um nicht alleine gehen zu müssen, mit Fräulein Peters erschienen. Sie hatte sich Zöpfe gemacht, was ihr ganz niedlich stand. Sie wurde denn auch zu meiner großen Freude häufig aufgefordert. Das war mir sehr angenehm, denn das Tanzen war wirklich kein Vergnügen. Es gibt ja immer so rücksichtslose Burschen, die meinen, die Tanzfläche sei nur für sie alleine da.
Fräulein Hoffmann (die Mütterliche)[54] war auch da, sie hatte mich eigentlich eingeladen, den Club zu besuchen. Über all dem wilden Getobe lag eine große Traurigkeit, wie über allem, was heutzutage so geschieht.
Heute machte ich mir einen ruhigen Tag. Da es gestern sehr spät geworden war, fühlte ich mich nicht besonders. Nach Tisch saß ich etwa fünf Stunden und malte an einer Farbstudie, die mir gründlich mißlang. Dann ging ich ins Kino: »Die lockende Versuchung«. Ein ausgezeichneter Film, nicht ohne erhebliche Schwächen (Quäker – Pazifisten usw.). Unverhüllter Schmerz, was taten die andern Quäker usw. ... Dann machte ich mich noch einmal über meine Manuskripte her. Ich fand sie zum Teil

54 Kempowski 2005: Später mit dem Lehrer Frase in Worpswede verheiratet.

eigentlich gar nicht so schlecht. Besonders der »Restaurator« hat Eindruck auf mich gemacht. Ich finde, er liest sich gut und ist reich an Bildern. Leider wird er von Kafka totgeschlagen.

»Beim Aussprechen von Plänen gegenüber Menschen, die keinen Sinn dafür haben, ist auch die halbe Kraft zum Teufel ...« Hugo Ball[55]

Göttingen Mo 23. Juni 1958

Gestern Kino: »Das Dach«, Regisseur Sica, der Italiener. [...] Jazz: Mood (oder Moon?) Indigo, Ellington, eine langweilige Sache, aber ich denke, wenn ich so was höre, an meine Dachkammer und die stillen Stunden dort. 1944/45, weit weg.

In der DDR haben sie jetzt erst die Lebensmittelkarten abgeschafft. Donnerwetter. Atomtod-Theater.

Göttingen Mi 25. Juni 1958

Sport: Heute war wieder eine Übertragung aus Schweden, Weltmeisterschaft im Fußball, Schweden – Deutschland 3 : 1. Bei diesem Spiel, das ich mir leider anhörte, wurde mir so richtig klar, wie widerlich und unwürdig Arenasport ist. Juskowiak, ein deutscher Spieler, wurde von einem Schweden hart gerempelt, durch die tosenden Anfeuerungsrufe der 53 000 Schweden (gegen 4000 Deutsche) ohnehin sicherlich gereizt und verärgert, schlug er nun im Affekt zurück. Erfolg: Er wurde des Platzes verwiesen, und Deutschland verlor das Spiel, das bis

---

55 Kempowski 2005: Bezog sich deutlich auf meine schriftstellerischen Versuche.

dahin noch 1:1 gestanden hatte. Man stelle sich die Lage des Juskowiak vor: In seiner Kabine sitzt er und weint, derweil seine Mannschaft nun langsam, aber sicher seinetwegen verliert, Hunderttausende Deutsche konzentrieren ihre Wut auf diesen einen armseligen Mann, der gereizt im Affekt eine Unsportlichkeit beging. Kein Zweifel, J. wäre im selben Moment des Todes gewesen, wenn es einen Spiel-Caesaren im Stile Roms gegeben hätte. Und andererseits? Hunderttausende hassen auf einmal ein ganzes Volk, nur weil jetzt 11 Schweden gegen 10 Deutsche spielen, hassen den ungarischen Schiedsrichter, der natürlich des falschen Richterspruchs verdächtigt wird, Hunderttausende wieder sind schadenfroh und freuen sich über die Niederlage Deutschlands. Tränen, Leidenschaften, Haß, Haß, Haß, Schadenfreude – Sport. Und all dieser Aufwand ohne ästhetischen, ohne praktischen Wert, in einem gefährlichen Spiel verpulvert.

Heute bekam ich von Hickele ein schönes Paket. Es waren wieder Pfirsiche drin, die esse ich für mein Leben gerne. Auch Kaffee, Wurst, Butter und Schinken.

Göttingen — Mo 30. Juni 1958

Ich war vom 27.6. bis 30.6. in Uslar. Das Musik-Wahlfach hatte eine Freizeit dort, und ich durfte mich als Tenor anschließen. Die Tage standen insofern unter einem glücklichen Stern, als ich nämlich verschiedentlich Gelegenheit hatte, meine Fähigkeiten zu erproben und vorzuführen. Ich sprach ein Gedicht von Hesse, dirigierte beziehungsweise leitete eine Orff-Gruppe und sang die Partie des Vorsängers aus der Kantate »Das Lumpengesindel« von Cesar Bresgen. Dies letztere war ein besonderer Genuß für mich, weil ich mich einmal richtig aussingen konnte. Rezitative liegen mir sehr, und die Stimme tat mir den Gefallen, sogar das hohe h nahm ich kühn und glatt, bekam dafür Sonderapplaus. Eigentlich war ich als Dirigent dieser Kantate am Dies academicus vorgesehen, durch meine Berlin-Reise aber fällt die Sache ins Wasser. Gott sei Dank! kann ich nur sagen, denn ich habe wenig Lust, mich zu produzieren. In Uslar waren wir ein kleiner Kreis, das war etwas anderes. Besonders gefielen mir einige wundervolle Bach-Choräle, die wir dort sangen.

Göttingen Mo 7. Juli 1958

Musik: Alexander Borodin, »Fürst Igor«, Ouvertüre und »Polowetzer Tänze.«
Sitze gemütlich zu Hause und freue mich sehr, daß ich nicht nach Berlin gefahren bin. Ich mache eine Berlin-Reise im Bett. Davon habe ich mehr. Der »Spiegel« hat einen dollen Hesse-Artikel herausgegeben. Donnerwetter, die geben ihm aber ganz schön Zunder. Ich muß allerdings sagen, es ist berechtigt zum großen Teil. Seine Werke werden sich ganz sicher schnell überleben.

Heimatkunde: Die Anregungen, die uns Märtin in der Volksschule gab, die Kirchen, Mauern und Tore genau anzusehen, Aufbau der Stadt usw., an die ich mich selbst nicht mehr erinnern kann, deren Ausführung mir aber noch recht gut im Gedächtnis haftet, ließ mich meine Heimatstadt erst interessiert lieben. Natürlich waren mein Geburtshaus und seine nähere Umgebung wie verzaubert, aber ein wirkliches Heimatgefühl und damit ein Interesse an der Stadt, ihrem Ergehen usw. entstand erst, als ich etwa acht Jahre alt war, und zwar durch den Heimatkundeunterricht. Ich kann mich noch genau erinnern, daß ich Ansichtspostkarten sammelte, Bilder interessiert betrachtete, wie die Stadt früher ausgesehen hatte, daß ich sogar versuchte, die Rostocker Stadtchronik zu lesen, was freilich schon nach den ersten paar Seiten scheiterte, weil die Sprache zu trocken war. Auch übte ich, die Kirchen zu zeichnen, noch heu-

te kann ich die St.-Marien-Kirche aus dem Gedächtnis zeichnen, und ich weiß genau, daß das Querschiff länger ist als das Hauptschiff, daß das Gemäuer aus abwechselnden Reihen glasierter und unglasierter Steine besteht, daß einer der Türme (ich glaube, der linke) älter ist, wieviel Register die Orgel hat usw. Ich konnte mich direkt ärgern, wenn ich hörte, daß der Großteil der alten Stadttore erst im vorigen Jahrhundert abgerissen wurde, daß dieser Aktion auch die an die Mündener Kirche gemahnende querschiffige St. Michaelis zum Opfer fiel (an ihrer Stelle errichtete man eine Bank). Ein besonderes Glück war es, daß ich in der höheren Schule einen Lehrer fand, der wiederum auf die Stadtgeschichte hinwies und darüber hinaus mit uns auf die benachbarten Dörfer fuhr, uns Torscheunen und alte Fensterläden zeigte – Hannes Gosselck.
Als Vetter Hartwig 1942 Rostock besuchte, zeigte ich ihm voll Stolz und Trauer die Überreste der schönen Heimatstadt, und ich begann ihn wirklich zu hassen und machte ihm den Aufenthalt in meinem Elternhaus zur Hölle (mindestens so ungemütlich wie nur möglich), als er bei unserem Rundgang (der freilich etwas zu umfangreich ausfiel) gelangweilte und spöttisch-geringschätzige Bemerkungen machte. Heute noch kann ich es mir nicht verzeihen, daß ich es versäumte, mir die St. Jakobi und St. Petri von innen anzusehen.
Nach dem Krieg sah ich mir dann Wismar an und zog Vergleiche. Im Zuchthaus dann wurde die Erinnerung übermächtig, ich machte einige kleine Gedichte über den Hafen, St. Marien und St. Nikolai. Ich kann sagen, daß mich die damaligen Anregungen entscheidend beeinflußt haben, mich ungemein bereicherten und mir ein Gefühl gaben, was Heimat bedeutet. Noch heute liebe ich die Backsteinbauten und ertappe mich immer wieder dabei, daß ich subjektive Vergleiche ziehe zwischen der hiesigen Sandsteinbauweise und meiner norddeutschen Backsteingotik. Auch die Lektüre, beispielsweise, von Thomas Manns »Buddenbrooks« wurde von innen her bereichert, ich hatte etwas hinzuzutun.

Sexuelles: Ehe mir überhaupt die natürliche Fortpflanzung aufging, mit Geschlechtsakt und all den körperlichen Ungeheuerlichkeiten, hielt ein Medizinstudent es schon für richtig, mich darüber aufzuklären, was Homosexualität bedeutet. Das war 1943 im Sommer, am Warnemünder Badestrand. Die eigene bewußt erlebte E. stellte ich erst 1947 fest (schon vorher war das passiert, ich hatte mir aber darüber keine Gedanken gemacht) und damit leider auch die M. Regungen anatomischer Art am P. beobachteten Ruth und ich gemeinsam, nach einer der so beliebten Balgereien, bei mir, damals war ich elf Jahre alt.
Pubertät: Heute fiel mir ein Aphorisme ein, den ich etwa 1944/45 in mein damaliges Tagebuch geschrieben hatte: »Ich sehe mich plötzlich, mich selbst hier sitzen in der Ecke des Zimmers, am Schreibtisch schreibend. Das bin ich also …«
1942 sprach ich häufig den Satz: »Ach ja, ich bin ja nicht vollwertig.« Das lag hauptsächlich daran, daß Ib über mein Grübeln und meine, manchmal freilich seltsamen Gedankengänge (die häufig sich als richtig herausstellten) unverhohlen lachte und spottete. Mutter hat mich damals sehr liebevoll behandelt, was nicht hinderte, daß ich häufig schmollte. Dieses Schmollen hat mich noch lange begleitet. Später verwandelte es sich in »Übelnehmen«. Davon hat mich eigentlich erst Ulli Haase 1952 geheilt, durch eine schonungslose, harte Kritik. Heute bin ich fast völlig frei vom Beleidigtsein. Der einzige Fall, der mir aus den letzten Jahren erinnerlich ist, ist eigentlich nur die leidige Affäre 1957 im Frühjahr, als Mutter Janssen auf das Wort Bethges (aus Fischerhude) mehr gab als auf mein eigenes. Bethge hatte in Zweifel gestellt, daß wir in Rostock eine Reederei gehabt hatten. Ich empfand das damals besonders beleidigend und tief verletzend, weil auch Hildegard bei mir nachfragte (»Wie ist das denn nun …«). Dieses Ereignis ist damals eine ganz gefährliche Krise gewesen und hätte, wenn wir nicht vernünftig gewesen wären, um ein Haar unser Verhältnis brechen können. So aber war die Angelegenheit am nächsten Tage vergessen. Bis

heute ist aber Mutter J. gegenüber ein ganz kleiner Stachel zurückgeblieben.
Ich bin sehr, sehr müde, obwohl ich heute nach Tisch etwa zwei Stunden schlief. Habe auch viel getan. Arbeit ist doch eine Wohltat.

Ich fand heute in der blödsinnigen Zeitschrift »Der gesunde Mensch« das Bild einer Frau am See. Es sprach mich sofort an, in mir klappte ein Fach auf, und ihm entströmte reich die Erinnerung an jene glücklichen Wochen in Wendhof 1943. Wie war das schön damals. Die schwül-heißen Nachmittage mit Regina zusammen an dem Kölpin-See, unsere Neckereien. 15 Jahre ist das her, vielleicht sogar auf den Tag 15 Jahre. Sie war damals 16 …[56]

Göttingen Do 10. Juli 1958

Heute habe ich einen Fehler gemacht. Seit einigen Wochen streite ich mich mit Fräulein Hoffmann scherzhaft über die Atombombe. Sie ist dagegen, und ich bin zwar nicht dafür, aber im Sinne des Gleichgewichts Ost – West nicht dagegen. Heute kam sie nun in einem Anfall von Mut (wohl um den Bock zum Gärtner zu machen) zu mir und bat mich, ich möchte doch bitte einen Aufruf gegen die A-Bombe in einem Wahlfach vorlesen und anschließend Unterschriften dafür sammeln. Ich schlug es ihr rundweg ab. Sie nahm es mir nicht übel, zumal ich ihr half, einen anderen Vorleser zu suchen. Vielleicht hätte ich ruhig zu-

56 Kempowski 2005: Johannisbeeren pflücken, die Tante … In Bautzen unterhielt ich die Kameraden mit der Story. In »Tadellöser & Wolff« dann ein Kapitel und von Fechner leider verstümmelt. Ich war 1990 noch einmal dort, in Wendhof, so hieß das Gut, ziemlich kümmerliche Sache das Ganze. Uwe Johnson hat dort zeitweilig verkehrt, später, nach dem Krieg. Jetzt ist das Nachbargut Luxushotel, im Krieg waren dort KLV-Kinder untergebracht. Von Regina hörte ich nie wieder was.

sagen sollen. Ich hätte mich ja davon distanzieren können. Aber diese ganze Unterschriftensammelei ist völlig wirkungslos. Die Atom-Volksbefragung ist in Frage gestellt. Nun gut, dann sollen doch alle A-Gegner Plaketten oder irgendein Erkennungszeichen anstecken! Dann könnte man doch auf der Straße sofort sehen, wer dagegen ist. Statt dessen immer wieder diese letzten Endes doch anonymen Unterschriften, die kein Mensch liest oder zählt und die doch im Papierkorb landen.

Von Robert Kempowski Hamburg, 11. Juli 1958

Mein lieber Walter!
Ganz schnell noch einige Zeilen zu dem inzwischen angeschafften Tonbandgerät. Ich habe verhältnismäßig viel Zeit auf das Studium des Gerätes verwandt. In Verbindung mit der beiliegenden Beschreibung fällt die Handhabung nicht schwer. Ich habe mich sofort mit dem Apparat auf vertrautem Fuß gefunden, und ich bin sicher, daß Du innert kurzer Zeit ebenfalls vollkommen über das Gerät Bescheid weißt. Ein wichtiger Punkt ist die sogenannte Aussteuerung des Gerätes. Das magische Auge leuchtet nach Einschalten des Gerätes auf, und man kann sozusagen jeden Ton, der im Rundfunkgerät anklingt, im Fächer beobachten. Der Anschluß zwischen Tonband- und Radiogerät ist denkbar einfach. Ein entsprechendes Kabel, mit zwei Buchsen versehen, wird einmal an das Radiogerät angeschlossen (Bezeichnung Magnetophon, im Tonbandgerät ist die Stelle mit »Radio« bezeichnet). Damit ist die Verbindung hergestellt, und nun kann es losgehen. Das Einlegen des Bandes verursacht keine Schwierigkeiten. Ich möchte Dir empfehlen, zum Aufspulen des Bandes auf die leere Spule nach Einschieben des Endes des unbespielten Bandes die Taste »Aufnahme« in Verbindung mit dem dazugehörigen linken grünen Knopf zu drücken. Diese beiden Knöpfe müssen gleichzeitig bedient werden. Dann läuft das Band ganz langsam auf die leere Spule, bis der Staniolstreifen kommt.

Automatisch wird dann das Gerät ausgeschaltet, und Du kannst dann vorsichtig mit der Hand die rechte Spule so lange weiterdrehen, bis das zur Aufnahme vorgesehene Band kommt. So habe ich es auch gemacht und habe gleich am Anfang einige passende Worte an Dich gerichtet. Anschließend kommt eine kleine Jazzsendung. Armstrong, Art Tatum, Shearing, Basie, Coleman Hawkins unter anderen. Zum Schluß Webb, dann Kenton. Du wirst Deine Freude haben. Das Mikrofon wird auf gleiche Weise mit dem Tonbandgerät verbunden wie der Radioapparat. Am Tonbandgerät ist eine Stelle mit »Mikrofon« bezeichnet; dort mußt Du das Kabelende hineinstecken. Um aber Deine Stimme auf das Band zu bannen, mußt Du den Reglerknopf etwas nach oben ziehen. Dann auf »Aufnahmetaste« drücken, allerdings in Verbindung mit dem linken grünen Knopf. Ich habe die Geschwindigkeit des Bandes auf 4,5 cm/sec eingestellt. Du wirst merken, dass die Wiedergabe recht gut ist. Die Taste Schneller Vor- beziehungsweise Rücklauf ist mit Vorsicht zu benutzen. Mit ungeahnter Geschwindigkeit läuft da das Band ab. Man muß das Zählwerk dabei genau im Auge behalten. Na, das ist in kurzen Zügen das, was notwendig ist. Du wirst mit gleichem Eifer wie ich die Beschreibung und Bedienungsanleitung des Gerätes studieren und Dich bald mit dem Gerät vertraut fühlen. Prächtig!!! Ich bin begeistert.
Ich habe das Gerät über unsern Herrn Jacht im Geschäft für 18 Prozent kaufen können. Auch die Zubehörteile. So sind wir noch billiger abgekommen. Ich habe natürlich das bessere Mikrofon gekauft. Wenn schon, denn schon. Heute habe ich das Paket zur Post gebracht und hoffe, daß Du es am Montag in Händen hast. Ich habe das Paket auf der Post mit 500 Mark sicherheitshalber versichern lassen. Das zu Deiner Orientierung. Ich hoffe aber, daß es heil bei Dir ankommt.
Für heute wünsche ich Dir alles Gute. Ich freue mich über Deine Erfolge. Laß bald von Dir hören. Ich hätte gerne gewußt, welche Erfahrungen Du mit dem Gerät gemacht hast.
Ich verbleibe Dein Robert

Viele liebe Grüße und Dank für Deinen Brief! Ich schreibe am Sonntag ausführlich! Immer in Liebe Deine Mutti.
Hickele schrieb so niedlich an mich, grüß sie herzlich von mir! Onkel Harald möchte Dir – Euch zur Verlobung etwas schenken, er meinte, man schenkte ja gewöhnlich etwas für den Hausstand, aber vielleicht hättest Du einen Wunsch in Büchern? Was Du für Deinen Beruf gebrauchen kannst! Psychologie? Erziehung? Oder so??? Schreib es bald, er möchte es besorgen, um es zu haben für Dich, wenn Du in den Ferien herkommst!

Göttingen Sa 12. Juli 1958

Heute früh kam wie aus heiterem Himmel das Mikrofon als Vorbote. Ich geriet in Aufregung und erkundigte mich, ob vielleicht das Tonbandgerät heute noch kommen könnte. Es hieß: Vielleicht fragen sie gegen 16.00 Uhr nochmals nach. Das tat ich denn auch. Und tatsächlich, es war da.[57] Na, ich verlud es ganz vorsichtig auf mein Fahrrad. Zu Hause klambüserte ich dann den technischen Klimbim aus, und schließlich funktionierte es. Roberts Stimme klang mir entgegen. Er sagte allerhand von rollendem Einsatz usw.
Dann kam eine Sendung, die ich auch schon gehört hatte. Leider hatte Mutti nichts gesprochen.
Am Abend dann, nachdem auch Karl Heinz noch kurz hereingeschneit war (ich sang mit ihm, es klang schaurig, weil ich vor Aufregung alles falsch machte) und wieder verschwand, hatte ich mehr Ruhe, mich allem zu widmen, was an Neuem zu mir gekommen war. Mutter hatte nämlich aus Norwegen einige Briefe von Vati mitgebracht. Ich las sie in aller Ruhe. Es war, als ob Vater noch da wäre. Diese Briefe sind mir sehr wertvoll. Auch einen Ahnenpaß hat Mutter mitgebracht, der einzige, der

57 Kempowski 2005: Telefunken-Gerät, mit dem ich dann Mutters Lebensgeschichte aufnahm.

noch erhalten ist. Ich werde ihn vielleicht morgen auswerten. Als dann alles still war, sprach ich einige von meinen literarischen Versuchen. Da war es mir, als hätten sie sich von mir gelöst. Und sie lebten wirklich. Jetzt habe ich eine kleine Pause gemacht und werde mir den zweiten Teil »meiner Sendung« anhören (»Die Begegnung«). Es ist so eine Art Pygmalion-Wunder.
Dann arbeitete ich noch den Plan für die nächste Woche aus. Vielleicht gehe ich mit Hickele ins Theater (wenn's etwas Vernünftiges gibt). Bestimmt werde ich mit ihr die Weber-Ausstellung besuchen. Dann habe ich noch einen gemütlichen Abend mit der Mütterlichen vor, und tanzen wollen wir schließlich auch noch. Aber das muß ich alles geheimhalten, damit sie sich auch ordentlich freut.

Göttingen Di 15. Juli 1958

Heute früh kam ein Brief von Teuscher, in dem er mir mitteilt, daß meine Bescheinigung für ungültig erklärt wird, da der ausstellende Beamte nicht zuständig war. Nun stehe ich vor einer ganz neuen Situation.[58]

Tonband No. 500–618 (»Ich liebe die Sonne, den Mond!«)

Alles ist anders. Vielleicht ist es gut so. Jedenfalls fällt nun keine Schuld auf mich. Hickele ist lieb und nett. Wenn ich sie nicht hätte! Nun versuchte ich mir heute frei zu holen für Freitag (von Wolfrum), der mich dann noch an Heise[59] verwies. Da muß ich tatsächlich eine Staatsaktion daraus machen. Aber ich mag auch wirklich nicht mehr. Ich habe in diesem Semester genug

---

58 Kempowski 2005: Das war die endgültige Ablehnung meiner Anerkennung.
59 Heinrich Heise (1904–?), Pädagoge, Professor an der Pädagogischen Hochschule Göttingen.

Hildegard Janssen und Walter Kempowski auf Fahrradtour an Rhein und Mosel, Juli 1958

getan. Heute abend muß ich mich betäuben. Deshalb gehen wir in den Jazzclub und ins Kino.

Löschen: 968.

Göttingen Mi 30. Juli 1958

Heute vor 14 Tagen brachen Hicke und ich zu unserer großen Tour auf. Nun sind wir wieder da. Es war eine ganz schöne Strapaze (teilweise). [...]

Göttingen Sa 16. August 1958

Ein sehr schöner ruhiger, arbeitsamer Sonnabend war das heute. Ich habe einen neuen Karteikasten besorgt und den größten Teil der Karten neu geschrieben. Zwischendurch geraucht, Musik gehört und aufgenommen (Honegger), aus dem Fenster geschaut und Kinder beobachtet und schließlich den Mauriac zu Ende gelesen. So könnte es weitergehen, aber dummerweise kommt nun das Praktikum, zu dem ich gar keine Lust habe. Aber es muß ja nun sein. Es ist das vorletzte.

Göttingen Sa 11. Oktober 1958

Der Papst ist gestorben, die erste Rakete rast auf den Mond zu. Politisch ist im Augenblick alles ruhig. Man weiß aber nie, was werden wird, da die Ruhe in China nur eine Ruhe vor dem Sturm zu sein scheint. Was ist bloß in der Welt los!
Am 18. August traf ich in Reileifzen, Kreis Holzminden, einem reizenden kleinen Dorf an der Weser, ein. Mein Kollege, ein

Angeber und Idiot, empfing mich erfreulicherweise mit seiner Straßenwanze in Holzminden, so brauchte ich nicht auf den Bus zu warten.
Wir beide wohnten in einem Bauernhaus, 100 m von der Weser entfernt. Der Zimmerpreis war erträglich (1,50 Mark pro Nacht), die Leute freundlich. Der Mentor entpuppte sich als gemütlicher Schlesier, der gerne einen hob und uns auch hin und wieder dazu verleitete. Er machte die Sache nicht allzu spannend und ließ uns zunächst freie Hand. Ich wurde mit der einklassigen Schule zunächst ganz gut fertig. Leider geriet ich mit dem Tutor (Bleichroth), einem Assistenten, der sich wohl die Sporen verdienen will, aneinander. Er war der Meinung, ich hätte eine schlechte Stunde gehalten. Seine Kritik nahm ich mir, obwohl sie ganz unberechtigt war, ich habe nämlich schon viel schlechtere gehalten und gesehen, sehr zu Herzen, besonders im Hinblick auf die entscheidende Note. Der Mentor machte mir aber Mut und unterstützte mich, auch war er der Meinung, daß der Tutor einen Knall habe. Immerhin ließ mich die Kritik nicht in Ruhe, ich sprach ihn 14 Tage später daraufhin an und konnte mich mit ihm einigen. Abschlußnote: 2.
Die Arbeit strengte mich sehr an, machte aber doch viel Freude. Insbesondere die Geschichtsstunden. Musik war weniger erbaulich, da ich es mit völlig ungeschulten Kindern zu tun hatte. Wenn man sich erst daran gewöhnt hat, ist eine einklassige Schule halb so schlimm. Es kommt natürlich ganz auf die Zusammensetzung an, Schulfreundlichkeit des Dorfes usw.

Folgendes Gespräch mit meinem Kollegen kennzeichnet unser Verhältnis vielleicht:
Er: »Mein Vater ist Großkaufmann.«
Ich: »Ach, das trifft sich ja gut, mein Vater war Kleinkaufmann.«
Er: »Lebensmittel?«
Ich: »Nein, Schiffe.«
Er (nach kurzer Verblüffung): »Ich habe auch einen Onkel, der zur See gefahren ist.«

Sein Vater handelt, wie ich schließlich herausbekam, mit Vogelfutter. Das Renommieren machte mich ganz bissig, ich konnte mich aber beherrschen und wurde nicht grob. Ganz angenehm war, daß er mich häufig mit seiner Isetta mitnahm. Die Ziele allerdings waren nicht immer erbaulich.
Am 27.9. war ich endlich fertig. Das war eine Freude. Gleich setzte ich mich auf die Bahn und fuhr zum Hickele, das sich gerade von einer Operation (Nase) erholte. Man merkte doch, daß wir uns sieben Wochen nicht gesehen hatten. Nach einigem Grummeln fanden wir uns dann aber doch wieder sehr gut. Am Sonnabend vor einer Woche fuhren wir nach Hamburg zu einem Jazzkonzert. Das war das erste Jazzkonzert, das ich mir anhörte. Die Spieler (alles ganz große Könner) standen steif da, wie Puppen, ganz teilnahmslos. Es war ein fast akademisches Geschehen, nur Eingeweihten klar. Das Publikum war gut, Studenten in der Mehrzahl (wie es schien). Kaum Teddy-Boys und Teenager. Sie verhielten sich ruhig und gesittet, kaum einer wippte mal mit dem Fuß. Dazu war auch keine Veranlassung, denn der Modern Jazz schien eisgekühlt gewesen zu sein. So trottete man denn auch fast teilnahmslos und gleichgültig, ohne ergeilte Zugabe aus der verrauchten (Rauchen verboten!) Ernst-Merck-Halle heraus. Wir hatten viel zu erzählen. – Für mich ist es wichtig, daß ich die Leute auch mal sehe. Das Fluidum dieser Musik ist für das Verständnis nicht zu unterschätzen. Dasselbe fühlte auch Hildegard. Sie sagte: »Ich möchte bloß wissen, wo da Erotik gewesen sein soll. In einer Mozart-Oper ist mehr Erotik.« Das freute mich ganz besonders, weil ich genau gleich empfinde.
Oscar Pettiford?

In anderen Dingen empfinden wir nicht dasselbe. So streichen wir, wo es eben geht, durch Möbelgeschäfte, lassen uns hunderttausend Sessel und Sofas zeigen. Aber wenn dem einen dies gefällt, hat der andere bestimmt etwas daran auszusetzen. Immerhin haben wir, was den Teppich anbelangt, auf Anhieb denselben Geschmack. Wir werden uns wohl einen einfarbigen

(kupfer) kaufen und eine schöne Brücke (Schafwolle) dazu. Um unsere Geschmäcker anzugleichen, bemühten wir sogar das Rotenburger Heimatmuseum. Dort standen »Brockeler« Stühle. Da war mir aber zu viel Klimbim dabei. In Bremen gerieten wir in ein konservatives Geschäft. Da standen klotzige Senatorenschreibtische (auf alt), viel Messing usw. Hin und wieder aber doch ganz schöne Stücke. Der Verkäufer zeigte große Geduld, was ich sehr nett fand. In Hamburg war es aber noch besser. Da ließ uns nämlich der Verkäufer ganz nach Belieben durch die labyrinthischen Verkaufsräume streichen und belästigte uns nicht durch Schnickschnack.
Übrigens, bei unserer Tagesfahrt nach Bremen (Hickele kaufte Wintermantel, Rock und Wildledermütze) sahen wir auch mal noch Tante Madeleine.[60] Sie fand alles entzückend und stellte rührenderweise Ähnlichkeit zwischen Hickele und Mutter fest. Leider verabschiedete sie sich schon nach 10 Minuten, da sie einen Kaffeeklatsch hatte.
Schnell noch empfahl sie uns für Mutti Lebertran mit Malz, das hätte ihren Hunden auch immer gutgetan. – Auch bei Niki waren wir. Noch einige Stunden. Das war sehr nett. Er brachte uns dann zur Bahn. Er ist doch ein angenehmer Mensch, hier draußen vielleicht noch eher als drinnen.
Dann Abschied und kurz nach Hamburg. Dort »Der große Diktator« und »Dick und Doof in tausend Nöten«. Am ersten Tag herrschte eine etwas beklommene Stimmung, und ich war auch etwas benommen von den zum Teil üblen Nachrichten, auf deren Ursache ich ja leider gar keinen Einfluß habe.[61] Da ist Ärger mit Onkel H. und allerhand anderes.

Nun bin ich seit gestern abend wieder hier. Habe heute etliche Besorgungen gemacht (Papierkorb, Ablagekästen, Schere usw.). Auch mit Wolfrum habe ich mich in dessen Auto unter-

60 Kempowski 2005: Die Engländerin, verheiratet mit Hermann Hälssen, Bruder von meiner Großmutter, siehe »Aus großer Zeit«.
61 Kempowski 2005: Die aberkannte »Anerkennung«.

halten (über die Semesterarbeit). Eben Radio: Dichtkunst zerfällt in Lyrik, Epik, Dramatik und Kritik. Das meint Kerr, der große Kritiker.

Göttingen Mo 13. Oktober 1958

Ein herrlicher Tag! Ich stand früh auf, arbeitete bis zum Mittag an meinem Landschulbericht, schaffte ein Drittel. Nach Tisch legte ich mich aufs Ohr und schlief bis gegen 4 Uhr. Dann fuhr ich in die Stadt und kaufte einige Bücher, darunter Kraus »Die Sprache«, Burckhardt »Renaissance«, Dewey »Demokratie und Erziehung«. Nach dem Abendessen arbeitete ich noch etwa zwei Stunden an meinem Bericht und schaffte annähernd das zweite Drittel. Dann war so eine behagliche Stimmung. Über mir Hausmusik, nebenan schrieb der Zollrat auf der Maschine. Ich hörte dann noch im Radio die beeindruckenden »Klagelieder des Jeremias«. Ich nahm sie auf das Band auf.
Alles in allem war es doch eine schöne Zeit in Reileifzen. Die einklassige Schule, der alte Lehrer mit seinem Spitz, der mittags die Kinder aus der Schule jagte und ihm das Taschentuch aus der Kavalierstasche zog, wenn er »Nix Kavalier!« sagte. Die schönen Stunden an der Weser. Spielen mit einem Jagdhund, flachsen mit Mädchen, die dort Gänse auf die Uferwiesen trieben.[62] Der Kollege war ehemaliger Fremdenlegionär, im Roten Meer über Bord gesprungen. Die Mädchen kamen ihm nachts ins Bett. Auch die Ausflugsdampfer und das Lokal »Brille«. Ein Schuljunge erzählte mir auf einer Wanderung lange Geschichten von seiner Flucht in Ostpreußen. Später hörte ich dann von dem Lehrer, daß der gar nicht aus dem Osten stammte, sondern immer schon von hier. Im Gasthaus Fernsehen, die »Rheinische«, »Zum Weserblick« oder wie die Sendung hieß.

---

62 Kempowski 2005: »Heile Welt«: das Warten im Café-Haus.

Göttingen Fr 17. Oktober 1958

Zahnarzt. Dafür den ganzen Tag auf der Couch gelegen und gelesen. Während ich Kayser »Das sprachliche Kunstwerk« las, purzelten mir die Gedanken nur so. Auf diese Weise hab ich wenigstens schon den Knacker für die Nuß. Und wenn mich nicht alles täuscht, verspricht das eine harte Nuß zu werden, aber mit schmackhaftem Kern: die Semesterarbeit.
Ach wenn's nur recht doll gießen und stürmen wollte, dann ist mir so richtig wohl. Sonst will man immer in der Gegend herumlaufen, und dabei kommt nichts heraus. Abends kam Axel. Ich habe die Nachhilfestunden wiederaufgenommen. Der Junge ist zu nett, ich mag ihn gerne leiden. Er lernt wohl allerhand bei mir, aber ob es nun gerade Deutsch ist?
Stan-Kenton-Sendung an die »Ritmica«-Sendung drangehängt. Jetzt hab ich erst mal genug. Wenn mir noch was Gutes vor die Flinte kommt, dann nehm ich noch was auf, sonst nicht. Auf dem ersten Band ist ziemlich viel Dreck.

Göttingen Sa 18. Oktober 1958

Ich hab denn doch noch allerhand getan. Aber bis ich so in Gang kam! Ich habe überhaupt eine ganz merkwürdige Art zu arbeiten. Seit Tagen weiß ich, daß morgen die Semesterarbeit angefangen werden sollte. Als ob ich absichtlich jeden Gedanken unterdrückte, der mich in die Nähe dieser Arbeit führte, griff ich mir allerhand Bücher, las hier eine Stelle, dort ein Stück, griff in den Karteikasten, schrieb etwas auf Karten usw. Alles scheinbar nutzlose Sachen, ganz zu schweigen von den Stunden, die ich (mit schlechtem Gewissen allerdings) auf der Couch »verlag«. Und doch – in meine seltsame Art zu lesen kam von selbst Methode. Allmählich traf ich in mir eine Auslese, und siehe da: Fast spielerisch ist das erste Gerüst auf Notizzetteln entstanden, ohne daß ich es überhaupt wollte! Eine

ganze Reihe von Gedanken, von wichtigen Gedanken sind mir schon eingefallen. Die »Blitze« sind schon da, der »Donner« kommt dann hoffentlich bald.
Tatsächlich (es häufen sich ja ähnliche Aussagen in meinem Tagebuch) habe ich wohl noch nie solche Lust zum Leben und soviel Genuß daran gehabt! Ich genieße jede Minute meines Daseins!
An die Maschinennächte habe ich mich nun schon gewöhnt.
Ah, es ist so schön mollig im Bett und warm. Ich muß wohl bald den Ofen in Betrieb nehmen. Das kostet wieder einen Haufen Geld. Wat sin möt, mutt sin.
Literatur: »Die Sprache« (Kraus)
»Das sprachliche Kunstwerk« (Kayser)
»Demokratie und Erziehung« (Dewey)
Was für ein Segen, daß ich die Bücher besitze! Diese Leiherei liegt mir gar nicht, ich muß die Bücher immer zur Hand haben.

Gute Nacht! Morgen ist so ein schöner Sonntag. Hoffentlich regnet es!

Göttingen Mo 20. Oktober 1958

[...] Am Nachmittag schrieb ich eine kleine Orff-Kantate »Es kommt ein Schiff geladen«.

Göttingen Do 23. Oktober 1958

Sah noch mal die beiden Tagebücher durch, was unter dem 23. Oktober dort steht. 1956: »Wenn du das so wieder liest, dann sind diese Hoffnungen und Wünsche für dich längst kalter Kaffee. Entweder weil sie erfüllt wurden oder weil sie dich nicht mehr interessieren.« So wird es wohl immer sein. Und das darf ich nie vergessen.

Am Nachmittag begann ich mit Borchert, Semesterarbeit.[63] Das Tonbandgerät leistete mir dabei sehr gute Dienste. Auf diese Weise werde ich wohl schnell vorankommen.
In der Nacht unausgesetzt Träume. Ich wachte sehr früh auf und mußte an Hanne Rüther 1945 denken. Ich sah seine Leiche ganz deutlich vor mir, der heruntergeklappte Unterkiefer, die unaufgeräumte schmutzige Stube und kleines schwarzes Ungeziefer in seinem Bett. Ich berührte damals ganz vorsichtig seine Hände und war erschrocken, wie sie sich anfühlten.
Dann sah ich ganz klar den Saal 3 vor mir. Robert stickte damals in rührendem Eifer symbolische Tüchlein für mich. Das Tuch für Harald Knaußt war quadratisch und zeigte in der Mitte einen Kelch, das Zeichen für seine Aufnahmebereitschaft. Rechts unten war der Kupferpfennig, den ich ihm bei unserm ersten Abschied 1950 so unvermutet als Freundschafts-»Pfand« geschenkt hatte. Links war das griechische Alphabet, das nach meiner damaligen Auffassung unseren Lebensweg symbolisierte. α der Anfang, und über all die anderen Buchstaben, deren jeder einzelne Abschnitte in unserem Leben bedeutete und die in Gruppen zusammengefaßt waren, hin zum Omega, dem Ende, dem Eingang zu Gott. Robert stickte mir das Tuch, ohne daß ich ihm sagte, was die Zeichen bedeuteten. Wie kam es nur, daß wir uns damals so schlecht verstanden? Er war doch zu mir eigentlich immer nett und freundlich. Er bevaterte mich etwas, und das war wohl der Grund dafür, weshalb ich mich von ihm befreien wollte. Auch erschien er mir damals so wenig wandlungsfähig. Er hatte seine festen Ansichten, die häufig genug auf tönernen Füßen standen. Für meine Gedanken hätte er genauso wenig Verständnis gehabt wie damals 1946 für Hans und mich. Ich wollte mich in meinen Träumen nicht stören lassen und rückte von ihm ab. Gott, wenn ich an ihn denke, ist das nicht alles meine Schuld? Jedesmal wenn Mutter mir von ihm und seinen Schwierigkei-

63 Wolfgang Borchert: »Draußen vor der Tür«. Versuch einer Form und Sinndeutung. Semesterarbeit an der PH Göttingen 1958 (Walter-Kempowski-Archiv im Archiv der Akademie der Künste Berlin).

ten erzählt, fühle ich mich schuldig. Ich bin schuld, daß er keine Frau bekommt, daß er beruflich keine Chancen mehr hat, daß er sich unglücklich fühlt. Und alles nur, weil ich 14 Tage meines Lebens wie ein Idiot gehandelt habe, ohne jede Vernunft, wie ein Schlafwandler, und meine damalige idiotische Konsequenz, das einzige Mal, wo ich vielleicht wirklich konsequent handelte, hat das alles ausgelöst.
Nein, ich muß Schluß mit all dem machen. Das Beste wäre gewesen, wenn ich ausgewandert wäre. Aber wer weiß, was dann für teuflische Dinge passiert wären. Ich muß versuchen, ganz kühl und sachlich zu werden, neu anzufangen.[64]
[...]
Manchmal glaube ich, daß der Jazz für mich nur noch eine liebe alte Gewohnheit bedeutet. Oder bin ich überhaupt nicht mehr so begeisterungsfähig? Woran läge es sonst, daß er mich oft so kaltläßt.

Göttingen Fr 24. Oktober 1958

Radiosendung über Kafka. Dieses III. Programm ist ein wahrer Segen Es ist wie eine kleine Universität. Man müßte einfach mal hinschreiben, damit sie wissen, daß ihnen auch jemand zuhört. So betrachtet, ist der Radioapparat ein Kulturinstrument. Zahnarzt, Schnupfen, Arbeit am Borchert. Eine Privatstunde gegeben.
Hoffentlich hält mein Arbeitseifer noch eine Zeit an. Ich glaube, daß ich erst jetzt anfange, geistig zu leben. Dies eine Jahr,

64 Kempowski 2005: Später, sehr viel später wurde mir klar, daß *er* mir die Frachtbriefsache eingerührt hat, sie mit in den Westen gab. Sonst wäre ich doch gar nicht auf die Idee gekommen, daß sie für die Amerikaner von Wert sein könnten. Und dann, nach der Verhaftung, hat er Mutter *sofort* belastet, ohne weiteres. Und mich natürlich auch. Wir haben dann nie darüber gesprochen, und er mit Mutter natürlich auch nicht. Er hat es ausgesessen wie man so sagt.

was mir noch bleibt, werde ich ausquetschen, bis nichts mehr übrigbleibt.

Göttingen Sa 25. Oktober 1958

Zuerst dachte ich, der ganze Tag würde sich verplempern. Nachmittags saß ich nämlich stundenlang über meinen Fotos. Und der Vormittag zählt im Augenblick bei mir gar nicht. Aber am Abend war dann doch noch was los. Ich las im »Faust«, dann Radio: V. Sinfonie von Beethoven (Toscanini) auf Band aufgenommen. Anschließend ein sehr guter Beitrag des III. Programms über das Thema »Singbewegung«. Ich hörte zwar nur den Schluß der Diskussion, an der auch Adorno teilnahm, sehe aber doch schon viel klarer jetzt.
Literatur: Adorno, »Dissonanzen«.

Göttingen Mo 27. Oktober 1958

Ich ging gegen 10.00 Uhr aus dem Haus. In dem Augenblick lief mir ein Lesezirkelmensch in die Arme. Ich stoppte ihn sofort und erkundigte mich, was denn so mit den ausgelesenen Exemplaren geschehe. »Die werden eingestampft«, war die Antwort. Gegen zwei Zigarren versprach der Mann, mir einige Hefte zu schenken. Dies hatte ich schon lange vorgehabt, aber nie damit gerechnet, daß ich den Wunsch auch erfüllt bekommen könnte. Die Hefte sollen mir Bilder für meine kleine Unterrichtssammlung liefern.
Dann ging ich in die Nervenklinik. Geschlagene zwei Stunden mußte ich dort warten, bis ich endlich drankam. Eine Ärztin. Sie fragte mich aus und hörte mich auch an. Dann mußte ich mich ausziehen und wieder eine halbe Stunde warten. Bis sie mich dann schließlich untersuchte. Das übliche Killekille. Der

Erfolg dieser ganzen Geschichten war – sie verschrieb mir wieder Tabletten und ein Präparat und meinte, meine Beschwerden würden sich wohl mit der Zeit selbst geben!
Das sind sie, die Ärzte. Ich habe nun schon so viele Ärzte kennengelernt, aber nicht einen einzigen, der sich wirklich Mühe gegeben hätte. Was für eine Wohltat sind da die Zahnärzte! Was will ich denn von einem Arzt. Er soll aus mir ja keine Intelligenz- oder Energiemaschine machen. Aber all das, was man mit sich herumträgt, muß doch mal raus. So geht es doch nicht weiter. Ich komme mir wie vergiftet vor. Und da helfen keine Pillen.
Verärgert kam ich zu Hause wieder an. Als ich mein Zimmer betrat, war ich nicht schlecht erstaunt, einen ganzen Stapel alter Zeitschriften vorzufinden! Ich habe den ganzen Nachmittag gesessen. Aber – zum Herausschneiden war so gut wie nichts enthalten. Ich bin weiß Gott nicht anspruchsvoll, aber dieses Niveau ist schwerlich zu unterbieten.

Göttingen Mo 3. November 1958

Am Mi, 29.10., fuhr ich nach Fintel zum Hickele. Ich blieb bis heute. Die Tage standen unter einem glücklichen Stern. Wir waren so ganz selbständig und frei und genossen jeden Augenblick. Hickeles Zimmer, das nach Tannenholz und Äpfeln duftet, ist ganz gemütlich. Wir saßen viel da oben, erzählten uns was, ruhten, musizierten (»Aus der Tiefe rufe ich, Herr, zu Dir…«) und waren guter Dinge. Baatzens waren auch ganz angenehm, sie störten uns nicht weiter. Das Kind quengelte leider sehr herum. Nachts traute ich mich kaum ins Bett (ich schlief mit ihm zusammen), da es bei dem leisesten Geräusch aufwachte.
Es war das schönste Beisammensein seit unserer Radtour. Nachmittags nach dem Kaffee fuhren wir mit den Rädern etwas in die Umgebung. Rehe und eine wundervolle Landschaft. Eine Landschaft, die mich seltsam heimatlich-weihnachtlich be-

rührte. Alle Tage war es mir so, als ob Weihnachten wäre. Kurz, wir waren glücklich. Am Sonnabend kam irgend jemand auf die Kateridee, zum Lehrervereinsfest nach Scheeßel zu fahren (ich glaube, Hildegard!). Da mußte ich denn auch mit, obwohl ich gar keine Lust hatte. Aber was half es mir? Es wurde dann doch noch ganz nett, wir haben wenigstens noch schön getanzt. Die Musik war ein rechter Bumms, das störte uns nicht weiter. Am Sonntagabend saßen wir dann noch bis gegen 2 Uhr zusammen. Wir überlegten uns, was Hildegard in Musik wohl machen könnte, Weihnachtsfeier usw. Dann kamen wir noch ins Plaudern, und es war sehr schön (»Es werde Licht«, »... denn es will Abend werden«, »Willst du ins Bett?« – »Du bist doch mein Bett«, »Jazzmusik: Triumph über Not und Elend«!).
Heute fuhr ich mit Fräulein Ullisch nach Göttingen, wir trafen uns zufällig auf der Bahn, ich kam um 14.00 Uhr an, brachte das Bild (»Der Sitzende«), das ich in Rotenburg noch schnell geholt hatte, nach Hause und eilte in die Hochschule, um mir den Stundenplan abzuschreiben und mich in die Listen einzutragen. Dabei fuhr mir Karl Heinz mit allerhand unangenehmen Fräulein-Kraus-Nachrichten ins Gebein (ich habe ihr seit Juni nicht mehr geschrieben!). Das kann ich nun auch nicht ändern. Zu allem hat sie mich auch noch in Göttingen gesehen. Das ist recht betrüblich. Aber ändern kann ich das nun auch nicht mehr. Heute abend kam Hans Christian. Wir machten uns ein kleines Konzert: Beethoven, Telemann, Tschaikowski. Es war ganz gemütlich.
Hildegard schmiß auch ein paar Tränen weg und trat mir (mit Absicht!) gewaltig auf den Fuß.

Göttingen Di 4. November 1958

Schrieb heute nachmittag für Hildegard eine kleine Methode für den Musikunterricht. Machte Besorgungen für Hildegard, Karteikasten usw.

Orff: Es gibt hier für 1,50 Glockenspiele zu kaufen. Sie sind zwar nicht genau, aber funktionieren. Eine Oktave.
Semesteranfang, ein tolles Gefühl. Die ganze Stadt scheint teilzunehmen, neue, junge Gesichter mit Rosinen im Sack und Luftschlössern am Bindfaden bevölkern die Straßen, bemerkenswert intellektuell sehen sie alle aus. »Die Welt als Ganzheit ...«, hörte ich einen jungen Mann im Vorübergehen sagen. Zwei Jünglinge schleppten sich mit einem überschweren Koffer ab. Ich bot mein Fahrrad an und unterhielt mich mit dem einen über die üblichen Studentensorgen: Zimmer, Wirtin, billiges Essen usw. Die Mensa war überfüllt, alle sehen sich ähnlich und sind doch so verschieden. Man möchte immer studieren ... aber allmählich muß vor Anker gegangen werden. Am Abend kam Schütte[65], dieser merkwürdige Mensch, zu mir. Wir gingen ins Kino, da mir das Gespräch zu langweilig wurde.

Göttingen Mi 5. November 1958

Heut hat man wieder einmal auf mich geschossen. Der Briefträger erklärte mir heute früh, daß das Versorgungsamt Hildesheim seine Zahlungen an mich eingestellt habe. Ich rechnete schon lange damit, aber wenn so etwas kommt, dann trifft es einen eben doch hart. [...]

Göttingen Do 6. November 1958

Amtliches: Ab November hat Hildesheim die Zahlung der Renten (138 Mark) eingestellt. Heute erhielt ich unter Ei.-F.-14775 Br./H. die Ablehnung meines Antrags auf einen Flüchtlingsausweis. Datum 29. Oktober 58. Gleichzeitig unter Ei.-H.-11

65 Kempowski 2005: der Kollege aus Reileifzen.

Br./H. die neuerliche Ablehnung meines Antrages auf Anerkennung als politischer Häftling. Datum 29.10.58.

Ich schrieb an Teuscher und schickte die beiden Ablehnungen. Auch schickte ich dem Regierungspräsidium Lüneburg meine Bescheinigung 47 zurück.

Traum: In dieser Nacht hatte ich einen seltsamen Traum: Hildegard und ich haben ein neues Haus bezogen. Ich richte den Garten neu ein. In der linken Hand halte ich eine junge Birke, die unten am Stamm mit einer jungen Kiefer zusammenhing. Ich wollte beide Bäume in ein gemeinsames Loch pflanzen. Eine Stimme macht mich darauf aufmerksam, daß die Bäumchen keine Wurzeln haben, sie sehen unten aus wie die Gehörnstümpfe eines Rehbocks, der sein Gehörn gerade abgeworfen hat. »Die wachsen schon an, sonst hätte der Gärtner mir die Bäumchen nicht so verkauft«, sagte ich.

Göttingen So 9. November 1958

Na ja.
Literatur: Jolles, »Einfache Formen«, abgeschlossen.

Göttingen Di 11. November 1958

Heute war die Neuwahl zum Asta-Mitglied. Ich »trat also zurück« und wurde mit großer Mehrheit wiedergewählt. Ich habe mich darüber gefreut, weil das bedeutet, daß man mich gerne mag. Morgen beginnt nun die neue Esseneinrichtung in der Mensa. Es gab heute noch Schwierigkeiten, die ich aber beseitigt habe. Hoffentlich klappt alles.
Eben hörte ich eine Sendung über die Weimarer Republik. Un-

ser ganzes Elend trat mir noch mal deutlich vor die Augen. Wie ist es nur möglich! Wenn ich Zeit hätte, würde ich mich mal näher mit der Zeit befassen.

Göttingen Mi 12. November 1958

Traum: Vater ist auf Besuch in der Augustenstraße. Er sitzt mit Robert am Eßtisch. Ich schlage den Vorhang zurück, etwas an Robert mißfällt mir. Ich schreie ihn an. Immer lauter, was er sich überhaupt denkt! Und dabei überlege ich: Nun sieht Vater einmal, wie energisch ich sein kann. Dann gehe ich ans Klavier und spiele, damit es Vater gefällt. [...]

Heut kam dann der Brief aus Hildesheim. Es wird mir offiziell mitgeteilt, daß die Zahlungen eingestellt sind. Kinder, was mich das kaltläßt! Im Gegenteil, ich bin nun kein Parasit mehr! Meine gute Grundstimmung steht in erstaunlichem Gegensatz zu den an sich doch schlechten Nachrichten. Vielleicht bin ich auf dem Wege, die richtige Lebenseinstellung zu gewinnen. [...]

Göttingen Fr 14. November 1958

Durch den Handwerker, der in der Abwesenheit Frau Wittigs kam, wurde ich gehindert, rechtzeitig in die Hochschule zu fahren. Als sie dann kam, stürzte ich die Treppe hinunter, riß mein Rad aus dem Keller und wollte gerade davonrasen, als ein Auto vor unserm Haus bremste, zwei Herrn sprangen heraus: »Kriminalpolizei.« Mir flogen sogleich die Hände, und mein Herz klopfte mir dort, wo meine Eingeweide sind. Sie nahmen mich mit, um – Auskünfte über Bautzen einzuholen. So saß ich denn bis gegen 13.00 Uhr, paffte Zigaretten (nicht meine eignen) und langweilte mich. [...]

Göttingen Sa 15. November 1958

[...] Ich bin etwas enttäuscht. Vorgestern hatte ich Hickele einen langen Brief geschrieben und darin meine Einstellung zu den Beamtenstreitigkeiten endlich einmal positiv gelöst. Ich wollte von ihr eine Reaktion, ja, ich erwartete sie ungeduldig. Statt dessen ein dürftiger Satz. Habe mal drüber nachgedacht. Was soll sie auch schreiben. Mein Erguß war eigentlich ein Monolog, den ich mir selbst gehalten habe. Der wirkliche Gewinn wäre nicht die Reaktion Hildegards gewesen, sondern war schon der Zwang des Niederschreibens, des Formulierens. Die Briefe an Hildegard sind ohnehin eine Konkurrenz des Tagebuchs. Erst wenn wir endgültig zusammenleben, wird es ganz seine Bestimmung wieder erfüllen. Meine früheren Tagebücher (wie auch meine Briefe) kann ich nicht ohne Ärger lesen, da sie doch sehr überschwenglich und sprachlich völlig ungenügend, zuchtlos sind. Das ist meine völlige Zuchtlosigkeit, die ich wohl nie ganz überwinden werde. Ein guter Ausgleich ist meine sprunghafte Energie in Intervallen, durch die ich aber häufig am Ziel vorbeischieße. Zuchtlosigkeit. Was soll sie auch schreiben. Ich bin schon dankbar, daß ich wenigstens einen Zuhörer habe, manche andere Frau hätte gewiß bei all dem gequält aufgestöhnt.

Göttingen Mo 17. November 1958

Vielbeschäftigt ist man. In der Mensa hatte ich viel zu tun (mit Abonnements). Die Kasse stimmt gottlob. Der Tag war nicht sehr ergiebig. Bekam einen Brief vom Sozialamt in Hamburg, daß ich für Dezember noch Geld bekomme. Was dann?

Göttingen Di 18. November 1958

Hatte ein Gespräch mit Wolfrum. Bei meiner Beschäftigung mit den »Einfachen Formen« war mir aufgefallen, daß man diesen Kategorien vielleicht auch den Schlager hinzufügen kann. Er war sehr erfreut über diese Anregung, wir hatten eine angenehme Unterhaltung darüber. Dadurch bin ich ihm etwas nähergekommen.

Viel zu tun.

Literatur: Adorno, »Kritik des Musikanten«, ein selten klarer Aufsatz, treffende Kritik an der Singbewegung. Mir wird so vieles klar, was ich bisher immer unbewußt abgelehnt habe!

Ich komme mit meiner Religion nur deshalb nicht zu Rande, weil es mir an der Arbeitskraft und -lust in dieser Richtung fehlt.

Zeit, Zeit!

Göttingen Mi 19. November 1958

Ich werde von den Behörden wie der Mann angesehen, der sich beim Skatspielen den Daumen brach.

Kartei: 371 Karten heute gezählt.

Nach dem »Großen Schatten«[66] Katzenjammer wegen Vater.[67] Nun völlig betrunken. Traf nämlich Schütte im Kino, der mich

---

66 Kempowski 2005: Film mit Heinrich George, »Der große Schatten«.
67 Kempowski 2005: der den Film in Anklam gesehen hatte und ihn häufig repetierte, auch George nachahmte: »Ich soll spielen …« usw.

abpaßte und mit nach Hause nahm. Dort völlig betrunken, weiß auch nicht, wie es kam. Nun muß ich wachen, bis alles vorbei ist! 3 Uhr nachts.

Göttingen — Do 20. November 1958

Das ging sehr schnell gestern. Ich schrieb am gestrigen Bußtag eine kleine Gedichtgeschichte. Versah sie heut mit einem längeren Kommentar und schicke sie Hildegard.
Der Adorno ist ein wirklich kluger Mann. Daß ich die 3,60 für sein Buch anlegte, werde ich wohl nie bereuen. Es ist wundervoll, sich hinter seine Gedanken zu klemmen. Ich habe ja jahrelang auf dem Mond gelebt, nun muß endlich etwas geschehen. Ich habe immer noch ein kleines Bäuchlein aus Reileifzen. Ich muß dort ganz schön zugenommen haben.

Göttingen — So 23. November 1958

Totensonntag. Ich bin ein Fürst! Jedenfalls lebe ich so. Mir fehlt nichts, aber auch gar nichts! Jeden Tag muß ich auskosten (früher hätte ich gesagt: auskotzen). 30 Dinge möchte ich gleichzeitig tun und bringe trotzdem noch allerhand zuwege.
Heute vor zwei Jahren war das Hickele zum ersten Mal bei mir. Ich hatte sie überlistet. Schnee war gefallen, und das war meinem Vorhaben günstig. Als sie dann bei mir war, wußte ich noch nicht, daß ich sie endgültig »hatte«. Sie wußte das wohl auch nicht, hat es vielleicht nur geahnt. [...]

Göttingen Mi 26. November 1958

Habe Adorno nun erst mal zur Seite gelegt. Das Büchlein schlug ein wie eine Bombe. Noch ehe ich die letzten Absätze seines Aufsatzes (»Fetischcharakter in der Musik«) gelesen hatte, notierte ich mir auf einem Zettel:
»Ich bin einer Meinung mit Adorno, aber im Tolstoischen Sinne (Wir müssen hindurch) mache ich das Treiben der Jazzmusik mit, damit es desto eher zum Überdruß führt und durch etwas Neues, Schönes abgelöst wird.«
A. bringt dann ein ähnliches Ergebnis. Dies war für mich ein Erlebnis. Damit wäre mir meine Frage, die ich schon seit der Entlassung an die Jazzmusik stelle: Was bist du? beantwortet. Ich stehe jetzt fester da und kann bewußter urteilen. Endlich habe ich dies Rätseln überwunden.

Göttingen Do 27. November 1958

Traum: Mein Vater und ich haben uns eng umschlungen. Endlich ist er zurückgekehrt. »Denke dir«, sage ich, »ich habe so oft geträumt von dir. Und immer war es, als machtest du mir Vorwürfe, als sei ich vor dir schuldig geworden!« Vater lachte befreit oder befreiend auf und beruhigte mich, es sei ja jetzt alles vorbei. [...]

Göttingen Fr 28. November 1958

Traum: Ich sitze mit meiner Mutter in der Küche à la 1946. Sie scheint jeden Augenblick mit Weinen beginnen zu wollen. Nach langem Zureden teilt sie mir den Grund ihrer Traurigkeit mit: »Du zeigst mir niemals mehr deine Schularbeiten!« »Aber ich habe doch längst Abitur gemacht!«

Göttingen Sa 29. November 1958

[...] Nach dem Abendbrot kam die Peters wieder. Ich behandelte sie kühl, es geht doch nicht, daß sie sich an mich hängt. Dabei habe ich ihr keinen Anlaß geboten, im Gegenteil. Ein merkwürdiges Menschenkind.

Göttingen So 30. November 1958

Mir fiel in der Nacht ein kleiner Vierzeiler ein, den ich in Bautzen mal machte. Schon damals hatte ich mit den beiden ersten Zeilen Schwierigkeiten. Nun habe ich die ersten Zeilen völlig vergessen.

...
...
Rechte
Freiheit ist doch nur
ein Begriff für Knechte.

Göttingen Mo 1. Dezember 1958

Erster Advent, 0.30 Uhr früh. Um diese Zeit vor zwei Jahren muß es gewesen sein, da fragte Hickele mich im Goldgraben: »Wer muß eigentlich wem das Du anbieten?« Und ich drückte ihr gleich einen Kuß auf. Leider etwas ungeschickt, was sie schockierte. Den ganzen Abend hatten wir (von 16.00–22.00 Uhr) bei mir gesessen und waren dann spazierengegangen. Weißen Stein, Ebertal-Baracken, an den Tennisplätzen vorbei durch den Wald. Da bot ich ihr den Arm. Dann standen wir an irgendeinem »Spar«-Geschäft. Das muß im Düsteren Eichenweg gewesen sein. Und wetteten wegen einer

Straße. D. h., wir wollten wetten. Sie hatte die Wette zwar gewonnen (»Um was wollen wir denn wetten?«), ich sagte aber: »Am Ende gewinne ich trotzdem.« Und ich gewann. Ja, ja, das waren Zeiten. [...]

Göttingen Di 2. Dezember 1958

[...] Ach, das Leben macht Spaß. Ich wühle mich so richtig durch. Wie ein Kraulschwimmer. Leider komme ich aber noch nicht so richtig vorwärts. Es ist mehr ein Schaumschlagen.

Göttingen Mi 3. Dezember 1958

Gestern abend stritt ich mich mitten auf der Straße noch etwa eine halbe Stunde mit Fräulein Hoffmann. Sie wollte mich wieder zu einer »Aktion« kriegen, diesmal für die Kriegsdienstverweigerer. Grundsätzlich halte ich mich aus solchen Sachen nun raus, aber gestern mußte ich doch mal meine Meinung sagen. Ich tat das sehr temperamentvoll, so daß sie beinahe weinte. Dies war das erste Mal, daß ich jemand in seiner Meinung umstimmen konnte. Schließlich kam noch ihr Bekannter dazu, der sehr eigenartig war.
Es hat geschneit, ich ziehe meinen Wintermantel schon an, sonst ist es mir zu kalt.
Heute nachmittag habe ich ganz wundervoll geschlafen. Ich lag auf dem Rücken, hatte die Decke, auf der ich lag, über mich geschlagen und den Bademantel noch drübergedeckt. Ganz ruhig lag ich und schaltete ab. Dann schlummerte ich und glitt hin und wieder auftauchend in tiefere und tiefe Regionen. Ein Genußschlaf war das, anderthalb Stunden wie fünf Minuten, herrlich! Wenn ich doch einmal nachts so schlafen könnte.
Am Abend war ich bei Frau Schöhl, sie hatte den Tisch wieder

überreich gedeckt, und ich schlug mich richtig voll. Danach gingen wir zu mir und hörten Musik. Es war ganz gemütlich. – (Morgen ist mein freier Tag, da muß ich tüchtig was tun.) – Sie erzählte mir noch mal etwas von Vati. Doch heute war die Quelle nicht so ergiebig. »Ihr Herr Vater war sehr weich, glaube ich, und das verbarg er immer, er bemühte sich, es zu verdecken …«, sagte sie. Sie ließ mir dann noch nach alter Tradition zwei Schachteln Zigaretten da und den Aufschnitt, den wir nicht aufgegessen hatten. (Ich fresse im Augenblick ganz wahnsinnig, weiß der Henker, woher das kommt!)

Göttingen Mo 8. Dezember 1958

Schwerer Tag, viel Rennerei, komme nicht recht zum Ausschwingen. Recht gute Vorlesung von Mehrgardt über Werkunterricht. Konnte etliche Anregungen aufschreiben und werde sie verwerten können.
Hörte am Abend Liebermanns Konzert für Jazzband und sinfonisches Orchester und nahm es unter vielen Mühen auf. Es enttäuschte mich. Berking hatte die Jazzeinstudierung, sehr flau. Schade.
Morgen ist noch ein gefährlicher Tag, dann kann ich mich wieder verschnaufen. Ein sündhaft schönes Leben.
Heute morgen erhielt ich tatsächlich für Dezember noch das ganze Geld aus Hamburg (einschließlich der Kosten für Miete und Fahrgeld und Bücher!). Das wird mir allmählich mulmig. Aber ich weiß ganz bestimmt, daß ich auch an Hamburg einen Informationsbrief schrieb. Na, im nächsten Monat werde ich noch mal hinschreiben.[68]
Kaufte heut für Hickele das Weihnachtsgeschenk (den Stein) und für Robert ein Buch.

68 Kempowski 2005: Dort saßen freundliche Leute, die mir mein Geld trotz Ablehnung zahlten.

Göttingen Do 11. Dezember 1958

Wieder einen Haufen Briefe geschrieben, auch an Hans. Heute früh erhielt ich gute Nachricht, tolle Nachricht:
1.) Robert wird sich verloben!!
2.) Ulla zieht nach Kopenhagen!
Mein Familiensinn erhält neue Nahrung. Vielleicht überrundet Robert mich noch, das kann gut sein. Das wird, zusammen mit der beruflichen Veränderung, den ganzen Kerl gesund machen und umkrempeln. Nötig ist es bei Gott.
Heute, am freien Donnerstag, habe ich eine richtige Acht-Stunden-Schicht gefahren. Am Vormittag habe ich hübsch gemütlich Bilder ausgeschnitten und eingeklebt, die Kartei vervollständigt und mein Vorlesungsheft ausgeholzt. Nach Tisch, ohne lange zu fackeln, meinen lieben Adorno vorgenommen und den Aufsatz über Jazz durchgearbeitet und Auszüge gemacht. Dann gemütlich Kaffee getrunken. Bis zum Abendbrot (20.30 Uhr) an der Semesterarbeit gesessen, es schmeckt mir jetzt schon besser. Der Stoff interessiert mich nur noch als Stoff. Nach dem Abendbrot etwas Jazz gehört und dann bis 22.30 Uhr Spranger, »Bildungswert der Heimatkunde«, für morgen vorbereitet.
Ich weiß nicht, alles macht mir Spaß im Augenblick, nur diese Religion nicht. Den Stock kann ich nicht ausstehen, er hat so ein richtiges Formulierungsgesicht. Mich interessiert der Stoff überhaupt nicht, den er bringt, habe keine Lust, mich damit zu beschäftigen. Alles andere gerne.
Acht Tage noch, dann geht's zum Hickele. Fräulein Franke hat auch Seelenkummer. Sie kommt jetzt häufig und will sich mit mir unterhalten. Aber ihr Herz schüttet sie wohl jedem aus; sie füllt es, um es ausschütten zu können.

Haar
In der Nazizeit ließ ich mir das Haar schön lang wachsen, bemühte mich, schwächlich und ungesund auszusehen, und verbrachte die letzten Kriegsmonate, indem ich Stunden, Tage in den Dienst der Jazzmusik stellte. Ich riskierte damit, als feindliches Element angesehen, verfolgt und bestraft zu werden. Ich setzte meine Existenz ein, um gegen das Regime zu opponieren. Bei Licht besehen aber wechselte ich nur die Fronten. Was ich als Flucht in geistige Freiheit betrachtete, war nur das Überwechseln in ein anderes totalitäres System, dem ich mich weit mehr beugte, als ich es im Nationalsozialismus nötig gehabt hätte. Die Nazis versuchten auf junge Menschen Einfluß zu gewinnen, ihrer bis ins Elternhaus, bis in ihr Denken hinein habhaft zu werden, ohne verhindern zu können, daß eben doch die Tür des Elternhauses sich vor ihnen schloß. Proteste der Elternschaft hatten immerhin noch einen gewissen Erfolg, selbst in dem so braunen Rostock. – Ich entzog mich, wie gesagt, den Nazis und verschrieb mich mit Haut und »Haar« der Jazzmusik. Dieses System brachte es fertig, mein Bewußtsein ganz auf seine Forderungen abzustellen. Mein ganzes Denken und Handeln, bis in meine äußere Haltung hinein, war ein Beweis für Hörigkeit, in der ich Freiheit vermutete. Ich floh in den Schutz eines totalitären Systems, um Schutz vor einem anderen zu finden. Meine Flucht war eine so vollständige, daß selbst Proteste meiner Mutter vergeblich waren, sie hatte ihre Familienautorität an ein System verloren.
Der Haarschneide-Überfall gewinnt mit dieser Erkenntnis eine ungeahnte Bedeutung. Die Kastrationsdrohung, von der Adorno spricht, wurde an mir symbolisch vollzogen. Ich war nicht bereit gewesen, das Abzeichen meiner Gesinnung abzulegen, und ersann immer wieder Mittel und Wege, der Enthaarung zu entgehen, bis sie mit Gewalt vollzogen wurde. Ich sollte mit Gewalt in einen »impotenten Männerbund« gezwungen werden. Die fast kindische Sorge um mein Haar brachte mich in

höchste Ängste, ich war um keinen Preis bereit, es freiwillig herzugeben.
– Als der Krieg vorbei war, hörte ich zu meinem großen Erstaunen, daß die Anhänger des Jazz in Amerika und überall noch kürzere Haare trugen, als es die Nazis verlangt hatten. Daraus ist es zu erklären, daß es mir in der Haftzeit nicht das geringste mehr ausmachte, mein Haar gänzlich zu verlieren. Ja, nach meiner Haftzeit ließ ich es mir freiwillig kurz schneiden. So war also das lange Haar in der Nazizeit nur ein Mißverständnis. Es war identisch mit kurzem.
Adorno spricht von der Liquidierung des Individuums als der eigentlichen Signatur des neuen musikalischen Zustands. In seinem Aufsatz »Bach gegen seine Liebhaber verteidigt« schreibt er: »Sie genießen die Ordnung seiner (Bachs) Musik, weil sie sich unterordnen dürfen.« [...]

Göttingen So 14. Dezember 1958

Gestern war Einsetzung des neuen Direktors (Joppich). Ein Haufen bekannter Leute war da. Die Antritts- oder Festvorlesung war wahnsinnig langweilig. Ich hatte Mühe, mich wachzuhalten.
Heute am Sonntag habe ich den Vormittag mit allerhand nützlichen Beschäftigungen zugebracht. Nach Tisch ging ich wieder an die Semesterarbeit. Es war recht interessant. Zwei Szenen muß ich noch ausarbeiten, dann bin ich mit der Analyse fertig. Dann kommt noch die Synthese. Ich werd's schon schaffen. Ich möchte so gerne eine Sonderarbeit anfertigen über ein Gebiet, was mich im Augenblick ganz gefangennimmt: Schlager als einfache Form. Vielleicht hänge ich das im Februar noch dran. Wenn's so weitergeht, bin ich mit dieser Arbeit in acht Sitzungen fertig. [...]

Rotenburg Mo 22. Dezember 1958

Wir nahmen am Abend den Radioapparat mit nach oben und hörten Beethoven, wie üblich das einzig vorhandene Violinkonzert. Es war gemütlich – da brachte uns Christian einen Brief von Mutti, in dem sie mitteilt, daß Robert sich heimlich verlobt habe, also offiziell heimlich verlobt. Wir waren wie erlöst, ich begehrte sogleich etwas zu trinken, um mich noch weiter in die Freude hineinsteigern zu können. Dies stieß auf Unverständnis, Alkohol wurde nicht genehmigt, man nahm zur Kenntnis, das war alles.
Nun ist mir auch klar, warum ich nicht mehr so recht lachen kann. Immer hat man uns die Freude verdorben oder blockiert. Dies ist wohl das Altern, daß man zurückgedrängt wird; von den Enttäuschungen wird das Lachen erschreckt.
Dann hatten wir noch ein schönes Gespräch, ausgelöst von Adorno. Und dabei wurde mir wieder so viel klar. Die Konsequenz, die sich aus der Erkenntnis: mitmachen, damit es bald vorübergeht, ergibt, kann man in: dulden, damit ... übersetzen. Man kann darüber hinaus auch auf seinen eignen Ansichten beharren und als spitzer Wellenbrecher den Fluß an sich vorbeischießen lassen. Sonst nämlich müßten wir alle in die Kommunistische Partei eintreten, damit es bald vorübergeht. Andererseits müßte man die Frage stellen, was eher verwünscht zu werden verdient: Kommunisten oder Massen, technisierte, »verwaltete« Welt oder »Wirtschaftswunderwelt« ... Es gibt viele Wege, die man beschreiten kann, damit »es« vorübergeht. »Es« ist unser Zwischenzustand, unser unglückliches Jahrhundert.

Rotenburg Di 23. Dezember 1958

Morgens in der Stadt. Nachmittag kleine Einkäufe, nochmals in der Stadt. Nach dem Abendbrot waren Hickele und ich bei ihr in ihrem Zimmer. Hatten es gemütlich, lasen etwas in Goethes

Gedichten und »herzten« uns. Gegen 22.00 Uhr unten »Vorweihnachtsbescherung«. Bekam Kunstkalender und »Was ist das für ein Käfer«.

Hamburg Do 25. Dezember 1958

Ich holte Hickele vom Bahnhof ab.[69] Mißklang. Am 24.12. war ich nach Tisch von Rotenburg abgefahren. Das Fest verlief sehr ruhig und besinnlich. Ich bekam eine Anzahl sehr guter Bücher. Hickele hatte mir schon am Tage zuvor von Romano Guardini eine Interpretation Rilkescher Gedichte und ein Buch über Chagall geschenkt. Von Mutti bekam ich ein sehr gutes englisches Wörterbuch, ein etymologisches Wörterbuch und »Buddenbrooks«. Robert schenkte ein Tonband.
Leider hatte ich den Fotoapparat in Rotenburg liegenlassen. Telegrafierte an Hickele, sie solle ihn mitbringen. Am Bahnhof nahm sie mich auf den Arm, indem sie mir vorlog, sie habe ihn auch vergessen, trotz des Telegramms. Das verstimmte mich. So was »kann ich nicht haben«.
Der Abend war dann sehr lustig. Robert las das Weihnachtsfest der Familie Buddenbrook vor. Das paßte Hickele aus irgendwelchen Gründen auch nicht. Sie rangelten hin und her. Sie wurde ganz seltsam, ich konnte mir den Grund dafür nicht vorstellen und reagierte infolgedessen überhaupt nicht darauf. Lange Geschichten aus der Familie Kempowski (für Hickele etwas langweilig?).

69 Kempowski 2005: Siehe »Herzlich willkommen«.

Rotenburg Mi 31. Dezember 1958

[…] Sylvester. Je später der Abend wurde, desto ungenierter wurde gegähnt. Der ganze Abend bestand aus Warten. Wir absentierten uns und lasen Tolstoi bis kurz vor Mitternacht. Dann gingen wir wieder nach unten. Dort starrte ich in aufgerissene Münder, aber alle waren sehr lieb. Ein Lied wurde gesungen, Tür auf, Glockengeläut, Feuerwerk. Aus.

1959

Göttingen Mi 7. Januar 1959

[...] Bekam eine Vorladung vom Bezirksamt Eimsbüttel für den 13. Januar nach Hamburg. Scheißegal.

Göttingen Fr 9. Januar 1959

[...] Heute nun lag Schnee, zum ersten Mal. Es schien außerdem die Sonne. Daher nahm ich, was ich schon seit langem vorhatte, meinen Fotoapparat und machte einige Bilder vom Briefträger, der Zigarettenfrau, Drogisten usw. Nach Tisch machte ich (wir hatten keine Vorlesungen) einen riesigen Spaziergang. Nikolausberg mit großem Bogen. Leider hatte ich mein Rad bei mir, was mich sehr störte. Fräulein Bethe begleitete mich. [...]

Göttingen So 11. Januar 1959

Kann mich nicht recht aufraffen. Die Semesterarbeit! Wenn ich den widerlichen Mist nur endlich los wäre. Ich kann mich einfach nicht konzentrieren.
Heute am Sonntag schneite es immer noch, der Schnee blieb liegen. Ich puzzelte etwas an meiner Bildersammlung herum. Las dann den seit langem liegengebliebenen Galsworthy weiter. Es schmeckt mir sehr.

Der Briefträger und eine Nachbarin vor dem Haus Am weißen Stein 4
Drogerie Stern, Göttingen, 1959

Die Literatur ist das einzige, was mich noch befriedigt. Die Musik widert mich wegen ihrer Schalheit an, oder ich verstehe sie nicht, die Malerei ist mir nur in billigen Lackbildern zugänglich.

Göttingen Di 13. Januar 1959

Heute ist über mich verhandelt worden. Gottlob ohne mich! Den Ärger hätte ich mir erspart.
Ich war heute bei Joppich, dem Direktor der Hochschule. Eigentlich wollte ich nur fragen, ob man mir das vierte Praktikum erlasse. Da bekam ich Mut und fragte, ob ich das Studium um ein Semester verkürzen könnte. Antwort war nicht schlecht. Er meinte, daß wir es durchbekämen![70]
Ein schöner Tag. Tonbandaufnahme für die Wiß[71] gemacht (»Der Dachs«). Abends ein Stück in der Semesterarbeit weitergekommen. Bald bin ich wohl mit dem Kram fertig.

Göttingen Di 20. Januar 1959

Die Leute reden soviel von Verständnis für die »Leiden« der Spätheimkehrer. Man kann sich nur wundern, wie unverständig manche Menschen sind. Lehmensiek ist nun Psychologe und benimmt sich derartig unkulant und unzuvorkommend. Ich kann das nicht verstehen. Ich war heute bei ihm und fand ihn für mein Anliegen (Studienverkürzung) unzugänglich. Er hat mir zwar keine Schwierigkeiten gemacht, aber er ließ kein Gespräch aufkommen.
Ich machte heute in der Hochschule wieder mal Zwitschermusik[72] auf dem Klavier. Das ist sehr befriedigend und tut mir wohl. Fräulein Rehbock kam in meine Zelle und suchte anzubandeln. Na, ich unterhielt mich nett und freundlich mit ihr, das war alles. Ähnlich ging es dem »Mädchen mit dem Pfer-

---

70 Kempowski 2005: Wegen der drohenden Einstellung der Stipendiumszahlungen.
71 Gertrude Wiß, Dozentin an der Pädagogischen Hochschule Göttingen.
72 Kempowski 2005: Freie Improvisation.

deschwanz«, das heute beim Mittagessen meine Unterhaltung suchte. Mir macht das großen Spaß.
Im übrigen stelle ich fest, daß meine Muskelübungen abends tatsächlich Erfolg haben. Ich hätte das nie gedacht. »Die Muskeln schwellen ...«
Nach dem Essen war ich ganz fertig. Der Kopf dick, die Augen brennend. Das kommt noch von Sonntag. Außerdem hielt ich ja heute das Referat bei Wolfrum (über das Verb). Mich hat das sehr angestrengt. Aber über die allgemeine Zustimmung und den Applaus war ich denn doch sehr glücklich. Wolfrum beglückwünschte mich hinterher sogar!

Traum: Ich träumte von einem ganz besonderen Bilderrahmen. Er war aus Leichtmetall und grau gestrichen. Die Ränder weiß und schwarz.
Das Besondere an diesem Rahmen waren aber die mittels Blitzlichtfilm hervorgerufenen Effekte, dauernd knisterte es und funkte es dunkel auf. Diese Effektquelle lag am unteren Rande des Bildes. Das kleine Bild selbst in dem großen Rahmen war weiter nichts als eine weißliche Fläche.

Göttingen — Do 22. Januar 1959

[...] Ein Spaziergang um Mitternacht. Das muß man in Göttingen erlebt haben! Vollmond, helle Wolkenfetzen, milde Frühlingsluft und ein Föhn, der einem hin und wieder ein paar Regentropfen ins Gesicht patschte. Hier ein Liebespaar auf einer Bank, dort ein Auto voller Studenten, die irgendwelche Kissen in ein Haus trugen, hin und wieder ein summendes Auto mit abgeblendeten Lichtern. Und fast in jedem Haus ein erleuchtetes Studentenzimmer. Ja, das ist Göttingen, mein schönes Göttingen. Hier bin ich wieder normal geworden.

Göttingen Mo 2. Februar 1959

[...] Heute abend kam überraschenderweise der Junge von nebenan, um sich von mir auf dem Gebiet der Chemie helfen zu lassen. Der Gute! Ich unterhielt mich etwas mit ihm.[73]

Göttingen Mi 11. Februar 1959

Aschermittwoch. Gestern habe ich doch noch »abgetanzt«. Immer wieder gehe ich zum Tanzen, obwohl ich genau weiß, es bekommt mir nicht. – Dieses Gewühl kotzt mich an. Sie feiern, weil alle feiern, und alle feiern, weil alle feiern, und keiner weiß, warum. Das ist nichts für mich.
»Schreiben Sie einen Stanzer Brief«[74], sagte Heise zu mir, als ich ihn in einer sehr glücklichen Minute um eine Unterredung bat. Er genehmigte mein Examensthema in unerhört großzügiger Weise, ließ mir alle Freiheit ohne Einengung auf ein pädagogisches Thema. Ich solle einfach erzählen, meinte er. Als ich ihm von Hildegard erzählte, war er ganz begeistert und sagte mir: »Wissen Sie überhaupt, was für ein Mädchen Sie da haben?« Ich war einigermaßen stolz. Alles in bester Ordnung. Gleich heute habe ich die Examensarbeit skizziert:

»Erziehung im Zuchthaus« (Erlebnisse und Erfahrungen)

73 Kempowski 2005: Es handelt sich um Hartmut Stanke, der dann einige Jahrzehnte später Schauspieler in Dortmund war und bis heute Kontakt hält.

74 Kempowski 2005: Pestalozzi, »Ein Stanzer Brief«.

Göttingen Di 24. Februar 1959

Vom 14. bis 23.2. war ich in Rotenburg bei Hickele. Eigentlich wollte ich mit ihr nach Fintel, weil sie ja Schule hat, aber sie wurde krank, eine Stirnhöhlensache bekam sie. Hickele lag im Bett, ich las ihr viel vor: Tolstoi, und wir hatten beide Freude daran. Zu zweit erlebt man doch ein Buch ganz anders. Nebenbei kümmerte ich mich mächtig um die Vorfahren. Ich sammelte eine große Menge Material, das ich nun in Göttingen sichten werde. Besonders reizvoll sind zwei Eheinventarien. Etliche Fotografien konnten wir auch »sicherstellen«. Leider ist es kaum möglich, Karten oder Bücher von Mecklenburg und Ostpreußen zu bekommen.[75]

Kino: »Adel verpflichtet«. Der Film hat mir großen Spaß gemacht.

Göttingen Fr 27. Februar 1959

170 Bücher	500,–[76]
1 Radio	400,–
1 Tonbandgerät mit Mikrofon	550,–
1 Fotoapparat	150,–
1 Belichtungsmesser	20,–
1 Fahrrad	150,–
1 Schreibmaschine	350,–
Bares Geld	1000,–
4 Tonbänder	80,–

75 Kempowski 2005: Intensivierung meiner Studien zur Chronik, ausgelöst durch das Mißtrauen der Familie Janssen. Mit den Familienunterlagen der Janssen beschäftigte ich mich der Vollständigkeit halber und aus Neugier, wurde dabei behindert.

76 Kempowski 2005: Angeregt durch die alten Ehe-Inventarien, die ich bei den Janssen fand, stellte ich hier eins meiner Junggesellenwirtschaft zusammen.

1 Wintermantel	100,–
2 Anzüge	200,–
1 Bild	150,–
	3650,–

2 Karteikästen	20,–
1 Regenschirm	10,–
1 Paar neue Schuhe	25,–
1 Uhr (Armband)	60,–
1 Wecker	20,–
4 weiße Oberhemden	60,–
1 Schere	10,–
1 Papierkorb	8,–
1 Brille	30,–
	243,–

An Wäsche und Schuhen	100,–
Silberzeug	50,–
1 goldener Ring	50,–
1 Schlafrock	50,–
1 Koffer	50,–
	543,–
	3650,–
	543,–
	4193,–

Göttingen Do 5. März 1959

[…] Ich beschäftige mich jetzt sehr ausgiebig mit Ahnengeschichten. Als ich Professor Rudolph davon erzählte, war er sehr interessiert. Ich unterhielt mich mit ihm über die verschiedensten Angelegenheiten fast zwei Stunden. Dann lud er mich zu sich nach Hause ein. Dort zeigte er mir seine Sammlungen und die Ahnensachen.[77] Er gab mir viele wertvolle Tips, die ich demnächst auswerten werde.

Göttingen So 8. März 1959

Vor elf Jahren, lange, lange ist es her. Fast habe ich all das schon vergessen. Wie hat sich alles verändert. Ich soll in Bautzen gewesen sein?

Morgen werde ich mich noch mit der Familie Klemm[78] beschäftigen, dann höre ich erst mal auf. Man vertut zuviel Zeit. Ich habe aber schon wirklich viel geschafft. Die Zeitschriften der Ahnenforscher zu studieren, ist wirklich ein wunderlicher Genuß. Das ist fast eine Religion, Ahnenkult. Verstehen kann ich's. Seit einer Woche bin ich völlig blank. Das ist auch mal ganz gut.

Göttingen So 12. April 1959

[…] Wieder Interesse am »Restaurator«. Titel vielleicht besser: »Gefangen«. »Restaurator« ist schlecht. Gnade der Verhaftung. Wachtmeister sind die Beförderer des Glaubens. Sie sind Pasto-

---

77 Kempowski 2005: Unter anderm ein Ahnenspiegel in Kreisform von einem Meter Durchmesser.

78 Kempowski 2005: mütterliche Linie der Schwiegermutter.

ren, d. h. Hirten. Das Ziel ihrer Maßnahmen ist entgegengesetzt der Wirkung. Da ihre Handlungen brutal sind, erwachsen Verständnis und Liebe. Kirche als sinnlose Institution ihrer Wortbedeutung nach. Da sie Milde propagiert, zeugt sie Härte. Gott muß verweigert werden, um ihn begehrenswert erscheinen zu lassen. In der Kellerkirche wird die Urschrift aufbewahrt, keinem zur Einsicht freigegeben.

Göttingen Mo 13. April 1959

–,50	Zigaretten
–,35	Zucker
–,33	Obst
–,32	Eier
–,14	Brötchen
–,66	Margarine
–,30	Quark
2,–	Hickele
–,38	Speck
1,41	Porto
1,65	Hickele
8,04	DM

Göttingen Sa 18. April 1959

Jazz: Ich hörte gestern einen Jazz, der wurde »Marionetten« genannt. Ganz abgesehen, daß ich keine Beziehung zwischen Titel + Komposition entdecken konnte, wurde mir klar, wie hohl die Leute sind. Warum »Marionetten«? Nur weil das ein modisches Wort ist. Die Leute heißen »Gabriele«, »Matthias«, »Thomas« usw. Der Klang dieser Namen …

»Also, Michael« (der Ansager sagt das), »ihr habt euch nun wohl schon gut eingespielt, was?«
»Ja, hem, das kann man sagen, wir haben noch keinen Reinfall erlebt …«
»Naaaa? Wie war das in einer unserer letzten Sendungen …«
(Verlegenheit)
»Na ja, es war ja auch nicht so schlimm … Wird schon werden mit euch …«

Das ist so eine onkelhafte Schubserei. Der Jazzmusiker ist dem Interviewer ausgeliefert. Alleine schon, daß er mit dem Vornamen angeredet wird! Das Wohlwollen der Institution, die einzig und allein die Aufgabe hat, vermittelnd zwischen Musiker und Hörer zu stehen.

Ich kann den Türdrücker in meinem Zimmer nicht ohne Angst ansehen. Wenn ich ihn einen Augenblick fixiere, dann meine ich, er müßte von außen langsam heruntergedrückt werden, eine furchtbare Vorstellung.
Noch mal: »Sechs Journalisten aus fünf Ländern an einem Tisch«. Schade, daß es nicht heißt: an vier Tischen.
Im Augenblick hört man in Jazzsendungen, die ich verfolge, nur Saxophonsoli. Vor einiger Zeit standen die Posaunen im Vordergrund. Daß sie zwischendurch immer Atem holen müssen, ist ihre Tragik.
Es ist ein Unterschied, ob man sich selbst für verrückt hält oder von andern für verrückt gehalten wird.

Göttingen — Do 23. April 1959

[…] Meine Freiheit will doch verteidigt sein. Wie ich das doch bisher immer geschafft habe! Ich bin nun 30, und immer bin ich so mit durchgewutscht. Seltsam. Und ständig waren immer Sondersituationen da, mit denen ich mich entschuldigen konn-

te. Meine Neigung zum Nachgeben geht bis zur Devotion. Sie geht weiter, als ich verantworten kann. [...]
In der Nazizeit war ich im direkten Verkehr mit den HJ-Menschen nachgiebig, devot. Und tat doch, was ich wollte. Und der kritische Punkt damals, der Haarkampf, war das Sinnbild der Grenze. Ab da ließ ich mir nichts gefallen.

Göttingen Mi 29. April 1959

Frau Wittig lud mich zu Tisch und zum Kaffee ein, vormittags war ich, ohne jeden Erfolg, in der Universitätsbibliothek. Als ich zurückkam, fand ich ein Päckchen von Mutti vor. Die ersehnten Bilder von Ulla waren drin! Darunter auch das Bild von 1944, auf dem ich wie das aufstrebende Deutschland emporblicke. Wie erwachsen ich mir damals schon vorkam! [...]
Etwas Besonderes ist es, wenn man nachts davon aufwacht, daß es in Strömen gießt. Man mummelt sich dann richtig ein, bis es ganz mollig ist, und lauscht. Bis man dann wieder einschläft. Als Kind liebte ich es ganz besonders, wenn der Regen am Spätabend im Herbst auf die blechbeschlagenen Fensterbretter schlug. Überhaupt Regen in der Kindheit! In Bad Sülze war einmal (1932) ein entsetzliches Gewitter. Wir Kinder, Ulla, Robert, Bärbel Förster und ich, lagen oben auf dem Dachboden im Heu. Ulla hatte gerade das Kapitel vom Hamburger Brand von Elise Averdiek gelesen.
Wenn es im Herbst so stark regnete, dann war die Alexandrinenstraße immer ganz überschwemmt. Das welke Laub hatte die »Brummelöcher« verstopft, und die Autos hatten eine hohe Bugwelle. Bis dann der Hausmeister vom E-Werk mit einer Harke kam und den Schaden beseitigte. Wir waren darüber ärgerlich und freuten uns sehr, als er einmal von einem vorüberbrausenden Fleischerwagen bespritzt wurde. Ein anderes Geräusch kommt mir auch immer wieder in den Sinn. Weil wir Kinder uns so sehr Schnee im Winter wünschten, erschien uns

morgens beim Aufwachen das Schurren der Schneeschieber wie Musik. Aller Straßenlärm war dann so pappig.
Wenn ich später an meine Göttinger Zeit hier bei Wittigs denken werde, wird mir automatisch die Frau Professor Sowieso von gegenüber einfallen. Sie ruft wohl zehnmal am Tag: Cornelius! Das ist ihr kleiner Sohn.

Göttingen Do 30. April 1959

In der Zeit vom 10. bis 30. April gab ich 65,28 Mark aus, uneingerechnet Miete. Das macht 3,11 pro Tag. Dies war nur bei äußerster Einschränkung möglich. Man müßte also einschließlich Miete mit 150 Mark auskommen können.

In Breslau besuchte ich eine Kirche, das waren zwei Kirchen. Die obere recht prächtig, die untere düster und niedrig. Die Unterkirche war mir ein geheimnisvoller Ort.
Also: »Restaurator«. Allgemein. Die verfluchte Freiheit. Der ersehnte Zwang, der ein Zwang zum Guten und Richtigen sein müßte. Aber was ist gut, und was ist richtig? Äußere Umstände. Sergej Memarczowski sitzt in einer modernen Glaskirche. Während noch der Pfarrer einen Text näselt und die Gemeinde mit den Gesangbüchern raschelt, wird ihm von einem Küster gewunken. Der steht neben dem Altar in einer kleinen Tür. S. dreht sich um, denkt, er ist nicht gemeint, und geht schließlich hin. Er folgt dem Küster, der ihm eine Marke vorweist, bis auf den Hof, wo ein geschlossener Wagen mit laufendem Motor wartet. Er steigt hinein, weil ihm der Küster sagt, er könne gleich wieder nach Hause gehen. Man wolle nur eine Auskunft von ihm.
In einer fremdartigen Stadt wird er ausgeladen. Die Straßen sind mit Zeltplanen zugedeckt, in den Fenstern stehen Kakteen. Ihm wird ein Zimmer angewiesen ... [...]

Göttingen Mi 6. Mai 1959

Ich blätterte noch einmal das alte Tagebuch von 1956 durch. Was habe ich da zum Teil für einen Blödsinn geschrieben. Gewiß, ich war lange Zeit »unglücklich«, und ich wollte diesen Zustand dem Tagebuch anvertrauen. Es wurde ein Pubertätsgestammel. Ich kann mich noch genau daran erinnern, daß mir schon während ich es schrieb, der falsche Ton auffiel, insbesondere was religiöse Gedanken anbetraf. Ich war damals nicht religiös. Ich bin es auch heute nicht. Weil es nur zwei Alternativen gibt, Materialismus und Idealismus, wählte ich den I. und damit Gott. Meine Vernunft sagt mir, daß die Wahrheit in der Mitte zwischen beiden Extremen liegt. Weder Geist noch Materie. Aber wie soll man das fassen. Die Ordnung in der Materie ist das Vertrackte.

Dieses Jahr hat für mich eine Wandlung gebracht. Mein Denken ist klarer geworden. Es wurde auch allmählich Zeit. Die Haftjahre waren eine ins Grenzenlose verlängerte Pubertätszeit. Bis 1954 war ich ganz bestimmt in der Pubertät. Und heute habe ich vielleicht erst den Rest abgestreift. Damit geht viel Schönes dahin. Aber die Klärung ist notwendig.

»Das Silber, durchs Feuer siebenmal
Bewährt, wird lauter funden.«[79]

Göttingen Mi 20. Mai 1959

Im Mai 1945 ordneten die Russen an, daß alle Radios abgeliefert werden sollten. Eine lange Schlange stand vor der Universität mit Apparaten und Kaliber. Vor mir stand ein junges Ehepaar. Er balancierte auf einem Bein und hielt in den Armen, engumschlungen, vom Knie unterstützt, einen großen Apparat. Ich

---

79 Aus Martin Luthers Choral »Ach Gott, vom Himmel sieh darein« (1523).

weiß nicht, ob sie verheiratet waren oder erst verlobt, jedenfalls redeten sie eindringlich aufeinander ein, und offensichtlich hatte ihr Gespräch nichts mit der gegenwärtigen Aktion und gewiß nichts mit der politischen Lage zu tun.

Über Pfingsten, 15. bis 20.5., war ich in Rotenburg. Gartenarbeit und Schrankrenovierung.[80] Mir wurde klarer als vorher irgendwann, daß Hildegard nicht nur einen Charakter, sondern auch einen Körper hat. Hermann, zu dem ich noch immer kein rechtes Verhältnis gewinnen konnte, hatte seine Braut mitgebracht, wie er studiert sie Medizin. Sie hält mich offensichtlich für einen Possenreißer oder Spaßmacher, weswegen schnitt sie sonst alberne Gesichter? Humor und Spaß, ja, das ist so eine Sache. Wem ist der Unterschied schon geläufig? Verhältnis zur Schwiegermutter diesmal besser als gewöhnlich.

Amtliches: Kurz vor Pfingsten sagte mir Frau Dr. Andrießens zu, ich bekäme im Rückzahlungsfall von der P. H. das Stipendium nachgezahlt.

Göttingen Fr 29. Mai 1959

Heute abend kam Hartmut mit zwei Freunden angezogen. Ein breitschultriger Kerl und ein kleinerer, schmächtiger, der etwas an die Wand gedrückt zu werden scheint. Beide haben ein Buch geschrieben, das ihnen jetzt »kindisch« vorkommt, der Schmächtige meinte aber, es sei doch wert, aufgehoben zu werden, was der andere verneinte. Sie wollen es mir mal bringen. Auch Gedichte haben sie geschrieben.
Natürlich das Tonbandgerät. Eine kleine Handlung wurde erdacht, Wohnungsamt.
Der Breite, der beim Weggehen zu mir sagte: »Sie können mich

80 Kempowski 2005: Der große Barockschrank, der jetzt in der Halle steht.

ruhig ›Salla‹ nennen«, also Salla mimte sehr gewandt, Hartmut etwas verschüchtert dadurch, der Schmächtige farblos zunächst. Es war sehr amüsant. Armin heißt der Schmächtige. Demnächst wollen sie Mädchen mitbringen, na, ich bin gespannt.

Göttingen Sa 30. Mai 1959

Der Prozeß wirft seinen Schatten voraus. Schon den ganzen Tag bin ich bedrückt und kann nicht arbeiten. Furcht habe ich nicht, eher schon Angst. Der Ausgang ist mir ziemlich gleichgültig, die neun Monate bis zum Examen werde ich auch noch so durchhalten. Aber das Drum und Dran erregt mich. Sogleich stellt sich die Sucht nach Betäubung ein.

Traum: Vor mir ein Kloß aus eingeweichtem Brotinnern in einer Schüssel. Nun weiß ich, daß das ein junger Mensch ist, der gefüttert werden muß. Er sperrt seinen Brotteigmund auf, inwendig der Rachen, Schlund usw. ist alles aus weichem Brot. Er ist unersättlich.

Göttingen Do 4. Juni 1959

Prozeß vorbei, da ich ruhig blieb und innerlich unbeteiligt, hinterließ er keine Spuren. Kampf mit Worten gegen Worte. Gespenster in konkreter Gestalt!
Robert heiratet am 10. Juni, Ulla hat sich angesagt.
Heute abend bei Groll ein Fernsehstück gesehen, »Euridice«, ganz entsetzlich schlecht, alle Schauspieler. Das Stück selbst, ein Franzose schrieb es, schlecht. Was man so alles vorgesetzt bekommt!
Es ist eine warme, stille Nacht. Mein Fenster ist geöffnet, nach Mitternacht. Ein wundervolles Leben.
Heute machte ich kurzentschlossen und fast unvorbereitet mei-

ne Geographieprüfung. Nun habe ich schon vier Fächer. Bleibt nur noch diese ekelhafte Mathematik. Widerlich.

Göttingen So 7. Juni 1959

Hartmut: »Haben Sie die Idee von dem ›Menschen im Gang‹ schon in Bautzen gehabt? Ich könnte mir vorstellen, daß Sie diese Idee damals ausgedacht haben, um sich vorzustellen, um wie viel schlechter es Ihnen noch hätte gehen können.«
Radtour mit Theda Harders, der Gründler, Hans Christian Mayer. Es war wohl etwas weit (Hedemünden, Hann.-Münden, Dransfeld), die Mädchen waren am Schluß ziemlich fertig. In Münden gaben die Bundeswehrpioniere eine große Vorstellung. Ein Hubschrauber größeren Typs zeigte ein paar Kunststücke, es war interessant. Mir hat die Tour viel Spaß gemacht, ich war leistungsfähig und bis zum Schluß nicht müde.

Göttingen Di 16. Juni 1959

Ich las eben »Immensee« von Storm. Um das nachzuempfinden, muß man aber starken Widerstand in sich brechen. Wie weit entfernt ist diese Zeit, wie anders unser Denken!
Liebe in der überhitzten Form habe ich nur – einem Mädchen gegenüber – in meiner Schulzeit gehabt. Die Leidenschaft war kurz damals, und im Kloster verbrannte sie sich an mir selbst. Wie ein Junge sehe ich noch aus und bin doch schon leergebrannt.
Am 10. Juni war die Hochzeit Roberts. Ein Akt wurde vollzogen ohne innere Bewegung, in ausgelatschten traditionellen Bahnen. Dem Pastor saß eine kleinbürgerliche Gesellschaft gegenüber, und einzig der Moment war erschütternd, wie die Braut am Arm ihres Mannes (der er schon vorher war) weinend auf den Altar zu sich bewegte.

Mit Margarethe Kempowski, Ursula Kai Nielsen und
Robert Kempowski in Hamburg, Juni 1959.

Danach fuhr ich nach Rotenburg übers Wochenende. Frische Luft war das. Das Haus wurde mir inzwischen zu einer Kleinheimat. Als ob das Wesen Hickeles sichtbare Spuren an den Wänden zurückgelassen hätte, es ist mir lieb. Das innere Wohlsein überträgt sich auf die Einstellung zur Schwiegermutter und macht das Verhältnis wieder erträglich.
Zur Hochzeit war auch Ulla erschienen. »Zum ersten Mal seit 16 Jahren war die Familie wieder beisammen«, schrieb ich, weil sich mir diese Formel aufdrängte. Im Grunde sind wir einander recht fremd, und außer ein paar ekelhaften Nettigkeiten war nichts Verbindliches zu erkennen. Und ebendiese lassen mich hoffen, daß es nicht sobald zu einer neuerlichen Zusammenkunft in der Heinrichstraße kommt.
Zu Ulla habe ich unter der Kruste ein Sympathiegefühl. Wir nähren es und sprechen es oft aus, weil wir beide beschlossen haben – aus einer Laune heraus –, einen Sonderklub aufzumachen.
Ein Dorf brauche ich, einen kleinen Wirkungskreis. Bald ist es soweit. Hoffentlich wird es so, wie ich es haben möchte.

Göttingen Mo 22. Juni 1959

So wie ich heute nach Tisch schlief, möchte ich eines Tages sterben.

Literatur: Dewey (wieder).

Traum: Drei schwangere Frauen, eine davon ist meine Mutter.

1921 im Oktober (wenn ich richtig gerechnet habe) hatte mein Vater sein Leben zur Hälfte hinter sich. Damals war er gerade ein Jahr verheiratet.

Göttingen Sa 27. Juni 1959

Eben höre ich Jazz, und da fällt mir ein, warum Adorno auf mich solche Wirkung ausüben konnte. Er hat einen der Reste von Robert in mir beseitigt. Das kam zwar etwas spät, aber die Zeit war reif.

Unterricht: Stadtspiel.

Göttingen Mo 29. Juni 1959

Heute kam ein liebevoller Brief vom Bezirksbüro Eimsbüttel: Ablehnung beider Einsprüche (HHG[81], Ausweis C). Der Brief war nicht ganz frei von Verständnis und Mitgefühl für meine Lage. Das hat mich etwas versöhnt und läßt mich leichter einen metaphysischen Grund für die endlosen Enttäuschungen finden.

81 Kempowski 2005: Häftlingshilfegesetz, also die Anerkennung als politischer Häftling.

Gestern befaßte ich mich (Sonntag) mit dem Ausbau des Stadtspiels für die Schule. Vielleicht läßt sich der Gedanke realisieren, an diesem Spiel als einer echten Situation, einen Teil des Unterrichtsstoffes zu praktizieren. Wenn ich heute so darüber nachdenke, so habe ich damals doch sehr viel gewonnen. Warum sollte man das nicht auf die Schule übertragen können?[82]

Kino: »Wege zum Ruhm«. Ein französischer General läßt drei Soldaten erschießen, weil er seinen Plan, eine Höhe im Ersten Weltkrieg zu nehmen, nicht verwirklichen kann, um damit das Scheitern seiner ehrgeizigen Gedanken auf die einfachen Soldaten abzuwälzen. Als Film ganz gut (wobei meine Einstellung gegen die Franzosen meine Kritik entschieden beeinflußt). [...]

Göttingen So 5. Juli 1959

[...] Erinnerungen: Eine der häufigsten Erinnerungen aus meiner Kindheit: Ulla verkauft zum Erntedankfest (etwa 1936/37) in der Alexandrinenstraße – bei wundervollem Sonnenschein – Naziabzeichen, Kornblumen und Mohn und Ähren (nachgebildete).

Göttingen Sa 11. Juli 1959

Es ist schmeichelhaft, von Kindern geliebt zu werden. Unwillkürlich wird man gut, wenn man eine solche inbrünstige Zuneigung bemerkt. Der kleine Burkhart[83] streckte mir heute seine Hand entgegen, ich hätte sie beinahe geküßt.

---

82 Kempowski 2005: Siehe das Stadtspiel in »Tadellöser & Wolff«.
83 Kempowski 2005: Enkelkind der Wittigs (Wirtsleute).

Über 30° im Schatten. Was will man da nach Italien fahren. Am Abend gab es dann noch ein Gewitter. Schaute mit Burkhart aus dem Fenster.

Literatur: Oscar Wilde, »Der Kritiker als Künstler«.

Amtliches: Setzte in einem Brief gestern das Sozialamt in Kenntnis von der Ablehnung meines Einspruchs.

Wenn mir meine Rabauken hier aus ihren Schulerlebnissen etwas erzählen, wenn sie »nach Hause kommen müssen«, dann kann ich eine Befriedigung niemals ganz unterdrücken, daß ich frei bin von all diesem Mist. Schule = Galeere.

Göttingen So 12. Juli 1959

In dem, wie ich glaube, sehr heißen Sommer 1949 lag ich im Saal 2. Damals durften die Fenster nicht geöffnet werden, wir hockten halbnackt in den Pritschen und stöhnten vor uns hin, voller Sehnsucht nach der See. Einige Jahre später durften wir zwar die Fenster öffnen, dafür mußten wir aber angezogen bleiben. Es war unerträglich.
Immer wieder steigt Bitterkeit in mir auf, wenn ich an den Kirchenchor und an die Reaktion der amtlichen (kirchlichen) Stellen denke. Ich komme nicht darüber hinweg.

Göttingen Mo 13. Juli 1959

Ein guter Tag. Die ganze P. H. fuhr – als Ersatz für das wegen Raummangels abgeblasene Sommerfest – nach Kassel in einem Sonderzug, zu der dort eben eröffneten Kunstausstellung »Documenta II«. Die Ausstellung war in drei Abteilungen geglie-

dert, Gemälde, Graphiken und Skulpturen. Ich ließ die Graphiken aus. Unter den Gemälden befanden sich etliche, die mich interessierten, erregten und begeisterten. Ganz besonders gut gefielen mir ein Bild von Paul Klee, eines von Schlemmer und die weinende Frau von Picasso. Dann aber auch etliche andere, deren Namen ich bedauerlicherweise vergessen habe. Die Skulpturen waren in der Orangerie ausgestellt. Es traf sich, daß ich mit einer Mitstudentin, einer ehemaligen Waldorfschülerin, ins Gespräch kam. Wir betrachteten uns die Plastiken (Ibram Lassaw, Martini, Kricke ...) und setzten uns dann in den Park, wo wir den ganzen Nachmittag verklönten. Es wehte ein lauer, angenehmer Wind, die Sonne schien, alles war ausgesprochen angenehm. Professor Heise sprach mich noch an und stellte mich Hickeles ehemaliger Zeichenlehrerin vor.
Am Abend besuchten wir Armin und Salla, letzterer brachte seine Dampfmaschine mit, die er mir schenkte. Sehr schön. Wir hatten ein heißes Gespräch über Materialismus und Idealismus. Hier zeigte es sich, wie gut es doch ist, daß ich all diese Fragen schon so oft durchdiskutiert habe.

Göttingen Mo 20. Juli 1959

Am Sonnabend kam Hicke hier an, braungebrannt. Bis zum Sonntagabend dauerte das Eingewöhnen. Sonntagnachmittag – nach einem schmackhaften und wirkungsvollen Mahl in der Vegetarischen Gaststätte – fuhren wir Richtung Plesse ab. Kurz hinter Mariaspring blieben wir auf einem Baumstamm sitzen und verklönten uns tiefschürfend. Es kam allerhand ans Licht, ich glaube dieses Gespräch (über Vaters Erscheinen in meinen Träumen, Mutti, Gefängnis, Schuld usw.) in Verbindung mit dem abendlichen Gespräch über Kirche, in dem es uns gelang, eine Einigung zu erzielen, hat uns ein gutes Stück weitergebracht.
Der heutige Montag war voller Genuß. Wir sind ein Herz

und eine Seele, wie man so sagt. Wir besuchten auch Fräulein Gründler noch, machten verschiedene Einkäufe (Kleid, Shorts) und sahen uns Antiquitäten an (darunter eine kleine Truhe und einen Spiegel und einige Sekretäre). Preise sind erschwinglich. Vielleicht kaufen wir noch was.
Der Abend heute war ein Gedicht. Wir hörten eine interessante Sendung über den 20. Juli, Hicke nähte dabei meine Hemden (Ärmel), ich lag im Schlafrock auf der Couch. Dazu die keifende Stimme von Freisler.

Göttingen Di 28. Juli 1959

Gemütlicher Tag. Literatur: Paul de Lagarde, »Bekenntnis zu Deutschland«.
Immer noch sengende Hitze, wochenlang kein Regen. Ich bereite das Hochzeitsgedicht vor für uns. Ich werde Hickele zur Hochzeit einen Sack schenken.

Hochzeitsrede
Es ist nicht zu ändern. Dem vielen Reden – wie ihr wißt – von Herzen abhold, hätte ich hier lieber verträumt an der Tafel gesessen als gestanden und mühsam nach Worten gerungen. Vor einem halben Jahr, anläßlich eines Abendbrotessens, fühlte ich hier in der Familie Janssen einmal zart vor, wie denn das mit dem Reden an der Hochzeitstafel sei und ob man sich nicht einigen könne und lieber alle Toaste von vorneherein unterbindet – nein, es sollte nicht sein. Mir wurde streng erklärt, der Bräutigam wenigstens sei verpflichtet.

Traum: Die letzte Stunde soll ich alleine halten, hat man mir ganz plötzlich gesagt. Was soll ich denn nur mit den Kindern machen? Kein Liederbuch habe ich, Spiele kenne ich nicht. Endlich fällt mir ein, jenes Gespräch mit den Kindern zu führen, das Max Zander einmal in einer Aushilfsstunde mit uns hatte: Was wird mit Abfällen? Vom Abfall bis zur Forschung.

[...]

Hickele Geschenke: Necessaire, Bungalowschuhe, Armbanduhr

Leuchter

Lehrmittel: ein Kasten (Schuh-) für Ersten Weltkrieg

ein Kasten (Schuh-) für Zweiten Weltkrieg (Hitlerzeit)

Rauchen eingestellt.

Göttingen Mi 29. Juli 1959

Morgens Orgel gespielt in der P. H. – nachmittags Lagarde gelesen. Abends Spaziergang an den Tennisplätzen vorbei zu Groll, dort eine Flasche Wein getrunken. Er ist ja immer sehr freundlich, der Wein fuhr uns in die Glieder, ich erzählte von der WHW-Veranstaltung in Laage mit dem anschließenden Dienststrafverfahren und den Leuten, die gleich mir im Ständehaus warteten (der Stotterer). Dabei wurde mir klar, daß ich jetzt genau doppelt so alt bin wie damals. Mitternacht.

Göttingen Fr 31. Juli 1959

Seit gestern bemühe ich mich – wieder einmal –, mir das Rauchen abzugewöhnen. Einen Tag lang rauche ich nun schon nicht. Fragt sich, wie lange es dauert.

Literatur: Lagarde, Thomas Mann (»Buddenbrooks«, die Schulgeschichten daraus).

Orgelspiel in der Pädagogischen Hochschule. Ich werde wohl der schlechteste Organist Deutschlands werden, aber immerhin ein Organist. Früher hatte dies Wort für mich einen Zauberklang, ich wünschte nichts sehnlicher, als auch diesen Beruf auszuüben. Wie oft stand ich beim blinden Jahn in St. Marien und ließ mir vorspielen, was er bereitwillig tat. Vielleicht fühlte er, daß ich ein wirklicher Verehrer war.
Einmal spielte er mir Bachs Toccata und Fuge d-moll vor, die mich halb ohnmächtig machte. Der Jahn war mir ein Genie, er wuchs mir zu übermenschlicher Größe; seine Blindheit tat ein Übriges, ihn mir geheimnisvoll erscheinen zu lassen. Als er ein paar Tage darauf aber irgendein nichtiges Ding, von Hans Gregor oder so, auf der riesigen Orgel spielte, kam mir das höchst unpassend vor. – Ich ging zu der Zeit oft in Kirchen; in der Marienkirche hielt ich mich manchmal stundenlang auf.

Göttingen Mi 5. August 1959

Unsere Tage vergehen gleichmäßig. Vormittags ist Hicke in der Universitätsbibliothek, ich in der Pädagogischen Hochschule (beim Orgelüben), nachmittags bin ich zu Hause, lese oder treibe sonst was, und Hicke kommt gegen sechs Uhr. Dann gehen wir meist ein wenig spazieren, essen, klönen und gehen wieder auseinander.
Heute längeres Gespräch über meinen Vater, angeregt durch ein Hörspiel über den Ersten Weltkrieg. [...]

Göttingen Do 20. August 1959

»Das waren 25 Jahre ...!«
In Rotenburg war's schön. Eltern fuhren ab nach Tirol, waren

allein (Oma im Krankenhaus) mit Hermann und Edith. Ich arbeitete am Schrank, Hicke las. Große Hitze.
Am 18. vorgestellt beim Schulrat, ganz jovialer Mann (gab sich so), stellte uns eine Menge Stellen zur Auswahl in Aussicht. Am 19. sahen Hicke und ich uns Ahausen an, eines der Dörfer, die in Frage kommen. Es machte auf mich einen sehr guten Eindruck, obwohl leider die unmittelbare Umgebung der Wohnung (Schulhaus) nicht gerade erfreulich ist. Unerhört häßliche Kirche, Ankerbaukasten-Stil, und Friedhof. Dazu Durchgangsstraße mit allerdings mäßigem Verkehr. Über die Wohnung selbst erfahren wir noch.
Heute war ich auf der Rückreise bei Tante Mieke[84] in Bad Oeynhausen. Trotz 87 Jahren noch erstaunlich rüstig, ich war bewegt, als ich sie sah. Wie damals: macht sich mit unerhörten Trinkgeldern gute Freunde überall, weshalb man auch die widersprechendsten Meinungen über sie hört; stellt mir den Taxifahrer vor mit Namen, spricht im Park sämtliche Leute an. Das alles störte mich überhaupt nicht, ganz im Gegenteil, ich entdeckte, daß ich sie doch ganz gerne mag. – Nach kurzem Spaziergang im Oeynhausener Kurpark Essen in mäßigem Restaurant (2,50 Trinkgeld bei einer Zeche von 13 Mark). Sie erzählte von tausend Bekannten, von denen ich noch nie hörte, und allen ihren Krankheiten. Nebenbei aber doch noch allerhand Interessantes.

Großvater Kempowski bei seiner Silberhochzeit zu Tante Mieke: »Das waren 25 Jahre, kann ich dir sagen!« Großmutter K. sei sehr leichtlebig gewesen. Sie habe ein Verhältnis mit einem Schauspieler gehabt, dessen Bauch sie immer streichelte, und mit einem Studienrat, um dessentwillen sie sich von Robert scheiden lassen wollte. 100 000 Mark verlangte sie von Robert, soviel habe sie mitgebracht. »50 000 kannst du hebben, mer heb ich nich«, habe Robert K. gesagt. Sie habe Vater sehr schlecht behandelt.

84 Kempowski 2005: Schwester meiner Großmutter Anna Kempowski.

Ururgroßmutter Köpke mit vier Jahren Waise, da beide Eltern an der Cholera verstarben, bei Verwandten sehr hart erzogen, habe zwar englisch und französisch sprechen können, aber nicht satt zu essen gekriegt und sei von Hand zu Hand gegangen, sie muß eine freudlose, schwere Jugend gehabt haben. Mit 60 etwa sei sie, die nie gelacht habe, nicht mehr ganz richtig im Kopf gewesen, habe bei Onkel Grosschopff gewohnt und sei zuweilen plötzlich abends unten im Wohnzimmer erschienen, im Nachthemd. Das sei nicht mehr gegangen, sie sei ins Katharinenstift gekommen (Rostock) und habe überhaupt nicht mehr ohne Aufsicht sein können. Oft habe sie gesungen, oft aber auch getobt. Einmal habe sie auf einem Stuhl gestanden, die Petroleumlampe in der Hand, im Nachthemd, mitten in der Stube. Zu Tante Mieke habe sie immer »Sie« gesagt. Als diese dann fragte, warum sie sie nicht duze, meinte die Köpke: »Jetzt sind Sie aber schon groß, nun muß ich Sie sagen.« Tante Mieke fügte noch hinzu: »Wir haben uns immer darüber amüsiert.«
Sie liegt auf dem Alten Friedhof Rostock begraben, wie auch Elisabeth Grosschopff. Elisabeth Grosschopff sei mit ihrem Bruder Carl oft in Bad Lauterberg im Harz gewesen, auch bei Plau, es waren die einzigen Kinder des Ausschußbürgers, der seinerseits aber 16 Geschwister gehabt hat. Hier müßte man in Güstrow mal nachfragen, da kommt sicher noch was raus. Als sich Anna Siebert verlobte, habe Grosschopff gesagt: »Gottlob, nun sind wir die los.«

Göttingen Mo 24. August 1959

Immer noch heißer Sommer! Unwahrscheinlich.
Es ist manchmal, als ob der letzte Krieg niemals stattgefunden hätte.

Göttingen Mi 26. August 1959

War wieder in der Badeanstalt. Die alten Beschwerden, bin ganz aus dem Häuschen. Sonne, Wasser, Luft, Nichtrauchen tun mir gut. Fühle mich sehr wohl. Das Abgewöhnen der Raucherei kommt mich aber hart an. Besonders nach den Mahlzeiten und zu gewissen Tageszeiten entbehre ich es heute noch genauso wie vor fünf Wochen. Vielleicht wird das mit der Zeit anders.[85]

Huxley (»Nach vielen Sommern«) sehr interessant. Gedanken sind erregend. Das Buch ist aber nicht sehr geschickt gemacht. Es ist richtig geschachtelt. Das stört.

Göttingen Do 27. August 1959

Hörspielkreis: Das junge Mädchen, was mir die Kerle heute anschleppten, meinte, sie fände es nett, daß ich so mit der Jugend etwas aufgezogen hätte. Wie ist das wahnsinnig lächerlich. Da erteilt die Jugend nun schon Zensuren, und zwar nach Maßstäben, die aus Zeitung und Rundfunk stammen. Jugendverbundene Alte, die Kreise aufziehen. Blödsinnig.

Göttingen So 30. August 1959

Ich möchte gerne zur Kirche gehen, aber wenn ich an dieses Salbadern denke, dann vergeht mir die Lust. An solchen Sonntagen, Sonnenschein bei kalter Luft und daher hoher Himmel, muß ich immer an die Alexandrinenstraße denken zwi-

85 Kempowski 2005: Ja, seit Juli 1959 nie mehr geraucht.

schen Talstraße und Schlachthof. Oder an ein Herbstbild von Grässe, an die von welken Blättern überwehte Zentralbaracke und Arbeiter, die Kartoffeln in die Mieten einlegten; an Zelle 18 auf West I mit Winter und Paul zusammen, ich sitze im Schneidersitz auf der obersten Pritsche und sehne mich in eine schöne Welt hinein. An das Geborgensein schließlich in der Zelle. Es gibt überall Schönheit, und wenn es Sehnsucht ist nach ihr.

Der Hörspielkreis, Göttingen, September 1959

Göttingen Di 1. September 1959

Heute vor 20 Jahren brach der Krieg aus. Soweit ist es nun also. Salla will ganz sicher Volksschullehrer werden und Armin auch. Bestimmt ist mein Einfluß hier nicht unwichtig gewesen.
Rauchen: Ich bin beständig müde, könnte den ganzen Tag schlafen, seit ich mir das Rauchen abgewöhne. Besonders aber seit etwa einer Woche ist es schlimm. Ich komme eigentlich gar nicht zum Arbeiten. Schon um zehn Uhr fallen mir beinahe

die Augen zu. Nach Tisch schlafe ich bis gegen fünf Uhr! Wahrscheinlich hängt das mit dem Abgewöhnen des Rauchens zusammen. Anders kann ich mir das nicht erklären.

Göttingen Mi 2. September 1959

Nichts ist so sehr geeignet, in mir proletarischen Haß hervorzurufen, als Tennisspiel und Reiten jüngerer Menschen anzusehen.

Göttingen Do 3. September 1959

Wichtig ist, daß man sich als Schriftsteller Elemente schafft, mit denen man dann, als eine eigne Welt, arbeitet, in der man lebt.
Robert Kempowski hat Vati direkt gesagt, daß er nur ein Versehen war.
In Briefen von Anna aus ihrer jungen Ehe schreibt sie, daß sie todunglücklich war, daß Karl kam.

»Du Mistkerl«.
»Was hast du denn schon groß geschafft, du verkrachte Existenz.«

Oma Köpke ist immer auf den Boden gegangen und hat die Würste gezählt.

Göttingen Mi 9. September 1959

[...] Ich war am Donnerstag, 3.9., nach Hamburg gefahren, weil am Freitag ein Prozeß stattfand vor dem Verwaltungsgericht Hamburg. Donnerstag habe ich mit Mutti ihre Biographie geschrieben, um mich etwas abzulenken. Am Freitag, 10.30 Uhr,

stieg denn die Sache. Ich wollte nicht aufgeregt sein, war es aber dann doch, weil sie mich ganz schön fertigmachten. In unverschämter Weise fuhr mich der Vorsitzende an. Da verlor ich die Geduld und habe zurückgeschossen. Dies hatte mindestens die Wirkung, daß sie überhaupt merkten: Ich bin vorhanden. Nachdem ich nochmals auf die Umstände hingewiesen hatte, unter denen meine erste Vernehmung erfolgt war, schien meine Erklärung für die Widersprüche in meinen Aussagen akzeptiert zu werden, was nicht bedeutet, daß ich die Sache gewonnen habe. Das erfahre ich erst später.
Bei der Verhandlung über den Flüchtlingsausweis wendete sich das Blatt merkwürdigerweise zu meinen Gunsten. »Warum wollen Sie dem Kläger eigentlich den Flüchtlingsausweis nicht ausstellen?« fragte der Vorsitzende meinen Kontrahenten. Dann war ich abgemeldet, und beide rechneten miteinander. Sehr erfreulich. Ich wurde, während die Sache sich günstig gestaltete, immer aufgeregter. –
Am Nachmittag machte ich wieder Lebensbeschreibung von Mutter, was uns beiden immer viel Freude bereitet und mich sehr ablenkte. Abends fuhr ich, immer noch aufgeregt, nach Rotenburg, wo ich ein wunderschönes Wochenende verlebte mit Hicke. Spaziergang zum Nußwald.

Als Hicke den Beamteneid leistete, klingelte das Telefon.

Montag zurück. Gestern Hörspielkreis mit einem neuen Mädchen.
Am Freitag beginnen wir nun also mit der »Reinschrift«.
Knast: Roulettespieler.

Walter Kempowski mit Kommilitonen
in Göttingen

Göttingen Do 10. September 1959

Seelenregister[86].
Hugelt aus Hamburg, Zellenkamerad, »ich hatte einen, den ich wohl als Diener bezeichnen kann«.
»Du möchtest dich doch nicht etwa drücken, wenn du im Lager bist, wenn du dort jemandem begegnest?« Stirbt an TBC.

Schnorr, Angst vor Kugelblitzen, Lateinschüler von mir, Drogistenlehrling.

---

86 Kempowski 2005: Stoffsammeln für »Im Block«.

Voss aus Ribnitz, Medizinstudent. »Die Verdauung beginnt bereits im Mund«, sitzt bei seiner Tante beim Kaffee, als sie von der GPU abgeholt wird, nehmen ihn gleich mit.

Hallbauer, Polizist aus Berlin, früher Arbeitsloser.

Poselke, Bäcker bei Magdeburg. Frau kochte nur Eintopf, Fallschirmjäger (Deutsches Kreuz in Gold).

Wiek, Einarmiger, ganz widerlich.

Görges, hat zwei kleine Kinder in Wismar und hält mich für Großspion.

Westhusen, »meine Frau hat heut Geburtstag, gib mir doch zur Feier des Tages ein Stück Brot!«, stirbt an Tbc.

Cub, Hämorrhoiden, stirbt an Tbc.

Dietrich, sieht überall 'ne 13; hat Geheimverstecke unter seinem Haus; pickt wie ein Huhn; will mir einreden, er sei der Wochenschaumensch; ruft »Achtung!«, wenn ein Russe in die Zelle kommt.

Schulz, Waffenbesitz.

Jakobsdotter, mein »Spitzkühler«, Tbc.

Riechemeier, »schon wieder 'n Fünf-Mark-Stück!« Hörnchen und Zucker.

Kuhlwillm, Sportsmann, Offizier (Ritterkreuz), »Hafenkonzert«, Tbc.

Walter Kempowski am Fenster
seiner Wohnung, Am weißen Stein 4,
Göttingen, um 1959

Reincke

Paepke

Merk, schenkt mir ein Knäuel Wolle.

Fölz, verrückt geworden, Bauer, »engreiw« statt »the driver«.

Winter, Taxichauffeur, Tbc, streut Salz auf Garten, weil er denkt, es ist Dünger.

Rieger, Lackdrahtzieher, Gelegenheitsarbeiter, mit einer der Nettesten, die mir begegnet sind. »Die Schwalben ziehn dahin …«, »Indianer« statt »Diana«.

Meyer, Seifenstern zu Weihnachten.

Göttingen Mi 16. September 1959

Fräulein Steinmann behauptete, zu mir passe der Name »Johannes« gut. Merkwürdig, gerade diesen Namen habe ich selbst am liebsten, aber ich finde es unbescheiden, sich selbst so zu nennen.

Göttingen Do 24. September 1959

[…] Hitler: Seit Le Bon sind die Eigenschaften der Massenführer bekannt, die Ergebnisse, zu denen er kommt, anerkannt. Trotzdem wundert man sich immer wieder und überall, daß Hitler so eine Macht erringen konnte. Als ob in Deutschland nach dem ersten Krieg, durch Schuld des Auslandes geradezu prädestiniert für eine Erhebung, andere Bedingungen herrschen sollten als im Ausland. Genaugenommen ist der Vorwurf, den man uns unserer Nachgiebigkeit wegen macht, ein Kompliment. Man hält unser Volk also für eine Sammlung von Individuen und nicht für eine Masse … etwa. Gedanke muß noch weitergeführt werden. Geschichtsphilosophisch: Tolstoi, »Führung« usw. »Masse«.

Göttingen Do 1. Oktober 1959

»Schieß dich mal schnell zur Straßenbahn durch!«
Man müßte einen Pseudo-Kriminalfilm drehen.
Zwei Gangster wollen sich umbringen, an ihrem Vorhaben werden sie aber durch widrige Umstände gehindert. Der Sinn des ganzen Films ist es, daß möglichst viele Menschen auf allerverschiedenste Weisen umgebracht werden. Nur die Gangster bleiben leben. Die Polizei verliert sich in idiotischen Recherchen, untersucht kompliziert die Fingerabdrücke an einer Litfaßsäule, ohne daß sie die Gangster bemerkt. Auch fahren sie mehrmals um einen Block herum oder verbieten es, daß in einer bestimmten Straße geschossen wird. Am Schluß, nachdem das Treiben immer wahnsinnigere Formen angenommen hat (es wird nur schauspielerisch gestorben), gleitet der Film ins Ernste über.

Göttingen Oktober 1959

Oper schreiben: Mittelgang frei, Sanitäter nach vorn, Fenster schließen!
[...]

Filmdrehbuch:
1. Bild: Rundfunkgerät, eine philosophische Betrachtung über den Begriff der Freiheit.
2. Bild: Davor sitzen Idioten und hören sich das an. Richtige Idioten.
Hierbei ist es wichtig, daß die Stimme des Vortragenden von sauberer, sonorer Nüchternheit ist und die Idioten nur durch geringfügige Anzeichen als solche erkennbar sind, aber ohne Zweifel als solche identifiziert werden.

Biographie
Mutti muß Pläne von den Wohnungen zeichnen, möglichst mit Einrichtungen.
Politische Versammlungen. Die dicke »Köksch«.

Haftzeit
Der 13. März war eine echte Massensituation. Längst hatte sich in der Masse der Wunsch aufgespeichert zu reagieren, zu explodieren. So bedurfte es nur noch eines Funkens, daß die Explosion stattfand. Ein Wunder, daß später jeder seine eigne Meinung gehabt haben wollte. Und bei der Intelligenz herrschte die negative Meinung durchaus vor. –
Deshalb muß auch vor dem 31. März die Stimmung insgesamt schon gesunken sein, sonst wäre es Franz Otto auf keinen Fall gelungen, die Schreierei zu verhindern.
Das Nichtmitschreien war in jedem Fall eine Unkameradschaftlichkeit, das Gefühl war in der Saalbelegschaft auch sehr stark (Unbehagen), die zahlreichen Entschuldigungen zeugten davon (»Es war nicht vereinbart«, »es ist noch zu früh«, »man muß den Leuten Zeit geben«). Das Nichtschreien war Prinzipienreiterei, nur zu gerne, eine Herde von Pedanten, wo vorher ein begeisterter, nichts scheuender Haufen existiert hatte. Zwei Säle schrien nicht. Hatte vielleicht schon zwischen 13. und 31.3. die Reaktion eingesetzt? Dies muß erkundet werden. Einige der einfachen Leute erkannten unsere Fehlhaltung.
Vom Vortrag Walter Steiners über Psychologie blieb bei den meisten Saalbewohnern eigentlich nur der Begriff »Lust und Unlust« haften. Und dies nur deshalb, weil St. es aussprach, sehr gedehnt.
»Luhst«
Ein ähnliches Schicksal war dem Vortrag von Natonek beschieden, Geist der Goethezeit. »Ei, ei, aus Sachsen«, dachte ich künftig stets, wenn ich einem Sachsen begegnete.
Die Geschichte eines politischen Häftlings. Hier müßte man

ganz einfach einen richtigen Weichling schildern. Einen Krümelkacker mit zwar keinen ausgesprochen asozialen Seiten, aber doch kleinbürgerlich (einer gelegentlichen Zuträgerei nicht abhold) …
Als mich Jonni Wagner einmal ansprach, fühlte ich mich trotz Angst irgendwie geehrt.
Die Einzelschicksale auch wirklich einzeln beschreiben.

Da leben sie. Das Gitter ist nur ein Symbol für die kastenartige Abgeschlossenheit jedes gegen jeden. Außer gelegentlichen Berührungspunkten mit andern lebt jeder seinen Stremel. Erst bei der Schreierei wird alles zusammengefaßt, um später wieder zu zerfallen.
Daß es aber auch ausgerechnet ein Männerchor ist! Wenn es zum Beispiel ein Knabenchor wäre … wie unaussprechlich interessant wäre das …
[…] Vor der Schreierei muß Ungerechtigkeit besonders stark betont werden, damit die Senkung des Selbstwertgefühls plausibel wird, daraus eben erwächst dann die Explosion.
Ich habe im Saal mal einen Vortrag gehalten über Bucherzeugung. Da habe ich den armen Leuten stundenlang was erzählt. Glücklich war ich, daß ich endlich mal jemand was sagen konnte. Auf die Fortsetzung warte ich noch heute. […]

Kindheitserinnerung an die Schlachterei Max Müller ganz besonders intensiv. Draußen Regen, 5 ½ Uhr nachmittags im Dezember, vielleicht Schlackerschnee, erleuchtete Schaufenster und Laternen, die sich im feuchten Pflaster spiegeln. Drinnen (denn die Straße wird mit hineingenommen) alles glänzend, die Kacheln und blanken Glasscheiben werfen strahlendes Licht zurück. Geruch zwischen Äpfeln, Gänsefleisch und geräucherter Mettwurst. Dann das Klingen der Kasse, Säcke mit Nüssen, der Korkfußboden naß, das ist die mit hineingenommene Straße, und die Hand der Mutter beim Hinausgehen, warm, geborgen. Und zu Hause klingen die Teegläser. Betrieb um das Abendbrot. Alle trudeln ein.

Hier vereinigt sich Hungerphantasie mit der starken Erinnerung an Geborgenheit. Wie kalt und widerwärtig ist dagegen die Erinnerung an die Morgen! Ein einziges Frösteln, Angst vor Schule und Kälte.

Göttingen Mi 28. Oktober 1959

Stadt
Die Spiel-Stadt von Fritz Lahl.
Stadtplan zeichnen als Kind, seltsames Vergnügen. [...]

Neumann, Vikar: Erzählte in einer Predigt, er sei hingefallen und habe eine herbeieilende Frau gebeten, sie möchte ihm doch aufhelfen. Sie »aber« mußte zur Bahn ... die Bahn hat sie natürlich nicht mehr gekriegt, aber sie hat ein Gott wohlgefälliges Werk getan. – Durch diese Predigt wird er als Prediger neutralisiert, denn die Wirkung der »Silbernen Stadt« wäre sonst unmenschlich, prophetisch gewesen. [...]

Gegenwart	Vergangenheit
1. Lichter löschen aus	Erinnerung an Fritz Lahl, wenn ich abends vom Stadtspiel nach Hause ging zu Tee und Bratkartoffeln
2. Traum eines Stadtprospektes	»Silberne Stadt«
3. Johannes, Offenbarung	Polykephalopolis

Stadt
Umkehr, Entlassung Hamburg Hauptbahnhof.
Rückfall ins Gegenständliche.
In meines Vaters Haus sind viele Wohnungen.
Eine merkwürdige Verkettung, fortgesetzt werde ich an die Stadt erinnert.
Saalbetrieb als Stadtleben auffassen.

Göttingen Do 29. Oktober 1959

[...] Literatur:

Revers, »Die Psychologie der Langeweile«
Brachfeld, »Minderwertigkeitsgefühle beim Einzelnen und in der Gemeinschaft«
Bergson, »Das Lachen«
Bach, »Kindliche Zeuginnen in Sittlichkeitsprozessen«
Freud, »Zur Psychopathologie des Alltagslebens«
Freud, »Der Witz und seine Beziehung zum Unbewußten«
Spiegel, »Reichstagsbrandprozeß«
Huxley, »Kontrapunkt des Lebens«

Heute war ich bei Frau Schöhl. Mußte drei Eier essen. Am Montag, 2.11., beginnt die Hochschule wieder.

Göttingen Oktober 1959

Meine Knastzeit	Biographie von Mutti
Einzelhaft	Kindheit
Zellenhaft	Ausbildung
Saal 2	junge Ehe
Kirchenchor	die ersten zwei Kinder
Sattlerei	drittes Kind
Kirchenchor Aufbau	Krieg
Kirchenchor Zerfall	Gefängnis

[...] Mutter: Man bittet, man fleht, aber ihr, nein, ihr tut es nicht. Der Sohn von Kaufmann Peper: Der hackt seiner Mutter das Holz und rennt und tut. Aber ihr, nein, ihr tut es nicht. Meine Herren Söhne ...
An diese Reminiszenz könnte sich anschließen:
»Ich sitze, weil ich mich meiner Mutter gegenüber ...«

Göttingen November 1959

Buchidee im Knast: Szenen wechseln ab, Knast – Freiheit. Wobei die Szene in der Freiheit sich zur gleichen Zeit ereignet wie die andere.
Dies auch als Bild. Wie eine umgedrehte Puppenstube. [...]

Nun habe ich über 2000 Karteikarten. Aber seltsamerweise kucke ich nur dann nach etwas, wenn es nicht auf einer Karte steht. Das heißt, mir fällt plötzlich etwas Interessantes ein, von dem ich nicht weiß, wo es steht, und auch ist mein Erinnern mir nicht scharf genug. Ich bin überzeugt, daß es in der Kartei steht. Nein!

Göttingen Sa 7. November 1959

Die Eintragungen werden spärlicher. Aus gutem Grund, denn das Examen rückt näher. Hauptbeschäftigung: Psychologie. Machte eine Rorschach-Versuchsreihe, die ich nun mit acht Personen durchprobierte. Nächste Woche Literatur dazu.

Adler: »Menschenkenntnis«
Huxley: »Schöne neue Welt«

Teuscher schrieb mir einen unverschämten Brief. Er hat den Termin vergessen, dadurch ist das Urteil nun rechtskräftig, wofür er mir die Schuld zuschreiben will.[87]
Genuß zu leben!

87 Kempowski 2005: Hatte den Gerichtstermin wohl absichtlich vergessen, um die Sache vom Hals zu haben.

Tante Mieke ist überraschend gestorben. Am 15.10. war ich noch bei ihr, und am 24.10. ist sie gestorben. Merkwürdig.[88]

Heyse und Martinsen, zwei seltsame Leute, kommen zu mir und halten mich für einen Übersinnlichen.

Göttingen November 1959

Großvater Kempowski konnte gut Englisch. Er konnte auch Lateinisch. Oh, sein Gedächtnis war ungeheuer aufnahmefähig. –

Robert: »Mir hat er mal erzählt, daß er mit einem englischen Kapitän zusammen gegessen hat und nur noch 50 Pfennige in der Tasche hatte. Dann hat er immer so getan, als ob er bezahlen wollte, und der Kapitän hat ihm dann immer das Portemonnaie runtergeschlagen. Das war so richtig Vabanquespiel.«

Vati

20.5.1898	in Rostock, Lange Straße, geboren
1904	Privatschule Breite Straße
1908	Große Stadtschule (Gymnasium), Realabteilung
1909	Realgymnasium Lindenstraße
Sommer 1913	Graal-Müritz
28.12.1913	Hochzeit Lisbeth Ziegler[89] Margarethe Collasius
1917	

88 Kempowski 2005: Die Diakonissen verbrannten alle Briefe und sonstigen schriftlichen Hinterlassenschaften! Auch Fotos!

89 Kempowskis Tante Elisabeth Ziegler geb. Kempowski, Schwester seines Vaters.

Mutti

11.8.1896	geboren in Hamburg, Wandsbeker Chaussee
1898/99	Hirschgraben
September 1900	Tante Irmi
1901	Armbruch
1902	Schulanfang, Elisenstraße, Fräulein Keck
1903	Landwehr
3/1908	Wandsbek
1910/11	Klosterschule in Hamburg beim Hauptbahnhof
1913	Konfirmation Pastor Höck
Sommer 1913	in Graal-Müritz
Ostern 1914	Schulende, Anfang Fröbel-Haus in der Bundesstraße
Herbst 1915	Examen als Kindergärtnerin
Frühjahr 1916	Praktikantin
1916–1918	Zweite Leiterin des Kindergartens Heußweg
7.4.1917	Verlobung in Hamburg
1918	Vati kommt aus dem Krieg
10.5.1920	Hochzeit in Rostock, Hotel Fürst Blücher
1920	Lübeck, Kronsforder Allee 32
1920	Lasen + Stoß
1921	F. H. Bartling
1.8.22	Angestellter Otto Wiggers
1922	Rostock Borwinstraße
2.8.1922	Ulla geboren
19.12.1923	Robert
ca. 1925	Prokurist
1.12.1927	Tod Anna Kempowski
Januar 1929	Erkrankung Roberts Vatis Hautkrankheit
April 1929	Geburt Walter

April 1929	Ullas Schuleintritt, Friedrich-Franz-Mädchen-Schule, Fräulein Wendt
April 1930	Roberts Schuleintritt, St.-Georg-Schule
1933	Ulla Lyzeum, bei Wolf
1934	Robert Realgymnasium
1935	Walter St.-Georg-Schule, Lehrer Märtin
September 1939	Walter Realgymnasium
September 1939	Tod Großvater, Medizinische Klinik
8.12.1939	Tod Martha Collasius
März 1940	Einberufung Vatis, Schwerin
Mai 1940	Truppentransport nach Royen
Herbst 1941	Ulla Abitur
1941	Stettin (Vati) beim Stabe als Oberleutnant
1942	Vati Gartz/Oder, Ortskommandantur
1942	Angriffe in Rostock Kriegsverdienstkreuz Robert – Bombenangriffe!
1943	Anklam
6.6.1943	Magenoperation Mutti
26.7.1943	Ausbombung Großvater Collasius, er kommt nach Rostock
1944	Vati Rußland
16.12.1944	Robert Einberufung
26.4.1945	Vati Tod
1.5.1945	Russen besetzen Rostock
August 45	Roberts Rückkehr aus der Gefangenschaft

»Wenn man eben denkt: Nu wird's schön, dann kommt wieder was. Es ist zum Verzweifeln.«
Als Index der Memoiren. [...]

Der Schilderung der Rostocker Terrorangriffe muß eine möglichst blumige Beschreibung von Rostock vorausgehen.

Göttingen November 1959

Traum: Vati steht bei Schlachter Timm. So ist er also doch noch zurückgekehrt. Er hat in Sibirien als Gärtner gearbeitet. Schlotternde Hose mit Gürtel (den er sonst nie trug). Ich begrüße ihn stürmisch, aber er scheint sich mehr für die Auslagen der Schlachterei zu interessieren. [...]

Filmidee: Einem Forscher gelingt das Sichtbarmachen des Unbewußten. Er vermag es wie durch ein Fernrohr zu sehen und stellt zu seinem Staunen fest, daß es aus genauso einem Weltenall besteht wie das Universum. Da jeder Mensch sozusagen auf einem andern Stern lebt, ist jeder Mensch anders als alle anderen und doch derselbe.
Der Forscher wird im Augenblick des Erkennens wahnsinnig. Nachdem man ihn entfernt hat, betreten zwei Reinemachefrauen das Zimmer und schrauben die Instrumente wieder in Ruhestellung. Nie wieder wird ein Mensch ...

Ich las heute bei Jung, daß die Fische Inhalte bedeuteten. Das ist mir sehr interessant. Damit hätte ja meine subjektive Deutung des Aquariums wissenschaftliche Bestätigung erfahren. Ich sagte damals, Fische = Gedanken.
Jetzt habe ich die Stelle gefunden: Das Fischen ist ein intuitiver Versuch, unbewußte Inhalte (Fische) zu »angeln« bzw. zu erfassen (C. G. Jung, »Aion«, S. 223).

Göttingen So 22. November 1959

Totensonntag.
Literatur:
Jung: »Psychologie und Erziehung«
»Psychologische Typen«
Rorschach: »Rorschach-Test«

Alles sehr interessant. – War über Buß- und Bettag (18.11.) noch ein paar Tage in Hamburg. Wir schrieben wieder an Mutters Biographie, was immer interessanter wird. Soweit ich die Sache übersehe, wird das wohl noch über ein Jahr dauern, bis wir das ganze Material beisammenhaben. Fotos habe ich nun schon sehr viele, mehr, als ich mir hätte träumen lassen. Von Tante Mieke sind erfreulicherweise doch noch einige auf mich gekommen. Die wichtigsten habe ich bekommen. Die Briefe sind aber alle zerstört worden. Ein großer Verlust, den ich den Diakonissen zu danken habe. Ein unersetzlicher Verlust, waren doch noch Briefe von Onkel Grosschopff dabei.
Herr Teuscher hat sich sehr sauber entpuppt. Er hat den Termin vergessen. Das bedeutet, daß ich nun keinen Rechtsanspruch mehr habe. Also Schluß. Wenn man so bedenkt – es ist eigentlich merkwürdig. Er versuchte die Schuld auf mich zu schieben.
Autofahrstunden habe ich im Moment. Der Kerl ist mir widerlich. Dauernd wird man angeschrien. Ich glaube, das laß ich mir nicht lange mehr gefallen.

Göttingen Mo 30. November 1959

Die Autostunden sind explodiert. Dritte Kragenplatzung meines Lebens.

1. Schmidt/Bautzen
Hildesheim, Versorgungsamt!
2. Holzburg (nach innen), 1957er Streit mit Schw. (nach innen)
3. Ebert (so heißt der Mensch).
Diese Fälle müßte man mal analysieren.

Ich sitze mit Hochdruck an der Examensvorbereitung und kann sagen, daß ich mit Genuß lese und lebe. Pekuniär gesehen geht es mir gut, ich leide keine Not (in keiner Beziehung), bin zufrieden. Hin und wieder kleine Flauten, wer nimmt das tragisch.

Literatur: Berthold Otto

Das Diktat der Masse ist nachgerade widerlich. Es ist ja nicht direkt. Es wird ihr speichelleckerisch und dienernd aufgewartet. Die Diktatur des Proletariats ist schon verwirklicht.
Heute im Kino »Sterne verlöschen nie«. Selbst in diesem Film, der doch nun den Reminiszenzen an alte Zeiten gewidmet war, wurde die Auswahl aus den alten Filmen nach Massenwirksamkeit vorgenommen. Trotzdem habe ich's genossen. Sonst hätte es mich vielleicht umgehauen.

Göttingen Dezember 1959

Deutsch:
Arbeiten: Borchert
Sondergebiet: Hörspielkreis von Jugendlichen

Hörspielkreis: Bemerkenswerte Nüchternheit der Jugendlichen Kunstwerken gegenüber. Ein weniger wertvolles Radiohörspiel wurde nach kurzem abgelehnt. Außerdem ist zu sagen, daß ein einmal angerührter Jugendkreis rasend schnell um sich greift. Es kamen schließlich wildfremde junge Leute ins Haus, unter mysteriösen Entschuldigungen.
Ich verhielt mich sehr reserviert und setzte der ganzen Geschichte eher eine gewisse Passivität entgegen als Aktivität, um zu prüfen, wie ernst es den Jungen ist. Auch in der Gestaltung verhielt ich mich passiv. Nur hin und wieder warf ich ein Wort ein. Bemerkenswert war die Haltung der Eltern. Ein empörter Vater kam zum Beispiel mit seiner Frau im Wagen vorgefahren und holte ganz entrüstet seine Tochter nach Hause, wobei er über das empörende Milieu schimpfte.

Direkte Folge war zum Beispiel, die sich aus meiner Haltung den Jugendlichen gegenüber ergab, daß ich mir das Rauchen abgewöhnen mußte. Sie rauchten wie die Schlote, ich auch. Wie sollte ich ihnen sagen, daß das Rauchen schädlich ist.

Göttingen Fr 4. Dezember 1959

Gestern kam Nachricht, daß ich den Prozeß zur Hälfte gewonnen habe. Der Flüchtlingsausweis muß mir ausgestellt werden. Ein Kapitel ist damit abgeschlossen.
Heute habe ich dem Wolfrum meinen Hörspielkreis »unter die Weste pusten« können.[90] Am nächsten Freitag soll ich das Hörspiel, zweiter Teil, ablaufen lassen. Das ist sehr erfreulich, wahrscheinlich nützt es mir in der Prüfung.

Göttingen Sa 5. Dezember 1959

Stumpfsinnsphase. Kino: »Weites Land«. So ein endloser Doppel-Wildwester. Drei Stunden Ruhe und Vergessen.
Seit einiger Zeit beschäftige ich mich mit dem Gesamtunterricht. Berthold Otto, Kretschmann. Ich muß sagen, die Aussicht, einmal einen solchen Unterricht zu halten, macht mir Lust. Das müßte ich probieren. Ich glaube, ich kann es.

---

90 Kempowski 2005: »Draußen vor der Tür«, mit Hartmut, Armin und Salla.

Tagesablauf

[…]

Bautzen, Saal

6.00	Wecken
6.00 – 7.00	Bett machen, waschen, essen (wie Bautzen Zelle)
7.00 – 8.00	
8.00 – 9.00	
9.00 – 10.00	
10.00 – 11.00	
11.00 – 12.00	Kulturprogramm, Zirkel + Vorträge, Schachspielen halbe Stunde täglich Spaziergang, einmal in der Woche baden, zweimal in der Woche rasieren
12.00 – 13.00	Mittagessen, Schüssel waschen usw.
13.00 – 14.00	
14.00 – 15.00	Mittagsruhe (inoffiziell)
15.00 – 16.00	
16.00 – 17.00	
17.00 – 18.00	Kulturprogramm
18.00 – 19.00	Produkte teilen, Abendessen usw.
19.00 – 20.00	Geschichten erzählen, Chorprobe

[…]

Bademantel

Ich hatte mir doch einen Veloursbademantel gekauft und gehe öfter damit in der Wohnung herum, besonders wenn es kalt ist. Nicht lange danach sah man auch Fräulein Zimmermann mit einem grünen Bademantel des Sonntags umhergehen. Heute nun ist die Entwicklung in ein wohl vorläufig letztes Stadium getreten. Frau Wittig erschien auch im Bademantel. Es sei ihr so kalt.

Lese gerade bei Schumann, »Konzertführer«, auf Seite 296, bei der Besprechung der Sinfonie Nr. 8 von Bruckner: »Wer ausharret, wird gekrönt.« Ein übler Quatsch. Stelle mir vor, ich hätte das in Bautzen gelesen.
»Kenn ich den?« fragte Robert mich häufig, wenn von irgend jemand die Rede war.
Er benutzte mich also als sein Gedächtnis. Damit will er also doch wohl sagen: Sieh mal, ich habe weiß Gott an wichtigere Dinge mich zu erinnern als an Menschen. Gleichwohl bin ich an ihnen interessiert. Mein Kopf ist mit den bedeutendsten Gedanken angefüllt und beschäftigt.

Göttingen Mo 14. Dezember 1959

Kann nicht arbeiten, lahm und matt. – Gestern habe ich Uraufführung von Pepping »Weihnachtsbericht nach Lukas« in der Johanniskirche gehört. Wie immer tadellos. Das Werk nicht so eindrucksvoll wie »Passionsbericht« vor einigen Jahren. Das Publikum ganz widerlich. – Heute kam aus Rostock der von mir vor einigen Tagen erbetene Bericht über Otto Wiggers von Havemann. Er schickte einige Bilder mit. Darunter Großvater Kempowski.

Göttingen Dezember 1959

Eines Tages sah Vater in der Buchhandlung Leopold eine Schrift ausliegen, die gegen die Philosophie des »Als-ob« gerichtet war. Dies schien ihm bemerkenswert. Seitdem war ihm bekannt, daß es
1) eine Philosophie des »Als-ob« gab
und 2) daß es Leute gab, die dagegen waren.
Künftig reagierte er auf Gespräche über Philosophie damit, daß

er bemerkte, es gebe ja sogar eine Richtung, die bestreite, daß der Tisch hier ein Tisch sei, es sehe aus, als ob es ein Tisch sei. Was man aber wohl bestreiten könne.

Als er dies mehrfach erzählt hatte, übernahm die Familie diese Sentenz. Und nun war es Glückssache. Wer würde als erster im Gespräch die Sentenz anbringen? War es die Mutter, dann kuckten die andern gelangweilt, manchmal ging auch Robert als Sieger durchs Ziel ...

1960

Göttingen Fr 1. Januar 1960

Traum: In einem längeren, gangartigen Saal sitzen Studenten, darunter auch ich, und hören einer Vorlesung zu. Der Professor läßt immer den oberen Teil seiner Gebißprothese herunterfallen und fährt mit der Zunge dazwischen, um Krümel zu entfernen. Dann knatscht er die Prothese wieder an den Gaumen an. Nun fragt er: »Wann bezeichnen wir ein Gespräch als politisch?«
Ich sage: »Immer. Jedes Gespräch ist politisch.« Damit habe ich die Forderung der jungen Generation erfüllt. Die Studenten klatschen Applaus: Das Klatschen dauert an, schließlich scheint es sich vom Gegenstand der Begeisterung zu lösen und fortzudauern. Endlos. [...]
Filmidee: Ein Ideenmacher liefert eine Idee ab im Filmbüro, auf die er ganz besonders stolz ist. Liebevoll hat er sich alle möglichen Einzelheiten ausgedacht. Alles wird ihm nun gestrichen oder verändert, so daß am Schluß etwas ganz anderes herauskommt. [...]
Elektrisches Glockengeläut ist Sinnbild für die Maschinerie des Gottesdienstes, Gottesdienst wie eine Maschine. Wer dagegen etwas unternehmen will, wird zerschmettert.
Lutherisch sein bedeutet: Verpflichtung zum Protest in sich fühlen. Immer wach und bereit sein und zu jedem darüber sprechen.
Mir ist der Kirchgang körperlich zuwider. Dieser Mechanismus, der da abläuft, ist mir deshalb so zuwider, weil die Kirche bestreitet, eingefahren zu sein. Es beginnt mit dem elektrischen Glockengeläut und endet mit dem Schlußpräludium, während dem die Organistenfrau ihrem spielenden Mann zu-

flüstert, er soll bald kommen, weil die Bratkartoffeln sonst kalt werden. [...]

Robert – ich

Zunächst von R. nicht geachtet. Das Fehlen eines männlichen Identifikationsobjektes der älteren Generation läßt mich meinen Bruder nachahmen. Jazz, Antinationalsozialismus, Groteske ...

Bis zu diesem Moment, 1942 etwa, getrennte Entwicklung.

Klavierunterricht,	dann Jazz
(Hitler-Jugend!)	Swingclub
Freunde	Jazzheinis

Dies führte sogar zum Nachahmen des Humpelns und dauerte etwa bis Siegfried, dann bis 1950, dann bis 1956.

[...]

Göttingen Januar 1960

Buchidee: »Hitler, wie wir ihn sahen«

Abends das Geklopfe in Bautzen, von allen Seiten, alles floß ineinander, man konnte keinen Satz heraushören, es sei denn, der Nebenmann hätte geklopft.

–

Buchidee: Assoziationsbuch.

»Ich zum Beispiel bin ein Introvertierter.«

Anscheißen:

1) ausschimpfen, »runtermachen«, zusammenstauchen
2) betrügen, belügen
3) hereinlegen, anführen
4) denunzieren
5)

Haustein: »Walle wie die Wege, ruhelos wankend ...« In einem Vortrag über Lao-tse sprach er darüber eine halbe Stunde, da meldete sich einer und sagte schüchtern: »Das ist doch ein Fehler. Es muß ›Woge‹ heißen.«
»Ach so. Ach ja. Ich habe mir schon so was gedacht. Immerhin, man könnte auch »Wege« mit einer gewissen Berechtigung ...«

Göttingen Januar 1960

Stadt aufbauen
Was ist das Wichtigste in einer Stadt?
(Stichwörter sammeln)
Wohnungen, Fabriken, Bahnhof, Post, Kirche, Rathaus, Parks, Schulen, Kaufhäuser, Verkehrsmittel, Hafen
Verschiedene Stufen sind möglich.

1) Zeichnerisch (Wandtafel)
   Hier könnte man die einzelnen Lösungen gesondert in Gruppen erarbeiten lassen und hinterher zur Diskussion stellen.
2) Experimentell aus Pappelementen zu einem Ergebnis kommen.
3) Aus Schachteln bauen, mit Miniaturautomodellen (Sandkasten!).
4) Als Werkaufgabe beginnen, einzelne Themen stellen, z. B. Obststand, Kirche, Kran, Haus usw. Das jeweils beste Modell wird später zur Stadt verwendet.
5) Lebendige Stadt (letzte Phase) auf Tisch aus Bauklötzen.

Hierbei den Welttest berücksichtigen!

Stadt
Gefahr ist bei der Beschäftigung mit diesem Thema, daß das Denken der Kinder zu sehr auf die Stadt gerichtet wird und daher das Wunschdenken in diese Richtung sich fixiert.
Dorf bauen? Untersuchen.

Stadtpläne sammeln, besonders von alten Städten, bei denen noch Befestigungen eine große Rolle spielten. Aber auch neue (Wolfsburg!). [...]

Vatis Spruch: Mehr sein als scheinen (Moltke) zeigte an, daß er wohl gerne die andern darauf aufmerksam machen wollte, daß er mehr oder anders sei, als er scheine.

Ich habe die Familie zerstört, nun suche ich sie auf Papier wiederaufzubauen.
[...]
Schallplatten:
»Frl. Gerda«
»Ach, verzeihn Sie meine Dame, Gottfried Schulze ...«
»Penny Lied«
»Donkey Serenade«
»Melancholy Baby«

»Margarethe Kempowski
Familiengeschichte«
[...]

Biographie
So wie ich Fotos einklebe in die Biographie, kann ich im Inflationskapitel ruhig auch Geldscheine beifügen. Was hindert mich, auch damals kursierende Briefmarken beizugeben?
1. Germania
2. Ebert – Hindenburg
3. Hitler
Es geht hier nur um die häufigsten Werte.

Karteikästen, Bestell-No.
DIN A6 für 500 Karten (No. 651)

Arbeiten!
Fuhr am 20. Dezember nach Hamburg. Hörte, daß Inge schon in der Klinik sei, einen Tag später, am 21. Dezember 1959, war die kleine Katharina Kempowski da.[91] Große Freude.
Dann arbeitete ich mit Mutter wieder an der Biographie, wobei ich diesmal das Tonband einsetzte, mit großem Erfolg. Über 100 Seiten kamen hinzu. Inzwischen gingen auch von andern Leuten die Beiträge ein. Havemann, Frau Schöhl. Auch besuchte ich Hermann Drude, der gelähmt vor seinem Fernsehapparat sitzt. Jämmerlich.
Nach Weihnachten, das sehr ruhig und schön verlief, kam Hicke nach Hamburg (erster Weihnachtsfeiertag), und ich fuhr mit ihr nach Rotenburg am selben Tage, wo ich mich bis zum 5. Januar aufhielt. Es waren ruhige Tage, und wir verstanden uns gut. Natürlich war Hicke etwas abgelenkt durch ihre Arbeit, an der ich nicht so recht teilnehmen konnte, weil ich meinen Kopf voll hatte mit andern Sachen, denn meine Prüfung rückt ja immer näher.
Hier in Göttingen ging ich gleich an die Arbeit. Heute nahm ich mir in einer Arbeitspause noch mal den »Restaurator« vor, der mir große Freude machte. Es ist etwas Gutes dran, ohne Zweifel, ich befand mich auf dem richtigen Weg.

Ich muß das alles unbedingt nochmals aufgreifen.
Heute abend war ein Vortrag von Professor Heise über seine Rußland-Erfahrung. Es war eindrucksvoll, aber anstrengend und natürlich unerquicklich. Hinterher begleitete ich ihn nach Hause, wobei ich den eigentlichen Nutzen aus dem Abend zog. Ich kam ihm etwas näher. Er lobte meine Arbeit, was mich natürlich freute, erzählte auch, daß er einige Seiten seiner Frau vorgelesen habe. Damit bin ich nun sehr beruhigt.

---

91 Ehefrau und Tochter von Robert Kempowski.

Das Wetter ist sehr milde, heute hat es etwas geschneit, natürlich blieb kein Schnee liegen, die Flocken tauten schon in der Luft.
Alles Weitere findet sich in meinen Notizbüchern, zu deren Benutzung ich immer mehr übergehe, weil ich in ihnen, als meine stündlichen Begleiter, wirklich alles sammeln kann, was mir so täglich einfällt.

Göttingen Do 14. Januar 1960

So wäre dann also mein Bemühen um die Biographie ein sublimiertes Schuldgefühl. Daher dieser alles verzehrende Eifer!

Göttingen Januar 1960

Der freien Kontemplation und der Anerkennung der inneren Freiheit kam das Gefängnis insofern entgegen, als es für die leiblichen Bedürfnisse sorgte.

Göttingen Sa 23. Januar 1960

Bin jetzt bei der Traumanalyse. Einige schöne Entdeckungen habe ich bei meinen eignen Träumen machen können. Vorgestern entdeckte ich meinen »Schatten«, das war ein großartiger Moment, wo ich das Eis unter mir knacken hörte.
Gestern klingelte es, Armin, Hartmut und Salla stehn vor der Tür. »Er will nicht glauben, daß es eine Seele gibt!« sagte Armin und wies auf S., der mit geballten Fäusten, breitbeinig und mit zusammengebissenen Zähnen dastand. Na, das war so 'ne Sache, ich ließ sie reinkommen und brachte das Gespräch da-

durch in Gang, daß ich alle drei fragte, was denn etwas mit dem, was »Seele« genannt würde, zu tun habe.
Jetzt wurde genannt: Vernunft, Erbmasse, Empfinden, Gefühl, Haß, Schmerz, Heimweh, Freude, Liebe, Antrieb, Trunksucht, Verantwortungsgefühl, Ehrgefühl, Abscheu, »Muß«, Mitleid, Traum ...
Ich ließ sie bei jedem Wort alle zustimmen, wobei interessante Einwürfe gemacht wurden. Hierfür etwa eine Stunde. Dann wollte ich abbrechen, aber Armin forderte, ich solle dem Salla noch die schematischen Abbildungen von der Jungschen Psychologie erklären. Speziell der Schatten interessierte ihn.
Für mich war das sehr spannend, und die zwei Stunden sind ein Gewinn für uns alle gewesen. Von hier käme die Religion sozusagen durch die Hinterpforte wieder herein.

Göttingen Januar 1960

In der Augustenstraße war mal gen Sylvester ein Karpfen in die Badewanne gesetzt worden. Er schwamm drin herum, und ich sah ihn mir an. Plötzlich, ich erschrak mich fürchterlich, sprang er im Wasser hoch. Später ließ meine Mutter einen Schlachter kommen, der tötete ihn.
Als Jakobsdotter mir erzählte, daß er einmal ein Schaf getötet habe, war er für mich erledigt. Er war mir widerlich.
Ein Pferd verendete auf dem Hof in der Augustenstraße. Ich sah, wie es getötet wurde. Mir schmeckte kein Essen mehr. Den ganzen Tag war ich zu nichts mehr zu gebrauchen.
In Bautzen das Hühnerschlachten, das ich einmal zufällig beobachtete!
Das Verladen der Schweine in Bautzen.
Der betrunkene Schlachtergeselle, der nebenan die ganzen Möbel aus dem Fenster warf. Die Eltern schücherten uns weg.
Das Hundepeitschen auf dem Hof in der Alexandrinenstraße.
Und so weiter!

Biographie
Vater wollte als junger Mann immer älter erscheinen, als er war.

Stadt
Es ist ganz wichtig, daß gewisse Grundfertigkeiten zum Bauen der Stadt vorher geübt werden müssen. Soll es eine Stadt im Freien werden, dann muß schon einmal »Holz und Erde und Steine« eine Aufgabe gewesen sein. Soll die Stadt aus Pappe und Papier hergestellt werden, dann muß vorher das Falten, Kleben und Bemalen geübt worden sein. *Vorher* ist alles zu klären, was wir tun wollen. Das Programm ist schriftlich zu fixieren, damit wir hinterher wissen, was wir geschafft haben.
Gewisse Materialien müssen vorher spielerisch bereitgestellt werden: Geldscheine, Menschen (für die Stadt im Freien: Stücke von Besenstielen zurechtgeschnitzt), Mauersteine (alte). Es muß bekannt sein, mit was für Spielzeug man rechnen kann von zu Hause oder was die älteren Klassen anfertigen können (Holzautos für Stadt im Freien).
Die Stadt im Freien muß wetterfest sein. Das erste Erlebnis eines Platzregens ist wichtig. Möglichst *vorher* ist das einzukalkulieren, weil wir ja nicht heute nur die Stadt bauen und morgen verfallen lassen. Dachpappenreste, Bretterreste.
Vorher sind auch die rechtlichen Fragen zu klären. Wer ist Bürgermeister usw.
Die Beschäftigung kann den ganzen Sommer über anhalten.
Vermessung der Grundstücke. Vorher den Plan machen an der Tafel und auf Papier. Dieser wird dann im Garten auf das Erdreich übertragen. Maßstab!
Werkzeug! Kleine Schaufeln usw. müssen vorher erfaßt werden.
Die Stadtgründung selbst ist ein Thema für sich, das am besten aus der Geschichte zu entlehnen ist. Hier gibt es verschiedene Themen:
Mittelalterliche Stadt (Ostkolonisation)
Siedlerstadt (Amerika)

Bergbaustadt
Hauptstadt wird verlegt (Brasilien)
Kinder von zehn Jahren ab könnten teilnehmen. Kleinere leisten Zubringerdienste, die ihren eigenen Erfahrungskreis erweitern (Reichwein, S. 32 unten).
Uhrwerkeisenbahn mit einbeziehen.

Göttingen Januar 1960

[...] Bad Sülze: Robert fragen.
Bad Sülze: Von den wenigen Erinnerungen aus Bad Sülze sind mir der Heuboden bei Gewitter und das Porzellanei geblieben.
[...]
Hafner: Ich sagte zu H. damals, ich könne in Bautzen kein Gedicht schreiben, weil mir die äußeren Möglichkeiten nicht genügten, kein bequemes Arbeitszimmer, keine Ruhe ...
H.: »Aber, wenn du wirklich etwas zu sagen weißt, dann genügt doch ein Küchentisch.«

Göttingen So 31. Januar 1960

Zellentür. Von ihr kam Bedrohung. Sie war die einzige Bedrohung ...

Göttingen Di 2. Februar 1960

Biographie
Konsul Ahrens bitten, eine Geschichte seiner Firma zu verfassen.
Desgleichen vielleicht Ferdinand.

Später müßte ich dann die ganze Sache in mehrere Bände aufteilen.

1) Kempowski. Hierzu
   a) Ahnenreihe
   b) Otto Wiggers + Hafen
   c) Stephanstraße (Quarch-Ziegler etc.)
2) Collasius, Nölting etc.
3) Kempowski – Collasius
   Kriegsende
4) Haftzeit
5) Was dann so alles noch kam. Und Briefe

Die Anordnung muß so geschehen, daß der Collasius-Band freigehalten wird von allem Schmutz, da ja diese Familie so groß ist, daß sich eine Matrizenvervielfältigung lohnen würde. Dasselbe könnte man mit dem Band »Haftzeit« machen, worunter natürlich lediglich die Haftzeit von Mutti zu verstehen ist. Auch dieser muß frei sein von Anschuldigungen und Bitterkeit, das alles käme erst in den fünften Band rein, der gesperrt wäre für Neugierige.

Filmidee: Ein Forscher setzt sich aus Versehen lebensgefährlichen Strahlen aus. Da sein Leben ohnehin verwirkt ist, stellt er sich freiwillig zur Verfügung, als sich einer nochmals den Strahlen aussetzen muß. Dadurch aber wird er gerettet, denn eine zweimalige Bestrahlung wirkt heilend. Dies hatte natürlich niemand gewußt.

[...]

Hafner: Man sollte in den Schulen ein Fach Praktische Lebenskunde einführen.

[...]

Traum: Bin mit Heuß zusammen irgendwo eingeladen. Er sitzt und spielt auf dem Klavier ein Stück vor, das ich kenne, dessen Titel mir aber nicht einfällt und das auch das Stück nicht ist (»Glückes genug«). Als er geendet hat – man nimmt nicht groß Notiz von ihm –, setze ich mich ans Klavier und will das Stück noch mal spielen. Da fällt mir ein, daß es im Original ja hoch »versichert« ist, viele Vorzeichen hat. So klimper ich denn etwas, was so ähnlich wie Bach klingt, mit der rechten Hand. Dann erschrecke ich aber, weil ich mir überlege, wenn sich jetzt einer danach erkundigt, dann merkt er, daß du geklimpert hast. Etwas später mache ich Heuß darauf aufmerksam, daß ich seinen Lieblingsschriftsteller Marke o. ä. auch sehr gerne habe. Obwohl er, wie ich meine, in seinen Reden oft sich darauf bezog, kann er sich nun an diesen Schriftsteller gar nicht erinnern. Es sind nicht so sehr viele Menschen. Das Klavier ist fast wie eine Orgel aufgebaut und schwarz. Das Zimmer, in dem es steht, ist nicht begrenzt. Später ist es die Aula der Knabenmittelschule, wo wir neulich ein Marionettenspiel sahen, welches ziemlich schlecht war. Ein langweiliger Redner belehrte uns überflüssigerweise.
Er spielt das Stück gar nicht so großartig.

Klimpern: Ich klimperte in der Hochschule mal so eindrucksvoll, daß sich eine Studentin ehrfürchtig danach erkundigte, wer denn der Komponist sei. Da diese Studentin sonst immer so klug tat, freute es mich, sie reingelegt zu haben. Die beiden Musikprofessoren allerdings haben es gemerkt. Sie standen vor der Kabine und lachten sich tot, was *mich* dann ärgerte.

Ich will mich bei H. natürlich anschmeicheln. Ich höre ihn sogar reden, mit seinem Brummbaß.
Marke, Macke, Worte o. ä. Mit »Macke« bezeichnet man jemand, der 'n Vogel hat. Da er sich an den Dichter nicht erinnert, bin ich zwiefach bloßgestellt.

1. Hab ich ihn einer Lüge überführt, was peinlich ist.
2. Merkt man, daß ich schmeicheln will.

Göttingen Do 4. Februar 1960

[...] Heise meinte, man dürfe den Radioapparat nur dann anschalten, wenn man im Bewußtsein stehe, dieses mit Millionen anderen zu tun ...

Göttingen Februar 1960

[...] Feminisierung der Kirche. Dies ist einer der Gründe ihrer jetzigen Fadheit. Kindergottesdiensthelferinnen, Gemeindehelferinnen und: die Frauenstimmen im Chor, dies perfektionistisch-seelenlose Singen. Alles ist auf Nettigkeit und Hingabe ausgerichtet. Die Knaben auf der Empore waren in ihrem Beitrag herb-menschlich und blutvoll, die Männer standen neben ihnen. Nun aber zieht die Eitelkeit mit Seidenstrümpfen oder Söckchen, ondulierten Haaren (»Gestern waren wir besser, findest du nicht?«) ein. Zur Kirche sollen sie gehen, selbstverständlich, aber sie sollen nicht handeln, das geht nicht. Die Alten hatten noch ein Gespür dafür.

Bautzen: Diese Brotsuppen!

Göttingen Di 9. Februar 1960

Wahrscheinlich eignet mir eine große Menschenverachtung, geradezu ein Menschenhaß. (Daher vielleicht mein »Hochmut«, den andere Leute immer wieder erwähnen.)

Bautzen:
»Mehr Andacht, ihr Schweine.«
»Ihr seid Pfeifen, Orgelpfeifen.«

Und andererseits versuche ich immer wieder, bewußt den großen Menschenfreund hervorzukehren. Und bin es auch vielleicht.
Im Affekt rede ich wie ein Mensch, der alle andern für Schweine und Banditen und Idioten hält.
Ich sitze hier in meiner Stube im Augenblick wie auf dem Jahrmarkt. Nebenan Radio: Karneval, das ekelhafteste Gewäsch, das man sich vorstellen kann. Unten auf der Straße ein Auto, welches nun schon seit einer halben Stunde mit laufendem Motor abgestellt ist. Der Ofen singt infernalisch, und oben geht Frau Weber, dieses ekelhafte Mistvieh, mit ihren Stöckelschuhen hin und her. Es ist nicht auszuhalten.
Eine Stunde später. Motor, Radio, Stöckelschuhe schweigen. Nun geht's unten los. Der Vater erzieht seinen Jungen, dieser soll ins Bett gehen und will nicht.

Göttingen Mi 10. Februar 1960

Filmidee: In dem Heimkehrerfilm müßte die übermächtige Sehnsucht nach der Frau in erdrückender Fülle gezeigt werden. Die Kamera – der Heimkehrer – faßt dauernd Bilder von Mädchen, sie werden blitzschnell vergrößert, und schon kommt ein anderes Objekt, wieder ein Mädchen.
Dann auch Katzen und vielleicht einmal ein schöner Junge oder so. Dadurch wird dann – wenn es lange genug geschieht – die Haltung des Heimkehrers motiviert.

Heute war die Psychologie-Prüfung. Räuschel und Elbeshausen waren mit mir bei der Andrießen. Eine Stunde, ich kam zuletzt dran mit meinen Träumen. Was ich nicht erwartet hatte: Sie gab mir Hilfestellung in bezug auf Knast, was ich gar nicht bezweckt hatte. Es ging alles wundervoll, ich liebe mündliche Prüfungen – natürlich nur dann, wenn ich auch etwas getan habe –, redete in ruhigen, gesetzten Worten und durchaus flüssig, es war ein Genuß. Die Zeit war viel zu schnell vorüber.
Hinterher traf ich mich mit Karl Heinz, er machte mich darauf aufmerksam, daß ich auch Gefängnislehrer werden kann – nach der zweiten Prüfung. Das wäre noch was für mich. Ich bin von der Idee ganz begeistert.

Traum: Unter anderem träumte ich, daß ich mit Robert in Frankfurt sei, wo uns auf der Straße Karl Johann Wesselhöft begegnete. Da er immer noch umherirrt – irgendwie Afrika –, riet ich ihm, er solle doch auf die P.H. gehen, dort sei das Examen ganz leicht. Robert war unterdessen bei ? gewesen, den wir hatten kommen sehen, und erzählte mir, daß dieser in Wirklichkeit den Dr. biol., Dr. phil. und Dr. ... habe, also dreifach. Nun ist mir aber bekannt, daß er in der P.H. durchgefallen ist und außerdem Schuster gelernt hat und Polizist gewesen ist. Seit wir uns zuletzt sahen, ist nur eine kurze Zeit verstrichen, wie kann er da schon dreifacher Dr. sein?
Nachher sind wir bei ?. Ich will meinen schwarzen Anzug anziehen, entdecke, daß ich kein weißes Hemd mithabe. Ich kann doch nicht in Skihose und Schnitterhemd gehen!

Diesen Traum hatte ich in der Nacht vor der Prüfung.

Filmidee: »Der Prüfungsmensch«. Von einem wissenschaftlichen Institut wird ein Mann engagiert, der sich sein ganzes Leben lang prüfen lassen muß. Fortgesetzt hat er sich mit be-

stimmten Stoffen zu beschäftigen und wird darüber geprüft:
Bienenkunde
Jura
Schwimmen
Metallurgie …
Buchhaltung usw.
Von dem Bestehen der Prüfungen wird das Gehalt abhängig gemacht. Es soll festgestellt werden, wie man sich am besten an Prüfungen gewöhnt.

Göttingen Februar 1960

Hansi Ditten:
»Ach, ich liebe alle Männer
und ich kann mich für keinen entscheiden …«
(ein Paso doble)

»Jede Nacht ein neues Glück
und neue Liebeleien
Jede Nacht ein andrer Mann
so soll es bei mir sein.

Sprich nicht von Treue
und nicht von Gefühlen
ich will mit Liebe
immer nur spielen …«
(Zarah Leander)

»Komm mit in das Land meiner Träume
komm mit nach Spanien!«
(»Der weiße Traum«)

»Das Karussell das dreht sich immer rund herum
Und die Welt scheint sich im Kreis zu drehn …«
(Ilse Werner)

»Liebling, weißt du noch?«
»Haben Sie schon mal im Dunkeln geküßt?«

[...]

Um begeistern zu können, muß man selbst leidenschaftlich beteiligt sein. Und in welcher Weise war das Hansi Ditten! Er weinte und winselte, schimpfte und geriet in Ekstase bei jeder Gelegenheit.
Eines Tages sagte er plötzlich zu mir: Wollen wir nicht mal ringen? Ich hatte keine Veranlassung dazu und lehnte ab. Dadurch brachte ich ihn um einen Genuß. Er meinte aber ja gar nicht mich, sondern er meinte Hanne Rüther, der dann ein Jahr drauf starb. Sie stritten sich mal endlos in der Straßenbahn, weiß nicht, worum's ging. Hanne Rüther war diese Anhimmelei wohl zuviel. Deshalb ging ich dann später immer alleine hin.

»Zack mi seu.«[92]

Heute sagte Heise zu mir, als er mich von der Prüfung kommen sah: »Na, als Herr verkleidet?« Darauf knickte ich in meiner kriecherischen Art zusammen, lachte und gab ihm recht. Nach zwei Stunden erst ärgerte ich mich über seinen Satz – der sicher ein »Witz« sein sollte. [...]

Biographie
Onkel Walter und die Jugendbewegung.

Unter »Nebenbewußtsein« wäre jener Ort zu verstehen, der zwischen Interesse und Desinteresse liegt, zwischen Bemerken und Übersetzen (Zwischenbewußtsein).

---

92 »›Zack mi seu!‹ sagten wir, wenn wir uns begrüßten. Das hieß soviel wie: Leck mich am Arsch.« (»Tadellöser & Wolff«).

Göttingen Di 16. Februar 1960

[...] Merkwürdig ist es, daß nach Gesprächen mit Professor Heise immer der Eindruck nachbleibt, man habe sich unpassend benommen, ihn beleidigt o. ä. Hildegard hat anscheinend diesen Eindruck niemals. Sie kann »unpassende«, aber notwendige Dinge sagen, ohne verletzend zu wirken.
Dieses zielgerichtete Lernen ist ja widerlich. Da pfropft man nur noch dies und jenes Buch in sich hinein, nur weil es vielleicht noch eine Frage beantworten helfen könnte. [...]

Göttingen Mi 17. Februar 1960

Ursels Entwicklung ist deutlich gekennzeichnet von so etwas wie männlichem Protest. »U. ist der Junge in der Familie ...« (Mutter). »Das sind ja gar keine richtigen Jungens, die kommen nicht mit zerrissenen Hosen nach Hause ...« (Ulla). Bei Verkleidungen war sie immer Soldat. Ihre Vorliebe fürs Reiten. Und doch hat dies nur bis zur Pubertät gedauert, denn später war deutlich Minderwertigkeitsgefühl zu beobachten, Bewunderung fürs Jungenhafte.
Natürlich schweigt sie sich aus.
Aber in ihrem männlichen Protest liegt wahrscheinlich der Grund meiner schiefen Entwicklung. Verschiedene Beobachtungen haben sich mir eingebrannt und sind nicht mehr fortzubringen.

In einem geschickt ausgewählten Jahr könnte man den Geschichtsunterricht vielleicht einmal so aufbauen, daß man fragt, was war vor 100 Jahren, was vor 200 Jahren usw.
Gegenwart = Kampfboden, auf dem Vergangenes und Zukunft sich auseinandersetzen.
Nohl (»Die Geschichte in der Schule« aus: »Pädagogik aus 30 Jahren«).

Im Grunde genommen waren die Gefangenen in drei Gruppen unterteilt.
1) Möglichst schnell das Weite suchen, Fluchtpläne schmieden, Meutereien schüren, Informationen sammeln.
2) Sich ergeben, den Zwang als Grenze der Freiheit aus eigenem Willen anerkennen, jeden Gedanken an Flucht fahren lassen.
3) Die große Masse: Lamentieren. Gerüchte sammeln, ob's nicht bald besser wird, sich betäuben, sich ablenken …

Ich gehörte zeitweilig zur zweiten Gruppe, es war von 100 Gefangenen vielleicht einer, der so dachte.
Die erste Gruppe war womöglich noch kleiner, wirklich an Flucht dachte ernstlich nur ein ganz kleines Häufchen. Und noch wenigeren gelang ein entsprechender Plan.

Göttingen Fr 19. Februar 1960

Die Welt in der Sicht der Frau und des Mannes.
C. G. Jung »Ich und Unbewußtes«, S. 155.
Als ich gestern aus dem Munde Fräulein Bachmanns hörte, daß Brömse über meine Klavierphantasien gesagt habe, so was könne man doch nicht auf einem Klavier machen, das müsse man auf einem anderen Instrument machen, das dafür extra konstruiert sei (er meinte ein Schlagzeug), wurde mir ganz schlecht vor Ärger.

Göttingen Mo 22. Februar 1960

Eben dreh ich den Radioapparat an. Die Kulturmaschine läuft. Quartette. Divertimento. »Die Sätze …« Italienisch können sie aussprechen, aber nicht Plattdeutsch. »Zum Abschluß hören Sie: Zur Fastnacht im Schwarzwald.«

Buch über Bautzen
Man könnte einen Vortrag über Barlachs Plastiken an der Katharinenkirche auf dem Saal halten lassen. Besonders ist »der Gefesselte« herauszuheben in den zwei Fassungen, die leider nicht ausgeführt wurden. Dies zum Thema »Freiheit«.

Ein interessanter Gedanke: Die Zellen sind Nischen!

Biographie
Meine Taufe
[...]

Meine Entscheidung für die innere Freiheit war eine Lösung der Gemeinschaft. Durch sie lebte ich bewußter und war zum Handeln frei. Jene, die nicht zwischen innen und außen entschieden, gammelten, dem Zufall ergeben, herum.

Meine Erkenntnis von der »Kultur« ging mit dem daraus erwachsenden »Nutzen« (Dewey, S. 339) Hand in Hand. In dem Maße, wie sich meine geistige Haltung an der Erkenntnis klärte, erwuchsen mir Ideen für Aufgaben. Erst durch das erstere vermochte ich Forderungen meiner Umwelt zu vernehmen und zu erfüllen. [...]

Robert:
»Das verweise ich in das Reich der Fabel.«
»Daß ich nicht wüßte.«
»Prächtig ...« (und eines Tages:) »epochal«.

Schulzeit
Die Blumen, die Hannes Gosselck immer mit in die Klasse brachte, waren mir als Anschauungsmittel wertlos. Ich habe nichts daran gelernt. Aber die Blumen in seiner Hand, überhaupt Blumen in dieser öden Klasse, das war unvergeßlich.
Einmal standen die Fenster unserer Klasse, in die nie ein Sonnenstrahl fiel, weit offen. Hannes ließ einige Schüler ans Fen-

ster treten, ob sie etwas bemerkten. Der Dümmste, ein gewisser Tessdorf, sagte: »Die Linden blühen, es riecht nach Honig.« Das hatte Hannes auch gemeint. Vor dem Fenster stand eine große Anzahl Lindenbäume.
Die »Exkursionen« waren auch schön. Man fühlte sich so wohl. Aber gelernt habe ich nichts dabei. Immerhin kaufte ich mir den »Kosmos«-Naturführer, um vielleicht etwas von dieser Atmosphäre mit hinüberzunehmen.
[…]

Zeichnen: Pistorius lehnt einen Wettbewerb im Bereich des »Musischen« grundsätzlich ab. In dieser Hinsicht wäre die Herstellung der Briefmarken und Geldscheine für die *Stadt* nochmals zu durchdenken.

Stadt, Literatur:

1) Grundsätzlich psychologisch die richtige Grundlage haben, mit welcher Art des Spieles ich den betreffenden Kindern kommen kann. Die hängt eben von dem jeweiligen Schuljahr ab.
2) Religiöse Momente stark berücksichtigen. Hier wäre am besten eine erschöpfende Auskunft über betreffende Literatur.
3) Politisch-mitbürgerliche Erziehung. Hier ist zu untersuchen, wie weit ich in der Spielstadt politische Themen bei Gelegenheiten durchspielen lassen kann.
4) Das eigene Erlebnis ist auszuwerten (Lahl).
5) Überhaupt Literatur über den Gesamtunterricht.

Beobachtungspunkte:
Unterschied zwischen Mädchen und Jungen
Heilpädagogik

Zu beachten:
Tagebuch führen von Anfang an. Die einzelnen Stunden genau festhalten

Tonband, Fotoapparat.
[...]

Zeichnen: Man könnte vielleicht mal eine ähnliche Aufgabe stellen, wie sie Barlach gestellt wurde. Man müßte sie nur übersetzen. Zyklenthemen wären zum Beispiel
Jahreszeiten
Die drei Künste (Malen, Musik, Poesie)
Drei Tänzerinnen
Der Teufel und seine Gehilfen
Drei Blumensträuße

Stadt
Bank. Jeden Tag müssen zwei andere die Bank führen!

Suite: »Klingende Modenschau«
Sätze:
Mannequinparade
Cocktailkleid
Traum aus Seide
Robe de bal

»O du mein Trost und süßes Hoffen
Laß mich nicht länger fern dir sein.
Mein Herz und Seele sind dir offen
O Heiland, kehre bei mir ein.«
Ach komm, du teure Gnadensonne ...«

»Kumm rin, kannst rutkieken ...«:
Es ist interessant, daß ich über diesen Spruch immer wieder in langes Lachen ausbrechen konnte. Ich brauchte meine Gedanken nur in die Nähe dieses Spruchs zu bewegen, schon schüttelte ich mich vor Lachen. Ganz ähnlich wie bei »Nicht hinauslehnen«, was jetzt gar nichts Lächerliches für mich mehr hat. [...]

1 Band Hoheneck
1 Band Krieg – Nachkrieg (Robert, Ib)
1 Band Briefe
1 Band Hälssen?

Göttingen Di 23. Februar 1960

Gestern Pistorius (und Brömse), sehr friedlich. Er ist ja keine so starke Persönlichkeit, man kommt gut mit ihm zurecht. Es ging alles sehr gut, besser, als ich erwarten konnte. Dafür kam das dicke Ende heute dann: Heise, der im höchsten Maße unkulant und schlecht gelaunt war. Er bohrte auf irgendwelchen Definitionen herum, stellte unklare Fragen. Ich war schließlich ganz verbiestert. Heute abend kann ich mich schon nicht mehr erinnern, was er eigentlich wissen wollte. An eine Frage erinnere ich mich noch: Was ist ein fauler Kompromiß?
Jedenfalls war das 'ne ganz mulmige, faule Sache. Ganz am Schluß habe ich noch was retten können. [...]

Göttingen Do 25. Februar 1960

Heute das Ergebnis bekommen:
Arbeit = 1
Praktika = 2
Erziehungswissenschaften = 1 (Joppich, Andrießens, Heise)
Didaktische Fächer = 2 (Wolfrum, Pistorius, Wiß, Rudolph, Walter)
Gesamtnote = 2

»Sie liegen mit am weitesten vorn«, sagte Brömse zu mir, der mir das Ergebnis mitteilen mußte. Das ist mehr, als ich erwarten konnte. Dies ist das erste Mal in meinem Leben, daß ich eine 1 bekommen habe (Volksschule ausgenommen), und nun gleich zwei!

Heute schickte Onkel Walter noch eine große Menge alter Briefe, die mir sehr wertvoll sind. Der fünfte Band der Biographie[93] geht morgen zum Buchbinder.

Göttingen Fr 26. Februar 1960

Literatur: Schottlaender, »Die Mutter als Schicksal«

Frankfurt am Main Di 1. März 1960

Bin hier in Frankfurt bei Onkel Walter. Hatte eine ziemlich langweilige Reise. –
Gestern bei der Exmatrikulationsfeier erfuhr ich noch, daß ich das beste Examen gemacht habe! Dies hat mich besonders deshalb gefreut, weil ich kein Streber war, sondern nur still vor mich hin gewerkelt habe.
Onkel Walter erzählte, daß die Stiftskirchengemeinde jedesmal beim Wort »Herr« sich verbeugt habe! Urgroßvater Adolf Collasius ließ sich die Zeitung vorlesen, dabei hatte er immer die Augen geschlossen und drehte die Daumen gegeneinander, woran die Vorleser beobachten konnten, ob er schon eingeschlafen war oder nicht.
Martha Hälssen hat 30 000 Mark mit in die Ehe gebracht.

---

93 Aus dem Sammeln von Familiendokumenten entstandene fünfbändige Familienchronik, die sich unter dem Titel »Die Familiengeschichte. Vorarbeit zur ›Chronik‹. Geschichte der Familie Hälssen, Collasius, Kempowski« im Walter-Kempowski-Archiv im Archiv der Akademie der Künste Berlin befindet.

Der Lotsenkapitän Behn[94] war erst als alternder Mann Lotsenkapitän geworden, als solcher hatte er die ganzen Lotsen unter sich. Vorher war er zur See gefahren. Jedes Kind des Dr. Hälssen hat 30000 Mark bekommen.
Adolf Collasius konnte keinen Gesangvers auswendig. Immer zog er in der Stiftskirche seinen Kneifer heraus und las beim Singen ab. Er sang sehr behäbig, nicht schön, aber laut.

Kapitän Behn und sein Affe.
[...]

Bisherige Kosten	
Reise Onkel Walter	39,–
Einbände (5 Stück)	7,50
Reise Holzminden	7,50
	54,00
Papier	5,40
Repros (Daguerreotypie)	9,50
Papier (Dokumente)	3,60

Biographie
- 1944 erzählen dann
- Briefband
- Dann (Knast) erzählen und Briefe, mischen

»An wen denken Sie wohl jetzt?« sagte der Schulrat laut in der Arbeitsgemeinschaft zu Hildegard, um sie mit mir zu frozzeln. Darauf H.: »An Sie, Herr Schulrat!«

Stadt
Gibt es Darstellungen des »neuen Jerusalems«?
Gibt es ein kunsthistorisches Werk über die Darstellung von Städten?

94 Kempowski 2005: Mein Urgroßvater.

Biographie
Fragen, was das für eine Briefmappe war in der Augustenstraße (Intarsien).

Göttingen März 1960

[…] Bezahlen: Peppmüller[95] 85 Mark
[…]
Jazz kann Kunst von rührender Würde sein.
Strawinsky

Witzidee: Ein Mann mit dem rechten Arm im Stuka antwortet seinem Freund auf die Frage, was er denn habe: »Mir hamse die Jesinnung einjegipst!«

Rotenburg Do 17. März 1960

Heute hat es sich entschieden! Vorgestern waren Vater Janssen und Hildegard, Hermann und ich in Breddorf auf eine dringende Nachricht hin, die Hildegard schon vorher in Fintel bekommen hatte. Dort sei, so hieß es, eine Lehrerstelle frei. Dies war nicht die erste Stelle, die uns angeboten wurde. Baden erledigte sich, weil keine Wohnung vorhanden ist, Ahausen desgleichen. Scheeßel erschien noch am aussichtsreichsten, doch der dortige Rektor Plate stellte zu viele Forderungen, ich sollte den gesamten Musikunterricht übernehmen *und* Sport, was ja nun gar nicht mein Fall ist. Nun erledigte es sich von selbst durch das Angebot in Breddorf, was uns alle sehr begeisterte. Fünf Zimmer, Garten und wenig Kinder, und mit Hildegard, na, besser geht's nicht.

---

95 Buchhandlung in Göttingen, in der Kempowski seine Bücher kaufte.

Vater rief heute früh noch den Regierungsdirektor in Stade an, der sich sehr für mich einsetzte, ich gestern noch Zodrow, den Hauptlehrer von Breddorf, damit er den Schulrat von Bremervörde noch erwischte, Hicke und ich gingen zu unserm Schulrat (gestern), der sich sehr »gütig« zeigt. Dieser Beschluß reichte aus.
Wir gewannen das Spiel. Heute mittag rief der Regierungsdirektor persönlich an und meinte: »Ich konnte Ihren Wunsch erfüllen.« Dann ging ich noch zu meinem Schulrat, wo ich dasselbe erfuhr. Heute abend telegrafierte ich dann an Hicke, und morgen fahre ich nach Breddorf, um die Zimmer zu vermessen. [...]

Hamburg Mi 23. März 1960

»Wusche, wusche, rusche, gögö!« Versuche hier nun die Ahnenreihe Hälssen abzuschließen. Muß aber doch noch eine Woche Ferien machen, das habe ich dringend nötig. Heute war ich bei Tante Elisabeth und bei Tante Mariechen und schrieb einen Teil des Tagebuchs Hälssen ab. Morgen dasselbe noch einmal, dann bin ich fertig.[96] Am Fr, 25., fahre ich wieder ab. Mich zieht's nach Rotenburg, dies riecht alles zu sehr nach Vergangenheit. Wenn Mutter allein hier wäre, dann wäre das eine ganz andere Frage. – Nun fragte ich nach den alten Eheringen von Urgroßvater Kempowski, welche noch vor einiger Zeit hier waren und die ich kaufen wollte und als alte Erbstücke aufbewahren. Da erfuhr ich, daß *Robert sie dem Juwelier gegeben* hat als Gold für seinen »Siegelring«, dieses abscheuliche Ding, und das Hochzeitsgeschenk für seine Frau, den seelenlosen Ring. Also weg! So wird der Rest buchstäblich verschleudert für Ei und Butterbrot. Ich hätte Mutter pro Stück 50 Mark bezahlt. Man könnte heulen, wenn man darüber nachdenkt.

96 Kempowski 2005: Das Original ist verschwunden. Wenn ich es nicht abgeschrieben hätte, wär es für immer verloren.

[...]
Biographie
»So, Idachen, nun hab ich dir Wasser heiß gemacht, nun badest du erst mal schön.«
Zu Ida Pomerenke, geb. Collasius, sagte dies Marie Nölting, wenn Ida zu Besuch nach Hamburg kam, weil jene nach Schweiß stank.
Der Abschied von Göttingen ist mir doch erstaunlich leichtgefallen. Die Zeit war wohl reif. Nun geht's in einen neuen Abschnitt, wie merkwürdig, an der Schwelle zu stehen. Und dies macht es leichter: Alles sieht so schön aus. –
Gestern traf ich mich mit Onkel Hans Nölting. Wir gingen zu Wirth, um Kaffee zu trinken, Onkel H. bestellte eine Tasse Kaffee für mich und ein Stück Kuchen auch für mich, weil er gerade vom Zahnarzt kam und nichts essen konnte. Darüber mokierte sich die Kellnerin. Onkel Hans springt, zitternd am ganzen Körper, auf, erregt sich furchtbar und verläßt mit mir protestierend das Lokal! Draußen reagierte er sich dann schnell ab. Wir gingen in den Wartesaal erster Klasse (zweiter Klasse »geht man nicht«), und er zeigte mir seine Ahnenbilder und überreichte mir die Familiengeschichte Nölting leihweise, worüber ich erstaunt und froh war.

Damit in schweren Tagen
Du nie den Humor verlierst
Soll dies Buch dir dann sagen

Der Sohn von Klocks aus der Orleanstraße kam oft weinend nach Hause, wenn er zur Schule gehen sollte: Ich kann nicht zur Schule gehn, die Kempowskischen Hunde sind wieder draußen! (Stammt von Frau Holz/Bremen.)

Rotenburg So 27. März 1960

Heute eine seltsame Begegnung. Im Zug Hamburg – Rotenburg sitzt mir ein junger Mensch gegenüber, den ich sogleich erkannte. Theologiestudent Heiden. Ich erinnerte mich seiner, weil er, anstatt zu uns in den Kirchenchor zu kommen, wie es seiner Profession entsprochen hätte, in den Jugendchor ging, sehr zu meinem Ärger, denn es war die Zeit der großen Entlassung, und Nachwuchs war knapp.
Daß ich mich erinnerte, war insofern merkwürdig, als H. drei Wochen in Bautzen war, wie er mir nun sagte, nachdem ich ihn, zu seiner Überraschung, angesprochen hatte. [...]

Hamburg März 1960

Sehr geehrter Herr Zodrow!
Ich möchte Ihnen mitteilen, daß nun auch meine Braut ihre Versetzung erhalten hat. Leider ist meine Einstellung endgültig auf den 1.5. festgesetzt worden, wodurch mir ein ganzes Monatsgehalt verlorengeht. Der Schulrat wollte mich, um mir einen Verlust zu ersparen, für den April in einem andern Dorf einsetzen, aber damit ist uns ja auch nicht geholfen, denn das wäre in diesem Monat, in dem wir ja auch noch heiraten wollen, eine unmögliche Katerei.
Nun ergibt sich noch eine weitere Schwierigkeit, unsere Hochzeit ist auf den 20. April festgesetzt worden. Hinterher möchten wir natürlich gerne ein paar Tage wegfahren. Können Sie meine Braut für die drei Tage beurlauben, oder muß sie sich an den Schulrat deswegen wenden? Sie würde dann ihren Dienst erst am Montag, den ... antreten.
Sehr gerne würden wir beide vor Ostern bei Ihnen noch einmal vorschauen, zumal ja leider unser letzter Besuch sehr kurz sein mußte, wahrscheinlich wird sich dies jedoch nicht machen lassen, denn wir sind mit Ausstattungsfragen in bezug auf die

Hochzeit so in Anspruch genommen, daß wir nicht mehr wissen, wo hinten und vorn ist.
Sie täten uns einen großen Gefallen, wenn Sie die noch zu besprechenden Fragen schriftlich mit uns regelten.

Fritz Heydenreich Berlin-Lichterfelde, 30. März 1960

Lieber Walter!
Zuvor möchte ich Dir auch im Namen der Meinen unsere aufrichtigen Glückwünsche zum bestandenen Examen senden. Es hat uns wirklich erfreut, dass Du diese schwere wissenschaftliche Prüfung mit dem Prädikat »gut« bestanden hast und Deine schriftliche Arbeit besonders gut beurteilt wurde. Es würde mich interessieren, das behandelte Thema zu erfahren.
Auch unser Sohn Lienhardt promovierte in Braunschweig mit den gleichen Prädikaten wie Du – das Thema seiner Dissertation war »Histologische Betrachtung der Thymusdrüse bei Insectivoren«. Er arbeitet an einem Forschungsauftrag auf ein paar Jahre im Niedersächsischen Landesinstitut für Binnenfischerei in Hannover und ist bis auf weiteres abends bei seiner Schwester in Ahlten bei Hannover, falls Du einmal wieder in Hannover sein kannst. Unser Schwiegersohn ist Akustikingenieur. –
Zum anderen gerät es mit Euch uns zur großen Freude, daß Du so schnell eine Anstellung gefunden hast und besonders auch deswegen, dass Deine zukünftige Gattin gleicherweise ihre Betätigung erhalten konnte. Beglückwünsche auch sie von uns.
Umd zum dritten gratuliere ich Euch, daß Euere Hochzeit nun in Kürze stattfinden kann und Ihr ein so pompöses Heim zur Verfügung haben werdet! Gottes Segen walte über Euch und über Euere Zukunft!
Deine liebe Mutter ist wohl auch sehr beglückt über diese so günstigen drei Lösungen Deiner Zukunft! Wenngleich nun auch ihr drittes Kind ihrer persönlichen Obhut nicht mehr un-

tersteht. Aber sie bekommt ja nun wieder ein liebes Kind dazu. Hat Deine Gattin noch weitere Geschwister, die im Elternhause bleiben? Dieses ist wohl nicht weit von Euerem neuen Heimatsort entfernt? Bitte empfiehl mich beziehungsweise uns mit Gruß auch Deinen Schwiegereltern.
Du kommst ja eigentlich in eine ganz interessante Umgebung, dem Malerdorf Worpswede, und damit wohl auch in intellektuelle Umgangskreise, gesellschaftlich betrachtet.
Wir können uns aus Erfahrung vorstellen, welche Turbulenz mit den Vorbereitungen des neuen Hausstandes verbunden ist und wie wenig dabei der Rat des Bräutigams erwünscht wird, was sich aber in kurzer Zeit ändern dürfte. –
Du kommst nun wohl auch in die nähere Umgebung von Zeven-Aspe, dem Waldkrankenhaus, wo Tante Lisbeth[97] als Schwester wirkt. Ich würde Dir raten, mit ihr in persönliche Verbindung zu treten, da sie wahrscheinlich die Bilder ihrer Eltern (von mir) kaum nach Bayern gebracht hat, da ihr Sohn, soweit er mir bekannt ist, intolerant der Familie gegenübersteht.
Ich habe eine größere Zahl Bilder Deiner Großeltern auf ihre dringende Bitte hingegeben, da sie alle Andenken an ihre Eltern verloren hatte. Sage ihr nur, dass ich Wert darauf lege, dass Du die Bilder (eventuell später) bekommst als Namensträger der Familie. Vorläufig kannst Du Dir ja von den Dir besonders erscheinenden Bildern Kopien besorgen. Wenn Du es willst, wäre ich bereit, dies an Tante L. zu schreiben, obwohl es vielleicht wenig Einsicht bei ihr fände.
Mein lieber Walter, ich habe Dir die besonderes Interesse erfordernden Briefe Deiner Großmutter eingesandt. Sobald ich noch Korrespondenzen von Deinem Großvater auffinde, unterrichte ich Dich. – Wir haben immer in sehr lebhafter Korrespondenz gestanden, doch sind die zahlreichen Briefe – wie meine an ihn – vernichtet worden im Laufe der Jahre und Umstände, zum Beispiel bei der Sowjetplünderung bei uns.

---

97 Elisabeth Ziegler, geb. Kempowski, Schwester des Vaters.

Vor Jahren sandte ich Deinem Vater ein Fotoalbum mit Bildern aus seiner Kindheit, woran sich wohl Deine Mutter erinnern wird. Ich fürchte, daß auch dieses dort bei dem fürchterlichen Mißgeschick, das über Euch hereinbrach, verlorenging.
Ich stand Deinen Großeltern, die ja auch um die Jahrhundertwende noch jung waren, in mehr freundschaftlichem Verhältnis näher als im nefflichem. Sie waren auch meine besten Freunde. Auf Wunsch Deines Großvaters kam ich nach Rostock, weil er der Ansicht war, daß ein Kaufmannsanfänger vorteilhafter nahe Hamburg und Lübeck als im fernen Osten vorankäme. Er hat damit vollkommen recht gehabt, denn mein ganzer Lebensweg hat sich darauf aufgebaut, obgleich meine guten, lieben Eltern ein großes Opfer auf sich nahmen. Erst nach meines Vaters Tode, aus welchem Grunde ich vorzeitig aus Mexiko nach Hause zurückkehrte, kam meine Mutter zu ihrem Rechte über ihren Sohn.
Bei nächster Zeit erzähle ich Dir weiteres über die Jugend Deines Vaters und den Freundeskreis in Rostock. Ich bin infolge meines vorgeschrittenen Alters und meiner Arbeit nicht immer in der Lage, über meine Zeiteinteilung zu bestimmen.
Nun nochmals viel Glück und alles Gute für Gegenwart und Zukunft wünschen wir Dir und den Deinen mit herzlichen Grüßen.
Onkel Fritz und Tante Lis.

Rotenburg Mo 11. April 1960

Heute war der Gardinenmann da. Ich gab beim Buchbinder das Hochzeitsbuch ab. Hat mir viel Arbeit gemacht. Vorgestern beim Standesamt Aufgebot bestellt, der Beamte quatschte.

Rotenburg Di 12. April 1960

Heute kam der alte Eichenschrank vom Tischler zurück. – Wir kauften eine Deckenlampe fürs große Zimmer, 77 Mark. Ich fühle mich schlecht.

Rotenburg Karfreitag, 15. April 1960

Hochzeitsanzeigen werden geschrieben. Puh! Mir geht es immer noch nicht besonders. Hoffentlich ist es bis zum 20. besser. [...]
Vor einiger Zeit schon sagte ich im Kreise der Familie, daß ich den Spruch
»Wir haben hier keine bleibende Stadt
doch die zukünftige suchen wir ...«
sehr gerne habe, weil ich mich ihm geistig verbunden weiß. Nun träumte ich heute nacht, daß kurz vor der Hochzeit oder am Hochzeitstage vor der Trauung bei Tisch – es war eine schneeweiße, gestärkte Decke, und Weingläser standen darauf – die Rede vom Trauspruch war, und merkwürdigerweise wurde nur davon gesprochen:
»Ich bin der Weg, die Wahrheit und das Leben
niemand kommt zum Vater
denn durch mich.«
Und ich wunderte und ärgerte mich darüber, daß von meinem Spruch keine Rede mehr war. Ich hielt mir ein Blatt Papier vor Augen, um meinen Spruch nochmals zu lesen, aber immer war es der andere. [...]

Hochzeit.
Frühstück im Arbeitszimmer mit Ulla und D., ¼ nach 8 Uhr
Zwischen 11 und 12 Uhr Bouillon
Ab 12 Uhr ist Hildegard nicht mehr zu sprechen. Gäste unterhalten sich selbst.
¾ 2 Uhr Sammeln in der Halle
5 vor 2 Uhr Abmarsch
2 Uhr Trauung
¾ 3 Uhr, Buhrfeinstraße ein Glas Wein im Stehen
½ 4 Uhr – 5 Uhr Essen, Mokka
½ 8 Uhr Kaffeetrinken
½ 9 Uhr Kino – 9 Uhr
10 Uhr Schluß für Hicke und mich
[...]

Hildegard und Walter Kempowski,
Hochzeit in Rotenburg, 20. April 1960

Lüneburg Do 21. April 1960

Hotel schlecht. In der Nacht feudales, aber altmodisches Zimmer angeboten bekommen im »Deutschen Haus«, noch rechtzeitig bemerkt, daß der Preis 25 Mark beträgt! Daraufhin ich als Ehemann anderes Zimmer besorgt für 15 Mark im selben Hotel. Heute früh Gang durch die Stadt.

Klaus Beck, »Schwarzes Haus«, 1958

»... im Augenblick Lehrer«

Breddorf 1960–1965

1960

Breddorf Sa 30. April 1960

Nun haben wir uns hier in Breddorf schon etwas eingelebt. Hildegard arbeitet schon in der Schule, ich erst per 1. Mai, mache also augenblicklich nur Hausarbeit und Garten.
Heute auch erster schüchterner Versuch, die Gegend kennenzulernen, mit gutem Erfolg. Zwei Kilometer muß man allerdings erst gehen, bis es wirklich schön wird.

Breddorf Mo 2. Mai 1960

Erster Schultag. Der Ofen bullert, all die Kinder sitzen und rechnen. Die erste Stunde, die ich gebe. [...]
Brigitte ist nicht zu bewegen, etwas zu tun. Immerhin liest sie einmal etwas von der Tafel ab. Als sie auf die Tafel was malen soll, tut sie das nicht, holt nicht einmal ihre Tafel heraus. Die Nachbarin (Elfriede) half ihr. Packte aber allein ein. Sie soll mir zu Hause Ostereier aufmalen.

Schlußordnung
1. Tornister hinlegen
2. Beten
3. Tornister um
4. Stühle hoch
5. Auf Wiedersehen

Breddorf, Lehrerwohnung, 1960

Heute am ersten Schultag hatte ich mit Mühe den Kindern beigebracht, daß meine Schriftzüge an der Tafel »Hanna ist da« bedeuten. Dies »lasen« die Kinder denn auch gut ab, bis auf Elfriede, die schließlich meinte: »Hanna ist dor.« […]

Breddorf Mi 4. Mai 1960

Horst M. kam heute zu spät, er hat Angst vor dem großen Hund. Er weinte.
Lüer Gerdts meinte heut, er wollte gar nicht an die Tafel.

Breddorf Mai 1960

Oswalds Traum: Räuber, der hatte dickes Zeug und dicke Stiefel an und fuhr auf'n dickes Motorrad, und der Reifen war dick, und bumms fiel er um. Ich wollt da nicht mehr von träumen und doch die ganze Nacht.

Friedhelm: Mit Pferd gefahren, ist über Wasser gesprungen.
[...]
Unser Hektor hat mal drei Tage unterm Heu gelegen. Er hat immer gebellt. Unser Opa hat das gehört und hat den Leuten Bescheid gesagt, und die haben das Heu beiseite geschmissen. Dann hat er viel getrunken.
[...]
Bei Meyers sind einmal zwei Kälber von einer Kuh gekommen. Das waren Zwillinge.

Auf den Bergen haben die Kühe Glocken um, dort sind sie rot und weiß. Bei uns haben sie schwarzes und weißes Fell. Bei Heinrichs ist eine Kuh auf der Diele ausgebrochen, sie hat am Mehlsack gefressen.

Das kleine Kalb von Gerdts ist auf der Weide gestorben.

Eine böse Kuh hat Manfred mit den Hörnern hochgeworfen. Christa war mal beim Melken mit ihrer Schwester auf der Weide, da kam eine böse Kuh hinter Christa her. Christa sprang schnell auf den Trecker.

Breddorf Fr 20. Mai 1960

Stadt
Im Englischunterricht am 20.5.1960 benützte ich zum ersten Mal zwei Autos, um Verhältniswörter klarzumachen. Ich stellte Halmastein neben, vor, hinter das Auto usw. Dann ließ ich es *from – to* gehen, einmal herum. Dies machte den Schülern großen Spaß.

Breddorf Sa 21. Mai 1960

Stadt
Heute ergab es sich ganz nebenbei, daß die Kinder (2. Schuljahr) beim Bau einer zweiten Sprunggrube zusahen. In der ersten hatten andere Schüler einen Turm in den Sand gebaut. Ich regte ein weiteres Bauen an, was bereitwillig getan wurde. Ausnahmen: Linda, Renate, Gerda machten Unfug. Ein Junge aus dem 7. Schuljahr schaute eine Weile zu und machte mit. Ich ließ bauen, was sie wollten, um Interessenrichtungen festzustellen.
Jungs: Burgen und Türme, Kirchen
Mädchen: Tische, Sessel, Sofa
Turm mit zwei Tunnel
Die Jungen regten an, Autos mitzubringen. Trecker usw. [...]

Breddorf Mi 29. Juni 1960

Stadt
Heute in der letzten Stunde erfuhr das Spiel wiederum eine Vertiefung.
Material: Hölzchen, Autos, Kaugummi, Halmasteine, Steinchen

Reihenfolge:
1. Anständige Straßen bauen
2. Autos rein, nach Neigung, hierbei kamen einige Kinder etwas zu kurz.
Marita machte wieder »ihre« Bäckerei. Auto und Straße usw. waren ihr weniger wichtig als das Kneten der Backwaren und das Ausstellen (auf meine Anregung). Meine Anregung hier: Da mußt du aber auch Brötchen backen! Aus Knetgummi ... Eine andere Anregung etwas später: Firmenschild.
Marita: Aber ich kann »Bäckerei« nicht schreiben.
Darauf schrieb ich es vor.
Dies wäre also das erste Mal, daß die Schrift schon als Notwendigkeit in Erscheinung trat. Aufgabenstellung: Jeder muß sein Firmenschild malen.
Christa, der Müller, malte darauf ein großes M.
Johann giert direkt danach, Geld einzuführen. Heute wollte er schon die kleinsten Stäbchen dazu erklären. Dies wird verhindert werden müssen, da die anderen Kinder keineswegs soweit sind. [...]

Breddorf Sa 2. Juli 1960

Hanna und Elfriede spielten heute sehr nett im Stadtspiel zusammen. Krankenhaus.

Später: Straßeneinteilung mit Kreide auf dem Tisch vornehmen lassen. Dadurch wird Material gespart. Dann müßten die Autos ausgegeben werden und dann erst die Bauklötze. Anschließend das Feinmaterial.

Verständnis von Gott ist ebenso unzureichend, wie wenn man von dem Städtenamen »Kopenhagen« auf der Skala eines Radioapparates einschließlich der an dieser Stelle erklingenden Töne annehmen wollte, dies sei Kopenhagen.

Breddorf, Lehrerwohnung, 1960

Breddorf Juli 1960

Onkel Walter um die Briefe vom 1.10. und 19.10.1944 bitten; außerdem erwähnt er am 28. Oktober 1944 einen »kleineren Bericht«, den er seiner Frau geschickt habe, den muß ich auch haben.
Dann fragen, von wann bis wann Gefängniszeit[98], und ob ein Brief oder Bericht existiert, in dem er seine Gefangennahme Mai 45 beschreibt.
Bericht aus dem Gefängnis.
Briefe von Onkel Hans?
[...]

98 Kempowski 2005: Onkel Walters, nach dem Krieg.

Überschriften[99]
I. Teil: »Seltsam im Nebel zu wandern«
II. Teil: Hörst du nicht den Hasen blasen
III. Teil: Ich freu' mich über jedes grüne Blättchen …

Breddorf August 1960

Bremer Zeitung vom 4. Mai 1944[100]
Die Juden in Ungarn werden im Zuge der Reinigungsaktion der neuen Regierung in Budapest von jetzt ab in Ghettos zusammengefaßt werden, wobei besonders darauf geachtet werden wird, daß diese jüdischen Wohnstätten in der Nähe der großen Fabrikanlagen errichtet werden. Diese Wahl der Standorte der Ghettos gewinnt besondere Bedeutung im Hinblick auf den Luftkrieg, der auch Ungarn wie die übrigen Staaten des europäischen Südostens in immer stärkerem Maße berührt. Die Bomben der angloamerikanischen Terrorflugzeuge würden aber nicht nur die Heimstätten der ungarischen Bevölkerung treffen, sondern auch die zwangsweise zusammengefaßten Juden berühren … Da etwa ein Drittel der gesamten Einwohnerzahl in Budapest jüdisch ist …

Aus dem Führerhauptquartier, 14. Mai 1944
Das OKW gibt bekannt: Von der Krim sind am 13. Mai die letzten deutsch-rumänischen Truppen auf das Festland übergeführt worden. Seit November 1943 stürmten dort die Bolschewisten mit einer vielfachen Überlegenheit gegen unsere schwache Verteidigung an. Erst im April war es notwendig geworden, unsere Truppen auf einen engen Verteidigungsring um Sewastopol zurückzunehmen. Auch dort scheiterten die weiteren Versuche der Sowjets, mit 29 Schützendivisionen mehreren Artillerie-

99 Kempowski 2005: »Block«-Versuch.
100 Kempowski 2005: Auf das »Echolot« hindeutendes Interesse!

divisionen, Panzer- und Marinebrigaden den Ring zu sprengen und die deutschen Kräfte zu vernichten, unter schwersten blutigen Verlusten für den Feind …

Aus dem Führerhauptquartier, 18. Mai 1944
An der italienischen Südfront gelang es dem Feind gestern nach erbitterten Kämpfen, bei denen er schwerste blutige Verluste erlitt, nördlich Formia in unsere Stellungen einzubrechen. Gegenmaßnahmen sind im Gange. Im Raum von Esperia wurden alle mit stärksten Artillerie- und Panzereinheiten durchgeführten feindlichen Angriffe abgeschlossen. Cassino, das die Angloamerikaner seit Monaten unter Einsatz starker Kräfte vergeblich beraumt hatten, wurde in der vergangenen Nacht zugunsten einer weiter rückwärts gelegenen, kräftesparenden Riegelstellung kampflos geräumt. Im Landekopf von Nettumo wurden … starke Vorstöße des Gegners … abgewiesen …

Aus dem Führerhauptquartier, 6. Juni 1944
In der vergangenen Nacht hat der Feind seinen seit langem vorbereiteten und von uns erwarteten Angriff auf Westeuropa begonnen. Eingeleitet durch schwere Luftangriffe auf unsere Küstenbefestigungen, setzte er an mehreren Stellen der nordfranzösischen Küste zwischen Le Havre und Cherbourg Luftlandetruppen ab und landete gleichzeitig, unterstützt durch starke Seestreitkräfte, auch von See her. In den angegriffenen Küstenstreifen sind erbitterte Kämpfe im Gange. In Italien führte der Gegner aus Rom heraus mehrere vergebliche Vorstöße …

Aus dem Führerhauptquartier, 6. Juni 1944
Die deutsche, von DNB verbreitete Sondermeldung über den Beginn der lange erwarteten Invasion an der nordfranzösischen Küste hat folgenden Wortlaut:
»Der seit langem erwartete Angriff der Briten und Nordamerikaner gegen die nordfranzösische Küste hat in der letzten Nacht begonnen. Wenige Minuten nach Mitternacht setzte der

Feind unter gleichzeitigen heftigen Bombenangriffen im Gebiet der Seine-Bucht starke Luftlandeverbände ab. Kurze Zeit später schoben sich, geschützt durch schwere + leichte Kriegsschiffeinheiten zahlreiche feindliche Landungsboote auch gegen andere Abschnitte der Küste vor. Die Abwehr ließ sich an keiner Stelle überraschen. Sie nahm den Kampf sofort mit aller Energie auf. Die L-Truppen wurden zum Teil schon beim Absprung erfaßt und die feindlichen Schiffe bereits auf hoher See wirksam unter Feuer genommen. Viele Fallschirmeinheiten wurden aufgerieben oder gefangen, andere von hochgehenden Minen zerrissen. Trotz fortgesetzter heftiger Luftangriffe … griffen die Geschütze des Atlantikwalls sofort in den Kampf ein …

Aus dem Führerhauptquartier, 15. Januar 1945
… Wie erwartet eröffneten die Sowjets ihre Offensive nach mehrstündigem Trommelfeuer auch aus ihren Weichselbrückenköpfen bei Pulawy, aus dem Weichsel-Bug-Dreieck nördlich Warschau sowie aus den Narew-Brückenköpfen beiderseits Ostenburg. Erbitterte Kämpfe sind an der gesamten Front entbrannt. Im Einbruchsraum zwischen der Weichsel und den Südhängen der Lysa Gora dauern die schweren Kämpfe mit den über die Nida nach Westen vorgedrungenen Infanterie- und Panzerkräften der Bolschewisten an; zwischen Ebenrode und Schloßburg im ostpreußischen Grenzgebiet scheiterten erneute Durchbruchsversuche.

Aus dem Führerhauptquartier, 18. April 1945
Auch am Dienstag machten weder die zwischen Stettin und Görlitz angreifenden Bolschewisten noch die zwischen Chemnitz und Wittenberge andrängenden Nordamerikaner nennenswerte Fortschritte. Der sowjetische Druck war an den bisherigen Schwerpunkten überaus stark, aber ebenso energisch waren unsere Gegenangriffe. Auch die Angloamerikaner trafen im Elbeabschnitt und in Mitteldeutschland überall auf hartnäckigen Widerstand.
An der Nord- und und Südflanke der Westfront machten die

Angloamerikaner dagegen einige Fortschritte. Feindliche Aufklärungskräfte, die in den nördlichen Niederlanden gegen den Dollart vorstießen, wurden blutig abgeschlagen. Am Küstenkanal westlich Oldenburg und ferner südlich Bremen und im Nordteil der Lüneburger Heide wechselten feindliche Angriffe und eigene Gegenstöße. Außer im Raum Soltau, wo feindliche Panzerrudel den Angriff weiter nach Norden vortrugen, riegelten unsere Truppen in Gegenangriffen die feindlichen Spitzen überall sofort wieder ab.

Breddorf September 1960

Walter Görlitz: »Adolf Hitler«, Musterschmid-Verlag Göttingen.
[...]

Stadt:
Kinder müssen beim Bau der Stadt die Fragen angeboten bekommen. Vielseitigkeit.
[...]

Beiträge zur Geschichte Rostocks, acht Bände à drei Mark.
[...]
Warnemünde, Fremdenführer, 4 Mark.

Von Walter Görlitz Hamburg, 1. Oktober 1960

Lieber Herr Kempowski!
Ehe nach dem Urlaub im September die Plage des Zeitungsdaseins wieder angeht, will ich heute endlich Ihnen auf Ihren Brief vom 2. August antworten, so gut ich kann. Mit Ihrem Elternhaus verknüpfen sich ja für mich viele schöne Erinnerungen.

Wenn ich mir das Bild Ihres Herrn Vaters wieder vor Augen rufe, so ist der hervorstechendste Zug der eines Mannes, der eigentlich immer fröhlich und humorvoll war, auch dann, wenn die Zeiten Sorgen brachten. Als ich Ende April 1931 als Student im 1. Semester nach Rostock kam, waren die Zeiten für die Rostocker Schiffahrt ja nicht rosig, die Wirtschaftskrise war in vollem Gang, sonst hätten Ihre Eltern sicher nicht erst ein Zimmer (an mich), dann – wohl 1933 – ein weiteres an die berühmte Souffleuse Frau Koschate abgegeben, eine etwas reichlich schmuddelige Dame! Ob Ihrer Annahme, Sie sei meine Frau gewesen, schaudert es mich! Aber Ihre Eltern haben es immer verstanden, die Atmosphäre des Bürgerhauses nicht untergehen zu lassen, und wir haben viele frohe Stunden oder anregende verbracht.
Manchmal habe ich mich gefragt, ob nicht eigentlich der Offiziersberuf Ihrem Vater weit mehr auf den Leib geschrieben war als der des Kaufmanns und Reeders. Er war ein begeisterter Soldat, Erinnerungen an den Ersten Weltkrieg und die Leutnantszeit spielten eine große Rolle, er nahm auch freiwillig an »schwarzen« Offizierfortbildungsveranstaltungen teil, die die damalige Reichswehrgarnison im Winter abhielt, wenn ich mich nicht täusche, schon vor 1933. Politisch dachte er wohl mehr oder weniger deutschnational, als 1933 die meisten Menschen irgendwo vereinnahmt wurden, trat er dem »Stahlhelm« bei. Die Nationalsozialisten fanden wir etwas wunderlich, ich erinnere mich noch, daß Ihre Eltern und ich – ich glaube Sommer 1932 – zu einer deutschnationalen Versammlung gingen, auf der Herr Everling sprach, ein großer Monarchist. Als wir aus dem Hause in die Alexandrinenstraße kamen, marschierten SA-Leute in ihren gelbbraunen Hemden vorbei, und Ihre Frau Mutter sagte ziemlich laut: »O Gott, Karl, sieh doch, wie die Ascheimerleute.«
Daneben spielte die Hausmusik ihre Rolle, mit Försters, die Ihnen ja sicher noch ein Begriff sind, und dem Steuerinspektor Schöhl plus Frau bestand ja wohl eine Art Quartett.
Ich bin auf diesem Gebiete nicht so kompetent, weiß daher

nicht, wie die Rollen verteilt waren, das wird Ihre Frau Mutter ja vielleicht besser sagen können. Jedenfalls war es nicht so, daß nun alle Interessen außerhalb des Berufes einseitig auf das Militärische ausgerichtet waren.
Ganz groß war Ihr Vater im Erzählen von Alt-Rostocker Geschichten und Anekdoten, schade, daß das alles nie festgehalten ist. Da konnte man stundenlang zuhören, wenn die Geschichten etwa von der berühmten Loge in der Blücherstraße (nachher Wehrbezirkskommando und Wehrmeldeamt) aufs Tapet kamen, wo man sich offenbar in den neueren Zeiten weniger hohen Menschheitszielen als der Vertilgung guter Diners und alter Weine zugewandt hatte.
Rostock war damals ja noch eine Stadt, in der Originale keineswegs ausgestorben waren. Dazu rechnete unter anderem der (mir nicht mehr persönlich bekannt gewordene) sogenannte Onkel Berthold zur Nedden mit seinem immensen Tageskonsum an gutem Kognak, der wohl in Ihrer Firma so eine Art Sinekure hatte. Dann kamen die beiden Brüder Fischer, Schiffsreeder, der Konsul und sein Bruder Hans, die ich auch noch gekannt habe, und manche andere. Ihrem Vater da zuzuhören war köstlich, er hatte eine ausgesprochene Gabe, solche Geschichten zu erzählen, ohne je nun etwa boshaft zu sein, immer voll echtem Humor. Wenn wir einmal einen Abendspaziergang in der Altstadt unternahmen, unter Besuch des Kapitänslokals »Fröhliche Teekanne«, kam auch noch manches an Anekdoten zutage. Wie gesagt, trotz sicher mancher Sorge in den schweren 30er Jahren überwog der Frohsinn, und Humor und Standfestigkeit ließen Ihren Vater auch körperliche Molesten, die vor allem im Sommer bei großer Hitze sich einstellenden Hautbeschwerden, ertragen.
Leider ist mir ein Stadtrat Vietzens kein Begriff, wenn er noch lebt und im Westen ist, müßte dies doch über die Mecklenburgische Landsmannschaft herauszubekommen sein.
Wir hoffen, jetzt im Herbst Robert und Frau und Ihre Frau Mutter einmal bei uns zu sehen. Ich habe mich jedenfalls sehr gefreut, von Ihnen zu hören, und vor allem zu hören, dass Sie

es nach so vielen bitteren Jahren nun doch ganz erträglich getroffen haben. Wenn ich einmal in Ihre Gegend komme, würde ich Sie gern einmal besuchen.
Mit vielen Grüßen, auch von meiner Frau, und Empfehlungen, unbekannterweise, an Ihre Gattin
stets Ihr
W. Görlitz

1961

Breddorf Fr 19. Mai 1961

Heute wurde unser Karl Friedrich geboren. Es geht alles so rasch. Kaum dem Zuchthaus entronnen, Studienzeit ein Husch, verheiratet, ein Traumjahr voll Glück und Hoffnung. Und nun die Geburt. [...]

Rotenburg Mi 24. Mai 1961

Freiheit
Wie weit reicht meine Freiheit im Augenblick?
a) zeitlich – von 22.00 heute bis 8.00 Uhr morgen früh. Um diese Zeit muß ich Kaffee trinken, weil ich nicht nüchtern meine Frau besuchen will und kann. Meine Frau aber muß ich besuchen, weil ich mit ihr mich wegen der nächsten Tage besprechen muß. Dies muß ich morgen früh tun, denn morgen nachmittag muß ich nach Breddorf fahren. Warum fahre ich nicht übermorgen? Weil ich bis zum Schulanfang noch Akten bearbeiten und die Lektion entwerfen muß, die ich am 1. Juni zu halten gezwungen bin, wenn ich nicht auf meinen Beruf verzichten will ...
Diese Zeit aber, zehn Stunden, muß ich auch noch dem Schlaf zum Teil hingeben, da ich sicherlich müde werde. Ich habe also etwa fünf Stunden zur Verfügung. Fünf Stunden Freiheit.

b) räumlich.
In fünf Stunden kann ich theoretisch 25 Kilometer gehen. Dies ist von Rotenburg nach Zeven. Nach fünf Stunden bin ich dort.

Was soll ich da? In diesem Moment muß ich schlafen, komme also nicht wieder nach Rotenburg zurück, was aus den oben angegebenen Gründen notwendig ist. Folglich bleibt ein Aktionsradius von rund zwölf Kilometer. Nun kann ich auch mit dem Fahrrad fahren. Dann vergrößert sich der Radius auf etwa 40 Kilometer. Vorausgesetzt, daß die Züge in dieser Zeit günstig fahren, so könnte ich mit Wartezeiten usw. in dieser Zeit einen Radius von ca. 150 Kilometern als Raum meiner Freiheit ansprechen. Hierzu würde auch noch mein Geld reichen, ich habe 80 Mark in bar in meiner Tasche.
Andere Mittel, den Radius zu vergrößern, habe ich nicht. Es bleibt:

zeitliche Freiheit	fünf Stunden
räumliche Freiheit	150 Kilometer (Radius)

Wie lächerlich ist das, wie gering ist meine Freiheit hier im Lande der Freiheit! Man kann jedes beliebige Gebiet herausgreifen, stets sind sehr enge Grenzen gesetzt. So auf dem Gebiet der Bildung!
Bei all dem ist die Frage des Nutzens nicht erörtert. Wozu könnte schon ein Bewegungsradius von 150 Kilometern nützlich sein. Was will ich in diesen fünf Stunden dort? Es ist Nacht; selbst wenn ich etwas sehen könnte, die Landschaft ähnelte der hiesigen, kein Wechsel.
Wie anders mit der geistigen Freiheit. Weltall-Entfernungen können durchmessen werden (Zeit ist allerdings begrenzt). Und der Nutzen der geistigen Freiheit (d. h. die Freiheit, beliebige Gedanken zu haben)? Sie macht mich erst zum Menschen, indem sie mich zum Schöpfer macht. Hierzu kommt allerdings die Gnade des Leitbildes, das Ziel der geistigen Strebung, die allein von Gott abhängig ist. […]

Breddorf Mo 12. Juni 1961

Gestern, 11.6.1961, war Sängertreffen in Hepstedt. Neun Chöre waren dort, wir auch. Sind nicht schlecht abgeschnitten, was mich freute. Drei verrückte Redner, »treu-deutsch«, quatschig und pastoral. Großer Umzug durchs Dorf, zwei Kapellen. Wir sangen: »An hellen Tagen« und »Das Waldhorn«.

Breddorf Sa 17. Juni 1961

[...] Als ich nachmittags um 16.00 Uhr nach Hause kam, traf ich Onkel Harald Collasius mit seiner Frau an. Hierüber freute ich mich nun sehr, er hatte Kuchen und Wein mitgebracht. Leider funkte Z. noch dazwischen. Harald hatte seinen Hund in unserm Garten angebunden. Da kam Z. einfach in unsern Garten mit Bestie und band den Hund los! So eine Unverschämtheit. Onkel H. wurde ungehalten, und ich zitterte vor Wut. Aber man muß ja gütlich mit ihm auskommen, vielleicht leben wir Jahrzehnte mit ihm zusammen.
Gleichzeitig waren die Maurer im Keller und machten den Keller wasserdicht.
Mit Onkel H. sprach ich noch viel über Familiengeschichte. Er hat die 1946 verfaßten Lebenserinnerungen seines Vaters überhaupt noch nicht zu sehen bekommen! Ich gab ihm den betreffenden Band gleich mit.
Am Abend war dann das Chor-Abschiedsfest in der Schule. Wir sangen alle Chorwerke, die wir in diesem Halbjahr lernten, ich hielt eine kleine Ansprache, und dann wurde getrunken und nach Klaviermusik (ich) Volkslieder gesungen. Gegen halb 11 Uhr gingen die Wogen hoch, ich mußte sie schnell auseinandertreiben, denn die Schule ist ja schließlich kein Gasthaus.

Breddorf Juni 1961

Hafner: Legte großen Wert auf die Feststellung, daß es doch unklug sei, wenn man in späteren Jahren über die Ideale seiner Jugend lacht. Man sollte lieber die Ideale verwirklichen … Mir kam damals diese Überlegung etwas unzeitig, denn ich hatte noch Ideale und hing ihnen nach.

Breddorf August 1961

Hitler[101]
»Ich habe Hitler mehrere Male gesehen. In Bremen und auch in Nürnberg, auf dem Reichsparteitag. Wenn man es so nimmt, er hat ja das Beste wollen, er war in seiner Weise ein gläubiger Mensch. Er hat nur einen Fehler gehabt: Er hat einen Krieg angefangen und – verloren. Sonst hätte er ja ganz anders dagestanden.«

»In Bremen ging er ganz dicht an mir vorüber, zwei Meter vielleicht. Er hatte einen sehr beherrschenden Gang und ein sicheres Auftreten, er konnte ja auch die Menschen mitreißen. Gewiß, ich war jung, aber von seinen Reden ging etwas aus …«

»Ja, auf dem Bückeberg habe ich ihn gesehen, aber nur kurz. Wir waren damals junge Mädchen und natürlich begeistert. Wir waren ja extra hingefahren. Na ja, mein Gott, man hat es uns so vorgemacht.«

101 Kempowski 2005: Erste Hitler-Befragungen.

Stationen
Wohin[102]
ist man nicht schon
abgefahren!
Mit Vater und Mutter
in den Harz,
zu Kurpark
und klaren Quellen;
nach Wandsbek,
zum erstenmal
allein,
nach Berlin
nun schon ein
Bombenflüchtling,
verwirrt, erschreckt,
in klare Luft
und stramme Hilfsbereitschaft;
nach Stuttgart
als Luftwaffenhelfer,
in unterirdische Fabriken.
Flakfeuer
und Trümmer.
Nach Dresden,
ohne Vater,
mit einem Russen,
und Kartoffeln im Keller;
nach Wiesbaden
als halber Flüchtling,
ein halbes Leben,
ein halbes Wagen:
nach Rostock
in die alte Heimat;

---

102 Kempowski 2005: »Deutsche Chronik«.

nach Bautzen dann,
mal ganz anders;
endlich wieder nach Hamburg
mit Herzklopfen
mit zuviel Freude
und zuviel Vergangenheit;
nach Göttingen
in eine stille Stube;
nach Breddorf
mit Hildegard,
zu alten Truhen
und neuen Betten.
Warum geht der Zug
nach Polykephalopolis?

Wie sie ihn sahen!
»50mal! Zum ersten Mal 1926, da kam er gerade aus der Festung, da hat er in Rostock gesprochen, so ein schmächtiges Bürschlein, zog dann seinen Ledermantel aus, und dann hat er gesprochen, ich kann Ihnen sagen, drei Stunden, frei! Faszinierend, sein ganzes Buch, wie er dazu kam und vom Krieg und das Völkische, und wir waren ja alle auf das eingeschworen, schwarz-weiß-rot und so weiter, wir waren ja alle jung und begeistert, und er sprach natürlich so, daß es junge Leute begeistern mußte, und denn wurde das ja immer schlimmer, die dauernden Wahlen, wie in Frankreich, immerlos Wahlen, das hing einem ja zum Halse heraus.«

»Da stand dann so ein SPDler auf und hat drei Minuten da was zusammengestottert, wir haben ja bloß gelacht, und ein paar Kommunisten rissen auch das Maul auf, wollten da anfangen, die hat er vielleicht fertiggemacht, er schlug sie mit ihren eigenen Waffen, die gingen rückwärts zum Saal heraus. Na ja, und dann kam die Krise, sieben Millionen Arbeitslose ...«

Breddorf Sa 7. Oktober 1961

Entsagung

Wir lassen das weiße Auto stehn
und drehen uns nie wieder um,
die andern sollen dableiben und sehn,
wir sind ja schließlich nicht dumm!

Wir gehn durch die Einbahnstraße
und schimpfen leise und schnell,
die Häuser sind hoch in dieser Gasse,
und manches Fenster ist hell.

Dann stehn wir draußen vor der Stadt
und die Nacht ist angebrochen.
Hier ist es still und jeder hat,
wovon er früher gesprochen.

Und über den schwarzen Himmel ziehn
tausend silberne Vögel.
Wir wollen über den Fluß hinfliehn,
doch schlaff hängen die großen Segel.

Breddorf Sa 14. Oktober 1961

Ich habe irgendwo in meinem Gehirn ein Vakuum, einen Kubikzentimeter leerer Gehirnmasse. Und immer wenn der Strahl meiner Gedanken durch dieses Vakuum eilt, habe ich eine leichte Absenz.

Breddorf So 15. Oktober 1961

Hafner: Verlangte von mir Gedicht, in dem »Fahrrad« vorkommt.

Ganz besonders auffallend ist für die Menschen dieser Gegend der Mangel an Schönheit.[103]

Breddorf Di 17. Oktober 1961

Ich will nun mein Tagebuch[104] fortsetzen. Damals legte ich es beiseite, weil ich wußte: Nun kommt so viel Neues und so viel Bürgerliches, du wirst das Tagebuch nicht führen können. Und ich hatte richtig vermutet, nicht ein einziges Mal hatte ich Lust, mich schriftlich hier auszulassen. Die wenigen Familiendaten schrieb ich ins Familienbuch.

Nun habe ich vor einigen Wochen die Gedichtsammlung »Der Augenbaum«[105] angefangen. Zu dem Titel hat uns eine Birke inspiriert, die hier an der Chaussee wächst, sie hat eine Rinde, die wie lauter Augen aussieht. Hicke fand diesen Namen, und ich übernahm ihn schließlich. Hoffentlich kommt mit der Zeit noch mehr dazu. Ich habe nicht den Eindruck, daß ich schon »im Stil« bin.

Anders sieht das aus mit der Sammlung »Vor dem Gewitter«[106], eine Menge kleiner Geschichten, die zum Teil schon älter sind und sehr große Traummaterialsubstanz enthalten. Einige Geschichten waren andererseits schon sehr lange geplant und in den Einzelheiten festgelegt (»Der Aufenthalt« seit 1953!), fan-

103 Kempowski 2005: »Heile Welt«.

104 Neben dem seit 1960 vorrangig geführten Notizbuch.

105 »Der Augenbaum. Gedichte und Monotypien«, unveröffentlicht (Walter-Kempowski-Archiv im Archiv der Akademie der Künste Berlin).

106 »Vor dem Gewitter«, unveröffentlicht (Walter-Kempowski-Archiv im Archiv der Akademie der Künste Berlin).

den jetzt erst in die – wie ich hoffe – endgültige Form. Ich muß natürlich noch feilen, aber so, wie sie da sind, bedeuten sie mir schon sehr viel. Eine andere Sammlung läuft nebenher; kleine, witzige Kurzgeschichten, zum Teil persönliche Erlebnisse. Dann befrage ich noch alle möglichen Leute nach ihren Augenzeugenerlebnissen mit Hitler. Mal sehen, was da herauskommt.[107]

Breddorf Mi 25. Oktober 1961

Margot[108]
»Heute bin ich sehr unruhig, ich irre durch die Straßen. Schließlich habe ich das Rathaus angezündet, schnell wasche ich noch mein kalkiges Taschentuch in einem Abort aus, und da haben sie mich schon gefaßt. Kalkspuren und Fingerabdrücke auf dem Türdrücker – das reicht.
Während mich der Offizier zur Wache bringt, was ziemlich lange dauert, erzähle ich ihm alles, und seine Kälte weicht einem warmen Verständnis. Bevor er mich übergibt, schließt er mich noch schnell in seine Arme. Dann sitze ich mit andern Sistierten in der Wache. Zwei von ihnen müssen auf dem Fußboden hocken, sie wollen wohl nicht aussagen. Mir gegenüber ein älterer Mann, der an einer Banane muffelt. Man bringt auch Frauen, ich will einer älteren Dame ein Stück meines Klavierbocks einräumen, doch sie lehnt ab. Die Polizisten mit weißen Mützen und Manschetten laufen hin und her und führen die Anordnungen der Amtsvorsteher in den schwarzen Roben aus. Nun ist mein Leben beendet. Vielleicht bin ich aber auch geistig nicht in Ordnung, dann wartet ein frisches Bett auf mich.
Ich habe ja auch eigentlich kein Motiv zur Brandstiftung, es sei denn meine große Heimatliebe. Ich kann alle Kirchen aus dem

107 Vorarbeiten für »Haben Sie Hitler gesehen?«.
108 »Margot«, ein früher, unveröffentlichter Romanversuch (Walter-Kempowski-Archiv im Archiv der Akademie der Künste Berlin).

Gedächtnis ziemlich genau zeichnen. Sie haben damals auch alles aufopfern wollen, und mir haben sie mein Recht verweigert. Wenn dies ein Motiv ist, dann bin ich schuldig. Aber auch jedes andere Motiv könnte mich überzeugen, Geltungssucht z. B. Ich höre schon die Plädoyers hin und her und sehe die weinenden Angehörigen hinter der Barriere. Draußen schüttelt das Volk die Fäuste, ruft: »Hängt ihn!«, derweil Handwerker, die angesengten Fenster mit Pappe vernageln.
Der Offizier hat mir noch ins Ohr geflüstert, das nächste Mal sollte ich – hier – diesen blauleuchtenden Knopf drücken, wenn es mich ankomme. Aber wann wird das denn sein?«

Breddorf So 29. Oktober 1961

Heute ist Sonntag. Als wir uns heute früh an den Kaffeetisch setzten – ich spielte nach alter Sitte gerade noch einen Choral –, flog ein Vogel gegen unser Fenster. Er fiel wie tot auf die Kellertreppe. Nach einiger Zeit erholte er sich jedoch wieder und flog davon. Es war ein Goldhähnchen. Wir waren recht bedrückt darüber, freuten uns dann aber, daß er wieder davonflog. [...]

Margot
»Im Zentrum unserer Stadt stehen die großen Pyramiden, von denen ich dir wohl schon schrieb. Sie nehmen sich besonders nachts im Schein des Mondes eigenartig aus. Dann streichen silberne Vögel durch die Totenstille, und von jenseits der Stadtmauer hört man das Geheul der Hunde. Sie stammen noch aus einer Zeit, da alles anders war. Man hat sie gelassen, warum auch nicht.«

zack = zupp.

Es sind jetzt Bewegungen im Gange, den Gottesdienst zu reformieren. Man will ...

Margot
»Heute hat man sich mit mir einen üblen Scherz erlaubt. Wir besichtigten mit Freunden den Alten Turm. Die eine Hälfte der Besucher mußte unten warten, während wir in das Turmzimmerchen traten, wo ein kleines Museum eingerichtet ist, verstaubte Bilder mit blindem Glas davor, ein alter Globus und einige Folterwerkzeuge. Danach pries der Führer die wunderbare Aussicht und lud uns ein, durch eine Tür auf den Ausguck zu treten. Da er aber schmal ist, konnten wir nur einzeln durch die Tür ins Freie treten, die Aussicht genießen und durch eine andere Tür im Kreisverkehr wieder die Turmstube betreten. Dabei traf es sich, daß die Glocke gerade 12 schlug und mit jedem Schlag sich einer von uns draußen zeigte. Als ich nun zuletzt heraustreten will, schlägt der Führer die Tür vor meiner Nase zu. Schluß! ruft er, die Zeit ist um! Du kannst dir denken, wie ärgerlich ich war. Das ist aber noch gar nichts gewesen gegen die üblen Scherze, denen ich ausgesetzt war, als ich zu der wartenden Gruppe trat. Du bist ein schöner Judas gewesen! hieß es da humorvoll. Ich freue mich nur, daß nun bald sowieso alles ein Ende hat.

Führer in historischer Uniform.

Ich ziehe meinen neuen Mantel an, gehe die Treppe hinunter, dort steht Krummreich.
›Na‹, sagt er, ›als Herr verkleidet?‹
Ich ziehe mein Taschenmesser heraus und klappe all die vielen Extras auf, Korkenzieher, Glasschneider ... Das überzeugt ihn nicht.
Daraufhin lasse ich meine Uhr glitzern, die Sonne fällt gerade glücklich ein. Aber Krummreich lacht nur und fegt die Treppe.
Daraufhin spucke ich auf den letzten Absatz. Dies scheint ihm einzuleuchten, schnell stellt er den Besen in die Ecke und eilt mit einem scheuen Blick auf mich in seinen Glaskasten ans Telefon.
Sein Gedanke fliegt wie eine Kugel durchs Pusterohr, ins Ohr eines Beamten, der seinerseits nun auch etwas zu tun kriegt.«

Breddorf Sa 11. November 1961

Traum: »Raustreten zur Rauchpause«, heißt es. Auf dem Hof sind schon alle angetreten. Ich habe auch eine Zigarette und laufe noch schnell herunter, was gar nicht so einfach ist, weil die Nichtraucher auf Stühlen sitzen und mir den Weg versperren. Ich befürchte noch, daß mir ein Wachtmeister das Rauchen verbieten wird. Unten auf dem Hof fällt mir ein, daß ich meine Juno oben liegenließ. Reincke findet es von der Verwaltung geradezu blödsinnig, daß sie Diakonissen gestatten, ins Zuchthaus zu kommen. »Die fragen dann nämlich: Ach, warum sehen Sie denn so blaß aus? Usw.‹ Und wirklich, einige Diakonissen laufen in braunen Lodenmänteln herum und verteilen Liebesgaben. Mir drückt eine Diakonisse auch eine Tasche in die Hand und sagt dazu: Dritte Etage, das ist für die dritte Etage. Während ich noch die Leute von der dritten Etage suche, sehe ich den Pastor mit Kalfaktoren reden. Er beachtet die Gefangenen überhaupt nicht. Das ist mal wieder typisch! denke ich.

Breddorf So 12. November 1961

[...] Ein Buch mit dem Titel: Im Zuchthaus, es enthält alle Träume. Im Mittelpunkt steht die Rauchpause. Wenn ich auch hier ins Unwirkliche, Gespenstische gehe, kann ich allerhand bringen.

Breddorf Do 16. November 1961

Buchidee: Meine Familie. Hier in großer Kälte und Anteilnahmslosigkeit Geschichten aus der Familie erzählen. Man könnte vielleicht sogar eine Sonde in die Vergangenheit führen.

Mir ist im Augenblick so zumute, als baute ich ein riesiges Kraftwerk. Wenn es fertig ist, versiegt womöglich das Wasser? [...]

Breddorf Fr 17. November 1961

Buchidee: »Im Gefängnis«. Hier könnte ein Exkurs über Strafvollzug enthalten sein, um das Erträgliche der gegenwärtigen Lage zu verdeutlichen.

Breddorf Sa 18. November 1961

[...] In der politischen Lage ist es düster. Man mag gar nicht in die Zeitung sehen, wir fürchten sehr, daß unser paradiesisches Leben hier ein rasches, fürchterliches Ende nimmt. Aber auf ein solches Ende sollte man sich ja eigentlich freuen. [...]
Unser Hausstand hat sich verbessert, eine automatische Waschmaschine wurde angeschafft. Es dauerte eine Zeit, bis wir den Handwerker aus Tarmstedt hier hatten. Nun war er aber da und verkaufte uns obendrein noch eine Lampe (Schale).
Vor einiger Zeit kauften wir auch einen schönen Teppich. Nun brauchen wir nicht mehr viel. Ein Freund aus Hamburg brachte einige Ölbilder und hängte sie bei uns auf, aber wir wollen sie nicht kaufen.

Meine Gedanken an die Ewigkeit haben dreierlei Form:
1. Vorhang fällt – nichts.
2. Ein Wandern durch die ewige, die silberne Stadt.
3. Ich fliege wie ein Nachtgespenst durch das riesige All, von Kälte völlig durchdrungen, Lichtjahre von allen Seelen entfernt, die auch Lichtjahre voneinander entfernt sind und von denen es Billionen gibt.

Breddorf So 19. November 1961

Heute, am Sonntag, flogen acht Hubschrauber über unser Haus, das war ein Lärm! Wenn man denkt, was das für Geld kostet. [...]

Breddorf Di 28. November 1961

Traum: Ein größeres Kommando von Russen ist in der unwegsamen Lüneburger Heide mit dem Fallschirm abgesprungen. Einer von ihnen ist desertiert und hat Verbindung zu deutschen Bauern gesucht. Ich klopfe an die Tür einer Baracke, mir wird aufgemacht, es wohnen hier lauter Exilrussen, alles Katholiken. Ich frage sie durch die Blume, ob vielleicht der Deserteur hier steckt. Schließlich geben sie es zu. Ich warne sie vor den Russen und mache ihnen klar, daß diese Leute trotz der Gefahr, der sie sich aussetzen, nach ihrem Mann mit Hunden suchen. Wir müssen dauernd auf der Hut sein, daß sie uns hier nicht belästigen und den Mann womöglich erschießen oder so. Der Anführer der Exilrussen lächelt und gibt mir für meine Bemühungen einen 200-Kronen-Schein. Ich weise ihn zurück und erbitte statt dessen 100 Kronen. Dies wundert ihn, er ist sehr angetan davon, und nun werden auch seine Kameraden zutraulich. Sie schimpfen in den derbsten Ausdrücken über die Protestanten. »Luther, dieses Schwein«, sagt einer, halb zu mir gewandt. Und dann sagt er, plötzlich unsicher geworden: »Sie sind doch auch von der Jesuitenschule?« Ich verneine und gebe mich als moderner, toleranter Protestant zu erkennen.

Breddorf Fr 1. Dezember 1961

Heute wäre Großvater Robert Kempowski 96 Jahre alt geworden. Mein Großvater war ein Mensch, der für seine Person

Großes erreicht hat, ein Aufstieg, durch gute Zeiten begünstigt, der erstaunlich war. Was hat er leiden müssen! Seit Anfang dieses Jahrhunderts bis zu seinem Tode 1939 an den Beinen gelähmt, immer an den Rollstuhl gefesselt, zeitweilig sogar bettlägerig. Dabei von geradezu unwahrscheinlicher Energie und Zähigkeit. Sehr im Gegensatz zu seiner Frau Anna stieg ihm der Reichtum (auf der Höhe seines Lebens besaß er wohl fünf oder sechs Häuser, zwei Schiffe und eine in allen Hafenstädten bekannte und wohlrenommierte Firma!) niemals zu Kopf, er blieb immer natürlich und anspruchslos. Mein Bruder Robert hat ihn einmal frühstücken sehen: trocken Brot mit Speck, dazu ein Schnaps. In seinem ganzen Wesen spiegelte sich eine gewisse Verachtung gesellschaftlicher Formen, Titel usw., wenn er sie auch manchmal wie ein Schauspieler grotesk respektierte. Das Schauspielern lag ihm im Blut. Seine Frau hätte besser getan, ihn in seinem Wesen zu heben und diese groteskhumorvolle Art ins richtige Licht zu rücken, anstatt Tausende ins Rostocker Stadttheater zu tragen. Aber wer kann hier richten. Großvater Kempowski war auch sehr kauzig und schroff und gewiß nicht immer leicht zu behandeln. – Die humorvolle Ader hat übrigens mein Vater geerbt, mein Bruder in besonders origineller Weise, und auch ich bin davon nicht frei. So danke ich meinem Großvater die Möglichkeit, einerseits angesichts der furchtbarsten Erlebnisse innerlich noch ein Eckchen Heiterkeit zu besitzen und andererseits aber auch in der Heiterkeit beständig des Leides bewußt zu bleiben. Dies gibt einem eine gewisse Gelassenheit und in den verschiedenen Situationen eine reizvolle Blickrichtung.
Für meinen Vater wurde der Humor (an den sich eine große Kolonie Schnäcke angesetzt hatte) zu einem Panzer, mit dem er, kauzig genug, sein beleidigtes Inneres schützte. Meinem Bruder mag die mit dem Humor in eigenartiger Weise verbundene Schärfe der Kritik auf besondere Weise zur Stützung der Person dienlich sein.

Drei Beispiele für den Humor dieser drei Menschen:
Großvater Kempowski bezeichnete die Damengesellschaft seiner Frau als »Lützows wilde verwegene Jagd«. Man sieht die alten Tanten um die Ecke der Stephanstraße biegen, der Wind fährt in ihre Schleier, Hüte und Umhänge, sie sind bereit, mit der Schärfe ihrer Zunge, durch Kaffee und Kuchen gestärkt, über die Schwächen ihrer Mitmenschen herzufallen. Die Ankunft der Damengesellschaft als »Lützows wilde verwegene Jagd« zu bezeichnen und zu sehen, kennzeichnet die besondere Eigenart des Humors, mit dem Großvater Kempowski die Dinge sah.
Vielleicht ist es bezeichnend, daß ich lange habe nachdenken müssen, bis ich unter dem Wust von Schnäcken und Kauzigkeiten, hinter denen mein Vater sich verbarg, ein Beispiel echten Humors fand. Hier ist es: Bei Tisch hielt er sich des öfteren eine Serviette vors Gesicht, um uns Kindern – speziell mir – »Theater« vorzumachen, wie er das nannte. Er schnitt hinter der herabgelassenen Serviette Grimassen, die dann hinter der langsam hochgenommenen Serviette uns offenbar wurden. Die Gesichter, die er schnitt, waren aber keine Fratzen, sondern die Karikaturen der Fratzen, die er sonst beiläufig zu machen pflegte. Sein Theater war also eine Selbstdarstellung originellster Art.
Und Robert erreichte einmal in Bautzen unbändiges Lachen. Ich saß im Saal 3 und hörte auf einmal die Leute lachen. Alle Häftlinge guckten aus dem Fenster und lachten, auch aus den andern Sälen und Zellen hörte man Lachen. Und der Grund? Auf dem Hof machte gerade ein Saal »Freiübungen«. Alle lachten über Robert, weil er auf unnachahmliche Weise das sogenannte Turnen verhohnepiepelte.

Breddorf Fr 15. Dezember 1961

In der vorigen Woche war die Fahrprüfung. Ich fiel durch! Zu langsam gefahren. Dies ärgerte mich sehr, zumal ich mich vom

Prüfer schikaniert fühlte. – Gestern kam ein plötzlicher Frost, es fiel ein »unterkühlter« Regen, alles war mit Eis überzogen, sogar alle Zweige an den Bäumen, es knisterte, wenn es wehte. – Heute sagte ein Kind zu mir: »Herr Kempowski, wenn du die Brille abnimmst, hast du ganz kleine Pieksaugen.« – Heute kam ein neues Stück für unsere Einrichtung: ein Teewagen.

Breddorf Sa 23. Dezember 1961

Wir sind jetzt auf dem Punkt unseres Lebens, wo wir alle, wirklich alle unsere Wünsche erfüllt sehen. Vielleicht sind wir deshalb innerlich ängstlich, weil wir befürchten müssen, daß jede Veränderung in unserm Leben nur eine zum Schlechten hin sein kann, denn noch mehr Schönes ist kaum denkbar.

Breddorf Mo 25. Dezember 1961

Heute sangen wir mit unserm Chor zum ersten Mal in der Kirche. Pastor Scheele hatte uns kurzfristig eingeladen. Gut besuchter Gottesdienst, alles klappte, abgesehen von kleinen Schönheitsfehlern.

Ich bekam ein paar wunderbare Lederpantoffel und Bücher zu Weihnachten. Unser lieber Junge war sehr lebhaft und quietschte und kreischte. Wir saßen sehr gemütlich und in Muße zusammen. Ich legte Hildegard das »Gewitter« und »Die Stadt«[109] auf den Tisch (Entwurf), viel Freude hat mir das gemacht.

---

109 Der zweite Teil des dreiteiligen Romanmanuskripts »Margot« trägt den Untertitel »In der Stadt«.

1962

Breddorf Mi 3. Januar 1962

[…] Am 29. und 30.12. war ich dann in Hamburg. Klapperte die Antiquariate ab nach brauchbaren Büchern. Ein größeres Bücherpaket wird in der nächsten Woche hier eintreffen. – Ich besichtigte auch das Museum für Hamburger Geschichte, reizende Puppenstuben und Kleidung aus alter Zeit. Schiffsmodelle nicht so interessant. Dieses Museum und andere werde ich gelegentlich mit Hildegard gemeinsam ansehen. […]

Breddorf Sa 13. Januar 1962

Margot
»Als ich gestern abend in die Halle kam, löste sich Margot gerade aus den Armen des Beamten. Zögernd sah sie ihn an und gab ihm dann langsam und feierlich einen Kuß.
Ich stand auf der Treppe wie in einem fremdartigen Tempel, und mir war zumute, als habe eine Priesterin soeben das heilige Buch geküßt.«

»Neuerdings ist mir auch das Archiv des Beamten zugänglich. In der Hauptsache besteht es aus alten Büchern in einer mir unbekannten Sprache. Außer einigen zum Buchschmuck gehörenden (gehörigen) Vignetten konnte mein Auge nichts Sehenswertes entdecken. Aber die Mappen geben mehr her. Da sind insbesondere haufenweise Zeichnungen, die Szenen aus dem Leben des Beamten wiedergeben. Der Beamte am Meer, den Möwen zurufend, der Beamte auf dem weit ausladenden Ast eines altes Baumes, Regen und Wind aufnehmend wie Brüder, der Beamte auf der Spitze eines Felsens, die Hände der Sonne entgegenstreckend. Aber auch eine Anzahl Schlösser bei Nacht, eine Studienmappe über Eiformen und Farben und Karten mit eingezeichneten Wanderrouten. Alles das nicht sehr unordentlich und leicht zu klassifizieren. Ich denke, in wenigen Wochen damit fertig zu werden.«

Breddorf Sa 20. Januar 1962

Heute hat Bauer Mahnken die gekaufte Truhe angeliefert. Wir haben uns sehr über den preiswerten Erwerb gefreut und sogar etwas wie schlechtes Gewissen deshalb. Aber die Bauern lassen hier die herrlichsten Truhen buchstäblich verkommen in Schweineställen usw. oder zerhacken sie gar, was sehr häufig vorkommt. Zudem wird allgemein für Truhen weniger geboten, da sie in moderne Wohnungen nicht hineinpassen wegen der Größe. Diese Truhe nun, aus dem Jahre 1758, ist besonders schön, weil sie völlig unversehrt ist, sogar der Schlüssel steckt noch, ganz zu schweigen von der Schnitzerei, die aussieht, als sei sie erst gestern gemacht. Als ich neulich bei Mohrmann begann Posaune zu lernen, ein Vorhaben, was ich einstweilen zurückgestellt habe, machte mich der alte Willers darauf aufmerksam. Ich ging dann einige Tage darauf zu Mahnken und wurde auch sehr schnell handelseinig mit der alten Frau. Ich bot 75 Mark, was objektiv wohl unter dem Wert liegt (125 Mark wäre angemessen gewesen), subjektiv aber schon dadurch gerechtfertigt erscheint, wenn man bedenkt, daß einen die Bauern für dumm halten, wenn man mehr bietet. Wenn ich einmal genauer Bescheid weiß, werde ich ihm noch 25 Mark zahlen. Nun steht sie unten im Flur und wartet, nach Schweinen stinkend, auf Säuberung. [...]

Heute haben wir gehört, daß sie im Dorf von Hildegard erzählt haben, sie sei schon einmal verheiratet gewesen, hätte aber in der Hochzeitsnacht gemerkt, daß das nicht »ginge«, worauf der Vater, der ja Pastor sei, das geschickt vertuscht habe. So reden also die Leute wirklich das Blaue vom Himmel herunter, eine Lügenbande! In dieser Beziehung ist ein Dorf wirklich ein Schlangennest, wie viele arme Menschen dadurch wohl schon zugrunde gerichtet wurden.

Klavierspiel von Bachchorälen, Empfindung, daß Mutter dazu pfeift, und denke an Prüter. Warnemünde, Kurierzeit, irgendwie an Bachmann und Prüters Erzählungen von seiner Freundin damals (genüßlich erzählt), und Bachmann war ein Flugzeugwerk in Ribnitz, und wir hatten Bekannte, Kränzchenschwester namens Gribnitz in Warnemünde, dabei denke ich an Grewenitz, bei dem irgendwas nicht in Ordnung war mit der Ehe. Und Bachmann war wohl auch in Anklam ein Werk gegenüber oder in der Nähe von der Frau, die ich einmal mit Vater und Mutter besuchte, deren Mann Feldwebel an der Front und die Vater öfter besuchte. Ein andermal mit Mutter allein gewesen dort, nachher sagte Mutter zu mir so etwa: ne schöne Frau – mit der poussiert Vati ja immer, sie backt nur so guten Kuchen, damit Vati usw. ... Ich damals elf Jahre alt.
Mutter: »Vati spielte Bach nicht gerne, das war ihm zu fummelig.« Mutter hat »gepfiffen«, gepetzt also, dies will das Klavierspiel mir sagen, es will mich über diese ungeklärte Frage beruhigen, Mutter hat ja nur gepetzt, und das darf man nicht glauben. Was will der Gedanke? Ich spiele Bach, was Vater zu fummelig war, Vati mochte Bach nicht, Bachmann nicht, mochte auch wegen seiner Haut nicht gern nach Warnemünde, Bachmann nicht, auch Frau X nicht (zu fummelig, zu pummelig). Nach Warnemünde fuhren die Eltern oft als junge Leute, 1929 holte Vater sich seine Hautsache dort an der Mole. Prüter hatte auch immer mit Furunkeln zu tun. Einer seiner Finger ist verkrüppelt.

Breddorf Di 13. Februar 1962

21.00 Uhr. Nun ist alles ruhig draußen, und gestern war der fürchterlichste Orkan, den man sich denken kann. Ausgerechnet kam er noch von Südwest und brachte Regen mit. Etliche Ziegel flogen von unserm Dach herunter, es regnete in die Wohnstube, ein Zustand zum Fürchten! Im Dorf selbst wurden Bäume entwurzelt und auch Dächer abgedeckt. [...]

Breddorf Sa 17. Februar 1962

In der Nacht sind wieder zehn Ziegel vom Dach heruntergeweht. Es war ein fürchterlicher Sturm, man konnte nicht schlafen vor Lärm. Im Küstengebiet sind große Überschwemmungen, man sagt, es seien die größten seit 100 Jahren. – Am 15. Februar waren zehn Junglehrer bei mir und auch bei Hildegard. Sie hospitieren immer beieinander, und so war ich nun dran. Hildegard beteiligte sich mit einer sehr schönen Musikstunde, damit ich nicht zwei Stunden geben mußte. Alle waren zufrieden, und wir freuten uns, daß wir die Probe bestanden haben. Anerkennung hat man ja immer nötig. – Ich lerne seit einiger Zeit Posaune, das macht Spaß, und ich komme voran. Ich möchte so gerne den Posaunenchor hier auch übernehmen. Mit dem Klavierspiel geht es jetzt auch vorwärts. Ich übe fast täglich, was sich natürlich stark bemerkbar macht. [...]

Breddorf Di 20. Februar 1962

Traum: Ich bin Lehrer in Rostock an der St.-Georg-Schule, und zwar in der alten Klasse, in der ich einst von Märtin unterrichtet wurde. Ich mache Kopfrechnen mit den Kindern und stelle plötzlich gegen Schluß der Stunde fest, daß sie das Einmalfünf überhaupt nicht können. Selbst Schnackenberg antwortet, wenn ich frage, 1 x 5 = ?, = 3 oder so was. Ich wundere mich darüber, denn das Einmalfünf ist mir immer als sehr leicht erschienen. Nun, nach mehrmaligem Versuchen, diskutiere ich mit der Klasse, wie es kommt, daß sie diese Einmaleins-Reihe nicht können. Sie geben mir auch ganz vernünftig Auskunft. Nun versuche ich es ihnen, obwohl es die letzte Stunde ist, und diese ist auch schon vorbei, zu erklären. Ich trage übrigens mein Hemd und meinen Anorak über dem Arm. »Wenn du einmal fünf Pfennige geschenkt bekommst, wieviel Pfennige hast du dann?«

»Fünf Pfennige natürlich.«
»Seht ihr wohl, das ist doch ganz einfach: 1 x 5 = 5. Man kann sich das auch mit den Fingern der Hand klarmachen. Wieviel Finger habe ich an einer Hand?«
»Fünf«
»Also: 1 x 5 = ?«
»1 x 5 = 4«
Aber dies ist ja nun wieder falsch. Ich mühe mich, es ihnen immer wieder zu erklären, und wundere mich immer wieder, daß sie dieses leichte Einmalfünf nicht können. Als wir dann nach Hause gehen, sammle ich meine blanken Halmasteine ein, ein Kind sammelt seine eigenen ein, sie sind schundlich und nicht so schön wie meine.

Es handelt sich bei diesem Traum, wie ich sogleich beim Aufwachen feststelle, um einen typischen Wunscherfüllungstraum.

Breddorf Sa 24. Februar 1962

Heute war ein großer Tag! Hans-Joachim Mund kam mit seinem Adoptivsohn Dr. Raddatz vom Rowohlt-Verlag. Es war ein besinnliches Wiedersehen, und im Zentrum saß das entscheidende Gespräch über »Margot«. Ich war hinterher so aufgeregt, daß ich keinen Gedanken fassen konnte. Nun habe ich wenigstens einen Menschen, dem ich was schicken kann.

Breddorf So 25. Februar 1962

Gestern war Mund hier. Dr. Raddatz, sein Adoptivsohn, begleitete ihn, er ist im Rowohlt-Verlag als Lektor oder so etwas beschäftigt. Er hatte natürlich mein Manuskript gelesen und tastete mich nun ganz vorsichtig ab. (Erster Gang zum Bücherregal, was ich für Bücher habe.) Auf Umwegen kam er auf mein Manuskript zu sprechen und bot sich mir als ein interessierter Mentor an. Er sprach sogar von einer Veröffentlichung. Hier der entscheidende Dialog:
R: Haben Sie denn schon mal an eine Veröffentlichung gedacht?
Ich: Das hängt ja nicht von mir ab, das hängt doch davon ab, ob ich einen Verleger finde.
R: Der Verleger kommt zu Ihnen. Hauptsache, Sie schreiben.
Ich: Da muß man aber doch Beziehungen zu diesem Verlag haben, eine Quelle ...
R: Sie sind doch die Quelle, und ich sitze an der Quelle.
Ich: Wenn Sie das so meinen, ich bin einverstanden. – Nun tuckert mein Herz.

An die Schwiegereltern Breddorf, 26. Februar 1962

Ich schreibe heute, weil wir eine große Freude hatten und Euch daran teilnehmen lassen möchten. Gestern war mein Gefängnispfarrer Mund, von dem ich schon viel erzählt habe, hier bei uns zu Tisch und fuhr abends wieder ab. Nun konnte Hildegard auch ihn kennenlernen, dem ich so viel zu danken habe.

Er wurde begleitet von seinem Adoptivsohn, Dr. Raddatz aus Hamburg. Und dies ist die noch größere Sensation. Er ist nämlich im Rowohlt-Verlag als Lektor oder so was beschäftigt und kam, um mich zu testen. Er hatte natürlich das Romanmanuskript gelesen (obwohl ich es nicht gestattet hatte) und tastete mich nun ganz vorsichtig ab. Alles sah er sich genau an, Wohnungseinrichtung, Bücher usw. Bis er schließlich auf Umwegen auf mein Manuskript zu sprechen kam und sich mir als sehr interessierter Mentor anbot. Er sprach von einer Veröffentlichung, als ob diese schon ganz feststünde, behandelte mich im übrigen, was mir sehr wohltat, mit großem Respekt. Ich selbst habe keinen Vorstoß gemacht, weil ich eine Protektion auf diesem Gebiet natürlich ablehne. Hildegard und ich haben den Eindruck, nach allem, was gestern gesprochen wurde, daß er sich um mich bemüht und sich eine Art erstes Recht bei mir sichern wollte. Im übrigen hat er, wie ich von einem Bekannten erfuhr, eine ziemlich einflußreiche Stellung. In den nächsten Tagen will er mir den Katalog seines Verlages schicken, wo ich alle Bücher ankreuzen kann, die mich interessieren, die wird er mir dann schenken.
Wir sind uns natürlich darüber klar, wie man ja immer auf der Hut sein muß, daß dies alles eine Seifenblase sein kann. Wir verlieren ja aber nichts bei diesem Spiel, den heutigen Sonntag haben wir jedenfalls wie im Fieber gesessen. Wie schön die Aussicht, daß sich hier vielleicht eine Tür öffnet, mit der wir nie gerechnet haben.
Dies alles wollte ich nur schnell erzählen, damit Ihr auch davon unterrichtet seid!
Viele Grüße
Euer Walter

Breddorf So 11. März 1962

Alle Menschen sind einsam,
die meisten wissen es nur nicht.

Meine Mutter verfügt über ein ganzes Vokabularium eigenartiger Wörter. Buttercreme zum Beispiel ist ihr zu wehrsam, Rhabarber macht die Zähne stiff. Zuweilen meint sie, so arbeiten zu müssen, daß ihr das Blut unter den Fingernägeln hervorspritzt. Herumliegende Schokolade ist angriepsche Ware, mit dem Kaffee muß sie, wenn die Kinder nicht rechtzeitig kommen, »herumhüten«. Eine kleine Person, die ihre Zierlichkeit wohl von der Großmutter Nölting, der kleinen Marie, wie sie genannt wurde, geerbt hatte. Und nicht, wie sie selbst vielleicht gerne meinte – ohne es geäußert zu haben –, von der umstrittenen französischen Abkunft. Die sogenannte französische Linie nämlich, deren Namen ihr Vater trug – die Collasius oder »de Collas« –, waren grobknochig und groß, ohne viel Humor und mit Neigung zur Landwirtschaft und zu grüblerischer Religiosität.
Eine kleine, zierliche Person, immer gern zu Scherzen aufgelegt, mit Verständnis für Humor, den sie im Verkehr mit meinem Vater wohl auch nötig hatte. Mein Vater nämlich war ein eigenartiger Kauz, der stets Späße machte, schrullige Einfälle hatte und alle Vogelichkeiten, die er an seiner Umgebung wahrnahm, bereitwillig annahm. Alles dies aber war nur ein Panzer für seine bereits im allerfrühesten Alter unheilbar verwundete Seele. Sein Interesse für Eigenarten erstreckte sich übrigens auch auf körperliche Gebrechen, die er leicht auch nachmachte, so das »In-die-Kuhle-Treten« beim Klumpfuß oder die Wolfsrachenlaute seines Freundes B., der einmal hinter ihm, dem Radfahrenden hergeschrien hatte: »Nehmen Sie mich doch mit, Herr Kempowski!«
Das Interesse an körperlichen Gebrechen rührte von einer Hautkrankheit, die ihn, wie gesagt wurde, schon seit den Gaskriegunternehmungen in Flandern plagte und durch Juckreiz

und Nässen zu großen Unannehmlichkeiten führte. So mußte er als Geschäftsmann zuweilen mit völlig verbundenem Kopf im Kontor sitzen. Einer seiner Regimentskameraden hatte die bemerkenswerte Frechheit, ihm den Händedruck mit der Bemerkung zu verweigern: »Ick wiet ja gar nich, wat dat is, wat du da hast.«

Zu dieser Bemerkung gab die Hautkrankheit wohl weit weniger oder nur mittelbar Anlaß. Der Großvater Kempowski nämlich war seit der Jünglingszeit an den Füßen gelähmt, eine Folge von »Gelenkrheuma«, was indessen niemand so recht glauben mochte. Dieser alte Herr also hatte ein nicht ausgeheiltes Kavaliersgebrechen, das er mit vielen Witzen und Humor bedachte. Er war auch der eigentliche Urheber des speziellen Humors, der in unserer Familie das tägliche Leben bis zum biegenden Lachen beherrschte, dem meine Mutter, sich geschickt einfühlend, drastische Schauspielkünste hinzufügte und die in der bedenklichen Vorliebe meines ebenfalls körperbeschädigten Bruders Robert mündete.

So konnte es passieren, daß zu Mittag das Essen selbst eingestellt werden mußte, weil die gesamte Familie über irgendeinen Schnack oder eine Vorstellung vor Lachen außer Atem geriet. Ein Familienmitglied überbot das andere in mimischen Darstellungen, nur meine Schwester machte hier eine Ausnahme, sie lachte zwar gerne und heftig mit, enthielt sich jedoch aller »Voglichkeiten«, wie sie es nannte. (Hier Beispiele.) Leider hatte meine Mutter die unangenehme Angewohnheit, an meinem Bett des Abends lange Gebete zu sprechen. Nach dem üblichen »Müde bin ich, geh zur Ruh‹ folgte das sogenannte freie Gebet, was, um einen neuen Ausdruck zu gebrauchen, von Kitschhaltung beherrscht war.

Dies erklärt vielleicht, weshalb mir die kirchlichen Gebräuche und der Ton, der um Christus herrscht, in tiefster Seele zuwider sind. Nicht unwesentlich mögen allerdings auch dabei beteiligt sein die tief einprägsamen drastischen Nachahmungen meines Vaters, denen die Pastoren unserer Gemeinde ausgesetzt waren.

Mein Blick schärfte sich schon in frühesten Jahren derartig für die kleinste Unechtheit des Ausdrucks oder der Haltung, daß ich immer voller Kritik bin, das Höchste fordere und das gleichzeitig verabscheue. Beispiel: Pastor Frahm, Dittner (grün), Behm.
Mein Bruder Robert hatte damals schon eine ausgeprägte Anlage zur Groteske. Wäre er gesund gewesen, er hätte einen ausgezeichneten Clown abgegeben, ich möchte sogar sagen: einen hervorragenden, auch im Film als Groteskkomiker hätte er sicherlich Bedeutendes geleistet. Er hatte eine solche Dichte der mimischen Gestaltung, eine so unnachahmlich kobold- und wurzenhafte Ausdrucksfähigkeit, daß man zuweilen geradezu erschrocken gewesen wäre, hätte man nicht lachen müssen. Er seinerseits zog nun alle möglichen Jünglinge an, die Spaß verstanden, was also geradezu frontal auf mich einwirkte und mich früh zu Nachahmungen veranlaßte mit, wie ich bestimmt feststellen kann, nicht halb so großem Erfolg wie Robert. (Fotos machen.)
Meine Schwester Ursula hatte diesen Spuk aber bald satt und wurde sehr herbe. Deshalb ist es wohl kein Zufall, daß sie auch einen völlig humorlosen Mann heiratete, der noch dazu Däne ist. Bis heute blieb ihr die Art meines Vaters unverständlich, was nicht gerade gebessert wurde durch die Art und Weise, wie er die Werbung des Dänen aufnahm. Hier spielte er nämlich, zur falschen Zeit und an falschem Ort, einen Pascha oder einen mittelalterlichen Patriarchen, der über das Wohl und Wehe seiner Tochter gönnerhaft zu bestimmen habe – ein Spaß, der dem humorlosen Dänen schwer auf die Nerven ging, weshalb um ein Haar auch die Ehe nicht zustande gekommen wäre, was zweifellos bedauerlich gewesen wäre.
Um es zusammenzufassen: Humor und Vorliebe für die Groteske umgab mich in reinster Form von frühester Kindheit an. Dazu vom Vater her viel Musik, Feinfühligkeit, scharfer Blick und Neigung zum Heroisch-Gewaltigen. Von der Mutter dagegen etwas Spritzig-Originelles, ein scharfer Blick für alles Absonderliche, Großzügigkeit des Lebensstils. Von beiden El-

ternteilen eine ausgesprochene Vorliebe für bis ins Sketchhafte ausgeweitetes Geschichtenerzählen, romantisches Gefühl dabei, was gleichwohl selbst absorbiert wurde.

Von Fritz J. Raddatz Reinbek, 13. März 1962

Lieber Herr Kempowski,
vielen Dank für Ihre Karte. Die Kataloge habe ich Ihnen deshalb zugeschickt, damit Sie sich die Bücher, die Ihnen besonders wichtig sind, darin anstreichen und sie mir wieder herschicken (die Kataloge nämlich).
Ich will gern in bescheidenem Umfange Ihnen Freiexemplare auf den Weg bringen, kann aber natürlich auch das eine oder andere mit Rabatt »liefern«.
Heute möchte ich Ihnen doch noch ein paar Worte zum Manuskript DIE STADT sagen, zumal ich mich inzwischen mit einem mir sehr maßgeblichen deutschen Schriftsteller beraten habe, der mein grundsätzlich positives Urteil teilt. Das bedeutet also, daß ich mir tatsächlich – ohne Eile – verspreche, daß wir hier einmal zu einer Publikation kommen. Ich schicke Ihnen hier die Fotokopie des schriftlichen Gutachtens mit, das ich für ausgezeichnet halte und von dem ich mir denken kann, daß es Ihnen eine gewisse Hilfe bei der weiteren Arbeit ist.
Außerdem geht mit separater Post an Sie das Manuskript zurück; Sie wollten ja so freundlich sein, mich die inzwischen entstandenen Teile mal kennenlernen zu lassen, aber bitte fügen Sie jetzt die neuen Teile so ein, daß ich sie sofort als Neuhinzufügungen erkennen kann, und schicken Sie es dann vollständig (oder so vollständig wie vorhanden) wieder her; denn ich möchte jetzt nicht nur die Einfügungen sehen, sondern auch das bereits Gelesene noch einmal im Zusammenhang mit den Einfügungen sehen.
Hoffentlich fühlen Sie sich nicht mißbraucht und tragen Sie mir vor allem nicht nach, daß ich das Manuskript weitergegeben

hatte, aber ich fasse sehr ungern einsame Beschlüsse, und es lag mir deshalb sehr viel an einer weiteren Stimme.
Als zweites Manuskript darf ich Ihnen die Erinnerungen Ihrer Frau Mutter zurückschicken; ehrlich gesagt, hatte ich mir davon sehr viel versprochen, glaube nun aber, nachdem ich es gelesen hatte, doch nicht, daß man es publizieren kann. Vielleicht war hier auf amoralische Weise meine verlegerische Neugier stärker als meine Teilnahme am menschlichen Geschick. Das Schicksal Ihrer Frau Mutter kannte ich ja bereits seit vielen Jahren – aber die hier vorliegende Form scheint es mir über die Möglichkeiten einer häuslichen Erinnerung hinaus nicht zu bewältigen. Ich finde das sehr schade; denn in unserer Reihe rororo AKTUELL, von der Ihnen ja »Die Alternative« vorliegt, wäre ein möglichst kühler, leidenschaftsloser, aber in der Sache bitterer Bericht dieser Art durchaus denkbar gewesen.
Sowie ich also das neu aufbereitete Manuskript wieder in Händen habe, will ich mich damit beschäftigen und melde mich dann wieder.
Inzwischen bin ich
mit freundlichen Grüßen
Ihr Fritz Raddatz

Gutachten zu walter kempowski — *6. März 1962*

1. was an dieser prosa zuallermeist auffällt, ist ihr am wenigsten anzukreiden: die abhängigkeit von kafka. der autor bietet ihr auf eine weise die stirn, die von mut zeugt. daß alle personennamen mit k beginnen, ist eine ironische reverenz, die für den text einnimmt. eigentliche epigonen kaschieren ihre vorbilder. das ist hier nicht der fall. es gibt eine kafka-nachfolge, die durchaus legitim ist. mit dem rat, er möge sich von kafka »freischreiben«, wäre dem autor am wenigsten gedient. das wird er von selbst tun, er ist nämlich schon dabei.
2. nichts mit kafka zu tun hat das anachronistische moment dieser prosa. das ist eine stärke. neues wird hier durch altes dargestellt und auf diese weise kritisiert. es handelt sich um die um-

kehrung eines verfahrens, wie man es bei orwell antrifft. das wenige, was ich von der ddr weiß, spricht dafür, daß die bösartigkeit der dort herrschenden, vorgeblich neuen gesellschaft nicht zuletzt in ihrer eigentümlichen zurückgebliebenheit besteht. man könnte von einer künstlichen fäulnis der bürgerlichen epoche sprechen. die beschreibung dieses kadavers ist dem autor in manchen abschnitten vorzüglich gelungen.

3. das zeigt sich in der penetranten spießigkeit, die hier dargestellt wird. schon die form der briefe an die mutter, der bewußt falsche familiensinnige ton, die sphäre von fotoalben, stullen, hindenburg-erinnerungen, die »kunst«-vorlagen im klub, das alles schmeckt nach leichengift und ist sehr stark. (»dabei denke ich oft, was du wohl gesagt hättest, wenn vater sich ohne dein wissen in berchtesgaden ein haus gemietet hätte. das ist doch ein unmöglicher gedanke.«)

4. offenbar dazu soll, an einigen stellen des buches, eine vermeintlich süddeutsche tönung beitragen. sie gelingt nicht, wird auch nicht konsequent durchgehalten; der autor kennt das bayerische nicht gut genug, um es genügend tief zu hassen. die »süddeutschen« passagen wären besser zu streichen.

5. der anachronismus wird nicht streng durchgehalten. vor allem fehlt es der prosa an der nötigen sprachlichen stringenz, es kommt fortwährend zu brüchen, und zwar keineswegs nur beabsichtigten brüchen, die als stilmittel anzusehen wären. gut ist die falsche wehmut, die an stummfilm und operette anklingt (central-kino-kapitel, altmodische apparate: selbst die automaten und modelle der erzählung erinnern an alte telefone). schlecht ist eingesprengte umgangssprache von 1962: »gar nicht mal schlecht«, »auf der treppe oder so«; »au fein«; »mein süßer«; »er war direkt gerührt«; ein »gekonntes« bild; »extras« am taschenmesser. das sind sozusagen anachronismen innerhalb des anachronismus. der autor muß sich entscheiden, welche sprachebene er wählen will. ich würde ihm raten, neuestes, auch sprachlich, durch die brille von 1910, 1915, 1920 zu betrachten und beim hieratisch stilisierten plüsch zu bleiben. wo er's tut, gelingen ihm großartige sätze: im modernen jargon bleibt er mittelmäßig oder schlecht.

6. das gilt nicht nur für die sprache, sondern auch für die metaphern. sehr gut sind erfindungen wie »die sprechstelle«, der klub, das »rosenhaus«, der »einschluß«, das »wirtsmahl«, auch das modell der stadt (= gesellschaft), auch die gruft scheint mir brauchbar. die etwas altväterliche topographie der stadt ist ebenfalls ganz gerechtfertigt (»diebsgasse«): ähnliches kann man in leipzig noch beobachten (oft in den städten von drüben hat man den eindruck der stehengebliebenen zeit).
dagegen sind erfindungen wie »lyrische selbstkritik« oder »geistiger selbstbedienungsladen« ausgesprochene kurzschlüsse: sie geben nur billige satire her und bleiben gänzlich vordergründig. die qualität der arbeit liegt eben in der distanz; es ist die sache mit dem umgedrehten feldstecher: durch ihn sieht er neuartig und genau. die schulszene z. b. läßt diese distanz in der sprache und im gehalt vermissen; sie ist platt. überhaupt ist von allzu direkten anspielungen abzuraten (»geheime dienerschaft« für »geheime staatspolizei« usw.).
7. zuweilen (nur an wenigen stellen) wird das kafka-muster allzu sichtbar; zum selbstzweck oder zur schlamperei. dies vor allem, wo die anleihen bei kafka von der sache des autors gar nicht erfodert werden. beispiele hierfür: die »kunstreiterinnen«, ohne die der text sehr wohl auskäme; oder der lächerliche abklatsch: »ich möchte, daß mir ein priester väterlich die hand auf den kopf legt und dann den tödlichen stoß gibt.« das ist unverzeihlich, nicht weil es von kafka ist, sondern weil es in dem buch keine funktion hat. von einer religion, die mit christlichen requisiten arbeitet, ist nämlich darin nicht die rede, sondern von etwas ganz anderm.
8. bis zu einem gewissen grad gilt das auch für den schluß. ganz abgesehen von den reminiszenzen an die »strafkolonie« wirkt dieser schluß wie eine verlegenheitslösung; so als wäre dem verfasser eben keine andere art eingefallen, die sache zu ende zu bringen. unhappy end. für die erscheinungen, die er beschreibt, scheint mir aber eben nicht die liquidierung bezeichnend, sondern die fortdauer des anachronismus: die opfer werden ja gar nicht geschlachtet, sie leben weiter im aussichtslosen, das nur

jeden tag, um es noch schlimmer zu machen, als glänzende zukunft verkauft wird. ich bin sicher, daß der autor fähig wäre, das darzustellen. er macht sich den schluß des buches zu leicht, und das verfälscht das ganze.
9. so wie es ist, würde ich das buch auf keinen fall publizieren. die reaktion der kritik – das sowieso – wäre absolut negativ. das könnte der verlag hinnehmen, für den autor wäre es kein guter start. seine umstände kenne ich nicht. wenn er auf eine publikation brennt, würde ich einzelne stücke ausgesondert in den »akzenten« abdrucken lassen, meinetwegen auch im »merkur«. im übrigen würde ich ihm nahelegen, nicht das manuskript wegzulegen, sondern noch einmal daran zu arbeiten. seinen kafka soll er nicht verstecken – das wäre taktisch klug, aber sachlich falsch. aber er soll seine stärke erkennen und genauer und gezielter schreiben. er muß ganz genau wissen, was er will. der grat, den er sich ausgesucht hat, ist nicht der gemütlichste. jeder schritt daneben (und er leistet sich deren dutzende, wo schon ein einziges »au fein« genügt) kostet bei einem so ambitiösen text den kragen. wenn der mann aber zeit hat, geduld aufbringt und das buch, gestochen scharf (im sinn des umgedrehten fernglases), noch einmal schreibt, wird man es publizieren können. erfolg wird dieses buch (sagen sie ihm das nicht) keinesfalls haben, auch wenn seine nächste fassung viel besser ist; aber es wird sich lohnen, auf den autor zu setzen; wenn er das, was er hier angefangen hat, ausführen kann, ist er ein schriftsteller, und wenn den leuten sein erstes buch nicht gefällt, werden sie sein zweites schlucken müssen.

Breddorf Do 15. März 1962

Am 9.3. bekamen wir unser Auto! BRV – Y 768. Nun sind wir aber wirklich mit allem ausgerüstet und brauchen weiter nichts als unsere Ruhe und Frieden. Die erste Fahrt machten wir letzten Sonntag nach Rotenburg. [...]

Robert und Inge bekommen ihre neue Wohnung in Hamburg nicht. Die Opfer der Sturmflutkatastrophe werden in die Neubauwohnungen gesetzt. Dies ist für die beiden eine große Enttäuschung. Monatelang hatten sie schon im Vorgefühl geschwelgt, hatten Zeichnungen gemacht und so weiter. Ich finde das auch nicht richtig. Wenn schon beschlagnahmt wird, dann sollte man Sommerhäuser oder Villenteile von vermögenden Leuten nehmen. Auf die Kleinen wird es immer abgeschoben. Robert, nach seiner langen Haftzeit, und Inge, nach Umsiedlung und schlechten Jahren unterm Polen, haben sich doch nun wirklich verdient, endlich ein eigenes Heim zu haben.

An Fritz J. Raddatz Breddorf, 16. März 1962

Lieber Herr Dr. Raddatz!
Ich danke Ihnen für den Brief vom 13. März, mit dem Sie mir eine angenehme Überraschung bereiteten. Ich konnte mir zunächst Ihr Schweigen nicht erklären und rätselte mit meiner Frau herum, endlich dachten wir, daß Sie vielleicht zuviel zu tun hätten oder daß Ihr Interesse abgekühlt sei.
Nun muß ich aber doch sagen, Sie haben ein ziemlich gefährliches Spiel gespielt. Jener Mister X. bekam ein ziemlich grobklotziges Etwas in die Hände, das ursprünglich ja noch nicht einmal für Sie gedacht war! Es ist doch noch ohne Fasson, unausgegoren und in seiner, ihnen vorliegenden Gestalt, sozusagen ein ungemachtes Schlafzimmer. Von heute aus betrachtet, sieht es so aus, als hätte ich Ihnen damals über Ihren Vater das Manuskript zugespielt. Dies ist nicht der FalI – wenngleich ich heute glücklich bin, daß die Dinge so gelaufen sind, das ist klar –, ich wollte Hans, meinem Bautzener Gesprächspartner etwas schicken, von dem ich meinte, daß es die Atmosphäre, die wir beide zu atmen gezwungen waren, objektiviere.
Über die Kritik des Mister X. bin ich sehr dankbar, sie macht mir Mut und kurbelt die Produktion an. Natürlich bin ich in

vielen Einzelheiten mit ihm nicht ganz einig – insbesondere die Anspielungen auf Zustände in der DDR –, möchte aber ganz und gar verzichten, darauf einzugehen. Möglicherweise werden die Seiten, die ich Ihnen in den nächsten Tagen in das ursprüngliche Manuskript einfüge (Seitenzahl umrandet), mich noch weiter von der dem Mister X. vorschwebenden Linie entfernen, was sicherlich nicht ausschließt, daß wir eines Tages ein abgeschlossenes und rundes Ganzes vorliegen haben.
Die Erinnerungen meiner Mutter, darin bin ich mit Ihnen einig, eignen sich nicht zur Veröffentlichung. In dieser Beziehung wäre ich vielleicht in der Lage, noch etwas vorzulegen, ich sende mit dem Manuskript der »Stadt« ein anderes, was eventuell für diese Zwecke umgearbeitet werden könnte. Ich bin aber nicht sonderlich daran interessiert, weil eine solche Veröffentlichung mich gleich zu sehr abstempelte. Vielleicht fällt Ihnen aber noch ein anderer Aspekt ein.
Die Prospekte lege ich bei. Ich habe angekreuzt, was mich interessiert, halten Sie mich bitte nicht für unbescheiden, wenn es sehr viel Kreuze sind. Sie können ja nach Gutdünken und Vermögen auswählen. An Büchern mit Rabatt bin ich auch interessiert, leider sind ja meine Geldmittel sehr beschränkt.
Morgen beginnen meine Osterferien, es könnte sein, daß ich für zwei Tage in Hamburg bin. Bei dieser Gelegenheit könnte ich auch Sie besuchen, ich bin nun etwas beweglicher, weil ich mir ein Auto gekauft habe.
Mit freundlichen Grüßen
Ihr Walter Kempowski

Breddorf Do 22. März 1962

Block, Im Block[110]

110 Erste Erwähnung des späteren Titels.

Von Fritz J. Raddatz Reinbek, 22. März 1962

[...] Ich sehe das Spiel, das ich trieb, nicht als so gefährlich an, um in Ihrer Terminologie zu bleiben, denn daß Ihr Manuskript kein endgültiger Wurf, sondern ein Versuch war, wußte ich ja. Ich wollte mir das nur von Herrn Dr. Enzensberger, Mr. X., bestätigen lassen, daß eine Substanz da ist, die zu entwickeln lohnt. Das also wollen wir beide doch versuchen. In jedem Fall warte ich neugierig auf die eingefügten Manuskriptteile, gleichgültig, ob sie nun ein gemachtes oder ungemachtes Schlafzimmer darstellen (ich habe übrigens gar nichts gegen ungemachte Schlafzimmer).
Es wäre schön, wenn wir uns demnächst noch einmal sehen könnten, wahrscheinlich haben wir beide aber am meisten davon, wenn ich schon vorher in die mir zugehende Neufassung hineingesehen habe. [...].

Breddorf Mo 26. März 1962

Hier gewesen! Nahmmacher![111]
Nach Jahren der Entfremdung hatten wir zwei sehr schöne Tage. Es war wie in Bautzen! Als Schulkamerad hatte Detlef, von den Nazis verhetzt, mir am 24. September 1944 nachts die Haare abgeschnitten (es galt als unmännlich, unmilitärisch und eines Deutschen unwürdig, langes Haar zu tragen!). Dieser Überfall damals erregte mich natürlich sehr, bestärkte mich aber in meiner klaren Haltung. Gleich nach dem Krieg wurde Detlef Nahmmacher, dessen Eltern sich erschossen hatten, von den Russen eingesperrt und bis 1948 gefangengehalten. Nur ein Jahr hatte er, um sich im Kreise von Freunden für eine erneute Gefangenschaft – Bautzen! – aufzutanken. Er erfuhr, daß ich auch dort saß, und hatte – sehr unbegründet – Angst vor mir.

111 Eintrag von Detlef Nahmmacher.

Eines Tages wurden wir tatsächlich in einen Saal zusammengelegt. Wir wurden sehr gute Freunde, die Jahre 1950/51 waren für meine Entwicklung entscheidend! Später war er der Dirigent des Kirchenchores, den ich nach seiner Entlassung 1954 übernahm. –

Als ich neulich in Wilstedt die Kirche besichtigte, fuhr mir ein Bundeswehrauto gegen meinen parkenden Wagen: Beule! Nun hat es einen neuen Kotflügel gegeben.

An Fritz J. Raddatz Breddorf, 27. März 1962

Lieber Herr Dr. Raddatz!
Ich sende Ihnen hier wie versprochen den erweiterten Entwurf der »Stadt«. Zur genaueren Durchsicht bin ich noch nicht gekommen, da ich im Augenblick ziemlich eifrig über dem dritten Teil der »Stadt« sitze, den ich Ihnen aus diesem Grunde auch noch nicht mitschicke. Offenbar ist das ganze Vorhaben doch umfangreicher, als ich zunächst dachte. Soweit ich übersehen kann, reichen meine Notizen, Skizzen und Gedanken aus, mich noch längere Zeit zu beschäftigen, es bleibt bei einer Dreiteilung. Die von Herrn E. kritisierten Stellen wurden, soweit ich seiner Kritik zustimme, abgeändert. Es freut mich ganz besonders, daß Herr E. mein Manuskript erhielt, da ich ihn sehr schätze. Am Montag kam das Bücherpaket, für das ich sehr danke! Gleich habe ich mich über den Toller gemacht, das hatte ich schon lange vor. Als nächstes kommt der hl. Franz von Assisi an die Reihe. Das Klosterleben und das Häftlingsleben haben ja innerlich und äußerlich vieles gemeinsam. Moderne Literatur muß ich mir im Augenblick versagen, da ich eine Beeinflussung fürchte. Dies tut meine Frau für mich, sie »referiert« mir dann. Da ich nicht weiß, ob Ihr Herr Vater[112] das andere Manuskript

112 Gemeint ist Hans-Joachim Mund, Raddatz' Vormund bis zur Volljährigkeit.

auch geschickt hat, »Vor dem Gewitter«, habe ich Ihnen mein Exemplar noch mit eingelegt. Es handelt sich um einen Band Geschichten, die untereinander keinen Zusammenhang haben, wenn man vom Bezug auf den Titel absieht. Einige Geschichten wurden oben rechts mit einem Minuszeichen versehen, diese werden aus der Sammlung entfernt. Leider neigen sich die Ferien ihrem Ende zu, wodurch meine Privatarbeitszeit halbiert wird.
Ich danke Ihnen nochmals für Ihr Interesse und bleibe mit herzlichen Grüßen
Ihr Walter Kempowski

Breddorf Mi 11. April 1962

[...] In der letzten Woche hatten wir allerhand Besuch. Robert war am letzten Wochenende da, ich gab ihm Gelegenheit, einen ersten Autoversuch zu machen. Robert hat die Stellung gewechselt, er arbeitet an einem Adressennachweis für Schiffslieferanten. Ihre Wohnung ist vom Hamburger Senat beschlagnahmt für die Opfer der Flutgeschädigten. Nun müssen sie bis September warten, dann bekommen sie ein Reihenhaus. Robert braucht 22 000 DM Eigenkapital, das er sich zum größten Teil zusammengespart hat, eine erstaunliche Leistung (seit 1958!).
Dann kamen Mette und Mutter aus Hamburg. Meine Mutter sah gut aus und machte einen ruhigen Eindruck. Sie will bald wiederkommen. Mette nahm Abschied, sie fährt wieder nach Dänemark, das eine Jahr Deutschland ist nun herum. Da wird meine Schwester Ulla staunen, wie sich ihre Tochter entwickelt hat. Ob sie in bezug auf Lebensklugheit allerdings viel dazugelernt hat, ist sehr die Frage.
»Margot« macht auch große Fortschritte. Der Roman umfaßt nun 200 Seiten, den dritten Teil habe ich wesentlich verändert und ihn als ersten Teil eingesetzt. Hieran arbeite ich noch und denke, daß die Gliederung endgültig ist. Raddatz hat die andern

beiden Teile zur Beurteilung in Hamburg. Ich bin gespannt, was er sagt.
Am 10.4. habe ich zum ersten Mal im Posaunenchor mitgeblasen. Nach Weihnachten hatte ich mit Spielen angefangen.

Breddorf Sa 28. April 1962

Schon seit Tagen befinde ich mich in einem Tief der mir eigenen Stimmungsschwankungen. Ein Gefühl, als wäre man leer wie eine ausgequetschte Tube, Antriebsarmut, Unlust oder besser und zusammenfassender: Langeweile. Die Arbeit an »Margot« hat mir viel Freude gemacht, und sie ist zu einem gewissen vorläufigen Arbeitsschluß gekommen. Nun auf einmal nach kühnsten Träumen Zweifel am Wurf, Zweifel und Kritik.
Morgen werde ich 33, äußerlich allein schon Höhepunkt meines Lebens. 22: das war 1952, Freundschaft zu Detlef fand ihr vorläufiges Ende, Kirchenchorgemeinschaft bestand seit zwei Monaten, Reichtum hinter mir, Ungewisses vor mir, ein Schaukelmoment, wenn's wieder runtergehen soll, man steht, fliegend, still in der Luft. Elf Jahre: das war 1941, Bombenangriffe begannen, noch Kind, noch nicht unter Jazzeinfluß, noch nicht als Nachahmer meines Bruders (setzte erst 1943 ein). Noch unter Einfluß meines Lehrers Gosselck mit Vogelschutzverein, Radtouren zum Konventersee, noch mit Vater usw. [...]

Breddorf Mo 30. April 1962

Gestern, am Sonntag, war mein Geburtstag. Ich bekam sehr schöne Sachen: ein Schreibbrett, Benjamin: »Illuminationen«, drei kleine Bilder von Rostock, einen großen Präsentkorb vom Chor. Gegen 11.00 Uhr kamen Vater und Mutter aus Rotenburg, brachten ihr Essen mit (sie kamen unangemeldet) und fuhren um 2.00 Uhr wieder fort. Kurz darauf kamen Schwester Lisa und Schwester Gertrud, dann um 5.00 Uhr die Herren Vorsitzenden vom Gesangverein. Sie besichtigten auch den hinteren Teil des Gartens, den sie nun in diesem Jahr in Ordnung bringen wollen. Abends kamen dann unser Kollege Zodrow und Frau. Der Geburtstag war gleichzeitig Abschiedsfeier für Hildegard, die heute ihren letzten Schultag hat. Dann ist sie nur Hausfrau.

Hildegard Kempowski, Schule Breddorf, Frühjahr 1962

An Fritz J. Raddatz Breddorf, 1. Mai 1962

Lieber Herr Raddatz!
Ich bin eigentlich ganz froh, daß Sie mein Manuskript »Stadt« noch nicht gelesen haben. Inzwischen hat sich nämlich schon wieder allerhand verändert, der dritte Teil ist gestrichen, dafür ist ein neuer erster Teil vor das Ganze gesetzt worden. Die vielen neuen Kapitel sind aber leider noch nicht vorweisbar, sonst hätte ich Ihnen gleich das jetzige Manuskript geschickt. Zudem habe ich die neuen Kapitel meist erst handschriftlich entwor-

fen, Durchschriften existieren nicht usw. Zu einem regelrechten Durcharbeiten komme ich aber erst in den großen Ferien, Juli – August, da sich meine schulischen Aufgaben erheblich vergrößert haben. Nun können Sie selbst entscheiden: entweder warten, bis das neue Manuskript vorliegt oder doppelte Arbeit leisten, indem Sie das Ihnen vorliegende, inzwischen überholte Manuskript lesen. Das zweite Manuskript[113] ist davon unberührt, an ihm wird zunächst nichts zu ändern sein.
Hoffentlich haben Sie eine angenehme Reise gehabt, inzwischen habe ich allerhand im Garten gearbeitet, ein angenehmer Ausgleich, es blüht schon und wächst überall. Wenn Sie wollen, können Sie gern einmal über ein Wochenende mein Gast sein, Sie sind hier völlig ungestört. Die Handwerker haben inzwischen auch den Rest des Hauses überholt, das Arbeitszimmer ist ein sehr wohnliches Fremdenzimmer.
Mit freundlichen Grüßen
Ihr Walter Kempowski

Breddorf Sa 5. Mai 1962

Heute abend kamen der Bürgermeister, unser Kollege und zwei Mitglieder des Gemeinderats, breite, schwere Leute mit derben Witzen und bäurischer Lebensart. Sie brachten für Hildegard einen Toaströster – das war vorher mit mir verabredet – als Abschiedsgeschenk der Gemeinde. Wir tranken eine Flasche Weinbrand aus und erzählten, es wurde 1.00 Uhr, eine für uns seltene Uhrzeit. [...]

113 »Vor dem Gewitter«.

Von Fritz J. Raddatz Reinbek, 22. Mai 1962

[...] Haben Sie besten Dank für Ihre freundlichen Zeilen vom 1. Mai, die ich leider jetzt erst beantworten kann, weil ich einige Wochen in Spanien war, leider nicht zum Urlaub, sondern um verschiedene Kongresse zu besuchen. Das bedeutet leider auch, daß ich noch immer keine Zeit fand, Ihr Manuskript einzusehen, was ich nach wie vor tun möchte, auch wenn Sie mir schreiben, daß es inzwischen eine neue Fassung gibt oder Sie jedenfalls im Begriff sind, eine neue Fassung zu erarbeiten. Meine Neugierde ist groß genug, die verschiedenen Wege verfolgen zu können, auf denen Sie sich Ihrem Ziel nähern, ich werde also das mir hier vorliegende Manuskript, wenn Sie gestatten, hierbehalten und Ihnen auch meinen Eindruck wiedergeben, sowie ich es gelesen habe.
Inzwischen erwarte ich unverdrossen Ihre nächste Fassung, Gott sei Dank hat in diesem Falle die Angelegenheit einmal Zeit, es muß nicht in der sonst üblichen Hektik eines Verlagsbetriebes behandelt werden; wenn Sie also erst im Juli oder August dazu kommen, sich wieder in Muße mit Ihrer Arbeit zu beschäftigen, so soll mir das recht sein, und ich will Sie durchaus nicht zu irgendeiner Eile oder Hast antreiben.
Hoffentlich vergeben Sie mir auch, wenn ich beichten muß, daß ich das zweite Manuskript noch nicht gelesen habe. Ich hoffe, aber, noch bis Ende dieses Monats diese Schulden abtragen zu können, und werde mich dann wieder bei Ihnen melden. [...]

Breddorf Juni 1962

Meine Tätigkeit hier ist vorläufig noch etwas problematisch. Ich habe durch Hildegards Ausscheiden nun sehr viel Kinder zu versorgen, was immer nicht so gut gelingt, wie es geplant ist. Auch setze ich nicht, wie es wohl nötig wäre, meine ganze Kraft ein für diese Aufgabe. Ich bin mit halbem Herzen nur da-

bei, was nicht heißen soll, daß ich meinen Beruf verfehlt hätte. Keineswegs! Aber »Margot« hat meine größeren Sympathien, was man wohl verstehen wird, wenn ich mich dadurch von allerhand Belastendem freischreibe.
Das Buch ist, wie wohl schon gesagt, im Rohbau fertig. Der erste Teil beschreibt meine Einsamkeit und die Begegnung mit Menschen, wobei ich getreten werde und wiedertrete. Im zweiten Teile werde ich in größere Verhältnisse entlassen, ein Steigen beginnt, ich gerate mit hinein, ohne zu wissen, wie. Ohne zu wissen, wie, gelange ich dann glücklicherweise zu Margot, wo ich aber schließlich in Einsamkeit zurücksinke – dies ist eine oberflächliche Beschreibung der Oberfläche. Ich hoffe sehr, daß Raddatz bald mal kommt. Zumal sich noch andere Dinge am Horizont abzeichnen. Offensichtlich naht ein zweiter und ganz fern ein dritter Roman. Der zweite wird wohl »Reisen mit Nikolette« heißen, der dritte grotesk die Zuchthauszeit verzerren.
Nebenbei ist allerhand zu lesen, ganze Stöße von Büchern warten auf mich. Ich habe keinen Augenblick Ruhe, rastlos bin ich unterwegs, was ja eigentlich ganz schön ist. Ich hoffe nur, daß der Garten so, wie wir ihn uns einrichteten, gut anwächst. Wir vergrößerten die Grasfläche und legten ein neues Staudenbeet an. Dieses Beet hat mich schon lange beschäftigt und ist meine Freude. […]
Meine Mutter wollte eigentlich für 14 Tage kommen, ist nun aber doch nach Dänemark gefahren. Ich kam gerade mit dem Auto und habe sie mitgenommen. Ich arbeite nebenher an der Familiengeschichte der Kempowskis, was recht interessant und anregend ist. Wie anders war die Welt der Collasiusse! Wie schwer war es wohl, an der Seite meines Vaters zu stehen und dessen arme, gequetschte Seele mittragen und ertragen zu müssen – ein von seiner Mutter ungewolltes Menschenkind, von seinem Vater zugunsten eines zwielichtigen Teilhabers kleingehalten, ein Vollblutmensch, den man in einen engen Kasten gesperrt hatte, ein Mensch mit großen Anlagen, die hinter den nach innen gerichteten Igelstacheln verkümmerten. Das ande-

re, was sich entfaltete, wunderlich verunstaltet durch den Zeitgeschmack.
Wagner, Rubinstein, Tschaikowski. Dazu Wilhelm II., das Deutsche Reich, viele Generalstabskarten, Militärmärsche, Offiziersverein. Daneben die Gesellschaft von vielen Oberlehrern und trinkenden Kapitänen andererseits. Hier der Ibach-Flügel – dort eine Seemannskneipe – hier Konkert (wie er sagte, aus Spaß) – dort Erinnerungen an Ypern.

Am letzten Sonntag war Bundessängerfest in Bülstedt. Auch ich zog mit dem hiesigen Chor dorthin, wir sangen »Wenn ich ein Vöglein wär'« und »Wie herrlich ist's im Wald«. Die andern Chöre brachten noch kitschigere Lieder. Männerchöre usw.

Von Fritz J. Raddatz Reinbek, 7. Juni 1962

[...] Um nicht ein ständig schlechtes Gewissen vor Ihnen zu haben, las ich also gestern abend wenigstens Ihr kleines Manuskript »VOR DEM GEWITTER«. Ich muß sagen, daß mich auch vieles daran beeindruckt hat. Sie selbst werden ja wissen, daß es sehr unterschiedliche Arbeiten sind, und die Skala reicht zu meiner eigenen Überraschung vom Gedankenwitz (um nicht zu sagen Kalauer, wenn Sie das harte Wort verzeihen wollen) bis zur ernsthaften surrealistischen Sprach- und Denkarabeske. Die erste Charakteristik würde etwa auf ein Stück wie »EIN GESPRÄCH« zutreffen oder »DAS SPIEL«; die zweite Charakteristik dagegen auf Arbeiten wie »DER STREIT« oder »DAS VERGEHEN«. Im ganzen jedenfalls muß ich sagen, daß mich dieses literarische Substantiv-Dictionnaire, die arabeskenhafte Erläuterung und Ausarbeitung jedes einzelnen Teilbegriffes fasziniert hat, und ich würde gern von Ihnen hören, ob Sie denn auch an diesen Stilübungen weiterarbeiten. Lassen Sie mich doch bitte wissen, wie wir hier verfahren können, ob ich Ihnen den schmalen Band jetzt erst einmal zurückschicken soll, damit Sie mich mit weiterem dieser Art vertraut machen können, oder welches Verfahren Sie vorschlagen. Ich bin froh, daß ich wenigstens vor den Pfingsttagen, die ich zu einem Autorenbesuch in Wien mißbrauchen will, Ihnen noch diese Zeilen schreiben konnte, und ich bin mit freundlichen Grüßen Ihr R.

Breddorf Di 12. Juni 1962

Ein wunderbares Leben! Immer noch ist das Wetter schlecht. Wir heizen! Man sehnt sich so nach Sonne. Zu Pfingsten waren wir in Rotenburg. Vater Janssen war recht abgearbeitet. Vielleicht bedrückte es ihn auch, daß er am Pfingstsonntag nach langer Zeit mal wieder in Oyten predigen sollte, wo er 24 Jahre Pastor war. Wir fuhren alle hin, ich konnte allerdings nicht am Gottesdienst teilnehmen, ich fuhr Karl-Friedrich im Dorf umher. Dafür fiel er mir aus der Karre und schrie entsetzlich. Das tat mir so leid, und ich war sehr um ihn beschäftigt. Als ich dann nach dem Gottesdienst die Kirche ansah, ließ ich KF an meiner Hand stehen, und er glitt aus und stieß sich mächtig an einer Bank. Erneutes Gebrüll. Mit zwei erheblichen Brüschen konnte ich ihn der besorgten Mutter wieder in den Arm legen. Pfarrhaus und -garten haben sich natürlich verändert. Ein solcher Besuch in der Heimat ist meistens enttäuschend. Ob ich noch einmal nach Rostock komme? Lieber möchte ich vielleicht mal nach Bautzen.

Stationen:

Rostock	1929–1947
Wiesbaden	1947–1948
Schwerin	1948–1948 (März bis September)
Bautzen	1948–1956
Hamburg	1956–1956 (März, April)
Göttingen	1956–1960
Breddorf	1960–

Hildegards Stationen:

Oyten bei Bremen	1935–1956
Rotenburg	1956
Göttingen	1955–1958
Fintel	1958–1960
Breddorf	1960–

Breddorf Di 26. Juni 1962

[...] Auf die vor einem Jahr nur schüchtern vorgebrachte Einladung erfolgte dieser Besuch, der uns hier in Breddorf natürlich ein Ereignis war.[114] Ich habe so viele schwere Erinnerungen an Hans-Joachim Mund, seine Person war mir in schlechten Tagen oft der einzige Halt. Er gehört zu jenen Menschen, die auf ihr Gegenüber wirklich eingehen. Zwischen uns war immer ein herzliches Verstehen. – Und so auch jetzt in den zwölf Tagen. Durch seinen wahrhaft städtischen Antrieb wurden wir mal ganz schön durchgelüftet, unternahmen einige Touren (am Sonntag z.B. nach Verden zum Landesposaunenfest, 2000 Bläser; nach Bremen zu einem Vortrag, wo wir Klaus-Heinrich Walther, Niki, mit seiner Frau trafen und mit ihnen in einem kleinen Lokal noch gemütlich saßen; Worpswede, Fischerhude) und hatten wunderschöne Gespräche, die uns auch in religiöser Hinsicht viel gaben. Es war also kein bloßes Aufwärmen von Erinnerungen, sondern eine Fortsetzung der alten Freundschaft. – Auch Hildegard hatte guten Kontakt zu unserm Gast, und wir trennten uns mit dem Wunsch, bald einander wiederzusehen. Raddatz holte ihn ab, kurzes Gespräch, aber kein Fortschritt. Nun nahen die großen Ferien, ich hoffe, daß ich mich da »Margot« widmen kann.

Bei Joyce wird zitiert: Die letzte Frage in bezug auf ein Kunstwerk ist, aus wie tiefem Leben es entspringt.

---

114 Besuch des ehemaligen Zuchthauspfarrers in Bautzen, Hans-Joachim Mund.

Posaunenchor, Breddorf 1962

Besuch von Raddatz

... »Sie wissen gar nicht, wie ermüdend es ist, mit berühmten Männern umzugehen. Berühmte Leute sind das Langweiligste, was es gibt.«

Fragte, ob Bremen eine Großstadt sei, Hamburg sei ja an Berlin gemessen auch keine und Berlin nicht, an Paris gemessen. Er möchte gerne einmal nach New York. Diese Stadt sei ja vor dem Krieg kulturlos gewesen, aber nun hätten sich die Amerikaner alles aus Europa geholt, was sie brauchten. Nun könne man sogar von einer spezifisch amerikanischen Malerei sprechen, die es vorher doch gar nicht gegeben habe.

Kannte Helms nicht, suchte mich statt dessen über Ringelnatz zu belehren.

»Kennen Sie Helms?«[115]

»Nein, nie gehört den Namen, wer ist das?«

»Das ist doch dieser Kuddeldaddeldu-Mensch.«

»– ? –«

---

115 Hans G Helms (1932–2012), Publizist und Komponist.

»... der Silben zusammenmontiert aus verschiedenen Sprachen ...«
»Das ist doch aber mit Ringelnatz nicht zu vergleichen. Das ist doch ganz einfach Nonsens. Alles mal ein Spaß, das hat ja schon Morgenstern gemacht mit seinem ›Fisches Nachtgesang‹. Wieso Kuddeldaddeldu, das kann man doch überhaupt nicht vergleichen ...«
Er meinte natürlich das Lalula, ich bezog mich nur auf die Namensfindung des erdichteten Seebären.
Leider übertrieb ich und sprach von Zehntausenden von Menschen, die ich kennte. Es sind Tausende, wie ich leicht nachweisen will. Aber diese Sentenz führte uns auf den Knast, ich sagte, ich könnte gerne eine Liste und mit Leichtigkeit zusammenstellen mit Hunderten von Namen. In der U-Haft habe mich mal der Richter nach meinen Freunden gefragt. Hier hätte ich gleich alle dem Alphabet nach aufgezählt, und zwar möglichst viele, über 30, denn wenn ich wenige genannt hätte, wären diese gefährdet gewesen. – Dann schilderte ich, wie ich auf die Frage nach Agenten reagiert habe. Namens- und Adressenerfindung. Darauf Raddatz: »Warum sagten Sie nicht einfach die Wahrheit?«
Dieser Satz allein zeugt von der Verkennung der Sachlage. Männerstolz vor Königsthronen. Rede doch mit dem Russen klar und sachlich, so wirst du ihn überzeugen. Dies ist kindisch. Sie wollten nicht überzeugt sein, sondern Namen für ihre Prämie haben. Hier Beweis für die auch im politischen Raum katastrophale Verkennung der Russen in der durch Raddatz vertretenen linksradikalen Strömung.
Erst zum Schluß gelang es, am Auto stehend, ein vernünftiges Gespräch zu führen. Er wurde aufgeschlossen und natürlich.
Brachte Rowohlt-Almanach mit und stellte Schreibmaschinenpapier in Aussicht.
Erbat Kennzeichnung der neuen Kapitel, damit ihm die Arbeit erleichtert würde, der Roman sei ja enorm verschachtelt.

Breddorf Mi 27. Juni 1962

Margot
Mund bemängelte die vielen »Nun's« und sagte, der Roman würde ja zum Schluß sehr viel ausführlicher. Diese Lektüre strenge ihn sehr an. Wollte die Kußmaschine erklärt haben. Am meisten habe ihn damals die Margot-Hinrichtung und die Verführung angesprochen.
Sonst auf nichts weiter Bezug.
Auch die Narben der Angelhaken in den Mündern der Fische.

Breddorf Mo 2. Juli 1962

Regen, Regen, Regen! Wir heizen immer noch. Einzige Unterbrechung die Mund-Zeit, in der gutes Wetter war. – Heute sehe ich mich in mein Göttinger Junggesellen-Dasein zurückversetzt. Hicke ist heute von mir nach Rotenburg gebracht worden mit KF. Sie will vier Tage dort sein. Morgen ist der letzte Schultag, dann beginne ich – hoffentlich – mit »Margot«. Einige neue Notizen verhießen Gutes.
Wenn man so plötzlich allein ist, nimmt man sofort alle jene Unarten wieder an, die schon längst begraben schienen, spät aufsitzen, lesen, lesen. Nur völlige Einsamkeit kann wirklich Konzentration bringen. Dies wird für später zu merken sein, hin und wieder eine Klausur.
Am Sonnabend voriger Woche fuhren einige Kinder gelben Sand an für meinen Philosophenweg, für die dort geplanten Lauben. Plötzlich erschien ein richtiger Fuchs auf dem Misthaufen, er suchte wohl Abfälle. Ich hatte Angst vor Tollwut, griff eine Axt und schickte die Kinder fort. Der Nachbar wurde alarmiert, kam mit einer Flinte und schoß: tödlich! Es war ein junges Tier, Mutter wahrscheinlich abgeschossen, suchte sie nun. Schade, man hätte ihn vielleicht greifen können. [...]

An unserm Haus nisten Schwalben, im Rankgewächs sogar Fliegenschnäpper, ganz niedliche Tiere. Sie sitzen immer auf dem Geländer und schauen uns an. [...]

Breddorf Fr 6. Juli 1962

Der neue erste Teil von »Margot« ist nun fertig, was nicht bedeutet, daß er sich nicht noch verändern oder vermehren könnte. Ich habe ihn auf Band gesprochen und freute mich sehr darüber. Leider ist meine Stimme wegen allzu großer Dialektfärbung für Vorlesen nicht geeignet. Morgen will ich mit der Neubearbeitung des Mittelteils beginnen, davor graut mir schon. [...]

Breddorf So 8. Juli 1962

Über das Leben in Bautzen habe ich mich damals gewundert, immer wieder gewundert. Und dieses Wundern habe ich als tiefe Erfahrung und als Anliegen in »Margot« zum Ausdruck gebracht. Es soll in scharf gezeichneten Bildern dasselbe Wundern hervorrufen – so etwa stellt sich mir heute das Ganze dar. I. und II. überarbeitet, bald ganz fertig.
Heute waren Herr und Frau Frase aus Worpswede da. Sie meinte neulich, als ich ihr meine Sorgen um ein Durchhalten beim Schreiben mitteilte: »Oh, das traue ich Ihnen schon zu, Sie waren ja damals schon immer ein aussichtsreicher junger Mann.«

Rowohlt-Verlag Reinbek, 12. Juli 1962

[...] Im Auftrage von Herrn Dr. Raddatz schicke ich Ihnen beiliegend Ihre beiden Manuskripte

»Vor dem Gewitter«
»In der Stadt« (2. Fassung)
zu unserer Entlastung zurück. [...]

Breddorf Fr 13. Juli 1962

[...] III.[116] überarbeitet, etliche neue Geschichten. Nun geht's noch mal von vorne durch.

Breddorf So 15. Juli 1962

[...] Gestern neun »Margot«-Kapitel geschrieben! Es geht gut voran, jeden Tag, die Pause hat gutgetan. An Beck habe ich geschrieben. Vielleicht macht er mit (Grafiker).

Breddorf Fr 20. Juli 1962

Vor 18 Jahren sagte Mutter: »Endlich ist der Kerl tot, der Krieg ist zu Ende!«
Nun ist das Buch auf 260 Seiten angewachsen, was ebenso vielen Kapiteln entspricht. Es ist mir unverständlich, woher all die Ideen kommen.
Hier einige unmaßgebliche Gedanken:
1. Reise eines Menschen in eine fremde, abgeschlossene Welt. Vielfache Spiegelung dieser Welt.
2. Das Wundern.
3. Das Auf und Ab.

116 Dritter Teil von »Margot«.

4. Die Selbstdarstellung, Teilpersönlichkeiten.
5. Untertreibung als Stilmittel, Ironie.
6. Meisterung einer Konfliktsituation, indem man sich in sie schickt (nicht hinauslehnen).
7. Das Warten.
8. Hinein-, nicht Hinausschauen.

Wir legten einen Steingarten an.

Breddorf Sa 21. Juli 1962

Heute kamen Niki Walther und Frau ganz überraschend, er ist ein Freund aus Bautzen und sie seltsamerweise bekannt mit Ulla. Im Laufe des Abends ließ ich Tonband ablaufen mit dem Anfang des zweiten Teils von »Margot«. Sie hörten aufmerksam zu und meinten, dies sei etwas für Feinschmecker. Vielleicht bin ich für den gewöhnlichen Leser zu hoch und den wirklichen Feinschmeckern zu platt.

Breddorf Mo 23. Juli 1962

Ich halte nicht viel vom Volksmund, aber das mit dem Siebenschläfer scheint zu stimmen. Dies ist ein miserabler Sommer, und es hat am Siebenschläfer geregnet.
Bei strömendem Regen fuhren wir heut nach Cuxhaven. Nachmittags wurde es schön. Das Haus unseres Vorfahren Dr. Hälssen fanden wir nicht. – KF war vom Wasser begeistert, kreischte vor Vergnügen.

Walter Kempowski im »Studierzimmer«, Breddorf 1962

Breddorf Mi 25. Juli 1962

Heute früh um 4.00 Uhr wachte ich auf und merkte im Halbschlaf, daß ich schon seit geraumer Zeit Geschichten formulierte. Ich setzte mich auf und schrieb in einem Rutsch sieben Geschichten.
Es sind dies die Seiten 30, 128a, 100a, 108a, 112a, 103c, 103b, womit ich wesentliche Lücken geschlossen hätte. [...]

An Fritz J. Raddatz Breddorf, 27. Juli 1962

[...] Die Ferien gehen zu Ende, meine Arbeit am Manuskript hat einen vorläufigen Abschluß gefunden. Nun wünsche ich mir, daß Sie recht bald Zeit finden, sich damit zu beschäftigen. [...]

Breddorf Sa 28. Juli 1962

Heute habe ich »Margot« abgeschickt. Wenn er's durchliest, wird er wahrscheinlich Mängel im Aufbau des dritten Teils kritisieren. Vermutlich auch die zwei Ebenen der Erzählart:

1. Verlauf der äußeren Geschehnisse, also Geschichten mit Kotelmann oder Margot.
2. Seelenbilder als Reproduktionen äußerer Geschehnisse. Diese sind unerläßlich, um – ja, warum? Ich weiß es nicht. Könnte nicht verzichten darauf.

Breddorf So 29. Juli 1962

Heute las ich bei Goethe: »Unsere Wünsche sind Vorgefühle der Fähigkeiten, die in uns liegen, Vorboten desjenigen, was wir zu leisten imstande sein werden ...«
(Goethe erzählt, S. 64)
Wenn wirklich meinem Roman eine Veröffentlichung beschieden sein sollte, was ich immer noch bezweifle, dann wäre das eine Bestätigung der oben zitierten Zeilen. Schon mit zehn Jahren hatte ich den glühenden Wunsch, ein Buch zu schreiben.
Das erste Buch, das ich begann zu schreiben, hieß »Hans«. Es fing an: »›Hans‹, rief die Mutter, ›Hans, komm zum Essen.‹ Doch Hans konnte nicht hören, er war nämlich auf dem Güterbahnhof ...« Hier saß er in einem Waggon, in dem Soldaten verladen waren, und fuhr mit ihnen ins Manöver ... Damals war ich zehn Jahre alt.
Danach gab ich für den Zinnfigurenverein eine Zeitung »Gloria« heraus. Diese Zeitung erschien sogar drei- oder viermal. Sie enthielt Tauschangebote, Bücherbesprechungen, Hinweise auf Prospekte usw. Sie kostete 10 Pfennig. Zur gleichen Zeit schrieb ich ein Buch von etwa sechs Seiten. Es hieß: »Was mancher nicht weiß« und war eine Sammlung von Kulturkuriosa, die ich in Zeitungen, Zeitschriften und Jahrbüchern aufgeschnappt hatte.

1941/42 ergriff mich ein Morgenstern-Fieber. Mein Vater zitierte oft das Nasobem oder das Bahnhofshuhn, auch das große Taschentuch von Palmström und gab gleichzeitig zu wissen, daß er Roth und Ringelnatz dagegen nicht schätze. Diese feine Unterscheidung, die sich, wie ich zu behaupten wage, für das Dichterische gegen das Kabarettistische entschied, hat großen Eindruck auf mich gemacht. Der Gingganz, das aufgeklärte Mondschaf usw. waren meine ständige Lektüre, und selbstverständlich versuchte ich ebenfalls in dieser Weise zu dichten. Eines der Gedichte lautet so:

Warinetsch
Die Muskeln schwellen
und in kühn geschwungenen Wellen
wölbt sich die Brust
mit wachsender Lust
hebt Warinetsch Gewichte
in seinem Gesichte
steht Schweiß
und jeder weiß!
Der strengt sich an,
der tut, was er kann
und keiner wagt ihn zu stören
denn von seiner Kraft erzählt man sich Mären.

Ich kriege es nicht mehr ganz zusammen. Ein anderes:

Palmström geht heut' wiederum
ins ägyptische Museum.
Gleich zieht er aus pergament'nen Hüllen
Zwei Paar gute Butterstullen.

Korf, der ihn begleitet und vom guten Essen satt
meint in seinem Heimatplatt:
»Hier dörfst nich eten,
hier steit ›No freten‹!«

Es waren ziemlich viele, ich schrieb sie immer wieder ab und stellte sie zu einem Büchlein zusammen, dem ich folgenden Titel gab: »Morgensterne, ein Buch für die Speziell-Humorigen«.

1943 schrieb ich in Hamburg die ersten Seiten eines Romans, der den Titel »Arram der Letzte« trug. Arram war ein Elefant, der als letzter einer großen Herde sein Leben im Urwald, gehetzt von weißen Jägern, beschließt. Das Buch konnte nicht fortgesetzt werden, weil es dem Verfasser an der nötigen Erlebnis- und Wissensgrundlage mangelte. Außerdem machten sich die Kusinen, die geschnüffelt hatten, darüber lustig.
In der Schule feierte ich in demselben Jahr große Triumphe mit einer Schrift, die in allen Klassen zirkulierte. Sie hieß: »Die Klasse 4a«. Sie enthielt alle Streiche, die von den Schülern verübt worden waren, und die Marotten der Pauker. Im Anhang hatte ich alle Klassenbucheinträge (Tadelseinträge) wörtlich aufgeführt. Die Schulkameraden wollten es durchaus dem Lehrer zeigen, dem sie soviel Humor zutrauten. Ich konnte es nur mit Mühe verhindern, womit ich mein Consilium abeundi zweifellos um Jahre hinausgeschoben habe.
Natürlich färbte auf mich, den eigentlich nazifeindlich Eingestellten, die vaterländische Gesinnung auch ab. Ich wollte die Deutschen, die bisher ja so bescheiden waren, ins rechte Licht rücken und begann aus einem großen Lexikon alle berühmten Deutschen nach Stichwörtern herauszuschreiben. Der Titel, den dieses Buch trug, hieß: »... war ein Deutscher«. Es kam über den Buchstaben A nicht hinaus.
Inzwischen war mein Großvater in Hamburg ausgebombt (wie das schlimme Wort heißt), er kam zu uns nach Rostock. Seine Schwerhörigkeit und die Frechheiten der beiden Brüder Robert und Walter K. bildeten den Stoff für »Das gastliche Haus«, ein Drama von einem Ziegel desselben. Es wurde sehr belacht und erhielt Beifall. Nur vom Großvater nicht, denn dieser verstand nicht, was vorgelesen wurde.

Dann entwickelte ich mich unter dem Einfluß meines Bruders zum Jazz-Heini, ein Weg, den ich bedaure. Ich gründete den Internationalen Swing Klub und gab – eine Zeitung heraus. Sie hatte den Titel »Swing« (Untertitel: »Streng geheim«). Wegen des Untertitels verfielen schon bald alle Exemplare der Vernichtung, eine ängstliche Mutter verbrannte sie.
Als endlich die Nazis gegangen waren, setzte ich mich sogleich hin und begann ein Buch, das den später von andern Leuten auch gefundenen Titel trug: »Wenn alles in Scherben fällt«. Es schilderte einen zivilen Jüngling, der sich durch sein lässiges Gebaren von der Zackigkeit der HJ absetzt und dadurch allerhand erduldet. Das Buch wurde nie fertig, es kam über 25 Seiten nicht hinaus. Es war natürlich eine Biographie.
Bezeichnend war es, daß ich meine Haft damit begann, daß ich – noch in der Einzelhaft – ein Buch mir ausdachte, das den Titel trug: »Handbuch der Witzkunde« (mit erklärten Pointen). Hierfür dachte ich mir eine spezielle Interpunktion aus, die das pointierte Vorlesen auch für Humorlose erleichtern sollte. Diese Linie griff ich später mit der projektierten »Biographie Palmströms« wieder auf.

Hausstand Juli 1962

Kohlenrücklage monatlich	60,– DM
Autorücklage monatlich	30,– DM
Krankenversicherung monatlich	45,– DM
Lehrerverein monatlich	6,– DM
Miete monatlich	70,– DM
Mutter monatlich	10,– DM
Hausstand monatlich	300,– DM
	521,– DM

Monatliches Gehalt	720,– DM	(Abzüge sind weg)
Monatliche feste Ausgaben	521,– DM	
	199,– DM	

199,– für Bücher, Kleidung und Vergnügen.

Breddorf Do 2. August 1962

Heute wird meine Schwester in Dänemark 40 Jahre alt. Erstaunlich! Sie hatten neulich einen gefährlichen Autounfall, Ib fuhr gegen einen Betonpfeiler. Ulla ließ sich, geistesgegenwärtig, nach unten fallen. Als sie aufwachte, war die Scheibe vorne raus, und Ib stand blutend draußen und zündete sich eine Pfeife an. Ulla ist nichts passiert, Ib mußte genäht werden. Das Auto ist ziemlich beschädigt, es ist ein Firmenwagen.
Mutter hat sich bei uns gut herausgemacht. In dieser Einmachezeit haben wir drei alle Hände voll zu tun. Ich beschäftige mich, nachdem nun »Margot« abgeschickt ist, mehr mit konstruktiven gärtnerischen Arbeiten. Das Steinbeet wurde gestern bepflanzt, wir brachten aus Fintel eine Menge schöner Pflanzen mit. Außerdem ist die Laube im hinteren Teil des Gartens im Rohbau fertig. Das macht viel Freude, ich erhole mich gut dabei. Auch wächst meine Kraft, mit der es wegen Bautzen nie weit her war. [...]

Breddorf Fr 3. August 1962

Wir sind die rechten Genießer! Um die letzten Ferientage noch auszunutzen, fuhren wir heute mit dem Auto fort. Zunächst nach Rhadereistedt zu einem Kollegen. Da dieser jedoch gerade Honig schleuderte, zogen wir weiter nach Kuhstedt zu Beyermann und fanden das Haus verschlossen. Da waren wir ärgerlich, ich trat auf das Gaspedal, und schnell waren wir in Worpswede, wo wir im Café »Verrückt« uns schön hinsetzten. [...]

Breddorf Do 9. August 1962

[...] Heute »Margot«-Seitenzählung: 297! Beck hat geschrieben, nicht ablehnend im ganzen.

Von Fritz J. Raddatz Reinbek, 9. August 1962

Lieber Herr Kempowski,
wir haben uns trotz der ein »bißchen verrückten« Paginierung in Ihrem Manuskript zurechtgefunden und die restlichen Seiten, die Sie uns heute zusandten, dem Manuskript eingefügt. Nach wie vor vermissen wir aber die Seiten 8 und 165. Könnten Sie uns dazu noch ein paar aufklärende Zeilen schreiben? [...]

Breddorf Fr 10. August 1962

Ich glaube, in meinem Roman befinden sich Geschichten aus den verschiedensten seelischen Stockwerken. Da sind die Tagesblicke, die allerhand von Kotelmann erzählen, das sich sehr wohl realiter ereignen könnte. Da sind daneben und dazwischen in die Realitäten eingestreute absurde Stellen. Sie möchten also einem tieferen Stockwerk entstammen. Und dann die unverständlichen – beim ersten Hinschauen –, sie kommen von ganz unten. So.

Breddorf Sa 11. August 1962

Heute wurde meine Mutter 66 Jahre alt. Robert, Inge und Nannie kamen, es war ein schöner Tag. Nachmittags fuhren wir nach Worpswede, am Abend bis 23.00 Uhr Lampionfest im Garten. Laue Luft, wie bestellt. Vielleicht gab es in diesem ganzen Sommer nicht einen einzigen so schönen Abend! [...]

Breddorf Do 16. August 1962

Ich bin im Augenblick wieder voller Ideen. Heute gingen 23 Kapitel an Raddatz ab. Fünf weitere sind konzipiert. Dies ist ein eigenartiger Vorgang. Mein Kopf ist wie eine Batterie, die sich immer wieder aufladen muß.
Der Mittelteil scheint auseinanderzuplatzen. Er ist so voll, daß man die Übersicht verliert. In den Herbstferien muß ich ihn mal wieder durchlesen und durchforsten. Kessin und Kahlendorff sind Figuren, die mir ganz plötzlich gekommen sind, die man nun nicht mehr fortdenken kann. [...]

Breddorf Sa 18. August 1962

Heute hatte ich die Erfindung der »Badeanstalt«, die in Richtung Aquarium neue Möglichkeiten eröffnet. Das war ein fruchtbarer Tag. [...]

An Fritz J. Raddatz Breddorf, 25. August 1962

[...] Es ist schwer zu sagen, wann es mit den »Ergänzungen« ein Ende haben wird. Ich zähle nun etwa 330 Seiten, und wenn es überhaupt möglich ist, eine Angabe in dieser Weise zu machen, so möchte ich sagen, daß wir vielleicht mit insgesamt 400–450 Seiten rechnen können (Seite = Geschichte). Dann wird sich wahrscheinlich eine Ausschöpfung des Stoffes anzeigen. Gerade in den letzten Wochen haben sich mir wieder Wege eröffnet, die mich Dinge aussprechen lassen, an deren Aussprechbarkeit ich nie gedacht hätte (Badeanstalt, Kessin, Kahlendorff).
Je mehr die Sache anschwillt, desto schwieriger wird die Gesamtkomposition. Der Mittelteil scheint mir aus den Fugen geraten zu wollen. Vielleicht müßte man alles neu ordnen. Sicherlich verschwinden eine ganze Anzahl weniger bedeutender Geschichten (sogenannte Kalauer, wie Sie es ausdrückten), andere müssen umgearbeitet werden, wenn sich erst einmal eine klare Überschau ergibt. Bestimmt sind andererseits auch noch Lücken da, die aufzuspüren eigentlich Aufgabe eines Unparteiischen sein müßte (!).
Hinzu kommt mein Amt, dem ich den Lebensunterhalt verdanke. Es hat aus Gründen meiner Neigung und meines Gewissens natürlich die erste Stelle in meiner täglichen Freizeitbeschäftigung einzunehmen. Dadurch wird sich nun natürlich auch eine Verlangsamung meines Arbeitstempos einstellen. Dies ist aber ganz gut, dann kann sich die Batterie wieder aufladen.
Ihr freundliches Papierangebot nehme ich dankend an. Durchschlagpapier und Kohlepapier brauche ich nicht, nur Schreibmaschinenpapier, das längst alle ist.
Ich danke auch für die Herbstankündigungen des Verlages. Ich will ihn in Ruhe durchsehen und dann, wenn Sie gestatten, Wünsche äußern. Darf ich Ihnen hier noch einige Nummern der rde[117] angeben für den Fall, daß Sie noch einige Exemplare

117 rde = rowohlts deutsche enzyklopädie.

für mich übrig haben? 82/83, 109, 9[118] und aus den Monographien die Nr. 29 und 32.[119]
Diesem Brief liegen die folgenden Seiten bei: 59a, 85, 100b, 103aa, 103d, 103e, 103f, 103g, 112b, 130a, 138b, 145a, 147d, 166a. Hoffentlich ist Ihnen das Stottern auch recht, aber ich hätte gern, daß das Manuskript bei Ihnen vollständig ist. Bei mir liegen die Blätter nur herum, ich kriege alles durcheinander. […]

Breddorf So 26. August 1962

Traum: De Gaulle und Adenauer wohnen bei uns. Adenauer geht viel spazieren und amüsiert sich über mich, daß ich kein Russisch kann. So lange sei ich drüben gewesen und spräche kein russisch! Dann frage ich mich, warum ich die beiden für mein Familienalbum noch nicht fotografierte. Und indem ich solches überlege, wird es mir fraglich, ob die Herren überhaupt in unserm Haus wohnen. Wahrscheinlich wohnen sie noch nicht einmal in unserm Dorf, denn dies ist für solche Herren viel zu ärmlich.

Breddorf Fr 31. August 1962

Ich machte mit den Kindern eine Moorwanderung. Das war

118 Gustav René Hocke: Manierismus in der Literatur. Sprach-Alchimie und Esoterische Kombinationskunst. Beiträge zur Vergleichenden Europäischen Literaturgeschichte. Hamburg 1959 (rde 82/83); Gerda Zeltner-Neukomm: Das Wagnis des französischen Gegenwartsromans. Die neue Welterfahrung in der Literatur. Hamburg 1960 (rde 109); Geoffrey Gorer: Die Amerikaner. Eine völkerpsychologische Studie. Hamburg 1956 (rde 9).

119 Hans Mayer: Richard Wagner in Selbstzeugnissen und Bilddokumenten. Hamburg 1959 (Rowohlts Monographien 29); Walter Lennig: Edgar Allan Poe in Selbstzeugnissen und Bilddokumenten. Hamburg 1959 (Rowohlts Monographien 32).

schön. Als ich angesichts der tückischen Sumpftümpel einige schlimme Geschichten erzählte, rückten die Kinder doch merklich zusammen.
Korff angefangen, »Geist der Goethezeit«.

Breddorf Mi 5. September 1962

500 Blatt Schreibmaschinenpapier erhalten.[120]

Breddorf Sa 8. September 1962

Ich bin nur deshalb ordentlich, weil ich unordentlich bin. [...]
Meine Schule habe ich nun gut in Schuß. Es sind fast 50 Kinder, und nach den Herbstferien werden es wohl 60. Ich muß sehen, daß ich meine zweite Prüfung unter Dach und Fach bekomme.

Von Fritz J. Raddatz Reinbek, 11. September 1962

Lieber Herr Kempowski,
ich habe nun in den letzten Tagen noch einmal die zuletzt geschickten Einschübe gelesen, deren Eingang ich Ihnen ja schon am 3. September bestätigte. Weil mir das Manuskript nicht mehr vorlag, sondern ich es zur weiteren Begutachtung aus dem Hause gegeben hatte[121], fiel es mir natürlich schwer, diese Seiten ohne den Kontext zu beurteilen. Sie haben allenfalls meine gewisse Ratlosigkeit verstärkt, mit der ich weiten Absätzen des Manuskripts gegenüberstehe.

---

120 Vom Rowohlt Verlag.
121 An Hans Magnus Enzensberger.

Dieser merkwürdige Bau Ihrer Prosarbeit, zu dem Sie sich entschlossen haben, nämlich nicht eine chronologische oder konzentrische Erweiterung, sondern diese Art Fugenkomposition, erschwert natürlich das Verfolgen Ihrer Schritte in diesem Labyrinth ganz besonders. Es melden sich bei mir im Augenblick verschiedene Bedenken, ob hier nicht etwas über die Ränder quillt und Ihnen aus der Kontrolle gerät, was für einen Dritten dann nicht mehr nachvollziehbar ist.
Sie müssen mir bitte zugute halten, daß ich jetzt nicht ganz detailliert auf Ihre Arbeit eingehen kann, obwohl das sicherlich Ihnen und auch mir lieber wäre. Einmal fehlt mir im Augenblick – kurz vor der Abreise zur Frankfurter Buchmesse und in den Urlaub – die Muße, zum anderen, wie gesagt, das Manuskript, das erst dieser Tage wieder vom Gutachter zurückkommen muß.
Ich weiß, daß Sie meine Meinung und Reaktion mehr als die eines literarischen Beraters – wenn ich so sagen darf – anhören und nicht etwa als die Äußerung eines Verlegers. Im Augenblick, so will es mir scheinen, verliere ich mich etwas in Ihrem Labyrinth, sehe nicht ganz, wohin oder wohinaus es führen soll, und bin, wie gesagt, gelegentlich ratlos.
Ich werde mich also im November nach meiner Rückkehr nach Hamburg melden können, wollte aber vorher wenigstens noch einmal an Sie geschrieben haben. Vielleicht sollten wir uns dann doch einmal zu einem längeren Gespräch zusammenfinden.
Beste Grüße
Ihr Fritz J. Raddatz

Breddorf Do 13. September 1962

Auf diesen Brief hin telefonierte ich ihn an.
Der Gutachter, von dem er schreibt, ist Enzensberger. Das Gutachten liegt vor, es ist nur kurz, weil R. ihn in Frankfurt sprechen will. Heute ist das Manuskript außerdem an Rudolf (?)

Kaiser, Süddeutsche Zeitung (?), abgegangen, der einer der »bedeutendsten Kritiker« der Bundesrepublik sei.[122] Auch soll es noch Prof. Jens in Hamburg gesandt werden.
R. will, so habe ich den Eindruck, er äußerte sich auch dahingehend, das Manuskript eingehend prüfen lassen, bevor er sich die Zeit nimmt, es Seite für Seite und »Wort für Wort« mit mir durchzugehen. Es wird also, knapp gesagt, von dem Gutachten dieses Mannes abhängen, ob ich falle oder nicht.
R. stand, wie mir schien, ganz unter dem Eindruck des Gutachtens von E., der mir, wie R. sagte, nun vorwirft, doch allzu eng mich an Kafka, zum Teil wörtlich, anzulehnen. Es würde nun ja mal allmählich Zeit, mich abzulösen.
Als ich ihn darauf aufmerksam machte, daß ich es ziemlich roh fände, wenn er mich bis zum November noch im Unklaren ließe und ich bäte doch darum, daß er mir wenigstens das Gutachten von K. sendete, wenn er es hätte, lachte er und sagte nur zögernd zu. Wieso das roh wäre? Darauf sagte ich, daß ich wohl gerne noch ein ganzes Jahr oder noch länger auf eine Besprechung wartete, wenn er mir schon jetzt sagte, ob er die Arbeit im Prinzip publikationswürdig halte oder nicht. Hier wich er auch aus und verschanzte sich hinter seiner, schon im Brief vom 11.9. angewendeten Ausrede, er wolle ja nicht mein Verleger, sondern mein literarischer Berater sein. Hier erwähnte er noch, daß ich damals ja das Manuskript auch Mund geschickt hätte mit einem schielenden Seitenblick auf ihn und seine Tätigkeit. Diese Behauptung ist ja nun geradezu grotesk, zumal er sie selbst ja in einem seiner früheren Briefe schon von sich gewiesen hatte.
Hin und wieder war es recht konfus, was er sagte. So z.B., die K.s wären von Enzensberger ja auch negativ bewertet worden. Und das stimmt ja nun gerade nicht. Im Gegenteil! Alles in allem habe ich den Eindruck, als ob er eine Frontbegradigung durchführen will. Er zieht sich etwas zurück, um im Falle einer ungünstigen Beurteilung mich schmerzlos fallenzulassen.

122 Gemeint ist Joachim Kaiser.

»Ob Sie nun *bewußt* oder *unbewußt* Kafka und andere bis ins Wörtliche hinein wiedergeben, weiß ich nicht …«

Bin ziemlich deprimiert. R. scheint sich zurückziehen zu wollen. Sollte die ganze Arbeit umsonst sein? Wie man doch abhängig vom Urteil anderer Menschen ist!

Bredddorf Fr 14. September 1962

Das war doch eine große Enttäuschung, gestern, ich stehe noch ganz unter dem Eindruck dieses Ereignisses. Vor allem ist es das Wechselbad der Bewertung, das mich so mitgenommen hat. Eine Bewertung durch Herrn R. kann mich von meinen Vorhaben nicht abbringen!

Breddorf Mo 17. September 1962

Was wir alles in diesem Jahr geschafft haben:

1. Hinteren Garten kultiviert
2. Laube gebaut
3. Vorderen Garten: Rasenfläche erweitert, Staudenbeet neu angelegt
4. Pforte im Vorgarten
5. Sandkasten gebaut
6. Steinbeet angelegt
7. einen unverkäuflichen Roman geschrieben
8. Wohnung überholt
9. uralte Truhe angeschafft
10. Auto angeschafft

Breddorf Do 4. Oktober 1962

Vorgestern, am 2.10. (Dienstag), um 22.00 Uhr hat sich unsere kleine Renate eingefunden! [...] Ich habe die Herbstferien dazu benutzt, eine Freundesreise zu unternehmen. Mit Auto zuerst nach Hannover, dort meinen lieben Detlef getroffen und zu Mittag gegessen. Wir sprachen natürlich auch über den Roman, der ihm gewidmet sein soll. – Am selben Tag nach Göttingen zu meinen alten Wirtsleuten, die sich – ganz wie ich – wahnsinnig freuten. Es sind wirklich meine Vizeeltern. Bei ihnen habe ich vier herrliche Jahre gehabt. Meine jungen Freunde waren sehr bemüht, mich über die schlechte Kritik zu trösten. Ich fand sie im übrigen sehr gereift und vernünftig.
Am Tage selbst durchstreifte ich natürlich die Buchhandlungen. Danach Wasserburg/Inn. Mein Freund Hans-Joachim, dort Pastor, Gefängnispfarrer in Bautzen, machte mir ein paar schöne Tage. In Karlsruhe lernte ich dann noch eine angenehme Familie kennen. Ganz ohne es zu wollen, erzählte ich, von ihnen gedrängt, meine ganze Knastgeschichte. –
Sehr schön war dann das Wiedersehen mit Klaus Beck in Düsseldorf. Er hat große Fortschritte gemacht. Eindringlich war die Demonstration seiner Bilder. Sie hat mich innerlich gereinigt und gestärkt.
So eine Reise müßte ich jedes Jahr machen. Eine Erfrischung war das.
Und so ein Glück, daß ich zur Geburt unserer Renate noch rechtzeitig kam! [...]

Breddorf Oktober 1962

Ein Buch für das deutsche Volk müßte man schreiben, in dem nichts vergessen würde, das zum Verständnis des Buches nötig ist. Vorgeschichte, Bemerkungen, Ergänzungen, Entwürfe (vielleicht eingestreut oder unterm Strich).

An Klaus Beck Breddorf, 30. Oktober 1962

Lieber Becker!
Dein Brief hat mich sehr erfreut, ich dank Dir sehr für das Bild, das mir in besonderer Weise wertvoll sein wird. Du bist für mich nun auch künstlerisch »interessant« geworden, seit ich Dich zu Hause kennenlernen durfte. Unser Beisammensein war ganz wichtig für mich und hat mich in mancher Beziehung innerlich gereinigt. Ich glaube, ich muß wesentlich härter noch »arbeiten« (Du drückst das mit der Besessenheit gut aus, dies Wort nimmt der Arbeit die Last), und da stellt sich natürlich die Frage, ob dies überhaupt in meinem Beruf möglich sein wird. Fürs erste bin ich jedoch gezwungen, meine Pläne aufzuschieben, da ich erst meine Schulmeisterprüfung machen muß. Du weißt, daß dieser Beruf auch mal ein Faulenzen gestattet, das dann meinen Wünschen zugute käme. Dann aber werde ich mit einer Stahlbürste dabeigehen und allerhand abbürsten. Der Mittelteil ist inzwischen schon neu strukturiert worden und auf die alte Version »Treppe« eingeschworen. Dann erhebt sich die Frage, ob dann der dritte Teil innerlich genügend straff ist. [...]

Breddorf So 11. November 1962

[...] Das erste Familienfest hier in unserm Breddorfer Haus. Gestern kamen Robert und Edith. Edith ist Geigerin in Hamburg, erstklassig, spielt auch im Rundfunk (Tochter von Irmi Collasius-Köppe, meine Kusine also). Sie gab uns gestern mit unserer neuen dritten Lehrerin ein kleines Hauskonzert, Violinsonaten von Händel und von Mozart. Sehr schön! Heute kamen dann die andern, die Eltern aus Rotenburg. Meine Mutter ist ja immer noch hier (ohne sie könnten wir gar nicht auskommen), Frau Kunze mit Tochter aus Bremen, Herr Zodrow mit Frau von nebenan. Mittags aßen wir Hochzeitssuppe, das ist klare Brühe mit Eierstich und Klößchen, und Schweinebraten mit gemischtem Gemüse und Zitronenspeise. Nachmittags gleich die Taufe. Die Truhe von Lüthje Garms war der Altar, und Renate sah entzückend aus in dem Häubchen. KF war ziemlich unruhig, er hatte einen wunden Popo und marschierte knickebeinig zwischen den andächtigen Leuten hin und her. Danach ausgiebig Kaffee und Konzert. Um 6.00 Uhr war alles vorbei. Es war sehr schön und gelungen. Hoffentlich geht wenigstens ein kleiner Teil all der guten Wünsche in Erfüllung, die in dem Gebet enthalten waren, das Vater Janssen aus dem alten Kempowskischen Gesangbuch vorlas! [...]

An Fritz J. Raddatz Breddorf, 14. November 1962

[...] Ich bin gespannt, was der Kaiser schreiben wird. Inzwischen habe ich den Mittelteil neu strukturiert, gestrafft und das Ganze für eine erneute Durcharbeitung vorbereitet. Ich sagte Ihnen allerdings schon damals, daß ich nun wahrscheinlich ein ganzes Jahr pausieren muß, weil ich erst meine 2. Prüfung erledigen will. Natürlich schließt dies nicht aus, daß ich mich weiterhin mit dem Manuskript beschäftige. Es ist für mich sehr erfreuend, daß Sie sich meiner angenommen haben. Ganz sicher werde ich mich bei Ihnen, wenn Sie daran interessiert sind, mit noch anderen Manuskripten hören lassen, die als Plan schon skizziert sind. Namentlich eines der Vorhaben reizt mich sehr, und ich habe mich selbst immer davor zurückzuhalten.
Ich muß Ihnen auch noch danken für die Bücher, die Sie mir vor einiger Zeit und nun wieder vor einigen Tagen sandten.
Mit freundlichen Grüßen
Ihr Walter Kempowski

Breddorf Sa 17. November 1962

Am Tag vor der Taufe besuchte ich den Tagelöhner Puschke in seinem halbverfallenen Schuppen, d. h., ich wollte ihn besuchen, denn ich hatte gehört, daß sein sechstes Kind, ein Sohn, der am selben Tag wie unsere Renate geboren ist, noch nicht getauft sei. Ich öffnete die Tür, und mir bot sich ein unbeschreiblich schönes Bild. In der kleinen, ärmlichen Wohnküche – der Herd bullerte, ein Topf mit Kartoffeln – saß vor dem Wachstuchtisch die Älteste, Brigitte, acht Jahre, umringt von all ihren Brüdern und sang die Kirchengesänge, die wir gerade in der Schule üben. Das war sonderbar und auch die Zutraulichkeit der Kinder, deren Eltern, wie sie mir erzählten, verreist waren und »ganz bestimmt« um acht Uhr zurückkämen. Sie holten mir dann noch den Allerkleinsten aus dem Wagen, der ganz vergnügt vor sich hin schnubberte, ganz gewiß nicht halb so satt und nicht halb so sauber wie unsere Renate. [...]

Im übrigen taste ich mein Zwischenbewußtsein ab.

Von Fritz J. Raddatz Reinbek, 3. Dezember 1962

[...] Ich sitze hier wirklich und mahne Herrn Dr. Kaiser einmal pro Woche, mir doch sein Votum über Ihr Manuskript zugehen zu lassen, und er hat mich auch vor ein paar Tagen aus München angerufen, um mir zu sagen, daß es in der kommenden Woche käme. Selbstverständlich dürfen Sie mir die Arbeit an Ihrem Manuskript zumuten, das heißt also die kritischen Bemerkungen oder auch Einwände; zweifellos wird es einige davon geben, und erst wenn ich die Gutachten alle zusammenhabe, wird das Gespräch substantiell sein.
Ehrlich gesagt, möchte ich ja außer dem Gutachten von Herrn Dr. Kaiser noch ein weiteres, nämlich eventuell von Professor Jens, einholen. Sie sehen daran, daß ich die besten (und teuer-

sten) Lektoren, die sich in Deutschland finden lassen, mit Ihrer Arbeit beschäftige.
Irgendwann im Winter werde ich ja sicherlich Zeit finden, Sie einmal zu besuchen, und dann können wir auch über Ihre weiteren Pläne sprechen, sowohl über die »Reise« als auch über das »Zuchthaus« oder die »Badeanstalt«.
Ich werde sicherlich genug Geduld mit Ihnen haben, manchmal hatte ich nur Angst, daß *Sie* die Geduld verlieren und sich zu rasch publiziert sehen wollen. Ich wüßte nicht, was ich bisher Großartiges für Sie getan habe, wie Sie schreiben; schon gar nicht mehr, als Sie erwarten können. Alles das war wirklich ganz selbstverständlich, und ich hoffe nur, daß es doch irgendwann einmal zu einem positiven Abschluß kommt.
Sie hören also bald wieder von mir, und ich bin inzwischen
mit freundlichen Grüßen
Ihr Fritz J. Raddatz

Breddorf Mi 5. Dezember 1962

Bei »Rowohlt« hat sich scheinbar (oder anscheinend?) das Fähnchen wieder gedreht. Ich aber bin im Augenblick Lehrer.

Breddorf Fr 14. Dezember 1962

Am Sonntag, übermorgen, dritter Advent, ist hier im Saal von Knoop die Weihnachtsfeier. Dies wäre nicht erwähnenswert, wenn hier nicht meine Kantate »Es kommt ein Schiff geladen« aufgeführt würde. Ich schrieb sie schon 1959 in Göttingen. Hier nun stutzte ich sie für die hiesigen Verhältnisse zurecht und übte sie ein. Die Kinder singen das meiste, Vor- und Zwischenspiele sowie verschiedenartige Begleitungen übernehmen Kinder mit Blockflöten (zwölf Stück) und Kinder mit Hörnern (sechs

Stück). Ab vierter Strophe singt der gemischte Chor mit und ab fünfter Strophe der Posaunenchor. Lange spielt am Schluß noch eine Oberstimme. Alles machte großen Spaß, und die Kinder waren wie wild. Ich hatte heute abend Generalprobe und machte eine Bandaufnahme, die hoffentlich mich noch manchmal erfreuen wird. Die ganze Sache hat übrigens nichts mit Kunst zu tun, es ist Handwerk, nichts weiter. Macht mir aber Spaß, weil ich sie sozusagen aus dem Zuchthaus mitgebracht habe.

An Klaus Beck Breddorf, 15. Dezember 1962

Lieber Becker!
Vielen Dank für Deinen letzten Brief. Ich wundere mich darüber, daß Du Briefe auch beantwortest, da bist Du eine seltene Natur. Die meisten Menschen schreiben nicht. Vielleicht liegt es daran, daß die nichts zu sagen haben. Man findet es auch so selten, daß jemand seine Umgebung mit Lust beobachtet und schildert. Gerade Deine Ausführlichkeit im Schildern Deiner Mitmenschen ist mir sehr angenehm. Noch heute denke ich mit Genuß an die Schilderung Deines Nachbarn, der mit dem guten Anzug und den Haferflocken. Diese Neigung hast Du übrigens auch mit dem Sam gemein, der erzählte auch gerne von gewissen Menschen, die einmal bei ihm vorübergelaufen sind. Ich glaube, man muß auch den Willen haben, etwas sagen zu wollen. Mir geht es oft so, daß ich wohl komische Beobachtungen gemacht habe, schrecke aber vor der Mühe der Mitteilung zurück, ich denke dann, wahrscheinlich interessiert sich jener gar nicht so dafür, laß es also lieber bleiben.
Mein Erzählen findet dann, wie Du ja weißt, auf einer anderen Ebene statt. Hier quält mich natürlich, daß ich noch nicht diesen festen Griff habe. Ich habe den Gegenstand fest vor Augen, die treffenden Formulierungen kommen herbei, ich knalle sie aufs Papier, und doch wackelt die Sache, was man dann am nächsten Tag erst merkt. Der ganz feste Griff fehlt, aber

der muß wohl geübt werden und ist auch nicht in jedem Fall parat. Wenn er da wäre, immer und bei jeder Zeile, dann wäre man wahrscheinlich das, was genial genannt wird. – Was mich besonders ärgert ist – von Enzensberger mit Recht kritisiert –, daß ich zuweilen in ganz billige Passagen abgleite. Ich hätte sie sehen können, wenn ich die Angelegenheiten lange genug gelagert hätte, wie fürchterlich, daß er sie zu sehen bekam. Auch das »Abfärben« ist natürlich unangenehm. Dir wird es auch so gegangen sein, daß man in das Gewand eines anderen hineinschlüpft, wie in einen Kasperle.

Nun hatte ich einen schönen Spaß. Du weißt ja, daß ich »musikalisch« bin und mich auf diesem Gebiete mit bürgerlichem Erfolg betätigt habe. Nun habe ich hier meine Schreibpause damit ausgefüllt, daß ich eine Adventskantate schrieb und aufführte. »Es kommt ein Schiff geladen«, die Strophen durchkomponiert, wie man es nennt, das heißt, jede Strophe wieder anders. Das alles nur im handwerklichen Sinne, hat nichts mit Kunst zu tun. Es war nur eine formale Aufgabe, die mich reizte. Meine Frau hatte mir dafür ein wichtiges Mittel in die Hand gegeben, eine Blockflötengruppe von circa zehn Spielerinnen. Blockflöten hasse ich, nahm sie nun aber doch, weil sie sich mir anboten. Diese Gruppe begleitete einen Kinderchor und spielte einige Zwischentakte. Dazu kam ein Glockenspiel. Als zweite Gruppe wurde ein Schüler-Blasorchester mit eingefügt, Hörner und Tenorhörner, sieben Kinder. Ein netter Anblick, diese kleinen Leute mit den großen Instrumenten! Sie begleiteten die Strophe »Der Anker haft' auf Erden ...« und bliesen auch ein Vorspiel dazu. Danach setzte dann der gemischte Chor (ca. 30 Sänger mit der Strophe »Zu Bethlehem geboren ...«) ein, dessen Sopran von den Kindern verstärkt wurde. Schließlich fiel dann bei den letzten Strophen der große Posaunenchor ein (15 Bläser aller Arten), der hier schon seit langem existiert und nicht schlecht ist. Das alles wurde viel schöner, als ich gedacht hatte, und machte mir sehr viel Freude. Ein besonderes Erlebnis, man tüftelt etwas am Schreibtisch aus, feilt und feilt, schreibt dann die Stimmen, übt einzeln, getrennt ein und fügt dann eines

Tages alles zusammen. Ein großer Haufen Menschen kommt mit wiegendem Gang (Posaunisten), alles rennt durcheinander, wird hierhin und dorthin gestoßen, aufgebaut, geordnet, dann Stille, und los geht's. Wenn man so eine Idee realisiert hat, sie mag sein so billig wie möglich, es ist doch etwas Herrliches.
Nun will ich das Orchester weiter ausbauen und eine Kinderkantate schreiben, im Umriß ist sie schon fertig. Vielleicht kann ich meine Prüfungsarbeit darüber schreiben. Es ist doch sehr wichtig, daß die Leute hier im Dorf angeregt werden und an Aufgaben herangeführt werden, die frei sind vom Nur-Nützlichen. Meine Frau lernt übrigens nun auch Tenorhorn, vielleicht hält sie es durch, das wäre schön. Im nächsten Jahr will ich mal versuchen, ob ich mit den Kindern nicht ein bißchen Jazz machen kann, das müßte doch auch gehen. Das alles ist natürlich fürchterlicher Käse, aber wenn man sieht, wie hier die Leute dahinvegetieren, dann rotiert man.
Natürlich ist man selbst längst aus dem Jazzhemd herausgewachsen. Und da stellt man sich dann sofort die Frage, kann ich den Kindern das anbieten, was ich selbst schon ausgelutscht und weggeschmissen habe? Dies ist überhaupt eine ganz schwierige Geschichte. Angefangen vom Zeichendiktat über Lesebuchgedicht zum Schülerlied. Alles im Grunde genommen ganz übler Kitsch und großer Mist, völlig wertlos. Was das Zeichnen anbetrifft, so habe ich es, mangels eigner Kenntnisse, aufgegeben, die Kinder zu leiten. Ich gebe ihnen Farben und Papier und lasse sie malen, was sie wollen (Thema wird natürlich ein bißchen gestellt). Was mir davon gefällt, wird gelobt, was nicht, wird nicht erwähnt. Fürchterlich ist es, was ich bei einer jungen Kollegin sah, die mit 10jährigen Kindern abstrakt zu malen versuchte und ihnen Formen gegeben hatte, die sie nun, »um den Farbsinn zu schulen«, ausmalen und aufmalen sollten. Derartige Erzeugnisse sind geradezu widerlich. Was die Lesebücher angeht, so habe ich mir in dem letzten Monat die Mühe gemacht und alle Lesebücher für das zweite Schuljahr, die ich bekommen konnte, genau analysiert, und ich kann Dir nur sagen, es ist erstaunlich, was man den Kindern da anbietet. Den größten Edelkitsch, die

verlogensten und albernsten Ergüsse. Zum Lesenlernen taugen sie nicht, zum Bilden auch nicht, denn sie verbilden. So was wird genehmigt und gedruckt und in Tausenden von Exemplaren in die Volksschulen gepumpt. (In dieser Hinsicht wäre ich dankbar, wenn Deine »Frau« mir mal ihre Erfahrungen mit ihrem Lesebuch möglichst detailliert sagen würde, soundso viel Prozent der Geschichten zum Lesenlernen ungeeignet und zur Bildung desgl., nur die Lesestücke bitte! Ich kann ihr dann mein Material auch zur Verfügung stellen. Richtschnur war nur der persönliche Geschmack.) Ich lasse die Kinder täglich frei erzählen und greife heraus, was mir lustig und originell erscheint. Das schreibe ich als Lesestück an die Tafel, leicht gestrafft, aber in der Formulierung möglichst so, wie es die Kinder bringen. Da sind schon hübsche Hefte zustande gekommen. Aber die höheren Schulmeister werden das wahrscheinlich als Inzucht abtun. Ich sende Dir gelegentlich einmal ein paar dieser Hefte, die ich aber zurückhaben muß.
Auf dem Gebiet der Musik mache ich auch alle Kinderlieder für das erste bis dritte Schuljahr selber. Ich habe schon ein ganzes Heft voll, und diese Lieder sind rein handwerklich das, was ich zur Entspannung brauche.
Die Hauptaufgabe, die man als Pädagoge hat, ist es wohl, an das Eigentliche der Kinder heranzukommen. Und hier habe ich keine Mühe gescheut weiterzukommen. Ich will diese Kinderwelt, die genauso schrecklich und schön ist wie die Welt der Erwachsenen, in die Finger bekommen. Seit zwei Jahren z.B. sammle ich Kinderträume, die ich dann – zu Tagesereignissen in Beziehung gesetzt –, so gut ich es verstehe, analysiere. Das ist ein hochinteressantes Gebiet und auf jeden Fall von Gewinn für mich gewesen. Außerdem habe ich mal in jedem Jahr Selbstbildnisse und Baumtests machen lassen, auch interessant. Vor kurzem habe ich dann, mit einem Seitenblick auf eine Prüfungsarbeit, Kindergrimassen gesammelt. Vielleicht macht Dir das Spaß, ich schicke Dir hier mal einen Haufen Fratzen. Such mal ein paar heraus, und sag, was Du darüber denkst.
Neben all den Bemühungen beschleicht einen dann plötzlich

das merkwürdige Gefühl, daß die Volksschule trotz Psychologie und Reformpädagogik nicht viel weitergekommen ist. Der Schulmeister müßte eine Ausbildung haben, die genau doppelt so lang ist wie die augenblickliche. Dann erst hätte er die persönliche Reife und die Kenntnis und die Fertigkeit in gewissem Maße, die für erfolgreiche Arbeit nötig ist. Sonst aber ist im Grunde genommen die Dielenschule, wie sie früher von Schneidern oder Schustern geübt wurde – abgesehen von dem fürchterlichen Prügeln –, mindestens was die Abc-Schützen anbetrifft, das eigentlich Richtige. Da haben die Kinder aus der Bibel und für die Bibel das Buchstabieren gelernt, es ging auch, und in geschmacklicher Hinsicht wurde nicht so gesündigt wie heute gang und gäbe. Es wäre natürlich verfehlt, wollte man heute ein Zurück zu den alten Zuständen blasen, das geht nicht, aber man hätte doch große Lust, ein Lesebuch selbst zu schreiben, für die Bedürfnisse gerade meiner Kinder in gerade unserm Dorf.
Nachdem ich so eine Weile vor mich hin gesponnen habe, will ich nun schließen. Für Weihnachten und so weiter sende ich Dir und Deiner Lehrerin alles Gute,
Dein Walter

Breddorf So 23. Dezember 1962

Am vorigen Sonntag wurde die renovierte Kirche eingeweiht. Sie ist wirklich sehr schön geworden. Der alte Bau war häßlich und unpraktisch, auch künstlerisch in keiner Weise wertvoll oder ansprechend. Nun ist es ein Genuß, in die Kirche zu gehen! Der Superintendent hielt eine miserable Predigt, den Landessuperintendenten hatte man nicht bemühen wollen, weil es ja nur um eine ganz einfache Landgemeinde ging.
Unser »Konzert bei Knoop« habe ich auf Band aufgenommen. Es hat mir viel Spaß gemacht. Nun sind die Bauern ganz begeistert, auch der Kollege, es steht in Aussicht, daß ein richtiges kleines Orchester gegründet wird. Einer der Bauern kaufte sei-

nem Jungen ein Horn (über 100 Mark) und seiner Tochter ein Metallophon (85 Mark). Man kann in dieser Gemeinde wirklich viel aufstellen. Nun schreibe ich schnell eine andere Kantate: »Wir bauen eine Stadt«. All dies wird mir für die zweite Prüfung nützlich sein, kann mich indessen nicht darüber hinwegtäuschen, daß meine eigentliche, höchste Aufgabe in der Vollendung des Romans liegt. Da werden leider noch etliche Monate vergehen, bis ich etwas tun kann. [...]
Las heute ganz interessanten Aufsatz über Zinnfiguren. Wir haben beschlossen, ein paar Schachteln zu kaufen, da ich mir der Wichtigkeit dieses Einflusses bewußt bin. Als Kind bekam ich viele Kästen von Walter Görlitz, jetzt Redakteur an der »Welt«, geschenkt.
Es sind 10 Grad Kälte. Andauernd laufe ich in die Badestube, hauche in die Eisblumen ein Loch und schaue nach, wieviel Grad es sind. Hoffentlich hält sich der Schnee noch über Weihnachten.

Breddorf Mo 24. Dezember 1962

[...] Alle waren wir am ersten Weihnachtstag in Rotenburg versammelt. Am 24. Dezember hatten wir es in Breddorf sehr gemütlich. Meine Mutter aus Hamburg war und ist noch da. Hildegard schenkte mir die Seppel-Kasperpuppe angezogen, eine Aktentasche und Mozart-Sonaten, an denen ich nun Abend für Abend sitze, leider mit wenig Kunst dafür, aber mit Vergnügen. Ich bekam außerdem einen Schal von Hildegard und von Mutter eine wunderbare Autodecke. Ich schenkte Hildegard lauter Delikatessen, weil sie so gerne ißt. Gänseschmalz, Gänsebrust, Leberpastete ... Dann hatte ich alle Briefe, die sie in der Verlobungszeit mir geschrieben hatte, durchgelesen und Bonmots und treffende Urteile herausgeschrieben, was ein kleines Bändchen ergab. Am Heiligabend saßen wir mit viel Vergnügen dran. Der Junge bekam ein großes Lastauto.

1963

Breddorf Do 3. Januar 1963

Vorgestern kam ein, man kann sagen: riesiges Tonband von Hans aus Kanada. So hatten wir zwei Abende hindurch wirklich geistvolle Unterhaltung. Ich war ihm wieder ganz nahe. Ich werde ihm meinen Roman schicken. Er hatte mir den ersten Teil seiner Überfahrt nach Kanada geschickt. Hans war mit mir in Wiesbaden zusammen und ging dann drei Jahre später nach drüben.

Von Fritz J. Raddatz Reinbek, 18. Januar 1963

Lieber Herr Kempowski,
der Himmel und Verwandtschaft geben mir immer neue Ausreden: Nun ist es also viel zu kalt, und die Straßen sind voll Schnee, als daß ich Sie besuchen könnte. Außerdem habe ich Verwandtenbesuch aus Amerika, der mich eingermaßen absorbiert. Verzeihen Sie also, wenn nun doch wieder nur ein Briefchen kommt.
Mit Ihrem Manuskript geht es inzwischen allen Beratern und Bedenkern genau wie mir: Sie stehen teilweise hilflos, teilweise kritisch, teilweise auch durchaus angezogen vor diesem Text. Ich weiß aus Ihrem letzten Brief, daß dies nicht Ihre endgültige Fassung ist, sondern Sie vieles verändern wollen, vor allem – was übrigens den Ratschlägen unserer Lektoren entspricht – den ersten Teil entweder weglassen oder straffen wollen, außerdem aber auch im eigentlichen Text noch Einschübe, Streichungen und andere Veränderungen beabsichtigen. Dieses Verfahren ist

natürlich auch für den Empfänger oder – sagen wir es getrost – für den Lektor einigermaßen mühsam, denn ich muß ja immer wieder von vorn anfangen, mich mit Ihrem Text zu beschäftigen, und kann mich nicht etwa darauf beschränken, nun nur die veränderten Teile anzusehen. Ich schreibe das nur, um Ihnen damit klarzumachen, warum es immer eine gewisse Zeit dauert, bis Sie wieder von mir hören.
Ihrem Wunsche entsprechend, habe ich davon Abstand genommen, das Manuskript nun auch Professor Jens nach Tübingen zu schicken. Ich habe es aber unserem hier im Hause mitarbeitenden Autor und Lektor Peter Rühmkorf gegeben, wohl wissend und ihn auch informierend, daß es nur eine vorvorletzt gültige Fassung ist, bestenfalls. Ich möchte aber gerade Rühmkorfs Urteil – auch zum sprachlichen Detail – gern hören, weil er einer der wenigen sprachlich sorgfältigen, literarischen Ratgeber ist.
Lassen Sie mich doch immerhin inzwischen wissen, ob Sie mir eine neue Version schicken wollen oder wie es nun eigentlich weitergehen soll. Sicherlich – das ist Ihnen ja schon aus unserer letzten Korrespondenz und auch dem damaligen Telefonat klar – kann man die Arbeit, so wie sie sich jetzt präsentiert, nicht drucken. Aber so eigenartig das klingen mag, ich habe immer noch großen Appetit auf den Text.
Ich schicke Ihnen hier – obwohl das Gutachten heftige Einschränkungen macht – einmal Dr. Kaisers Votum mit; allerdings in der Hoffnung und unter der Voraussetzung, daß Sie sich durch einige scharfe Wendungen nicht verletzt fühlen werden. Im Ganzen denke ich doch, daß Ihnen einige der Bemerkungen von Dr. Kaiser nützlich und hilfreich sein werden, und hoffe im übrigen, bald wieder von Ihnen zu hören.
Mit freundlichen Grüßen
Ihr Fritz Raddatz

Gutachten zu Walter Kempowskis
»Im Aquarium« *München, 5. Dezember 1962*

Allgemeines
Walter Kempowskis impressionistisch getönte Prosaskizzen sind formal, sprachlich, im Aufbau, in der Tendenz – und überhaupt im Hinblick auf alles, woran man Prosa guten Gewissens zu messen pflegt – rätselhaft. Während der Lektüre scheint es mitunter, als walte hinter den Beobachtungen, die der Ich-Erzähler manchmal brieflich an seine Mutter weitergibt (aber diese Briefsituation wird keineswegs präzis durchgehalten, immer wieder fängt einmal ein Brief, eine Schilderung deutlich zur Mutter hin an) ein versteckter Plan. Doch entweder existiert dieser Plan nur ansatzweise, oder – wohl die wahrscheinlichste Lösung – des Autors konstruktives Talent war nicht stark genug, deutlich hervorzuheben, worum es ihm eigentlich ging. Die drei Teile sind erheblich verschieden. Denkbar schwach, lähmend und langweilig der erste, voller phantastischer Bilder – also etwas stärker – der zweite. Die Margot-Geschichte zu Ende bringend der dritte.

Urteil:
Ich halte den Text in der vorliegenden Form für keineswegs druckreif. Ich glaube auch nicht an die Möglichkeit einer straffenden Bearbeitung. Manchmal habe ich durchaus eigentümliches Talent zu erspüren geglaubt. Aber er muß sich noch einmal äußern, muß seine Form (nicht seinen Ton) noch finden. Dies mißlang.

Begründung:
1. *Die Sprache ist der Phantasie nicht gewachsen.*
Einige Zitate:
S. 2 »Begrüßenswert ist es, daß man die Leuchte mit drei Zylindern versah.«
S. 3a Das Kind schlief »einen Schlaf, der keinem Toben gefolgt war«.

S. 6 »Trotz allem Auf und Ab geht meine Fahrt, wie man wohl bemerken kann, allmählich tief hinab.«
S. 13 »Ist schon die Fahrt an sich angenehm und erregend, so ist es der Aufenthalt auf den Stationen in weit höherem Maße.«
S. 16 ... »wobei ich mir nicht sicher bin« ...
S. 95 ... »ein Pokal kreist, es lebe die Vollendung«.
S. 228 »Sicher hat er bei diesen Worten mit dem Fuß aufgetrumpft!«
Allen diesen Sätzen ist eigentümlich, was sich durch das ganze Buch belegen läßt:
Die Sprache schwankt hin und her zwischen altmodischer Stilisierung und glatter Ungeschicklichkeit. Nehmen wir einmal an, es solle absichtlich dargetan werden, daß der Erzähler ein etwas beschränkt-erstaunter Mensch sei, dem die seltsamsten Sachen passieren – und der in dankenswert kurzen Sätzen spricht. Dann wäre diese Stilisierung äußerst kunstlos, langweilig und monoton-ungenau vorgenommen. Aber viele Passagen verraten auch das Gegenteil: Er möchte gern »gut«, differenziert, lyrisch schreiben:
S. 2 »In all meiner Müdigkeit lege ich mich am liebsten in den Zerfall der Blumen.«
S. 21 »Der Boden brüllte, er brüllte über die abgestellten Bilder, mit glühenden Augen.«
Wenn man die sprachlichen Klischees, die abgenutzten und altmodischen Wendungen mit dem vergleicht, was der Autor manchmal anstrebt, dann bleibt nur ein Schluß übrig: Es handelt sich um die phantasievolle Prosa eines mehr oder minder begabten Dilettanten. Geformt, durchgehalten und vor allem: *gewonnen* ist nichts. Den Verdacht des Dilettantismus nähren auch die zahllosen deutlichen Kunstfehler. Da finden sich statt der »gemeinten« ungenauere oder gar irreführende Worte.
S. 17 »mich Hingestreckten, dessen Zehen wie die Nase *aufstachen*«.
S. 25 »von den lautlosen Wörtern gab es kleine Blasen, die den Hals *hinunterperlten*«.
S. 228 »mit dem Fuß *auftrumpfen*«.

2. *Die allzu leicht auswechselbaren Ebenen von Kempowskis Phantasie*

Meine Feststellung, hier werde eine Dilettantensprache mit manchmal verblüffenden »Gesichten« nicht fertig, besagt noch nichts über die Phantasie, deren Blasen dies Aquarium durchziehen. Denn auch wenn jemand mit den Worten des Provinzfeuilletons oder des »Edeka«-Hausfrauenblattes sich äußert – er kann, zumal als Anfänger, Visionen zu transportieren haben, die seine Sprache transzendieren. In Kempowskis Text geht es um Folgendes:

Ein junger Mensch beschreibt die berufliche, soziale, phantastische Umwelt, mit der er es zu tun hat. Freunde nähern sich, eine Frauengestalt wird eingeführt, seltsame Verhaftungen kommen vor, ein unheimlicher Prozeß spielt irgendwo am Rande. Dazu: Phantasie-Erfindungen wie ein merkwürdiges Reisespiel. Zum Schluß klingt alles eher feudal: Die Sphäre eines Grafen, eines »Läufers« usw. wird erreicht. Manchmal leben das Personal und das Vokabular des 18. Jahrhunderts wieder auf, obschon Erfindungen des 20. zur Verfügung stehen. Folgende Ebenen sind zu unterscheiden:

a) Im ersten Teil erbitternd harmlose Erzählungen einer Fahrstuhlexistenz.
b) Im zweiten wechselt die Ebene phantastisch-exotischer Raum-Zeit-Allgegenwart mit einer altmodisch-spielerischen Ebene.
c) Dazu tritt ein *stark (und authentisch)* wirkender Hauch von Totalitärem, gegen das kaum jemand sich auflehnt.
d) Zum Schluß verengt der Vorgang sich zum Privaten in gräflicher Umgebung.

Kempowski hat ein paar großartige Bilder gefunden. Das kleine Warenhaus (z. B. S. 83); die Kußmaschine; die Morde im Krankenhaus (S. 106b und c); S. 138 ist eine Diktaturlandschaft mit kurzem Strich vorzüglich umrissen. Grausames (und folglich Faszinierendes) findet sich auch sonst noch ein paarmal recht gut. Auch daß Vögel in Rückenlage fliegen und zusammenstoßen, liest man nicht alle Tage.

Doch möchte ich davor warnen, dergleichen allzu hoch zu bewerten. Wenn die Phantasie alles darf, durch nichts – also durch keinen logischen oder ästhetischen oder der inneren Konsequenz des Geschehenden folgenden Zwang – beherrscht wird, dann ist das Absonderliche ja fast ein beliebiger Sport. In Traumbüchern aus Nervenkliniken stehen noch ganz andere Sachen, die man auch veröffentlichen könnte. Die Surrealisten haben Eingebungen von bedeutend größerer Kraft, wilderer Phantasie, herrlicherer Freiheit mitgeteilt, schrecklichere Brisanz und Beklemmung fixiert. Dafür, daß Kempowski sich alles erlaubt, bringt er recht wenig heim. Weder sieht man seine Aquariumswelt deutlich, noch kann man die Langeweile überwinden. Wie schwach ist, um nur ein Beispiel zu nennen, Seite 4! Und wenn jemand so literarisch ist, anderen zuzuschreiben, ihre Augen säßen »wie Souffleure« unter Pestbeulen, dann muß ihm schon mehr einfallen als eine Traumvision vierter Ordnung. Wie arm ist der Balletteinfall (der Held gibt sich »pfiffig und schläfrig ... wie das so Franzosenart ist«). Auch scheinen viele Einfälle schon vorgeprägt (ohne daß man angesichts eines so unerfahren geschriebenen Textes anzunehmen braucht, der Autor habe fremde Vorbilder unerlaubt benutzt). Doch auf Seite 63, wo ein Mensch nach Mücken schnappend fliegt, denkt man sogleich an Chagall; der unheimliche Prozeßverlauf ist von einem Autor namens Kafka schon in Literatur verwandelt worden, das Röntgenbild der Geliebten händigt die Madame Chauchat im »Zauberberg« dem armen Hans aus, und auf die Wendung »heilig-still« verfiel bereits Hölderlin.
Ganz und gar willkürlich – wie der Handlungsverlauf und die Vortragsfolge – ist die Numerierung. Warum ein völlig für sich stehender Vorgang unter 232c gebracht wird, während anderswo der gleiche Vorgang auf mehrere verschiedene Seiten und Nummern verteilt ist, bleibt des Autors Geheimnis.

Fazit:
Mittlere Phantasie hat lyrisch-impressionistische Prosabeschreibungen in altmodische Sprache gehüllt. Des Autors

Kunst reichte nicht aus, den konventionell-dürftigen Ton stark, selbständig und ergiebig zu machen. Gepflegter Dilettantismus ist die Folge. Der frei schweifenden Phantasie gelingen Bilder verschiedenen Werts. Am besten sind sie, wenn sie sich kritisch-indirekt auf totalitäre Gesellschaft beziehen. Weder der Handlungs- noch der Bildzusammenhang ist im mindesten zwingend. Ein paar gute Sachen stehen viel Schwachem und Langweiligem gegenüber. Obwohl der Modernismus nicht modisch, sondern eher versponnen-unbeholfen wirkt, kann der Druck des vorliegenden Manuskriptes darum nicht befürwortet werden.

Von Hildegard Kempowski Breddorf, 20. Januar 1963

Mein Liebster!
Ich habe hin- und herüberlegt, ob ich Dir diese Scheiße überhaupt nachschicken soll. Das ist ja wie ein Hammerschlag nach dem andern direkt vor den Kopf! Oder verstehst Du oder siehst Du das anders? Laß Dich davon bloß nicht so unterkriegen! Dilettanten haben eben in der Welt der Fachkräfte keinen Platz und kein Ansehen. Andererseits ist es uns ja auch klar gewesen, daß der Text in dieser Form »keineswegs druckreif« war, weshalb es von Raddatz doch dumm war, so etwas schon an solche Kritiker zu schicken, damit stellt er sich ja auch bloß, wenn er nicht weiß, wie man so etwas ungefähr zu beurteilen hat.
Ich schreibe dies nur kurz nach dem Mittag, während Cordes nebenan sitzen, damit sie es heute noch in Rotenburg einstecken können. Es kam gestern mittag an. – Wenn man bedenkt, *was* so alles anscheinend bedenkenlos gedruckt wird?!! – Na, laß Dich bloß nicht zu sehr erschüttern, mir hat es doch erst die Puste genommen. [...]

Breddorf Mo 28. Januar 1963

Ich war eine Woche im Schloß Schwöbber bei Hameln zum Lehrerfortbildungskurs. Die Bauern meinen: Urlaub. Es war hochinteressant, sehr sympathische Leute dort, viel gelernt. Man bekommt großen Schwung dadurch. [...]

Inzwischen hatten wir auch die Handwerker hier, die uns das große Schlafzimmer in der Mitte durchteilten. Nun haben wir also sieben Zimmer: Im Keller das »Breddorfer Zimmer« mit dem alten Bauernhausrat als Sommer-Fremdenzimmer, das große Wohnzimmer und das Eßzimmer im Erdgeschoß, kleines Wohnzimmer oder Bibliothek, Kinderzimmer, Arbeitszimmer, Schlafzimmer im ersten Stock. Es ist schön, so viel Platz zu haben. Wir haben uns auch alles schön eingerichtet. Mein Gehalt ist nun so, daß wir gut damit auskommen.

Hausstand Januar 1963

Gehalt (Abzüge sind weg)	808,– DM
Kohlenrücklage	60,–
Autorücklage	30,–
Krankenversicherung	54,–
Lehrerverein	6,–
Miete	70,–
Hausstand	350,–
Brockhaus	10,–
Ton-Rundfunk-Gebühren	2,–
	582,–
Kleidung, Bücher usw.	226,–

An Fritz J. Raddatz Breddorf, 2. Februar 1963

Lieber Protektor!

Vielen Dank für Ihren inhaltsreichen Brief, über den ich mich gefreut habe, trotz der schwerwiegenden Beilage. Die Kritik war größtenteils geistvoll, in etlichen Punkten durchaus berechtigt. In gewisser Hinsicht rannte sie offne Türen ein, denn in der vorliegenden Form halte ich das Manuskript, wie schon oft gesagt, nicht für aufführungsreif.

Ich habe mich deshalb über Ihren Brief gefreut, weil Sie mir weiterhin Ihr Ohr leihen wollen; es fabuliert sich besser, wenn man weiß, daß auf der anderen Seite der Hörer noch nicht aufgelegt wurde.

Insgeheim wundere ich mich darüber, daß nach einem Sinn gesucht wird, wo er so offen zutage liegt. Andererseits ist es erstaunlich, daß der leicht parodistische Anstrich (die impressionistischen Lyrismen) nicht gemerkt wird. Ich kann nicht glauben, dass man Ludwig Thoma für einen schlechten Orthographen hält, weil Josef Filser so schlechte Briefe schreibt. Indem ich dies sage, gebe ich Ihnen natürlich wieder Blöße über Blöße, denn, so können Sie von Ihrem Standpunkt mit Recht argumentieren: Wenn man das »Dat sall so« nicht merkt, ist es die Schuld des Schreibers, nicht die des Lesers.

Ich möchte Sie noch an meinen Brief vom 16.3.62 erinnern. Da schrieb ich Ihnen, daß es leichtsinnig sei, fremde Leute in das ungemachte Schlafzimmer sehen zu lassen. Ihnen gegenüber bin ich in dieser Hinsicht ohne Hemmung, weil ich weiß, daß Sie mir von Anfang an ein wohlwollendes Interesse zeigten. Ich warnte aber wiederholt davor, Dritten einen solchen Einblick zu vermitteln.

Was den Fortgang der Arbeiten betrifft, so kann ich hier nichts weiter sagen. Ich habe den Mittelteil, wie ich schon schrieb, bereits gestrafft und neu strukturiert. Sobald ich Mut und Zeit habe, werde ich alles zu Ende bringen. Bis dahin müssen Sie sich gedulden. Es steht Ihnen frei, mir das Manuskript zurückzuschicken, Sie können es aber auch behalten, ich habe ja noch zwei Durchschriften (dank Ihrer großzügigen Papierlieferungen). [...]

Von Klaus Beck Düsseldorf, 2. Februar 1963

[...] Gestern war hier in der Akademie eine Sondervorstellung bzw. Veranstaltung einer küntlerischen Gruppe, die sich FLUXUS nennt. FLUXUS, wahrscheinlich von fluktuieren. Was die tun? Grundsätzlich wird jede konventionelle Form abgelehnt. Ein wenig verwandt mit DADA. Hier einige Darbietungen; die übrigens alle – und seien sie noch so kurz – mit opus number two, second version oder variation, kurz mit geläufigen Fachausdrücken u. Bezeichnungen angekündigt werden. Dann steigt anschließend einer auf eine Leiter und gießt von der 8. oder 10. Sprosse eine Kanne Wasser in einen unten stehenden Eimer. Das dabei entstehende Geräusch wird moduliert durch langsames Tröpfeln bis zum Schluß schnelles Gießen. Oder eine andere Sache: concert number six for saxophon: Kommt einer mit einem Horn, starrt ins Publikum, schweigt und verschwindet wieder. Schließlich die »Decollage« eines Amerikaners: Zwischen einem Tisch (dessen Platte zum Publikum hin angehoben ist, darauf eine Zeitschrift) und dem Publikum wird eine große Plexiglasscheibe gehalten. Der Akteur beginnt sein Zeremoniell, indem er mittels eines besonderen flüssigen Präparates, das auf die Seiten der Zeitschrift gespritzt wird, die Bilder völlig zu einem grauen Brei verschmiert. Nachdem die ganze Zeitung auf diese Weise »kontemplativ« decollagiert war, knallte der Darsteller alle möglichen zerbrechlichen Gegenstände ins Publikum, freilich nur symbolisch, denn die Klamotten zerflogen ja an der vorgehaltenen Plexiglasscheibe. Immer mehr in Raserei geratend, nahm der Gute zum Schluß eine große Buttercremetorte und knallte auch diese noch gegen die Scheibe, wo sie einen sehr schönen Abdruck hinterließ, der nun mit einem Lappen kreuz und quer derartig verschmiert

wurde, daß der Akteur vom Publikum bald nicht mehr zu sehen war.
Die FLUXUS-Leute sind insofern ernst zu nehmen, als sie erstens ablehnen, für ihre »Darbietungen« Geld zu nehmen (jeder *bekam* beim Eintritt 1 Pfennig!), weil sie zweitens unter größten Schwierigkeiten und Opfern diesen Zauber veranstalten und weil sie drittens von einem echten Bedürfnis getrieben werden, nämlich gegen die heute überall üblich gewordenen kommerziellen Klischeevorstellungen anzustinken. Dazu ist ihnen der banalste Einfall der liebste, kann nicht banal genug sein. Freilich strotzt die Sache von Aggressivität, andererseits sind die Mittel oft zu intellektuell eingesetzt, um beim Publikum überhaupt den nötigen Schock auslösen zu können. Obwohl das Publikum fast ausschließlich aus Künstlervolk bzw. solchen, was sich einbildet, das zu sein, bestand, entstand zum Schluß fast ein Tumult. Von Beginn an wurden die eigentlich auf Konzentration und Ruhe berechneten Darstellungen durch meistens einfallslose Zwischenrufe gestört. Verschiedene hatten sich Instrumente mitgebracht, um so wie auf dem Fußballplatz die Sache zu stören. Von einer »Würde des Hauses« konnte nicht die Rede sein. Ganz abgesehen davon, daß natürlich manches wirklich Hokuspokus ohne viel Witz und darum auch Wirkung war, hat mich doch das Benehmen so etlicher Leute sehr deprimiert. Die Unfähigsten und Unbegabtesten waren – wie üblich – die lautesten Krakeeler, und es wurde sichtbar, wie unfähig die Masse der lieben Kommilitonen ist, hoffnungslos unbegabt. Ein im Vorwort angebrachter Hinweis auf Schwitters, Arp, Max Ernst usw. ist offensichtlich gar nicht kapiert worden: denn diese Leute sind damals genauso ausgepfiffen und angefeindet worden – und übriggeblieben als Künstler, die Schreier jedenfalls nicht.
[...]
Mach das, wozu es Dich treibt. Freilich, ohne Feilen und das Streben nach einer bestimmten Aussageform geht es nicht, aber es gibt viele Wege, und der parodistische ist nicht der schlechteste. Vielleicht mußt Du die Dinge noch mehr zuspitzen: entweder zum parodistisch-ätzenden oder zur Leier, zur Gebetsmüh-

le ohne Ende (und ohne Anflug = Einleitung). Beide Elemente glaube ich finden zu können, vielleicht mußt Du eines reduzieren zugunsten des anderen? [...]

Breddorf So 3. Februar 1963

Immer noch minus 10 Grad, nun schon seit dem 19. Dezember richtiger Winter. Dies ist gesundes Wetter.
Als ich in Schwöbber war, kam auch die Kritik von Kaiser. Sie ist kurios, betrifft mich nicht, weil der Mann mich nicht versteht. Was er sagt, ist zum Teil so unsachlich, daß man sich nur wundern kann. Andererseits ist mir dadurch klargeworden, daß mein Schreiben noch nicht die nötige Geschlossenheit hat, um zu überzeugen. Wahrscheinlich bin ich innerlich noch nicht gereinigt, um sauberen Guß hervorzubringen. Nun, das war ja auch alles erst der Anfang. Niemand konnte ja erwarten, daß es mir gleich beim ersten Ansturm gelänge, in Ehren aufgenommen zu werden. Leider beherrscht die sogenannte Gruppe 47 in ihrer – wie ich es sehe – gegen den Osten und gegen das satte Bürgertum gerichteten Tendenz die Meinung. Leute wie ich werden nicht gesendet. Verwunderlich genug, daß Enzensberger zunächst so positiv schrieb.
Wenn ich diese Leute kritisieren sollte, was ich auch oft tue, dann fällt mein Urteil über sie noch abfälliger aus. Also beruht die Abneigung, wie man so sagt, auf Gegenseitigkeit.

Breddorf Fr 8. Februar 1963

Fühle mich recht zerschlagen von all den Enttäuschungen nach so hoffnungsvollem Beginn. Kritik ist doch wohl auf eine innere Uneinheitlichkeit zurückzuführen. Diese Krisis wäre nur durch Arbeit zu besiegen, und eben dazu habe ich jetzt und in den nächsten Monaten keine Zeit, da der Beruf (Familie) vorgeht. Und dann – wird nicht die Arbeit größere Enttäuschungen bringen? Daran sieht man, wie sehr nach außen gewendet ich doch bin. Anstatt das alles nur um des Spieles willen zu treiben. Zuviel verlangt? [...]

Von Fritz J. Raddatz Reinbek, 8. Februar 1963

Lieber Herr Kempowski,
wenn der Titel, den Sie mir geben, nur stimmen würde ... Immerhin haben Sie recht herzlichen Dank für Ihren so freundlichen Brief und für die – fast möchte ich sagen – über Erwarten positive Reaktion auf das mitgeschickte Gutachten von Dr. Kaiser. Bei mir gibt es soviel Geduld, wie immer man braucht. Ich werde also darauf warten, von Ihnen ein gestrafftes und neu strukturiertes Manuskript zu bekommen.
Übrigens habe ich nicht soviel Angst, fremde Leute ins Schlafzimmer sehen zu lassen, was ist schon Ungewöhnliches in einem Schlafzimmer? Und Rühmkorf, mit dem ich befreundet bin, ist sicherlich kein schnüffelnder Gast zwischen fremden Betten, sondern ein vernünftiger und kenntnisreicher Leser, dem man auch getrost ein unfertiges Manuskript zeigen kann, nur um ihm einmal die Zubereitungsmöglichkeiten dieser Speise vorführen und abschmecken zu lassen.
Weiteren Lesern werde ich dann also Ihr Manuskript nicht mehr geben, sondern erst auf eine neue Fassung warten. Inzwischen lassen Sie mich doch bitte wissen, wie es mit Ihrem Papiervorrat bestellt ist, ob ich Ihnen da aushelfen darf, und welchen Faulkner-Titel Sie noch haben möchten, denn ich vermerke mir hier ja nicht, was ich Ihnen schon geschickt habe.
Ich freue mich immer, von Ihnen zu hören, und bin
Mit freundlichen Grüßen
Ihr Fritz J. Raddatz

An Klaus Beck Breddorf, 8. Februar 1963

Lieber Becker!
Vielen Dank für Deinen Brief! Meine Frau und ich haben uns über Deine treffende Bemerkung zu Kaiser gefreut, [...] wenn er meinen fliegenden, nach Mücken schnappenden Jüngling mit den in der Luft schwimmenden Jünglingen bei Chagall vergleicht. Eben finde ich eine interessante Stelle in dem Buch »Manierismus in der Literatur« von Gustav R. Hocke (Rowohlts Deutsche Enzykl.). Ich will dir diese Fußnote wörtlich zitieren:

> Walter Jens in: »Statt einer Literaturgeschichte«, 2. Aufl. 1957, zur heutigen deutschen Literatur: »Alles ist von nun an möglich – man kann sogar in der Luft schwimmen (Chagall!) –, nur ins Normale gibt es kein Zurück.«

Du siehst, Jünglinge hat in der Literatur schon jemand anders schwimmen lassen – in der Luft natürlich –, sonst hätte Walter Jens, den Raddatz als meinen nächsten Kritiker ausersehen hat, dies nicht abfällig mit Chagall vergleichen können. Und der Herr Kaiser, der mich des versehentlichen Plagiats (Plagiat aus dümmlicher Naivität) beschuldigt, hat seinen dämlichen Vergleich mit Chagall noch nicht einmal selbst produziert, sondern von dem Kritiker Walter Jens abgeschrieben. Man findet keine Worte für solche Blödheiten. Kaiser und Jens gehören natürlich, wie auch Raddatz, dieser merkwürdigen Gruppe 47 an. Du kennst diese Leute, das ist so eine Art Trust, das riecht nach Ostzone und Käthe Kollwitz. Sie wollen mit ihrem deutschen Verstand alles klassifizieren und deuten, wenn ihnen der Sinn nicht sogleich augenfällig wird, verdammen sie einen. Sie kommen nicht auf die Idee, daß man die Kunst benutzt, wie eine Gottheit sich seine Welt selbst zu bauen, aus Elementen, die vielleicht im normalen Sinn keine Elemente sind, aber von einem dazu erklärt werden. Sie verlangen Sinn, Übersetzbarkeit. »Dafür, daß Kempowski sich alles erlaubt, bringt er recht wenig heim ...«

schreibt Kaiser. Er verlangt also einen Nutzeffekt. Wer wollte eine solche Forderung zum Beispiel in der bildenden Kunst stellen! Nur weil man mit der Sprache zufällig auch Geschäftsbriefe und Zeitungen schreibt, sind wir doch nicht verpflichtet, Rezepte für Lebenshaltung beispielsweise oder Ansichten über Politik (Wiedervereinigung!) in Kunstpapier einzuwickeln.
Dein Satz über »Einleitung« (sie sei nicht nötig) war sehr treffend, mir wurde das auch sogleich klar. Je länger ich Abstand habe, desto mehr Äußerungen fallen mir ein. Ich sehne die Zeit herbei, in der ich mich ganz der Sache widmen kann, dann wird auch etwas daraus werden.
Deine Informationen über das Düsseldorfer Kunstleben haben uns amüsiert und interessiert. Mir sind diese Leute immer noch lieber als die politischen Literaten – sosehr ich eine klare politische Stellungnahme vertrete (sonst hätte ich ja nicht in Bautzen gesessen) –, es ist wohl einfach ein Wutschrei, ein Ausbruchsversuch aus der Welt des Alles-schon-Fertigen. Es kann einen ja auch wirklich ankotzen. Alles, was man tut und treibt, haben alle andern Menschen schon vorher getan. Im gewöhnlichen Leben ist das ja nicht weiter schlimm, im Gegenteil, aber auf künstlerischem Gebiet ist der Gedanke doch bedrückend.
Es verwundert mich auch, plötzlich mit Leuten verglichen zu werden, die man überhaupt nicht kennt, das ist so, als ob hundert Mann im Gleichschritt marschieren, alle hintereinander. (Ich erinnere Dich hier an die Stelle in meinem Roman, wo der Briefschreiber im Fahrstuhl versucht, hin- und herzugehen, und ihm die andern folgen.) [...]

Breddorf Mo 11. Februar 1963

Siehst du wohl! Heute kam der Schulrat zur Visitation in meine Klasse, zwei Stunden! Ich hatte das ja schon lange erwartet und war immer gut vorbereitet. Gerade heute aber nicht, weil ich gestern nicht gut gestimmt war. Trotzdem ging alles sehr gut. Er sagte wörtlich: »So was Schönes habe ich selten gesehen. Das ist ein schöner Wochenanfang für mich.« Besonders meine Lieder gefielen ihm, er nahm das Bändchen mit, um es genauer anzusehen. Immer wieder versicherte er mir, wie gut ihm alles gefiele, er hat sicher eine ausgezeichnete Beurteilung abgegeben. Mein Kopfrechnen ist ja auch wirklich gut, habe lange daran gearbeitet.

An Fritz J. Raddatz Breddorf, 11. Februar 1963

Lieber Dr. Raddatz!
Ich will Ihnen gleich heute antworten, da ich nach einer Schulratsvisitation guter Laune bin. Lange Zeit hatte ich meinem Beruf gegenüber ein schlechtes Gewissen und habe tüchtig gearbeitet. Das hat nun seine Früchte getragen.
Also, vielen Dank für Ihren Brief. Ich möchte heute auf die »Zubereitung« eingehen, von der Sie sprachen. Schon seit längerem arbeite ich, wie ich schon schrieb, an der Bearbeitung des Ungetüms. Da gibt es verschiedene Wege, von denen mir im Augenblick der folgende am deutlichsten vor Augen steht.
Der 1. Teil, den ich übrigens ganz im Gegensatz zu Ihren Beratern für gut halte und von dem ich auch nicht abrücken werde, wird abgeschnitten und selbständig gemacht. Er gäbe eine Arbeit für sich, die den Titel »Der Fahrstuhl« trüge.
Der Mittelteil könnte auf die Kotelmann-Krummreich-Briefschreiber-Übersteigerung reduziert werden, der »Wechsel in den Ämtern« (um mit einem Satz meines Manuskripts zu sprechen) und etwa unter dem Titel »Die Treppe« sich verselbständigen. Aus diesem Mittelteil müßten dann die Einzelthemen herausgenommen werden und als Keimzellen zu weiteren selbständigen Arbeiten Verwendung finden. Es bieten sich da also die folgenden Titel an: »Im Hospital«, »Der Magister«, »Das Reisebüro«, »Das Warenhaus«, »Die Badeanstalt« usw. Das könnten alles Arbeiten von 40–50 Seiten werden, es ist mir schon eine Menge dazu eingefallen. Alle diese Arbeiten wären

natürlich Variationen desselben Themas, Bilder, die mein großes Erlebnis hervorbrachte.
Bei dieser Version ergibt sich nur die Frage: Was wird mit Margot, meinem Mahr-Gott? Man könnte vielleicht auch den 3. Teil verselbständigen und aus dem 2. dadurch eine reine Männerwelt machen. Der Stoff behauptet sich ohne weiteres, er ist mir ein wesentliches Anliegen. Andererseits bewirkt gerade er ein Überschwappen des Mittelteils, wenn ich ihn hinzufügen würde. Diese Frage habe ich noch gar nicht geklärt.
Alle diese erwähnten Einzelarbeiten, die dann entstünden, müßten einen gemeinsamen Übertitel haben (sie sind »Zellen« des Baus), der sich dann auch einstellen wird.
Ein zweiter Weg führt in die umgekehrte Richtung. Die Teile 1, 2, 3 von Überflüssigem reinigen, das wilde Fleisch also wegätzen und weiterschreiben. Ich habe ja damals durch den Schock mitten im Lauf innegehalten. Es ist noch genug Material da, das Buch ins Umständlich-Eintönige, in eine wunderliche Welt wachsen zu lassen. Dieses Manuskript könnte ohne Zweifel meine Erinnerungen objektivieren. Die Frage der Lesbarkeit ist sekundär. (Wie schade übrigens, daß die »impressionistischen Lyrismen« nicht als das erkannt werden, was sie meines Erachtens sind, Versinnbildlichungen der falschen Wunschwelt, in die sich ein Bedrängter flüchtet.)
Ein 3. Weg wäre dieser: den 1. Teil selbständig machen, den 2. Teil mit dem 3. verschmelzen, reinigen und vervollständigen. In solchem Fall würde ich aber das Wegfallen des 1. Teils bedauern, es wäre unmotiviert.
Im Augenblick neige ich dem ersten der drei Wege zu. Ich würde gern Ihre Ansichten hören.
Von Faulkner schickten Sie noch nichts, es ist also alles willkommen. Ferner wäre ich dankbar für »Die Welt als Labyrinth« von Hocke rde /50/51, »Menschheitsdämmerung« von Pinthus, rk 55/56 und – – – Papier.
Herzliche Grüße
Ihr Walter Kempowski
(gepflegter Dilettant)

Breddorf Fr 22. Februar 1963

Eben in unserm neuen Fernsehapparat »Die Nashörner« gesehen. Ein sehr gutes Stück. Man fühlt es hier, der Turm zu Babel wächst, es zittert schon das Gemäuer.
Aus der Verstandeswelt sucht man den Weg ins Nebenreich.

Breddorf So 24. Februar 1963

Gestern, am Sonnabend, war »Sängerfest« hier in Breddorf. Auswärtige Chöre kamen (Rhade, Hepstedt, Wilstedt) und sangen den üblichen Quatsch. Wir sangen zunächst von Gluck »Freudenklänge« (das war was für die Zuhörer!), dann mit Kindern den Anfang einer Kantate »Wir bauen eine Stadt«, dann Kinder und Erwachsene »Wenn ich ein Vöglein wär'«. Am Schluß »Du mein einzig Licht« und »Sonnenschein« von Schumann.
Heute waren die Rotenburger Großeltern hier, den ganzen Tag. Das war sehr schön, wir haben es genossen. Wie schön, daß man mit dem Auto überallhin kommen kann.
Ich habe eine Menge Pläne. Das Leben macht Spaß.

Breddorf Fr 8. März 1963

Familien-Geschichte Kempowski
[…]
Mutter: Passion und Besuch
Hamburg: Rostock-Bilder
Museen
Robert besuchen

Kröpelin
Wichmann
Grosschopff-Brief
Heydenreich-Bericht
Anni-Briefe
Berg-Bericht
Havemann-Bericht
Mutter über Rostocker Schiffahrt
Löhrer-Wessel

Mutters Bericht aus dem Familienbuch
Beschreibung des Hochzeitsbildes

Margot, alles ist Margot.

Breddorf Di 12. März 1963

[...] Ich arbeite wie ein Rasender. Das ist gute Medizin. Heute war ich beim Schulrat, zu dem Hildegards Krankheit auf mir unverständlichen, märchenhaften Wegen auch gedrungen ist. »Ihnen bleibt aber auch nichts erspart«, meinte er zu mir. Er zeigte sich übrigens von meinen Entwürfen sehr angetan. »Wann machen Sie das bloß alles?« fragte er und war sehr wohlwollend.

An Klaus Beck Breddorf, 13. März 1963

Lieber Becker!
Für Deine Ratschläge betr. Manuskript besten Dank. Ich habe da wirklich Fehler gemacht, ich hätte es schon eher stoppen sollen. Ich kann nun gar nicht erwarten, daß die zweite Prüfung vorbei ist. Dann geht's wieder ran.
[...]

Ich bekomme immer noch vom Rowohlt-Verlag Bücher und Papier – ein Zeichen, daß mein Stern dort noch nicht erloschen ist. Auch schrieb er neulich und machte keine Anstalten, mir das Manuskript wieder zurückzuschicken. Du müßtest den Mann mal kennenlernen. Erstaunlich, er ist so jung, sieht wie ein Primaner aus und hat schon eine solche Position. Er fuhr hier mit einem Porsche vor, daß die Hühner zur Seite stoben.
[...]
Im Augenblick spiele ich viel Mozart-Sonaten. Ein sehr geistvoller Mann, das kann man sagen. Leider spiele ich nicht so gut, daß es auch andern Menschen Freude machte. Ich stottere ziemlich und nehme die Werke nur (genießerisch) zur Kenntnis. Aufbau, Form, Modulation, Gedanken. Ich würde lieber noch moderne Musik spielen, wenn sie nur nicht so aasig schwer wäre. Unmöglich für einen gepflegten Dilettanten (wie mich J. Kaiser nennt). Wenn ich allerdings phantasiere, was ich oft tue, dann kommen nur moderne[123] Töne in Frage, etwas anderes interessiert und befriedigt mich nicht. Ich kann mir immer gar nicht erklären, wieso andere Menschen das als »Lärm« und »Gekreisch« u. s. f. bezeichnen und auffassen. Ähnlich unverständlich ist es mir, wieso man mein Buch nicht »versteht«. Was gibt's daran eigentlich nicht zu verstehen?

Breddorf Sa 23. März 1963

Das war ein Genuß! Es gab heute ein Stück von Anouilh (hoffentlich richtig geschrieben). Ich habe es genossen. In dieser Hinsicht ist der Fernsehapparat wirklich etwas Herrliches.

123 Kempowski 2005: »modern« hier als Fachausdruck für neutönerisch-atonal.

Breddorf Mi 3. April 1963

Vor einigen Tagen hatte sich Jochen Ziegler, mein Vetter, wieder bei mir gemeldet. Heute kam er nun selbst hierher. Er hatte in Bremen zu tun. Er ist Erbe von Tante Liesbeth, der Schwester meines Vaters. Jahrgang 1920. Vertreter für Martini-Wermut. Man muß sich wundern, daß aus dieser fürchterlichen Familie doch noch ein so netter und begabter Mensch hervorgegangen ist. Meine Tante ist ja nicht ganz normal, ihr Sohn sagte es heute selbst wiederholt. Jochen war bis zur Quarta auf dem Rostocker Realgymnasium, dann in Potsdam auf einer Nationalpolitischen Erziehungsanstalt (von den Nazis) (»Das war noch mein Glück, daß ich aus der Familie rausgekommen bin!«). Nach dem Abitur ging er zur See und wurde 1940 mit seinem Frachtschiff von den Kanadiern gefangengenommen. 1946 entlassen. Hin und her, dann von seinem Vater aufgenommen, jenem ersten Mann meiner Tante, dann Vertreter. Jetzt hat er die Schulung der jungen Vertreter dieser bekannten Firma unter sich, fährt dauernd hin und her, mal hier, mal dort. Seine Ehe löst sich gerade auf. Ich würde gerne sehen, wenn er mal wieder käme.

Breddorf Mi 10. April 1963

[...]
Heute schrieb ich wieder ein Gedicht und zwei Kinderlieder. Ansonsten lese ich Faulkner. [...]

»Margot«
Seemannsgarn hängt in den bunten Schlingen –
Papier, das sich im Fasching dreht,
ein Wolkenpaar, das mir aus schwarzem Himmel
als Engel gegenübersteht.

Breddorf So 14. April 1963

Ostern. Ein komisches Osterfest. Kinder in Rotenburg. Frau im Krankenhaus. – Ich wachte erst um 10.00 Uhr auf, hatte ein Schlafmittel genommen. Der Tag schlich gemächlich dahin, ich bin traurig und doch genießerisch, einsam und doch gerne frei. Die Ungebundenheit, an die ich mich inzwischen gewöhnt habe, erinnert mich sehr an die schönen Göttinger Zeiten. Aber: Ich besaß es doch einmal, was so köstlich ist ... dies pater familias, dies Hausvater, Familie, Ehemann, das Bürgerliche. Eigenartigerweise ist in mir diese Leichtsinnigkeit, die ich schon von früher kenne. Mir ist der wirkliche Ernst der Lage und die Schwere der Gegebenheiten nicht bewußt. Ich schiebe sie leichthin beiseite. Das ist wohl meine Natur. So war es schon immer, das wirklich Fatale machte sich in mir erst viel später, oft Jahre danach bemerkbar. Es ist so wie die Erde, die sich zunächst nicht um die Samen schert, ihr ist es egal, ob und wohin sie fallen. [...]

Breddorf Mi 24. April 1963

»Der Reisende ohne Gepäck« von Anouilh (oder wie er geschrieben wird). Dies Stück war auch sehr gut, aber nicht so stark wie »Der Herr Orniffe«. Auch an jenem Stück gibt es nun einiges auszusetzen, zum Beispiel die Fremdzitate des Priesters, es bleibt aber ein großartiges Stück. Dieses hier ist schon von seinem Thema her – ein Mensch, der sein Gedächtnis verlor, sucht seine Vergangenheit – suspekt und abgegriffen. Der Autor vermag trotzdem gegen Schluß zu fesseln. Der eigentliche Schluß ist dann sehr schwach. Gut das Verhältnis zur Mutter, zum Bruder und zur Geliebten. Hervorragend sogar. Aber Lil Dagover äußerst schwach. Wie war sie damals als Kaiserin Eugénie gut! Filme, na ja, die Leute werden älter. Damals im Film schrieb ihr die Rolle vor, andauernd Schlesien und Schleswig zu verwechseln. –

Morgen kommen 15 Lehrer und Schulrat zu mir!
[...]

Breddorf Sa 27. April 1963

Durch Zufall fand ich in der heutigen Sonnabend-Ausgabe der »Welt« einen Artikel (»Griff in die Geschichte«), in dem Walter Görlitz (W. G.) ein Erlebnis mit meinem Vater beschreibt! Walter Görlitz ist Redakteur an dieser Zeitung und damals, 1931–37, wohnte er bei uns in Rostock als Untermieter.

Zodrow hat mich heute mit auf die Jagd genommen, wir sahen einen Regenpfeifer!

Breddorf Sa 4. Mai 1963

[...] Bis 12.00 Uhr Schule, dann Rotenburg, Robert abholen. Um 15.00 Uhr hier, eine halbe Stunde später kam ein Auto vorgefahren, Gesa Thiemann, jetzige Schmidt, mit zwei Riesensöhnen und Mann. Sie aß früher längere Zeit bei uns in der Augustenstraße und kam viel ins Haus. Der Mann ist Lehrer in Stade an der berühmten Pestalozzi-Schule. Wahrscheinlich wird er mir noch einmal gute Dienste leisten können. Ich werde jedenfalls diese Beziehung sorgfältig pflegen. Schmidt konnte mir die Adresse meines alten, geliebten Lehrers besorgen, Märtin, er ist jetzt Professor in Berlin.

Breddorf Sa 18. Mai 1963

Heute, am Sonnabend, haben wir den Gegenbesuch bei Schmidts in Stade gemacht. Herr Schmidt zeigte mir die großartige Pestalozzi-Schule, ich habe noch nie eine so schöne Schule gesehen. Jede Klasse (1000 Kinder!) hat ihren eigenen Ausgang, weite Räume, Flure, phantastische Einrichtungen, aufgelockerte Bebauung, Wald usw. Es war sehr nett. Wir haben meinen Vortrag auf den Juni festgelegt, ich bin gespannt, wie es werden wird. Als wir gingen, sagte ich: »Und vielen Dank!« Herr Schmidt sagte: »Ich danke auch«, und unser Junge, der alles nachplapperte, sagte: »Ich danke auch!« Das war sehr komisch. Man wollte ihn dabehalten und zeigte ihm ein Bett. Er sagte schlicht und deutlich: Nö.

Breddorf Di 21. Mai 1963

Was ist Geschmack? Wenn man ihn nicht hat, weiß man nicht, was es ist.

Breddorf Do 23. Mai 1963

Heute war das herrlichste Wetter, das man sich denken kann (Himmelfahrt). Ich saß mit Mutter im Garten, und alle Nachbarskinder spielten unter Aufsicht des Kindermädchens in der Sandkiste. Gegen Abend stellte ich den Wasserschlauch mit Sprüher an. Ich zog KF die Hose aus und den Pullover, er lief immer wieder hindurch, konnte nicht genug kriegen. Die andern Kinder warfen Taschentücher hinein, er sollte sie herausholen. Das tat er auch, warf sie aber wieder rein, wenn sie sie nehmen wollten (holt sie euch doch selbst). [...]

An Klaus Beck Breddorf, 31. Mai 1963

Lieber Becker!
Ich habe seit längerem Fotos von Strafanstalten, V. P.s, Häftlingen usw., gesammelt, und ganz von selbst ergab sich eine Diareihe über »Strafvollzug und Politik«. Ich gehe von der Beschreibung landläufiger Strafanstalten aus, lasse das Hineinragen des Mittelalters in unsere Zeit in Gestalt von Zellen, Gittern usw. deutlich werden. Dann: Wenn dies schon für Menschen schwer ist, die »wirklich etwas getan« haben, wie unmenschlich dann erst (eine fragwürdige Relation) für Politische. Kommen Bilder von Politischen und deren Schicksale. Forderung: Das Schicksal der Politischen überall in der Welt macht u. a. deutlich, wie reformbedürftig der gesamte Strafvollzug ist. Ein Hineindenken in Reformen allerdings zeigt, daß diese Reformen eigentlich gar nicht möglich sind. Also, ein speziell fast philosophischer Bereich tut sich auf, den der Zuschauer dann auf dem Nachhauseweg diskutieren soll (und hoffentlich auch anrührt). Es geht hierbei also nicht um ein Gewimmer über die gehabten Schmerzen, sondern mehr um die Betrachtung des menschlichen Wesens.
Du weißt, daß ich in bezug auf Gefängnisse die gleichen Gefühle habe wie Du. Auch für mich ist das »Heimat«, und Deine Schilderung hat mich in ganz besonderer Weise angerührt. [...]

Breddorf Mi 12. Juni 1963

Beim Schulrat holte ich das Thema für die schriftliche Arbeit zur zweiten Prüfung. »Eine Rechenübung im dritten Schuljahr; Tatsachen, Vergleiche und Folgerungen.« Ein Thema, das mich nur beruflich interessiert. [...]
Im Augenblick haben wir noch keine finanziellen Sorgen. Die Krankenkasse bezahlt und auch die Regierung. Im nächsten

Monat fällt aber die Kasse fort, dann geht's an unsere Substanz heran! Wie soll es dann werden?

Von Fritz J. Raddatz Reinbek, 27. Juni 1963

Lieber Herr Kempowski,
ich weiß gar nicht recht, ob ich Ihnen im Augenblick lieber nicht schreiben sollte oder eben gerade doch. Aus Wasserburg habe ich ja gehört, wie das Schicksal Sie nicht verschonen will[124]; ich bin nicht in der Lage, jetzt irgendwelche Phrasen dazu zu schreiben, wollte Sie nur wissen lassen, daß ich an Sie denke.
Natürlich bin ich mir darüber klar, daß Sie im Augenblick kein Interesse am Fortgang der Literaturkorrespondenz zwischen uns haben, obwohl inzwischen ein weiteres, auch durchaus weiterhelfendes Gutachten von Peter Rühmkorf vorliegt.
Wie gesagt: Sie sollen das alles nur wissen und mich auch gleichzeitig wissen lassen, wenn ich Ihnen auf irgendeine Weise helfen kann.
Mit Händedruck
Ihr Fritz J. Raddatz
Soeben kam Ihr Brief – Gedankenübertragung, vielen Dank dafür, zu beantworten ist ja da nichts, nicht wahr?

Gutachten zu Walter Kempowski *14. Juni 1963*

Ganz offensichtlich sind Grenzziehung, Aufbau, kompositorische Ordnung und sinnvolle Gliederung nicht Sache dieses Autors. Seine Vorzüge, um das vorwegzunehmen, liegen in der besonderen Mischung von grotesker Bildphantasie und glasiger Reflexion, in dem Miteinander von Traumsphäre und iro-

---

124 Gemeint ist die Erkrankung von Hildegard Kempowski, von der Raddatz durch Hans-Joachim Mund erfahren hatte.

nischem Intellekt, von wuchernder Metaphorik und einer veristisch klaren Sprache, alles Eigenschaften übrigens, die ihn für literarische Kurzformen ganz ausgezeichnet prädestiniert erscheinen lassen. Und, in der Tat, auf kleinem Raume vermag der Autor dann durchaus zu überzeugen, zu faszinieren, zu entzücken. Obwohl er nämlich aufs Ganze gesehen den großen Faden immer wieder verliert, zeigt sich im schmalen Rahmen der Marionettenbühne, daß er seine Fäden sehr wohl exakt zu lenken und seine Figuren präzis zu dirigieren vermag. Wie da die Dinge und Personen aufeinander bezogen werden, die Menschen wie Puppen einherwandeln und die Gegenstände ein böses Eigenleben entfalten, das alles zeugt schon von dem großen Können eines Gemmenschneiders und von der Meisterschaft eines Miniaturmalers. Eine Meisterschaft, die dann auch wiederum in einer ganz ungewöhnlichen Sachlichkeit der Diktion zutage tritt, in dieser heimtückisch-biederen Suada, die das Ungeheuerliche, die das Verrückte beschreibt, als ob es hier um die normalsten Sachverhalte ginge. Dabei sind die Szenen und Szenchen oft nach Art surrealistischer Witze angelegt. Solchen scharf kalkulierten Pointen gesellt sich übrigens noch eine Vielzahl subtilster Verdrehtheiten, luzider Paradoxa und hintersinniger Unsinnssprüche, die wie Gedanken-Scherenschnitte anmuten. Das Kardinalübel liegt dann freilich dort, wo eine Begabung für die gestochene und hübsch illuminierte Einzelheit, wo ein Kleinmeister des bösartig Bunten mit der großen Form in Konflikt gerät. Sie nämlich meistert der Mann nun wiederum nicht; alles, was er hier bieten kann, ist Addition, ohne daß sich das Beigefügte schließlich zum plausiblen Reigen rundet. Aufs Ganze gesehen möchte man also sagen, daß dies Opus radikal gestrafft und zusammengestrichen werden müßte und daß auch wohl der parabolische Sinn des Ganzen stärker herausgearbeitet werden sollte. Eine Begabung, für die sich einzusetzen lohnt, ist Kempowski gewiß.

Breddorf Fr 28. Juni 1963

Heute träumte ich, ich machte andern, jungen Leuten das Gewichtheben vor. Ich erklärte vor allem den Unterschied zwischen Reißen und Stoßen, dann wählte ich eine mittelschwere Hantel und stieß sie hoch, dies tat ich mit so großer Kraft, daß mich die Hantel an die Zimmerdecke riß, ich schwebte.

Walter Kempowski mit seinen Kindern Renate und Karl Friedrich, Rotenburg 1963

Breddorf So 30. Juni 1963

Allerhand hat sich in der Welt ereignet. Kennedy war drei Tage in Deutschland. Ich habe tatsächlich die ganze Zeit der Übertragung am Fernsehapparat gesessen und war wirklich ergriffen. Wovon? Das weiß ich kaum. Es war dieses zerbombte Volk, dem man so übel mitgespielt hat, das sich hier vertrauensvoll an den großen Bundesgenossen wendet, dankbar, endlich politisch wieder für voll genommen zu werden. In der nächsten Woche kommt de Gaulle, ein Mann, den ich verachte. Ich wünschte, die Leute auf der Straße würden ihn nicht beachten. Chruschtschow ist in Berlin, die Bevölkerung kehrt sich von ihm ab. Ein Mann, der viel für sein Volk getan hat, er imponiert mir, leider ist er unser Gegner. Heute wurde der neue Papst gekrönt, Paul VI. Eine endlose Zeremonie. Neben dem Papstthron rotzt ein Kardinal ins Taschentuch. Inmitten all des sakralen Getues laufen die Zeremoniemeister umher und schubsen Papst und Kardinäle vor und zurück. Dazu endloses, tötendes Geleier von Chören. Aber doch im ganzen, als Überrest längst vergangener Zeiten, beeindruckend. [...]

Breddorf Do 11. Juli 1963

Hildegard ist noch immer nicht besser. Allerdings ist sie wieder auf. Robert, der mit Inge und Katharina nun hier ist, begleitete mich neulich und gestern und spielte mit ihr etwas Tischtennis. [...]

Gestern kam Vetter Herbert Köppe (seine Mutter ist eine Schwester meiner Mutter). Er ist Reisender für Puddingpulver. Ununterbrochen redet er, und seine Sätze sind quälerisch und pedantisch, so auch sein ganzes Auftreten. Er hat dieses Eng-Gestriegelte der Collasiusse, wie auch Onkel Walter und mein Großvater. Vieles an diesem Wesen ist mir unerträglich. Besonders die Humorlosigkeit und Taktlosigkeit. Onkel Walter meinte ja, meine Unternehmungen, die zu meiner Verhaftung führten, wären sehr dumm gewesen. Das sagt er als Offizier, dem das idealistische Verhalten der Jugend doch eigentlich verständlich sein mußte.

Und Herbert, obwohl ich ihm deutlich zu verstehen gab, daß mir ein weiterer Besuch in den nächsten Tagen unerwünscht sei, kam gleich am nächsten Abend wieder. Da nützt es doch nichts, wenn er einem vorschlägt, »ganz offen« zu sagen, wenn es nicht paßt. Wir erwarteten nämlich Ulla und Ib. Sie kamen nicht, sie kommen erst heute. [...]

Breddorf Di 23. Juli 1963

Heiß!
Am 20. fuhren Robert und ich zu Klaus Beck, Niki Walther, der Zollinspektor, fuhr voraus, leider immer ein bißchen zu langsam, was mich im Fahren behinderte.
Auf der Autobahn hinter Minden entdecke ich, daß ich meinen Führerschein vergessen hab! Also immer mit einem Loch in der Hose.
Bei Beck dann lang-langes Gespräch, Robert und Niki schon in Köln bei meinem Freund Rolf Heyder, Redakteur. Klaus und ich folgten am Sonntag. Dort noch Harald getroffen: Studium der Oberflächlichkeit. Fürchterlich flach das Leben.
Auf dem Rückweg bei glühender Hitze noch nach Oberneuland zu Hicke, die schon wieder im Bett liegt. Eine schöne Lithographie (Akt) und zwei Bilder (Ohr und Blau-Weiß-Schwarz).

Breddorf Do 1. August 1963

Heute erschien Dorthe[125] hier. Man kann sie am besten mit Natascha vergleichen, ein in jeder Hinsicht außergewöhnlicher Mensch. Unserer Hildegard geht es besser. Beck will nächste Woche kommen.

Breddorf August 1963

Moinsu?
Munchmal ja.
Eventennelluel jajjajaja.
Duss Rasseln raup mir du Schlof.

125 Tochter der Schwester Ulla.

Is troibt mich zr Reiserei.
Dassu noch dr Monda.
Mines Fausta kann mr nich schliesn.
Isse heiß.
Vun'n Wall kummin se
mit uffgeglapptn Scheran,
ball ruh'n in Frieden
Moinsu?
Munchmul jo.

Breddorf Mi 7. August 1963

Der Becker ist hier, wir hatten schon gute Gespräche. [...]

Breddorf Di 20. August 1963

Dorthe äußerte vor einigen Tagen, im normalen Gefängnis sei es viel schlimmer als bei uns drüben im Zuchthaus. Diese Ansicht verwunderte, stammt natürlich aus dem Elternhaus und zeigt, wie man mein damaliges Schicksal einschätzt. Darüber hinaus spiegelt dies die allgemeine Ansicht über politische Gefangene des Ostzonenregimes wider. Man könnte verärgert sein, wenn es nicht so wunderlich wäre.

Breddorf Mi 4. September 1963

Ich: Das Leben ist schwierig, ihr Leute.
Schulkind: Aber nicht so schwierig, wie du denkst.

Breddorf So 13. Oktober 1963

Hildegard war nun schon zum zweiten Mal bei uns in Breddorf. Es geht aufwärts.
Mit Dorthe war ich drei Tage in Göttingen. Das war schön trotz strömenden Regens.
Morgen, letzter Ferientag, nach Hamburg. Sonst waren die Herbstferien ziemlich verkorkst. Sportkursus in Heeslingen.
Beyermann lenkte mich sehr schön ab, hatte seine Trompete mitgebracht und ich dazu Posaune.
Heute war Erntefest. Ich posaunte, führte mit dem gem. Chor zwei Stücke auf und sang mit den Schulkindern in Orff-Manier ein selbstgemachtes Stück: »Die kleinen Schäfer«.

Breddorf So 20. Oktober 1963

Hildegard ist nun seit einer Woche wieder ganz bei uns, sie ist aber noch nicht ganz »da«. Wie schön wäre es, wenn auch noch die Reste der schlimmen Krankheit weggingen.
Heute waren wir zusammen wieder bei Beyermanns, es sind sehr nette Kollegen. Sie leben mit uns, interessieren sich für unser Ergehen, nehmen teil an allem. Ich bin im Augenblick nur für die Familie da, alle Arbeit muß zurückstehen. Nach diesem abgründigen halben Jahr lebt man nun wieder auf. [...]

Breddorf Fr 1. November 1963

Renate ist nun 1,1 Jahre alt. Seit einigen Tagen läuft sie. Sie ist immer freundlich und sehr niedlich. [...]

Über die Familienchronik
»Endlich ist ein weiterer Band unserer Familiengeschichte fertig. Die Vorarbeiten haben immerhin fünf Jahre gedauert, sie waren sehr schwierig und recht kostspielig. Das Bildmaterial ist wie ein Wunder so umfangreich. Es wäre noch umfangreicher, wenn nicht ein großer Teil der Hinterlassenschaft von Tante Mieke bei ihrem Tode 1959 von rücksichtslosen Schwestern im Altersheim verbrannt worden wäre. Hier gingen unter anderem die schönen Briefe Onkel Grosschopffs verloren, ein unersetzlicher Verlust. Durch diese Briefe wäre uns das Bild dieses Vorfahren, der für unsere Familie so wichtig war, noch viel eindringlicher geworden. Leider wurde auch ein Jugendbildnis von ihm zerstört. Wenn ich Tante Mieke an ihrem Sterbebett nicht so zugesetzt hätte, wäre auch das letzte Bildnis von ihm mitverbrannt worden.
Es entsteht vor uns ein Bild der Gründerzeit. Unser Großvater kommt als junger Mann völlig mittellos nach Rostock, versteht es durch Geschick und Tüchtigkeit, eine Firma zu erobern, was ihm allerdings nicht ohne die Gunst der Verhältnisse und das Geld seiner Frau gelungen wäre. Es ist ihm gelungen, und er ist zweifellos in Rostock eine stadtbekannte Persönlichkeit gewesen. So weit, so gut. Die ganze Geschichte ist aber durch tiefe Schatten scharf konturiert. Robert K. hat sehr vieles zu erleiden, besonders durch seine Frau und später durch seine Tochter, die ihm ein schreckliches Ende bereitet, ein Ende, das manche Ähnlichkeit mit dem Ende König Lears aufweist. Dieser bürgerliche König Lear ist zudem 32 Jahre lang an den Beinen gelähmt, an den Rollstuhl gefesselt, um so bemerkenswerter seine erstaunliche Energie und Tatkraft.
R. K. steht also im Mittelpunkt dieses Bandes, sein Aufstieg und sein fürchterlicher Fall. In seinem Schatten der nicht minder tragische Sohn, unser Vater Karl-G. K.
Doch ihm sei ein weiterer Band gewidmet, der im Rohbau bereits vorliegt.
Wir unterschätzen nicht die Leistungen unserer Vorfahren, und

wir sind auch nicht eingebildet. Es ist nur eine Freude für uns, daß doch noch ein Namensträger geboren wurde, der immer wissen soll, weshalb er die Namen Karl + Friedrich trägt.
K.«

An Fritz J. Raddatz Breddorf, 21. November 1963

Lieber Herr Dr. Raddatz!
Sie waren so freundlich und schickten mir wieder die Verlagsverzeichnisse. Ich erlaube mir also, Ihnen unten einige Titel anzugeben.
Inzwischen haben sich die Verhältnisse bei mir schon wesentlich gebessert. Meine Frau ist einigermaßen wieder auf den Beinen, sie lebt hier bei mir, und wir hoffen, daß bald alles wieder in Ordnung ist. Den Hausstand führt uns inzwischen meine 18jährige, sehr nette und hübsche Nichte aus Dänemark.
Hans-Joachim Mund hatte sich hier angekündigt, kam aber nicht. Ich nehme an, daß die Termine in Bremen so ungünstig lagen, daß ein Treffen nicht mehr heraussprang. Hoffentlich gelingt es ihm, in Bremen Fuß zu fassen.
Meine Prüfung nähert sich nun, ich hoffe bis Ostern damit fertig zu sein, ich kann es kaum noch erwarten, man hat so viele Interessen. Im nächsten Jahr werde ich dann auch meine literarische Arbeit wiederaufnehmen. Ich denke jetzt auch zeitweilig darüber nach, meine Zuchthauszeit in einem nüchternen Erlebnisbericht festzuhalten. Sie lasen wohl schon einmal vor längerer Zeit eine Arbeit von mir (nicht identisch mit dem Zuchthausbericht meiner Mutter). Diese würde dann die Grundlage bilden. Es geht bei diesem Bericht nicht so sehr um Politisches. Mich interessiert da mehr das Gefangensein. Seit einiger Zeit halte ich hier in Niedersachsen auch Lichtbildervorträge über dieses Thema und habe ein starkes Interesse der Menschen spüren können.
Mit freundlichen Grüßen
Ihr Walter Kempowski

Céline: »Tod auf Kredit«
Henry Miller: »Lesebuch«
Huelsenbeck: »Dada«
Aus »rowohlts monographien« würden mich Lichtenberg, Th. Mann, H. Miller und Robert Musil interessieren.

Breddorf Fr 22. November 1963

[...] Eben kam die Nachricht von Kennedys Tod durch den Apparat. Das ist ja eine unerhörte Gemeinheit. Wir sind alle ganz erschüttert, denn wir hielten Kennedy für einen sehr tüchtigen und aufrechten Menschen.

Von Fritz J. Raddatz Reinbek, 2. Dezember 1963

Lieber Herr Kempowski,
haben Sie Dank für Ihren freundlichen Brief vom 21. November – ich habe mich gefreut, wieder von Ihnen zu hören, um so mehr, als der Brief ja auch gute Nachricht brachte und Ihre Frau also wieder einigermaßen auf den Beinen ist.
Natürlich – und das wissen Sie ja – interessieren mich immer Ihre literarischen Pläne. Sie sollen sich bitte nicht scheuen, mir ein paar Zeilen zu schreiben, wenn es soweit ist, daß wir erneut wieder unser Gespräch aufnehmen könnten. Ich möchte nach wie vor, daß Sie an dem Text, über den wir nun so viel korrespondiert und beraten haben, weiterarbeiten und diesen Plan nicht etwa aufgeben. Gleichzeitig bin ich allerdings hellhörig und wach geworden bei dem, was Sie mir über das Projekt eines eventuellen Erlebnisberichts schrieben. Lassen Sie mich doch auch in dieser Sache wissen, wie Ihre Vorhaben da weitergehen und ob ich Ihnen auf diese oder jene Weise nützlich und von Hilfe sein kann. Vor allem aber: Nutzen Sie das Thema und die in Ihnen schlum-

mernde Energie, die Erlebnisdichte und Erfahrungsintensität nicht durch Lichtbildvorträge ab. Ein solches Buch muß doch aus einer gewissen Kraftreserve heraus geschrieben werden, und die müssen Sie, glaube ich, unbedingt bewahren, um einen zuverlässigen, das heißt moralisch und intellektuell zuverlässigen Text abfassen zu können. Ich brauche nicht zu betonen, daß ich verlegerisch, politisch, moralisch, wie immer Sie wollen, voller Sympathie und Interesse an diesem Plan teilnehme.
Inzwischen sehr herzliche Grüße
Ihr Fritz J. Raddatz

An Klaus Beck Breddorf, 4. Dezember 1963

Lieber Becker!
Die Geschichte von Margot ist noch nicht zu Ende, Raddatz interessiert sich noch immer dafür, erst heute hat er mir wieder geschrieben und zwei Bücher geschickt (Céline »Tod auf Kredit« und »Miller Lesebuch«). Er will von mir einen sachlichen Erlebnisbericht über Bautzen haben. Das würde mich schon reizen, als kurze, beschreibende Story, die in der Hauptsache sich um den Begriff der »Freiheit« (geistig-körperliche) aufbauen würde. Es liegt auch viel Material bereit, aber irgendwie fehlt mir der Anstoß. Auch kommt mir diese Sache, gemessen an »Margot«, recht banal vor, ich schäme mich fast, überhaupt an so was zu denken. Aber wenn man Dostojewskis ausgezeichnetes Buch über seine Haftzeit ansieht, dann begreift man, daß auch ein solcher Stoff sich formen läßt. Allerdings wesentlich schwieriger (für mich) als etwa eine Geschichte wie »Margot«, die im wesentlichen schon fix und fertig in mir dasteht. Das andere ist ein Wust von Stoff, nebeneinander, hintereinander; kaum erfüllbare Forderungen an Reinheit der Weltanschauung, Gleichzeitigkeit des Blicks, alles zwar aus verschiedenen Richtungen zu betrachten und doch aus *einer* Schau. So gesehen. Was mit »Margot« geschehen soll, ist mir oft ganz klar. [...]

Von Klaus Beck Düsseldorf, 7. Dezember 1963

[...] So, wie eine abgerissene Plakatwand, wo das Hintereinander vieler Plakatbruchteile ein bestimmtes Bild in uns erzeugt, also die Plakatwand selbst zum Bild wurde, die unbedingt ein echtes *Zeichen* unserer Zeit darstellt: die *berichtet*, Bericht gibt über Vorgefallenes usw. usw., so scheint mir der registrierende Bericht fast wie eine *Fußballreportage*, genau die richtige Möglichkeit, die *nicht danebenliegt*! Die verwendeten Worte müssen aus dieser Absicht gewählt werden. Registration, Listen über bestimmte Verhaltensweisen der verschiedenen Leute unter derartigen Verhältnissen usw. Nichts Überflüssiges, keine *Literaturmache*!
Zeichen (in diesem Falle Schriftzeichen) einritzen, Nachricht geben, Informationen: Kassiber aus deinem Inneren herausschmuggeln: Jedes Mittel ist recht, auch Montagen, Übernahme von Quellen, Einblendungen, die den *Sachverhalt erhellen*: Analyse, die sich schließlich umkehren muß ins Irrationale, Künstlerische – wie die von selbst ohne festen Plan zerfetzte Plakatwand zum Bild wurde. Also Raffinessen in der ästhetischen Richtung (als Kunstzweck) vermeiden: Bericht, Sachlichkeit, Nachricht, Information = diese Art ist ja natürlich auch eine ästhetische Ausdrucksmöglichkeit. Gesetzt den Fall, wir würden morgen zerbombt, das meiste buchstäblich verschüttgehen, was würden »die nach uns« wohl eines Tages ausgraben und möglicherweise als Information über unser Leben, unsere Kultur in die Museen stellen? Ich glaube, eher eine solche Plakatwand od. Litfaßsäule als ein Ölbild von E. W. Nay oder Fritz Winter. Auf diesen Gedanken, daß die Information seit eh und je in der Kunst das Wesentliche darstellte, sind inzwischen schon einige gekommen. Die Amerikaner zum Beispiel: Pop-Art usw. Wir müssen aus dem etwas machen, was heute »drin ist«, ob uns das nun mehr oder weniger behagt. Inwieweit diese Dinge dann wirklich Faszination bzw. Ewigkeitswert erhalten, liegt am Genie des Künstlers, der den Stoff verarbeitet hat. [...]

Traum: Endlich mal wieder in einem Auto. Opel Olympia, dunkelblau, A. auch da.
Der Offizier ist amüsiert. Ich suche die Straße nach Menschen ab. Niemand, wie sollte auch, morgens um halb sieben.
Hat der Fahrer noch eine Pickelmütze auf? Mindestens stammt er aus Sibirien. In Riga warf man ja damals die Stadtverordneten in einen Brunnen. Er bemüht sich, uns zu zeigen, daß er ein vorzüglicher Fahrer ist. Von links und rechts kommt nichts, aber er achtet auf jede Biegung.
Es standen aber überall Soldaten. Abgeriegelt. Die Straßen waren abgeriegelt. Sogar beim Drogisten stand einer, mit Bajonett. Dort war ich schon einmal. Hatte dort nicht schon eine Verhaftung stattgefunden? Damals versteckten wir all die vielen Pakete Tabak, die wir noch von der Plünderung hatten.
Einziger Fluchtweg: übers Dach.
Von der Küche auf den Balkon, von dort über den Blumenabsatz aufs Glasdach (in dem noch die Flaksplitter stecken), aufs Nachbarhaus, irgendeine Bodenluke hätte sich gefunden. Aber das Glasdach hängt über. Macht nichts, in solcher Situation!
Oder durch die Keller. Von Keller zu Keller, da sind doch die Durchbrüche. Keller aufschließen: – aber das ist es schon.
Na endlich, und keiner hat dich gesehen. Hier wird nach keinem Ausweis gefragt. Ordnungsmäßig hebt sich der Schlagbaum. Der Posten weiß Bescheid. Alle Türen öffnen sich, ohne daß wir anklopften.
Im Keller ist veränderter Luftschutz.
Dies nimmt man mir ab:
Brieftasche – einziges Bild von G. drin
Schlips
Schnürsenkel
Füller
Zigaretten – letzte Ami-Packung, schmeckten gar nicht so gut, wie ich sie noch in Erinnerung hatte
Brille. Auch das noch.

An Klaus Beck Breddorf, 15. Dezember 1963

Lieber Bäckermeister!
Nun kündigen sich also neue literarische Pläne an, die genau in die Richtung drängen, die Du in Deinem letzten Brief andeutetest. Natürlich wird alles doch ganz anders, es wäre genau dasselbe, als wollte ich Dir ein Bild beschreiben, das Du malen sollst! So wie Du das denkst, würde es eben *Dein* Buch, das ist Dir ja auch klar. Ich habe, wie gesagt, etwas anderes vor. Ich will alle meine erzählenden Bautzen-Manuskripte in kleine Pillen zerlegen, auseinanderzerren, als Elemente benutzen. Andere Elemente liefert mir mein Prozeß, ein ganzes Bündel Akten. Auch die Stellungnahme der Richter, Ablehnungsbescheide usw. werden nach charakteristischen Elementen durchforstet (natürlich gezielt formuliert, eine bloße Übernahme ist fragwürdig). Dazu Gutachten, Briefe, Biographie und Briefe meiner Mutter, Glossen, Zeitungsmeldungen, »Listen« (von Effekten zum Beispiel, von Parolen), meine Vorträge und vielleicht sogar die Monotypien, die ich Dir einmal zeigte. Alles das wird zerlegt in »Elemente«, in einem großen Zettelkasten gespeichert und dann neu zusammengesetzt. Der Akt meiner Verhaftung zum Beispiel würde etwa (vielleicht) zehnmal beschrieben. Sechsmal von mir selbst (immer nur drei, vier Sätze), als Zeitungsausschnitt, als amtliche Verlautbarung usw. Der Leser wird also, schon während er gerade auf den ersten Seiten von meiner Verhaftung liest, mit meinem »Ringen um Anerkennung« bekanntgemacht. Er erfährt also bei allem, was beschrieben wird, bereits die amtl. Stellungnahme. Als Titel bietet sich an: »Die Anerkennung«. Dieses Werk ist ja unerhört vielschichtig, es schillert in allen Farben.
Schon in der Nacht nach meinem Examen (12.12.) fing ich damit an, die nächsten Wochen werden voller Arbeit sein. Vielleicht kann ich Dir demnächst schon mal eine kleine Probe geben. Hoffentlich ist es diesmal was! [...]

Breddorf Mi 18. Dezember 1963

Nach der Prüfung stellt sich nun bei mir wieder jenes Glücksgefühl ein, was mich allerdings, solange ich hier in Breddorf bin, noch nie verlassen hat. Der einzige Schatten ist die Krankheit unserer Hildegard.

Ich habe mich sogleich auf den Bautzen-Soff geworfen. Vielleicht ist dies der richtige Weg!

Breddorf Sa 21. Dezember 1963

Am 12.12. war meine Prüfung. Es ging alles ganz gut. Leider hatte ich mir etwas Zeit gelassen, ich dachte, die Prüfung sei erst im Februar. So war ich nicht ganz fertig. Erste Stunde war Erdkunde: Auf Feuerwacht im kanadischen Urwald, ein Tonband meines Freundes aus Kanada (7./8. Schuljahr), im ganzen etwas klamm. Dann 1. Schuljahr Anfangsunterricht: Das Frühstücksbrot, gut und flüssig. Danach 2. Schuljahr Rechnen, beinahe ein Reinfall. Na, alles ging gut.
Noten 3, 2, 3 (die letzte Stunde rettete ich in der Aussprache). Die Arbeit war 2, also Gesamtnote: 2. Damit war ich sehr zufrieden. Nachmittags, die mündliche Prüfung, war sehr scharf, sie steuerten auf die 2 los, sonst hätte ich's einfacher gehabt. Leider soll ich nun demnächst versetzt werden. […]

Breddorf Mo 23. Dezember 1963

Hans-Christian Mayer, jetzt Doktor, Bibliothekar, hat sich wieder gemeldet. Er ist nun in Bremen. Ich kenne ihn aus Göttingen. Von Klaus Beck heute ein deprimierter Brief, wenn ich ihm doch bloß helfen könnte! Aber keiner dieser Spießer will

ein Bild kaufen. Klaus sandte dreimal eine Dachluken-Lithographie.
Ich bin nun bei meinem neuen Buch, es schreitet gut voran, verändert sich unter meiner Hand. Konzeption ist schon einigermaßen klar. Ich arbeite mit Zettelkasten, das geht ganz prima. Das viele schon vorliegende Material ist gute Hilfe. Zunächst dachte ich an eine Art Collage, dies läßt sich aber wohl nicht durchführen. [...]

1964

An Klaus Beck Breddorf, 3. Januar 1964

[...] Heute saß ich wieder einige Stunden über meinem neuen Buch (wenn es überhaupt eins wird), ich komme voran. Ich habe mich allerdings im Stil noch nicht ganz gefangen, das schwabbelt hin und her. Immerhin, die Richtung ist mir ziemlich klar. Leider hat mich der Céline sehr beeinflußt, Raddatz schickte mir ein Buch, ich werde es Dir vielleicht gelegentlich einmal senden. Du mußt unbedingt etwas von ihm lesen, er schreibt ausgezeichnet. [...]

An Fritz J. Raddatz Breddorf, 3. Januar 1964

Lieber Herr Dr. Raddatz!
Ich habe mich, glaube ich, noch gar nicht für die beiden Bücher bedankt und auch noch nicht für Ihren Weihnachtsgruß. Der Céline ist ganz ausgezeichnet. Kann ich nicht die andern beiden, von Ihnen angezeigten Bücher (»Von einem Schloß zum andern« und »Reise ans Ende der Nacht«) vielleicht mit »Prozenten« – wie Sie es mir einmal angeboten haben – erwerben? Also vielen Dank!
Inzwischen nimmt nun das Bautzen-Buch erste Gestalt an. Ich habe mich zu einer Art Collage entschlossen. Sehr kurze, notizartige Berichte wechseln ab mit Auszügen aus Briefen, Berichten Bekannter, aus Zeitungen, aus der Biographie meiner Mutter und älteren eignen Manuskripten. Ich erhoffe mir davon eine starke unmittelbare Wirkung. Einzelne winzige Teilthemen werden auch meditativ abgehandelt. Alles aber erscheint ohne

das weinerliche Flüchtlingspathos so sachlich wie irgend möglich. Ich bemühe mich auch, das Buch von einer direkten Anklage gegen die Russen freizumachen. In der vorliegenden Literatur wird meines Erachtens zu schwarz gemalt.
Ein besonders schwieriges Kapitel, das, wie ich sehe, bisher noch nicht abgehandelt wurde, ist die Homosexualität. Wie weit es möglich sein wird, dieses Thema mit hineinzunehmen, muß abgewartet werden. Ein Zuchthausbericht kann aber eigentlich ohne eine Schilderung der sexuellen »Nöte« gar nicht objektiv sein.
Ein anderer Punkt ist meine Anerkennung. Sie wissen vielleicht, daß mich die hiesigen Behörden nicht als politischen Häftling anerkannt haben. Ich bin fast der einzige aller meiner Kameraden, dem dieses Mißgeschick passierte. (Heute bin ich ganz dankbar dafür.) Ich habe auch allerhand Prozesse geführt mit all dem Hin und Her, Akten über Akten. Diese Akten wollte ich eigentlich auszugsweise, als zweite Ebene der ganzen Schilderung mit einarbeiten. Die *Zeit* wird also nicht nur im Zuchthaus geschildert, sondern auch außerhalb der Mauern mit Hilfe von Zeitungsmeldungen. Drittens werden Aktennotizen rückschauend von dem sich zehn Jahre später abwickelnden Prozess das Bild konturieren.
Bisher war mein Widerwille gegen das Aktenbündel jedoch unüberwindbar. Ich habe es auf meinem Schreibtisch liegen und traue mich nicht dran. Vielleicht übernimmt es ein Freund, besonders ekelhafte Stellen herauszufischen.
Ich weiß nicht, ob Ihnen durch diese flüchtige Schilderung meiner Pläne eine Vorstellung von dem Projekt kommt. Natürlich muß ich dann noch ausführlich mit Hans-Joachim Mund darüber sprechen, vielleicht kann ich auch seine Notizen verwenden.
Eine große Schwierigkeit ergibt sich durch meinen Aufenthalt hier auf dem Dorf. Ich komme nicht an alte Zeitungen heran. Wüßten Sie da irgendein Mittel? Ich müßte einige der führenden Tageszeitungen einsehen können, die Jahrgänge 1948-56. Am besten natürlich hier bei mir zu Hause. Man kann da besser

arbeiten. Im allgemeinen leihen die großen Bibliotheken aber Zeitungen nicht aus.
Unser anderes Manuskript wird noch eine Weile liegenbleiben. Ich werde es wahrscheinlich auf seine erste Gestalt zurückschneiden, auf die ursprüngliche Fassung.
Für mich ist es natürlich nun herrlich, mit ganzer Kraft an die Arbeit gehen zu können. Die Prüfung ist inzwischen schon vergessen. Gottlob geht es meiner Frau auch besser, vielleicht ist die Krankheit nun endgültig überwunden.
Viele herzliche Grüße und alles Gute für das neue Jahr
Ihr Walter Kempowski

Von Fritz J. Raddatz Reinbek, 7. Januar 1964

Betr.: Bautzen-Buch
Lieber Herr Kempowski,
ich habe mich sehr gefreut, zur Jahreswende von Ihnen zu hören, noch dazu mit einem so ausführlichen Brief. Am allerschönsten war natürlich, diesem Brief entnehmen zu können, daß Sie so couragiert und energisch an ein neues Buchprojekt herangehen. Sie wissen ja aus meinem letzten Brief, daß ich an diesem Bautzen-Buch ganz besonders interessiert bin, wobei es sich natürlich erst im Laufe der Arbeit herausstellen wird, wie man es am besten veröffentlicht, ob als Paperback oder sogar als Taschenbuch. Es sind dies nicht nur willkürlich verschiedene Publikationen, sondern doch auch von der Struktur unterschiedene. Ich schicke Ihnen heute mit separater Post nicht nur die beiden erbetenen Céline-Bücher, sondern auch Hochhuths Stück »Der Stellvertreter«, von dem Sie ja sicher dies und das gelesen haben, sowie Amerys pamphletartige Schrift über den Katholizismus in Deutschland in unserer rororo-aktuell-Serie (obwohl ich mir nicht denken kann, daß, nach dem was Sie von Ihrem Bautzen-Buch schreiben, diese Serie gerade in Frage kommt).

Vielleicht lassen Sie mich doch einmal bei Gelegenheit wissen, wieviel Sie immerhin in Ausarbeitungen oder Vorarbeiten bereits haben, daß ich hineinsehen kann oder daß ich zu einem Gespräch nach Breddorf komme. Nach allem, was ich Ihrem Brief entnehme, wären hier ja doch Gespräche oder Beratungen während der Arbeit am Manuskript nötig. Jetzt schon möchte ich sagen, daß mir die Collagentechnik sehr sinnvoll erscheint, gerade weil sie auch die Möglichkeit bietet, verschiedene Stile zu mischen, also Briefe, Berichte, Zeitungsausschnitte, Biographisches und Selbsterlebtes (ich würde sehr abraten, irgendwelche Tabus zu berücksichtigen, sehe also keinen Grund, das Problem der Homosexualität auszusparen, wie diffizil immer es sein mag).
Gewisse Bedenken allerdings sehe ich, nun völlig die Bautzen-Welt zu verlassen, und Ihre Anregung, den darum geführten Prozeß usw. mit hineinzunehmen. Ich fürchte, daß das nicht nur dem Buch eine falsche Optik gibt (als sei es deswegen geschrieben), sondern auch ein solcher Bericht – wenn ich es einmal so nennen kann – zwei Zeitebenen schlecht verträgt. Etwas anderes wäre die Frage, ob man das Ganze sozusagen herausgeben läßt, nämlich von einer anderen Person, und in einem ausführlichen Vorwort auch zu Ihrem Casus etwas sagt. Denkbar wäre, daß Hans-Joachim Mund das täte – wenn er will. Ich werde ihn darüber heute einmal schon befragen.
Ich will sehr gern versuchen, Ihnen wegen der alten Zeitungen zu helfen, vielleicht geben Sie mir einmal eine genaue Liste auf, was im einzelnen Sie brauchen, und ich werde dann das über den Verlag zu besorgen versuchen. Bitte lassen Sie deswegen doch wieder von sich hören.
Inzwischen mit sehr herzlichen Grüßen und gutem Mut, vor allem allen guten Wünschen für Ihre Familie.
Ihr Raddatz

Breddorf Mi 8. Januar 1964

1. Erdkunde
Kanada, USA — Länderkunde

2. Lesen etc. / Märchen

3. Musik + Gedichte
Schreiben — Buchstaben wiederholen
Diktat!

4. Rechnen — schriftl. Rechnen
mündl. Rechnen

5. Arbeitsspiele

An Fritz J. Raddatz Breddorf, 13. Januar 1964

Lieber Herr Dr. Raddatz!
Ich muß mich sehr herzlich bei Ihnen für die Bücher bedanken. Es war sehr freundlich von Ihnen, sie mir so gleich ohne weiteres zu schicken! Mich hat das erste Buch (»Tod auf Kredit«) sehr erschüttert. Nun komme ich allerdings erst mal nicht zum Lesen.
Ich komme gut voran. Verschiedene Schwierigkeiten tauchen auf. Ein solches Buch setzt sich im Grunde genommen aus Banalitäten zusammen. Man kann vom Zuchthaus nicht berichten, ohne sich auf kleine Alltäglichkeiten zu stützen. Da ich ja sehr lange im Zuchthaus lebte, bietet sich mir jetzt ein ungeheurer Wust von Kleinigkeiten an. Meine Ansicht ist, daß die Auswahl, die ich zu treffen habe, eben gerade und nur die erzwungene Eintönigkeit schildern kann. Ein Mosaik von unzähligen Reaktionen der einzelnen. Hin und wieder scharf unterbrochen durch Eingriffe von oben: Auswirkungen großer

politischer Entscheidungen für das Alltagsdasein des Gefangenen (Adenauer in Moskau, der 17. Juni, Stalins Tod, Gründung der »DDR« usw.). Strukturiert durch meine eigne Entwicklung (ohne Psychologismen) vom kleinen 18jährigen Schüler bis zum Leiter des Gefangenenchors (Entscheidungen über Wohl und Wehe der Mitgefangenen). Das alles im Präsens.
Dieses Mosaik auf der Grundlage historischer Ereignisse: Zeitungsmeldungen (Gründung des Staates Israel; Währungsreform, Korea-Krieg ...). Hier muß eine geschickte Auswahl getroffen werden, denn die historische Ebene hat die sehr wesentliche Aufgabe, den Zeitraum von acht Jahren faßbar zu machen. Was ist alles in der Zwischenzeit passiert? Was geschieht, während die politischen Häftlinge sich mit kleinen gehässigen Streitigkeiten zermürben?
Bei dieser Auswahl werden Sie mich wahrscheinlich beraten müssen, denn ich selbst kann schwer ermessen, welche Ereignisse damals wirklich bewußt aufgenommen wurden (es bleibt ja nicht bei den großen Ereignissen, es wird auch hier auf Kleinigkeiten zurückzugreifen sein).
Der oben erwähnte Bericht wird schattiert durch Zitate aus eignen Manuskripten (schon früher geschriebene Teilberichte, Zeitform: Imperfekt); durch Berichte meiner Mutter über deren Schicksal (sie wirken ja auf das Leben des Schilderers in der Haft zurück!). Diese Berichte meiner Mutter sind auch sehr wichtig, sie ersparen mir die Schilderung meines Gemütszustandes. Ferner sind Notizen einzustreuen, die objektiv Zahlen und Zustände in sowj. Haftlagern aufführen. Sie haben mich in dieser Hinsicht ganz richtig verstanden. Die Verwendung meiner Prozeßakten war von mir allerdings nicht – wie auch Sie nicht annehmen – zum Zweck einer Anklage vorgesehen. Sie meinten, es könne so wirken. Ich hatte mir die Akten in ganz anderer Hinsicht eingebaut: Hier ist die Schilderung des objektiven Tatbestandes (z. B. auch Häftlinge fressen sich voll an Paketen, die ihnen die darbenden Angehörigen schicken, ein Thema, das in Häftlingskreisen heute tabu ist) – dort ist ihre Wertung durch die offiziellen Stellen in Westdeutschland. Es

geht nicht um Recht oder Unrecht, sondern lediglich um die verschiedenen Möglichkeiten einer Wertung des politischen Widerstandes in Ostdeutschland. Dieses letztere, sehr sachliche Mittel soll von mir ohnehin erst zum Schluß als Möglichkeit erwogen werden.
Eine sehr wesentliche Schwierigkeit bei der ganzen Angelegenheit ist die Verschlüsselung der Tatbestände. Viele Häftlinge werden sich unschwer wiedererkennen! Auf vieles kann ich nicht verzichten, was den lebenden Vorbildern zu lesen nicht angenehm sein wird. Ich denke, ich werde erst mal alles so niederschreiben, wie ich es erlebt habe. Vielleicht kann man später etwas retuschieren. Wie sieht die Sache juristisch aus?
Was nun die Zeitungen anbelangt, so können wir uns damit noch Zeit lassen. Es wird genügen, wenn ich *eine* der führenden Tageszeitungen einsehe. Vielleicht gelingt es Ihnen, einzelne Zeitungsbände in der Hamburger Staatsbibliothek auszuleihen. Ich kann ja leider nicht in Hamburg arbeiten, weil ich an Breddorf wegen meines Berufs gebunden bin. Es müßte immer jeweils 1 Band ausgeliehen werden, und zwar von 1948 (März) bis 1956 (März). Es wäre sehr freundlich von Ihnen, wenn Sie sich in dieser Hinsicht einmal erkundigten.
Ich danke Ihnen vielmals für Ihr Interesse und schließe mit freundlichen Grüßen!
Ihr Walter Kempowski

Breddorf — Do 16. Januar 1964

Wir haben zum ersten Mal richtig Sylvester gefeiert. [...] Nahmmachers hatten wir aus Hannover mitgebracht. Wir hatten die beiden dort besucht. An Sylvester gab es erst ein warmes Essen, Kassler, mit Grünkohl (20–21.00 Uhr), dann Hausmusik. Ich spielte die Klavierstücke aus der Renaissance, Beyermanns Flötenstücke und Frau Nahmmacher Brahms! Danach gab ich die Geduldsspiele aus, das war eine nette Überraschung und

hat uns über eine Stunde beschäftigt. Um Mitternacht blies ich draußen einen Choral. [...]
Heute, 16.1., war ich zum letzten Mal in der AG für Junglehrer. Den Mist habe ich auch hinter mir. Danach fuhren wir zu Pastor Gründler nach Rekum. Es war sehr nett. Abends ein Stück von Bernhard Shaw und Besuch von Timmer.

Breddorf Fr 17. Januar 1964

[...] Ich arbeite inzwischen an einem neuen Buch, Arbeitstitel: »Die Anerkennung«. [...]

Biographie
»Pädagogisches Lexikon«
Kreuz-Verlag 58,–

»Der Luftkrieg über Deutschland«
dtv Nr. 160

»Bericht meiner Mutter«
Vortrag
[...]

Breddorf Do 30. Januar 1964

[...] Gestern kaufte ich bei Rugen eine neue Truhe. Sie ist auch sehr schön (war im Krieg mit Wertsachen vergraben), aber nicht so schön wie die von J. Garms 1758.

Breddorf Sa 1. Februar 1964

Nun steht die Truhe bereits in meinem Arbeitszimmer. Sie ist aber längst nicht so schön wie die andere. Robert ist hier, er hat sie mit mir zusammen gereinigt. [...]

Von Fritz J. Raddatz Reinbek, 4. Februar 1964

Lieber Herr Kempowski,
ich habe hier mit bestem Dank Ihre freundlichen ausführlichen Zeilen vom 13.1. erhalten, und ich kann mir vorstellen, daß sich bereits jetzt Schwierigkeiten vor Ihnen beim Zusammenstellen auch nur des Rohmaterials für dieses Manuskript einstellen. Das Wichtigste scheint mir im Augenblick, daß Sie sich entscheiden, ob Sie auf einer oder zwei Ebenen erzählen wollen, d.h., ob Sie tatsächlich nur einen Bericht, wie verfremdet auch immer er sein mag, von dem Geschehen im Zuchthaus geben wollen oder ob Sie den sozusagen scheinwerferhaft unterbrechen wollen durch die Erwähnung von Ereignissen der Außenwelt. Sie schreiben hier z.B. Adenauer in Moskau, der 17. Juni, Stalins Tod, Gründung der »DDR« und ähnliche Dinge: Sind die tatsächlich innerhalb des Zuchthauses diskutiert worden, zu Erlebnissen innerhalb des Zuchthauses geworden, oder waren es nur eingedrungene »Nachrichten«. [...]
Ich habe übrigens inzwischen mit Hans-Joachim Mund über den ganzen Plan gesprochen, und er ist, zu meinem großen Erstaunen, bereit, dazu eine Art Vorwort oder ähnliches zu schreiben. Natürlich müssen Sie sich beide darüber klar sein, und ich habe das Hans-Joachim auch gesagt, daß ein solches Buch sehr viel Publicity bekommen kann, wahrscheinlich auch bekommen wird; Interviews in großen Tageszeitungen, Fernsehen, Radio, wahrscheinlich auch eine »Spiegel«-Story werden kaum zu vermeiden sein, und darüber sollten Sie beide von Anfang an nicht im Zweifel bleiben. Es mag ja sein, daß ich das Ganze

falsch einschätze, aber immerhin wollte ich das doch bemerkt haben.

An Klaus Beck Breddorf, 23. Februar 1964

Lieber Klaus!
Vielen Dank für Deine Bilder. Wenn eine Rolle von Dir kommt, dann ist das immer ein großes Erlebnis für mich. Ganz besonders hat mich natürlich das Gervais-Bild interessiert. Der Kontrast von Block und teigiger Rundform ist interessant (wie hingeklatscht, unartig, frech). Das ist ganz Beck, der in diesem Fall nicht mit faulen Eiern wirft, sondern mit Käse. Ich denke da an das Kinderbuch »Kai aus der Kiste«, dreckige Bubenhand auf Plakatsäule. Ich hab mir das mal halbrund aufgestellt: Es sitzt mittendrin! Das sind natürlich Affekte, die sich entladen haben.
Du siehst, ich denke das alles gleich literarisch. Ich bin gespannt, wie das weitergeht. [...]
Schwieriger ist es schon, zu »face« etwas zu sagen. Diese Blätter sind ja sehr viel kühler (als Gervais), beherrschter; nicht so dynamisch, dafür vielleicht »harmonischer«. Ich habe da einen Stahlstich eines Vorfahren von 1670, Porträt für eine Akademie, der ist ähnlich aufgebaut. [...]
Du entschuldigst wohl, daß ich Dir hier mit einer Assoziation komme. Man sucht einen Zugang und bedient sich der Schlüssel, die man bei sich trägt. Wenn ich mir etwas wünschen könnte, dann: daß Du hier in dieser Richtung weiterarbeitest.
Im Totenschädel finden sich Deine Rundformen wieder (Philadelphia). [...]
Ich schreibe jeden Tag ein bis zwei Stunden. Das macht mir viel Spaß, obgleich ich mir immer klarer darüber werde, daß mein Talent ein »mäßiges« ist. Es fehlt diese zielsichere und unbeirrbare Kraft. In meinem Stil sind katastrophale Mängel, die mich oft direkt lähmen. Vielleicht bessert sich das mit der Zeit.

In meinem jetzigen Stoff komme ich allmählich von der Collagenform ab und nähere mich dem Tagebuch. Ich will nun erst einmal alles niederschreiben von vorn bis hinten, allen Stoff auffangen sozusagen, und dann werde ich ihn zurechtkneten. Man muß mit der Pinzette arbeiten – fürs erste laß ich niemanden zusehen. (Bei der Transparenz ist ja die Gefahr, daß man von hinten zu viel Licht gibt!)

Breddorf März 1964

Januar = das ist Scharlach
Februar = Flecktyphus
März = Schneeglöckchen ausgraben
April = Die geschlagene Armee
Mai = Vater bindet sich eine Serviette um
Juni = Kempgens + Co
Juli = das ist 1936 an der See
(Olympiade)
August = Ulla pflückt Blumen
September = Geländespiel mit Diarrhoe
Oktober = Spaziergang auf dem Unterwall??
November = auch bei mir Nebel
(Kalte Hände)
Dezember = Mit Mutter beim kunstgewerblichen Spielzeug
(Steinstraße)

Breddorf Sa 7. März 1964

Ein Jahr ist es her, daß Hildegard so schwer krank wurde, und erst jetzt können wir sagen, daß sie wiederhergestellt ist. Seit ca. einem Monat geht es wieder gut, und für uns ist jeder Tag ein Festtag. Es ist wieder wie früher, ein Tag schöner als der andere.

Inzwischen war die Verhandlung mit dem Bürgermeister wegen der Veranda. Sie verlief günstig, die Veranda kann noch in diesem Frühjahr gebaut werden! Dann wird es *noch* schöner. Neue Pläne kündigen sich an, ich will einen kleinen Privatzoo einrichten: Zwerghühner, Meerschweinchen und Schildkröte. Ich will mich erst mal erkundigen. Renate läuft nun ziemlich sicher. Sie ist sehr süß, wir mögen sie gerne. Der Junge ist in der Trotzphase. Ihm geht vieles »auf Nerven«, wie er sagt.

Von Fritz J. Raddatz Reinbek, 16. März 1964

Lieber Herr Kempowski,
Sie müssen es mir bitte nachsehen, wenn ich nicht immer sehr rasch auf Ihre Briefe antworte, aber der Bürobetrieb frißt mich ziemlich auf, auch war ich ein paar Tage nicht in Hamburg.
Was Sie mir zum Bautzen-Buch schreiben, interessiert mich natürlich sehr, nur macht es mir auch ein wenig Angst. Einerseits verstehe ich schon, daß Sie sich erst einmal eine Fülle von Einzelheiten ins Gedächtnis zurückrufen müssen und daß Sie sich das Material sozusagen wieder präsent machen wollen; andererseits liegt darin ein wenig die Gefahr, daß Sie in den Einzelheiten ertrinken, und wenn ich höre, daß Sie jetzt erst im ersten Jahr Ihrer achtjährigen Haft halten, bekomme ich, wie gesagt, etwas Angst. Gewiß wird dieses Buch, wie ich es mir vorstelle, Nichtigkeiten dechiffrieren müssen, aus denen sich ja das Leben eines Häftlings, wie Sie richtig schreiben, zusammensetzt. Aber natürlich kann ein solches Buch für andere Menschen überhaupt nur zum Ereignis werden, wenn es sich nicht in Nichtigkeiten verliert, bei ihrer Aufzeigung verharrt. Das soll auf keinen Fall heißen, daß ich Pathos, Berichte von Mißhandlungen oder anderes erwarte, gar Vergleiche von Konzentrationslagern und DDR-Strafanstalten. Mag sein, daß »man« das gern hätte – ich hätte es nicht gern und würde es wahrscheinlich nicht drucken.

Vielleicht bietet sich tatsächlich eine Art unterkühltes, leidenschaftsloses Tagebuch an, eine Art objektiver Bericht.
Lassen Sie jedenfalls gelegentlich wieder von sich hören, und ich bin inzwischen
mit den besten Grüßen
Ihr Raddatz

PS: Die Bücher gehen mit separater Post an Sie ab, aber nehmen Sie sich auf keinen Fall die Porter etwa zum literarischen Vorbild. Es ist nicht viel mehr als ein recht altmodischer, mit Ressentiments aufgeputzter Unterhaltungsroman.

Breddorf Do 26. März 1964

Wochenendfahrt nach Düsseldorf:
Sonnabend, 21.3.:
Kinder nach Rotenburg gebracht.
15.00 Uhr bei Hermann in Minden (Bruder von Hildegard).
Dort seine 1-Zimmer-Wohnung angesehen und geklönt.
21.00 Uhr bei Beck. Spaghetti, Salat und lange Gespräche.

Sonntag, 22.3.:
Bilder, Bilder, Bilder.
Mittags Hähnchen, nachmittags Ausstellung von sich bewegenden Bildern. Abends Bilder.

Montag, 23.3.:
Vormittags Bummel durch Düsseldorf, nachmittags bei Ilse in Dortmund (ziemlich langweilig, nicht einmal Kuchen!), abends bei Peter Janssen (ein Vetter) in Kirchlinteln. Dort Bilder beguckt, die ich von Beck mitgebracht hatte.

Von Fritz J. Raddatz Reinbek, 21. April 1964

Lieber Herr Kempowski,
ich bin sehr neugierig, Ihr Bautzen-Material einzusehen, gleichzeitig etwas skeptisch, ob ich hier aus etwaigen handschriftlichen Notizen von Ihnen ein Manuskript herstellen kann; das hängt ja wesentlich davon ab, ob Ihre Handschrift wirklich lesbar geblieben ist – so wie in Ihrem Brief an mich – oder ob sie bei flüchtigen Skizzen und eventuell durcheinandergeschriebenen Notizen nicht doch wesentlich unlesbarer sind.
Schicken Sie mir doch einmal das Manuskript einigermaßen vorgeordnet und mit einer Anweisung, wie Sie es getippt haben möchten, her, damit ich dann hier sehen kann, was wir damit anfangen.
Mit separater Post gehen Ihre damaligen Manuskripte an Sie zurück, obwohl ich mich, was Ihnen vielleicht erstaunlich klingen mag, ungern und schwer davon trenne und auch nur in der Hoffnung, doch einmal ein anderes von Ihnen in Händen zu haben.
Alles Gute für Sie und Ihre Familie und mit der Bitte, die Hast dieses Briefes zu entschuldigen,
Ihr Raddatz

Breddorf Do 30. April 1964

Klaus Beck war ein paar Tage hier. Er hat in Rotenburg (durch meine Vermittlung) einen Vortrag über C.D. Friedrich gehalten. Sehr gut! Man war sehr erfreut und hat ihn eingeladen, im Herbst über Moderne Malerei zu sprechen.
Das war wieder sehr anregend, und nun hat man das Gefühl, als sei der Weihnachtsmann da gewesen.
Skulpturenpläne für unseren Garten. [...]

Klaus Beck, Arbeit an einer Gartenplastik, Breddorf 1964

Beck:
Gartenplastik, ein »Urphon«, Metallscheibe mit feinen Rillen, aufgesetzt eine »Landschaft aus Metall«, die vom Wind in Geräusch versetzt wird.
Nimmt Vorschlag zu Büchsen-Springbrunnen positiv auf.
Gemeinsame Spinne: Ausgehend vom Bauer, der die Maulwurfshügel nicht planiert, um auf seiner Wiese eine größere Oberfläche an Gras zu haben, dachten wir uns einen grotesken Garten mit vergrößerter Grasfläche aus.
Erdpyramiden ohne Zahl.
(Versailles!)

*

Konzentresse.

*

Beck:
Will Fensterrahmen außen (Blumenfenster) rot anstreichen (oder Tür vom Schuppen).

Breddorf Mo 25. Mai 1964

Beck: Einband des »Protokolls« aus Sandpapier, nicht von einer Buchbinderei, sondern von Sandpapierfabrik einbinden lassen. Oder hinten Schaumgummistück einlegen lassen für die ungeweinten Tränen.

Von Fritz J. Raddatz Reinbek, 27. Mai 1964

Nach wie vor scheint mir alles, was Sie über das Bautzen-Buch schreiben, hochinteressant, und ich kann nur noch einmal wiederholen, daß Sie auf keinen Fall Tabus, welcher Art auch immer, scheuen, will sagen, berücksichtigen dürfen. Ich habe keineswegs die Hoffnung, von Ihnen das Buch eines kalten Kriegers zu bekommen, und es wäre das dann auch kein Buch für den Rowohlt Verlag; aber eine vergleichsweise nüchterne, nun nach vielen Jahren der Entlassung auch quasi abdestillierte Lösung wäre schon nützlich, und zwei Formulierungen in Ihrem Brief, nämlich die vom Nichthelden, vielmehr dem mittelmäßigen Durchschnittsbürger, und die von Ihrem Mosaiksystem, ähnlich dem Terrazzofußboden in der Zelle, lassen mich eigentlich hoffen, daß das Buch »richtig« wird und gelingt.

An Klaus Beck Breddorf, 8. Juni 1964

[...] Rowohlt hat inzwischen Papier geschickt. Das ist mir immer angenehm, nicht, daß ich Papier bekäme, das ist ja kein so großer Wert, nein, diese Aufmerksamkeit tut wohl, man weiß, daß man noch gefragt ist. [...]

Von Fritz J. Raddatz Reinbek, 8. Juni 1964

Lieber Herr Kempowski,
[…] nehmen Sie sich nicht zuviel vor, und gefährden Sie mit dieser riesigen Übersicht, die Ihnen anscheinend vorschwebt, nicht doch ein wenig das Buch? Ich sehe zum Beispiel aus der beigefügten Literaturliste, aber auch aus dem, was in Ihrem Brief selbst steht, daß Sie ja doch das ganze Buch vom Erlebnisbericht hinweg und zu einer Studie über Gefängniswesen ausweiten wollen, wenn ich einmal so sagen darf. Nun schien mir gerade das Wichtige bei dem, was Sie sagen können, das Unmittelbare, nicht die Reflexion, die ja beliebig sein kann und auch von einer beliebigen Person angestellt werden kann, zu sein, sondern daß hier etwas Authentisches gegeben wird. Natürlich war ich mir darüber klar, und wir beide wollten es ja auch so, daß es kein aus Sentimentalität oder gar Leid oder, wie all solche Vokabeln heißen, zusammengefügtes Tagebuch werden soll, sondern durchaus unterkühlt und berichthaft. So weit – so gut. Aber ob es richtig ist und nicht zwei verschiedene Formen und Medien miteinander vermengt, nun Vermehren, Toller, Lilje, Kogon und ich weiß nicht, wen noch alles, mit zu bemühen, gar Texte ihrer Bücher zu zitieren, frage ich mich doch. Damit schrieben Sie ja ein Buch, das deutlich von heute und hier aus gedacht, konzipiert, empfunden und eben formuliert wurde, während das Entscheidende an Ihrem Buch doch sein könnte, daß jemand hervorholt, wenn ich so sagen darf, wie ein versunkenes Muster, was damals in ihm vorging, was er durchmachte, was er überlegte, wogegen er sich wehrte und was er zu akzeptieren gezwungen wurde. Ob sich diese zwei ganz verschiedenen Dinge, die ich für so verschieden wie Öl und Wasser halte, nämlich das Literarische, das, ich möchte sagen, Überlieferte und das von Ihnen selbst unmittelbar Erlebte mischen lassen, möchte ich bezweifeln. Ich muß auch fürchten, daß diese Literaturberge, durch die Sie sich nun hindurchwühlen wollen, alles verschütten und verstellen werden, was an Unmittelbarkeit bei Ihnen hervorzuholen wäre, daß Sie

sich eine eigene Blockierung schaffen. Die Authentizität Ihres Berichts, scheint mir, würde in jedem Fall unter dieser Methode leiden. Vielleicht wäre es doch gut, daß Sie sich das alles noch einmal durch den Kopf gehen lassen, eventuell mich anrufen, vielleicht müßten wir uns nun doch bald einmal sehen, wenn Ihnen das recht ist. Ich höre gerne und auch bald wieder von Ihnen und bin inzwischen
sehr herzlich
Ihr Raddatz

Breddorf Mi 10. Juni 1964

Am Sonntag nach Pfingsten hatten wir eine wirklich schöne Zusammenkunft von guten Freunden. [...]
Es wurde musiziert und viel erzählt. Wohl alle stellten fest, daß wir sehr gut zueinanderpassen und ein netter Kreis sind. Siehe Fotos, Gästebuch usw. (Briefe). Nun schreibe ich eine kleine Kreiszeitung für uns, zehn Exemplare.

Breddorf Di 23. Juni 1964

In der vorigen Woche hat unsere Mutter noch selbst bei einer Familie eingehütet, deren Frau krank war, nun ist sie selbst wieder im Krankenhaus. Über Sonntag waren Edith, Nahmmachers und Beck wieder hier, haben musiziert und diskutiert, da ging es Hildegard schon nicht besonders. [...]
Unsern Hausstand besorgt morgens nun unser Mädchen Renate und nachmittags unser liebes Kindermädchen Margret. Das ist wirklich ein sehr nettes Mädchen. Ohne sie wären wir aufgeschmissen. Die kranke Frau übrigens, die davon hörte, daß es Hildegard schlechter gehe, kam gleich hergeschlichen, um sich zu erkundigen. Das fand ich rührend. Sie brachte auch Eier mit.

Und Frau Zodrow will unsere Erdbeeren ins Gefrierfach nehmen, damit Irmi Krogoll, die in den großen Ferien kommt, sie abmachen kann.

Breddorf Juni 1964

Raddatz-Telefonat.
»Kommen Sie man nicht wieder gleich mit Tabletten …«
Karikatur
Ich habe Zeit.
»Ich auch, oder wollen Sie behaupten, daß ich Sie gedrängt hätte?«
»Dann wird es wohl sehr umfangreich?«
Für den Fall, daß es Ihnen nicht gefällt, bezahle ich das Benzin.
Müller.
Sicherer Blick. Als ich von Beck sprach und Illustrationen als unmöglich erwähnte, protestierte er im selben Augenblick.
Ich werde von Maler beraten.
Kreis erwähnt.[126]
Der Begriff Zeit existiert für mich nicht.
»Ich möchte Sie ja gerne in unserem Katalog sehen.«
Svevo gut, kann ich nicht lesen, da er abfärbt.
Ich habe hier einen tollen Mann kennengelernt, das wäre was für Sie.
Er habe sich nun sehr von der Realität entfernt, das sei ein anderes Buch.
»Es kann auch sein, daß ich abfahre …«
Für gewisse Einwände hätte ich ein offenes Ohr. Im Prinzip aber läge alles im großen und ganzen fertig vor meinen Augen. Die endgültige Form müsse sich natürlich erst beim Machen herauskristallisieren.

---

126 Ein Kreis von kulturinteressierten Freunden, die Kempowski zu regelmäßigen Treffen nach Breddorf einlud.

Das »Gästehaus«, von Klaus Beck gestaltet, Breddorf 1964

Breddorf Do 25. Juni 1964

Mein Tageslauf:
6.00 Uhr: Aufstehen, Flasche für Renate machen, beide Kinder windeln, KF anziehen, Renate wieder hinlegen.
Mich selbst anziehen, waschen, rasieren, Frühstück machen, mit KF Frühstück essen.
7.30 Uhr: Renate kommt, ich gehe in die Schule.
12.00 Uhr: Schule aus, Renate geht, ich bringe die Kinder ins Bett. Essen. Lesen.
13.30 Uhr: Margret kommt, ich schlafe.
15.00 Uhr: Kaffee trinken gemeinsam, lesen.
16.00 Uhr: Arbeiten.
19.00 Uhr: Kinder ins Bett bringen, Margret weg.
Abendbrot, Fernsehen.
20.00 Uhr: Arbeiten bis ca. 24.00 Uhr.
Puschke, der Arbeiter mit den sechs Kindern, kam und bot seine Hilfe an!

An Klaus Beck Breddorf, 30. Juni 1964

[...] Ich schreibe an meinem Manuskript in aller Ruhe weiter. Allmählich merke ich, daß es eine Riesenarbeit ist, die ich mir da vorgenommen habe. [...]

Breddorf Juli 1964

Entwurf zu einem Theaterstück:
»Musik«
Mann mit Kopfhörern sitzt in der Mitte der Bühne und erzählt drei Zuhörern, was er hört. Sie halten Programme in ihren Händen, hüsteln, klatschen, als alles vorüber ist.

An Klaus Beck Breddorf, 28. Juli 1964

[...] Heute kam auch Deine Eierplastik an, wir freuten uns darüber. Waren zuerst wütend über die angehängte Literatur. »Warum künstlich Schwierigkeiten häufen?« war meine erste Reaktion. »Das soll er mal lassen, schreib ihm mal«, sagte Hildegard. Dann aber merkten wir, daß eine solche Schreibe zum aufmerksamen Lesen zwingt, und sahen insofern einen Zweck darin. (Ich hoffe allerdings, daß Du nicht immer so schreiben wirst, dann brauche ich Tage für einen Brief von Dir!)
Ich bin immer noch auf der Suche nach dem idealen Schreibpapier. Hier ein Versuch mit Klopapier. Man braucht es nicht immer wieder auszuspannen, und beim Lesen wird es vielleicht ganz praktisch sein. Außerdem: billig. Ich wollte schon eine Papierrolle kaufen, wie man sie bei Rechenmaschinen verwendet, die sind aber zu schmal. Vielleicht gibt es in einem Kaufhaus breiteres Papier zu Küchenzwecken, wenn Du mal in ein Kaufhaus kommst, kannst Du ja mal fragen. Es darf aber nicht zu breit sein. Und kein Krepp! Einen Manuskriptversuch lege ich bei.[127] [...]
Ein Teil des Manuskripts muß neu geschrieben werden, und mich interessiert es, ob nicht das Diktat noch neue Freiheiten gibt. Ich habe vor den Ferien Teil I noch fertiggemacht. Jetzt bin ich bei meiner Ankunft in Bautzen. Es geht langsam, aber sicher. Eine Unmenge neuer Ideen habe ich aus Dänemark mitgebracht, mal sehen, wie sie sich realisieren lassen.
Raddatz hat noch nicht wieder von sich hören lassen. Hoffentlich geht es mir mit ihm nicht wie Dir mit dem Bankdirektor. Je später er es zu sehen bekommt, desto besser. Schon jetzt kommen mir erhebliche Bedenken, ob es überhaupt schon vorweisbar ist. Es ist alles noch zu direkt, noch zu scharf gesehen. Insbesondere das Einblenden von Erinnerungen an meine Eltern usw. sind wohl zu direkt und müssen wahrscheinlich gestrichen

---

127 Beiliegend Auszug aus der Collagefassung mit Haftberichten anderer auf 40 cm Toilettenpapier.

werden. Sonst bekomme ich nämlich einen Entwicklungsroman alter Schule. Auch die genaue Darstellung meines Falles muß eventuell gestrichen werden. Immerhin: Die äußere Form des Buches ist mir nun klar, ich bin hier auf dem richtigen Weg, ich muß nur viel genauer noch *sehen.* [...]
Heute mache ich nun das Erdbeerbeet sauber. Wir bekommen damit eine große freie Fläche für die Webstuhl-Plastik. Ob ich allerdings die 600 Eier, die Du für das Eierbeet brauchst, bis dahin beisammenhabe, fragt sich. [...]

Breddorf — Do 6. August 1964

Traum: Ich fuhr mit Auto nach Breddorf und suchte einen Eingang in einem großen Haus und fragte immer: Wohnt hier K.? Und viele Leute strömten herbei, von allen Seiten kamen sie und fragten nach K.s. Keiner fand den Eingang. Hinterher hatte ich doch das richtige Haus gefunden, da wohnte ich im Gästehaus, hinten auf dem Rasen, da wo die Laube steht, mit meiner Schwester. Dann ging ich in die Küche zu euch und fragte Hildegard, ob ich einen Teller haben könnte. Wahrscheinlich wollten wir uns Essen kochen. Dies träumte ich, bis ich losfuhr, in der Nacht.

Breddorf — Sa 22. August 1964

Heute fuhr Klaus Beck ab. Es war eine sehr anregende Zeit. Heute machte er noch die Webstuhlplastik provisorisch in Ordnung. Er fährt über Sonntag zu Nahmmachers, um mit ihnen die Documenta III, eine Gemäldeausstellung, anzusehen.
Hildegard fühlt sich wohl, sie ist gesund.

An Klaus Beck Breddorf, 5. September 1964

[...] Ich lese viel und schreibe an meinem Buch. Obwohl ich fühle, daß es *so* noch nicht geht, will ich doch erst mal weitermachen, es ist mindestens eine »Stilübung«, wie Raddatz sagt. [...] Nebenbei beschäftigt mich noch immer meine »Schulreform«, ich will mal ein Modell machen. Zunächst habe ich mir einige Bücher bestellt, um mal zu sehen, wie sie das drüben in den USA machen. Dann müßte man sich wohl auch noch mit der »Psychologie des Lernens« beschäftigen, denn das ist ja eine Grundvoraussetzung. [...]

Breddorf So 13. September 1964

Heute, am Sonntag, ein herrlicher Tag, wunderschöne Wolkenbildung. Nach Tisch im Garten geschlafen. Niki Walther nach langer Zeit mal wieder da. Hat uns beim Schlafen beobachtet, ohne uns zu wecken.

Breddorf Sa 26. September 1964

Hamburg:
Farbband
Bratkartoffeln
Autoprospekte Siku, Märklin
Bastelgeschäft: Räder
(Eisenwarengesch.? Tapeten)
Karstadt: Eisenbahn
Spielwarengesch. Tiere
Garagen
Burgen

Als wir auf dem Schulhof standen, fünf Lehrer (+ Praktikanten), wurde mir klar: Du gehörst nun hierherein, nicht zu den Kindern.

Breddorf So 27. September 1964

Traum: Rückkehr aus der Zone. Von Zivilbeamten kontrolliert. Sachlich. Gutes Gewissen. Aus eigenem Antrieb zeige ich ihm noch meine (Turn-)Schuhe. Er sieht sie, obgleich ich sie freiwillig reichte, genau an und entdeckt Zeitungspapier aus dem Westen. Quergeschrieben: »Mein lieber…« irgendein Wort, das mit M anfing. Ich wollte beweisen, daß ich das M so mache: M, das interessierte nicht. Die Graphologen-Sachverständigen stellten zwei gegen einen fest, das sei meine Schrift. Der eine wußte es nicht ganz genau. Sie wußten, daß sie das Falsche sagten. Ich wurde wieder zurück ins Gefängnis geschickt.

Breddorf Mo 5. Oktober 1964

Protokoll[128]
Lese grade, daß Böll eine Collage liefert in »Entfernung von der Truppe«. Wie gut, daß ich schon vorher beschloß, auf Zeitungsausschnitte zu verzichten.

128 Arbeitstitel des Haftberichts, Vorfassung von »Im Block«, Gestaltungsversuch mit Collagen anderer Haftberichte, unveröffentlicht (Walter-Kempowski-Archiv im Archiv der Akademie der Künste Berlin).

Breddorf Do 8. Oktober 1964

Ich denke grade, selbst das Thema »Schule«, das vielleicht später mal *mein* Thema ist, hat Kafka schon behandelt.

Breddorf Sa 17. Oktober 1964

Täglich eine Stunde am »Restaurator«, mehr ist nicht drin.

Traum: Mir geht ein Kontoauszug zu über alle Vergünstigungen, die mir der Verlag bisher hat zugehen lassen. Oben drüber steht als Titel: Die Himmlers und andere zukünftige Diktatoren.

Breddorf Do 22. Oktober 1964

Titel:
»Behalten«
Ein Protokoll

Schule
Der Vertreter: Die Lehrer wollen immer alles geschenkt bekommen. Im übrigen sind viele ja aus Minderwertigkeitsgefühlen Lehrer geworden, haben sonst nichts zu sagen.

Ostkunde-AG
Schulrat bitten, im Rundschreiben nach Ostkunde fragen lassen.
Das ist mir ein bißchen ein heißes Eisen.
Bilderserien von mittelalt. Städten.

Kein politischer Verein. Ostkunde bis zum Ural. Blick zum Osten hin.
3.–4. Klasse

Märchen aus dem Osten nehmen (Rübezahl)
Herkunft der Familien. Vorstellung für Wanderungsbewegungen in der Geschichte. Verwandtenbesuche.

5.–6. Klasse
Geschichte + Erdkunde. Verflechtungen mit andern Völkern. Familiennamen. Deutsche Stämme. Rußland + seine Satelliten. Städtegründung. Vertriebene, Zuwanderer, Flüchtlinge.

Polnische Teilungen. 1648 Kosaken haben Kamtschatka erreicht.

Heimat: Polen haben jetzt ihre Heimat in Pommern.

Heimatvertreibung der Ostpolen, Litauer?

Der Nationalsozialismus und der Osten.

Der Deutsche Osten in Briefmarken.

Im Osten gilt der Mensch nur im Kollektiv.
Im Westen gilt der Mensch als Einzelwesen.
(Scheinbar!!)
Redner kostenlos für Ostkundewoche:
Niedersächsische Arbeitsgemeinschaft für gesamtdeutsche Aufgaben Hannover [...]

Schulrat:
Rückgewinnung der Ostgebiete mit friedlichen Mitteln, das glaubt ja kein Mensch mehr.

Mackiewicz »Sieg der Provokation«
schicken lassen vom Vertriebenenministerium.

Vertriebenenministerium
Material schicken lassen.

Bundeszentrale für Politische Bildung
Bitte um Aufnahme in die Verteilerkartei. [...]

Nicht auf die Pauke hauen, propagandistisch, sondern nur exaktes Wissen.

Breddorf Do 29. Oktober 1964

Traum: Ich gucke Raddatz über die Schulter. Er will mir ein Honorar auszahlen. 67,45 in italienischem Geld. Auf den riesengroßen Scheinen sind Anzeigen: clamotti, lese ich. Auch ein leitender Herr läßt sich sehen. Ich erzähle ihm, daß wir in der Nähe unser Haus haben und »oft Künstler zu Gast haben«. Wenn er mal ein gutes Bild kaufen wolle, solle er sich nur mal melden. Schon gut. –
Es sei heute schwer zu schreiben. Tagebuch sei gar nicht mehr möglich.
Er habe ja ein Tagebuch im Faksimile herausgebracht, dadurch hat er mir meine Idee weggenommen. – Dann gehe ich, die Klapptür hört gar nicht wieder auf zu schnarren. Daran bin ich nicht schuld. Prüfen Sie es doch nach. – Das Geld muß ja ausgegeben werden. Nun wollen wir erst mal richtig essen. Ein Freund (Beyermann) begleitet mich. Ein schönes Lokal unter gestutzten Linden. In der Küche ist ein mächtiger Betrieb, oben *kein* Gast! Klöße liegen dort körbeweise. Ob ich Klöße mit Birne kriegen kann? »Nein, mein Herr, ich werde Ihnen etwas ganz Besonderes zusammenstellen.« Hoffentlich mag ich das auch. Fisch esse ich nämlich nicht gern.

Breddorf Di 10. November 1964

Wir leben ganz ruhig dahin. Draußen ist alles voll Rauhreif. Nebenan macht Renate, unser Mädchen, die Stube sauber. Ich hab's in meinem Arbeitszimmer gemütlich. Überhaupt, die vielen Zimmer, das ist wohltuend. Immer kann man woandershin entwischen.

Ich beschäftige mich mit Geschichte, amerikanischer Geschichte. Habe eine Anzahl Bücher gekauft. Im Augenblick bin ich grade krank, Mandelentzündung, habe also genügend Zeit, mich ihnen zu widmen. Wie überhaupt Zeit bei uns kein Mangelartikel ist, ganz im Gegensatz zu allen andern Menschen, die über die Schnellebigkeit der Zeit stöhnen und meinen, sie kommen nicht zur Ruhe. Na, deshalb bin ich ja auch Lehrer geworden.

Unserer lieben Mutter geht es ganz gut. Sie teilt sich ihre Arbeit gut ein, so daß sie immer zu guter Lektüre kommt. Ich habe ihr eine Anzahl Biographien besorgt. Wenn sich auch unser Gehalt erheblich verbessert hat (1000 Mark), so können wir uns doch neue Bücher kaum leisten. Kaufen alles antiquarisch. Das ist ja auch egal.

Die beiden Kinder entwickeln sich planmäßig. Äußerlich ist wohl eine gewisse Ähnlichkeit festzustellen. Im Wesen sind sie grundverschieden. KF mehr still und nachdenklich, gutmütig, sanft – Renate draufgängerisch, nicht leicht einzuschüchtern, Kehrdichannichts, robust, aber auch gutmütig und sehr schlau. Sie spricht jetzt schön, aber immer noch »l« statt »n«. Aber das ist ja auch egal.

Die beiden vertragen sich ganz gut, wenn auch ab und zu lautes Geschrei durchs Haus hallt. Dann rege ich mich nicht weiter auf, stecke mir nur die Ohropax in die Ohren. Am liebsten habe ich es, wenn die Kinder mich oben besuchen. Das stört mich nie, und sie sind sehr rücksichtsvoll, wissen, daß sie sofort rausfliegen, wenn sie Lärm machen.

An Klaus Beck Breddorf, 15. November 1964

[...] Ich lag eine Woche mit Grippe im Bett, das war wundervoll, man konnte mal ganz ungestört lesen. Glücklicherweise hatte ich mir kurz vorher ein paar Bücher bestellt. Darunter von Botkin »Die Stimme des Negers«, ein Auszug aus den 1938 gesammelten Erzählungen von Negern, die noch als Sklaven gelebt haben. Ich kann Dir sagen, *das* ist eine Sprache! Kleine Erlebnisberichte von außerordentlicher Kraft. Was man heute so liest, ist oft so aufgezäumt. Mir kam der Gedanke, man müßte mal in Altersheimen oder so Schilderungen von der Flucht 1945 aufnehmen. Einfache Leute bevorzugen. Vielleicht mache ich das mal bei meinem Schwiegervater im Alterskrankenhaus. Diese Geschichten, die niemand mehr hören will, haben sich durch das häufige Erzählen so vereinfacht, sie sind so sehr geformtes Erlebnis, daß mich das schon interessieren würde. Ich hatte schon mal diesen Eindruck, als ich nämlich hier in Breddorf die Bauern nach dem Einmarsch der Engländer fragte.

In Bremen hat ein neues Antiquariat aufgemacht. Ich war neulich da und habe gute Sachen gefunden. Unter anderem die Biographien von General Grant und von Carl Schurz. Die amerikanische Geschichte, der Marsch nach Westen, das Zusammenschmelzen der verschiedensten Völkerschaften – das nimmt mich im Augenblick ganz gefangen. Neue Bücher kann man sich ja kaum leisten.

Heute nachmittag wollen wir zu Niki nach Bremen. Ich brauche jetzt eine Menge Einzelheiten. Niki muß mir ein paar Themen von Saalvorträgen sagen. Hast Du eigentlich auch auf einem Saal gelegen? Erinnerst Du Dich an den Kulturbetrieb? 1950 bis 1952 war das akut. Wir hatten auch einen Briefkasten, da warf man alberne Fragen ein, und die wurden dann von Experten beantwortet. Ich war immer wieder verwundert, wie gering eigentlich das Wissen war, was die Leute (mich eingeschlossen) mitbrachten. Experten gab's natürlich. Aber auch bei denen sah es nicht viel besser aus. Ich habe mal einen Schrankenwärter kennengelernt, der hat über 60 Jahre an derselben Strecke

Dienst getan und konnte mir nicht sagen, wohin die Züge fuhren, die bei ihm vorbeikamen! [...]
Abends sahen wir alte Fotos an. Das ist eine Schwäche von mir. Man müßte eine Fotothek bauen, eine Halle mit lauter Schubladen. In jeder Schublade alle Fotos *einer* Familie. Ich weiß noch, wie interessant das in Bautzen war, als plötzlich Fotos kamen. All die häßlichen, vorher als wahnsinnig schön bezeichneten Mädchen! Einer kriegte mal ein Stück Seife, mit dem »sie« sich einmal gewaschen hatte. Wie sinnig! Auch einen angebissenen Apfel sah ich einmal. [...]

Von Klaus Beck Düsseldorf, 19. November 1964

[...] Zu Deinen Gedanken über die Erlebnisberichte: Da empfindest Du bestimmt richtig – obwohl ich das Buch nicht kenne. Auch Deine Feststellungen über das »Abschleifen« der Erlebnisberichte, eine Verformung durch die Zeit, treffen den Nagel aufs Haupt. Die Kriegs- und Nachkriegsereignisse lassen sich übrigens ja auch unter dem Aspekt einer Völkerverschiebung (-wanderung) sehen = Schmelztiegel. Vielleicht helfen Dir in diesem Zusammenhang Deine Geschichtsstudien. An Saalvorträge weiß ich mich weniger zu erinnern, da ich nur wenige Monate Saalleben kenne. Interessant die »Büchererzähler«, Leute mit gutem Gedächtnis, oft schwülstiger Phantasie: Es hat mir Spaß gemacht, wie sie ganz plötzlich das zu erzählende Buch »erweiterten«, freilich nicht immer zu dessen Vorteil. Die Art des Vortragens war oft übertrieben pathetisch, auf Bühnensprache gemacht, natürlich meistens eher belustigend. Am lustigsten ein kleiner rothaariger Spezi (Österreicher), der von einem Zuckerbeuterl, aus dem er ständig mit angefeuchtetem Hölzchen lutschte, und seinem krankhaften Bedürfnis zu erzählen zu leben schien. Sein ausgemergeltes Gesicht habe ich noch deutlich in Erinnerung, auch seine weanerische, penetrante Vortragstechnik. [...]

Breddorf Sa 21. November 1964

Diktat
Die Mutter.
Mutter hat alle Hände voll zu tun. Sie muß sich bücken und recken. Das ist kein großes Vergnügen. Morgens muß sie Geschirr spülen. Sie macht den Hahn auf, das Wasser läuft in einem scharfen Strahl. Dann macht sie die Fenster sauber. Sie müssen durchsichtig sein. Vorsicht! Halt dich am Rahmen, sonst fällst du hinab.
In der Nacht ist das elektrische Licht aus. Da ist es finster. Oft kriege ich einen Schrecken. Hat einer geschossen? Ich will nicht allein sein, Mutter muß mich anblicken und mir zunicken.
Morgens klingelt der Wecker. Mit einem Ruck stehen wir auf.
Frühstück: Mutter macht uns dicke Brote. Die schmecken gut.

Traum: Ich habe den Nobelpreis verliehen bekommen, ein mit Rubinen besetztes goldenes Ahornblatt. Schwiegervater auch. Was für eine überraschende Wendung hat sein Leben nun doch noch genommen. Er ist nicht mehr Landpastor geblieben, sondern Leiter einer großen Anstalt geworden.

Von Klaus Beck Düsseldorf, 2. Dezember 1964

[...] Was Du von Deiner Arbeit am Roman schreibst, klingt sehr erfreulich! Indem man sich auf den Gegenstand der Sache selbst konzentriert, hat man zugleich die besten Chancen, zu eigener Form zu finden. Was kann Dir Kafka helfen?!? Im Grunde genommen gar nichts. Daß es ein erstklassiger Mann war, ist inzwischen gesichert, wird allgemein anerkannt. Heute ist ein Lehrer-Schüler-Verhältnis, viel weniger noch eine »Schule« im klassischen Sinne kaum noch denkbar in der Kunst. Du bist der Einzelkämpfer im Einmanndeckungsloch, nicht immer tief genug, um vor Querschlägern gesichert zu sein. Also muß man sich durch das Gestrüpp hauen, bis der Groschen fällt, wo man seine eigenen Wurzeln im Erdreich hat. [...]

Von Fritz J. Raddatz Reinbek, 4. Dezember 1964

Lieber Herr Kempowski,
wir sind ja – natürlich durch meine Schuld – etwas außer Kontakt gekommen, und ich kann zu meiner Entschuldigung nur anführen, daß die letzten Monate dieses Jahres für mich besonders turbulent waren. Reisen nach Schweden, Amerika und Mexiko und verschiedene kurze Geschäftsfahrten innerhalb Deutschlands ließen mich kaum zur Ruhe kommen und vor allem jedes Mal nach der Rückkehr einen beladenen Schreibtisch vorfinden.
Bitte verstehen Sie aber mein Schweigen nicht etwa als Desinteresse; ich bin ganz im Gegenteil sehr daran interessiert, von Ihnen zu hören, wie es denn mit dem geplanten Buch vorangeht. Schreiben Sie mir doch einmal ein paar Zeilen, und lassen Sie mich auch wissen, ob Ihnen mein Besuch etwa in der ersten Hälfte Januar willkommen wäre, damit wir das lange geplante Gespräch nachholen können.
Mit besten Grüßen
Ihr Fritz J. Raddatz

An Fritz J. Raddatz Breddorf, 8. Dezember 1964

Lieber Raddatz!
Vielen Dank für Ihren Brief! Ich hatte keine Nachricht von Ihnen erwartet, Sie kündigten mir Ihr Schweigen ja freundlicherweise durch Ihre Sekretärin an.
Eigentlich bin ich ganz froh, daß Sie bisher noch keinen Einblick in das neue Manuskript genommen haben. Vieles hat sich

geändert, und heute würde ich mich ärgern, wenn Sie damals hineingesehen hätten. Ich arbeite täglich daran und kann wohl sagen, daß ich gut vorankomme. Schwierigkeiten hat es mir zunächst gemacht, Persönliches auszuschalten. Reizvoll war es, zum Beispiel im Kapitel »Einzelhaft«, Reminiszenzen an Kinderzeit oder Elternhaus einzublenden. Überhaupt, meine Herkunft, mein Schicksal, meine innere Entwicklung. Das habe ich nun alles gestrichen. Ich bleibe nahezu anonym. Alle Hinweise auch auf das Schicksal meines Bruders und meiner Mutter habe ich hinausgeworfen. Das schreibt sich hier sehr leicht, immerhin habe ich Monate gebraucht, diesen schmerzhaften Schnitt durchzuführen. Die Gefahr lag nahe, daß aus der ganzen Geschichte entweder eine Art Familienchronik oder (eine zweite Gefahr) ein Entwicklungsroman werden würde. Das ist nun erkannt, und ich hoffe, daß alle Spuren getilgt sind.
Dazu kommt, daß das Manuskript, aus einer gewissen Verkrampfung heraus, zu sehr auf »Literatur« getrimmt war. Der Durchbruch zu einem knappen, einfachen, sachlichen Stil gelang mir erst in den letzten beiden Monaten. Ich habe daher das ganze Manuskript in dieser Hinsicht überarbeiten müssen. Gleichzeitig gelang es, die ganze Angelegenheit mit Humor zu »verfremden«, wie man sagt, eine Distanz zu schaffen.
Ich habe Verbindung zu einigen Haftkollegen aufgenommen und mir eine große Anzahl Anekdoten, wie man die Erzählungen vielleicht nennen könnte, notiert. Auch viele sachliche Angaben habe ich auf diese Weise gewinnen können. Ich werde auch die Weihnachtsferien in dieser Hinsicht benützen. Alle diese Freunde sind natürlich gespannt auf das Buch, es ist ja ihr Leben, das da geschildert wird. Mit ihnen habe ich auch den heiklen Punkt abgetastet: Wird man wirklich den Knast in dieser Weise schildern können? Außenstehende Leser werden vielleicht das Grauenhafte vermissen, werden sagen: Na, das war ja ein ganz lustiger Knast. Oder kommt uns das nur lustig vor, die wir an das Elende gewöhnt sind?
Ich kann Ihnen das hier nur andeuten, damit Sie sehen, wie die Sache läuft. Meine Untersuchungshaft habe ich jetzt aus den

oben geschilderten Gründen herausgenommen. Das Buch setzt mit meiner Ankunft in Bautzen ein. (Interessant, daß auch Dostojewski so vorgeht!) Vielleicht nehme ich noch die Zeit der Gemeinschaftshaft in Schwerin dazu, das heißt also die Zeit, in der meine Untersuchung bereits abgeschlossen war, in der ich aber noch in Schwerin, also im Untersuchungsgefängnis, sitzen mußte.

Das überarbeitete Manuskript umfaßt jetzt ein Haftjahr in Bautzen, 1949. Das sind etwa 150 Seiten. Ob es Zweck hat, daß Sie hineinschauen, möchte ich bezweifeln. Vielleicht könnten Sie einen kleinen Ausschnitt mal lesen, 40, 50 Seiten, aber ob Ihnen damit gedient ist, weiß ich nicht. Ob wir nicht doch lieber warten, bis der Text sich mehr abgerundet hat? Ich brauche wohl nicht zu sagen, daß Sie mir als Gast jederzeit willkommen sind.

Im Gespräch würde sich die Angelegenheit besser darstellen lassen. Und bei einer solchen Gelegenheit will ich Sie auch gerne in den Text schauen lassen. Aber nach Hamburg sende ich Ihnen erst mal noch nichts, gebranntes Kind scheut's Feuer!

Hans-Joachim hat sich lange nicht gemeldet, er hat zwei Briefe nicht beantwortet. Ist etwas mit ihm? Wohnt er schon in Bremen, oder lebt er noch in Wasserburg? – Könnten Sie ihn vielleicht gelegentlich bitten, daß er mir die Kirchenchor-Chronik schickt?

»Die große Reise« von J. Semprun würde mich interessieren.

Mit freundlichen Grüßen

Ihr Walter Kempowski

An Klaus Beck Breddorf, 15. Dezember 1964

[...] Ich hatte einen sehr schönen Tag. Heute nachmittag zunächst Faulheit und dann Schreiben eines neuen Kapitels, das ich seit Mitte November vorbereitet habe. Ich sitze jeden Tag etwa zwei Stunden über dem Manuskript, dann läßt die Konzentration nach. Jetzt bereite ich ein neues Kapitel vor, das gehe ich jeden Tag wieder durch. Parallel dazu lese ich im Gesamtmanuskript, das ist für die einheitliche Gestalt gut. Man glaubt ja gar nicht, was da alles zu streichen ist (selten, daß mal was dazukommt!). Stellen, auf die man hätte schwören können, fallen in Sekunden. Das Ganze muß am Ende so stramm sein, daß man sich wie von einem Maschinengewehr beschossen fühlt. [...]

Breddorf So 20. Dezember 1964

»Mit dem Zigarettenpapier und meinem großen braunen Koffer war die Beschäftigung in Bautzen zuerst gesichert. Wir spielten nämlich Mensch ärgere dich nicht. Würfel aus Brot. Figuren aus Brot.
Eine unheimlich schwierige Bahn wurde konstruiert, mit Seife aufgeschmiert.«
(Kellner in Hamburg, Dezember 1964)

Titel:

»Singet uns ein Lied von Zion«
Ein Protokoll

Protokoll
Bei den Nazis hat er auch schon gesessen. Noch heute ist er darüber erbittert, daß sich die Polizisten gegenseitig zur Ordnung riefen, als sie in Ketten ...

Titel:

»Der Aufenthalt«
Ein Protokoll

Von einem Zuchthauskameraden Düsseldorf, 20. Dezember 1964

Lieber Walter!
Deine freundschaftlichen Zeilen waren für mich ein schöner Weihnachtsgruß. Ich habe mich sehr über diese Überraschung gefreut. [...] Einen schönen Beruf hast Du Dir erwählt. Dazu möchte ich Dir nachträglich herzlich gratulieren. Du arbeitest auch in einer reizvollen Gegend. Die Nachbarschaft von Worpswede mit seiner Künstlerkolonie ist sicher sehr anregend und interessant.
Deine gutgemeinten Worte haben mich an die verflossenen schweren Zeiten erinnert. Ich sehe Dich in Gedanken als Leiter des Bautzener Kirchenchores vor mir, wie Du mit klaren Dirigierbewegungen die schwierigsten polyphonen Werke meisterhaft gestaltetest. Mit stiller Bewunderung, lieber Walter, habe ich meine Stimme gesungen. Daß ich in dieser traurigen Umgebung auch durch Dich so nachhaltige Anregungen empfangen habe, macht mich auch jetzt noch glücklich. Du hast damals Dein Bestes gegeben, alle, die Dich kennen, werden das zu würdigen wissen.
Wir haben uns viel Mühe gegeben, Du als Leiter des Chores, wir sieben von der Instrumentalgruppe. Als ich vor einiger Zeit einmal mit Klaus Schmidt, der dem Stabsmusikkorps der Bundeswehr in Siegburg angehört, zusammentraf, bestätigte er mir, daß wir als Ensemble Brauchbares geleistet hätten.

Breddorf So 27. Dezember 1964

[...] 1964 war ein doch noch gutes Jahr. Die verschiedenen Besuche geben dem Jahr das Gesicht, speziell die Annäherung an Beck und die Trennung von ihm. Die Entwicklung unseres »Freundeszentrums« war etwas zu stürmisch. Gegenseitige Intoleranz bei so eigenwilligen Menschen. Man hätte nicht öfter als

einmal im Jahr zusammenkommen dürfen. Ergebnis: Freundschaft mit Beck ist nahezu zerstört, Bindungen zu Nahmmacher, Angelika, Edith und Walthers sind intensiver geworden. Dazu Hans-Christian Mayer und Walther Kerner. – Unsere verschiedenen Fahrten waren Auftakt zu größeren Unternehmungen: Düsseldorf, Dänemark. –
Mein Manuskript hat einen guten Anfang gemacht. Ich habe die Sache im Griff, nach allerhand Fehlschüssen. [...]

1965

Breddorf Sa 9. Januar 1965

Verfall des Realismus[129]
Durch Realismus werden die Gegenstände verdoppelt. Bürgerliches Leben Ideal. Klare Zwecke.
Arno Holz: Bürgerliche Gesellschaft: Gefäß des Elends.
Musil + Mann nicht mehr Realismus.
Details nicht mehr im Zusammenhang. Dadurch verflüchtigt sich der Sinn, der alles zusammenhält (»Papa Hamlet«).
Naturalistischer Sekundenstil, Verfeinerung des Realismus.
Psychologischer Roman parallel zum Naturalismus. Er zerstört die Einheit der Personen, die im Naturalismus noch besteht. [...]

Bei Rilke allein das Innere des Objekts. Was es erzählt, ist es selbst (Malte L. Brigge).

Später dann: Innerer Monolog Joyce.

Subjektivismus der Kunst ist die wahre Realität (Adorno).

Subjektivität Form einer zweiten Objektivität bei Kafka. Alles scheint real zu sein, ohne es zu sein. An ihrer Stelle deren Fratze. Personen sind reduziert. »K«.

Subjektloser Realismus. Leben ist Schein der Bewegtheit. Personen als bloße Körper unter den Gegenständen.

---

129 Aufzeichnungen zu einer Rundfunksendung.

Protokoll
Weil auf beiden Seiten die Fenster geöffnet sind, flattern die Handtücher und Strümpfe wie Fahnen.
Die Luft ist ungewöhnlich frisch.

»Ilse konnte Weihnachten nicht die Zeit abwarten. Sie mußte in die alte Stube rein. Dann sollte sie noch baden, aber sie konnte die Zeit nicht abwarten. Endlich hat der Papa gesagt, er konnte die Tür nicht aufkriegen, Mixer, Puppe.«

Breddorf Mo 11. Januar 1965

[...]
»Christiane ist gestern gelaufen. Da ist sie in den Dreck getreten. Ingrid auch. Sie haben sich abgewischt und sind weitergelaufen. Dann ist Christiane in den Kuhstall gelaufen und Ingrid geradeaus.«

Protokoll
»Festgehalten«
Ein Protokoll

Nicht wissen:
Schuld auf jeder Seite
Kleiner Auszug
Marionetten

Breddorf Di 12. Januar 1965

[...] Zeit: Der doppelte Stacheldraht an der Zonengrenze teilt nicht nur Deutschland, sondern Europa.
Wenn unsere Leute nicht bald den Osten anerkennen, Hallstein

fallenlassen, ist es zu spät. Die schlauen Franzosen haben schon damit angefangen. [...]

Breddorf Sa 16. Januar 1965

[...] Was wollen die Leute in der Zone? Rüberkommen dürfen. Lesen, Essen, Kino. Gute Kleidung usw. »Freiheit«, was ist das? Und wenn wir ihnen die Freiheit nicht bringen können, sollten wir da nicht all das andere bescheren?
Entfremdung setzt durch die Trennung ein, die gefährlicher als die sagenhafte Unfreiheit. Neue Fronten schaffen, neue Verhältnisse. »Wenn wir Ulbricht anerkannt hätten, wäre die Mauer nicht gebaut worden.« [...]

»Der W. ist ein unheimlicher Gesell. In der Nacht hat es stark geweht. Margret konnte gar nicht schlafen. Helga ist zu ihren Eltern gegangen.«

Bloch[130]
Sprung zwischen Erzähltem + Aufgeschriebenem.
Anderes Werkzeug, Verlust der Mittel ist eingetreten.
Märchen wurden auf Marktplätzen, in Spinnstuben erzählt, nicht am Schreibtisch. Lebendige Fühlung mit Gruppe. Durch wechselnden Grad der Aufmerksamkeit wurde Erzähler gewarnt. Ab Mittelalter sitzt der Erzähler einsam vor seinem Buch. [...]

An Klaus Beck Breddorf, 18. Januar 1965

Lieber Klaus!
[...] Ein Fischzug im Hamburger Antiquariat Hinrichs, in das

130 Aufzeichnungen zu einer Fernsehsendung mit Ernst Bloch.

ich alle halbe Jahr einmal gehe, war sehr ergiebig. Dort scheinen Kritiker ihre Freiexemplare zu verscheuern. Man kriegt herrliche Sachen ganz billig. Ich kaufte von Svevo zwei Bücher, von Enzensberger und dann noch alte Memoiren ein paar Bände. [...] Meine Arbeit geht gut voran. Ich stehe jetzt immer morgens noch vor der Schulzeit auf, um 5 oder halb 6. Dadurch habe ich die beste Zeit für mein Buch. Außerdem ist man dann in der Schule ausgeglichener, weil man schon was getan hat. Inzwischen mache ich mir Gedanken, wie es mit der Stellung des Erzählers ist. Das ist wirklich ein Problem. Wahrscheinlich werde ich meine Tätigkeit als Chorleiter nicht als von mir selbst geleistet schildern. Man hat ganz andere Möglichkeiten, wenn man sich versteckt in irgendeiner Anonymität. Hier fällt dann auch das Selbstlob weg, in das ich sonst zwangsläufig geriete. Außerdem kann ich mich auch kritisch sehen, was in der Ich-Erzählung schwer möglich ist oder nur über lange Reflexionen. Es wird noch ein paar Monate dauern, bis ich Dir das Manuskript mal schicken kann. Es ist doch mehr »Lebensbeschreibung« geworden, als ich ursprünglich dachte. [...]

Breddorf Mi 20. Januar 1965

[...] *Protokoll*
Die »Kennworte« der einzelnen Personen zusammengenommen und untereinandergeschrieben, ergeben gewissermaßen ein Gedicht.

Frack und Wildlederschuhe
Meene Kleene
Hasen-blasen
Mausgrau
Ich geh wech, und du bleibst da ...

Jeder hat sein Refugium.

Versammlung von Kleinbürgern. Indem man dies erkennt, wird Schuld auf die Alliierten und deren Geheimdienste fallen, daß sie sich solcher Leute bedienten, Schuld auf die Russen, daß sie grob zupackten und ohne Sinn einsperrten, zu welchem Zweck?

Wer das Buch liest, wird lachen und dann vor seinem Lachen erschrecken müssen + sich fragen: Mensch, über dieses Buch lache ich, wie kommt denn das?

Ernste Stellen sind am schwersten zu beschreiben, Schreierei, Todesfälle, Übergabe … weil hier Karikatur entfällt.

Bremen: Halmasteine, gelb, schwarz, rot.

Breddorf Fr 22. Januar 1965

Mein erster Leser: Robert hat das Manuskript einem Bekannten gegeben, der die ganze Nacht durch gelesen hat.

Breddorf Fr 29. Januar 1965

Für Lobesmarken:
Name, Vorname
Wohnung
Geb.-Datum
Beruf des Vaters

Vorderseite: Nummer	Rückseite	Prädikate
	Zeichner	Leser
	Sprecher	Tafelschreiber
		Rechtschreiber
		Aufsatzschreiber

An Hans-Joachim Mund Breddorf, 1. Februar 1965

Lieber Hans-Joachim!
Ich nähere mich jetzt auf der Disposition dem Komplex, der mit »Mund« überschrieben ist. Bist Du eigentlich im Oktober oder im November 1950 zum erstenmal in Bautzen gewesen? Und wie war es mit dem Weihnachtsgottesdienst? Hast Du den 1950 selbst gehalten? Ich erinnere mich an eine Predigt von P. Laser oder wie er hieß. Es wäre wirklich nett von Dir, wenn Du mir jetzt die Chronik für ein paar Wochen überließest. Du scheinst nicht viel Vertrauen zu mir zu haben, sonst hättest Du sie schon geschickt. (Ich bat nämlich schon einmal drum.) Wenn Du ein paar Minuten Zeit hättest, könntest Du mir ein paar erste Eindrücke von Bautzen schreiben.
Vielen Dank für Deinen Brief. Ich hatte lange nichts von Dir gehört und wähnte Dich schon in Bremen. Hier ist dauernd was los. Im Sommer hatten wir viele Freunde hier, es war wie ein Bienenkorb. Meine Frau war im Sommer noch einmal krank, nun geht es mit ihr. Leider müssen wir damit rechnen, daß diese Krankheit immer wieder aufbrechen kann. Du kennst Dich darin sicher aus. Meine Arbeit macht mir viel Freude, ich lade alle Erinnerungen ab. Sie ist eine Art erweiterte Biographie. Wenn es soweit ist, schicke ich Dir mal einen Durchschlag. Gestern habe ich an Raddatz geschrieben, er kann mal für eine Woche den Text haben, wenn er gerade Zeit hat. Ich bin gespannt, was er dazu sagt. Sie ist im Charakter ja gänzlich anders, mit der ersten Arbeit gar nicht zu vergleichen. Der Gedanke an eine Veröffentlichung ist verlockend. Aber ich versteife mich nicht darauf. Mir kommt es darauf an, diese ganze Zeit mit all dem Erinnerungswust übersichtlich zu gestalten, aus mir herauszustellen. Was dann daraus wird, ist nicht so wichtig.
Es wäre schön, wenn wir uns in diesem Jahr einmal wiedersehen könnten. Was macht Deine Frau, die so schwer krank war? Ich wünsche gute Besserung!
Viele Grüße
von Deinem Walter

Breddorf Di 2. Februar 1965

[...] Als ich B. zurechtwies wegen seiner angenehmen HJ-Erinnerungen, sagte er, ich hätte es auch nur meinen Eltern zu danken, daß ich damals gegen Hitler gewesen sei. – Das ist klar, ohne Einfluß von irgendeiner Seite kann man schwerlich zu etwas kommen. Es gibt ja auch Pfarrerssöhne, die KZ-Aufseher wurden. – Außerdem habe ich mir meine Antihaltung von damals *nie* als Verdienst angerechnet. [...]

An Klaus Beck Breddorf, 6. Februar 1965

Lieber Klaus!
Das 3. Programm im Fernsehen ist gut! Wir sitzen jetzt öfter mal. Vor einigen Tagen Diskussion zwischen H. W. Richter, Augstein, G. Grass, Uwe Johnson, Schütz, Amery u. a. über Augsteins hervorragende Frankreich-Rede. Vor einigen Wochen Vortrag von Ernst Bloch über die Erzählung. Dann auch eine Unterhaltung über die Imagination des Dichters. Tummler: Vorstellung ist vor dem Schreiben fertig, aber nicht in allen Einzelheiten. Optisches Bild herrscht vor, so lange, bis alles hinübergebracht ist ins Wort. Innere Bilder kann man nicht mit Willen hervorbringen, sie fallen plötzlich ein, man sieht Bewegungen, die man selber macht. Ingeborg Bachmann: sehr starke optische Vorstellungen. Genau wissen, aus welchem Haus eine Person rauskommt und wohin sie geht. Probiert Straßen usw. aus, ob sie zu den Personen passen. Kann aber eine Person nicht ändern, dieselbe verlangt was, worauf der Schreiber nicht gefaßt ist. Butor: Hat optische Vorstellungen, artikuliert sie aber erst während der Arbeit. Seine Personen haben ihre eigenen Gedanken. Es gibt Dinge, auf die man vorbereitet ist, und Dinge, auf die man nicht gefaßt ist. Man sollte schreiben, was man kann, nicht, was man will. Gegenstände übernehmen das Kommando. Dinge erscheinen, an die man nicht gedacht

hat. Man hört Personen etwas sagen, von dem man gar nichts wußte ...
Ich studiere jetzt jeden Tag aufmerksam die Fernsehzeitung, damit mir nichts entgeht.
Ich komme mit meiner Arbeit sehr gut voran. Jetzt macht es richtig Spaß. Das dritte Haftjahr ist rum! Wenn sie der Verlag nicht nimmt, vervielfältige ich sie einfach selbst. Ich habe mir genau ausgerechnet, ob sich das lohnt. Matrizenkosten 100 Mark, Papier pro Band zwei Mark. Das ist gar nicht viel; bei etwa 30 Exemplaren lohnt es sich schon. Wenn alle Freunde beim Absatz helfen, funktioniert das. Ich habe auch einen Bekannten, der ist Setzer. [...]

Breddorf Di 9. Februar 1965

[...] Heute beim Schulrat gewesen und Versetzung nach Oberochtenhausen abgelehnt. Hildegard will nicht. [...]

An Fritz J. Raddatz Breddorf, 17. Februar 1965

Lieber Herr Dr. Raddatz!
Schweren Herzens schicke ich Ihnen hier mein »Menschenland«[131], wie das Protokoll zunächst heißen soll. Ich weiß, daß es von sprachlichen Unsauberkeiten strotzt und daß die Einfälle von unterschiedlichem Wert sind. Ich will mich im Augenblick nicht mit Korrekturen aufhalten, sondern lieber erst eine vollständige Fassung herstellen. Wenn ich das nicht tue, laufe ich Gefahr, daß ich mich festbeiße.

---

131 »Das Protokoll. Im Menschenland«, zweiter Collagenversuch, unveröffentlicht (Walter-Kempowski-Archiv im Archiv der Akademie der Künste Berlin).

Ich hoffe, daß Sie das Manuskript nicht weitergeben werden. Jetzt geht es nur darum, daß Sie sich ein Bild vom Stand der Arbeit machen. Wie ich schon schrieb, habe ich das Material für das gesamte Buch annähernd beisammen. Die weitere Arbeit wird mir nun wohl rascher von der Hand gehen.
Der erste Teil fehlt (Verhaftung, Einzelhaft). Ich lasse ihn wahrscheinlich fort.
Viele Grüße
Ihr Walter Kempowski

An Robert Kempowski Breddorf, 26. Februar 1965

[...] Ich habe neulich eine neue Truhe gekauft, sie ist etwas kleiner als die in dem Arbeitszimmer. Der Trödler ist übrigens ganz interessant, wir müssen mal zusammen hinfahren. Ich kaufte bei ihm ein kleines Ölporträt für fünf Mark. Naiv, aber ganz interessant. Es hängt bei mir im A-Zimmer. In der nächsten Woche will ich mir eine Waschschüssel dort kaufen für meine Klasse. Man wird immer so dreckig, wenn man die Tafel abputzt. [...]
Das Manuskript habe ich abgeschickt. Es müßte nun täglich die Antwort eintreffen. Die Arbeit geht mir gut von der Hand, je länger ich daran schreibe, desto besser geht es. Habe nun die Hälfte fertig. Es wird dann noch viel daran zu ändern sein, das ist ja egal. Hauptsache erst mal einmal durch. Vielleicht bin ich doch schon in diesem Jahr fertig, so wie die Sache augenblicklich aussieht [...]
Mit Ulla war es neulich ganz nett, fand ich. Im Gespräch wirkt sie viel netter als in ihren Briefen. Die sind wirklich erbärmlich. [...]

Breddorf Mo 15. März 1965

[...] Raddatz hat Manuskript seit 14 Tagen. Noch nicht gelesen. – KF ist krank. [...]
Wann ich mal einen Tag keine Post kriege, empfinde ich das als Blamage. [...] KF: Der Teddy heißt nicht Petzi, der heißt Rowohlt. [...]

Breddorf Di 16. März 1965

Kinder über den Tod
Da sind sie manchmal so schwer krank, und da sterben sie von. Aber manche sterben auch so.

Manche kriegen auch n Schlaganfall.

Mitunter gehen sie im Krankenhaus auch tot.

Die werden in so n Sarg gepackt und werden in Friedhof gebracht.

Auf n Friedhof ist n Kirch oder so was, da kommen sie zuerst hin.

Nein, das ist keine Kirche, das ist ne Scheune, da steht der Totenwagen drin.

Als mein Opa gestorben ist, da sind wir auf die Weide gegangen, da kam unsere Mama, die wollte dem Opa noch Kaffee hinbringen, da war er schon tot.

Wenn sie sterben, müssen sie noch drei Tage zu Hause liegen, und am vierten Tag ist die Beerdigung.

Unser Opa hat es ja schlecht gehabt. Den mußten sie ganz von oben runtertragen. Meine Oma wohnt oben. Ich hab grad gegessen.

Manche sterben auch, wenn sie 100 Jahre oder so sind, wenn die Kinder sie anbölken, von hinten.

Unsere Oma wird jetzt 95, die kann noch alles tun, und die kann vergrällt werden, wenn sie das nicht soll.
Die macht manchmal sogar die Melkkammer sauber. Das darf sie eigentlich gar nicht.

Wenn man tot ist, denn – so n Armer, der erbt denn was.

Breddorf — Mi 17. März 1965

Protokoll
Strohmeyer hat erkannt, daß man kein Buch über Knast schreiben kann, indem man nur Grauenhaftes aufzählt. Er wählt das Schwankhafte.

»Für dich blüht kein Baum«[132]: Im Ton und Inhalt völlig falsch, kitschig und nicht ernst zu nehmen.
Bei mir: Ein naiver Mensch, ein Parzival, wenn man so will, geht mit vorurteilsfreiem Staunen durch dies Erlebnis, registriert das Wunderliche, das Bemerkenswerte, das Eigenartige. […]

132 Eva Müthel: »Für dich blüht kein Baum«. Frankfurt am Main 1959.

Breddorf Fr 2. April 1965

Kriegsgefangenschaft
Ein Mann: »In einem anderen Lager Siershahn bei Montabaur bei Remagen, da war nachts das Aufstehen verboten. Und wenn doch, dann wurde sofort geschossen. Wir hatten sowieso 12 bis 14 Mann, die erschossen wurden. Die schossen aus Vergnügen, die uns beschossen. Die Verwundeten durften nicht weggebracht werden. Die schrien und wimmerten, und die meisten waren morgens tot. Und für jeden, der floh, wollte der Franzose zehn Mann erschießen. Das hat er aber nicht wahrgemacht. Und wer gefaßt wurde, den haben sie am Draht erschossen.«

Breddorf Mo 5. April 1965

Wir werden versetzt. Einige Male konnte ich Vorstöße des Schulrats zurückweisen, aber nun ist es soweit. Man hatte mich gewarnt. Wegen der katastrophalen Lehrerknappheit sei es denkbar, daß ich zwangsweise versetzt würde. Da hab ich mir ganz schnell eine gute Stelle ausgesucht: Nartum. Wir gehen schweren Herzens von Breddorf weg. Hier war es sehr schön. Wohnung, Garten. Aber das läßt sich nicht ändern. Nartum ist auch nicht schlecht. Wohnung groß und geräumig, Schule neu. [...]
Vielleicht behalten die Kinder Breddorf noch in Erinnerung. Es würde sich lohnen. Die Landschaft ist hier einzigartig schön. Und was erlebten wir hier – leider auch die Erkrankung Hildegards, die immer noch nicht wieder weg ist.
Gestern war ich in Rotenburg. Taufe des kleinen Christian Janssen, Sohn des Bruders von Hildegard, Hermann J.
Sie wollten eine Unterschriftensammlung veranstalten, damit ich hierbliebe.

Breddorf April 1965

Umzug
Trinkgeld vorher ansagen
Sechs Mark pro Mann.

Trinken, Sprudel, Zigaretten hinstellen.

Packer
Trinkgeld auch.

Elektriker.

Von Fritz J. Raddatz Reinbek, 8. April 1965

Lieber Herr Kempowski,
Sie machen es mir schwer: Ich habe Ihr Manuskript inzwischen gelesen und bin ziemlich beeindruckt, wenn ich auch sicherlich noch einiges vorzuschlagen und zu besprechen hätte. Aber warum verbieten Sie eigentlich so strikt, daß ich das Manuskript irgend jemandem zeige, mit dem ich mich hier im Hause beraten könnte? Es handelt sich ja doch hier schließlich um keine Geheimsache, und schließlich zeigen Sie mir die Arbeit ja doch, um auch verlegerischen Rat zu hören.
Ich wäre Ihnen also schon dankbar, wenn Sie mich von dieser mir nicht ganz verständlichen Pflicht entbinden könnten, damit ich das Manuskript – wohl wissend, daß es noch nicht fertig ist und daß Sie noch einmal Veränderungen vornehmen wollen und müssen – hier doch schon einmal erörtern kann. Eigentlich ist doch eine Erörterung nur an einem eben unvollständigen und unfertigen Manuskript sinnvoll, finden Sie nicht?
Herzliche Grüße
Ihr Fritz J. Raddatz

An Klaus Beck Breddorf, 10. April 1965

Lieber Klaus!
Nach den Ferien werde ich nun wohl doch versetzt werden. Leider! Wir können uns hier auf die Dauer nicht halten, der Lehrermangel ist zu groß. Man gab mir einen Wink, ich sollte mir möglichst schnell eine Stelle selbst suchen, sonst würde man mich einfach versetzen. Da habe ich denn ganz kurz und knapp zugegriffen: Nartum heißt das Nest: NARTUM. Es liegt drei Kilometer von der Autobahnabfahrt Bockel entfernt, 15 Kilometer von Rotenburg. Dadurch verkürzen sich die Entfernungen nach Hamburg, Hannover und Bremen erheblich. In Hamburg können wir in 55 Minuten sein, und zwar im Zentrum Hamburgs. – Das dortige Haus ist erstklassig, noch etwas größer als unseres. Auf dem Boden lassen wir noch ein Zimmer ausbauen. Alles wird neu gemacht. Der Umzugswagen ist schon bestellt. [...]

An Fritz J. Raddatz Breddorf, 11. April 1965

Lieber Herr Dr. Raddatz!
Vielen Dank für Ihren Brief vom 6. April. Ich freue mich, daß Sie mein Manuskript so wohlwollend aufgenommen haben. Bevor wir den Kreis der Begutachter vergrößern, wäre es mir lieb, zunächst Ihre Einwände und Vorschläge zu hören. Vielleicht senden Sie mir gelegentlich den Text mit einer Stellungnahme zurück. Dann werde ich neue Korrekturen aus meiner Kopie in Ihr Exemplar übertragen und die inzwischen entstandenen Seiten anfügen. Danach könnte man dann das Manuskript mal nach Wasserburg[133] schicken oder andern Leuten zeigen.
Ich hoffe, daß Sie mit diesem Vorschlag zufrieden sind. Man kann sich Ihren Betrieb schwer vorstellen, Sie müssen entschuldigen, wenn ich da etwas unbeholfen bin.

---

133 Zu Hans-Joachim Mund.

Noch im April werde ich wahrscheinlich nach Nartum versetzt. Das ist ein kleines Dorf, vier Kilometer von der Autobahnausfahrt Bockel entfernt (Strecke Hamburg–Bremen). Ich beziehe dort ein etwas größeres Haus und finde bessere Arbeitsbedingungen vor als hier. Meinen Umzug werde ich Ihnen sofort anzeigen. Wenn alles überstanden ist, müßten wir uns doch einmal unterhalten. Vielleicht könnten Sie dann nach dort kommen, es würde schon ein Nachmittag reichen. Falls Ihre Zeit das nicht erlaubt, könnte ich Sie auch in Hamburg besuchen. Im Gespräch lassen sich auch andere Pläne besser erörtern, so die Weiterarbeit am ersten Manuskript (»Margot«) und neue Projekte. – Mit dieser Geschichte hoffe ich noch in diesem Jahr zu Ende zu kommen.
Mit freundlichen Grüßen
Ihr Walter Kempowski

Breddorf Mai 1965

Jetzt wollen sie für 1970 einen neuen Panzer entwickeln, Stück soll zwei Millionen kosten. Er hat Raketen bei sich, die automatisch ihr Ziel suchen. Verstehe nicht, daß sich das lohnt, die andern haben doch auch automatische Raketen.

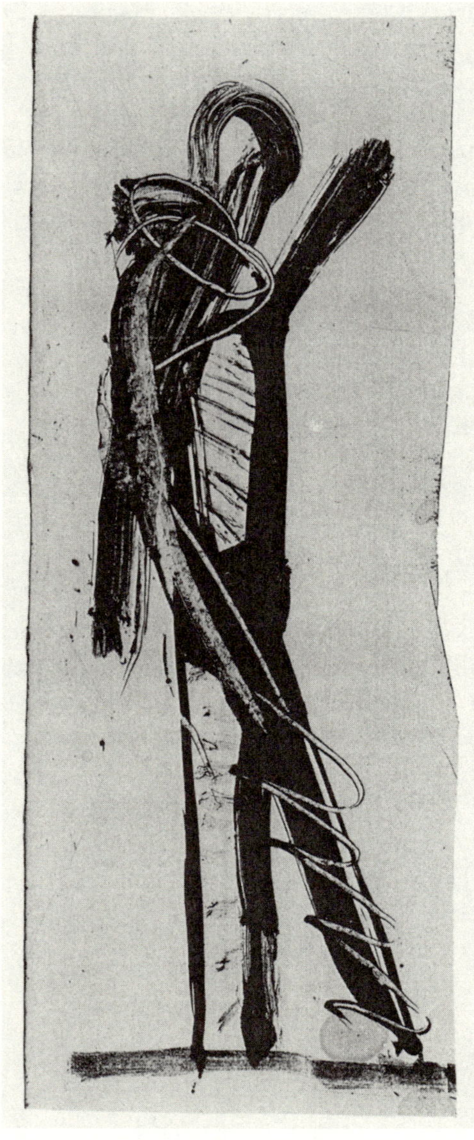

Klaus Beck, »Stehender, gefesselt«, 1962

»Und abends das Schreiben«

Nartum 1965–1970

1965

Nartum Mi 12. Mai 1965

Erster Tag in Nartum
Stundenplan
Fragen nach Nartum.
Wie groß? 500 Einwohner
Wieviel Trecker Partnerübung
Arithmetisches Mittel
Wieviel Pferde?
Handwerker?
Kaufleute?
Entfernungen?
Karte zeichnen lassen: Nartum und Umgebung.
Hausaufgabe: zu Hause fertig.

Erster Tag in Nartum
Schüler: Dem werden wir was zeigen! [...]

Nartum Sa 5. Juni 1965

Pfingstsonnabend. Also, wir sind seit dem 12. Mai hier in Nartum. Der Umzug verlief glatt, es war eine ziemliche Katerei. Erstaunt waren wir, was sich so alles in den wenigen Jahren angesammelt hat. Der Möbelwagen mit Anhänger war gestrichen voll. Erst gegen Abend war alles verstaut, und die Packer verließen uns (hohes Trinkgeld, 10 Mark pro Mann). Der ganze Umzug kostete 1500 Mark und die Renovierung der Wohnung hier 2500 Mark. Das ist viel Geld, dafür hätte man sich einen neuen Volkswagen kaufen können. – Die Kinder denken immer, wir sind nur zu Besuch hier. – Es ist in jeder Hinsicht hier noch besser als in Breddorf. Landschaft, Wohnung, Schule. Geregelter Betrieb, Vorgänger konnte was. Mein Kollege ist nett. Vorm Haus sehr gepflegter Garten, riesengroße Eichen in den Nachbargärten. [...]

Nach Pfingsten wollen wir mit dem Auto nach Göttingen und an die Lahn. Ende Juni kommt Lone[134] mit einer Freundin, und im Juli fahren wir nach Dänemark.

Walter Kempowski in der Schule, Nartum 1965

Nartum Sa 12. Juni 1965

Abends: Schwarzbrot, Speck, klares Wasser, Bratkartoffeln, Gurke.

134 Eine Nichte, Tochter der Schwester Ulla.

Nartum Di 22. Juni 1965

KF: Wir haben einen Onkel in Hamburg, der heißt Robart, weil er einen Bart hat. Jetzt hat er ihn abrasiert.

Nartum Anfang Juli 1965

Kriminalroman
Ein Mann, Zug, Schiff, Zug, Flugzeug, Taxe, U-Bahn, Hotel
Brief: Wir finden dich, keine Bange!

Nartum Mitte Juli 1965

Ich lese Hildegards Briefe, die sie an andere schreibt, genauso gern wie Briefe, die ich bekomme.

Hildegard Kempowski Nartum, Juli 1965

Anweisungen für Haushüter
Liebe Frau Dr. Mayer!
Machen Sie bitte mit Marmelade, Honig, Sirup und Zucker …, was auf dem Tablett steht, Rest. und benutzen Sie ruhig die Gefäße. Salz ist ganz links im »Schieberchen«. / Brotfach links unten. / Besteck rechts alles, bis auf Suppenlöffel im Fach darunter. Dort finden Sie auch Schneebesen, Kartoffelstampfer, Petersilienmühle, Kaffeemühle u. a.

*

Ata, Pril bzw. »Scheuerfix« u. »Spüli« und alles, was herumsteht, ist zu benutzen.

Zwiebeln in der Speisekammer. Kartoffeln (alte) im Keller hinten rechts in der Ecke. Neue gibt es vielleicht beim Schlachter oder beim Bauern Höhns links. Dort gibt es auch Eier.

*

Milch bringt Marion Helberg, sooft Sie wollen, morgens. Sie legen einen Zettel mit Mengenangabe in die Kanne und geben immer die leere Kanne für den nächsten Morgen mit. Wenn Sie Milch erhalten, tragen Sie es im Wandkalender ein und bezahlen am Ende der Woche (50 Pfennige pro Liter).

*

Heizen:
Scheuen Sie sich bitte nicht zu heizen, wenn es kalt ist! Papier und Holz rechts vom Herd. Koks lassen Sie sich bitte von Wolfs zeigen. – Anheizen: Asche mit Stange herausschüren, restlichen Koks nach hinten stoßen, vorne Papier, Holz (viel) anlegen und anzünden. Links Schornstein öffnen, untere Türhälfte öffnen. 1 – 2 – 3 Marmeladeneimer Koks aufschütten. Wenn gut durchgeglüht, Schornstein bis auf ½ schließen, unten Tür anlegen. – Im Zimmer diejenigen Heizkörper öffnen, die Sie gebrauchen.

Bitte ernten Sie im Garten, was zu ernten ist. Leider ist es wohl noch nicht viel an Gemüse, aber Buschobst und Erdbeeren sind noch viel, Sie werden die Erdbeeren gar nicht alle verwerten können, deshalb habe ich unserm rechten Nachbarn Mahnken angeboten zu ernten. Ob sie es tun, weiß ich nicht.

*

Saubermachen: Leider ist unsere Hilfe noch vier Wochen arbeitsunfähig. Wenn Sie sich in dieser Sache nach mir richten wollen, so saugen Sie einmal in der Woche alle Zimmer durch und fegen vielleicht zweimal Flur, Küche und Windfang (unten). Die Reinigung des vorderen Aufgangs übernimmt Frau Wolf. Meinetwegen brauchen Sie nicht mehr zu machen!! Wenn Sie ab-

Die Wohnung im Schulhaus, Nartum 1965

stauben wollen, was ich höchstens einmal im Monat tue, liegen Tücher unten unterm Spiegel und oben in der Nähmaschine.

*

Mit dem Spielzeug im Zimmerschrank und evt. Windfang können die Kinder gern spielen. Leider kam ich nicht mehr dazu, den Puppenwagen in Ordnung zu bringen. Er wird nämlich von unserer Kleinen noch nicht zweckmäßig gebraucht.

*

Oben:
Benutzen Sie bitte Schränke und Schubladen nach Belieben. Aus dem Wäscheschrank können Sie sich jederzeit alles holen, was Sie nötig haben. Kopfkissen oder Kopfkeil finden Sie zusätzlich auf dem Boden. Nun weiß ich nichts mehr.
Ich wünsche Ihnen eine sehr schöne Zeit, gutes Wetter und daß Sie sich in unserm Haus und Garten wie »zu Hause« fühlen. – Nähzeug ist im Zimmerschrank unten rechts. »Schnüffeln« Sie ruhig überall, wenn Sie etwas nötig haben.
Auf Wiedersehen!
Wenn die Wäsche im Badezimmer trocken ist, legen Sie sie bitte auf den Boden.

Nartum Do 5. August 1965

Wir waren drei Wochen in Dänemark in Skovby, hatten ein kleines Haus gemietet für 175 Kronen pro Woche. Angelika und Kindermädchen waren mit. Das Haus lag in einer »Waldbucht«, wie Hildegard sagt. Aber schlechtes Wetter. – Einen Hund brachten wir mit, Pelle, einen Spaniel. Er scheißt uns alles voll, ist aber ein liebes und schönes Tier. – Unsere schöne Wohnung, es ist wirklich angenehm, dies Leben. Wenn nur nicht immer die Atombedrohung wäre. Uns kratzt es nicht so sehr, aber die Kinder! [...]

Vor den Ferien stellte ich noch das erste, vorläufige Manuskript vom Protokoll[135] fertig.

Ein herrliches Leben!
[…]

Telefonat Raddatz über »Protokoll«
Es sollte nicht zu anämisch sein, Sex fehle ganz. Dies solle nicht so verstanden werden, daß er eine verkaufsfördernde Wirkung verspreche, aber es gehöre eben doch auch dazu. (Liegt daran, daß er die zweite Hälfte noch nicht kennt). Präsens im Nachhinein schlecht (wie ich schon gesagt hatte). Erst im September ist er wieder da. Will Genet schicken. Nicht zu witzig. Noch auffüllen mit allerhand. Will es aber dann doch auch anderen zeigen. Ich soll's liegenlassen wie eine Flasche Wein und später wiederaufnehmen, aber nicht zu sehr schütteln. Ich sollte nicht noch x Leute fragen, wie's denn nun sein sollte.
Angenehm berührt von Kühle und Distanz.

Nartum — Di 10. August 1965

Eine neue Verordnung besagt, daß Türen, die von der Lehrerwohnung des Landlehrers direkt ins Klassenzimmer führen, zugemauert werden müssen. Was soll das?
Private Sphäre und Schulsphäre sollen voneinander getrennt werden. Mit dem Frühstück in der Großen Pause ist es nichts mehr, und aus mit: Geh' mal eben zu meiner Frau …
Dem Landlehrer wird beigebracht, was ne deutsche Harke ist. Schluß mit Bienenzucht und Sonnenblumen: Jetzt wird gearbeitet.

135 »Das Protokoll«. Vorläufige Niederschrift, Präsensfassung (1965), unveröffentlicht (Walter-Kempowski-Archiv im Archiv der Akademie der Künste Berlin).

Vielleicht wird man eines Tages ein Laufgitter vom Lehrerhaus zur Schule anbringen, mit Zählwerk, um den auf sich allein Gestellten besser beobachten zu können.

Nartum So 22. August 1965

Makarenko[136]: Großartig. Aber diese Pädagogen verachten kleine Kniffe und zeigen, daß man, um Kinder richtig erziehen zu können, die ganze Welt ändern müsse. Vielleicht sind die »kleinen Kniffe« doch nicht so von der Hand zu weisen. Denn die verbale Belehrung solcher Bücher hält meist nur so lange vor, wie man über dem Buch sitzt und es liest. Da nimmt man sich vor, ein besserer Mensch zu werden. Aber wird man bei der Lektüre gestört, fängt man schon an zu fauchen.

Literatur: Maginot-Linie
Westwall

Musik seit Liszt für Laien nicht mehr spiel- und seit Schönberg nicht mehr hörbar?

Nartum Sa 4. September 1965

Wir sind ganz voller Spannung, mein Freund Hans Siegfried hat sich angesagt. Er lebt in Kanada, wir haben uns 17 Jahre nicht mehr gesehen!
Die Kinder haben sich recht gut eingelebt. Sie spielen meistens drüben bei »Silke«, bei einem Bauern. Jungi hat einen schönen Trecker. Das Steuer ging kaputt, Vater hat ein neues gekauft.

---

136 Anton Semjonowitsch Makarenko (1888–1939), sowjetischer Pädagoge und Schriftsteller, sein Hauptwerk »Pädagogisches Poem« erschien 1933–1935.

Die Tanti hat sich so einen fürchterlichen Heul-Jammer-Ton angewöhnt, das kostet die Mutter viel Nerven. Sie spielt ohne Rücksicht auf Verluste mit dem Hund.
In 14 Tagen ist Bundestagswahl. Man weiß nicht, was man wählen soll, alles Jacke wie Joppe.

Nartum So 12. September 1965

[...] Margots Buch ist nun, hoffentlich endgültig, fertig.

An Fritz J. Raddatz Nartum, 14. September 1965

Lieber Dr. Raddatz!
Ich sende Ihnen hier die dritte und – wie ich hoffe – endgültige Fassung des »Stadt«-Textes. Der kleine Roman ist in sich abgeschlossen, er gehört jedoch zum »Margot«-Zyklus, dessen weitere Teile alle voneinander unabhängig sein werden. Wie diese anderen kleinen Romane aussehen werden, kann ich jetzt noch nicht sagen, sie sind zum Teil skizziert, einer ist schon etwas weiter gediehen, ist entstanden aus dem dicken, übergequollenen Ding von damals.
Sonst gibt es nichts Neues. Die Arbeit am »Protokoll« nehme ich in den nächsten Tagen wieder auf. [...]
Denken Sie mal an den Genet?
Mit freundlichen Grüßen
Ihr Walter Kempowski

Nartum Ende September 1965

Mein Kabinett

Nordhoff	–	Verkehr
Beitz	–	Außenhandel
Augstein	–	Verteidigung
Grass	–	Innenminister
H. Knef	–	Familien

Nartum Sa 25. September 1965

Hans kam tatsächlich, aber leider erst am 18. September. Wir erwarteten ihn vorm Haus. Vorgestern fuhr er wieder ab, in einem großen Flugzeug, nach London zunächst. Wir waren alle sehr traurig. Es war, als wären wir nie getrennt worden. Vielleicht sehen wir uns in zwei Jahren wieder.

An Klaus Beck Nartum, 3. Oktober 1965

Lieber Klaus!
Ich komme mit meiner Arbeit allmählich weiter. Wenn ich bedenke, wie ich angefangen habe, dann bin ich ganz ruhig. Einmal wird es schon was werden. Ich bin da sehr hartnäckig. Und wenn es mir auch nicht gelingt, die Sache in einem Wurf hinzulegen, so werde ich mich doch immer wieder darum bemühen, und wenn es noch Jahre dauern sollte.
Vielleicht wird es am Ende nur eine »Fleißarbeit«, das soll mir dann egal sein. Leider bin ich in stilistischer Hinsicht ein Chamäleon, wechsle dauernd die Farbe. Das kann ein Vorteil sein: Vielseitigkeit, ist aber bei mir sehr störend, dauernd irgendeine Masche. Nicht die gesuchte, ganz natürliche Einfachheit und Klarheit. Manchmal lese ich die Zeitung und wundere mich,

wie es den Journalisten so aus der Feder fließt, wie sie sich der Klischees bedienen und damit doch noch etwas schreiben können, was man liest, ohne zu erröten. – Tatsachenberichte Ausgebombter: Ein kleines dtv-Bändchen. Sehr beeindruckend, wie diese Leute erzählen, na, sie haben ja auch was zu erzählen. [...]

Nartum So 10. Oktober 1965

Im Augenblick ist Maggi zu Besuch hier, unser altes Kindermädchen, für eine Woche. Sie hilft uns ganz schön. Morgen fahren Hildegard und ich nach Hamburg, mal ein bißchen städtern.

Neue Familienwörter:
Bettgesang
Schlürfbonbon
Ersatzgeburtstag

Gestern bei Steinmeyer mit Timmers. Sie bezeichneten mich als den talentiertesten, phantasiebegabtesten und fleißigsten Lehrer! Drollig, nicht wahr?

Nartum Mo 18. Oktober 1965

Protokoll
Hände massieren.
Prothese
Irgend jemand flüsterte mir was von der Tschechoslowakei zu.

Von Klaus Beck Düsseldorf, 12. Oktober 1965

[...] Marcel Duchamp hatte spätestens 1920 zu jener Freiheit gegenüber der Kunst gefunden, die ihm wohl als einen der ganz wenigen in die Lage versetzte, frei und unbefangen von Vorbildern gleich welcher Art zu arbeiten. Die Frage nach der Kunst, die ja doch immer wieder am »Bewährten«, also am Historischen, gemessen wird, oder am gegenwärtig Gefragten, Erfolgreichen, oft Modischen, war für Duchamp sekundär. Daraus erklärt sich mir die Unbefangenheit seiner Experimente, besser gesagt: seiner Realisationen. Experimentiert im später üblich gewordenen Sinne hat Duchamp eigentlich gar nicht. Ihn hat etwas fasziniert, und das hat er gemacht oder verwendet. Eine uralte Sache: Der Zauberer einer Gemeinde, wenn auch die Gemeinde verlernt hat, das Wesentliche zu erkennen. Wie schwer hat man's als Produkt deutscher Erziehungsmethoden, dahin zu gelangen: Immer noch klebe ich an den Scheibenwischern! Das Thema hat formal etwas ähnlich Halsbrecherisches wie Dein Zuchthausbuch! Noch immer suche ich nach dem richtigen Material: Was muß es sein – Kunststoff, Schaumgummi + Glas oder »konventionelle« Leinwand mit Farbe druff? In jedem Falle: Was soll letzten Endes ausgedrückt werden? Was dann ausgedrückt wird, ist sowieso nicht vorauszusagen. Unterwegs begegnet einem ja noch manches. Fragen des Raumes und der Zeit. Wie hast Du eigentlich die Sache zu fassen versucht in Deinem Buch? Wenn ich mich erinnere, läßt Du die Handlung chronologisch abrollen, stimmt das? Vielleicht sollte das wegfallen. Joyce preßte Bloom und Dublin in 19 Stunden aus, vielleicht sollte die Gefangenschaft irgendwo anfangen (schon in der Gefangenschaft!) und in der Gefangenschaft aufhören: Alle Datierung wegfallen lassen! Ich konnte mir das Datum nie merken, und wie uns die Zeit zerronnen ist, fühlen wir alle! Vielleicht ist es notwendig, den Stoff noch gären zu lassen. Eine kürzere, besser abzugrenzende Geschichte in Angriff nehmen, auf der sich anderes aufbauen kann. Nichts mit Knast, um Psychologie zu vermeiden. Oder einen Stoff »direkt aus dem Er-Leben«: Die Krankheit Deiner Frau schildern! Ganz exakt, schon fast ein klinischer Bericht teilweise, klinisch auch Deine Reflexionen. Wenn Du richtig in den Stoff kommst, bist Du bald kein Chamäleon mehr, denke ich. »Die Gefangenschaft«, nicht einfach wie Helmut Kirst u.a. gesehen, könnte ein Alterswerk werden, so schwierig ist das. Es ist sehr schwer, ohne direkte »Reibung« mit dem Gegenstand seiner Vorstellungen etwas Gutes zu machen, also nicht intellektuell zu stilisieren, totgeborene Kinder in die Welt setzen. Miller wußte ganz gut um diese Sache: Aus ihm wäre nie ein Schriftsteller à la Joyce geworden! Sein Glück, daß er das rechtzeitig erkannt hat. [...]

Nartum So 24. Oktober 1965

[...] Ich bin augenblicklich allein. Hildegard ist mit den Kindern für ein paar Tage zu ihrer Freundin Krauss nach Ehestorf bei Hamburg gefahren. Der Junge war »tapfer«, als ich mich von ihm verabschiedete. Die liebe Tanti nahm es nicht zur Kenntnis, sie war zu sehr mit allem Neuen dort beschäftigt. Nebenan ist ein großes Hotel mit ausländischen Arbeitern, Griechen, Türken, Spaniern. Die schicken oft 1000 Mark in der Woche nach Haus. Kann ich mir gar nicht vorstellen, ich selbst verdiene als »Studierter« bloß 1200 Mark im Monat! (Das ist übrigens ausreichend, wir kommen gut hin.)

Nartum Oktober 1965

Das Schwerste: Daß der Lehrer zu sich selber findet, seine ihm gemäße Art findet.
Man kann jede Stunde so oder so machen.

Ostkunde
Lesestücke »Texte für den Deutschunterricht«, Diesterweg, auch russische Dichter.
Wir müssen dazu kommen, daß wir unkonventionell denken lernen.

Protokoll
»Wassagryn sage ich immer, wenn's mir reicht.«

Nartum Mo 29. November 1965

Mein Problem ist, daß ich sehr viel mehr leisten könnte, wenn ich mich auf *eine* Sache konzentrierte: entweder die Schreiberei oder die Schule.

Nartum Sa 4. Dezember 1965

Bei Steinmeyer mit Familie Timmer und Kaiser. Wagte es, aus »Wassagrynn«[137] zu lesen, mit Erfolg! Kaiser erkannte sehr richtig die Facetten, Timmer fragte, ob sich die Sache noch zur Handlung verdichte. Er sei neugierig, wie's weitergeht.

---

137 Der Haftbericht, nach Fertigstellung 1969 unter dem Titel »Im Block« veröffentlicht (Walter-Kempowski-Archiv im Archiv der Akademie der Künste Berlin).

An Fritz J. Raddatz Nartum, 6. Dezember 1965

1. Ich schicke Ihnen in den nächsten Tagen per Einschreiben den ersten Teil meines »Protokolls« (den Titel können wir nun nicht mehr nehmen, Le Clézio[138] hat ihn ja jetzt verwendet).
   Es ist die endgültige Fassung, im Imperfekt, wie besprochen. Sie können dieses Manuskript auch gerne anderen zur Einsicht vorlegen.
2. Was ist mit dem anderen Text, »Die Stadt«? Ich hörte seit Ende Oktober nichts mehr davon.
3. Ihre Sekretärin schrieb, sie habe mir den Genet nun *noch einmal* geschickt. Das muß ein Irrtum sein, ich habe ihn *einmal* erhalten, wofür ich bestens danke.
4. Ich wäre für eine Papierlieferung »empfänglich«, mein Verbrauch ist augenblicklich enorm.
5. Ich wünsche Ihnen ein paar ruhige Tage zu Weihnachten.

Nartum Mitte Dezember 1965

Literatur: »Meldungen aus dem Reich«, Luchterhand-Verlag, 38 DM (Geheimberichte des SD) [...]
»Sie sind für mich ein ganz gewöhnlicher Krimineller.«[139] [...]
Damit fing es an! Daß Frau Janssen sich erkundigte, ob Vater auch wirklich ne Reederei gehabt hat – [...]
Nachgeben des Gymnasiums gegen Realgymnasium
(Muchow: Jugend, S. 14/15)[140]
Jugendbewegung + Jazzbands dort.

---

138 Jean-Marie Gustave Le Clézio (geb. 1940): »Le Procès-verbal«. Paris 1963; dt. 1965: »Das Protokoll«. München 1965.

139 Ein Richter am Hamburger Amtsgericht 1959 zu Kempowski während der Verhandlungen über den Status als politischer Häftling.

140 Hans Heinrich Muchow: »Jugend und Zeitgeist. Morphologie der Kulturpubertät«. Reinbek 1962.

Ich: Was, meint ihr, war mein Vater von Beruf?
Kinder: Schriftsteller …

Protokoll

Wir fragten ihn, was für eine Stimmlage er habe. Er sagte: Bariton, womit er meinte, daß er für einen Tenor nicht hoch, für einen Baß aber nicht tief genug singe.

1966

Vor dem Schulhaus in Nartum, um 1966

Nartum So 30. Januar 1966

Erinnerungstage. Hat sich wieder aufgeladen, das Zentrum. Heute ausgeleert.
März 1936, Schneeschmelzen, Schneeglöckchen, Heldengedenktag, Judenkinder, Schneemann, im Rinnstein Dämme bauen, früher gegen Weihnachten bei Bücher Schering im Schnee gewälzt. Breddorf, auch schon Vergangenheit. 63, das schreckliche Jahr. Zur Frau gefahren, am Bett gesessen. Das war auch März.
Heute Beck telefoniert, ihm von Ch. Schäfer berichtet. Seine Genehmigung.
Gestern in Bremen kleines Bild bei Schäfer gekauft. Winterstimmung. 25 Mark!
Hab mir oben Arbeitstisch eingerichtet. Zum Flüchten.
Man möchte immer bei den Kindern sein, hinter ihnen herrennen. Aber wenn man bei ihnen ist, will man wieder weg.

An Fritz J. Raddatz Nartum, 6. Februar 1966

[...] Ich sende Ihnen heute den zweiten Schwung meines Knastbuches WASSAGRYNN.
Ich wäre Ihnen dankbar, wenn Sie mir mitteilten, was Sie im Hinblick auf die Manuskripte unternommen haben und »wie wir nun weiter verfahren wollen« (um mit Ihren Worten zu sprechen). Insbesondere bin ich an einer Stellungnahme über meinen kleinen, nun schon fast vergessenen Roman MARGOT interessiert. Falls Sie nichts damit anfangen können, senden Sie ihn mir bitte zurück.
WASSAGRYNN, jetzt in der dritten Runde, nähert sich in dieser Form dem Endziel an. Ich will nicht sagen, daß ich die 380 Seiten, die Ihnen vorliegen, für tadellos halte. Auch hier kann es sich, da das Ganze noch nicht abgeschlossen ist, nur um noch Unfertiges handeln. Immerhin, so wie die Sache jetzt läuft, wer-

de ich sie auch zu Ende bringen. Das Vorliegende umfaßt ein Drittel des Buches.
Mit freundlichen Grüßen
Ihr Walter Kempowski

Von Fritz J. Raddatz Reinbek 9. Februar 1966

Lieber Herr Kempowski,
ich fahre dieser Tage ein wenig in den Schnee und werde also wohl erst bei meiner Rückkehr das Restmanuskript zu WASSAGRYNN vorfinden, und dann erst werde ich wohl auch zu einer endgültigen Beurteilung kommen. Ein paar Bedenken darf ich vielleicht trotzdem jetzt schon, nach flüchtigem Einblick in das erste Teilmanuskript, anmelden.
Mehr und mehr frage ich mich, ob die strenge Distanzhaltung, mit der Sie dem Text jegliche Larmoyanz entziehen wollen, nicht den Text gleichzeitig auch auslaugt, ob Ihre Erlebnisse dadurch nicht so weitgehend objektiviert werden (Sie sich sogar selber objektivieren), daß das Ganze schließlich unauthentisch, gar fingiert wirkt.
Dieses ist wie gesagt nur ein erster Leseeindruck, noch keine fertige Analyse, mit der ich also den zweiten Teil des Manuskriptes abwarten will.
Inzwischen also mit herzlichen Grüßen
Ihr Fritz J. Raddatz

PS 1 Was heißt eigentlich WASSAGRYNN?
PS 2 Ihr anderes Manuskript habe ich mir mit in den Skiurlaub genommen.

An Klaus Beck Nartum, 21. März 1966

Lieber Klaus!
Ich schließe mich, so gut es geht, von allen Leuten ab und widme mich nur meinen Schulkindern und meiner Schreibarbeit. Langsam, ganz langsam komme ich vorwärts, Tag für Tag drei bis vier Stunden. Dazu das dauernde Abschreiben. Aber nur durch eine immerwährende Läuterung führt der Weg. Ich will einen ganz klaren Text, der jenseits von den Begriffen »alt« oder »modern« das Wesentliche straff und unverwechselbar bringt. Einige Seiten des nunmehr 600 Seiten starken Buches sind mir gelungen. Das ist nicht viel, macht mir jedoch Mut, den Kram nicht fahrenzulassen. Ich habe mich so festgebissen, daß ich gar nicht mehr zurückkann. Hin und wieder ist man versucht, dem ganzen Buch eine Art Sinn zu unterlegen, das ist eine große Gefahr. Oder der Sinn schleicht sich ein. Dann muß man umkehren. Ein dornenvoller Weg zur reinen Handlung. Bei Ionesco stört mich, daß er bei aller Absurdität doch eine so penetrant ordentliche Idee in den Vordergrund schiebt. Sie wird deshalb so deutlich, weil um sie herum nur Chaos herrscht. Beckett ist besser, weil er *nur* seine Idee bringt, sie selbst wird geklärt. Ich bin nicht Theaterfachmann genug, um noch weitere Beispiele anzuführen. Aber Joyce, Joyce, Joyce. Das ist es wieder. Vielleicht reicht unsere »Bildung« nicht aus zu erkennen, daß auch er eine Tendenz verfolgt. Bei ihm scheint mir die reine Handlung zu überwiegen. Ich kann mich nicht klar ausdrücken, weil es mir an Wissen fehlt. – Auch Kafka. Die »modernen« Deutschen sind indiskutabel. Neulich las ich was von Schnurre, das war gut (»Das Los unserer Stadt«).
Mir schwebt bei meinem Buch eine Art Globe Theatre vor, in dem die Zuschauer fortwährend auf den Beginn der Vorstellung warten und nicht merken, daß sie selbst die Akteure sind eines Spiels, das »Zufall« heißt. [...]

Nartum Di 19. April 1966

Wir waren eine Woche in München bei meinem Anstaltspfarrer, den wir sehr gerne mögen. Im Gegensatz zu meinem letzten Besuch verstand ich mich auch mit seiner Frau ganz gut. Er hat mit seiner Tochter Schwierigkeiten, sie liebt einen Theologen, mit dem sie zeitweilig wie Mann und Frau lebt. Zug der Zeit.
In München haben wir sehr viel gesehen. Doch man fragte sich unwillkürlich: wozu? Man hat einen Eindruck ganz allgemeiner Natur, nichts Wesentliches gewonnen. – Die Kinder waren in Rotenburg und fühlten sich dort sehr wohl. –
Streit mit der Gemeinde wegen des Federballspiels auf dem wunderbaren Rasen. [...]
Das Wetter ist scheußlich. Kalt, mit Schnee, keine Sonne, dauernd Regen.

An Fritz J. Raddatz Nartum, 20. April 1966

[...] Hier haben Sie den dritten Band von WASSAGRYNN (bis Seite 584). Ich hätte noch einige Zeit daran weiterarbeiten können, möchte nun aber erst weitermachen. Und da Sie mich gebeten hatten, in die Arbeit Einblick nehmen zu dürfen, sende ich sie Ihnen so, wie sie ist: als eine dem Endzustand angenäherte Fassung. [...]

Nartum Mi 11. Mai 1966

Hildegard geht es sehr gut. Das ist für uns alle angenehm. Wir genießen das Leben. Über Sonntag war Walther Kerner da mit seinem Freund Schemionnek, wissenschaftlicher Assistent an der TU. Ein kluger Mann. Wir hatten sehr anregende Gespräche.

Mit meinem Schreiben geht es nicht weiter, im Augenblick. Der Verlag läßt nichts von sich hören. Mir fehlt jetzt eine Ermutigung. Vielleicht sollte ich doch alles aufgeben.
Zehn Tage war ich für das statistische Landesamt Hannover als Interviewer tätig. Verdiente mir 200 Mark, die ich gut gebrauchen kann.

Nartum Do 19. Mai 1966

KF wurde fünf Jahre alt. Er war sich seiner Würde bewußt. War aufgeschlossen und genoß alles aus vollen Zügen. Wir hatten ein paar Kinder eingeladen. Gottlob war das Wetter einigermaßen. Rührend, mit welcher Liebe der Junge an seiner Omi-Hamburg hängt. Immer wieder fordert er sie auf hierzubleiben. Mutter konnte leider nur einen Tag bleiben, sie muß morgen zum Zahnarzt. Jungi bekam eine Lederhose von der Omi. Bevor wir nach Rotenburg auf den Bahnhof fuhren, heute morgen, sahen wir kurz bei Oma und Opa ein. Es geht ihnen sehr gut. Wir freuten uns, sie so frisch zu sehen. Es sind liebe Menschen. Alte Geschichten zwischen uns scheinen endlich begraben.
Die Tanti war etwas abseits heute. Sie ist gern mal für sich allein. Schläft mittags sogar freiwillig. »Spaßschlafen«, wie wir es nennen. Ihr Ersatzgeburtstag wollte ihr heute nicht so recht schmecken. Jungi gab ihr keine Erdnüsse ab (sie klaute sich welche).

An Fritz J. Raddatz Nartum, 20. Mai 1966

Lieber Dr. Raddatz!
Bitte seien Sie so freundlich, und schreiben Sie mir ein paar Worte über meinen kleinen Roman.[141] Falls sie kein Interesse an

141 »Margot«.

dem Manuskript haben, schicken Sie es mir doch bitte zurück, ich könnte es dann anderweitig anbieten.
Inzwischen geht die Arbeit an dem Bautzen-Buch munter weiter, ich sandte Ihnen ja vor einiger Zeit den dritten Band, der vierte ist bald fertig. Ich habe noch verschiedene Unstimmigkeiten darin gefunden, die kann ich aber erst ausgleichen, wenn alles fertig ist. Besonders macht mir zu schaffen, daß ich mehr und mehr in einen »heiteren« Ton falle. Erster und letzter Band bilden da schon fast Gegensätze. Vielleicht läßt sich das erklären mit Gewöhnung an den Knast, tatsächlich wurde das Leben mit der Zeit angenehmer.
Uns geht es sehr gut, wir leben hier wie im Paradies.
Mit freundlichen Grüßen
Ihr Walter Kempowski

Von Fritz J. Raddatz Reinbek, 31. Mai 1966

Lieber Herr Kempowski,
Sie haben allen Grund, ungehalten und ungeduldig zu sein, denn immerhin sind nun sozusagen zwei Manuskripte von Ihnen bei mir, ohne daß Sie irgendein Echo bekommen; aber bitte üben Sie freundliche Nachsicht: Ihr Brief mit Manuskript kam am 25. April, also zu einer Zeit, zu der ich gar nicht in Hamburg war, sondern in Amerika, und ich bin erst vor circa zehn Tagen aus USA zurückgekommen. Sie werden verstehen, daß mein Schreibtisch entsprechend aussieht und ich mich wirklich hier in der allerersten Zeit um die wichtigsten Dinge kümmern muß; unter wichtig verstehen Sie bitte lediglich terminliche Wichtigkeit, das heißt, ich muß die Produktion sichern, Manuskripte in Druck geben und so weiter, und konnte mich mit der Lektüre anderer Arbeiten im Augenblick noch nicht beschäftigen, In den ersten Wochen nach Pfingsten aber werde ich diesen Schuldenstapel abarbeiten und mich dann wieder bei Ihnen melden. [...]

Nartum Sa 11. Juni 1966

Neulich schrieben wir den 6.6.66. Die Post hatte viel zu tun, alle möglichen Leute wollten Sonderstempel haben. Die Amerikaner haben eine Mondsonde gelandet und ein paar hundert Fotos zur Erde geschickt. Bald werden die Menschen dort landen, und niemand wird sich groß darüber aufregen.
Die schleichende Inflation macht mir Sorgen. Unsere Eltern verloren zweimal alle ihre Ersparnisse, 1922 und 1948. Es hat gar keinen Sinn, Geld zu sparen, es verliert langsam an Wert. Gestern bekam ich ein paar Münzen aus England. Gültige: Eine war aus dem Jahr 1898. Heute noch gültig. Und Christian Janssen (Bruder von Hildegard) schrieb, er habe eine Münze aus dem Jahr 1866 gesehen. – Aber die haben auch ihre Sorgen. Wir sparen also nicht, sondern legen alles in Hausrat, Reisen usw. an. Einziges Sparkonto: USA- und Kanada-Fahrt 1970. Zu Hans.
Es war wieder allerhand Besuch hier. Mein Großvater sagte immer: Kein Mensch dankt einem das. Eigentlich Quatsch. Den Spaß hat man doch, wenn sie da sind.

Nartum Juni 1966

Eine einzige Geschichtsvorlesung bei Schramm. Das Studium hätte mich auch gereizt. Weiß heute noch genau, was er alles sagte. Hat man sich doch unterm Preis verkauft? [...]
Schade, daß ich nicht noch einmal entlassen werde.

Nartum Mo 20. Juni 1966

Ein schöner Traum: Ich sah ein Buch, zerstörte Städte, auch Rostock, gezeichnet. Die ausgebombten Häuser, weiß. Ich finde unser Haus. Da haben wir gewohnt. Es ist noch heil. Ich wandere durch ein riesiges Berlin. Alles ist sehr groß. Gigantische Statuen, schade, daß Hildegard nicht dabei ist. Von einem Museum werden nachgemachte Rüstungen abgeladen. Aluminium. Die jungen Leute laden mich ein, auch das Innere des Museums zu besichtigen mit all den vielen Rüstungen. Sie geben mir ein Programmheft oder eine Zeitschrift. Sehr reizvoll. Puppen darin, Zinnfiguren, gute Gedichte, Zeichnungen, alles sehr geschmackvoll. Ich besuche das Theater. Ein Herr und eine Dame, die sich nur flüchtig kennen, werden von einem Straßenhändler in Vergleichen als Ehepaar angesprochen.

»Ein Hühnerhof in Zellophan
Für sie das Huhn, für Sie den Hahn.«

Das Publikum amüsiert sich, die Herrschaften sind verlegen. Ich genieße das alles. Plötzlich spricht eine Stimme:

Weh, weh!
Du hast sie zerstört …

Ich muß weinen und wache auf. Empfand den Traum als sehr schön. Lange nicht so schön geträumt.

Von Fritz J. Raddatz Reinbek, 7. Juli 1966

Lieber Herr Kempowski,
endlich komme ich dazu, mich wieder einmal bei Ihnen zu melden. Am vergangenen Wochenende, das vielen Manuskripten reserviert blieb, konnte nun auch ein neuer Teil Ihres Manuskripts[142] von mir gelesen werden. […]
Das, was ich hier gelesen habe, gefällt mir gut, und mir scheint,

142 »In der Stadt«.

Sie haben mehr Sicherheit, Sprachdisziplin, mehr kompositorische Balance gelernt.
Ob es tatsächlich zu einem Buch wird, kann ich erst beurteilen, wenn ich alles kenne. [...]
Herzlich
Ihr Fritz J. Raddatz

PS Wegen der hier noch liegenden neuen Fassung von »Wassagrynn« melde ich mich wieder.

Nartum Fr 22. Juli 1966

Ein schöner Sommertag. Robert verlebt seine Ferien hier, desgleichen Christa, die Schwester unseres Kindermädchens. Ich bereite einen Band der Familiengeschichte vor für den Geburtstag meiner Mutter. Sie wird am 11.8. 70 Jahre alt. Hildegard ist krank, sie hat Nebenhöhlenvereiterung. Die Amerikaner haben wieder einen Weltraumversuch laufen. Die Astronauten werden in diesen Minuten zurückerwartet. Sie haben ihr Raumschiff an zwei verschiedene Satelliten angelegt (nacheinander), und einer ist ausgestiegen und hat was abmontiert. Merkwürdigerweise ist die Berichterstattung dürftig. Auch das allgemeine Interesse ist gering. – Wir, d.h. in der Hauptsache Robert, haben die Truhe von Triene Jagels fertiggemacht oder sind noch dabei. Das wird sich gut machen. Sie soll dort stehen, wo das Klavier stand.

Von Fritz J. Raddatz Reinbek, 26. Juli 1966

Lieber Herr Kempowski,
am Wochenende bin ich nun endlich dazu gekommen, das neu zugesandte Manuskript durchzulesen, und muß sagen, daß ich

doch sehr beeindruckt bin. Mir scheint, daß Ihnen – wenn ich so sagen darf – der richtige Filtrierprozess gelungen ist; die Kühle, fast Unbeteiligtheit, bekommen Thema und Text gut.
Gleichzeitig frage ich mich allerdings, ob Sie das Buch nicht gar zu sehr auswaschen. [...] Das Schwierige an diesem Buch ist ja, daß Sie einerseits nur ein Gitterwerk, quasi vokabuläre Signalstellen geben wollen, daß Sie gleichzeitig doch aber voraussetzen, daß der Leser in der Lage ist, diese Signale eben auszulösen, das heißt, Ihren Text aufzufüllen. Anders als bei »normalen« Büchern muß das ja dem Leser, der über gleiche oder auch nur ähnliche Erlebnisse nicht verfügt, besonders schwerfallen. [...]
Literatur ist ja normalerweise vor allem dadurch konsumierbar, daß der Leser vergleichsweise Ähnliches, ja gar Paralleles aus seinem eigenen Leben angesprochen fühlt. Dieses gundsätzliche Einverständnis zwischen Text und Konsumenten können Sie hier nicht voraussetzen, was, wie gesagt, das besonders Komplizierte dieses Textes ist und bleibt. [...]
Sie sehen, lieber Herr Kempowski, wir sollten vielleicht wirklich einmal miteinander sprechen; rufen Sie mich doch dieser Tage im Verlag an, damit wir uns verabreden können.
Inzwischen sehr herzliche Grüße
Ihr Fritz J. Raddatz

Nartum So 7. August 1966

Telefonat mit Raddatz
Authentizität
Skelette (Zehm?)
Grauenhaftes ist wichtig
soll woanders rauskommen
in banalen Dingen Widerlichkeiten
Charakterverkommenheit, Spielerei mit Brot

Erster Anleseflug – na ja
danach ungeheure Beklemmung.

Hinterher sollte erst begriffen werden.
Kleine Dinge, das interessiere.
Vielleicht nicht auf den letzten Konjunktiv.

Pingelfritze
Bildungsfracht
Schick
Titelvorschlag: Zellen

manchmal etwas grob
kalter Bauer, unsensibel
Scheißhausstelle gut
Schreierei gut
Amethyst schlecht
der Himmel ist grau – das ist zu wenig
»Margot« an Enzensberger geschickt für »Kursbuch«.[143]
Vorwurf der Authenzität wird von der Kritik gemacht werden.
Onanie jeden Tag
Kavelsdorf

Nartum Fr 12. August 1966

Zwei frühere Schülerinnen getroffen:
»Ich war doch immer ganz nett zu euch, was?«
Selbst hier liegt einem an geringem Lob.
Jeder Mensch will das.
»Oder nicht? Habe ich euch mal geärgert?«

143 Wurde im November 1966 von Enzensberger abgelehnt.

Nartum September 1966

Besuch bei Fräulein Brandts. Ihr Verlobter heißt Brandes. Er ist Jurist und machte mir bange wegen meiner »Vorstrafe«. Es handele sich um eine »vorkonstitutionelle« Strafe, die als Vorstrafe gelte. Ich müßte damit rechnen, daß mal einer drauf stieße. Schlaflose Nacht.

Nartum So 2. Oktober 1966

Robert Biographie
Pfingstmarkt
RSBB
Stettin
Knast
Angriffe
Schulzeit
Warnemünde
Soldatenzeit
Collasius-Verwandtschaft
Dampferfahrt

Nartum November 1966

Vielleicht Familiengeschichte hinterher?

Robert: Der Ehrgeiz schlechter Geiger ist es von jeher gewesen, zu schwere Stücke zu spielen.

Eine schöne, bessere Zeit. [...]

Nartum Mi 21. Dezember 1966

Heute kamen zwei Weihnachtsmänner. Der erste (bestellte) brachte ein Hexenhaus für die Kinder. Die gingen ganz tapfer auf ihn los. KF sagte auch ein Gedicht auf. – Als die Kinder zu Bett waren, kam noch einer, wir kriegten nicht heraus, wer das war. Vor dem kriegte ich selbst etwas Schiß.

21. Dezember 66: Stalins Geburtstag[144]

Nartum Fr 23. Dezember 1966

Mein Buch WASSAGRYNN fällt unter »Anekdotischen Realismus«.
Robert kam heute wieder angetrunken hier an. Sagte ihm heute, daß er trinken kann, soviel er will, aber nicht in meinem Hause. Hildegard hat das neue Fremdenzimmer für meine Mutter nicht geheizt. Obwohl wir es gemietet hatten, damit sie nicht im Kalten schläft. Das versteht kein Mensch.
Wie wird man ein beliebter Mensch? Was ist ein beliebter Mensch? Habe alle Liebe und Fürsorge in die Klasse fließen lassen, und trotzdem sind sie nicht zufrieden, meckern herum. Sollte Zwang wirklich das letzte sein?
Ist Erziehung zur Persönlichkeit nur durch Zwang möglich? Natürlich nicht. *Wer lehrt, muß leiden.*
Von unserm Lehrer erwarten wir, daß er auch Plattdeutsch *spricht,* hat eine im Aufsatz geschrieben. [...]

Dazu kam, daß der Fernsehapparat kaputtging und daß Hildegard heute mittag wieder den Käse an den Nudeln vergaß. Außerdem wurde ich heute morgen beim Arbeiten durch Wischen und Saugen gestört. Ich konnte folglich wesentliche

144 Das offizielle Datum, eigentlich 18. Dezember 1878.

Teile der Arbeit, die ich mir vorgenommen hatte, nicht vollbringen.
Fand keinen Parkplatz.
Und auf dem Tisch ein blöder Erlaß des Erziehungsministers, der nicht durchführbar ist.
Wieder Erinnerung an die Unverfrorenheit der Kinder.

1967

Nartum Fr 3. Februar 1967

Sehr netter Abend bei uns, Happening (Turm mit Wäscheklammer).
Kimpowsku Der Aufpasser kommt

Nartum Do 9. März 1967

Beim Schreiben muß ich immer an die Kugelbahn denken. Ich verbessere und verbessere, mache die Bahn glatt und glatter. Der Leser wird dahingleiten und nicht das Gestell bemerken.

Nartum April 1967

Mein Engagement am »Stadt«-Vorhaben kommt von:
Monopoly
Sandkasten der Kriegsschulen
Spiel der Geschwister Brontë
Orplid
Planspiel Wittmanns
Planspiele der Managerschulen
Planspiele in den USA
Stadtspiel bei Fritz Lahl

An Fritz J. Raddatz Nartum, 11. Juni 1967

[...] Mit einiger Verspätung sende ich Ihnen heute das Manuskript WASSAGRYNN. Ich zögere noch heute, es aus den Händen zu geben. Es ist noch nicht so, wie es eigentlich sein soll. Im Augenblick habe ich jedoch keine Lust mehr, daran zu arbeiten. Es wäre schön, wenn ich bis zu den großen Ferien, vielleicht Mitte Juli, eine Stellungsnahme von Ihnen in Händen hätte, dann könnte ich nämlich noch in den Ferien weiter daran arbeiten. Das soll nicht heißen, daß ich Ihnen einen Termin setzen will. [...]

Mit dem Manuskript »Wassagrynn«,
Nartum, Juni 1967

Von Fritz J. Raddatz Reinbek, 14. Juni 1967

[...] Dankend bestätige ich den Erhalt des Manuskriptes »Wassagrynn« und Ihrer freundlichen Zeilen vom 11. Juni. (Manuskript ist in diesem Fall ja fast ein Euphemismus, man kann von einem kleinen Manuskriptberg sprechen.) Leider kann ich Ihrem Wunsch, Ihnen bis Mitte Juli meine Stellungnahme zu übermitteln, nicht entsprechen, das ist in Anbetracht der Länge des Manuskripts und der Tatsache, daß ich gerade von einer langen Auslandsreise zurück bin und hier eine Menge aufzuarbeiten ist, unmöglich. Bitte haben Sie also etwas Geduld mit mir, ich will mein Möglichstes tun. [...]

Nartum So 16. Juli 1967

Mir geht's wie Dr. Hälssen, der auch immer vergaß, das Familientagebuch zu führen. Aber irgendwie kommt man sich blödsinnig dabei vor, angesichts der Bedrohung durch Atombomben, es ist also keine Faulheit oder etwa Überbeschäftigung. Ich lebe nämlich ruhig und friedlich vor mich hin. Gottlob bin ich kein Rektor geworden (Fischerhude), wie es geplant war höheren Orts. Lediglich zum AG-Leiter habe ich es gebracht, ein unbezahlter Posten, Ausbildung der Junglehrer.
Vor einer Woche kauften wir für 200 Mark eine Schatulle aus Hassendorf, Kreis Rotenburg. Eine Woche hat es gedauert, bis sie einigermaßen sauber geworden ist. Heute abend wollen wir sie aufstellen. Auch andere Erwerbungen haben wir gemacht: schöne Porträts und andere Bilder. Darunter ein Melonenbild von Overbeck für ... fünf Mark!
Der Junge ist immer noch sehr klein für sein Alter. Die besorgte Omi meinte schon, wir sollten ihm Hormone geben, dann wüchse er schneller! Er ist sehr aufgeweckt, kuckt sich stundenlang Bilder an, kann auch schon lesen, macht aber keinen Gebrauch davon. Von der Dorfjugend hält er sich zurück. Die

haben ihn mal in einen Schrank gesperrt. Aber der Garten ist oft sehr bevölkert. Manchmal zehn Kinder in der Sandkiste. Wir sitzen derweil in der Laube, die nun einen Fußboden und ein besseres Dach bekommen hat. Den Fußboden hat Walther Kerner gespendet. Deshalb nennen wir ihn den Walther-Andreas-Kerner-Collasius-Gedächtnis-Fußboden.
Tanti ist immer heiter. Die »Lache-Tanti«. Ist nicht so stark den Eltern zugewandt wie KF. Wenn man zu ihr in die Nähe kommt, beachtet sie einen gar nicht. Deshalb ist sie nicht weniger lieb. Alle Bekannten bewundern uns immer wieder: wie artig und lieb die Kinder sind. KF 1,12 Meter, Renate 92 Zentimeter.
Die Schule macht mir Spaß. Im Herbst kriege ich wieder, wie im Vorjahr, zwei Studenten. Letztes Jahr war das sehr nett, oder mindestens *ganz* nett.
Ein sehr schönes Hobby ist das Zinnfigurensammeln, für das ich leider wenig Zeit habe. Zur Entspannung sehr geeignet. Die Frauen stricken, ich male Figuren an. Detlef Nahmmacher, mein Freund aus Rostock und Bautzen, Studienrat in Hannover, sammelt die Preußen. Niki in Bremen die Russen. Ich die Franzosen.

Das Buch ist abgegeben. WASSAGRYNN.

»Wenn man zu euch kommt«, sagt Marianne, unsere Pflegetochter, »dann gibt's immer was Neues.«

Von Fritz J. Raddatz Reinbek, 1. September 1967

Lieber Herr Kempowski,
mea culpa: Ich muß sie auf mich nehmen, die schwere Schuld. Ich bin nicht ganz durchgekommen durch Ihr Manuskript. Immerhin habe ich es bis Seite 585 geschafft, das heißt also acht Teile. Und ich will doch rasch berichten, daß ich einen generell

positiven Eindruck habe und mir durchaus scheint, daß wir hier mit einer Publikation rechnen können – es sei denn, die folgenden Teile korrigieren diesen Eindruck energisch. [...]

Von Fritz J. Raddatz Reinbek, 11. Oktober 1967

[...] Inzwischen liegt mir nun auch ein sehr positives Gutachten vor, und ich hoffe, sofort nach der Rückkehr von der Messe mich an die Lektüre machen und Ihnen einen endgültigen Bescheid geben zu können. [...]

Nartum Mo 6. November 1967

Ein Höhepunkt unseres bisherigen Lebens scheint erreicht. Am 4. November hatten wir einen »Klubtag« in unserm Haus. 37 Gäste kamen, teilweise von weit her (Bonn, Berlin). Es war schön zu sehen, wie wir von allen Leuten, auf deren Meinung und Urteil wir Wert legen, geachtet und anerkannt werden. Unser Haus ist gemütlich eingerichtet, wir haben, dank äußerster Einschränkung auf der einen Seite, andererseits einen gewissen Lebensluxus entfaltet. Im Beruf war ich ja schon immer zufrieden, aber nun ist durch meine Ernennung zum Seminarleiter das äußerste Ziel, was ich mir gesetzt hatte, erreicht. Was »Höheres« will ich gar nicht werden. Auch meine Vorgesetzten achten mich, ich habe keine Schwierigkeiten. – Das Buch scheint wirklich verlegt zu werden, wer das Manuskript gelesen hat, urteilte bisher positiv. Das ist ein gewisser Ersatz für die unbeschreiblichen Schikanen, die ich nach 1956 wegen meiner Haftzeit zu erdulden hatte. Ich habe mir also meine Anerkennung, die mir von Amts wegen vorenthalten wurde, auf anderem Wege verschafft. [...]

Ich war eine Woche in Köln und habe dort einen Kursus besucht, der mir sehr viel gegeben hat. Ostpolitik: Schluß mit dem kalten Krieg. Versöhnung und nüchterne Einschätzung der Lage: Bei der Gelegenheit besuchte ich alte Bekannte.

Was war 1967?

1. Großen Kaufmannsladen für Kinder gekauft (Trödler 20 Mark).
2. Eine Woche in Braunlage, eine Woche Wieda.
3. Fensterbücherborde durch Robert gebaut.
4. Eine Woche Köln, Gosselck und Stephan, zwei alte Freunde neu kennengelernt.
5. Schatulle für 240 Mark von zwei jungen Händlern.
6. Goldgerahmtes Bild von denselben.
7. Zinnfigurenkästen aufgehängt, Studien.
8. KFK hat Zinnfiguren, Lanciers.
9. Collasius-Familiengeschichte.
10. WASSAGRYNN fertig.
11. »Umgang mit Größen«[145] nahezu fertig.
12. Wangerooge.
13. Stade, Tretboot gefahren.
14. Celle, Burgdorf, Walsrode.
15. Verden und Nienburg, gut gegessen.
16. Amerikanischen Flugzeugträger angesehen.
17. Alte Zinnsoldaten gekriegt, vollplastische und übergroße.
18. KFK zur Schule gekommen.
19. KFK Überseemuseum und Theater.
20. Frauenbildnis Steinmüller 1816 für 20 Mark! Und deren Mann.
21. Empireschrank gekauft (320 Mark).

---

145 Ein Sammlung von Traumgeschichten, später neben »Verwahrung von Körpern« (Zuchthauserlebnisse) und »Ansicht von Gegend« (Geographischer) Teil des »Zwischenbuch«, unveröffentlicht (Walter-Kempowski-Archiv im Archiv der Akademie der Künste Berlin).

22. Große Truhe verkauft für 200 Mark (eingekauft für 80 Mark).
23. Große Party im Oktober.
24. Große Party im November (Klubtag), Schemionnek, Bonn-Leute, neun Berliner, insgesamt 37 Leute.
25. Großeltern nach Australien.
26. Beinahe Rektor geworden, ein Dienstjahr (Gott sei Dank) zu wenig.
27. Seminarleiter.
28. Mieterhöhung.
29. Farbholzschnitt, lila Baum 15 Mark.
30. Messingteller, 20 Mark.
31. Ich: zwei Paar schöne Schuhe und einen ekelhaften Anzug.
32. Hildegard: drei neue Kleider und zwei Paar Schuhe.
33. Maler Heinen neu zugezogen.

An Klaus Beck Nartum, Herbst 1967

Lieber Klaus!
Neulich hatte ich ein Telefongespräch mit Raddatz, im Januar werden sie wohl »zusammenkommen«, meint er. Sein Lektor hat anscheinend sehr günstig über mich geurteilt, der sei ganz weg gewesen, sagte er. Nun will er den Rest noch selbst lesen, er kam bisher nicht dazu wegen Tagung Gruppe 47, Buchmesse, Krankheit und anderes. Wäre mein Buch wirklich ein »Knüller«, dann hätte er selbstverständlich längst Zeit gefunden, denn das gesamte Verlagsgeschäft müßte ja sonst ruhen.
Mein »Umgang mit Größen« macht gute Fortschritte, etwa 120 Geschichten haben sich eingefunden. Gelegentlich kannst Du sie ja mal begutachten. Außerdem habe ich mit dem Sammeln von Material für eine größere Arbeit begonnen. Ich weiß noch nicht genau, ob ich »drangehe«.
In literarischer Hinsicht weiche ich im Augenblick neueren Erscheinungen aus, indem ich geschichtliche Studien betreibe, au-

genblicklich die Biographie des Magister Laukhard, der in der napoleonischen Zeit Soldat war und aus dieser Perspektive den Feldzug gegen die Franzosen 1791 beschreibt. Das kommt mir dann auch im Hinblick auf den Unterricht zugute. – Daneben »Londoner Skizzen« von Charles Dickens. Folgende Überschriften: Der Kirchspieldiener, die Feuerspritze, der Schulmeister, ein Weihnachtsschmaus, die ehrgeizige Putzmacherin, des Trinkers Tod … Ganz ausgezeichnete, gesellschaftskritische Essays, die auch heute noch interessant sind. Mancher »Größe« sollte man sie auf den Schreibtisch legen. […]

1968

Nartum Do 15. Februar 1968

Hitler
»Ich war mit meinem Großvater in Schweidnitz unterwegs, es ging alles ganz gemütlich vonstatten. Mit einmal kamen die Massen aus dem Bahnhof und riefen: Wir wollen heim ins Reich. Und denn kam Adolf aus'm Fenster. Mir lief es kalt übern Rücken. Und mit einmal ging ein Gebrülle los, Heil! Auch mein Großvater, der sprang so hoch! Ich vergesse das nie. Ich fror auf einmal vor Begeisterung. Und los ging's erst, als die da an zu schreien fingen.«

Nartum Februar 1968

An die »Einigung Europas« kann ich nicht ohne Ärger, ja Ekel denken. Ein solcher Gedanke befaßt sich nämlich nicht mit der goldenen Einigkeit der asiatischen Halbinsel, sondern mit nationalistischem Egoismus und verpaßten Gelegenheiten und – zuviel geträumten, leicht angekitschten Jugendträumen. Als ob dann alles gut würde!

Nartum Mo 4. März 1968

Raddatz – Telefonat:
Er habe es gestern zu Ende gelesen und habe im ganzen einen positiven Eindruck. Er habe zunächst Angst gehabt, da so lan-

ge Zeit dazwischen gelegen habe. Es müsse noch eine Menge daran getan werden, die Nettigkeiten müßten noch raus. Kühle, Distanz noch konsequenter. Ironie.
Er brauche nur noch mit Rowohlt zu reden, ihm das vortragen, vielleicht schaffe er das noch vor seiner Paris-Reise. Sonst hörte ich wieder von ihm in etwa drei Wochen. Dann würde er den Lektor, einen Herrn Richter, und mich zu sich bitten, und dort könnten wir alles besprechen. Seite für Seite durchgehen. Mit einer Veröffentlichung sei dann im nächsten Frühjahr zu rechnen. Der Schluß sei ganz großartig gewesen. Aber zu viel Kirchenchor, das werde mit der Zeit langweilig. Ob nun fis oder gis, das sei dem Leser egal.

Nartum Fr 29. März 1968

»ZEIT«:
Oder-Neiße-Linie wird von:
Dänen (70%)
Engländern (69%)
bejaht.
Wiedervereinigung
verneint von
England (44%)
Dänen (47%)
USA (48%)
bejaht von
Norwegen (40%)
Holland (45%)
Franzosen (42%)
Belgien (36%)
Ergebnisse einer Umfrage.

Kampf gegen Establishment: Sich bei Vortrag in Schwöbber platt auf den Boden legen.

H. Mann: bitter duftende Hecke

Der amerikanische Präsident Johnson hat seinen Verzicht heute erklärt. Menschlicher Moment in der so glatten, unpersönlichen Geschichte.

Euch fehlt ein Freisler! hat eine Frau Teufel und Langhans nachgeschrien. – Vor einiger Zeit: Vergasen, eine junge Frau Gammlern ins Gesicht: Das ist die Umkehr. Kaum ein Ereignis hat mich so erschüttert seit dem Krieg. Dies ist fast schlimmer als die Gaskammermorde, weil sie noch zustimmen.
Teufel – Langhans lebende Symbole. Ihr Auftreten in Deutschland wohltuend.

Nartum Gründonnerstag, 11. April 1968

Eben kommt die Nachricht vom Attentat auf Dutschke. Ausgerechnet am Gründonnerstag! Alle offiziellen Leutchen versichern sofort scheinheilig, daß sie zwar stets anderer Ansicht gewesen seien als er und sogar seine Methoden und Ziele mißbilligt hätten, aber deshalb einen Menschen zu ermorden, nein, das sei denn nun doch zu doll. Sie waschen ihre Hände in Unschuld. Man sollte den Mörder ruhig laufen lassen. Er ist ohne Schuld, er ist Opfer der systematischen Hetze. Die Hetzer sollten sich der Gefahr ihrer Mittel bewußt werden. Sie gehören auf die Anklagebank.

Nartum Karfreitag, 12. April 1968

Fernsehen: Mörder 23 Jahre, nicht aus Berlin, Dutschke außer Lebensgefahr. Alle wichtigen Leute Alibiäußerungen. Rote Fahnen. Senat forderte zu offiziellen Veranstaltungen auf. Abgelehnt. Springer: Mörder! Fackeln. Hamburg, Essen und Frankfurt.

München: Redaktionen gestürmt. Hüte von Polizisten fliegen durch die Luft. Kamera fotografiert niedlich durch zerbrochene Fensterscheiben. Fahrzeughallen des Springer-Verlags brennen. Dies ist die dritte und letzte Aufforderung. Feuerwehrwagen mit zerbrochenen Scheiben. Pfeifen, aufgeregte Feuerwehrleute. – DDR-Radio frohlockt. Springer: Mörder. – Ich bin kein Mörder, sagt bärtiger Demonstrant, mit Blut im Gesicht. Sprecher wie Sportreferent. – Presse: »Bestürzung und Empörung«. Mörder im gleichen Krankenhaus. Berliner Morgenpost: süß. Fernsehen: genau zehn Minuten. Kein Interview mit Schütz oder Polizeileuten. Keine Augenzeugenberichte. Jämmerlich. – Merkwürdig, wie die Erregung sogar bis zu uns ins Dorf kommt. Wie groß muß sie in Berlin sein! Mein Bruder sah in Hamburg am Dammtorbahnhof Fenster beschmiert: »Springer: Mörder«.
Dann, nach fünf Minuten doch Aktuelles über Dutschke. Dutschkes große Zeit sei vorüber gewesen. Rückblick. Dutschke sei gewaltsam gewesen. Wahl seiner Mittel nicht zimperlich. Aufnahmen nur aus ungünstigen Blickwinkeln, unrasiert. Es wird nur gesagt (Heute II. Fernsehen), daß er gestört habe. Nicht, *warum.* Ich habe immer gedacht, die Vorwürfe, Nachrichten würden manipuliert, seien grundlos. Aber man muß mal erlebt haben, wie einseitig berichtet wird.
Abends, man sitzt um den Radioapparat wie früher bei der Führer-Rede. Welle spontaner Demonstrationen. Soziologie-Doktorand ist er inzwischen geworden. Kiesinger: Planmäßige Aktion (Springer-Haus-Zerstörung). Polizei in Alarmbereitschaft. Man rechnet mit schweren Ausschreitungen in dieser Nacht. Spenden zur Begleichung von Krankenhauskosten. Der Mann inzwischen Münchener. Nach der Tat Schlaftabletten. Hitler-Porträts im Haus.
Dreifacher Stacheldraht um Springer-Haus. Essen, Hannover, Bonn, Wolfsburg … und viele andere Städte. In Kirchen mit Plakaten. Morgen weitere Protestaktionen.
Täter sei durch King inspiriert.
19.30 Uhr weitere Meldungen. Große innere Erregung.
Nordhoff tot.

»Disziplinierte Unruhe« soll sein, sagt ein Professor. Was können wir tun, daß Springer aus unserer Stadt verschwindet?
Lefevre: Günstige Situation! Schwäche des Senats jetzt ausnutzen. Fernziel 1. Mai, Verteilerapparat aufbauen. Befreites Gebiet in dieser Stadt schaffen. Wir müssen die Technische Universität übernehmen. Fünfhundert müssen jede Nacht hier schlafen. Praktischer Eros. Bankrott der andern ist unsere Stärke.
Harter Kern der Demonstranten mit roten Fahnen. Wasserwerfer werden auf sie gerichtet. Gebeugte Köpfe. Finster entschlossen. Es ist schon zu Verletzungen gekommen. Nazischweine! die Damen und Herren Kommunarden.
Schauplatz von Unruhen. Straßenschlachten des Nachmittags. Druckerei in München gleicht einer belagerten Festung. Personenwagen als Barrikaden. Die Botschaft in Rom unter Polizeischutz.
23.30 Uhr.

Nartum Di 16. April 1968

Rowohlt anrufen.

Von Fritz J. Raddatz Reinbek, 25. April 1968

[…] In der Anlage finden Sie, der Tradition meiner Indiskretion gemäß, eine Fotokopie des neuen Gutachtens über Ihr Buch.[146]
[…]

146 Kempowski 2005: Jürgen Manthey, später noch Jürgen Becker und Bernt Richter.

Nartum Mi 15. Mai 1968

Hildegard wieder krank.

Hamburg Mai 1968

Besuch in Hagenbecks Tierpark
Nur die Großvögel tun mir hier leid. Großvogelnaturen im Knast? Die hat's sicher auch gegeben.
Die zur Landung ansetzenden Riesenflugzeuge bilden eine Bereicherung des Tierparks.

»Der Name Carl Hagenbeck ist doch wohl auch in der ganzen Welt bekannt, näch?« Ein Herr auf der Nebenbank. (Wir haben zwar Juden vergast ...)
Ein Wärter fährt wild durch den Park. »Gleich beginnt die Affendressur.« Er zeigt stolz Anteilnahme an den Veranstaltungen seiner Firma. Beweis gegen die Abneigung von Sachwirtschaft. Es soll ja auch gute Lehrer geben. [...]
Je größer der Park, desto minder der Bildungswert. Affen genügen der Menschheit vollauf. Man sollte einen Affenpark gründen. Dazwischen überall Zerrspiegel.

KF: Ist das ein polnischer Jaguar?
V: Nein Tanti, Apfelsaft können wir für dich nicht auch noch kaufen, denn wird Vater ja ganz arm.
R: Denn gehst in die Kirche und holst dir da was.
V: ?
R: Da war doch so'n Kasten mit Geld + da hast du gesagt, das ist für arme Leute.

Beck hat eine ganz besondere Wut auf Männer, die sich in die Sonne legen, um sich zu bräunen.

An Klaus Beck Nartum, Frühjahr 1968

Lieber Klaus!
Mit meinem Buch beginnt nun die Zieherei. Vor vier Wochen hieß es: Jawohl, angenommen, im Frühjahr 69 wird's gedruckt. Dann waren aber doch Bedenken da, und plötzlich ist es an dem andern Ende der Leitung wieder ganz still. Noch ist nichts verloren, aber ich glaube nicht an die Zusagen des Verlags, bis ich nicht das Buch in der Hand halte. [...]

Nartum Mai 1968

Wenn man seine Kinder spielen sieht, dann möchte man immer, daß sie es so geistvoll tun, wie Klaus Mann von sich und seinen Geschwistern beschreibt.

Nartum Do 30. Mai 1968

Gespräche in Reinbek zunächst um zwei Tage verschoben. Ich nahm Hildegard mit. Wir kamen etwas zu früh, Mensch in Trachtenanzug als Pförtner. Ich war froh, daß ich meinen Seppel-Anzug nicht anhatte. Spaziergang durch Park, arg verwildert. Herrliches Wetter. (Am Vormittag Arbeitsgemeinschaft über Heimatkunde in Sittensen.) Ich sagte: Ich möchte zu Dr. Rowohlt anstatt Raddatz. Halle gut für Empfänge, die sicher immer sehr albern verlaufen. Albernheiten gehören zum Haus Rowohlt (Findlinge auf dem Hof). Raddatz hat Wände voll Rowohlt-Erscheinungen, das ist unverständlich, will er sie denn dauernd wieder durchlesen? Zwei Hampelmänner an der Wand. Auf dem Fußboden Zeitungen und Manuskripte. Französische Bücher auf dem Schreibtisch, der im übrigen leer war, was immer Eindruck macht. Zimmer recht klein. Vorzimmer winzig.

Kommen wir zur Sache, unsere Leute in Frankfurt haben sie alle verhaftet (lacht) wegen Notstand. Auch so eine Angabe. Später kommt raus, daß es nur fünf sind, Arschlöcher, wie der junge bärtige Rowohlt (»einer der vielen Söhne«) vermutete. Denn die wichtigen Leute seien alle woanders gewesen. Gruppe Liebknecht zur Stelle, habe einer der Demonstranten gesagt. »Da wird natürlich wahnsinniger Quatsch gemacht.« Dann suchte er mich kleinzukriegen, indem er mein Manuskript zur Sau machte. Bernt Richter, der ständig die Augen verdrehte, widersprach ihm. Taktik von Raddatz, mich zu drücken. Am Ende zeigte er sich doch beeindruckt, besonders von meiner graphischen Darstellung. Er gab mich Richter in die Hand und stellte mir in Aussicht, daß das Buch im Frühjahr herauskommt. Hildegard und ich gingen noch etwas spazieren und verabredeten dann mit Richter, daß dieser uns im August besucht für eine Woche. Er hält viel von meinem Buch. Gut, daß Hildegard dabei war. […]

An Klaus Beck — Nartum, 3. Juni 1968

[…] Es hat sich hier allerhand ereignet. Am Donnerstag voriger Woche war ich im Rowohlt Verlag zur »Konferenz«. Sie nennen das neue Verlagsgebäude, das in Reinbek in einem sehr großen, verwilderten Park liegt, die Coca-Cola-Fabrik. Modern, mit viel Glas usw. Diese modernen Gebäude wirken ja besonders schäbig, wenn der erste Glanz abgebröckelt ist. Eben weil sie so schnieke sein wollen.

Die Leute im Verlag haben eine sonderbare Gesprächshaltung. Zeitweilig denkt man, das Gebäude sei von SDS-ähnlichen, bärtigen Menschen vorübergehend besetzt. Sie sagen häufig Arschloch, reißen einem die Aktentasche aus der Hand und schnüffeln trotz Protest darin herum: »Aha, er hat sich'n Spickzettel gemacht.« Alle sind sehr aufgeregt, man weiß nicht, wird in Kürze die Volksarmee einmarschieren, oder steht der Verfassungsschutz vor der Tür.

Unterbrochen von zahllosen Leuten, die dauernd etwas von Raddatz wollten, kamen wir dann doch schnell zum Ziel. Zunächst schien es, als sei mein Buch die größte Scheiße des 20. Jahrhunderts. Es müsse sozusagen von Grund auf neu geschrieben werden. Dies war aber nur Taktik, er will den Autor klein haben, damit er von dessen Starallüren nicht belästigt wird. Nachher beim Lektor, einem Dr. Richter, sah alles ganz anders aus. Der war die Hochachtung in Person, sagt, das sei seit langem das beste Manuskript, und der Verlag würde sich das auf keinen Fall entgehen lassen, meine Position sei ziemlich stark. Wir kamen überein, daß er mich hier in Nartum für eine Woche besuchen wird. In dieser Woche werden wir das Manuskript kürzen und straffen. Ich hoffe sehr, daß er die Hauptarbeit macht. Das Buch wird dann im Frühjahr erscheinen, soviel *scheint* festzustehen. Ich habe das Interesse nahezu völlig verloren. Wenn es dann aber vor mir liegen wird, freue ich mich natürlich, denn dann bin ich am »Ziel« eines jahrelang gehegten Wunsches. Es ist möglicherweise ein Abschluß. Vielleicht geht's aber doch weiter. Mein neues Manuskript liegt auf dem Schreibtisch, es ist fertig, mal sehen, was die Leute dazu sagen. [...]
Heute, am Pfingstmontag, bin ich mit Familie in Hamburg bei Raddatz, d. h., er selbst ist nicht da, ich treffe in seiner Wohnung Mund, der für ein paar Tage in Hamburg ist. Meine Frau ist sehr neugierig auf die Wohnung, es gibt da auch allerhand zu sehen. Was mir im Verlag noch auffiel: Der Cheflektor, der den ganzen Verlag schmeißt, hat ein winziges Zimmer, das Vorzimmer, in dem sich drei Damen auf die Füße treten, ist eine Art Kaninchenstall. An der Wand so ziemlich sämtliche Rowohlt-Erscheinungen, also Dekoration, so was gehört doch ins Archiv. Ich möchte in meinem Arbeitszimmer das nicht herumstehen haben. [...]

Wenn ich in Hamburg wohnte, würde ich, glaub ich, dauernd in irgendwelche Kaffeehäuser gehen.
Hildegard: Das könnten wir aber nicht bezahlen.
Das ist die Stimme der Vernunft. Eine Art Ostinato.
Von Raddatz geträumt, er habe meinen »Umgang mit Größen« so beurteilt: Aha! Jetzt kommt der Lehrer raus.

Strom[147]
»Im Westen keine besonderen Ereignisse«, daran erinnere ich mich noch.
Schwedischer Film »Deine Melodie«, schlechte Kritik, »auf welch hohem Niveau doch die deutsche Filmkunst steht«, ärgerte mich.
»Verdun gefallen.« Donnerwetter, sagte mein Vater.

Traum: Vater sitze mit Robert im Kontor und erkläre ihm, wie er damals in Ostpreußen weggekommen ist, stellt sich sehr schlau an dabei, sie lachen beide. Als ich komme, wird der Atlas mit den strategischen Zeichnungen zugeklappt.

Nartum Sa 22. Juni 1968

Starkes Gewitter. Abends. Ich probe Katastrophe. Was nimmt man mit, wenn's brennt? Aktentasche mit Papieren, Auto aus der Garage raus, Ölbilder, Antiquitäten, Fotos, Notizbücher dort unterstellen.
Für später: An starke Taschenlampen denken, festes Schuhzeug.
Zuletzt retten: Schulakten.
»Du resignierst auf meine Kosten«, sagte Hildegard heute.

---

147 Das spätere »Tadellöser & Wolff«.

Gegenüber die Bauern Bartels haben ein paar gute alte Gläser unbeachtet im Schrank. Als Hildegard Interesse dafür zeigte, sagte die Alte: »Wie wertvoll die wohl in ein paar Jahren sind!« Literatur: Simone de Beauvoir, »Die Mandarins von Paris« und Ringelnatz, »Als Mariner im Krieg«, »Meldungen aus dem Reich«.

Nartum Mi 26. Juni 1968

Richter/Gosselck
Er erzählte, daß ein gewisser Mühlfriedel auch ein Buch über Bautzen eingesendet habe. In Bennscher Bewußtseinsprosa. Er habe dafür plädiert und bei der Gelegenheit erfahren, daß schon ein Bautzen-Buch vorliege, meines nämlich, was man nehmen wolle.
Gosselck einige Wochen später erzählt von seinem Bekannten Mühlfriedel, der ein Buch über Bautzen geschrieben habe. Nach Knast in guten Verhältnissen, plötzlich Bart wachsen lassen, schwarzer Raum nur mit Mikrofon in der Mitte. Frau mußte verdienen. Seit Jahren schreibe er daran, habe ihm oft vorgelesen, mit dem sei kein vernünftiges Wort zu sprechen.
Die meisten Leute seien daran gescheitert, daß sie nach dem Knast zu früh geheiratet hätten. Zwei Mädchen aus Hoheneck sperren Knastrologen in Besenkammer. Stille Leute in Bautzen, hier doll aufgedreht, Zimmermann zum Beispiel jetzt im Fernsehen.
Oft hätten Knastrologen Knastrologinnen aus einem falschen Kameradschaftsgefühl heraus geheiratet. Kumpelschaft verlängern: Nur die kann mich verstehen.

Nartum Mi 3. Juli 1968

Hildegard wieder in Ordnung, nimmt noch Tabletten.

Nartum Juli 1968

Theodor Fontane, »Wanderungen durch die Mark Brandenburg«.

Nartum So 28. Juli 1968

Richter kommt.
Niki und Frau nachmittags.

Nartum Do 1. August 1968

Bernt Richter:
Kein literarisches Gespräch möglich mit ihm (Raddatz).
»Ich erzähle immer gern die Geschichte ...«
Er überwinterte das nationale Geschehen.
»Minimal-stilisierend«
»des faktisch-authentischen«
Er habe vor, ein Rundfunkgespräch mit mir und noch einem andern zu führen.
Er habe auch mit Leuten in der DDR darüber gesprochen.
... und Westfalen ... darüber hätten die Leute im Verlag Tränen gelacht.
Es seien irrsinnig komische Stellen da drin.
Einige Stilmerkmale seien sehr konsequent beachtet und durchgehalten worden: wörtliche Rede, und dann geht's in indirekter Rede weiter.
Der Internist mit seinem Brief, das hätte ich meisterhaft hingekriegt.
Ob der Onkel mit den Paketabrechnungen wirklich existierte. [...]

Alles sei durch und durch belegt, nichts erfunden, das mache die Stärke des Buches aus.
Er müsse dann noch vier Tage in den Verlag und Bericht erstatten über mich.
Ein ganz bestimmter Personenkreis würde von meinem Buch angesprochen werden.
Es fehle der Hinweis auf den Grund meiner Verhaftung. [...]
Raddatz sei eigentlich ein Preuße.
Er behandle seine Freunde besonders schlecht. Er schäme sich. [...]
Alle sechs, acht Seiten sei etwas zu ändern.
Beeindruckend sei es, wie ich das Reproduzieren, zu dem die Häftlinge gezwungen seien, geschildert habe. Und darin liege auch die Anklage gegen das System.
Es sei ein gültiges Protokoll, geradezu ein Protokoll.
Für Leute, die keine Ahnung vom Understatement haben, werde ich zu rosig sein.
»Eine Begabung, für die es sich einzusetzen lohne.«
Man solle K. auf den Fersen bleiben.
Richter: So eine angenehme Zusammenarbeit wie mit mir, das sei selten. [...]
Klappentext: Nach der Enttäuschung sich aufs Land flüchtete und dort ein einfaches Leben als Lehrer führt, trockner Humor, heitere Grundstimmung, die seine düsteren Erlebnisse schärfer konturiert erscheinen läßt. [...]
Was Wischhusen[148] wohl sagt. Er wird es im Prospekt bemerken. Oder wenn Lehrer bestellen.

An Klaus Beck Nartum, 2. August 1968

Lieber Klaus!
Gestern fuhr der Lektor wieder ab, er war eine Woche hier, wir

148 Buchhandlung in Zeven.

gingen das Manuskript Blatt für Blatt noch einmal gemeinsam durch. Er bezahlte uns 30 Mark pro Tag! Am 25. August muß das Manuskript in der Herstellungsabteilung sein, Ende August muß es fertig gebunden sein. Dezember wird es ausgeliefert, im Dezember erscheint auch der Katalog.
Das Buch ist nun sehr gestrafft worden, es werden ca. 300 Seiten sein, handliches Format. Das Ironisch-Heitere überwiegt, ein Titel fehlt noch. Ich dachte an den Titel »Objekte«, der Lektor schlug den fürchterlichen Titel »Knastkanten« vor. Meine Frau meinte »Eintritt frei«. Das wird schwierig zu entscheiden sein. Weißt Du nicht einen Titel? – Der Lektor zeigte mir auch eine ganze Anzahl von Gutachten, die ohne mein Wissen angefertigt worden waren. Übereinstimmend haben die Leute meine Neigung zur Kleinform festgestellt. Sie nennen mich einen Miniaturmaler, einen Gemmenschneider. – Nach den langen Jahren der Arbeit und des Unverständnisses tut diese Anerkennung gut. Ich lebe wie im siebten Himmel, es wird schon noch einer kommen und mich herunterreißen. Tatsache ist es, von heute gesehen, daß das Schreiben, als man einmal den Weg erkannt hatte, recht einfach war. Daß ich keinen Geniestreich geliefert habe, ist mir klar. Ich wäre schon froh, wenn ich ein paar Menschen gut unterhielte. [...]

Nartum Mi 7. August 1968

Materialsammlung für Rostock, Beginn.

Nartum August 1968

Brand im Dorf. Der Bauer, dessen Scheune abbrennt, steht unbeteiligt dabei. Es macht sich gut, daß er etwas größer ist als die umstehenden Zuschauer.

Gegensatz zwischen untätigen Zuschauern und hastenden Feuerwehrleuten.
Einer erzählt von Reeßum, wo zwölf Häuser nach und nach abgebrannt sind.
Der mutmaßliche Brandstifter steht dabei, alle wissen, daß er es getan hat, aber keiner tut ihm was.
Der Polizist kommt in weißer Mütze, Taschenlampe am Kleppermantel.
»De har man lever in Zivil kommen süllt«, sagen die Leute.
Einer flüstert ihm was zu.
Jeder erzählt, was er gerade gemacht hat, als er die Feuerglocke hörte.
Die Glocke bimmelte noch, als schon längst alles am Brandherd steht.
Die Nachbarsfrau läuft hinter mir her und schickt sich an zu schreien und zu stöhnen. Sie ist eine entfernte Verwandte des abgebrannten Bauern und gebärdet sich deshalb wie ein orientalisches Klageweib. – Als eine Mauer ins Feuer stürzt, schreit sie laut auf, als könne sie das nicht mehr ertragen.
Der Bauer hatte am Vortage Richtfest gehabt.
Unter den Zuschauern eine nur mühsam zurückgehaltene Freude über die Flammen und das aufregende Ereignis. Jeder fühlt sich genötigt, etwas Mitleidvolles zu sagen. [...]

Nartum Sonnabend/Sonntag 10./11. August 1968

Klubtag: Beim Bedanken versprach sich der Kassler Maler Günther: Klombowski.
»Knast« könne man doch nicht sagen, ich sei doch unschuldig gewesen.
Ich könne doch den Maler Oertling nicht so zur Sau machen.

Mutter: Sie habe einen »eingenommenen« Kopf.
Vater: Butterrose.

Robert: Er habe ein offnes Glas Wein getrunken.
Motto: Ähnlichkeiten mit lebenden Personen rein zufällig, alles frei erfunden.
Vater: Meine Mutter monierte an ihm, er habe so dicke Waden, außerdem ziehe er den Mund immer so schief.
Gosselck: Es würden sich sofort Nachahmer finden.
Auf jemand scharf sein.

Klubtag in Nartum, um 1963

Nartum August 1968

Anachronistisches Leben: Im Garten, hinten, sitzen, umsummt von Bienen, dieser *herrliche* Rasen, das Haus dahinter, angefüllt von originellem Kleinkram. Windlos, sonnenlos, nicht zu kalt, nicht zu warm. Im Grunde genommen ist mein Leben jetzt beendet.

»Im Block«, das war Kohlezeichnung. »Im Strom«, das wird eine Radierung. Es wäre mir ein Spaß, es trichterartig bis zum

Schluß hin zu verengen und mit leichtem Trommeln beginnend, mit gewaltigen Paukenschlägen beendend. Ich sehe das mehr als Band, das dünn in Seidenpapier anfängt und als geknüpfter Teppich endet, wie von Schlagschere abgeschnitten.
Ich komme mir vor wie Eiskunstschiedsrichter ohne Kunstläufer. Ich zeige fortwährend Symbole hoch. &, + Kreuzung, Wegweiser ...

»Im Strom«
»Deutschland erklärt – Rußland den Krieg. Und denn mußte der weglaufen.«
Seifen-Heimchen. Als ob sie da ganz kleine Seife machen, nur für kleine Leute. [...]
Wasserturm in Rostock: eine Kreuzung von Ritterburg und Leuchtturm.
Robert: Hamburg war Rostock, näch?
Mutter: Freches Pastür.

Man wünschte sich eine lieblose Mutter, das würde einem den Abschied leichter machen.

Nartum Do 15. August 1968

Telefonat Vorzimmer Raddatz:
Er beglückwünsche mich und sei nun sehr von dem Manuskript überzeugt.
Richter und ich hätten gute Arbeit geleistet.
Das Manuskript ginge jetzt sofort zu Ledig ab.

Nartum Mi 21. August 1968

Invasion in der ČSR.
Antisowjetische Bestrebungen werden großen Auftrieb erhalten. Verschärfung allgemein? Glaube ich nicht, die Russen werden es nötig haben, Sympathien zu erwerben. Nun wird Nixon gewinnen. Kalter Krieg.
Vietnam-Krieg wird sich wieder verschärfen. Entwicklung nach rechts, auch bei uns.
Dies ist ein ekelhaftes Schauspiel, wer von Fortschritt redet, ist ein Idiot.
Ahlers: »Das vierte schreckliche Ereignis im Osten. 17. Juni. Ungarn. Bau der Mauer ČSR.«
Blutige Fahne wird duch die Straße getragen.
Die jungen Leute wie bei Dutschke.
Pose auf Lastwagen.
Stummer Landser, umgeben von Diskutanten.
Die Prager bleiben in der Stadt, aber – sie tanken.
Panzer mit Hakenkreuzen.
Der Einmarsch sei schlecht vorbereitet, nicht militärisch, sondern propagandistisch.
Wenn solche unüberlegten Aktionen möglich sind, dann auch Gefahr für uns.
Redakteure warfen hektographierte Flugblätter aus dem Fenster.
Noch keine Deutschen (DDR) zu sehen.
»Hier verbluteten die Opfer.«

Nartum Do 22. August 1968

Für mich ist das Unangenehmste: dieses einige, erste Zusammenwirken des Ostblocks, das gab's bisher noch nie. Dies ist neu. Sie sind sich ihrer Macht bewußt, und das verlockt.
Für die Politik: Daß sie *uns* sogar ernst nehmen. Das wird den

Bonnern gefallen: Die – werden sie sagen – haben uns sofort versichert, der Schlag sei nicht gegen uns gerichtet.
»Zu Herzen gehend«: das Gesicht der tschechischen Westurlauber, die an der Grenze überlegen, ob sie zurückgehen sollen oder bleiben.

Nartum Mo 26. August 1968

Ledig stimmt zu!!!

An Klaus Beck Nartum, Sommer 1968

Lieber Klaus!
Der Vertrag mit Rowohlt ist unterzeichnet, die ersten Seiten sind schon gesetzt. Anfang nächster Woche sollen die Druckfahnen des ersten Drittels bereits beim Lektor liegen. Der Autor hört das alles nur von ferne. Heute bekam ich einen Anruf, der NDR, drittes Programm, habe eine halbstündige Lesung genehmigt oder gar angekauft. Ich hoffe sehr, daß man das Buch nicht politisch nimmt, sondern mehr literarisch. [...]

Nartum Mi 28. August 1968

Eben ruft ein Mensch namens Leppin an, Raddatz habe ihm das Manuskript gegeben, er sei ganz aus dem Häuschen gewesen, und ihm die Gestaltung übertragen. Er komme mit noch einem Kollegen am Freitag hierher, um alles weitere zu besprechen.
Raddatz habe das Manuskript auch von ihm an Ledig weitergeben lassen, was nur mit wenigen Büchern geschehe.
Für den Umschlag (als Titel haben sie sich das blödsinnige

»Blöcke« ausgedacht) gilt: Heiterkeit, güldene, komm ... ja keine Schwarz-Weiß-Strenge.

Nartum Fr 30. August 1968

11 Uhr Leppin. Umschlaggestaltung: Das waren zwei ganz nette, aufstrebende, junge Leute, deren erster Auftrag dies ist, die wollen unbedingt Erfolg haben, das merkt man ihnen an. Hoffentlich sind das die Richtigen. Ledig habe gesagt: Sie haben völlig freie Hand. Leinen oder was ist ganz egal. Bis zum Frühjahr, wo ich die ersten Kritiken zu sehen kriege, muß ich »Krieg«[149] so weit haben, daß es in der Konzeption steht.

Nartum Mi 4. September 1968

An Raddatz geschrieben wegen Titel »Blöcke«. Ledig habe gemeint, meine Erfahrungen lägen wohl zu weit zurück, Richter habe sein Bedenken zerstreuen können. Es sei ein feines Gewebe variierender Wiederholungen. Raddatz habe den Anstoß gegeben fürs Frühjahr. Einwände der Kritik:

zu lang
immer dieselben Geschichten
Erfahrung zu lange her
zu rosig
alles würde mir komisch vorkommen.

Ledig sei es zum Teil läppisch vorgekommen. Das liege am geringen Spielraum, den der Gefangene habe.
Die Presseabteilung sei entsetzt über das Bild, das ich geschickt hätte. Ich sähe aus, als sollte ich ein zweites Mal verhaftet werden.

---

149 Gemeint ist »Im Strom«, das spätere »Tadellöser & Wolff«.

An Fritz J. Raddatz Nartum, 4. September 1968

[...] Ich höre von zwei jungen Leuten, die Sie als Umschlaggestalter meines Buches angeheuert haben, daß das Buch jetzt »Blöcke« heißen soll. Kritikern wird das eine gute Pointe liefern, es hätte »Böcke« heißen sollen, werden sie sagen. Ganz abgesehen davon kann ich mich selbst mit dieser Formulierung nicht recht befreunden, kann auch nicht sehen, inwiefern sie verkaufsfördernd sein soll. Sie sind mir diesbezüglich an Kenntnis weit überlegen, doch bitte ich bescheiden, äußern zu dürfen, daß ich etwa dreißig andere Vorschläge gemacht habe. Wäre es frech von mir, wenn man von Ihnen ein Zehntel meiner Bemühungen erhoffte? [...]

Nartum Sa 28. September 1968

Bei Bernt Richter Gedichte und Lieder durchgesehen.

Nartum Mo 30. September 1968

Manuskript muß abgeliefert sein.

Nartum Di 1. Oktober 1968

Umschlag vorgelegt. Grau mit rotem Block. Ich war nicht dabei.

Nartum Do 3. Oktober 1968

Angebot von acht Prozent abgelehnt, zwölf Prozent gefordert.

Nartum So 6. Oktober 1968

Richter liest mir Klappentext vor.

Arbeitszimmer unter dem Dach des Schulhauses, Nartum, um 1968

An Hans-Joachim Mund Nartum, 10. Oktober 1968

Lieber Hans-Joachim!
Wie gut, daß die Verlagsleute Dir diese Seite vorgelegt haben. Vielleicht wäre es besser, wenn Du das ganze Manuskript zu sehen bekämest. Ich möchte es auf jeden Fall vermeiden, daß

etwas darin steht, was Dich ärgert oder was Du nicht billigst. Sonst sind wir nachher geschiedene Leute!
Ich werde also die Seite ganz streichen (obwohl sie wörtlich aus den Notizen stammt, die ich mir damals bei Dir in München gemacht habe.)
Viele liebe Grüße und alles Gute Dir und Deiner lieben Frau
Dein Walter

Nartum So 13. Oktober 1968

Der Raddatz hat mich ausgeschimpft wie einen Schuljungen. Und weshalb? Weil ich mich, von Bernt Richter und Eckart Kleßmann aufgehetzt (die meinen Kredit jedenfalls überschätzen und meinen Mut), um einen höheren Prozentsatz beworben habe. Acht Prozent abgelehnt, zwölf Prozent gefordert, nur so aus Sport. Und da fährt der Kerl gleich so schweres Geschütz auf. Ich bin ja ein Debütant, habe also die Schnauze zu halten. – Für mein neues Buch, den »Umgang«, im Mai abgeliefert, habe ich noch nicht einmal eine Empfangsbestätigung! – Mit Raddatz ist kein literarisches Gespräch möglich. Man muß froh sein, daß er einen wenigstens protegiert.

Nartum Fr 25. Oktober 1968

NDR hat zugesagt! Halbe Stunde Sendung.

Nartum Di 29. Oktober 1968

Gespräch mit Raddatz über »Größen«.

Nartum Mi 30. Oktober 1968

Umschlag vom »Block« zugeschickt bekommen.

Nartum Do 31. Oktober 1968

Schülergottesdienst am Reformationstag. Mit ihrem Orgelbrüllen überschreien sie die Sorge, es könnte zu Ende gehen. Ich gebe den Lehrern die Hand. Sie erschrecken: Aber das gehört sich doch nicht in der Kirche, aber Herr Kollege! Vor mir ein Lehrer, von dem erzählt wird, daß er jeden Morgen den Tag damit beginnt, daß er sagt: Hefte raus! Kurzdiktat!
Rechts vor mir einer, der haut den Kindern immer auf die Finger.
Die Kinder haben aufzustehen, wenn der Pastor die Kirche betritt. Nach alter Väterart.
»Und mit deinem Geist ...!« singe ich mit.
»Tu deinem heiligen Wort die Herzen auf.«
Der Pastor schreitet, als sähe er sich selbst als ein in Gold gerahmtes Ölbild.
Inmitten all der Knirpse ein paar Accelerierte.
»Ich lese jetzt aus einer neuen Übersetzung ...« Damit glaubt er fortschrittlich zu sein.
Ich muß immer an den Lebenslänglichen denken, der schon seit sechs Jahren kein Paket mehr bekommen hat.
Pastor legt sich die Uhr zurecht. Gott sei Dank.
Reformation ist nur möglich durch Denken.
Pastor will es in diesem Jahr anders machen, sagt er. Er will sich mit den Kindern unterhalten. Nun fragt er sie ab.
Was er unter Unterhaltung versteht, das ist die einzige Art Unterhaltung, die er versteht.
»Der Sohn ging vom Vater aus, das steht nun mal bombenfest.«
»Wie geht die Geschichte weiter?« (Keiner meldet sich). »Habt ihr so gut aufgepaßt?«

»Der Sohn hat Toto gespielt, Mercedes gekauft, iss in ’ne Bar gegangen. Geld ratzekahl weg.«
»Ihr seid so phantasielos!«
»Los, nun mal los! Verdiente er sich das Essen?«
»Mit einemmal fällt ein Funken in sein Herz.«
»Du da, steh mal auf! Daß wir dich alle sehen!«
»Ich weiß nicht, ihr könnt euch das gar nicht vorstellen.
Du und ich – wir alle sind der jüngere Bruder.«
»Zuchthausstrafen und Mord sitzen schon dahinter und watt nich alles.«
»Und was macht der Vater? Na! Was mach ich hier für n Zeichen?« (Breitet die Arme aus.) »Na! Offne Arme.«
»Ich wundere mich, daß das so kleckerweise kommt.«
»Wie kam der Sohn, was machte der Vater. Was hätte er sagen können? Drei Meter stinkt er gegen den Wind, hat sooo lange Haare – das mag ich gar nicht gerne leiden, diese jungen Bengel, die sollte man mal zum Friseur schicken –, das müßt ihr euch mal vorstellen!«
»Gott nimmt uns alle an, so wie wir sind. Das sollen wir aus der Geschichte lernen. Er sagt ›Ja‹ zu uns. Ohne Bedingung. Das ist dem Luther aufgegangen.«
»In der damaligen Kirche mußte man viel tun. Dann erst sagte Gott: Ja.«
»Heute: bedingungslos.«
»Der Gottlose wird angenommen. – Ich bin mit diesem Wort noch nicht fertig.«
»Ich könnte nicht einen Tag leben, ohne daß ich das wüßte, daß er ›Ja‹ zu mir sagt.«
»Auf’m Schulhof könnt ihr so laut schreien, das höre ich jeden Tag, wenn der Wind günstig steht. Aber hier schont ihr eure Stimmbänder beim Singen. Los! Wach auf, wach auf, du deutsches Land ... Nun zeigt mal, was ihr könnt!«
»Das war nicht doll. Noch zwei Verse. Ich singe mal mit, da könnt ihr was hören. Steht mal alle auf.«
Kind beim Rausgehen: »Junge, das war wieder langweilig heute. Ich geh erst mal ins Bett und schlaf.«

Nartum Fr 1. November 1968

Druckfahne bekommen!

Nartum Mo 4. November 1968

Fahnen abgeschickt, Umschlag desgleichen.

Nartum Di 3. Dezember 1968

Umbruch fertig?

Nartum Mi 4. Dezember 1968

Abdruck in Frankfurter Allgemeine Zeitung. Trödler mit Frau Pfeifenbring. Flügel.

Nartum Do 5. Dezember 1968

Omi[150] Krankenhaus.

Nartum Sa 7. Dezember 1968

Ulla hier.

---

150 Margarethe Kempowski.

Nartum So 8. Dezember 1968

Mutter geht es sehr schlecht. Liegt im Krankenhaus. Ißt seit Tagen gar nichts.

Nartum Sa 14. Dezember 1968

Man hat mein Manuskript durchwühlt und Korrekturexemplar entwendet.

Nartum So 15. Dezember 1968

Umbruch korrigiert.
Dr. Richter: Omi sehr schlecht.

Nartum Di 17. Dezember 1968

Fahnen haben sich wieder angefunden.

Nartum Mi 18. Dezember 1968

Mutter noch schlechter, Arzt sagt Krebs, hat sich sehr schnell entwickelt, in vier Wochen. Operation? Telefongespräch mit Ulla.

Nartum Do 19. Dezember 1968

Mutter: Meine Kinder besuchen mich jedesmal: Das ist Liebe. Sie sei von der Schwester wie ein Kind herumgeschleudert worden.

Nartum Sa 21. Dezember 1968

Ulla gekommen.

Nartum So 22. Dezember 1968

4. Advent.

Bei Mutter, ganz gefaßt. »Ich bin ruhig«, sagt sie. Chirurgische Abteilung wesentlich besser. Ulla bleibt in Mutters Wohnung.

Nartum Mo 23. Dezember 1968

Erster Ferientag, 8.1. ist letzter Ferientag, Ib, Mette, Lone kommen.

Nartum Di 24. Dezember 1968

Operation von Mutter zeigt, daß alles verkrebst ist. Hoffnungslos.

Nartum Mi 25. Dezember 1968

Mutter besucht, sie hat immer noch Hoffnung. Apathisch, lebte etwas auf. Vergleicht ihre Lage mit 1943, damalige Operation.

Nartum Do 26. Dezember 1968

Ib und Ulla immer noch da. Fernsehübertragung vom Mondflug.

Nartum Di 31. Dezember 1968

Sylvester eine miserable Shakespeare-Aufführung im TV. Viel Schnee.

1969

Nartum Mi 1. Januar 1969

Neujahr. Bei Mutti gewesen. Sie hat zugenommen, war ganz vergnügt. Spricht dauernd davon, wie es wird, wenn sie wieder nach Hause kommt.

Kassel Do 3. Januar 1969

In Kassel bei den Graphikern. Ein Bild von Oertling mitgenommen.

Nartum Fr 4. Januar 1969

Vorabdruck in der Frankfurter Rundschau und FAZ.

Nartum Sa 5. Januar 1969

Titel: »Im Strom« gefunden.
Mutter sehr schwach, ich saß eine Stunde still bei ihr.

Nartum So 6. Januar 1969

»Im Bruch« vielleicht nächster Band?
Bei Bauer Romoksin.
Klavierstimmer.

Nartum Di 7. Januar 1969

Jahres-Lebens-Schaffensübersicht gemacht.

Nartum Mi 8. Januar 1969

Bei Mutter. Kommt sie zu uns?

Katalog mit seitenverkehrtem Bild.

Nartum So 12. Januar 1969

Mutter stimmt zu, bei uns zu wohnen.

Nartum Mi 15. Januar 1969

Mutter will wieder nicht.

Nartum Di 21. Januar 1969

Raddatz Telefonat, hat zugegeben, daß ich von Anfang an auf juristischen Rat gedrängt habe: Das lassen Sie man meine Sorge sein, hatte er damals gesagt. Buch wird schon gedruckt, nun wollen sie noch ändern.

Nartum Fr 24. Januar 1969

NDR III, 21.35 Uhr Lesung.
In Rotenburg gegessen: Königsberger Klops mit den Kindern.
Mutter angekommen.

Nartum Sa 25. Januar 1969

In Rotenburg gegessen: trocknes Bauernfrühstück. Mutter saß im Bett und schrieb, als ich kam.

Nartum Mo 27. Januar 1969

Traf Lehrer Wischnewski, der mich wie einen Dichter behandelte.

Nartum Fr 31. Januar 1969

Nach der dritten Stunde Zeugnisse.
»Ute«[151] abgeschlossen.

151 Ein Kapitel für »Im Strom«, das spätere »Tadellöser & Wolff«.

Nartum So 2. Februar 1969

Telefonat Gosselck: 1000 Exemplare?[152]
Fischer.

Nartum Mo 3. Februar 1969

Mutter etwas besser, Arzt hat ihr gesagt, daß der Schlauch nicht mehr wegkommt.

Nartum Di 4. Februar 1969

Anruf eines Herrn Sänger von der ZEIT. War selbst (leider) in Bautzen, meint, mein Buch sei sehr gut. Warum erst nach zwölf Jahren, fragt er. *Seit* zwölf Jahren. [...]

Nartum Mi 5. Februar 1969

Mir ist dauernd wie Sonnabend zumute.

Nartum Do 6. Februar 1969

ZEIT, Sänger war da, stellt Rezension in Aussicht, eventuell Doppelrezension. Außerdem dpa-Meldung. Kennt Karli Möl-

---

152 Ein Bekannter im Ministerium für Innerdeutsche Beziehungen, es ging um den Ankauf von Exemplaren von »Im Block« durch das Ministerium.

ler und Klaus Gosselck. Mit »Block« völlig einverstanden. Warum nicht Ausbruch, fragt er.

Nartum Sa 9. Februar 1969

Frühschoppen, besoffen. Bürgermeister lehnt Hebetür zum Garten ab, obwohl wir sie selbst bezahlen wollen!

Nartum Mo 17. Februar 1969

Gestern lange an »Kino-Express« gearbeitet. Leitkette: Behördenanordnungen.
»Großvater Kempowski« näher ausgeführt, »RSBB« vorbereitet. Sadistische Szene in masochistische umgedeutet. Heute wieder Schneefall. Telefonat Sänger.

Nartum Mi 19. Februar 1969

»Ariane Gerlichs Kinogang« und »Exzeß« abgeschlossen, »Oberschule« angefangen.
Richter telefonierte, er will Sonntag kommen. – Bei Schwiegereltern und Mutter.

Nartum Do 20. Februar 1969

20 Uhr Elternversammlung (ging gut), »Oberschule« angefangen.

Nartum Fr 21. Februar 1969

Seit einigen Tagen Depressionen. Eirich schrieb, will Linolschnitte machen.

Nartum Sa 22. Februar 1969

Richter kam und brachte drei Exemplare mit. Schenkte Karte mit Antofagasta und ein Viertel Jagdwurst auf die Faust.[153] Abends Niki und Marion, Detlef und Elisabeth. Rinderbraten, Elisabeth spielte sehr schön Klavier. Ich las etwas, Manfreds Exzess, Robert auch da. Rumgegammelt. Abends Richter und Robert ab.

Nartum Mo 24. Februar 1969

Phantasien über »Swampy River«. Frei gespielt. Schule macht einen nervös.

Nartum Di 25. Februar 1969

Mit Bürgermeister über Mieter der Fremdenzimmer gesprochen.

153 Anspielung auf Schilderungen in »Im Block«.

Nartum Mi 26. Februar 1969

Bei Mutter. Kleine Stelle im Darm bereits festgestellt. Abends bei Steinmeyer.

Nartum Do 27. Februar 1969

WIKA-Buch[154] mit Steinmeyer.

An Klaus Beck Nartum, 5. März 1969

Lieber Klaus!
Ich bin seit Wochen ständig verstimmt, schwanke zwischen Depression und Wutausbruch. Das macht die große Anspannung, morgens sich mit den wahrhaftig saudummen Kindern plagen zu müssen, ohne von Eltern, Behörde oder Regierung verstanden oder unterstützt zu werden. Man nimmt das Gehalt – fertig. Am liebsten würde ich jeden Tag »Faulhaber-Gedenken« feiern. Es ist auch alles fragwürdig: Was soll man ihnen beibringen, den Kindern, wozu? Und abends das Schreiben.
Die Rezension, die in der ZEIT von mir erscheinen wird, habe ich gestern schon gelesen.[155] Sie kommt wohl nächste Woche heraus. Sehr gut gemeint, freundlich, im letzten Drittel sogar vernünftig. [...] In der WELT braut sich einiges zusammen. Denen paßt mein »heiterer« Ton nicht.
Mein neues Buch wird anders gearbeitet sein. Ich arbeite da

---

154 WIKA vermutlich Abkürzung für »Wissenskarten«, eine Sammlung von Karteikarten mit Zeitungsartikeln zu unterschiedlichen Themen, von Kempowski als Arbeitsmittel im Schulunterricht benutzt, unveröffentlicht (Walter-Kempowski-Archiv im Archiv der Akademie der Künste Berlin).

155 Joachim Sänger: Kollektiv der Zertretenen. »Im Block«: Mehr als ein Bautzen-Report. Die Zeit, Nr. 11, 14.3.1969.

mit Leitketten, den Leitmotiven verwandt. Es ist, als ob aus drei oder vier Lichtbildprojektoren in Schnellfeuer Bilder auf die Leinwand geworfen werden. Die Leitketten, ein Choral, ein Schlager, bestimmte Objekte, halten die Bilder zusammen. Das Buch hat den Arbeitstitel »Im Strom«. Es ist schon ziemlich weit fortgeschritten. [...]

Nartum Fr 7. März 1969

Mutter sehr schwach, verfällt zusehends. Auf der Handtasche Staub. Etwas verwirrt auch. Gesicht ganz verändert. Telefonat mit Robert.
Viel Post.

Nartum Sa 8. März 1969

Erbschaftsgespräche mit Robert.

Nartum So 9. März 1969

»Oberschule« weggelegt. Mit »Pimpfen« angefangen. Erste Stare angekommen.
Rostocker Adressenliste abgeschickt.

Nartum Mo 10. März 1969

Mutter Schüttelfrost, klammert sich an Wärmflasche. Dorthe Geburtstag. Eirich schickte zwei Margot-Bilder.

Nartum Di 11. März 1969

Wischhusen hat fünf Bücher verkauft (Schulrat eins).

Nartum Mi 12. März 1969

Briefe an örtliche Zeitungen. – Ruhe wiedergefunden, war nervös, weil Unterstufe ungewohnt und in saumäßigem Zustand übernommen. – Gosselck rief an, meint, daß Ministerium anbeißt. – Mutter schlief, betäubt?

Nartum Do 13. März 1969

Kritiken in der ZEIT und WELT.[156] Rief gestern Zehm an, er bezeichnete mein Buch als einwandfrei, großartig usw. Hätte mit Görlitz gesprochen; meint, das Buch müßte ein Erfolg werden. Ob ich Schwierigkeiten mit Verlag gehabt hätte. Esoterische Gesellschaft, ob ich viel hätte umschreiben müssen. Zevener Zeitung will morgen kommen. Bei beiden Wischhusen liegen keine Bücher von mir!

Nartum Fr 14. März 1969

Zevener Zeitung kam. Festgestellt, daß etliche Hamburger Buchhandlungen mein Buch nicht vorrätig haben, weil es angeblich noch nicht ausgeliefert worden sei.

---

156 Günter Zehm: »Purgatorium in Bautzen«. Die Welt, 13.3.1969.

Nartum Sa 15. März 1969

Heini Krakow rief an, er wolle drei Exemplare kaufen. Versuchte, Mutter zu besuchen, Straße spiegelglatt, kehrte um. Und ausgerechnet heute war sie wach. – Grippe. – Walther Kerner kam abends: Auto-Tonband-Geräte bestellt. Zwei Stühle für 40 Mark verkauft. Erfuhr, daß Fischers im Februar Fest gefeiert haben, ohne uns einzuladen.

An Fritz J. Raddatz Nartum, 15. März 1969

Lieber Herr Raddatz!
Vielen Dank für Ihren Brief. Es tut mir leid, daß Sie sich gekränkt gefühlt haben darüber, daß ich schrieb: Vielen Dank für die ersten Exemplare. Ich meinte damit das, was ich von Ihnen, und die andern, die ich von Herrn Richter bekam, die stammen ja auch aus Ihrem Hause. Würden Sie so freundlich sein und mir noch schreiben, was Sie mit dem »Umgang« vorhaben, das ist das andere Manuskript, das ich im Mai vorigen Jahres bei Ihnen abgab. Es ist mir bei diesem Buch mit einer Veröffentlichung nicht eilig, aber ich hätte doch gern etwas darüber gehört. Einige meiner Hamburger Bekannten haben sich beschwert, sie könnten mein Buch in Hamburg nicht kriegen. Ihnen würde geantwortet, das Buch sei noch nicht ausgeliefert. Einige dieser Buchhändler sind mir namentlich bekannt:
Thalia Buchhandlung
Glogau
Wink in Volksdorf
Boisen und Masch
Die Auskunft wurde noch gestern erteilt, eben grade rief mich wieder ein Freund an, was denn los sei. – Ich nehme an, daß da irgendwie ein Regiefehler vorliegt, würden Sie bitte mal nachfassen? Die Leute haben alle meinen Werbebrief bekommen und möchten nun auch gleich das Buch kaufen, sind dann är-

gerlich, wenn sie es nicht kriegen. Vielleicht haben die Buchhändler auch nur die Ausrede benutzt, weil sie das Buch nicht zur Hand hatten. Immerhin, meine Kusine wartet nun schon seit acht Tagen darauf, und immer wieder wird ihr geantwortet, das Buch sei noch nicht da. – In der »Provinz« liegt das Buch überall aus, auch in Süddeutschland war es sofort zu haben. (Ich hielt es für meine Pflicht, Ihnen das zu schreiben!)
Mit freundlichen Grüßen
Ihr Walter Kempowski

Nartum So 16. März 1969

Schlechte Laune wegen der geringen Buchresonanz. Noch immer Schneesturm. [...] Mutter war heute wach. Ich saß eine Stunde bei ihr. »Robert soll vorbereiten«, sagte sie.

Nartum Di 18. März 1969

Schule fiel aus wegen zugeschneiter Straßen. Ich fuhr zu Mutter, sie wurde gerade fertiggemacht. »Ich schlief gerade so schön.« »Grüß alle«, sagte sie. – Danach in Hamburg bei Saenger, dpa, Briefmarken, Kerner, Tonbandgeräte.

Nartum Mi 19. März 1969

Mutter gestorben, 7 Uhr früh. Hat noch Nahrung gekriegt, Puls ging sehr schwach. Bin froh, daß ich gestern noch da war. – Raddatz einverstanden mit »Strom« abschnittsweise. – »Umgang« verschwunden. Richter hat schlimmen Brief geschickt. Armin Geburtstag.

Nartum Do 20. März 1969

Arbeit an »Pimpfen« unterbrochen, fast fertig. Manuskript getippt, ein Durchschlag. Kopfweh.

Nartum Mi 26. März 1969

12 Uhr Beerdigung, kalt, Pastor gut.
Nölting, Tante Emmi, Irmi, Elisabeth, Gieske, Onkel Harald fuhr im Auto vorbei. Schwiegereltern.

Nartum Sa 29. März 1969

Osterferien, erster Ferientag.
10 Uhr Fernsehaufnahme.

Locarno Sa 5. April 1969

Besuch bei Robert Neumann.[157]

Nartum Di 8. April 1969

Zimmermann angerufen wegen Film.
Arbeit an »Kriegsausbruch«.
»Harz« weggelegt.

---

157 Robert Neumann (1897–1975), seine Parodiensammlung »Mit fremden Federn« (1927) gehörte zur bevorzugten Lektüre von Kempowskis Vater.

Nartum Do 10. April 1969

Arbeit an »RSBB«.
»Kriegsausbruch« zurückgestellt.

Nartum Mi 16. April 1969

Anruf von Merwick, Werbeabteilung, der Verkauf ziehe an, ganz erstaunlich sei das für einen Anfänger, ob ich Lesungen machen wollte, Extrawerbung.

Von Fritz J. Raddatz Reinbek, 17. April 1969

Lieber Herr Kempowski,
verängstigte Hamburger Buchhändler melden sich bei mir, nachdem Sie sie offenbar in ihrem Laden mit Maschinenpistole und falschem Bart bedroht haben …
Im Ernst: In den Buchhandlungen aufzutauchen und kritisch Klage zu führen, wenn das eigene Buch nicht geführt wird, ist, glaube ich, kein ganz guter Gedanke, denn man kann ja doch, selbst wenn man das gern wollte, die Buchhändler nicht dazu zwingen oder auch nur überreden, das Buch zu führen. Nach meiner Erfahrung weckt das eher eine gewisse Renitenz.
Nichts für ungut,
herzlich Ihr Fritz J. Raddatz

An Fritz J. Raddatz Nartum, 19. April 1969

Lieber Herr Raddatz!
Ich habe bei keinem einzigen Buchhändler, weder in Hamburg noch sonstwo, Klage geführt, daß mein Buch nicht ausliegt.

Woher Ihre Information stammt, würde mich interessieren. Das einzige Gespräch, was ich mit einem Hamburger Buchhändler hatte, war in der Buchhandlung Jud, Neuer Wall. Hier brauchte ich mich nicht zu beklagen, weil das Buch auf dem Tisch lag. Ich habe mich sofort zu erkennen gegeben und gefragt, ob er das Buch schon verkauft habe und an wen. Dies war ein freundschaftliches Gespräch mit einem Buchhändler, von dem ich auch sonst Zeitschriften beziehe und an den ich Buchbestellungen weitergebe, die mich hin und wieder erreichen.
Ihr Anstandsunterricht hat mich ziemlich geärgert, weil ich darin eine Bevormundung, eine fälschliche Beschuldigung und eine Einschränkung meiner persönlichen Freiheit sehe. Ich würde Sie bitten, mir die Buchhandlung zu nennen, damit ich mit den Leuten reden kann.
Wohl haben sich einige meiner Freunde gewundert, daß sie in einigen Hamburger Buchhandlungen 14 Tage nach Erscheinen die Auskunft bekamen, es sei noch nicht ausgeliefert, und zwar nenne ich Ihnen die betreffenden Buchhandlungen bei Namen: Thalia-Buchhandlung, Glogau, Wink in Volksdorf, Boisen und Masch. Diese Freunde hatten meinen Werbebrief bekommen und wollten das Buch sofort kaufen. Es kann natürlich sein, daß diese Leute gemosert haben, dafür kann ich nichts.
Ich bitte Sie, in Zukunft solche Sachen möglichst telefonisch mit mir zu besprechen, dann kann ich Verdächtigungen gleich begegnen und brauche nicht das ganze Wochenende damit herumzulaufen.
Mit freundlichen Grüßen
Ihr Walter Kempowski

Nartum So 20. April 1969

»Lotte in Weimar«. Treder hier, zwei Bilder von Beck verkauft, Hörspielfassung.

Nartum Sa 26. April 1969

Vater gefallen 1945.
»Harz« noch mal.

Nartum Mo 28. April 1969

»Umgang« angeboten.
17 Uhr Hoffmann und Campe, Dr. Hopf.

Nartum Fr 9. Mai 1969

Rezension im Tagesspiegel.[158]

Nartum So 11. Mai 1969

Hörspielentwurf Scheiße.

Nartum Di 13. Mai 1969

Morgen Entwurf für Sprecher im Hörspiel.
11.50 Pockenschutz-Nachschau.
15.00 Schulrat. Krach gemacht wegen »Stadtspiel-Artikel« im Ost-West-Kurier.

---

158 Otto Eugen Hasso Becker: »Ordensgesellschaft für Häftlinge«. Der Tagesspiegel, 9.5.1969.

Nartum Sa 17. Mai 1969

In Kiel um 15 Uhr bei Michel, Autofahrt am Olympiahafen im Regen. Abends Schinken. Dann Treffen der Rostocker, sechzehn Bücher verkauft, signiert. Prof. Heyde, Hallstein. Nächsten Morgen Abfahrt 11 Uhr, Chirurgenehepaar, nette Frau, eine Verehrerin meines Buches.

Nartum Mo 19. Mai 1969

Rowohlt Auskunft verweigert über Verkaufsziffer.
Merwich nicht da.
»Harz« beendet.

Nartum Di 20. Mai 1969

Karl G. Kempowski, geboren 1898.
Abends eventuell Helmers.
»Harz« geschrieben.

Nartum Mi 21. Mai 1969

Lange geschlafen, bis 16.30 Uhr schön. Regen. Hoffmann und Campe angerufen, sobald eine »Lücke« ist, wollen sie sich melden.
»Stadtspiel« angefangen.

Nartum Do 22. Mai 1969

Heute rief Richter an, mit den 3200 Exemplaren stimmt's nicht. Große Enttäuschung, aber immerhin, 1700 Stück ist auch nicht schlecht.

An Klaus Beck Nartum, Mai 1969

Lieber Klaus!
Mein Buch ist nun so ziemlich verkauft, in drei Monaten, das ist eigentlich recht schnell gegangen, wenn man bedenkt, daß der Verlag keinerlei Reklame gemacht hat. Es ist noch ein kleiner Rest da. Nun bin ich neugierig, ob sie nachdrucken werden. Eigentlich hatten sie die Absicht, mich auszulöschen. Das wird sich in den nächsten Tagen entscheiden.

Nartum Do 29. Mai 1969

»Krieg« angefangen.

Nartum Mo 2. Juni 1969

8.30 Uhr nach Hamburg mit Bus mit Schulkindern, übliche Tour, Hagenbeck usw. Steinmeyer dabei.

Nartum Do 5. Juni 1969

»Krieg« beendet.

Nartum Sa 7. Juni 1969

Hesedorf, zum Baden, seit Jahren das erste Mal. Hinterher übel, habe ich was mit'm Herzen?

Nartum Mo 9. Juni 1969

Herrlicher Gartentag.
14.30 Mütterberatung.
Im SPIEGEL eine Seite.[159]

Nartum Do 12. Juni 1969

Hollywoodschaukel.
Dr. Hacke, ich gab ihm Manuskript von dem »Stadtspiel« mit und »Oswald und Renate«[160]. Hildegard war in Minden.

---

159 »Jede Menge Barcelona«. Horst Bienek über Walter Kempowskis: »Im Block«. Der Spiegel, 9.6.1969, S. 160.

160 Ein Buch, das aus den täglichen Berichten der Schulkinder entstand, Vorfassung des späteren »Haumiblau«, unveröffentlicht (Walter-Kempowski-Archiv im Archiv der Akademie der Künste Berlin).

Nartum Fr 13. Juni 1969

Ein herrlicher Sonnentag, im Garten gesessen und Erdkundebuch redigiert, »Beerdigung« gearbeitet.

Nartum Mo 23. Juni 1969

»Winter« angefangen.
Anruf von Rowohlt, September Vortragstournee nach Süddeutschland.

Nartum Mi 2. Juli 1969

»Umgang« an Diogenes.

Göttingen Fr 4. Juli 1969

Gespräch mit Professor Heise über Planspiel.[161]
Vandenhoek und Rupprecht »Umgang«.

Nartum Di 8. Juli 1969

Sehr intensiv gearbeitet am »Scharlach«.
Disposition für Teil 2.

---

161 Kempowski versuchte, Planspiele im Sachunterricht durchzusetzen, wie Peter Petersen sie im Jena-Plan vorgeschlagen hatte. Die Versuche wurden ihm von der Schulbehörde untersagt.

Nartum Mi 9. Juli 1969

Hamburg, gebummelt.

Mit Schülerinnen vor der Nartumer Schule, um 1969

Nartum Do 10. Juli 1969

Abends 8 Uhr Heitmann, Geschenke kaufen, besoffen, gesponnen, gequatscht.

Nartum So 13. Juli 1969

Halb 1 Uhr Antreten der Schützen.
Niki und Frau, Dorthe und Hennig, Jasper und Birte, Walther Kerner, Angelika Gründer, Robert V.

Nartum Mo 14. Juli 1969

Antreten der Schützen um 1 Uhr.

Nartum Mi 16. Juli 1969

Westermann geantwortet, will Planspiel nehmen.
Feuer gemacht im Garten. Verkehrsgarten-Artikel.

Nartum Do 17. Juli 1969

WELT kaufen. In einer Berliner Buchhandlung als achter Bestseller erwähnt.

»Scharlach« Schluß.

An Horst Bienek Nartum, Juli 1969

Briefentwurf
Sie haben mich gegen den schon lange erwarteten Angriff, den Sie sofort als von rechts kommend erkannten, verteidigt[162]; vielen Dank! Abschmecker in einer Kläranlage – ich weiß auch nicht, was das ist. Ich hatte mit noch heftigeren Protesten gerechnet, die meisten Leser haben aber den ironischen Unterton des Buches gar nicht kapiert.

---

162 Horst Bieneks Artikel »Sind die Shdanows auch in der VOS«, erschienen in der Freiheitsglocke, Juli 1969, S. 11 f., der Zeitschrift der Vereinigung der Opfer des Stalinismus (VOS), in deren Nr. 216 Kempowskis »Im Block« zuvor in scharfem Ton angegriffen worden war.

(Sie schreiben im Spiegel vom ... »Humor des Buches«, das hat mich gefreut.)
In einer Kritik über Ihr Buch »Die Zelle« hieß es »wann hört der B. eigentlich auf, uns mit seinen Knastgeschichten zu kommen« oder so ähnlich, ich glaube, M. Reich-Ranicki schrieb das. Ich war darüber empört, aber zu einer Unterstützung Ihrer Position konnte ich mich nicht aufraffen. Ich meine, es ist gut, wenn sich ein Autor seiner Erfahrungen bedient, da ist er zu Haus'. Andere saugen sich – weil sie vielleicht nichts Einschneidendes, Intensives erfuhren – Erlebnisse aus den Fingern.
Ihr Buch »Die Z.« habe ich noch nicht gelesen. Als es herauskam, war ich mit meinem gerade fertig, da war ich »satt«. Ich werde es nachholen.
Sind Sie gelegentlich mal in Hamburg? Vielleicht könnte man sich mal sehen?

Nartum Fr 18. Juli 1969

STROM I in Ordnung gebracht.
19.15 Uhr Robert, Svend Keller.

Nartum Sa 19. Juli 1969

»Schule II« angefangen.
Radio Bremen will »Umgang« nehmen.

Nartum So 20. Juli 1969

Svend Keller, Niki und Frau, Robert, Teuber.
Mondlandung gesehen, einer wollte sich erheben!
»Irgendwie fassungslos.«

Von Horst Bienek München, 21. Juli 1969

Lieber Herr Kempowski,
mein Gott, wo und was ist das: Nartum? Ist das so eine Art gemildertes Workuta? Wo Sie von Ihren Schülern gefangengehalten und unterdrückt werden? – Wo liegt denn dieser Ort, der eher nach einer chemischen Substanz klingt als nach einer wohnwürdigen Gegend …
Ich habe Sie nicht verteidigt (das haben Sie nicht nötig), ich habe mir eher meinen Ärger heruntergeschrieben … Das geht doch zu weit. Ich bin in dem Verein sowieso nicht drin, aber irgendwie hat man mit den Menschen, mit denen man einige Jahre lang zusammen gelitten hat (das soll nicht pathetisch klingen) etwas gemeinsam … Und dann muß man sich gegen diese Sprache wehren! Ich lese das Blatt ja nie, dieses Heft hatte mir jemand zugeschickt.
Mit Dr. Binski, der wohl der Chefmanager dieses Vereins ist, war ich nämlich lange in Workuta zusammen, was heißt lang: immer! Und ich konnte nicht verstehen, wie er so etwas zum Druck geben konnte.
Ja, mit dem Thema … da haben Sie recht. Wissen Sie, meinem ersten Buch (Traumbuch eines Gefangenen) hat man vorgeworfen, da kommt jemand mit einer so »unerhörten Biographie« und macht Literatur draus … ich gebe zu, da ist auch sehr viel Künstliches dabei, weil ich bewußt Modell schaffen wollte, Distanz zeigen … erst bei meinem dritten Buch habe ich gemerkt: daß man nur über das schreiben kann, was man selbst erlebt und erlitten (jetzt kommt mir doch schon wieder dieses Wort unter die Schreibmaschine) hat …

Und ich werde nichts anderes schreiben ... bis sich die Kritiker daran gewöhnen ... Denken Sie an Proust ...
Sie sollten meine »Zelle« schon lesen, deshalb, weil es weniger von der äußeren als von der INNEREN Erfahrung mitteilt ...
Mir hat Ihr Buch gefallen, und ich hoffe, das hat man auch in der Spiegel-Besprechung (die zwangsläufig natürlich etwas pauschal geschrieben werden muß), gemerkt, mir lag auch daran, etwas für dieses Buch und dieses Thema (!) zu tun ... Ich gehöre nicht zu jenen Kritikern, die sich stets darüber ärgern, daß ein deutscher und dazu noch unbekannter Autor ein recht passables Buch geschrieben hat.
Mich interessiert nur: Wie kamen Sie zu Rowohlt? Gerade zu Rowohlt?
Herzlich, Ihr Horst Bienek
p.s. So weit in den Norden komme ich ganz selten ... aber haben Sie Telefon? Rufen Sie mich doch einmal abends an ...

Nartum Do 24. Juli 1969

Mondfahrer wieder auf der Erde.
Radio: Über Schriftsteller.

Nartum Do 31. Juli 1969

WELT kaufen. Seit 14.7. ununterbrochene Hitze.
Schulrat anrufen! Bienek und Salzinger[163] Telefonat.

---

163 Helmut Salzinger (1935–1993) hatte in der ZEIT, Nr. 18, 2.5.1969, unter der Rubrik »Unsere Empfehlungen« den Haftbericht »Im Block« hervorgehoben.

Nartum Fr 1. August 1969

Getippt bei 30 Grad Hitze, auch an »Wartung der Körper«[164] gearbeitet, sind 50 Geschichten.
»Schule II« Schluß. »Konservative« angefangen.

Nartum Mo 4. August 1969

»Verwahrung von Körpern« gearbeitet, Versform.

Nartum Fr 8. August 1969

Grotelüschen hat angerufen, Schroedel will Artikel nicht drucken. Angst, daß es nicht weitergeht, daß ich Fehler gemacht. Eine Frau aus Bremen wollte Bilder sehen.

Nartum Sa 9. August 1969

»Verkehrsgarten« an Klett. Klaffke und Siems hier. Widerliche Antwort von Schroedel auf Planspiel. Gottlob schon von Grotelüschen avisiert.

---

164 Unveröffentlichte weitere Verarbeitung des Zuchthauserlebnisses, später unter dem Titel »Verwahrung von Körpern« als zweiter Teil des »Zwischenbuchs«.

Nartum Mo 11. August 1969

Letzter Ferientag. Abends bei Kaufmann.

Nartum Di 12. August 1969

18 Uhr Salzinger und Kaufmann bei uns, wegen des Hauses, was Salzinger kaufen will.

Nartum Do 14. August 1969

Soll ich eventuell Vortrag halten über »Stadt«?
WELT kaufen.
Hepstedt, 9 Uhr.

Nartum Fr 15. August 1969

Kleßmann Feier.

Nartum So 17. August 1969

»RSBB« fertig.
»Angriffe« angefangen.

Nartum Di 19. August 1969

Deutschlandfunk, Nolte, zehn Minuten.

Nartum Fr 22. August 1969

Gut gearbeitet an »Angriff«, Rohbau fertig. 19 Uhr bei Siems und Klaffke.

Nartum Sa 30. August 1969

Buchhandlung Weitbrecht und Marissal in Hamburg bittet mich zu lesen. Salzinger kuckt Wohnung an. »Angriff« fertig.

Nartum So 31. August 1969

»Flucht« angefangen. »Zwischenbuch« an Bienek.
Im Haus gesessen und gearbeitet.

Nartum Mo 1. September 1969

Idiotischer Besuch bei idiotischen Leuten.

Nartum Do 4. September 1969

Tonbandgeräte holen. Stadtspiel auch von Westermann zurück. Überlegung zur Struktur des STROM.

Nartum Mi 10. September 1969

1824 Friedrich Wilhelm Kempowski geboren.

Nartum Sa 20. September 1969

Arbeit an »Gartz«, sehr schön. Abend mit Piwitt, Thomas Fuchs, D. Harms. Neumann kurz da. Über Schule gewettert.

Nartum Mo 22. September 1969

1881 Friedrich Wilhelm Kempowski gestorben.

Nartum Mi 24. September 1969

»Zwischenbuch«[165] ab an Kiepenheuer.

---

165 Dreiteiliger literarischer Versuch: »Verwahrung von Körpern« (Zuchthauserlebnisse), »Ansicht von Gegend« (Geographisches) und »Umgang mit Größen« (Traumbuch), unveröffentlicht (Walter-Kempowski-Archiv im Archiv der Akademie der Künste Berlin).

Nartum Do 25. September 1969

Kreisbestenwettbewerb in Bremervörde, 8 Uhr Beginn.

Nartum Fr 26. September 1969

»Flucht« fertig.

Nartum Sa 27. September 1969

Letzter Schultag.

Nartum So 28. September 1969

Hermann hier. Schwiegervater geht's schlecht. Wahl, SPD gewonnen.

Nartum Mo 29. September 1969

»Ib« angefangen.

Nartum Di 30. September 1969

Neues Auto. 1800 Mark für altes bekommen (70000 gelaufen).

Kopenhagen Mi 1. Oktober 1969

Dänemark gefahren, mit Fähre gegen 13 Uhr Kopenhagen, durch Stadt gebummelt. Abends Ib. Gottlob weg.

Kopenhagen Do 2. Oktober 1969

Hildegard an der See, ich in Pornoshop.
Nachmittags mit Hildegard in Kopenhagen getroffen, abends früh ins Bett.

Nartum Fr 3. Oktober 1969

An der See entlanggefahren, Vedbäk Jacht angekuckt. Nach Hause gefahren, eine Fähre verpaßt, Monika und W. Kerner hier.

Nartum Sa 4. Oktober 1969

Genossen, zu Hause zu sein. Minchen und Niki hier.

Nartum Mo 6. Oktober 1969

Mit Bienek telefoniert. »Heterogen«.

Nartum Di 7. Oktober 1969

»STROM« durchgesehen, nebenbei.

Nartum Fr 10. Oktober 1969

Ganzen Tag im Garten, heiß.
STROM noch mal durchgesehen, nebenbei.

Nartum Sa 11. Oktober 1969

Arbeit an »Ib«, zwei Teile draus gemacht. Verliere die Übersicht.

Nartum Mo 13. Oktober 1969

Erster Schultag.

Nartum Fr 17. Oktober 1969

Schlechter Tag, sehr nervös, Kinder unruhig.
STROM weiter durchgesehen.

Nartum Mi 22. Oktober 1969

Man schreibt sein Buch, als sollte man den Südpol entdecken. Immer weiter werden die Depots angelegt.

Nartum Mo 27. Oktober 1969

Kann jetzt besser das Private vom Allgemeingültigen unterscheiden, entscheide mich schneller, kleine Pointen um der Wahrheit willen rauszuschmeißen. –
Zur Lesung mußte ich auch »Block« noch mal durchgehen, würde vieles anders machen. Im ganzen ist es aber richtig. Konjunktiv-Unsicherheiten.

Nartum Mittwoch. 29. Oktober 1969

Lesung in Rahlstedt mit Uwe Herms, hinterher Blensdorf.
Bei Kleßmann.

Nartum Do 30. Oktober 1969

STROM bei Ledig abgegeben. Um 15 Uhr bei Ledig, Weitbrecht und Marissal. Monika und Salzinger, Richter.
Frauke u. a. hinterher um 19.30 Uhr bei Salzinger.
Frau Tsch.: Ich bin sicher, daß wir uns gut verstehen werden.

Nartum Fr 31. Oktober 1969

Ausgeruht von all den Aufregungen. Ledig gestern freundlich, mitleidheischend. Richter: Das hat er denn ja gut hingekriegt. Versprach, mit mir, falls er STROM haben will, Vertrag vorher zu machen. Übersetzung S. erwähnt. Er wolle mich besuchen, wenn er mal in meine Nähe kommt.

Nartum Sa 1. November 1969

Bei Weitbrecht gutes Mikrophon. Amnesty International. Ob ich politisch sei? Junger Mann machte sich Notizen, vorn. Im Stehen gelesen, gut. Abendblatt-Reporterin, alte Dame mit Weißgold. Ob ich sonst noch was sagen möchte?

Nartum So 2. November 1969

Ganzen Tag zu Haus. Herrlich geschlafen.

Nartum Mo 3. November 1969

Zeven. Weihnachtseinkäufe für die Kinder. Spätnachmittag geschlafen und dann am »Ib 1« gearbeitet. Puppenhaus, Lego, Bücher.

Nartum Do 6. November 1969

Idee, »Marienkirche« zwischen »Ib I« und »Ib II« zu schalten, ganz plötzlich, aus heiterem Himmel. Macht Spaß. Dritter Teil bekommt dadurch Proportion. Film über die Papuas von Margaret Mead.

Nartum Fr 7. November 1969

Hartmut Stanke kam aus Hannover, Salzinger nachmittags hier wegen seines Schrankes. Sehr gutes Gespräch über direkte und indirekte Gängelung durch Erziehung. Abends Robert.

Nartum Sa 8. November 1969

Film von Andy Warhol, »Kitchen«. Wie Affen im Zoo, fünf Personen Küche, halbirre Leute, Transvestit, affektierte Schwarzhaarige, Manntier mit bloßer Brust, Blondine, die dauernd ihre Sachen umstellt. Fotograf, leider einige Gags. Kinder-Langtag.

Nartum Mo 10. November 1969

14.30 Uhr Mütterberatung.
15.30 Uhr Büro des Schulrats.
Es ist sinnlos, mit diesem Mann zu reden, pädagogische Bemühungen eingestellt.

Nartum Di 11. November 1969

Bin Erdkunde-Seminarleiter ab 1.2.
KF denkt. Schrieb die Weihnachtsbüchlein, da wurde mir das klar. Tanti blitzschnelle Reaktion. Sie will nicht heiraten, vorm Kinderkriegen Angst, sagt sie.

Nartum Mi 12. November 1969

15.30 Uhr Tarmstedt Schulleitertagung.
Sogenannte Grippe, »Ib I« getippt, »Fabbi« gearbeitet. Ein herrliches Leben, den ganzen Tag oben.

Nartum Do 13. November 1969

Immer noch »krank«. Dritter Teil, erstes Kapitel, fertiggeschrieben und getippt. – Abends Kaufmann. Vlado Kristl, »Italienisches Capriccio«. Kann ich stundenlang sehn. – Jungi hat uns beklaut, grünes Auto gekauft. Überlegenheitsgefühl über Kind widerlich und erfolgreich bekämpft. Abends Versöhnung.

Nartum Fr 14. November 1969

Timmer und Meyer, Schiff basteln.

Nartum Sa 15. November 1969

Nachmittags Rasen gemäht, Heinz Franke aus Bautzen, Walther Kerner und Ulrike Müller-L. – Dann nach Bremen, Scheißfilm, hinterher mit Kaufmann und dessen Schwester.

Nartum So 16. November 1969

Ein widerlicher Tag. Kinder quärig. Kalt, ungemütlich.

Nartum Mo 17. November 1969

Abends Bremen, zwei Beatbands gesehen. Schon Show-Geschäft. Mit Kaufmann.

Nartum Mi 19. November 1969

Telefonat Richter, er will nach München fahren.
11 Uhr in Hamburg, Franz Mon, Hörspiel vom Schriftstellerverband aus. Hinterher PANORAMA und bei Robert.
Sehr gute Nachricht von Radio Bremen, »Umgang« mit Musik. Arbeite an »Vaters Urlaub 1942«, schöne Erinnerungen. Ich dringe immer tiefer ein. Täglich zwei Stunden Arbeit reichen, mache öfter mal ne Pause. Halb 5 bis 7 Uhr.

Nartum Fr 21. November 1969

Nun ist die SPD am Ruder. Noch sind die Zeitungen freundlich, mal sehen, wann sie sich umdrehen.

Nartum Sa 22. November 1969

Ute und Christian bei uns. Pfeifenbring referierte den Grund meiner Verhaftung, als hätte er ihn auswendig gelernt. Sonderbar!
19.45 Uhr Pfeifenbrings mit Hammersteins und Klements. Väterliche Ermahnungen.

Nartum So 23. November 1969

13.30 Uhr Heinolds. Piwitt sei nicht der Klügste. Herms mache sich wichtig. Literaturagent besprochen.
Herms Telefonat: Schlägt vor, sich zu treffen. Fishing für compliments?

Nartum Mo 24. November 1969

Ein widerlicher Tag. Nervös. Einkäufe gemacht, nicht zum Arbeiten gekommen.
SPIEGEL-Leserbrief von mir über Indianer. Telefonat mit Mund über Raddatz. Will seinen Professor machen.

Der Spiegel Mo 24. November 1969

Leserbrief zu »468 Jahre Diskriminierung«, Nr. 44 bis 46/1969
Daß der Grzimek auf seinen Südamerikafahrten nie was von den Indianermorden gemerkt hat! Deutsche Professoren, so scheint es, interessieren sich mehr für Tiere als für Menschen.
Walter Kempowski, Nartum

Nartum Di 25. November 1969

Rowohlt angerufen. Delling noch nicht rangegangen. »Vaters Urlaub« getippt.

Nartum Mi 26. November 1969

»Tante Martha« angefangen. Brunnée nach Erinnerungen an Tante Martha gefragt.

Nartum Do 27. November 1969

Fernseher holen. Bei Steuerberater gewesen, hörte mit offnem Mund meinen Rowohlt-Berichten zu.

Nartum Sa 29. November 1969

15 Uhr Weihnachtsmärchen. Siems getroffen, abends Kaufmann bei uns. Weserkurier.

Nartum Mo 1. Dezember 1969

STROM an Hanser.
1865 Robert Kempowski geboren.
10 Uhr Schluckimpfung in der Schule.
Salzinger hier, brachte Sachen.

Nartum Di 2. Dezember 1969

Hildegard in Rotenburg. Kinder stellen Küche auf'n Kopf.

Nartum Mi 3. Dezember 1969

Tarmstedt Jagels: Saublöde Aufführung von »Sturm« in Bremen. Diskreditiert jegliche Modernität.

Nartum Do 4. Dezember 1969

Richter, ich hab ihm gesagt, daß ich bei Rowohlt STROM abgegeben habe. Delling sei ganz zuverlässig; mein Jahrgang. Will eventuell als freier Lektor mein Buch machen, bei Hanser. Mal sehn. Es war schön, ihn mal wieder zu sprechen. »Zwischenbuch« auch besprochen.

Nartum Fr 5. Dezember 1969

Richter Geburtstag.
Vater Janssen geht's sehr schlecht, liegt den ganzen Tag. Schläft.
Salzingers weißen ihr Haus.

Nartum So 7. Dezember 1969

Vater Janssen gestorben, mittags, Mutter Janssen war gerade bei ihm, plötzlich atmete er nicht mehr. Seit drei Tagen geschlafen, bewußtlos. Lungenentzündung.

Nartum Mo 8. Dezember 1969

Hildegard in Rotenburg.
Ich zur Dorfbeerdigung. Schnee, kalt. [...]

Nartum Di 9. Dezember 1969

Harmonischer Tag, ganzen Nachmittag gut gearbeitet. »Tante Martha« »vertieft« auf Zeitbezüge hin. »Ostarbeiter«, ganz vorsichtig.

Nartum Mi 10. Dezember 1969

Bei verschiedenen Trödlern, Kleinkram gekauft, sechs schöne Biedermeier- Punschgläser.

Nartum Do 11. Dezember 1969

Beerdigung in Rotenburg. Extrazettel.

Nartum Fr 12. Dezember 1969

Rowohlt angerufen. Delling habe gelesen, heißt es.
Näheres nicht bekannt.
Salzingers zogen ein.

Nartum Sa 13. Dezember 1969

Nachmittags gearbeitet.
Bis nach Mitternacht mit Salzingers gequatscht.

Nartum So 14. Dezember 1969

»Tante Martha« getippt.
Von einem Zimmer ins andere gegangen. Richter telefonierte, wird mir Artikel »widmen«.
Abends grölende Dorfjugend vorm Haus.

Nartum Mo 15. Dezember 1969

15 Uhr V-Schule Elsdorf.
Ute und Graham hier, überraschend angenehm, sie guttural, er gesprächig, intellektuell.

Nartum Di 16. Dezember 1969

Termin Elsdorf vergessen. War mit Hildegard heute dort, mit Kregel über Schulsituation gesprochen. Wir geben August 1970 Oberstufe ab, ich ¾, Hildegard ½.
Schnee, kalt.

Nartum Mi 17. Dezember 1969

Rowohlt angerufen, ein Briefchen wird mir in Aussicht gestellt. (Vorzimmer).
Abends noch kurz bei Fischer in Tarmstedt, ein Kollege, Henkhus kam. Ich war »der große Mann«.

Nartum Do 18. Dezember 1969

Anstrengender Vormittag, Kinder unruhig, keine Lust. Nach Tisch lange geduselt. Bis 5 Uhr. Von 7 bis 8 Uhr dritten Teil durchgelesen, war ganz zufrieden. Abends kurz bei Klee.

Nartum Fr 19. Dezember 1969

Rowohlt-Ablehnung kam: Großer Schock.
Robert von Bahn geholt. Lebt sichtlich auf. Brachte elektrische Schienen für Jungi mit.

Von Heinrich Maria Ledig-Rowohlt Hamburg, 17. Dezember 1969

Lieber Herr Kempowski,
als wir kürzlich hier in Reinbek zusammensaßen, hatten wir uns vorgenommen, uns künftig öfter zu treffen und über die Dinge zu sprechen. Arge Terminnot vor einer Reise zwingt mich nun leider doch wieder, einem Brief Überlegungen anzuvertrauen, die besser und gründlicher in einem persönlichen Gespräch zu erörtern gewesen wären. Indessen kann und mag ich Sie nicht bis zu meiner Rückkehr in einigen Wochen wegen »Im Sturm«[166] ohne Nachricht lassen.
Die Beschäftigung mit den etwa 300 Seiten, die wir nun kennen, hat uns aufs neue die Qualitäten bestätigt, die Sie als Autor auszeichnen und die aus »Im Block« einen so wichtigen und zugleich auch einen so guten Bericht machten. Wieder gehen Sie mit überlegter Ökonomie der Mittel zu Werke, wieder stel-

166 Gemeint ist der Roman »Im Strom«, der 1971 unter dem Titel »Tadellöser & Wolff« erschien.

len Sie den Zusammenhang her, der die episodisch wirkenden Textteile zu einer Einheit bindet, wieder verschaffen die realistischen Beschreibungen dem Leser Erkenntnisse, die aus den Fakten, Reaktionen und Konstellationen selbst hervorgehen, ohne daß eine vordergründige »Deutung« sich dazwischenschiebt. Dennoch – und Sie werden sich, lieber Herr Kempowski, vorstellen können, wie schwer es mir fällt, so fortzufahren – war der Eindruck von »Im Sturm« auf uns letztlich schwächer. In Ihrem Bautzen-Buch kamen alle genannten Vorzüge Ihres Stils und Ihrer Erzählweise direkt zur Auswirkung. Bei dem nun in Rede stehenden Manuskript wird man wiederum vor allem durch das Dargestellte selbst angesprochen und so ganz von selbst auf die Frage hingelenkt, ob der Stoff die gleichsam exemplarische Bedeutung hat, die eine solche Form schlüssig werden läßt. Im Grunde, bitte verzeihen Sie mir diese Vereinfachung, ist Ihr Thema, soweit das bisherige Manuskript und die kurze Skizze des weiteren Verlaufs, die Sie angefügt haben, es erkennen lassen, eines der Hauptthemen der deutschen Nachkriegsliteratur. Da gewissermaßen noch einmal etwas nachzutragen, ist für einen Verleger (und sicher auch für einen Autor, der sich über all dieses auch seine Gedanken gemacht hat) eine schwierige Entscheidung, zumal dann, wenn sich andererseits die Qualitäten des Manuskriptes so deutlich abzeichnen.
Nun halte ich es aber nicht für richtig, Sie über unsere Diskussionen und Überlegungen im Unklaren zu lassen und Ihnen bis zur Fertigstellung des Ganzen zu verschweigen, wie sich die mögliche Planung eines solchen Buches im Rahmen unseres Programmes darstellt. Offen gestanden sind die Aussichten nicht besonders gut. Wir müssen an unsere nächsten Vorhaben mit einiger Disziplin herangehen, wir müssen nach einem gewissen Ausufern in den letzten Jahren und Monaten straffen, und dabei sind meine Möglichkeiten, Ihr neues Buch im Programm unterzubringen, äußerst gering. Vage Hoffnungen will ich Ihnen nicht machen. Und so bleibt mir nichts als die betrübliche Feststellung, daß wir uns die Veröffentlichung von »Im Sturm« versagen müssen.
Seien Sie mir, lieber Herr Kempowski, wegen dieser Nachricht

nicht allzu gram; wir haben die Entscheidung nicht leichten Herzens getroffen. Ich sehe jedoch keinen anderen Weg. Und obwohl ich Ihnen in den Vorweihnachtstagen diesen Wermut in den Wein schütten mußte, hoffe ich doch, daß Sie mir und meinem Verlage gewogen bleiben.
In diesem Sinne mit herzlichen Grüßen
Ihr Ledig-Rowohlt
PS: Das Manuskript darf ich gleichzeitig eingeschrieben an Sie zurückgehen lassen.

Nartum Sa 20. Dezember 1969

Abends Ute und Graham, Robert, Klaffke, schön Abendbrot gegessen und gut unterhalten. Thema: Warum Graham Jus studierte; habe jetzt den richtigen Ton zu Ute gefunden. Man muß sie dauernd hochnehmen.

Nartum So 21. Dezember 1969

Morgens halb 12 bei Salzinger Platten gehört. Klaffke und Salzinger duzten sich gleich. Langhaarige unter sich?

Nartum Mo 22. Dezember 1969

Erster Ferientag.

Nartum Di 23. Dezember 1969

Hamburg, ich allein, wollte zum Psychiater wegen Masochismus allgemein. Kam nicht durch wegen Riesenverkehr. Telefonberatung. Fand Märchenbuch von Mutter im Antiquariat. Bei Weitbrecht begrüßte man mich als Autor, was mir wohltat, denn Merlin Verlag war unverschämt.

Nartum Mi 24. Dezember 1969

Mit Kaufmanns und Salzingers etwas Ärger, weil man nicht zusammenpaßte. Robert war auch da.

Nartum Do 25. Dezember 1969

Viel gelacht. Marschplatten im Hintergrund. Robert macht Alten Fritz nach. Rezension über Martschenko geschrieben.

Nartum Fr 26. Dezember 1969

Klaffke hier.
20 Uhr, Heinz Rühmann, »Feuerzangenbowle«.

Nartum Sa 27. Dezember 1969

20 Uhr NDR, 1. Programm.
Salzinger Geburtstag.
Abends bei Salzinger. Sie riefen reumütig an, hatten sich seit 24. Dezember gestritten.

Nartum So 28. Dezember 1969

Beginne nach Absageschock allmählich wieder mit Schreiben. Sehr gemütlich mit Robert, Puppenmöbel repariert, lustig, ausgeglichen. Rezension Martschenko fertig. Klaffke weg.

Nartum Mo 29. Dezember 1969

Ganzen Tag rumgedabbelt. Ausgeruht und gutgelaunt. Abends Limmroth. Elektrische Eisenbahn.

An Heinrich Maria
Ledig-Rowohlt Nartum, Ende Dezember 1969

Sehr geehrter Herr Ledig-Rowohlt!
Vielen Dank für Ihren freundlichen und offnen Brief vom 17. Dezember. Da erübrigt sich wohl eine ausführlichere Antwort.
Eins vielleicht: Daß andere Leute über die Nazizeit geschrieben haben, ist für mich kein Grund, es zu lassen. Für meine Generation wird dieses Thema nie erledigt sein. Die jüngere politische Entwicklung in der Bundesrepublik zeigt außerdem, daß unsere Vergangenheit noch lange nicht »bewältigt« ist. Fraglich

ist allerdings, ob Literaten das politische Bewußtsein eines Volkes überhaupt ändern können.
Würden Sie bitte so freundlich sein und meine Dezemberabrechnung etwas beschleunigen? Die letzte Zahlung Ihres Verlages erhielt ich vor über einem Jahr. Ich weiß, daß Sie nicht verpflichtet sind, mir schon vorher mein Honorar auszuzahlen, aber vielleicht läßt es sich machen, daß ich schon bald einen Scheck kriege.
Mit guten Wünschen für 1970
Ihr Walter Kempowski

1970

Nartum Do 1. Januar 1970

Bei Salzinger heute früh, er sehr gesprächig. Es sei »lieb« von mir, ihm immer was über sich zu schicken. Hoffentlich geht das gut. Er hat diesen Kehrdichannichts. Imponierend die Bedürfnislosigkeit. Aber die Schaumgummipacken werden doch mit Kord überzogen. Und prima Käse muß sein und Whisky. *Da* haben sie ihren Luxus. Mir egal. Aber man sieht's. 300 Langspielplatten? 30 Tonbandkassetten. Die Frau rührend, aber auch Kehrdichannichts, der den Besucher einschließt. Warum ist man so gehässig? Überall wird an meiner Zuneigung zu den Leuten geknabbert. Alle probieren es aus.

Bei der Arbeit an »Tadellöser & Wolff«, Nartum 1970

Nartum 3. Januar 1970

Morgens »Konf.« geschrieben. Nicht zufrieden. An Disposition gesessen. Rowohlt-Schock drückt. Nichts zu lesen.

Nartum Di 13. Januar 1970

Anruf bei Hanser, wie's meinem Manuskript geht. Gut! Sie wollen es nehmen, und Richter soll lektorieren. Sie halten das Gesamtvorhaben[167] für durchführbar. Ende Januar kommt Kolbe.[168]
Salzinger: Was? Kolbe kommt hierher? Nach Nartum?
Sie winkte uns wie Puffmutter ran, vom Spaziergang kamen wir. Das ist ein Glücksgefühl, ich kann es kaum fassen. – Bedeutet Steigerung und später Rückwirkung auf »Block«.

167 Kempowskis Planungen für die »Deutsche Chronik«.
168 Jürgen Kolbe, damals Lektor im Hanser Verlag.

Anhang

Nachwort

Walter Kempowskis ausgewählte Aufzeichnungen aus den Jahren 1956 bis 1970 schildern den Weg des gerade entlassenen Häftlings zum erfolgreichen Schriftsteller. 13 Jahre dauerte es bis zur Veröffentlichung seines Haftberichts »Im Block«, 15 Jahre bis zum Erscheinen von »Tadellöser & Wolff«, jenem Roman, der schnell zu Kempowskis Markenzeichen wurde. Seine frühen Tagebücher dokumentieren diese außergewöhnliche Entwicklung jenseits des etablierten Literaturbetriebs, in dem er selbst nach seinen späteren Erfolgen immer ein Außenseiter blieb. Die Aufzeichnungen geben auch Zeugnis vom Beharrungsvermögen ihres Autors, weil er eine unerhörte Geschichte zu erzählen hatte, *seine* Geschichte.
Die Tagebücher stellen in Walter Kempowskis Gesamtwerk neben der »Deutschen Chronik« und dem »Echolot« die dritte tragende Säule dar. Bereits in seiner Jugend in Rostock führte er ein Tagebuch, das nicht überliefert ist. Nach seiner Verhaftung durch den sowjetischen Geheimdienst 1948 und die dann folgende Verurteilung wegen angeblicher Spionage auch seines Bruders und seiner Mutter zu hohen Zuchthausstrafen fiel es der zwangsweise verordneten Auflösung des Familienbesitzes zum Opfer. Aufzeichnungen, die Kempowski im Zuchthaus Bautzen machte, auf kleinen, geheimgehaltenen Zetteln notiert, konnte er bei seiner vorzeitigen Entlassung in den Westen im Jahr 1956 nicht mit hinausnehmen. Erhalten haben sich zwei

Kalender aus den Jahren 1947 und 1948, in denen Kempowski als Hilfsarbeiter in einem Lebensmittellager der US-Army in Wiesbaden arbeitete. Sie enthalten stichwortartige Notizen. Das eigentliche Tagebuchwerk beginnt dann im März 1956 und reicht bis zu Kempowskis Tod im Oktober 2007.

In den Anfangsjahren, der Studienzeit in Göttingen, nahm Kempowski in der Regel täglich zumeist umfangreichere Eintragungen vor. Sie zeugen vor allem von der Auseinandersetzung mit der zu unrecht erlittenen Zuchthausstrafe und dem Bemühen um Anerkennung als politischer Häftling, die ihm nach langen Verhandlungen mit der westdeutschen Obrigkeit 1959 von einem Hamburger Gericht versagt wurde. Daneben stehen von Anfang an die Erinnerungen an bessere Zeiten der in Krieg und Nachkriegszeit zerstörten gutbürgerlichen Familie: Sein Vater, der Reeder und Schiffsmakler Karl Georg Kempowski, war in den letzten Kriegstagen im April 1945 auf der Frischen Nehrung durch eine sowjetische Fliegerbombe getötet worden. Seine aus einer angesehenen Kaufmannsfamilie stammende Mutter Margarete führte nach ihrer Entlassung aus dem DDR-Frauengefängnis Hoheneck seit 1953 in Hamburg-Altona ein bescheidenes Dasein. Sein älterer Bruder Robert wurde einige Monate nach ihm aus Bautzen entlassen. Die Schwester Ulla lebte seit ihrer Heirat im Jahr 1943 in Dänemark. Die Firma, Kempowskis Vater war Teilhaber der Reederei und Schiffsmaklerei Otto Wiggers in Rostock gewesen, wurde liquidiert, die Wohnung in der Augustenstraße aufgelöst, der Besitz versteigert.

Kempowski notierte die wiederkehrenden Gedanken an Heimat und Familie im Tagebuch. Sie bilden zusammen mit den Hafterinnerungen das Grundgerüst der ersten Tagebücher. Die Auseinandersetzung mit diesen beiden Komplexen führte Kempowski auch in literarischen Versuchen jenseits der Tagebücher, in denen sie zuweilen erwähnt werden: erste Skizzen, Vorfassungen und Studien, die auf »Tadellöser & Wolff« und »Uns geht's ja noch gold« oder »Im Block« vorausweisen. Diese frühen Texte befinden sich heute im Kempowski-Nachlass im

Archiv der Akademie der Künste in Berlin. Erinnerung, Rechtfertigung und literarische Gestaltung stehen – noch halb unbewusst und überwiegend im Hintergrund der Tagebücher – am Neubeginn Kempowskis nach dem Zuchthaus. Zwar arbeitete er bald an einem von Kafka inspirierten Roman mit dem Titel »Margot«, der bereits die eigenen Erlebnisse stark verschlüsselt widerspiegelt. Aber über die Jahre traten die Themen, die Kempowskis späteres literarisches Werk dominieren, aus den Tagebüchern heraus und führten schließlich zu eigenständigen schriftstellerischen Arbeiten. So entstand zunächst der Haftbericht, mehrfach umgearbeitet, wie das Tagebuch zeigt, und 1969 unter dem Titel »Im Block« im Rowohlt Verlag veröffentlicht. Der Dorflehrer war nach vielen Jahren der literarischen Experimente zum Schriftsteller geworden, dessen Buch in den großen Zeitungen des Landes besprochen wurde, der in Buchhandlungen auftrat und im Rundfunk las.
Das Tagebuch offenbart auch, daß Kempowski bereits vor dem Erscheinen von »Im Block« intensiv an einem autobiographischen Roman über das Leben seiner Familie im »Dritten Reich« arbeitete, der lange den Arbeitstitel »Im Strom« führte. Im Dezember 1969 lehnte der Verleger Heinrich Maria Ledig-Rowohlt das Buch ab, weil es bereits zu viele Bücher über die Nazizeit gebe. Wenige Tage später, Anfang 1970, erhielt Kempowski die Zusage des Hanser Verlags in München. Damit endet die hier veröffentlichte Auswahl aus Kempowskis Aufzeichnungen. Im Jahr darauf erschien das Buch unter dem Titel »Tadellöser & Wolff«. Es wurde ein großer Erfolg, bis heute in millionenfacher Auflage und 1975 von Eberhard Fechner für das Zweite Deutsche Fernsehen verfilmt.
Kempowski bezeichnete es später immer wieder als wundersame Fügung, daß ausgerechnet der Pflegesohn des inzwischen in Bayern lebenden Bautzener Anstaltspfarrers Hans-Joachim Mund Lektor des Rowohlt Verlags war. Im Frühjahr 1962 erschien Fritz J. Raddatz in Breddorf, um den Schulmeister kennenzulernen. Er begleitete die literarische Arbeit Kempowskis an verschiedenen Buchmanuskripten, wie ihr Briefwechsel

zeigt, der hier in Auszügen wiedergegeben wird, und unterstützte ihn sogar mit Papierlieferungen. Dabei versicherte er sich immer wieder der Einschätzung prominenter Autoren (u. a. Joachim Kaiser, Peter Rühmkorf, Hans Magnus Enzensberger), bevor sich der Haftbericht – lange unter dem Arbeitstitel »Protokoll« – als das erfolgversprechende Projekt herauskristallisierte.

Überhaupt verraten die Tagebücher die intellektuelle Isolation Kempowskis, der anders als die meisten tonangebenden Autoren der Zeit abseits der Metropolen lebte, tagsüber Kinder unterrichtete, nur in den Abendstunden, am Wochenende, in den Ferien schrieb. Neben der Korrespondenz mit Raddatz, die in der zweiten Hälfte der sechziger Jahre allmählich abnahm, spielte der Kontakt zu Klaus Beck, einem bildenden Künstler aus Düsseldorf und ebenfalls ehemaligen Bautzen-Häftling, die zentrale Rolle bei der Arbeit an den Texten. Bei gegenseitigen Besuchen in Breddorf, später Nartum, wo Beck Gartenplastiken schuf, und in Düsseldorf erhielt Kempowski durch den Beuys-Schüler Anregungen, die unmittelbar in seine Arbeit eingingen und ihm künstlerische Möglichkeiten jenseits des bundesdeutschen Literaturbetriebs, den immer noch die Gruppe 47 prägte, wiesen. In den Briefen, die hier ebenfalls in Auszügen wiedergegeben werden, nehmen Schilderungen ihrer jeweiligen künstlerischen bzw. literarischen Arbeiten breiten Raum ein. Besonderen Eindruck in der niedersächsischen Provinz wird etwa Becks Bericht vom 2. Februar 1963 über das internationale Fluxus-Festival gemacht haben, das Joseph Beuys an der Kunstakademie Düsseldorf organisiert hatte.

Kempowski schuf sich daneben eigene Formen des geselligen und intellektuellen Austauschs, rief in Nartum die sogenannten, bald regelmäßig veranstalteten Klubtage ins Leben, bei denen zahlreiche Freunde und Bekannte zumeist ein Wochenende auf dem Dorf verbrachten. Daneben sind die damaligen Kultursendungen im Rundfunk und vor allem im Fernsehen in ihrer Bedeutung für die Orientierung des Schriftstellers vor seinem Durchbruch nicht zu unterschätzen. So finden sich im Tage-

buch zuweilen Mitschriften von Vorträgen oder Diskussionen, Medienprotokolle lange vor »Bloomsday 97«, dem Nartumer Happening und Protokoll eines Fernseh-Weltalltags aus dem Jahr 1997. Überhaupt stößt man bei der Lektüre der Tagebücher immer wieder auf Textpassagen, die spätere Werke vorwegnehmen, etwa die im August 1960 entstandene Collage von Aufzeichnungen aus dem Jahr 1944, die auf das »Echolot« vorausweist, die im August 1961 erstmals gestellte Frage nach Hitler, die Sammlung kurzer Erzählungen von Schulkindern, Szenen aus dem Rostocker Familienleben ... Nach dem Erscheinen von »Im Block« kam Kempowski dann vor allem in Kontakt mit der Hamburger Literaturszene, aber auch zu Horst Bienek ist eine frühe Verbindung belegt. Und Ende 1969 kehrte der Schriftsteller und Rockmusikkritiker Helmut Salzinger, der »Im Block« in der ZEIT gelobt hatte, wohl beeindruckt von Kempowskis ländlicher Existenz, der Stadt den Rücken und zog nach Nartum.
Während der gesamten 1960er Jahre arbeitete Kempowski als Dorfschullehrer, zunächst in Breddorf, dann in Nartum. In Göttingen hatte er nach dem Besuch eines Abiturkurses für Spätestheimkehrer und einigen wenigen Vorlesungen an der Universität zwischen 1957 und 1960 an der Pädagogischen Hochschule studiert. Die frühen Tagebücher informieren darüber. Sie handeln nicht nur von der Auseinandersetzung mit Literatur, Kino und Musik, sondern eben auch vom Studium, von den Kommilitonen und Professoren, Lehrveranstaltungen, Praktika und Prüfungen. Sie schildern auch eine in Teilen unbeschwerte Zeit nach der Haft, in der vom Krieg weitgehend verschonten Universitätsstadt Göttingen und den Dörfern der Umgebung am Ende der fünfziger Jahre.
Die Göttinger Zeit wurde beendet durch das Erste Staatsexamen und die Hochzeit mit Hildegard Janssen im April 1960. Die erste Lehrerstelle konnten sie sich damals noch aussuchen. In den späteren Tagebüchern finden sich zahlreiche Notizen zu Stundenvorbereitungen oder sogar Unterrichtsprotokolle, von denen hier nur exemplarische Texte aufgenommen wurden. Be-

sonders am Herzen lagen Kempowski Versuche mit sogenannten Planspielen, wie sie in der Managerausbildung oder beim Militär verwendet werden. »Die Stadt« ist so ein frühes Projekt, das auf das Erlebnis eines ausgedehnten Spiels in der Kinderzeit zurückgeht (vgl. »Tadellöser & Wolff«) und Kempowski seit den späten 1950er Jahren immer wieder beschäftigte. Ein dichterisches Pendant fand es in dieser Zeit in einem der frühen Romanversuche unter dem gleichen Titel.

Eine wichtige Rolle in Kempowskis Tagebüchern spielt die Familie. Das ist zunächst die Herkunftsfamilie und deren Reste nach dem Krieg: Mutter und Bruder in Hamburg, die Schwester in Dänemark. Dazu treten weitere Verwandte, zumeist der mütterlichen Familie, aber auch Rostocker Verwandtschaft, die Kempowski bald systematisch zu befragen begann, wie etwa die langen Übersichten im Tagebuch verraten. Er ließ sich Fotos schicken und Aufzeichnungen, Informationen und Stammtafeln. Kempowski sammelte bereits zu dieser Zeit Texte der Gattung Selbstzeugnisse, noch aus der eigenen Familie. Ab Mitte der 1970er Jahre kamen dann auch Aufzeichnungen, Briefe und Fotos unbekannter Menschen dazu, die seit 1980 im berühmten Archiv für unpublizierte Autobiographien aufbewahrt wurden. Aus dem Bemühen, die zerstörte Familie »auf dem Papier« wieder aufzubauen, wie er im Januar 1960 ins Tagebuch schrieb, erwuchs mit den Jahren eine veritable, vierbändige Familienchronik, die er an die Verwandtschaft verteilte. Es entstand auch eine umfangreiche, mehr als vierzig Bände umfassende Materialsammlung, die Kempowski dann für seinen ersten Roman, »Tadellöser & Wolff« und die folgenden Bücher der »Deutschen Chronik« als Grundlage dienten. Erinnerung und Rekonstruktion gingen in diesen Arbeiten Hand in Hand und führten zu unterschiedlichen Ergebnissen, sicher nicht nur als »sublimiertes Schuldgefühl«, wie Kempowski am 14. Januar 1960 mutmaßte.

Die Gründung einer eigenen Familie kam bereits in Göttingen in den Blick, nach der Verlobung mit der ebenfalls an der Pädagogischen Hochschule studierenden Pastorentocher Hildegard

Janssen Ende 1957. Nach bestandenem Examen und Hochzeit in Rotenburg an der Wümme traten sie ihre erste gemeinsame Stelle in Breddorf bei Zeven an. Dort wurden auch die Kinder Karl Friedrich und Renate geboren. Sie tauchen in den Tagebüchern gelegentlich als »Jungi« und »Tanti« auf. Kempowskis Mutter und sein Bruder kamen in diesen Jahren häufig zu Besuch. Wenige Tage nach dem Erscheinen des ersten Buches, »Im Block«, starb Margarethe Kempowski jedoch im Rotenburger Krankenhaus.

Zu diesem Zeitpunkt wurden die Aufzeichnungen längst sparsam geführt. Die umfangreichen Schilderungen der Studienzeit sind wenigen Wörtern oder Sätzen gewichen, denen man die Eile anmerkt, mit der sie auf das Papier geworfen wurden. Schon in den Jahren zuvor sind die Lücken zwischen den Einträgen zuweilen groß, erstrecken sich nicht selten über mehrere Monate.

Neben den ausführlichen Tagebüchern der Göttinger Zeit verwendete Kempowski seit August 1957 zusätzlich nummerierte Notizbücher, die neben scheinbar fragmentarischen Notaten zum Teil auch datierte oder datierbare Aufzeichnungen enthalten. Diese Notizbücher stellen seit Beginn der 1960er Jahre die Hauptquelle der Aufzeichnungen dar. Im Verlauf des Jahrzehnts wandeln sie sich allmählich und nehmen seit spätestens 1968 wieder den Charakter eines reinen, kontinuierlich geführten Tagebuchs an, wie es Kempowski bis kurz vor seinem Tod 2007 geschrieben hat. Seine täglichen Aufzeichnungen erreichten allerdings erst in den 1990er Jahren wieder den Umfang und die Dichte der frühen Göttinger Jahre. Außerdem existieren sogenannte Gäste- oder Familienbücher, in denen Kempowski datierte Notizen über Besuche oder Ereignisse zumeist familiärer Natur eintrug, in denen aber auch Gäste von ihrem Besuch in Breddorf oder Nartum berichteten. Um das Bild der Jahre in Göttingen, Breddorf und Nartum abzurunden, wurden zusätzlich einige Briefe aufgenommen, die zumeist für Kempowskis Weg zum Schriftsteller charakteristisch sind, insbesondere Auszüge aus der Korrespondenz mit Fritz J. Raddatz und

Klaus Beck. Dazu dienen auch die maßgeblichen Gutachten über Kempowskis literarische Arbeiten.
Walter Kempowski dachte bereits früh an eine Veröffentlichung der hier vorliegenden Tagebücher. Unter dem Titel »Alcor. Ein Tagebuch für meine Leser« existiert in seinem Nachlaß eine Bearbeitung der Aufzeichnungen des Januar 1969, die aus demselben Jahr zu stammen scheinen. Die kurzen Notizen des Originaltagebuchs sind hier umfänglich ausgeführt, ergänzt, erweitert, so daß ein literarisierter Text entstanden ist, der an die später veröffentlichten Tagebuchbände »Sirius«, »Alkor«, »Hamit« und »Somnia« erinnert. Er wurde hier nicht berücksichtigt, um die Einheitlichkeit der weitgehend authentischen Texte nicht zu durchbrechen. Im Jahr 1990 nahm sich Kempowski diese Aufzeichnungen aus dem Januar 1969 noch einmal vor, jetzt unter dem Titel »Alkor oder die Augenprüfung«, und stellte eine weitere Fassung her.
In der Endphase der Arbeiten am »Echolot«-Projekt, im Verlauf des Jahres 2004, entstand dann in Gesprächen, die ich mit Walter Kempowski führte, die Idee, die frühen Tagebücher aus dem Zeitraum 1956 bis etwa 1969 in einer Auswahlausgabe zusammenzufassen. Sie sollten den Weg vom Zuchthaus Bautzen über das Studium in Göttingen und das Lehrerdasein auf dem Lande bis zum Erscheinen des ersten Buches schildern, die lange Zeit der Vorbereitung, der Experimente, der gleichzeitigen Arbeit an der Familiengeschichte, an dem späteren Roman »Tadellöser & Wolff« etwa. So sah es das Konzept vor, auf das wir uns verständigten. Nach dem Abschluß des »Echolots« mit dem Erscheinen von »Echolot. Abgesang 45« im Frühjahr 2005 wurde die Arbeit am »Vortagebuch« oder »Sockel«, wie die Arbeitstitel lauteten, intensiver. Kempowski las seine Tagebücher der Jahre 1956 bis 1960 erneut, vor deren Lektüre er sich lange gescheut hatte, befand die Aufzeichnungen aber für durchaus zur Publikation geeignet. Seine wenigen Eingriffe in den Text dienten zumeist der sprachlichen Verbesserung. Außerdem fügte er Ergänzungen und Erläuterungen aus späterer Sicht hinzu, die hier ebenfalls wiedergegeben werden. Auch die Ab-

schriften der folgenden Tagebücher las und erläuterte er, wenn auch nur noch gelegentlich. Nach Kempowskis Tod entschlossen sich Familie, Verlag und Herausgeber zu einer Fortsetzung des 2004 begonnenen Projekts in seinem Sinne. Die Entwicklung zum Schriftsteller ist hier erzählt, eine außergewöhnliche Geschichte, von ihm selbst.

Dirk Hempel

Editorische Notiz

Der Auswahl liegen zugrunde: die Tagebücher von März 1956 bis Februar 1960, die Notiz-, später Tagebücher zwischen August 1957 und Januar 1970 und die sogenannten Gästebücher zwischen Oktober 1961 und November 1967. Außerdem wurden einzelne Briefe anderer Personen sowie Passagen aus Briefen von und an Fritz J. Raddatz und Klaus Beck wiedergegeben. Erinnerungen von Walter Kempowski aus dem Jahr 2005 ergänzen die Aufzeichnungen in den Fußnoten (Kempowski 2005: ...). Die verwendeten Texte und Fotografien stammen aus dem Walter-Kempowski-Archiv der Akademie der Künste Berlin, dem Kempowski-Archiv Rostock und aus der Kempowski-Stiftung »Haus Kreienhoop« in Nartum. An manchen Stellen wurden die Notate eines Tages gekürzt. Auslassungen wurden durch [...] kenntlich gemacht, offensichtliche Flüchtigkeitsfehler in Rechtschreibung und Zeichensetzung stillschweigend korrigiert, charakteristische Eigenheiten aber belassen.

Quellen- und Bildnachweis

Texte

WKA Walter-Kempowski-Archiv im Archiv der Akademie der Künste Berlin
KAR Kempowski-Archiv Rostock

Bis einschließlich 1959 stammen alle Texte aus WKA 281, außer:

7.3.1956, Telegramm, WKA 420/3; 8.3.1956, Brief an Hans Siegfried, WKA 3; 8.4.1956, Brief an Hans-Joachim Mund, WKA 312/8; August 1957: Literatur-Plan, WKA 500/1; August 1957: Oder halten sie mich ..., WKA 500/1; August 1957: Robert ..., WKA 500/1; Oktober 1957, WKA 500/2; November 1957, WKA 500/2; 19.1.1958, an Hildegard Janssen, WKA 312/10; 21.1.1958, WKA 500/2; 11.7.1958, von Robert Kempowski; 312/10; 2.9.1959, WKA 500/3; 3.9.1959, WKA 500/3; 9.9.1959, nur Satz: Als Hicke den Beamteneid leistete, klingelte das Telefon., WKA 500/3; 16.9.1959, WKA 500/3; 1.10.1959, WKA 500/3; Oktober 1959: Oper schreiben ..., WKA 500/3; 22.10.1959, WKA 500/5; 28.10.1959, WKA 500/5; Oktober 1959: Meine Knastzeit ..., WKA 500/3; November 1959: Buchidee ..., WKA 500/6; November 1959: Großvater Kempowski konnte ..., WKA 500/7; November 1959: Traum: Vati steht ..., WKA 500/7; Dezember 1959: Deutsch ..., WKA 500/7; Dezember 1959: Eines Tages ..., WKA 500/7

Ab 1960 stammen alle Texte aus WKA 500/8 ff. bis auf:

8.1.1960, WKA 281; 23.1.1960, WKA 281; 11.2.1960: Heute war die ... *bis* ... begeistert, WKA 281; 16.2.1960, WKA 281; 23.2.1960, WKA 281; 25.2.1960, WKA 281; 30.3.1960, von Fritz Heydenreich, WKA 312/12; 1.10.1960, von Walter Görlitz, WKA 312/12; 17.10.1961, WKA 281; 29.19.1961: Heute ist Sonntag ... *bis* ... davonflog, WKA 281; 25.2.1962, WKA 97; 26.2.1962, an die Schwiegereltern, WKA 97; 13.3.1962, von Raddatz, WKA 97; 6.3.1962, Gutachten Enzensberger, WKA 97; 16.3.1962, an Raddatz, WKA 97; 22.3.1962, von Raddatz, WKA 97; 27.3.1962, an Raddatz, WKA 97; 1.5.1962, an Raddatz, WKA 97; 22.5.1962, von Raddatz, WKA 97; 7.6.1962 von Raddatz, WKA 97; 26.6.1962: Besuch von Raddatz, WKA 97; 27.6.1962, WKA 97; 12.7.1962, von Rowohlt Verlag, WKA 97; 27.7.1962, an Raddatz, WKA 97; 9.8.1962, von Raddatz, WKA

97; 25.8.1962, an Raddatz, WKA 97; 31.3.1962, Gutachten Enzensberger; KAR; 5.9.1962, WKA 97; 11.9.1962, von Raddatz, WKA 97; 13.9.1962: Auf diesen Brief ... *bis* ... andere Menschen ist!, WKA 97; 30.10.1962, an Klaus Beck, WKA 1339; 14.11.1962, an Raddatz, WKA 97; 3.12.1962, von Raddatz, WKA 97; 15.12.1962, an Klaus Beck, WKA 1339; 18.1.1963, von Raddatz, WKA 97; 5.12.1962, Gutachten Kaiser, WKA 97; 2.2.1963, an Raddatz, WKA 97; 3.2.1962, von Beck, WKA 312/13; 8.2.1963, von Raddatz, WKA 97; 8.2.1963, an Beck, WKA 1339; 11.2.1963, an Raddatz, WKA 97; 13.3.1963, an Beck, WKA 1339; 31.5.1963, an Beck, WKA 1339; 27.6.1963, von Raddatz, WKA 97; 14.6.1963, Gutachten Rühmkorf; Die Zeit Nr. 16, 8.4.1977, S. 45; 21.11.1963, an Raddatz, WKA 97; 2.12.1963, von Raddatz, WKA 97; 4.12.1963, an Beck, WKA 1339; 7.12.1963, von Beck, WKA 312/13; 15.12.1963, an Beck, WKA 1339; 3.1.1964, an Beck, WKA 1339; 3.1.1964, an Raddatz, WKA 97; 7.1.1964, von Raddatz, WKA 97; 13.1.1964, an Raddatz, WKA 97; 4.2.1964, von Raddatz, WKA 97; 23.2.1964, an Beck, WKA 1339; 16.3.1964, von Raddatz, WKA 97; 21.4.1964, von Raddatz, WKA 97; 27.5.1964, von Raddatz, WKA 97; 8.6.1964, an Beck, WKA 1339; 8.6.1964, von Raddatz, WKA 97; 30.6.1964, an Beck, WKA 1339; 28.7.1964, an Beck, WKA 1339; 5.9.1964, an Beck, WKA 1339; 15.11.1964, an Beck, WKA 1339; 19.11.1964, von Beck, WKA 312/13; 2.12.1964, von Beck, WKA 312/12; 4.12.1964, von Raddatz, WKA 97; 8.12.1964, an Raddatz, WKA 97; 15.12.1964, an Beck, WKA 1339; 20.12.1964, von einem Zuchthauskameraden, WKA 312/13; 18.1.1964, an Beck, WKA 1339; 1.2.1965, an Mund, WKA 312/14; 6.2.1965, an Beck, WKA 1339; 17.2.1965, an Raddatz, WKA 97; 26.2.1965, an Robert, WKA 312/14; 8.4.1965, von Raddatz, WKA 97; 10.4.1965, an Beck, WKA 1339; 11.4.1965, an Raddatz, WKA 97; 5.8.1965, Telefonat Raddatz ... *bis* ... Distanz, WKA 97; 14.9.1965, an Raddatz, WKA 97; 3.10.1965, an Beck, WKA 1339; 12.10.1965, von Beck, WKA 312/12; 6.12.1965, an Raddatz, WKA 97; 6.2.1966, an Raddatz, WKA 97; 9.2.1966, von Raddatz, WKA 97; 21.3.1966, an Beck, WKA 1339; 20.4.1966, an Raddatz, WKA 97; 20.5.1966, an Raddatz, WKA 97; 31.5.1966, von Raddatz, WKA 97; 7.7.1966, von Raddatz, WKA 97; 26.7.1966, von Raddatz, WKA 97; 11.6.1967, an Raddatz, WKA 97; 14.6.1967, von Raddatz, WKA 97; 1.9.1967, von Raddatz, WKA 97; 11.10.1967, von Raddatz, WKA 97; Herbst 1967, an Beck, WKA 1339

Ab 29.4.1968 stammen alle Texte aus WKA 407, außer:

Mai 1968, Besuch in Hagenbecks Tierpark, WKA 500; 25.4.1968, von Raddatz, WKA 97; Frühjahr 1968, an Beck, WKA 1339; Mai 1968, WKA 500; 3.6.1968, an Beck, WKA 1339; Juni 1968, WKA 500; Juli 1968, WKA 500; 1.8.1968, WKA 500; 2.8.1968, an Beck, WKA 1339; August 1968: Brand im Dorf ..., WKA 500; 10./11.8.1968, WKA 500; August 1968:

Anachronistisches Leben ..., WKA 500; 15.8.1968, WKA 97; Sommer 1968, an Beck, WKA 1339; 4.9.1968, an Raddatz, WKA 97; 10.10.1968, an Mund, WKA 97; 13.10.1968, WKA 407; 25.10.1968, WKA 407; 30.10.1968, WKA 407; 1.11.1968, WKA 407; 5.3.1969, an Beck, WKA 1339; 15.3.1969, an Raddatz, WKA 97; 17.4.1969, von Raddatz, WKA 97; 19.4.1969, an Raddatz, WKA 97; Mai 1969, an Beck, WKA 1339; Juli 1969, an Bienek, WKA 97; 21.7.1969, von Bienek, WKA 97; 24.11.1969, Leserbrief im *Spiegel;* Der *Spiegel* Nr. 48/1969, 24.11.1969, S. 17; 17.12.1969, von Ledig-Rowohlt, WKA 97; Ende 1969, an Ledig-Rowohlt, WKA 97.

Der Verlag dankt Prof. Dr. Fritz J. Raddatz, dem Rowohlt Verlag in Hamburg, Herrn Klaus Beck, den Erben von Robert Kempowski sowie der Horst-Bienek-Stiftung in München für die freundliche Genehmigung, Briefe bzw. Texte abzudrucken.

Abbildungen

Abbildung auf Seite 9:
Klaus Beck
»Sitzender 1957« Lithographie
H 64 cm, B 50 cm
Dreifarbig vom Stein gedruckt auf Büttenpapier

Abbildung auf Seite 300:
Klaus Beck
»Schwarzes Haus 1958« Radierung
H 50 cm, B 40 cm
2-farbig von 2 Platten gedruckt auf Kupfertiefdruckpapier

Abbildung auf Seite 486:
Klaus Beck
»Stehender, gefesselt 1962«
Pinsel- u. gekratzte Zeichnung mit schwarzer Farbe auf Papier
H 25 cm, B 10 cm

Der Verlag dankt Klaus Beck für die Genehmigung zum Abdruck.

Alle anderen Abbildungen stammen aus dem Besitz von Walter Kempowski.

Register